KB253420

문학의 새로운 이해

──그 문턱을 넘어서

김인환 · 성민엽 · 정과리 엮음

문학과지성사

문학의 새로운 이해
—그 문턱을 넘어서

초판 1쇄 발행_1996년 3월 5일
초판 9쇄 발행_2009년 3월 27일

엮은이_김인환·성민엽·정과리
펴낸이_홍정선 김수영
펴낸곳_㈜문학과지성사
등록번호_제10-918호(1993. 12. 16)
주소_121-840 서울 마포구 서교동 395-2
전화_02)338-7224
영업_02)323-4180(편집) 02)338-7221(영업)
전자우편_moonji@moonji.com
홈페이지_www.moonji.com

ⓒ 김인환 외, 1996. Printed in Seoul, Korea

ISBN 89-320-0786-1

문학의 새로운 이해
—그 문턱을 넘어서

문학의 새로운 이해

문 여는 소리, 혹은 첫 낙숫물

문학 바깥의 삶도 없으며, 삶 바깥의 문학도 없다. 사람들 사이의 통화가, 그 모든 사회적 관계가 언어로 이루어지는 한에 있어서는 그렇다. 삶은 언어의 총화이다. 언어의 특별한 쓰임의 총체를 문학이라고 일컫는다면, 문학은 삶의 핏줄을 타고 삶의 심방들과 삶의 척추와 삶의 두개골을 넘나든다. 그러니까 누군가가 자신은 문학을 모른다고 말한다 할지라도 그는 이미 서너 편의 시를 써본 적이 있거나 적어도 가슴속에 품었던 적이 있다. 문학은 그 존재론적 조건에 의해 만인의 것이다. 다시 말해, 문학은 결코 전문적일 수가 없다. 시인, 작가, 평론가 등 문인으로서 지칭되는 사람들은 사실 좀더 세련된 독자들일 뿐이다. 누구나 문학을 '하고' 있기 때문이다. 우리는 문학을 쓴다, 문학을 읽는다고 하지 않는다. 문학은 하는 것이다. 그 문학하기에서 읽기와 쓰기는 원칙적으로 구별되지 않는다. 글쓰는 이는 항상 동시에 글읽는 이다. 계속되는 퇴고는 쓰고 있는 글을 그가 이미 읽고 있다는 것을 의미한다. 또한 글쓰는 이는 글쓰는 동안에 타인의 글을 끊임없이 의식하지 않을 수 없다. 그만의 글을 '창조'해야 한다는 강박관념이 그의 뇌리를 떠나지 않기 때문이다. 반대의 방향에서, 평범한 독자를 자처하는 이들도 실은 글읽는 동안에 이미 글을 쓰고 있는 셈이다. 가슴을 울리는 감동, 혹은 이런저런 평가들은 두루 지금 읽고 있는 글에 대한 수정 작업이다. 글이 독자의 가슴을 통과하는 순간, 잠복되었던 리듬이 불끈 약동하고, 혹은 전혀 예기치 않았던 선율이 새롭게 흘러나오게 된다.

그러니까, 문학은 사물이 아니라 활동이며, 그 활동은 아주 창조적인 활동이다. 우리는 여기에서 하나의 모순과 맞닥뜨린다. 문학이 만인의 것이라는 것은 문학의 보편성을 가리킨다. 동시에 문학하기가 '그만의 것을 창조'하는 행위라는 것은 그것의 개별성을 가리킨다. 문학은 모두 함께 나누는 것이면서도, 그 나눔의 몫은 저마다 다르다. 단순히 질량만 다른 것이 아니라, 그것의 성질·모양·골격 등등이 두루 다르다. 그렇다면 독자인 내가 방금 읽은 작품은 작가가 의도한 그 작품인가? 그럴 수도 있고 전혀 아닐 수도 있다. 어떤 이는 최인훈의 『광장』에서 문제적 개인의 질주를 보고, 어떤 이는 강제로 주입된 이데올로기들의 무자비한 싸움을 보며, 어떤 이는 책장을 덮으면서 사랑의 이데올로기를 길어올린다. 그 각각의 독법은 상관적이면서도 결코 동일하지 않다. 하나의 작품 둘레에 둥그렇게 모인, 이 저마다 다른 글쓰기-읽기들이 작품의 문학성을 풍요롭게 확장해나간다. 그것들은 일종의 성좌이다. 쉼없이 탄생과 죽음을 되풀이하고, 끊임없이 결합을 바꾸어가면서, 그것들은 문학이라는 대문자의 은하를 장려하게 이동시킨다.

이 보편성의 개별화 혹은 개별성의 보편화가 문학을 삶 그 자체와 다르게 한다. 문학은 삶을 넘나들지만, 결코 삶과 동화되지 않는 채로 삶과 길항한다. 길항하면서 삶의 문제점들을 들추어내고 보다 나은 삶을 꿈꾸게 한다. 때로 그것은 그 자신의 풍요로움으로 삶의 왜소함을 감싸고, 때로 문학은 그의 특수성으로 삶의 일반성에 저항한다. 그 점에서 문학은 삶을 향해 날아가는, 삶에 생채기를 내어 그 안에 새로운 피를 수혈하는 화살이다. 문학의 보편성과 개별성은 바로 이 문학이라는 화살을 당기는 활시위의 양축이다. 하지만, 느슨한 활시위나 팽팽한 활시위나 저마다 용도가 다르듯이, 문학의 보편성과 개별성이 만나서 어울리는 양태는 문학들마다, 문학하기의 매순간마다 다르다. 양태들만이 다른 것이 아니다. 때로 그것은 문학을 바라보는 관점의 차이를 불러일으킨다. 사람들은 저마다 문학을 두고 이런저런 정의를 내린다. 그 정의들은 서로 갈등하고 첨예하게 맞부딪친다. 그 갈등과 충돌은, 그러나, 도비네의 에서와 야곱이 어머니 대지를 갈가리 찢듯 그렇게, 문학을 살해하는 것이 아니라, 오히려 문학의 신진대사를 활발하게 한다. 그 갈등과 충돌을 통해서 문학은 그만큼 생기를 띠고 그만큼 쑤욱쑤욱 자란다. 문학이 본래 열린 체계이기 때문이다. 다시 말해 문학의 실체는 언제나 부재하기 때문이다. 문학은 중심의 텅 빔에 의해서 울림을 증폭시키는 검은 구멍이다. 이 구멍 속으로 문학을 바라보는 관점들이 쉼없이 흘러든다. 어떤 관점은 뭉툭하고 어떤 관점은 예리하다. 관점들이 흐르는 방식도 저마다 다르다. 때로 그것은 폭포처럼 직하하고 때로 그것은 갈매기처럼 선회한다. 어떤 책은 본질 속으로 직진하고 어떤 책은 현상들을 순례한다. 때로는 구멍의 둘레에 촘촘히 맺히는 이슬들도 있다. 우리가 통상 '입문서'라 부르는 책들이 바로 후자에 해당할 것이다. 지금 여러분이 첫장을 펼친 이 책도 그에 속한다.

구멍의 둘레에 맺힌 이슬이 구멍 그 자체는 아니다. 입문서가 문학의 모든 것을 말하지는 못한다는 것은 어쩔 수 없는 일이다. 그것은 문학의 문턱에, 다시 말해, 문학과 문학 아닌 것의 사이에 놓여, 마치 궁전을 향해 난 길의 포석이 그러하듯, 문학 아닌 것으로부터 문학을 구별하고 문학으로 들어가는 길을 표지하는 역할을 할 뿐이다. 하나의 이슬 방울은, 그런데, 얼마나 많은 빛깔을 감추고 있는가? 이슬들 사이의 투영, 자신이 맺힌 표면의 굴곡, 또는 깊이에 대한 암시 등등이 두루 한 방울의 이슬 속에 그득하게 마련이다. 그러니까 입문서는 결코 단순하지 않다. 입문서는 문학의 언저리에 위치하면서도 문학의 본질과 매우 닮았다. 그 안에 수록된 글들은 그 자체로서 의미를 가지는 것이 아니라 더 많은 글들을 생각키운다는 점에서 의의를 갖는다. 입문서는 그것의 성김에 의해 문학에 대한 성찰을 촉발하는 또 하나의 둥근 구멍이다.

  문학의 문턱에 위치한 이런 종류의 책이 처음은 아니다. 무수히 많은 입문서들이 있다. 이 책은 이미 있었고 장래에 태어날 그 숱한 입문서들을 충분히 의식하고 구성되었다. 이 책이 직접적으로 맥을 잇고 있는 책은 같은 출판사에서 나온 김주연·김현 편의 『문학이란 무엇인가』이다. 『문학이란 무엇인가』가 상자된 것은 1976년이다. 70년대에 대해 우리는 다양한 표찰을 붙일 수 있다. 경제 성장의 시대가 될 수도 있고, 주체성 회복의 시대가 될 수도 있다. 그 시대는 또한 구체성을 다지는 시대, 즉 이념과 삶, 이론과 실천을 하나로 일치시키기 위해 애쓴 시대이기도 하였다. 『문학이란 무엇인가』에는 그러한 70년대의 의지가 고스란히 반영되어 있다. 무엇보다도 그 책에는 정의에 대한 의욕이 뚜렷이 새겨져 있다. 제목부터가 '무엇인가'를 묻고 있다. 그것은 그 책의 필자들이 당시에, 문학을 자족적이고 자율적인, 하나의 단단한 독립체로서 이해했다는 것을 또한 뜻한다. 문학의 자율성은 비교적 오래된 신화에 속한다. 근대의 쌍생아로서 문학이 탄생하면서 문학은 자유 개인주의 시대의 신화인 개인성을 제것화하면서 그것을 탈현실화시킨 특이한 상상태의 구조로서 스스로를 지시하였다. 낭만주의 문학의 상상적 진실의 세계가 바로 그것인바, 그럼으로써 문학은 한편으로 현실과 닮은꼴을 이루면서 다른 편으로 현실에 대해, 닮은 만큼 더욱 강력한 저항체가 되었던 것이다. 이렇게 형성된 자율성의 신화는 문학의 '본질'을 캐묻게 하고 그 본질이 내장된 자리를 작가로부터 작품으로, 내용으로부터 형식으로 이동시키는 과정을 통해, 자신의 탑을 더욱 드높이 쌓아나갔다.

한국인의 주체성과 내적 구체성을 다지던 시대의 문학인들에게 문학의 자율성은 꼭 딛고 가야 할 징검돌이 아닐 수 없었다. 자신의 주체성의 확립은 동시에 모든 타자들, 사물과 사건의 실체성을 단단히 포지하기를 요구하는 법이다. 문학도 예외가 아니어서, 문학은 무엇보다도 구체적 진실을 내재한 '주체의 형식'으로서 파악되었다. 한국적 주체성의 확립에 대한 70년대적 의지가 서구 근대주의의 의상을 입었다는 비판은, 때문에, 자연스럽게 나온다. 그러나, 거꾸로 생각하면 그것은 불가피한 일이었다. 가령, 서구 철학의 시원에 왜 플라톤이 놓이고, 새로운 철학적 담론들이 왜 되풀이해서 그의 철학 체계를 씹고 또 씹는가를 생각해보자. 그것은 플라톤 안에 서구 철학의 모든 것이 이미 들어 있어서가 아니라, 플라톤이 서구 철학의 화두가 되었기 때문이다. 따라서 오늘날 철학자들이 말하는 플라톤은 더 이상 철학의 빅뱅 이후 호박 속에 갇힌 플라톤이 아니다. 그 플라톤은 시원의 플라톤과 그에 대해 논의해온 역사적 과정의 다원적 조합체이다. 우리도 이러한 화두의 선험성으로부터 자유로울 수 없다. 서구 문명과 문화가 일상의 방방곡곡을 점령한 이래, 서구 문화는 결코 외면의 대상이 될 수도, 탈피의 대상이 될 수도 없다. 그것은 새로운 길을 가기 위해서는 경유하지 않을 수 없는 기성 도로인 것이다. 때문에 70년대의 주체성의 의지는 서구 체계를 솔직하게 인정하는 태도와 병렬적으로 나아가지 않을 수 없었다. 70년대 문학인들은 한편으로 서구 이론의 정확한 이해와 수용을 실천하면서, 다른 한편으로 그것을 한국적 특수성의 토양에 꺾꽂이해 일반 문학 이론을 재구하는 어려운 일을 감당해야만 했다. 목차를 살펴보면 『문학이란 무엇인가』의 구성을 뒷받침하고 있는 것도 바로 그러한 태도임을 쉽게 알아차릴 수 있다. 3부, '한국 문학, 무엇이 문제인가'가 따로 마련되었다든지, 1, 2부의 이론적 글들의 필자 구성을 서양 이론가와 한국 비평가로 반분하고 있다든지 하는 것들이 그것을 증거한다.

『문학이란 무엇인가』의 질문이 던져진 후 20년이 지났다. 그 동안 엄청난 사회적 변화가 있었고 문학의 환경도 달라졌다. 이 달라진 지평선이 문학에 대한 새로운 질문을 촉구하는가? 이 문제에 우리 책, 『문학의 새로운 이해: 그 문턱을 넘어서』의 존재 이유가 놓인다. 동시에 이 책은 지난 20년 동안에 이루어진 문학에 대한 재성찰의 축적의 결과이다. 새로운 질문은 가변하는 대답들의 더미로부터 솟아오른다. 그 대답들은 70년대적 형식으로 제출된 것도 있고 아주 업투데이트된 것도 있다. 그것들을 통시적으로 배열하면 20년 동안 문학에 대한 우리의 이해가 변화해온 궤적을 그릴 수 있다. 이 계속된 대답들 위에 우리의 질문이 있다. 우리는 흔히 질문이 있을 때만 대답이 가능한 것처럼 알고 있지만 오히려 거꾸로다. 대답들 없이는 질문은 결코 생겨나지 않는 법이다. 대답들은 질문 없이도 사방에서 생성된다. 질문의 불행은 그것이 지속되지 못할 때 오지만, 대답의 불행은 그것이 새로운 질문과 만나지 못할 때 닥친다. 다행히도 우리는 20년 동안에 제출된 대답들을 모두어 문학에 대한 새로운 질문을 톺아보는 기회를 가진다. 이 질문은 20년 전의 질문과 다른 면모들을 보인다.

우선, 질문의 기본 형태가 바뀌었다. 더 이상 '문학이란 무엇인가'라고 우리는 묻지 않는다. 그러한 방식의 질문이 문학의 자율성을 전제로 할 때 가능한 것임은 이미 지적한 바이다. 그 동안의 문학적 성찰의 결과로서, 문학은 항구적인 것이 아니라 근대 이후 태어난 역사적인 개념이며, 문학의 실체는 관점에 따라 계속 변화하고, 문학이 단단한 자족체라는 관점은 초기 자본주의로부터 20세기 초엽 사이에 생성되어 발전해온 하나의 특이한 관점일 뿐임을 우리는 알게 되었다. 지금 우리가 보는 문학은 더 이상 자족체가 아니다. 그것은 빛처럼 입자이면서 동시에 파동이다. 한 작품에 대한 독서는 이미 그 자체로서 작품의 변형이라고 우리는 말했다. 작품의 문학성을 손아귀에 잡는 순간, 그것은 중심을 작품으로부터 작품과 손 사이로 이동시키면서 새처럼 빠져나간다. 문학은 따라서 작가나 작품 어느 곳에 있는 것이 아니다. 그것은 작가와 작품과 독자 사이에 있다. 좀더 엄밀하게 말하면, 문학은, 그것의 생산과 유통과 수용의 끝없는 원환 체계 속을 유동하는 예측 불가능한 기류이다. 문학은 물체가 아니라 활동하는 자장(磁場)인 것이다. 때문에 우리는 문학의 정의를 묻는 대신에 그것의 존재론적 국면을 묻기로 하였다. 그 존재론적 장 안에서 문학은 특별한 쓰임새를 갖고 특정한 대리인을 임부로 하여 태어나 자가 생산 설비를 갖추게 되고, 새로운 구성원들을 충원하게 되며, 다시 구성원들의 관계를 변화시키게 되었다. 그 과정은 끊임없고, 나누어질 수 없는 순환 체계를 이룬다. 첫장에 실린 각 글들은 이 나뉠 수 없는 자장의 중요한 결절점(結節點)들이라고 우리가 파악한 지점들 위에 놓인다.

　　다음, 문학과 사회, 내용과 형식, 세계 문학과 한국 문학 등 되풀이해서 적용되는 이항 대립이 좀더 복잡한 상관적 문제틀로 대체될 필요를 느끼게 되었다. 우선 문학은 이원적이기보다는 다원적이며, 문학에 대한 관점들, 문학의 여러 성층들은 상호 대립하고 상호 보완하기보다는 다양한 방식으로 합류하고 분열하는 상호 변형적 위상들이다. 그곳에서는 어떤 무엇들이 대립하는 것이 아니라, 그것들 사이에서 무언가가 분열되어 나오고, 어떤 무엇들이 협력하는 것이 아니라, 서로를 비추어 '달라지는 방식으로' 복제한다. 문학은 단순히 내용과 형식으로 구분되지 않고, 사회에 대한 대립자로 독립하지 않는다. 문학 속에는 문학의 매질인 언어를 포함하여 경제·욕망·이념·상상·과학·문명·권력·역사·사회·육체 등등으로부터 발생하는 삶의 모든 활동 에너지들이 흘러들고 빠져나간다. 문학 속에 문학의 게놈이라고 할 만한 하나의 단일체는 없다. 과감하게 말해,

문학의 게놈은 문학의 타자들의 응집물이다. 이 타자들의 진입·합류·분열·복제·배출의 양상에 따라 아주 다종다기한 문학 텍스트들이 생산될 수 있다. 그러나, 이 복합적 과정을 정밀하게 대답할 수 있는 이론 체계, 이른바 문학의 통일장 이론이라 말할 수 있는 것은 아직 만들어지지 않았다. 대신, 우리는 각각의 문학의 타자들이 문학의 구멍 속으로 흘러드는 양태와 벡터에 대해 제출된 각 방면의 대답들을 문학이라는 단어를 중심으로 다방위적으로 분산 배열하는 방법으로 우리의 질문을 구성하게 되었다.

그러나, 그럼에도 불구하고, 문학의 타자들 중에는 문학의 안쪽에 있는 것들과 문학의 바깥쪽에 있는 것들이 있다. 전자에 집중할 때 문학은 입자로 보이며, 후자에 주목할 때 문학은 파동으로 나타난다. 어떤 것들이 안쪽에 있고, 어떤 것들이 바깥쪽에 있는가? 우리는 언어·욕망·장르·문학사 등이 안쪽에 놓인다고 생각한다. 문학이 한참 성장해가던 시대에 그것은 문화의 모든 것을 대신할 수 있었다. 심지어 그것에는 옛날에 종교가 했던 역할이 부여되기까지 하였다. 그러나, 문명의 발달과 더불어 문화의 새 부문들이 비약적으로 성장하면서 문학의 입지는 갈수록 위축되었고, 오늘날 문학은 자신의 죽음에 대한 위기까지 맞이하게 되었다. 어느새 문학은 빛의 도시로부터 어둠의 동네로 주소를 바꾸었으며, 그가 가진 재산은 형편없이 줄어들었다. 이제 우리는 문학의 유일한 재산으로서 '언어'만을 주장할 수가 있다(그런데 언어는 공공 재산인 것이다! 문학만이 가질 수 있는 언어가 있다면, 그것은 껍데기들뿐이다). 문학이 현실과 적대적인 관계를 취하게 되면서 문학은 자신의 동료들을 비합법적 영역 속에서만 찾을 수 있게 되었다. 가령, 욕망·광기·가난 같은 것들이 그것들이다. 그러나, 부자에게만 문화의 소유권이 주어지는 것은 아니다. 호가트의 말을 빌리자면 '가난의 문화'가 있는 법이다. 문학의 구조, 장르, 문학사는 문학이 생의 그늘 속에서 일구어온 그의 문화이다. 당연하게도 문학의 바깥쪽에는 빛의 도시에 살면서 문학과 끊임없이 경쟁하는 것들이 있다. 사회·이데올로기·과학·문명·권력 등이 그런 것들이다. 그것들이 문학 속을 넘나드는, 혹은 거꾸로의, 방식에 대한 대답들을 우리는 '문학의 바깥쪽'이라는 장에 배열하였다. 다만, 한 가지 지적해둘 것이 있다면, 햇빛의 기울기에 따라 빛과 어둠의 자리는 끊임없이 바뀌고 순환한다는 것이다. 우리가 임시로 구별한 문학의 안쪽과 바깥쪽 사이에는 일종의 뫼비우스적 고리가 놓여 있다. 우리는 독자들이 이 점을 충분히 유의해주기를 바란다.

4부 '오늘의 한국 문학'은 한국 문학이 하나의 개별 문학인 이상은 불가피하게 마련되어야만 하는 장이다. 모든 민족문학은 개별 문학이며, 그만큼 그것은, 지구의 자전축이 그러하듯, 문학에 관한 원론적 담론과 비스듬히 어긋나 있다. 그 어긋남을 무시할 수 있는 입문서는 제국주의자들 혹은 노예의 입문서뿐이다. 어느 장래에 만국 문학의 입문서가 존재할 수 있을지 우리는 아직 모른다. 한국 문학의 지금의 자리에서 우리는 지난 20년 동안에 한국 문학이 맞부닥뜨렸던 실제적이고 구체적인 문제들에 대한 대답들을 소개하기로 한다. 그것들은, 크게 세 가지로 나뉜다. 하나는, 지금은 망각된 것처럼 보이지만 80년대에는 가장 첨예한 쟁점이었던 민중문학론을 포함하여, 문학의 사회적 기능에 대한 대답들이다. 다른 하나는, 90년대 이후 갑자기 팽대한 문화적 장 속에서 문학이 직면해야 하는 문제들이다. 포스트모더니즘, 욕망, 여성주의 등이 그런 것들이다. 그리고, 한국 현대사의 미완의 숙제이자 한국 현대 문학이 치유되지 못한 상처로서 끌어안고 가야만 하는 분단의 문제가 있다.

거듭 말하지만, 이 책은 20년 동안의 대답[1]들로 이루어진 문

---

1) 이 대답들이 꼭 지난 20년 동안에 씌어졌다는 것을 의미하지는 않는다. 가령,

학에 관한 질문서이다. 질문서란 본래 존재 결여로서 존재한다. 당연히 문학의 모든 것을 이 책은 말하지 않는다. 이 책은 너무나 성기게 짜인 책이다. 그러나, 그것은 입문서의 운명이자, 동시에 입문서의 특권이다. 우리가 목표하는 것은 문학에 대한 풍요로운 성찰의 촉매가 되는 것이다. 이 책이 질문의 형식으로 이루어졌다는 것의 또 다른 측면이다. 이 질문태 위에 대답을 포개놓을 사람은, 독자여, 바로 당신이다. 이 책은 숙녀처럼 당신을 기다린다.

1996년 2월
김인환·성민엽·정과리

바흐친, 화이트헤드의 글들은 훨씬 이전에 씌어진 것들이다. 그럼에도 불구하고 그것들은 오늘의 문학 공간에 싱싱한 활력을 불어넣을 만한 유효성을 가지고 있다, 고 우리는 판단하였다. 따라서 독자들께서는 "지난 20년 동안의"를 "20년 동안의 문학적 논의 공간에 제출된"으로 읽어주길 바란다.

차 례

제 1 부

문학의 존재론

문학은 무엇을 할 수 있는가

김   현

문학은 적어도 소문 속에서 태어난 또 하나의 소문이 될
수는 없다.　　　　　　　　——이청준,「소문의 벽」

　문학은 써먹을 수가 없다. 그럼에도 불구하고 문학을 한다면
도대체 문학은 무엇을 할 수 있는가? 그 질문에 대답하기 위해
서는 문학이라는 개념을 실체적으로 사용하지 않는 것이 우선
필요시된다. 문학이란 이런 것이고 그런 정의내에 들어오지 않
는 것은 문학이 아니다라는 생각에서 우선 벗어나야 한다. 오늘
날 우리가 문학이라고 부르고 있는 것은 18세기 이후의 문학을
보는 관점에 의해 규정된 것이기 때문이다. 지금 우리가 문학이
라고 규정하고 있는 것이 다음 세대의 새로운 관점에 의해서는
문학이 아닌 것으로 규정될 수도 있다는 것을 우리는 우선 인정
해야 한다. 고대에는 하나의 주문이나 주술가로 취급되었던 것
이, 혹은 중세에는 하나의 노동요로 불렸던 것이 오늘날에는 문
학으로 취급받는 것이 많다. 그처럼 오늘날 우리가 문학이라고
부르고 있는 것이 10세기쯤 지나면, 가령 헤세의 유리알 유희
의 하나의 도구로 이해될지도 모른다. 문제가 될 수 있는 것은
그러므로 현재의 관점이다. 오늘날 우리가 문학이라고 부르는

것은 오늘날 문학성을 규정하는 관점에 의해서 우리가 규정한 것에 지나지 않는다. 그렇다고 그것을 두려워할 필요는 없다. 우리 모두는 우리 시대에서 완전히 자유스러울 수가 없기 때문이다. 문학이 통시기적으로 미리 규정되어 있는 어떤 것이라는 생각은 자연히 문학이 선조적(線條的)으로 진보하여 오늘날에 이르렀다는 생각을 낳는다. 그 관점에 의하면 가령 소설이라는 문학의 한 장르는 영웅담에서 시작하여, 『돈 키호테』와 『가르강튀아』를 거쳐 『파밀라』에 이르러 어느 정도 골격이 완성되었고, 발자크에 의해 대성된다. 『돈 키호테』에서 『으제니 그랑데』에 이르는 길은 직선적이다. 그 생각은 당연히 문학의 기원에 대한 의문을 낳는다. 문학은 어떻게 해서 생겨난 것일까? 마치 미술사가들이 미술의 기원을 원시인의 동굴에 그려진 소나 창에서 찾듯이, 문학사가들은 문학의 기원을 인간의 모방 충동이나 쾌락 본능에서 찾으려고 애를 쓴다. 그러나 그것은 엄격한 의미에서 볼 때 가짜 문제라 하지 않을 수 없다. 문학이라는 개념이 없는 곳에서의 문학적이라고 추론할 수 있는 활동은 그것 자체로는 문학이 아니기 때문이다. 그것을 문학으로 인지하는 것은 오늘날의 문학적 관점이지 고대의 문학적 관점이 아니다. 원시인의 동굴의 예를 계속하자면, 원시인의 소나 창 그림을 예술로 인지하는 것은 현대의 관점이지, 그때의 관점은 아니다. 문학의 기원을 찾아낼 수 있다는 생각을 하게 된 것 자체가 19세기의 진화론적 입장에 의해서 가능해진 것이지만, 그리고 그것에 대해서는 이미 많은 비판이 가해지고 있는 것이지만, 그 생각에 밀접하게 결부되어 있는 잘못된 생각에 작품은 하나의 의미를 갖고 있다는 생각이 있다. 문학 작품은 인간이 만들어낸 것이며, 인간 이성은 발전하고 있는 것이기 때문에 그것들의 발전 과정도 뚜렷하게 드러낼 수 있으며, 동시에 인간 이성은 통일적이며 보편적이기 때문에 그것의 소산 역시 통일적이며 단일한 의미를 갖고 있다는 생각을 문학에 대한 발전론적 이론은 명쾌하게 보여주고 있다. 하나의 문학 작품에 그것을 산출한 인간이 명료한 의미를 부여하려고 노력한 것은 사실이다. 그러나 그 노력은 그 작품과 완전히 일치하지 않는다. 흔히 신(神)의 몫이라고 불리는 것이 인간의 산물 속에는 흔하게 산견된다. 어떤 의미에서는 그 작품을 풍요하게 하는 것이 그 신의 몫이라고 할 수까지도 있다. 문학 작품은 그런 관점에서 본다면 여러 가지 의미를 갖고 있다. 그리고 사실상 우리는 그 의미 중의 하나를 선택하여 그 작품의 의미라고 주장한다. 작품을 읽는 사람의 관점이 그것의 의미를 결정하게 하는 것이다. 작품을 읽는 사람의 관점은 작품의 의미뿐만 아니라, 그 작품이 문학사에서 차지하는 자리까지를 결정하게 만든다. 우리가 문학을 규정케 하는 문학성이라고 부르고 있는 것도 과감하게 말한다면 작품을 통일적으로 인지시키는 관점이다.

문학의 기원 문제나, 텍스트는 하나의 의미를 갖고 있다는 착각과 같은 가짜 문학적 문제 외에, 문학 작품을 통일적으로 인지시키는 것을 방해하는 가짜 주장이 또 하나 있다. 그것은 문학에 있어서의 내용과 형식의 문제이다. 오늘날까지도 우리는 문학 작품에 대해 그것의 내용은 좋은데 형식이 나쁘다든가, 형식은 좋은데 내용이 나쁘다라는 식의 말을 자주 듣는다. 그것이 더 발전하면 어떻게 쓰느냐가 중요한가 무엇을 쓰느냐가 중요한가 하는 해괴한 문제로 탈바꿈한다. 문학은 말을 다루는 것이기 때문에 어떻게 쓰느냐야말로 문학의 생명이라고 한편에서 말하면, 문학은 인간의 진실을 드러내야 하기 때문에 형식보다는 내용이 훨씬 중요하다고 반박한다. 리히터라는 독일 작가의 치통을 더욱 심하게 만든 바 있는 그 문제야말로 그러나 가짜 문제이다. 내용은 형식과, 형식은 내용과 분리될 수 없는 것이기 때문이다. 문학 작품이란 내용＋형식이 아니라, 내용형식이다. 문학은 그럴듯한 내용에다가 그럴듯한 형식의 옷을 입히는 것이 아니라, 침전된 내용이라는 형식을 갖고 있을 따름이다.

예를 들어도 괜찮다면, 맛있는 밥은 좋은 쌀을 좋은 솥에 넣고 끓여야 얻어지는 게 아니고, 쌀에 알맞은 물을 붓고 알맞은 열을 가하는 행위에 의해 얻어진다. 좋은 작품은 좋은 내용을 좋은 형식 속에 가둔 것이 아니라, 형식 자체가 내용이 되고, 내용이 형식이 되는 변증법적인 관계 속에 있다. 아주 흔한 말로, 우리는 그건 소설이 되겠는걸, 그건 시가 되겠는걸 하는 소리를 듣는다. 어떤 내용은 그것이 작가에게 인지된 순간, 내용으로 인지되는 게 아니라 내용화된 형식으로 인지되는 것이다. 이 주장을 절충론으로 이해하면 안 된다. 이 주장은 좋은 형식과 좋은 내용의 결합을 뜻하는 게 아니기 때문이다. 과감하게 말한다면 그 자체로 좋고 나쁜 내용이나 형식은 없다. 프랑스의 한 비평가가 들고 있는 한 예를 들자면 구름의 변화나 인간의 죽음은 그것 자체로 어느 편이 더욱 문학적이라고 말할 수 없다. 마찬가지로 소설의 형식이 시의 형식보다, 시의 형식 중에서는 자유시가 정형시보다 더 좋은 것은 아니다. 문제는 하나의 작품이 통일적으로 체계 있게 구성되어 있느냐 아니냐 하는 것이다. 김정한(金廷漢)적인 내용에다가 황순원의 옷을 입힌다? 김수영적인 내용에다가 서정주의 옷을 입힌다? 그 절충주의야말로 문학을 문학에서 소외시키는 중요한 요인이라 할 수 있다.

남은 일생 내내 나에게 써먹지 못하는 문학은 해서 무엇하느냐 하는 질문을 던지신 어머니, 이제 나는 당신께 내 나름의 대답을 하지 않으면 안 되겠다. 확실히 문학은 이제 권력에의 지름길이 아니며, 그런 의미에서 문학은 써먹는 것이 아니다. 그러나 역설적이게도 문학은 그 써먹지 못한다는 것을 써먹고 있다. 문학을 함으로써 우리는 서유럽의 한 위대한 지성이 탄식했듯 배고픈 사람 하나 구하지 못하며, 물론 출세하지도, 큰돈을 벌지도 못한다. 그러나 그것은 바로 그러한 점 때문에 인간을 억압하지 않는다. 인간에게 유용한 것은 대체로 그것이 유용하다는 것 때문에 인간을 억압한다. 유용한 것이 결핍되었을 때의 그 답답함을 생각하기 바란다. 억압된 욕망은 그것이 강력하게 억압되면 억압될수록 더욱 강하게 부정적으로 작용한다. 그러나 문학은 유용한 것이 아니기 때문에 인간을 억압하지 않는다. 억압하지 않는 문학은 억압하는 모든 것이 인간에게 부정적으로 작용하는 것을 보여준다. 인간은 문학을 통하여 억압하는 것과 억압당하는 것의 정체를 파악하고, 그 부정적 힘을 인지한다. 그 부정적 힘의 인식은 인간으로 하여금 세계를 개조하지 않으면 안 된다는 당위성을 느끼게 한다. 한 편의 아름다운 시는 그것을 향유하는 자에게 그것을 향유하지 못하는 자에 대한 부끄러움을, 한 편의 침통한 시는 그것을 읽는 자에게 인간을 억압하고 불행하게 만드는 것에 대한 자각을 불러일으킨다. 소위 감동이라는 말로 우리가 간략하게 요약하고 있는 심리적 반응이다. 감동이나 혼의 울림은 한 인간이 대상을 자기의 온몸으로 직관적으로 파악하는 행위이다. 인간은 문학을 통해, 그것에서 얻은 감동을 통해, 자기와 다른 형태의 인간의 기쁨과 슬픔과 고통을 확인하고 그것이 자기의 것일 수도 있다는 것을 느낀다. 문학은 억압하지 않으므로, 그 원초적 느낌의 단계는 감각적 쾌락을 동반한다. 그 쾌락은 반성을 통해 인간의 총체적 파악에 이른다. 이 대목을 쓰려니까 갑자기 내 의식은 어렸을 때의 어머니의 음성으로 향한다. 겨울밤엔 고구마나 감, 그것이 아니면 하다못해 동치미라도 먹을 거리로 내놓으시고, 나직한 목소리로 아벨과 카인의 얘기를, 우물에 뛰어들어 자살한 수절 과부의 얘기를, 도적질하다가 벌을 받은 그녀의 친지 중의 한 사람 얘기를 어머니는 내가 잠들 때까지 계속하신다. 그때에 내가 느낀 공포와 아픔, 고통을 나는 생생히 기억한다. 그러나 그 아픔이나 고통 밑에 있는, 어머니의 나직한 목소리가 주는 쾌감을 내가 얼마나 즐겨했던가! 무서워하기 위해서가 아니라, 우리는 즐기기 위해서 이야기를 듣는다. 그 즐거움 이쪽에서, 오랜 후에 혹은 즉시로 우리는 해야 될 것에 대한 의무감과 해서는 안

될 것에 대한 공포감을 느끼는 것이다. 그처럼 문학은 억압 없는 쾌락을 우리에게 느끼게 해준다. 그러면서 그것은 그것을 읽는 자에게 반성을 강요하여, 인간을 억압하는 것과 싸울 것을 요구한다. 인간은 이런 수모와 아픔을 당할 수도 있다, 그러니 그것을 안 당하도록 해야 한다라고 느끼게 한다. 인간은 이래야 행복하다, 그러니 그렇게 해야 한다라고 느끼게 하는 것이다.

문학에 대해서는 앞에서도 잠깐 언급하였지만, 어떻게 쓰느냐를 중요시하는 문학을 위한 문학을 주장하는 부류와 무엇을 쓰느냐를 중요시하는 인간을 위한 문학을 주장하는 부류로 크게 나뉜다. 문학을 위한 문학은 문학의 자율성에 지나치게 중요성을 부여하여 문학 자체의 것만을 지키려고 애를 쓰며, 인간을 위한 문학은 문학의 효율성을 지나치게 중시하여 문학적 형식보다는 내용에 힘을 기울인다. 그러나 그 두 이론은 다 같이 문학의 어느 한 면에 대한 과도의 경사에 의해 문학을 불구자로 만든다. 문학 내적인 것이 그것을 선택한 인간의 의사와 관계없이 존재할 수 있다는 것이나, 인간의 의사가 형태를 얻지 않아도 제대로 표현될 수 있다고 생각하는 것은 하나의 환상에 지나지 않는다. 그 환상은 그러나 대단한 설득력을 발휘한다. 왜냐하면 그것은 극단적인 것이기 때문이다. 극단적인 것은 대상의 어느 한 측면의 과장을 그 속성으로 삼고 있다. 문학을 위한 문학은 문학의 주체자를, 인간을 위한 문학은 문학의 자족성을 각각 사상하고 있다. 그 두 이론은 그러나 순수·참여 논쟁이라는 한국 문학의 해묵은 가짜 문제의 이론적 전거를 이룬다. 어휘 자체의 개념 규정도 뚜렷하게 하지 못한 채 되풀이된 그 논쟁은 한국 문학인들을 상투화된 과장성으로 몰고 가, 사고를 유형화시키고, 문학인의 내적 창조성을 당위성으로 찍어누르게 된다. 그 결과, 문학에 대한 독자들의 인식과 작품을 쓰는 문인들의 사고 자체가 경직화되어버린다. 한 파에서 달빛을 노래하면 다른 파에서는 굶주림을 노래하고, 한 파에서 내면을 말하면 다른 파에서는 사회를 주장한다. 미리 결정된 주체와 주장이 있으니 세계와 인간을 이해하려는 어려운 노력이 필요시될 리가 없다.

문학은 그러나 문학만을 위한 문학도 아니며, 인간만을 위한 문학도 아니다. 그것은 존재론적인 차원에서는 무지(無知)와의 싸움을, 의미론적인 차원에서는 인간의 꿈이 갖고 있는 불가능성과의 싸움을 뜻한다. 존재론적인 차원이나 의미론적인 차원이라는 말 때문에 놀랄 필요는 없다. 문학은 그것이 있다는 사실 하나만으로 문학을 이해하지 못하는 사람이 있다는 것을, 다시 말해서 무지를 추문으로 만든다. 아무러한 반성 없이, 9시에 회사 문에 들어서서, 잡담하고 점심 먹고 5시에 퇴근하는, 그런 일과가 월·화·수·목…… 계속되는 일상인의 무딘 의식에, 지배적 이데올로기의 뒤를 보지 못하는 갇힌 의식에, 문학은 그것이 진실된 삶이 아니라 거짓된 삶이라는 것을 밝혀주고 그것을 추문으로 만든다. 아니 더 나아가서 문학은 그것의 존재가 글을 못 읽고, 글을 읽을 수 없는 사람이 존재한다는 것을 사람들로 하여금 부끄럽게 만드는 어떤 것이다. 무지를 그러므로 우리는 폭넓게 이해하지 않으면 안 된다. 문학이 무지를 추문으로 만든다는 것은, 문맹인이 있다는 것은 글을 읽을 줄 아는 이를 부끄럽게 만들 뿐만 아니라, 무디게 갇혀 있는 일상인의 의식이 하나의 코미디라는 것을 드러내게 하는 것을 뜻한다. 사르트르라는 프랑스의 작가가 태도의 희극이라고 부른 나쁜 신앙(자기 기만)이야말로 가장 나쁜 무지의 일종이다. 마리 앙트와네트라는 프랑스 전제 시대의 왕비를 기억하기 바란다. 그녀는 빵을 요구하는 시민들의 분노의 함성을 듣고, 빵이 없으면 과자를 먹으면 될 게 아니냐고 태연스럽게 대답한다. 그러한 대답이 무지의 소산이라는 것을 밝히는 역할을 문학은 맡고 있다. 이렇게 좋은 글을 못 읽는 사람이 있다니! 문학은 그런 생각을 불러일으킨다.

문학은 동시에 불가능성에 대한 싸움이다. 삶 자체의 조건에 쫓기는 동물과 다르게 인간은 유용하지 않은 것처럼 보이는 것을 꿈꿀 수 있다. 인간만이 몽상 속에 잠겨들 수가 있다. 몽상은 억압하지 않는다. 그것은 유용한 것이 아니기 때문이다. 인간의 몽상은 인간이 실제로 살고 있는 삶이 얼마나 억압된 삶인가 하는 것을 극명하게 보여준다. 문학은 그런 몽상의 소산이다. 문학은 인간의 실현될 수 없는 꿈과 현실과의 거리를 자신의 의사에 반하여 드러낸다. 그 거리야말로 사실은 인간이 어떻게 억압되어 있는가 하는 것을 나타내는 하나의 척도이다. 불가능한 꿈이 아름다우면 아름다울수록, 삶은 비천하고 추하다. 그것을 깨닫는 불행한 의식이야말로 18세기 이후의 문학을 특징짓는 큰 요소이다. 아무리 불가능한 것이라 하더라도, 꿈이 있을 때 인간은 자신에 대해서 거리를 취할 수 있다. 다시 말해서 반성할 수 있다. 꿈이 없을 때, 인간은 자신에 대해 거리를 가질 수 없으며, 그런 의미에서 자신에 갇혀버려 자신의 욕망의 노예가 되어버린다. 사춘기 때에, 나는 나와 잠자리를 같이할 수 있는 여자란 여자는 모조리 마음속으로 간음하였다. 그녀들은 그때의 나에게는 단순한 고깃덩어리에 불과했던 것이다. 그러나 내가 사랑을 이해하게 되자마자, 여자들은 먹히기를 기다리는 고깃덩어리이기를 그치고, 장미꽃 핀 화원을 드나드는 천사들이 되었다. 문학은 그 고깃덩어리와 천사 사이를 왔다갔다 하게 만드는 매개체이다. 문학은 인간을 총체적으로 파악하게 만드는 것이다. 문학은 배고픈 거지를 구하지 못한다. 그러나 문학은 그 배고픈 거지가 있다는 것을 추문으로 만들고, 그래서 인간을 억누르는 억압의 정체를 뚜렷하게 보여준다. 그것은 인간의 자기 기만을 날카롭게 고발한다.

작가란 무엇인가

김   병   익

1

　고전주의 시대의 시인들은 이성적 진리에 도달하려는 탁마의 도제들이었다. 그들은 "스무 번이라도 네 작품에 손대고 또 손대어라/끊임없이 다듬고 또 다듬어라/이따금 덧붙이고 자주 지워라"라는 브왈로의 유명한 충고에 따라, 시를 격식에 맞추어 끊임없이 고치고 다듬고 개칠하며 그 자체 완벽한 작품을 만들어내는 데 몰두했다. 그래서 태어난 시들은 기지가 돋보이며 극단을 피하고 중용을 지키며 예의바르고 세련된 시들이었다. 시는 포프의 강조처럼 "학식이 있으면서 교양이 넘쳐야 하고 거기에 진지함이 있어야 하는" 시인의, 덜떨어진 사람들에 대한 가르침이기 때문이다. 시인은 이때, 그 재능에 있어서는 저 르네상스적 인간형에서 보듯이 만능적인 능력을 갖추어야 했으며, 그 취향과 품위에서는 세련된 귀족들의 명예로운 삶에 어울릴 만한 고상함과 이성적인 논리로 뒷받침되어야 했다. 그들이 시를 통해 얻고자 한 혹은 시를 만듦에 있어 취해야 할, 목표와 태도는 자연이었는바, 그 자연은 중세의 어둠과 신비를 벗겨낸, 근대적 인문주의와 과학이 부여한, 우주의 영원한 질서이자 객

관적인 가치 체계로서의 이성의 세계, 지나침과 모자람을 다 같
이 벗어난 절제와 중용이 지배하는 황금률의 세계였다. 시인은,
다시 말하면, 이 이성의 세계, 황금률의 세계를 발견하기 위해
끊임없이 연마를 거듭하는 수련의 도제였으며, 그들이 발견한
조화롭고 우아하며 균형 어린 세계를 시로써 사람들에게 보이
고 가르치는 진리의 교사였다.

　낭만주의 시대에 이르면 시인은 앞시대와 정반대의 모습으로
나타난다. 그는 스승이기를 버리고 고독한 산책자가 되며 이성
의 객관적 진리를 발견하기보다는 감성에 정직한 정념의 추구
자가 된다. 상상력·천재·독창성이란 근대의 문학적 개념을 만
들어낸 이 시대의 시인들은 눈에 보이는 세계를 넘어서고 초월
하여 보이지 않는 세계에서의 진실함을 포착하려고 한다. 블레
이크가 말하듯이, 그들은 "어떤 광경을 볼 때 창문을 따져 살피
지 않듯이 육체의 눈을 따져 바라보지 않는다. 그들은 그것을
통해서 보는 것이지 그것을 가지고 보는 것은 아니다." 그들이
'통해서 보는' 것이 곧 상상력이고 이 주관적인 마음의 작용이
사람마다 다를 것이기 때문에 그것은 독창적인 것이어야 하며,
그런 때문에, 시인은 수련을 통해서가 아니라 천부적으로 타고
난 영감의 소유자로서의 천재만이 갖출 수 있는 자격이 된다.
따라서 이들이 예찬하는 자연은 균형잡힌 이성적 존재로서의
자연이 아니라 소박하고 야성적인 범신론적 숭고미를 보이는
정감의 세계로서의 자연이며, 그들이 이상적으로 생각하는 인간
은 진지한 교양인이 아니라 루소가 말하는 바의 어린이와 같은
'고결한 야만인'이었다. 그들에게는 아름다움이란 그 속에 내재
한 질서와 조화를 찾았던 고전주의자와는 달리, 그것에 덧붙여
진 그로테스크함이 미의 본질이었으며 그렇기 때문에, 브왈로에
게서 "참이 아니면 미가 아니다"라는 말은 뮈세에 이르러 "아
름다움이 아니면 참이 아니다"라는 말로 바뀔 수 있었다. 이 아
름다움의 극단적인 추구는 시인으로 하여금 물이나 불과 같은

유동적인 이미지에서 그 극치를 발견하게 만들었고 끓어 넘쳐 흐르는 감정의 자유로운 표출만이 예술로 생각하게 하였고 그 래서 상당히 병적이고 퇴폐적으로 되어갔으며, 세속의 상투적인 삶으로부터의 초월 혹은 이탈이 시인의 피할 수 없는 운명으로 살아가게끔 했다. 그들은 요컨대, 이성과 절제와 균형의 고전주 의적 덕목들에 맞서서, 그것들을 허상으로 만들거나, 혹은 그것 들의 존재를 가능케 하는 근원적인 힘으로서의 감정과 자유와 기이함을 찾아내며 그것들에 충실함으로써 세계-밖의 존재로 스스로를 자부하고 있었다.

그러나 프랑스 혁명이 발발하고 산업 혁명이 성취되어 귀족 사회가 붕괴되며 세속의 시대가 열리게 되자, 새로운 장르의 등 장으로 나타나게 된 작가들은 또 다른 성격으로서의 예술가적 자기 규정을 제시하게 된다. 그들은 이성의 영원함을 믿을 수도 없었고 감성의 초월성을 존중할 수도 없었다. 그들의 관심사는 급격하게 변모해가는 현실에 대한 객관적 진상이었고 작가는 그것의 보고자였다. "악덕과 선행의 목록을 작성하고 사회 생 활의 가장 중요한 사건들을 기술하면서, 나는 아마도 역사가들 에 의해 망각되고 있는 역사를, 풍속사를 그리고 있다"고 방대 한 『인간 희극』의 서문에서 발자크가 쓰고 있을 때, 그는 아마 도 작가에게 비로소 부여된, 요즘식의 표현을 빌리자면, 사회 과학자적 임무를 의식했을 것이다. 「리얼리즘 선언」을 하는 뒤 랑티와 마찬가지로, 그는 작가란 현실을 있는 그대로 재현하는 사람이었고, 이때 현실이란 저기에 존재하는 자연이 아니라 별 의별 사람들이 뒤엉켜, 누추하게, 그리고 복잡하게 서로 뒤얽혀 삶을 사는 지금-이곳의 공동체적 삶의 현장이며, 그것의 재현 이란, 객관적이고 구체적이며 사실적인 것이어야 했다. 발자크 의 세계가 개체와 집단, 현상적인 것과 보편적인 것의 동일성이 드러난 세계였기 때문에, 발자크의 문학 세계 역시, 루카치가 부러워하듯이 인간의 내면과 사회적 현실이 동시에 포착될 수 있는 재현의 힘을 갖고 있었다. 발자크의 이 사회과학자적인 작가의 임무는 당시의 실증주의적 사회과학의 대두에 크게 힘입은 것이지만, 작가는 이제 비로소 세계-내적-존재로서, 사회와 인간의 삶에 대한 통찰과 진술을 수행해야 할 새로운 과제를 떠맡게 된다. 발자크의 이 과제는 졸라에 이르러, 실험실에서 인체를 해부하여 그 실험 결과의 보고서를 쓰는 의사와 같이 자연과학자의 태도로 발전하고, 스탈린 시대의 강령이 요구하듯 인간을 마음대로 조종할 수 있는 '영혼의 기사(技師)'로 급진화하거니와, 이 과제의 수행자는, 피할 수 없이, 긍정적으로든 부정적으로든, 정치적 의미를 부여받게 된다. 왜냐하면, "인간은 정치적 동물"이라는 아리스토텔레스의 명제를 확인하고 분석하는 것이 정치학의 임무라 한다면, 발자크 이후의 소설가들은 문학을 통해 그 작업에 동참하고 있었으며 작가들이 언어를 통해 재현한 세계는 어차피 개선되고 변혁되어야 할 누추한 세계이어서 작가들의 지향 역시 세속 세계의 수정으로 정향되지 않을 수 없게 되기 때문이다.

작가에 대한 정치적 의미 부여는, 20세기로 넘어와 제1차 세계 대전이라는 미증유의 역사적 참화를 겪으면서 서구 사회에서 피어나기 시작한 모더니즘 예술가들에 대해서도 마찬가지로 적용된다. 다만, 이 적용은 리얼리즘과 그 전통을 극단적으로 과격화시킨 사회주의 리얼리즘처럼 즉각적이며 직선적으로 나타나는 것이 아니라 역설적이며 간접화되어 나타난다. 그들은 이미 보편적 체계라든가 공동체적 객관성이란 어휘를 믿을 수 없으리만큼 찢겨 있었고, 오직 자신의 파편화된 의식, 개별화된 내면, 잠재된 충동을 정직하게 밀고 나갈 수밖에 없게 되며 그것의 거짓 없는 표현이 문학과 예술이라고 생각한다. 그들은 그러니까 현실이란 알 수 없는 것이고 재현이란 가짜가 되며, 그 알 수 없음과 가짜라는 것의 밝힘이 문학과 예술의 본의라고 주장한다. 초현실주의자들을 비롯한 일련의 모더니스트들의 의미를 보다 적극화시킨다면, 그들은 사실주의자들처럼 '탐구의 언어'를 실천하기보다는 '언어의 탐구'를 수행하며 그리하여, 현실을 재현하기보다 그것을 재편집·재구성함으로써, 개체와 공동체, 현상과 보편성간의 균열을 폭로한다. 이 폭로, 간접화된 이 재구성의 문학 세계는, 이제 고전주의자들의 교사로서의 시인적 자부는 물론, 19세기의 사회과학자적 보고자·재현자로서의 임무를 포기한 것이며, 리얼리즘을 깨뜨린 대신에 리얼리티를 창조하고자 한다. 19세기의 모사론적 리얼리즘 대신에 변형·왜곡의 수법으로 전위적인 실험을 통해 리얼리티를 재구성하려는 작업 태도는 브레히트에 의해 20세기적 '사회주의' 리얼리즘으로 수용되고 또 창작되고 있거니와, 이 변형·왜곡의 실험 자체에서 현대의 정치적 위기와 사회·경제적 타락의 예술적 표현을 발견한다는 것이 아도르노의 미학적 견해이다. 어떻든 현대의 작가와 예술가는 자신의 소외와 파탄을 드러냄으로써 현대 사회와 인간의 소외와 파탄을 입증하고 있으며 그것은, 역으로, 반(反)정치적 작업을 통해 정치적 역할을 수행하고 있음을 설명해준다.

작가의 이러한 배반적 성격이 극적으로 대조되어 드러난 것이 사르트르와 구조주의자들간의 논의이다. 사르트르에 의하면, 작가가 다루는 언어는 그 성격상 화가에 있어서의 물감의 성격과 같은 재료적 측면과, 타인에게 메시지를 전달하는 것과 같은 지시적 측면을 갖고 있다. 이 지시적 기능의 언어는, 운명적으로, 타인과의 의사 소통이란 역할 때문에, 타인과 앙가제되어 있다. 언어의 재료적 측면을 구사하는 시인은 독자성을 갖고 있지만 그것의 지시적 기능을 주로 사용하는 소설 등의 산문은, 그러므로, 타인과 사회에 앙가제되지 않을 수 없다. 소설은 따라서 필연적으로 참여적이며 소설가는 이 세계와 현실, 타인과의 관계에서 참여적이지 않으면 안 된다. 그러나, 롤랑 바르트나 장 리카르두는 사르트르와 달리 언어를 일상 언어와 문학 언

어로 가르면서 그와 현격한 의견을 도출한다. 내용 전달에 전폭
적 목적을 가진 일상 언어는 이미 있는 정보를 제공하며 그러기
위해 경제적이고 상투화되며 그래서 듣는 이를 자동화시키지만,
문학 언어는 새로운 구성체를 창조하며 그래서 낭비적이고 낯
선 것이 되고 듣는 이로 하여금 의식을 깨어나게 만든다. 바르
트는 앞의 언어를 타동사적, 뒤의 언어를 자동사적이라 하며,
타동사적 언어로 정보를 제공하는 사람이 기자, 자동사적 언어
로 새로운 구성체를 보이는 사람이 작가라고 규정한다(이 논의
를 소개하는 김치수의 「문학 언어와 일상적인 삶」은 내가 '기자'라
고 번역한 'écrivant'을 지식서사, 작가라고 옮긴 'écrivain'을 작가
라고 충실하게 번역한다). 리카르두는, 바르트의 두 용어를 '정보
제공자'와 '작가'로 바꾸면서, 자신이 문학이라고 부르기를 제
안한 것을 사르트르는 시라고 부르고 자신이 정보라고 부른 것
을 사르트르는 문학이라고 명명하고 있다고 지적한다.

러시아 형식주의자들의 이론을 원용한 구조주의자들에 의해
시와 소설, 시인과 작가의 구분이 해소되기에 이르렀지만, 그것
으로 모더니즘 이후의 반(혹은 초)-정치적 작업을 통한 정치적
의미 부여의 일이 벗겨진 것은 아니다. 여기서의 '정치적'이란
사회·경제적인 것까지를 포함한 가장 넓은 의미에서의 현실적
인 것을 뜻하거니와 현대의 작가-예술가들이 언어를 통해 구
현한 자동사적 언어체는 현실의 모순과 타락을 방법적으로 수
용하고 반영하며 간접화적인 구성을 이룩한다는 데서 그것은
분명하게 드러난다. 그들은 자신의 왜곡되고 변형된 묘사를 통
해 이 세계가 왜곡되고 변형되었음을 보여주고 자신과 예술 작
품 혹은 그 작품과 독자들을 전위적인 태도로 차단·소외시킴으
로써 우리가 타인이나 사물과 차단되고 소외당하고 있음을 설
명하며, 찢겨지고 타락한 삶을 그림으로써 우리의 물신화되고
교환가치로서 간접화된 체제가 찢겨지고 타락해 있음을 입증한
다. 이럴 때 작가는, 문화 산업의 구조로 빠져들어 통속화되어

있는 것이 아니라면, 그러니까 진정한 예술가라면, 그 스스로
변형·왜곡되고 차단·소외당하며 찢겨지고 타락한 존재이지 않
을 수 없다. 그는 자신의 그러함을 통해 세계의 그러함을 내보
여주고, 자신의 그러한 예술을 통해, 이 세계는 더 이상 그러하
지 않고 개혁되기를 요청한다. 마르쿠제가 그의 『미학적 차원』
에서 제임스 조이스, 프루스트 등 모더니즘 계열의 전위적·장
인적 문학 또는 예술을 위한 예술의 작품들이 보다 현실 개혁에
의미있는, 혁명의 절박성을 더욱 강력하게 의식시키는 것들이라
고 주장하게 된 것은 바로 이런 이유 때문이다. 작가는 이런 의
미에서 오늘날, 정치보다 더욱 근본주의적인 의식을 혁명화하기
를 요구하는 정치성을 띠고 있으며, 특정의 목적을 실천하려기
보다는 끊임없는 부정을 통하여 영원히, 살아 있는 의식과 이상
을 추구하려는, 정치적 혁명가보다 더욱 급진주의적이고 철저한
이상주의자이다. 그리고 의식의 혁명화와 부정적 이상주의는 이
지상의 삶에서는 결코 완성·완수되지 않는다. 그렇기 때문에
소설가와 시인·예술가의 존재는 여전히, 끊임없이 요청되고 태
어나며 문학과 예술은 현실 세계가 지속되는 한 또한 과학이 증
명하려는 것과 같은 반세계(反世界)로서의 존재 의미를 갖게
된다. 다시 말하면, 작가는 그 반세계를 지향하며 그 세계의 모
습을 구성해주는, 그래서 근원적으로 이단자이며 이상주의자일
수밖에 없는 부정적 존재들이다.

2

　작가란 무엇인가에 대한 이 같은 존재 의미에 우리의 생각이
미칠 때, 여기에 제기되는 연계적 질문 한 가지는 우리의 민중
문학 논의 중 가장 급진적인 견해에서 강력하게 제시되는 '민중
에 의한 문학' 곧 민중문학의 주체가 현장 기층민이 되어야 한

작가란 무엇인가　33

다는 주장이다. 전문 작가에 의한 장인적 문학의 대척점에서 비문필가에 의한, 예컨대 노동자·농민 들에 의한 아마추어적인 작품이 씌어지고 그 의미와 역할이 중시되어야 한다는 이 주장은, 70년대의 '민중의 문학, 민중을 위한 문학'에서 한걸음 더 나아간, 민중이 그 생산자가 되는 문학으로 진전됨으로써 성격적으로 더욱 첨예하고 논리적으로 보다 선명한, 기존 개념에의 전폭적인 비판을 담고 있다. 이러한 논리가 충분히 가능할 만한 현실적 부추김을 그것은 또한 분명히 갖고 있다. 그것은 곧, 1) 윤흥길·조세희·황석영으로 이어져오던 전문 작가들의 노동자 문학은 끝내 기존의 문학적 틀을 깨뜨리지 못함으로써 운동으로서의 문학으로는 물론, 민중의 문학으로서도 만족할 만한 효과를 얻지 못하고 있다는 점 ; 2) 시·소설·비평 등의 정통적 장르가 수용할 수 없는 생활 세계적 현실들이 전문 작가들의 상상력을 뛰어넘어 핍진하게 제기되고 있으며 그것들이 근로자·농민 혹은 비문학적 지식인들 그러니까 비전문 문학인들의 수기·일기·르포·노래·만화·연희 등 각양의 형태로 표현되고 있다는 점 ; 3) 70년대 후반 이후 유동우·석정남을 비롯한 현장 체험자들의 수기와 이영희 등의 비문학 지식인들의 글이 일반 민중 독자는 물론 작가·시인 들에게 충격적인 자극으로 수용되었으며 그것은 전문 문학인들의 기성 작품 세계가 지닌 한계를 돌파시키리라는, 그 대표적인 예가 박노해의 시집 『노동의 새벽』이라는 점 등이 그렇다. 이러한 문단적 상황 속에서 민중 주체의 문학론으로 논의가 진전될 수 있었던 논리적 과정은 성민엽의 다음과 같은 해설이 명쾌하게 요약해준다.

'민중의 문학'이란 무엇인가? 이 물음에 대해서는, 신경림 이래 '민중적 현실의 문학적 형상화'라고 하는 상당히 포괄적인 답이 통용되어왔다. 그 답을 창작 주체라는 측면에서 좀더 진전시키면 이렇게 된다. 창작 주체는 현실적으로 시인·작가이다. 그런데 시인·작가는 '문화 지식인'이지 민중 자신이 아니다. 그러므로 '문화 지식인'인 시인·작가가 '민중적 현실의 문학적 형상화'에 도달하기 위해서는 일종의 존재 전이가 필요하다. 즉 시인·작가는 자신의 사회적 존재에 대한 반성적인 인식으로부터 민중 지향으로 나아가 민중적 삶에 자기 자신을 일치 내지 통합시킴으로써 민중 의식을 획득해야 하는 것이다. (「민중문학의 논리」)

민중적 삶으로의 '존재 전이'는 두 가지로 예상될 수 있을 것이다. 작가·시인이 자신의 '문화 지식인'으로서의 신분을 포기하고 현장-기층적 민중으로 전신하여 민중적 삶을 실체화시키는 것이 그 하나이며, 실제의 노동자·농민이 자신의 현실적 삶을 문학적으로 드러내는 방법이 나머지 하나이다. 앞의 방법은 여러 시인·작가 들이 선호해서 택했든 문학에서 포기당해 마지못해 취했든 선례가 적잖이 발견되지만, 그것은 가령 심훈의 경우에서 보듯이 '문화 지식인'으로서의 속성을 완전히 떨쳐내기보다는 오히려 선민 의식으로 계몽주의적 태도를 보이든가, 또는 이름없이 스러져간 작가들처럼 문학 자체까지 포기해버리는 수가 많다. 요컨대 이 방법은 민중 의식의 실체화에 실패하든가 문학 창작에 실패하든가 둘 중 하나이다. 민중이 시인·작가가 되는 두번째 방법은 매우 힘들기는 하지만 가령, 러시아의 고리키나 식민지 시대의 최서해와 같은 성공적인 경우를 우리는 쉽게 찾아낼 수 있다. 그러나 이 방법이 기여할 수 있는 보다 확실한 성과는, 기층민이 작가로 신분 상승을 이룩했다는 예외적인 성공에서 찾을 일이 아니라, 혁명기의 러시아에서 활발하게 전개된 '노동자 통신원' 같은 데서 찾을 수 있을 것이며, 그것은 현장 노동자들의 보고와 르포·의견 들이 억압적인 민중적 현실을 고발하고 개선토록 하는 데, 그리고 더 나아가 전문 작가들의 민중적 문학의 창작에 자극을 주는 데 더욱 크게 작용하는 것이다. 그것은 이 아마추어 작가들의 글이, 직업적 작가들이 서재에서 상상력으로 만들어낸 것보다 더욱 치열하고 현실적인 경험들을 자료로서 제공하여, 그들의 비수사(非修辭)적인 거칠고 소박한 표현이 보다 생생하고 현장적인 공감 효과를 일으키기 때문이다.

현장 근로자들의 문학적 의식이 마찬가지로 전문 작가들로부터 적극적인 교육적·정서적 영향을 받아들여 긍정적인 효과를 만들어낼 수 있다면, 이 창조적인 양자간의 변증법적 관계는, 채광석이 묘사하듯이, "전문적 시인들의 시가 민중들에게 던져져서 으깨고 으깨어지며 다시 시인들에게 되돌려지는 부단한 과정을 통해 민중적 뿌리와 민중적 구체성을 띤 민중의 소리, 민중의 노래로 되어야 하듯이 기층 민중들의 시가는 민중들 스스로와 민중 지향적 전문 문학패들에게 던져져서 으깨고 으깨어지며 다시 그들에게 되돌려지는 과정을 통해 이 시대의 민요로서의 전형이 갖춰질"(「시를 생각한다」) 수 있게 될 것이다. 그러나 우리의 민중 주체의 문학 논의에서는, 비록 그것이 '생활 문학' 또는 '수기와 르포의 현장 문학'이라는 한계를 전제로 하고 있지만, 민중문학의 제작자가 현장 기층이어야 한다는 주장의 급박성을 그 한계로만은 멈추지 않게 만든다. 그것은 예컨대 전문 문학인과 비전문의 글쓰는 이간을 양분화시켜 전문 문인을 중산층의 소시민 의식에의 순응주의자로 수렴시켜버리고 글쓰는 기층민이 일방적으로 옹호받게 만들며, 따라서 문학은 비문학적일수록 좋으며 문학주의에 충실한 문학은 나쁜 문학이라는 판단을 낳게 유도한다. 이러한 현상을 지적하면서 성민엽은, 앞의 요약에 이어 다음 네 가지 점에서의 반성을 요구한다. 1) '민중 자신이 생산 주체인 문학' 개념에는 기계적 결정론이 개재되어 있지 않은가; 2) 전문적 문학인은 중간층 지식인인가; 3) 민중문학을 생산 주체로만 파악한다는 것은 '지나치게 그 폭을 협착시킴으로써' 우스꽝스런 결론에 떨어지지 않겠는가; 4) 문학과 현실의 상관 관계에 대한 치밀한 연구가 결여된 것이 아닌가. 요컨대 그의 반성은, 이렇게 제기한 문제들이 포괄되지 않는다면, "의욕과 열정으로 돋보이는 이 새로운 민중 문학론은 극단적 결정론과 극단적 주의주의(主意主義)라는 양극으로 찢겨버릴 우려"를 제기한 것이다. 우리는 여기서, 온당한 성민엽의 반성을 존중하면서, 이 주제와 관련하여 작가의 신분상의 계급 문제와 전문/비전문의 문학적 의미에 대해 상식적으로 개략해볼 수 있겠다.

작가는 고전주의 시대에는 귀족 출신이거나 귀족에의 기생(寄生) 계층이었으며 사실주의 이후의 부르주아 시대에는 자산층 출신이거나 그것에 기생한 계층이고, 아마도 동구권과 같은 체제에서는 프롤레타리아 출신이거나 그것의 기생 신분이었을 것이다. 이것은 작가의 출신 성분이 역사적으로 항상 고정되어 있거나 고정된 계급에 기생하는 것이 아니라 그 시대의 주도적 계급이 무엇인가에 따라 그들의 출신 계급과 그들이 기생할 숙주가 결정된다는 것을 뜻한다. 이 말은, 환언하면, 1) 자기가 속한 계급의 이데올로기를 반영하거나; 2) 자기가 봉사하는 계급의 이데올로기를 주장한다는 것이다. 그러나 실제의 문제는 이렇게 간단히 분류되거나 도식화되지 않는다는 데 있다. 부르주아 출신인 프루스트는 부르주아 의식을 드러내는 데, 부랑자였던 고리키는 프롤레타리아 의식을 드러내는 데 각각 일급의 문학을 창작했지만, 많은 경우, 작가는 자기의 출신 계급을 배반하기도 하며 자기가 봉사하고자 하는 계급을 비판하기도 하기 때문이다. 예컨대 귀족 출신의 톨스토이는 가난한 부르주아 출신의 도스토예프스키보다 민중적이었으며 하녀의 아들인 카뮈는 프티부르주아 출신인 사르트르보다 중산층적 의식을 드러냈고, 보수적인 귀족주의를 지향한 발자크는 엥겔스가 탄복하듯이, '그 자신의 의사에 반하여' 새로운 지배 계급으로서의 부르주아의 대두와 귀족 사회의 쇠망을 직시하고 있었다. 이런 현상은, 예외적이라기보다는 작가라는 특수한 신분 계층이 가질 수 있는 일반적인 성격이라고 말해도 좋을 것이다. 작가들과 그들이 소속된 넓은 편차의 자유 지식인들은, 현대의 사회 구조와 계급적 성격, 교육의 기회로 보아, 중산층에서 대체로 배출되는 것은 사실이지만, 그렇다 해서 이들이 반드시 중산층의 이데올로기에 봉사한다는 것은 출생 신분으로 그의 모든 것을 간단히 수렴시키는 소박한 환원주의로 떨어져버리고 마는 것이며, '자유' 지식인으로서의 그들의 선택이 얼마든지 자기 계급에 배반하거나 혹은 초계급으로 될 수 있다는 특권을 무시하는 것이다. 그들은, 마르크스와 엥겔스, 레닌과 사르트르처럼, 자기의 출신 계급으로부터 전향할 수 있으며 그람시와 같은 노동자 출신의 지식인과 제휴할 수 있었다. 오늘의 사회 현상과 문화 실제, 교육의 효과는 자신의 출신 성분에 구속당하지 않고 예상보다는 자유롭게 계급적 지향을 선택할 수 있으며, 그 자유가 중간 계급 중에도 다른 직종과 달리 상대적으로 넉넉하게 부여되고 있는 곳이 이들 작가를 포함한 지식인 집단들이다.

작가들이 자기 계급을 초월할 수 있는 자유로운 인간들이라 했지만 그 배반의 자유는 아마도 결코 완벽한 것은 못 될 것이다. 그것은 사회주의자로서 출발했지만, 스페인 내란 이후 자신의 출신 계급인 프티부르주아의 세계로 돌아가버린 조지 오웰과 같은 경우가 연상되기 때문이기도 하지만, 대부분의 작가들과 자유 지식인들은 기존의 의식과 가치-개념 체계로부터 쉽사리 자유로울 수 없는 전통과 교육의 끈을 끈끈하게 매고 있으며, 이 끈은 중산층에게나 무산층에게 다 같이 허위 의식을 주입하기도 하기 때문이다. 실제로 우리가 당연한 자산으로 이의 없이 받아들여오던 많은 문학적 관념들이 영구·보편적인 것이 아니라 고전주의 시대 이후의 역사적 산물로서 그것들이 통용되던 시기가 4세기 미만이라는 사실을 환기하는 것으로 그것은 충분할 것이다. 그럼에도, 작가에게서 자기 계급을 거부하고, 현대의 경우 주도적 사회 계급으로서의 중산층적(혹은 부르주아

적) 세계를 부정할 수 있는 힘을 개연적으로서만 아니라 실체
로서 확인할 수 있게 만드는 것은 무엇일까. 다시 구체적으로
말하여, 20세기의 20년대 작가들이 자신들을 태어나게 했고 자
신들의 시대를 지배하고 있는 부르주아 계급을 비판하고 부정
하며, 혹은 마르크시스트가 되고 코뮤니스트가 되게 된 연유는
무엇일까. 아마도 여기에는 세계관이 어떻게 한 예술가를 통하
여 표현될 수 있는가의, 아직까지는 완전히 해명하지 못한 복잡
한 예술 사회학적인 고찰이 필요할 것이며 작가와 사회, 의식과
현실간의 까다로운 현상학적 분석이 요청될 것이다. 지금 우리
로서는 손닿을 수 없는 이 같은 난해한 접근법은 젖혀두고, 이
문제를 전문성과 비전문성의, 민중 주체의 우리 문학론에 자주
제기되는 문제로 좁혀 개괄해볼 수도 있을 것이다.

우리는 여기서 '전문성'이라는 말을 기능성의 의미로보다는
장인성이란 뜻으로 사용하고 싶다. 기능성이라면 직업적인 기술
로서 능숙하게 비슷한 수준의 상품을 만들어내는 테크닉을 가
리키지만 장인성이라는 데에는 숙련된 기술 위에서 그 한계를
극복하여 보다 새로운 제품을 창조해내려는 진지한 욕구가 들
어 있다. 이들은 다 같이 전문적인 기술의 습득을 전제하고 있
지만, 그것이 기능성을 뜻할 때는 상투성의 반복을 수행할 것이
며 장인성을 가리킨다면 반상투적인 그래서 독창적인 새것을
제작해내는 것을 보여줄 것이다. 작가 모두가 장인적인 것은 아
니며 현대 문화 산업의 구조가 장인성의 유지를 좁혀들게 하고
있는 것은 사실이지만, 그럼에도 생산의 모든 부면 중에 문학과
예술의 생산에 가장 넓게 이 장인성의 문이 열려 있고, 또 기능
적 전문성이 지배하는 사회이기 때문에 이 좁은 장인성의 문이
고귀한 의미를 띠게 된다는 점은 마땅히 주목되어야 할 것이다.
장인성으로의 선택 자체가 타락한 지배 세력과 물신화 추세에
대한 부정과 저항의 표지이며, 실험적이고 전위적인 문학과 예
술 작품이 오늘의 수용층으로부터 소외되고 무시된다는 그 측

면에서 바로 그것은 진지한 도전적 문제성을 제기한다. 장인적 작가가 그래서 몰두하는 순수 예술에의 창작 의욕은 앞의 문단에서 우리가 고찰한, 언어체의 구성으로서 표현된다. 그는 이 세계에 이미 존재하는 정보를 제공하는 것이 아니라, 이 세계에 있어본 적도 없고 그 누구도 구경해보지 못한 새로운 (작가의 경우) 언어의 세계를 만들어낸 것이다. 그것은 일상적인 것이 아니라 허구적인 것이며, 상투적인 것이 아니라 그 자체 개별적이며 자율적으로 존재하는 구성체이고 우리가 경험한 의식이 아니라 그 지평을 넘어선 미지로의 탐험에 개방된 세계에의 인식이다. 그것들은 그래서 지금—이곳의 우리의 현실적인 삶을 잘못되고 구겨진 삶으로 대조케 만들며, 보다 아름답고 진실한 세계를 꿈꾸게 만든다. 이러한 세계의 창조는 비전문인들의 글쓰기로부터 영향받고 혹은 자료와 체험의 제공을 받기도 하겠지만, 오직 장인적 작가들의 독자적이며 특권적인 영역이다. 이들의 이러한 특권이 인정되지 않는다면, 정보 제공자로서의 르포와 수기의 현장적 작업이 갖는 진정한 의미도 흡수될 수 없을 것이다. 전문적 작가의 위상을 이렇게 설정할 때, 그것은 민중과 유리된 상아탑 속의 말놀이로 간단히 취급되거나 난해한 제스처로써 타락한 자위 행위로 손쉽게 처리되기는커녕, 오히려 보다 고통스런 모험과 진지한 개척을 통해 세계를 넓히고 삶을 높이는 의식의 개혁자, 따라서 현실에 대한 근원적인 변혁자로 이해될 수 있을 것이다.

문학의 생산 주체가 기층—현장인이어야 하며, 문학에서의 전문성이 상투적인 기능성으로 타락하고 있다는 주장에는 일정한 진실이 담겨져 있다는 점을 우리는 또한 부인하지 말아야 할 것이다. 거기에는, 작가란 특정한 신분의 소유자이며 보통의 사람들은 여기서 배제되어야 한다는 고착된 관념이 우리 사회 일반, 그리고 제도화한 문단 사회 일반에 널리 깔려 있음에 대한 신랄한 비판이 숨어 있으며, 따라서 문학은 작가라는 신분만이 만들어낸 것이라는 잘못된 기존 개념을 깨뜨리려는 혁신적인 의도가 노골적으로 드러나 있다. 이 보수적이고 고정된 관념은 문학의 민주화 그리고 민중적 삶의 드러냄을 위해서나 우리의 잘못된 현실은 고쳐져야 한다는 각성과 꿈의 함양을 위해서, 마땅히 깨어져야 할 것들이다. 민중문학론은 다른 여러 논의, 가령 민중의 의미와 문학의 장르 개혁 등 다각적인 주장들과 함께 문학의 주체란 측면에서도 새로운 시각과 접근법을 제기한 중요한 기여를 수행하고 있다. 그리고 이 기여가 보다 활성화되고 영속화되기 위해서는, 작가는 누구인가라는 질문 대신에, 작가란 무엇인가를 다시 환기하도록 만들어야 한다. 그 환기는, 작가란 자기 계급에 충실하든 그것에 배반하든, 계급적 이해 관계에 순응하기보다는 그것들의 역학 관계를 통찰하며, 장인적 언어 탐구를 통해 새로운 지평으로의 의식의 확대와 개척을 수행해야 한다는 것, 그리고 자신의 존재 의미를 글쓰는 신분으로서가 아니라 글쓰는 행위로써 자기 증명해야 한다는 것을 뜻한다. 작가란 누구인가보다, 작가란 무엇인가라는 질문으로써 스스로를 자리매김하려는 이 환기적 태도는 세계를 상투적으로 보기를 그치고 끊임없는 부정을 통해 새로운 창조를 도모한다는 행위 속에 가려진, 한없는 외로움과 고통, 절망과 도전, 모험과 패배의 무거운 짐을 지겠다는 실존적 결단을 동반하고 있다. 우리는 그런 사람만을 일컬어 작가라고 불러야 한다.

문학 생산의 장

현   택   수

1. 머리말

문학계에서 문학과 사회의 관계 혹은 문학의 사회성에 대한 논의가 있어왔으나 이에 대한 과학적 접근 방법은 그 역사가 그리 오래되지 않는다. 그 이유는 우선 문학 예술이란 심미적 체험의 세계를 다루어야 한다는 연구 대상으로서의 어려움 때문이기도 하지만, 문학에 대해 경건함과 존경을 표시하는 오랜 전통의 보호막이 과학적 객관화의 커다란 장애였기 때문일 것이다. 사실 문학인과 문학 애호가들은 문학과 사회의 관계를 논하는 과학적 접근들을 그들의 눈에 거슬리는 도전적인 것으로 여기곤 했다. 그래서 그들은 특히 문학과학으로서의 문학에 대한 사회학적 접근들이 종종 문학의 자율성과 미적 세계의 특수성을 축소하거나 파괴하고, 천재 또는 창조자로서의 작가의 위상을 간과하거나 부인하는 불경한 태도를 보이면서 스스로는 사회 구조 결정론에 빠지는 사회학주의의 천박성을 드러낼 뿐이라고 비난하곤 하였다.

문학의 사회학적 분석은 미학적 즐거움으로 시작되는 작가와 독자의 문학적 체험의 개별성을 무시하고 사회학적 객관주의에 빠져 문학의 미학적 가치를 평가절하하고 창조자로서의 작가의 개별성을 부인하는 것일까? 사실 천박한 마르크스주의자들의 '반영 이론'이나 경험주의를 표방하는 일부 사회학자들의 정보 처리식 통계적 접근 방법 속에서 문학은 이른바 '문학성'을 박탈당하고 특정 계급의 이데올로기 표현에 불과하거나 소비 사회에서 생산자와 소비자 관계 사이의 상품으로 전락하기도 하였다. 문학사회학이 계속 이러한 경향을 보이는 한 "문학사회학은 문학을 손상시키지 않는 사회학이어야 한다"든지 "문학사회학은 사회학이되 문학의 울음을 울어야 한다"[1]는 작고한 한 문학인의 충고는 계속 살아남을 것이다.

따라서 우리가 기대하는 바람직한 사회학적 연구란 문학의 자율성과 그의 특수한 미적 체험 그리고 작가의 창작 가능성을 부인하거나 이를 파괴하지 않고, 문학 행위의 사회 구조적 이해와 객관적 분석을 통하여 문학 예술적 체험을 더 풍부하게 해줄 수 있는 방향으로 진행되어야 할 것이다.

프랑스 사회학자 피에르 부르디외 Pierre Bourdieu(1930~   )는 문학 작품의 생산과 수용의 사회적 조건에 대한 자신의 사회학적 분석이 문학적 체험을 보다 더 강화시켜준다고 믿는다. 그는 문학적 신념의 체계 및 언어의 상징적 놀이의 사회적 기원 분석을 통하여 사회 구조 속에서 문학의 물질적·상징적 게임을 이해한다는 것이 사회적 특정 상황 속에서 창조자로서의 작가와 그의 작품의 개별성을 부각시키면서 문학의 독자성과 특수성을 인정하는 것이라고 생각한다. 그렇다고 그의 접근법이 기존의 전통적 문학 연구 방법들을 인정하거나 이들에 종속되려는 것은 결코 아니다. 그의 접근 방법은 오히려(그리고 당연히) 문학의 본질과 미적 경험의 문제를 주로 작가와 작품 속에서 찾

---

1) 김현, 『한국 문학의 위상/문학사회학』(김현문학전집 1, 서울: 문학과지성사, 1991), p. 356.

던 전통적 문학 연구 방법들을 비판하며,[2] 더 이상 문학 세계라는 특수한 비전 속에 갇혀 문학 현상을 바라보기를 그치고 문학을 하나의 사회 현상으로서 개인과 집단 그리고 제도 및 사회 구조 속에서 바라보고자 하는 문학·예술사회학적 전통 위에 서 있다. 즉 문학사회학의 기본적 시각은 전통적 문학사 또는 예술사회사의 시각과는 달리 문학을 '사회적 산물'로 보는 데에 흔들림이 없다. 다시 말해서 문학과학으로서의 문학사회학은 사회와 역사를 초월한 미적 경험을 상정하고 천재 개인의 창조적 작품으로서 문학을 바라보는 낭만적·신비적 문학 개념에 대하여 집단적·제도적·사회적 생산물로서의 문학 개념을 주장한다. 이러한 맥락에서 문학·예술 분석의 초기 시절에 부르디외는 자신 있게 다음과 같이 말한다.

> 따라서 예술 작품의 주체는 표면상의 원인인 독창적 예술가도 아니요, 사회 그룹도 아닌…… 전체로서의 예술 생산의 장(場) *champ* 이다.[3]

우리는 이 글에서 문학을 천재적 작가의 창작품으로 보거나 작품을 자기 완결적 구조를 지닌 존재로 바라보는 등의 종래의 시각과는 다르면서, 또한 문학을 의사 소통의 한 형태로 보면서 작품을 상품의 유통 구조 속에 머물게 하는 천박한 실증주의적 접근과는 전혀 다른, 독자적인 사회학적 시각으로 문학 세계를 분석하는 부르디외의 연구 방법 및 이론을 살펴보고자 한다.

---

2) 부르디외는 작가의 전기적 연구 방법이나 문학 작품의 이해를 '약호 풀이'의 행위로 여기고 문학적 암호 코드를 재구성하는 모든 현학주의를 경계한다. 그는 기호학적 분석 전통은 바흐친 M. Bakhtine 이 말하는 언어를 죽은 글자로 해독하는 '문헌학주의'에 속한다고 비판한다.

3) P. Bourdieu, *Questions de Sociologie*(Paris: Ed. de Minuit, 1984), p. 212.

2. 문학과 제도화

문학 현상은 일종의 의식(儀式)적 행위의 제도화 과정으로
볼 수 있다. 문학적 가치를 설정하고 작품을 만들어 배포하고
읽는 일련의 문학 행위는 의례적 규칙에 따른 개인과 사회 집단
의 사회 행위이다. 모든 의식은 그 자체를 신성화하고 정당화하
는 과정을 거쳐 그 어떤 초월적이고 신비로운 상태로 보이게 하
는 경향을 갖는다. 제도화는 바로 이러한 의식화 성격을 갖는
다. 이 점에 관해 부르디외는 다음과 같이 설명한다.

> 이 경우, 더 정확히 말해서, 마치 법적·정치적 의미의 '법 제
> 정'처럼 제도화하는 것은 신성화하는 것, 즉 사물의 상태, 기존 질
> 서를 승인하고 성화하는 것이다.[4]

제도화 의식의 상징적 효과는 객관적 차별성을 드러내는 데
있다. 제도화는 유와 무의 차이를 극명하게 하는 '사회적 마술'
현상이다. 예를 들어 누구를 작가라고 명명하는 것은 일종의 제
도화하는 행위로서 작가라는 신분의 한계를 분명히 설정하는
사회적 정의를 내리는 행위라고 볼 수 있다. 이때 작가라는 신
분의 범위를 확정하는 이 보이지 않는 경계선이야말로 마술의
경계선일 수밖에 없다. 왜냐하면 이 경계선 안팎의 기준으로 작
가냐 작가가 아니냐(혹은 작가가 될 수 있느냐 없느냐)가 결정되
고, 동시에 그것이 이 경계선을 넘나들 수 있는 속성들을 억제
하는 기능을 하기 때문이다.

이러한 사회적 마술 행위의 제도화는 어느 한 집단 전체의 공
통된 신념이 전제가 되고 승인된 제도들에 의하여 보장될 때만
이 성립할 수 있다. 그리하여 이른바 작가에 대한 '경계선 설

---

4) P. Bourdieu, *Ce que parler veut dire*(Paris: Fayard, 1982), p. 124.

정' 또는 '정의 내리기'는 여러 승인 제도를 통하여 작가로 인정하는 다양한 지표들 속에 나타난다. 즉 학술원, 교육 기관, 작가 협회 등에 의하여 만들어지는 작가 인명록이나 수상자 명단 등이다. 그리고 여러 형식을 통하여 작가 지위에 이르고 확인하는 과정, 즉 작가 '시성식' 과정의 결정 요소를 살펴보면 수상자 명단뿐만 아니라 대가들의 초상화·동상·메달 제작이나 작가 이름을 거리명으로 쓰기, 추모 동상 제막식, 기념 사업단의 발족, 교과 과정에 작가 이름 등장 등이 있다.[5]

이는 문학에 대한 정의 문제에서도 마찬가지다. '문학적인 것'과 '비문학적인 것'의 차이는 단지 '경계선 설정'의 문제이다. 무엇이 문학 작품이고 어떤 것은 문학 작품이 될 수 없는가? "논리적으로 말해서 문학 텍스트의 어느 구절도 진실이 아니며 거짓도 아니다"[6]라는 토도로프 Todorov 의 말에서 우리는 형식 논리가 이른바 문학적인 것과 비문학적인 것의 차이를 가늠하는 기준이 못 된다는 것을 알 수 있다. 사실상 문학적인 것은 "이것이 문학 작품이다"라고 정한 것을 믿는 사회적 신념의 질서에 기인한다. 문학적 가치란 하나의 제도화한 가치일 뿐이다. 따라서 문학에 대한 정의 문제는 문학적 가치에 관한 문제이고, 이 가치는 아카데미·학교 등 제도의 권위와 이 가치의 생산자인 작가·비평가 등의 권위에 의한 마술적 가치인 것이다.

3. 문학의 장

문학적 질서는 오랫동안 점진적으로 제도화하면서 자율화 과정을 거쳐왔다. 특히 19세기부터 문학적 질서가 부르주아 생산 체계 속에서 자율적 구조화에 이를 때 문학은 고유의 약호와 정

5) P. Bourdieu, *Les règles de l'art*(Paris: Seuil, 1992), pp. 312~13.
6) T. Todorov, *Poètique*(Paris: Seuil, 1973), p. 36.

당화의 승인 제도를 갖고 이를 재생산하며 독립적인 하나의 신성화된 세계를 구축한다.

자크 뒤부아 J. Dubois는 이러한 문학의 자율화 과정의 역사적 사실을 부르주아 계급의 지배 이데올로기에 연관시켜 제도의 개념을 문학 행위의 조직과 문학 교육적 측면, 그리고 국가 이데올로기에 연관시켜 제도의 개념을 문학 행위의 조직과 문학 교육적 측면, 그리고 국가 이데올로기적 측면에 적용하여 분석할 것을 주장한다.[7] 그러나 부르디외는 제도라는 개념이 실제로 매우 갈등적인 문학 세계를 단순한 합의적 이미지로 보이게 할 뿐 아니라 낮은 수준의 제도화 과정은 간과해버릴 위험을 내포한다고 비판한다.[8] 그는 이러한 제도적 구성 과정을 하나의 객관적 관계의 구조화로 인식하고 이의 보다 세밀한 분석과 구체적인 이론화 작업을 위하여 막스 베버의 몇몇 개념에 교훈을 얻어 장(場)champ이라는 하나의 중요한 개념을 창출해낸다.

장의 개념은 연구 대상의 설정에서 방법론적 선택의 이론적 입장을 지칭하는데 문예(문학)과학이나 종교·법·과학사회학(사회사)이 흔히 직면하는 이른바 내적 분석 혹은 외적 분석이란 양자 선택적 상황을 벗어나기 위해 도입된다. 사실상 문학·예술적 행위를 높은 수준의 자율화의 형태로 보고 이를 기호화하는 형식주의나 문학·예술적 형식을 사회적 형태에 직접 접목시키려는 환원주의는 그 자체의 방법론적 한계로 말미암아 부르디외가 말하는 '객관적 관계들[9]의 공간'으로서의 '생산의 장'을 고려하지 못한다. 이런 점에서 부르디외는 '실체론적' 사고라고 부르는 카시러 E. Cassirer의 합리적 구조주의 방식과 러

---

7) J. Dubois, *L'institution de la littérature*(Paris et Bruxelles: Nathan et Labor, 1978). 뒤부아의 문학의 제도적 분석은 부르디외의 장 개념과 알튀세르 L. Althusser의 '이데올로기적 국가 장치 *appareils d'état idéologique*' 개념에 크게 영향을 받고 있다.

8) P. Bourdieu, *op. cit*(1992), p. 321.

9) 부르디외가 말하는 '객관적 관계'란 지배·종속 또는 상보·대립의 관계를 의미한다.

시아 형식주의자들의 방식은 문학 작품이나 사회적·상징적 체
계를 사회적 실재 그 자체로 인식하여 개인·집단 혹은 제도를
연계하는 현실의 객관적 관계들을 파악할 수 없다고 지적한다.
또한 그는 바슐라르 G. Bachelard가 『응용합리주의』와 『부정의
철학』에서 제시한 바 있는 근대 수학의 형식적·조작적 성격을
강조하는 '구조적' 인식론에 대해서도 같은 비판을 가한다.[10]

　문학(예술·철학)의 장 분석을 위한 부르디외의 초기 시도는
1966년에 쓴 「지식의 장과 창조적 제안」이라는 글에서 나타난
다.[11] 그러나 이 글은 지식계에 몸담고 있는 행위자들간의 즉각
적이고 가식적인 관계 분석에 그치고 만다. 저자와 비평가, 저
자와 편집자들의 상호 작용에 대한 이 분석은 이 상호 작용의
형식을 결정하는 구조, 즉 장 속에서 이 행위자들이 각기 차지
하고 있는 상대적 위치간의 '객관적 관계 분석'까지 나아가지
못했다.[12] 장에 대한 부르디외의 좀더 구체적인 구상은 막스 베
버 Max Weber의 『경제와 사회』 가운데 종교사회학에 관한 부
분을 읽음으로써 얻어지는데, 이때 부르디외는 베버가 '유형론'
에 묶어두었던 상호 작용의 구체적 형식을 분석 가능하게 해주
는 '객관적 관계들의 구조'로서의 종교의 장 설정을 제의한다.[13]
장의 이론화를 위해 부르디외는 베버가 종교 분석에 이용하였
던 경제학에서 차용한 일련의 개념들(예를 들어 공급·수요·경쟁·

---

10) P. Bourdieu, *op. cit.*(1992), pp. 254~55. 부르디외는 형식적 구조주의에 대
　　한 비판을 통하여 장과 아비튀스 이론을 정립하는데 그의 이론이 근본적으로
　　구조주의 교훈을 간직하고 있다는 점에서 '후기 구조주의'에 속하는 '발생론
　　적 구조주의' 이론으로 인식된다. P. Ansart, *Les sociologies contempo-*
　　raines(Paris: Seuil, 1992), pp. 29~46 참조.
11) P. Bourdieu, "Champ intellectuel et projet créateur," *Les Temps moder-*
　　nes 246, p. 865~906.
12) 이 글에 대한 수정과 보완을 한 글로서 「권력의 장, 지식의 장 그리고 계급의
　　아비튀스」라는 논문이 있다. "Champ du pouvoir, champ intellectuel et
　　habitus de classe," *Scolie* 1(1971), pp. 7~26.
13) P. Bourdieu, "Une interprétation de la sociologie religieuse de Max
　　Weber," *Archives européennes de sociologie* 12(1)(1971), pp. 3~21.

독점)을 구조적 시각으로 수용하면서 기존의 경제학 이론이 조명하지 못한 상이한 여러 장들이 담고 있는 일반적 속성들을 발견하기에 이른다. 그는 경제학주의에 빠지는 것을 경계하면서 상이한 각 장(종교의 장, 과학의 장 등)의 연구가 시대와 국가적 전통에 따라 특수한 경우처럼 비교적 차원에서 이뤄질 것을 요구한다. 즉 결정론적 도식에 빠지지 않으면서 각 장들이 지니는 불변속성들과 자본·투자·이익 등과 같은 개념 체계가 구성하는 특별한 형태들을 파악하도록 노력해야 한다는 것이다. 이러한 전망 아래 부르디외는 같은 해인 1971년에 「상징재(象徵財)의 시장」[14]이란 글을 쓰는데 이것은 그의 문학(예술·문화) 사회학의 이론적 주춧돌을 이룬다.

장의 이론은 상징적 내용과 형식 속에 정해진 작품 공간과 생산의 장에서의 위치 공간은 '상동 관계 homologie'에 있다는 가정을 품고 있다. 예를 들어 알렉산드리아 시(12음절 정형시)에 대립되어 정의되는 자유시, 또는 순수시에 대립되는 참여시는 미학적으로뿐만 아니라 사회적 혹은 정치적으로도 상동한 '대립 관계'에 놓인다. 이같이 문학의 장과 권력의 장 또는 전체 사회의 장 사이에 상동 관계가 성립된다는 것은 대부분의 문학적 전략이 다원적으로 결정되며 '선택'이란 미학적인 동시에 정치적이고, 내적인 동시에 외적인 '이중적' 행위인 것이다.

여기서 부르디외가 말하는 '대립 관계'의 구도는 종교적인 용어로 '정통 ortholoxie'과 '이단 hérésie'의 대립 관계 속에서 찾을 수 있다. 예를 들어 러시아 형식주의자들이 말하는 자동화와 탈자동화의 문학적 과정, 즉 문학 형식 변화의 원동력은 작품 속에 있는 것이 아니라 정통과 이단이라는 대립 관계 속에 있는 것이다. 부르디외의 이러한 종교 용어의 사용은 베버가 성직자와 예언자에 대해 언급할 때 '일상화 Veralltäglichung'와

---

14) P. Bourdieu, "Le marché des biens symboliques," *Année sociologique* 22(1971), pp. 49~126.

'탈일상화 *Ausseralltäglichung*,' 즉 세속화와 탈세속화 또는 통속화와 탈통속화의 대립으로 구별 사용한 것을 의미있게 연상시켜준다. 성공한 작품들의 과정이란 통속화된 기존 상징 질서의 보수적 수호자들과 이교도적 단절을 꾀하며 기존 형식의 비판과 전복을 주창하는 자들의 투쟁의 산물인 것이다.[15] 이렇듯 문학의 장은 정통과 이단, 통속과 탈통속, 보수와 진보의 대립 관계로 파악될 수 있다.

문학 장의 구조 변화는 행위자들이 장 속에서 차지하고 있는 공간과 상동한 '가능성의 공간'[16]을 향해 이들을 인도하는 '무관심적 관심'에 달려 있다. 이는 미셸 푸코 Michel Foucault가 학문의 경우 상징적 구조주의라 정한 바 그 변화의 방향은 역사의 유물인 가능성의 (개념적·양식적) 체계 상태에 달려 있다고 볼 수 있다. 간단히 말해서 문학적 투쟁에 가담한 행위자들과 제도의 전략들은 순수한 가능성 형태의 직접적 대치 상태로 파악되지 않고 행위자들이 특수 자본의 분배 구조 속에서 차지하고 있는 위치에 따라 파악된다. 이때 특수 자본은 경쟁 상태에 있는 행위자에게 가능성의 지각과 선택의 전략 범위를 정해준다. 그리하여 상징 체계 지배자와 그 도전자간의 테제·안티테제의 투쟁 양상이 전개되며 이러한 투쟁의 발생 조건은 가능성의 공간에 달려 있게 된다.[17]

이러한 장의 속성들로 미루어 우리는 문학의 장을 '특수 자본의 불평등한 분배 구조 속에서 문학적 정당성을 획득하기 위하여 행위자들간에 벌어지는 경합과 대립의 공간'이라고 잠정적인 정의를 내려볼 수 있겠다. 그런 다음, 보다 구체적으로 부르디외의 장과 아비튀스의 문학사회학 이론을 살펴보도록 하자.

---

15) P. Bourdieu, *op. cit*(1992), p. 289.

16) 이 개념에 대해선 뒤에서 살펴볼 예정임.

17) P. Bourdieu, *op. cit.*(1992), p. 290.

4. 문학의 장과 아비튀스

　부르디외의 문학사회학은 서로 긴밀하게 연결되어 있는 다음의 세 가지 국면에 대한 연구 작업 위에 성립한다. 첫째는 권력의 장 속에서 문학의 장의 위치를 분석하는 것이고, 둘째는 그 자체의 기능과 변화의 법칙을 갖고 있는 장의 내적 구조에 대한 분석인데 다시 말해서 문학의 장 속에서 정당성 획득을 위한 경쟁 상태에 있는 개인이나 집단들이 차지하는 위치들간의 객관적 관계 구조에 대한 분석을 말한다. 셋째로는 이 위치 점유자들의 아비튀스 *habitus* 발생에 대한 분석인데, 아비튀스란 개인이나 집단이 문학의 장 속에서 갖는 위치와 사회적 도정 *trajectoire sociale* 의 산물로서의 성향들 *dispositions* 의 체계를 말한다.[18]

I. 권력의 장 속의 문학의 장

　작가들의 행위가 권력의 장과 연계되어서만이 설명될 수 있다는 것은 문학의 장이 권력의 장 속에서 피지배적인 위치에 놓여 있다는 것을 의미한다. 먼저 부르디외는 권력의 장에 대하여 다음과 같이 정의한다.

　권력의 장이란 상이한 장들(특히 경제 혹은 문화의 장)에서 지배적 위치를 점유하기 위한 필요한 자본을 소유하기 위해 행위자들 혹은 제도들간에 공통적으로 갖고 있는 힘 관계의 공간이다. 이는 19세기 예술가와 부르주아의 상징적 투쟁처럼 상이한 권력(혹은 다양한 자본) 보유자들간의 투쟁의 장소인데, 이 상이한 권력들은 매순간마다 이 투쟁에 끼여들기 쉬운 속성을 가진 힘들을 결정하는 다양한 자본들의 상대적 가치 변화와 유지의 역할을 한다.[19]

---

18) *Ibid.*, p. 298.
19) *Ibid.*, p. 300.

문학적 질서는 오랫동안 점진적으로 제도화되면서 자율화 과정을 거쳐왔는데 그 양태가 언뜻 보기에 경제적 질서와는 도치된 과정처럼 보인다. 마치 베버가 「고대 유대교」라는 글에서 말하는 바, 불길한 사태를 예언하는 자가 어떠한 금전적 보수를 받지 않음으로써 자신의 진실성을 입증하는 것처럼, 문학의 질서는 기존의 문학 전통과의 '이교도적 단절'을 함으로써 이해타산의 '무관심'에 '관심'을 갖는 가운데 이루어져왔다. 그러나 좀더 살펴보면 이 질서가 경제 질서와 전혀 무관한 것은 아니다. 경제적 질서에 모험적으로 도전함으로써 문학의 아방가르드가 처하게 되는 열악한 경제적 조건이란 장기적으로 볼 때 경제적 이익으로 전환되기 쉬운 속성을 가진 상징적 이익을 취하는 유리한 경제적 조건이기도 하다.

이와 같은 문학의 이중적 속성은 문학의 장에 존재하는 서로 다른 두 가지 위계화 원칙에서 비롯된다. 문학의 장은 이 두 위계화 원칙간의 투쟁 장소라고 할 수 있는데 이 두 가지 위계화란, 쉬운 예를 들자면, 경제·정치적으로 장을 지배하는 자들의 '부르주아 예술'과, 시대와의 영합으로 경제·정치적 성공을 꾀하는 어떠한 움직임과도 단연한 단절을 표방하는 자들의 '예술을 위한 예술'이다. 그리고 이 투쟁의 힘 관계는 장의 자율성 정도에 의존한다.

문학 생산 장의 자율성 정도는 '외적 위계화의 원칙 *principe de hiérarchisation externe*'이 '내적 위계화의 원칙 *principe de hiérarchisation interne*'에 종속되는 정도에 달려 있다. 즉 자율성이 커질수록 상징적 힘의 관계는 외적 수요에 대해 독립적인 생산자들에게 더욱 유리하게 작용하고 내적 위계화의 원칙이 강화되는 것이다. 부르디외는 이 두 원칙이 적용되는 장의 영역을 대별하여 '대량 생산의 속장 *sous-champ de grande pro-duction*'과 '제한 생산의 속장 *sous-champ de production re-*

streinte'이라 부르는데, 이것들이 장의 양축을 이루고 있다고 볼 수 있다. 후자인 제한 생산의 장에서 생산자는 생산자만을 고객으로 갖고 있어 외적 수요에 의존하지 않고 권력의 장과 경제의 장의 근본적 원리에 도치되는 '지는 게 곧 이기는 것'이라는 게임의 원리에 지배된다. 그리하여 이익 추구는 배제되며 투자와 금전적 수익의 그 어떤 함수 관계도 보장되지 않으며 일시적 성공은 비난받는다. 내적 위계화의 원칙이 지배하는 장에서 작가는 자기 자신과 동료들 사이에서만 알려지고 인정될 뿐 일반 대중의 요구에는 전혀 응하지 않음으로써 그의 위신을 유지하려 한다(예를 들어 프랑스의 '저주받은 시인들'). 한편 외적 위계화 원칙이 지배하는 대량 생산의 장에서는 발행 부수, 공연 횟수 등의 지표로 측정되는 상업적 성공과 많은 세금 납부와 훈장 수여 따위로 인정받는 사회적 평판의 일시적 성공에 따라 대중에 의해 대중을 위한 작가가 인정받는다. 그리하여 '대중'의 호응도에 따른 경제·정치적 이익을 위한 문학 행위를 거부하며 문학의 자율성을 주장하는 자들은 '대중을 위해 만들어진 작품'과 '대중을 만들어야 하는 작품'의 대립을 작품의 평가 기준으로 삼으려 한다. 이리하여 서로 상이한 속장에 위치한 작가들은 문학 작품 생산에 대해 서로 상반된 정의로 서로를 제압하려는 투쟁에 가담하게 된다.[20]

요약하자면 대량 생산의 장에는 베스트셀러 등 상품 경제의 원리에 종속되는 외적 위계화의 원칙이 지배하고, 제한 생산의 장에는 작가들 자체내에서 특수 범주의 시각으로만 인정되는 특수한 상징적 정당화 원리인 내적 위계화의 원칙이 지배한다고 말할 수 있겠다. 한편 장의 자율화 정도는 외적 변화, 즉 경제·정치·종교 등의 영향의 직접적 '반영'이 아닌 '굴절' 효과에 따르므로 시대나 국가적 전통에 따라 다를 수 있다. 참고로 문학과 예술의 장을 포함한 문화의 장이 권력의 장과 사회 속에

---

20) *Ibid.*, pp. 302~03.

어떻게 위치하고 있는지 한눈에 쉽게 파악할 수 있게 부르디외
가 작성한 〈표-1〉을 인용한다.

〈표-1〉 권력의 장과 사회(국가) 공간 속의 문화 생산의 장

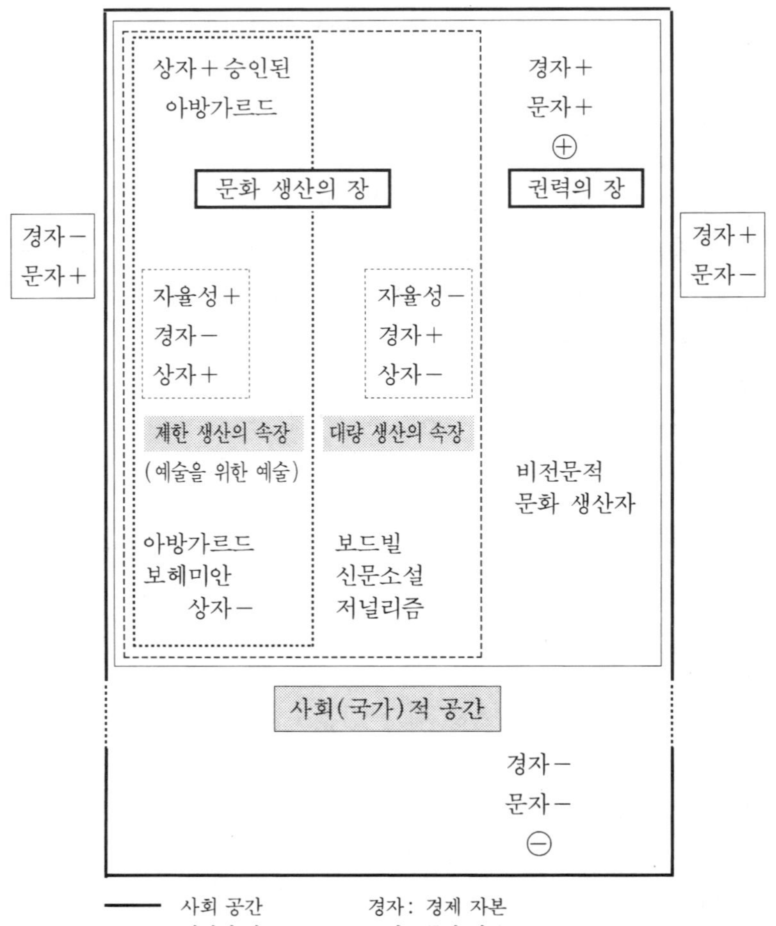

———	사회 공간	경자: 경제 자본
———	권력의 장	문자: 문화 자본
-----	문화 생산의 장	상자: 특수 상징 자본
·········	제한 생산의 속장	자율성＋: 자율성 정도가 높음
		자율성－: 자율성 정도가 낮음

출처: P. Bourdieu, *Les règles de l'art*(Paris: Seuil, 1992), p. 178.

앞에서 언급된 서로 다른 두 속장의 자율성과 타율성의 대립 관계는 '상징적 투쟁'의 형태로 나타난다. 문학 장의 두 극단에 속한 자들이 '문학적 정당성'의 독점을 위한 상징적 투쟁은 문학 장의 조건과 한계를 정할 때 작가나 장르에 대한 '정의 내리기'에서 볼 수 있다.

문학의 장은 작가에 대한 '정의 내리기' 싸움터이다. 대립과 경쟁 상태에 놓인 양 진영의 문학인들은 서로 자신들이 '진짜' 문학인임을 직·간접적으로 주장하면서 문학 원칙을 설명하려 든다. 순수 문학에 속한 자들은 상업 문학에 속한 자들에게 흔히 작가라는 칭호마저 붙이기를 꺼리는 경우가 있다.

그리고 앞서 말한 '문학적 정당성'이란 권위를 갖고 스스로 작가라고 말하거나 누군가에게 작가라는 칭호를 부여할 수 있는 권력의 독점을 말한다. 이는 한마디로 작가 또는 작품에 대한 '승인권'의 독점이라고 표현될 수 있다.

작가란 개념은 이렇듯 그에 대한 '정의 내리기' 투쟁의 산물인 동시에 조건이 된다. 그리고 작가 정의에 대한 상징적 투쟁은 작가 집단과 그 소속 조건을 한정하는 투쟁인 것이다. 앞에서 우리는 작가에 대한 '정의 내리기'가 여러 승인 제도를 통하여 작가로 인정하는 다양한 지표들 속에 나타남을 이미 보았다.

이러한 '정의 내리기' 투쟁은 작가 신분에서뿐만 아니라 장르 등의 분야에서 새로운 사람, 새로운 장르에 대한 통제로 기존 문학 질서를 보호하려는 데에서도 나타난다. 부르디외는 다음과 같이 설명한다.

정의(또는 분류)의 투쟁은 장르나 분야간의(또는 한 장르 안에서의 생산 양식간의) '경계선' 설정 게임 그리고 위계화의 게임을 갖는다. 경계선들을 정하고 이를 지키며 새로운 것을 통제하는 것

이 장의 기존 질서를 보호하는 것이다.[21]

사실상 문학의 장에서 큰 변화는 신인들의 대거 등장과 함께 작품의 질이나 그 생산 기술의 혁신으로 새로운 형식의 작품 평가 기준을 요구할 때 나타난다. 한편 기존 질서의 수호자들은 노골적으로 혹은 암묵적으로 새로운 '정의' 또는 '경계선'을 요구하는 신진 세력의 위협적 대두에 그 존재를 인정하지 않고 비난·혹평 등으로 배타적 행동을 취하게 된다(예: 참여 문학가, 민족·민중문학인과 그 이론가들에 대한 비난). 부르디외는 다음과 같은 점을 지적한다.

> 사실상 문학 혹은 예술의 장 안에서 진행되는 투쟁의 주요 게임 중 하나는 장의 한계, 즉 투쟁에의 정당한 참여의 한계에 대한 정의이다. 이러저러한 유파나 그룹에 대해 '그것은 시가 아니다' 혹은 '문학'이 아님을 말하는 것은 그들의 정당한 존재를 거부하는 것이요, 게임에서 배제시키고 제명하는 것이다. 이 상징적 배제는 합법적 실천의 정의를 강요하기 위한, 그리고 예를 들어 어떤 특수 자본 보유자들의 특수한 이익에 일치하는 예술 혹은 장르의 역사적 정의를 영원하고 보편적인 것으로 구성하기 위한 노력의 이면일 뿐이다.[22]

한편, 문학 장의 게임 규칙은 다른 장들과는 달리 그 체계화 수준이 낮은 것이 특징이다. 그래서 문학의 장에서는 그 경계선을 넘나들기가 쉽기 때문에 그 안에서 문학성·작가·장르 등에 대한 다양한 정의가 존재할 수 있다. 신인의 문단 등단은 고학력의 전공 학위나 공모전의 입상 등 공식적으로 제도화된 등단 코스를 통하나 대부분의 문인들에게는 다른 장 속의 기업인이나 대학교수 또는 고위 공직자에게 요구되는 만큼의 경제 자본

---

21) *Ibid.*, p. 313.
22) P. Bourdieu, *Choses dites*(Paris: Seuil, 1987), p. 171.

또는 교육 자본이 요구되지는 않는다. 문학의 장은 잘 정의되어 있지 않은 지위와 불안정한 미래를 제공하는 불확실한 사회 공간 중의 하나이다. 사실상 작가라는 직업은 애매한 성격을 갖고 있다. 작가들 중 많은 이들이 주수입원인 부업을 갖고 있어 '이중적' 지위를 갖고 있는 것이다. 이들은 출판사·신문사·라디오·텔레비전 방송국 등에서 작은 일을 맡는 것에 만족하거나, 때로 이들 중 일부는 그 속에서 자리잡는 경우가 있는데 출판사의 경우 편집장 혹은 잡지나 전집물 기획부장이 되어 그들 고유의 특수 자본을 증대시키면서 후배 신인들에게 충고하거나 출판 후원의 대가로 그들의 인정과 존경을 받기도 한다.[23]

부르디외에 의하면 정당한 문학 생산의 양식에 대한 '정의'의 독점을 위한 상징적 투쟁은 장의 '게임'에 대한 신념, 이익 그리고 '환상 *illusion*'에 기여하는 데 이들은 이 투쟁의 산물이기도 하다. 모든 장은 그 고유한 형태의 '환상'을 생산하는데 이는 행위자로 하여금 장의 논리로 볼 때 무엇이 자신에게 '중요'하고 '무관'한지를 분별하게 하여 게임에 투자하는 것을 의미한다. 이러한 게임의 가치에 관한 신념의 한 형태는 게임 기능의 원칙이며 이 '환상' 속의 행위자들의 충돌이 경쟁의 기조를 이룬다. 간단히 말해서 '환상'이란 게임 기능의 조건이자 그 산물이다. 이 게임에 관한 행위자들의 관심과 참여는 아비튀스와 장 사이의 상황적 관계 가운데 생기는 것이지 우리가 통상 '이익'이란 개념으로 설명하는 호모 에코노미쿠스 *Homo Economicus*의 인간성에서 나오는 것이 아니다.

모든 장은 '환상'이라는 특별한 형식 안에서 행위자에게 욕망 실현의 정당한 형식을 제공한다. 문학 생산의 장은 작가의 창조력에 대한 신념과 '물신 *fétiche*'으로서의 문학 작품의 가치를 생산한다. 부르디외는 작품 가치의 생산에 대하여 이렇게 말한다.

---

23) P. Bourdieu, *op. cit.*(1992), pp. 314~15.

예술 작품의 가치 생산자는 예술가가 아니라, 예술가의 창조력에 대한 신념을 생산하면서 물신으로서의 예술 작품의 가치를 생산하는 신념의 세계로서의 생산의 장이다.[24]

따라서 작품의 물질적 생산뿐만 아니라 작품의 '가치' 생산과 그에 대한 '신념'도 분석 대상이 되어야 하는데, 이러한 연구는 작품의 직접적인 생산자인 작가뿐만 아니라 작품의 가치 생산에 참여하는 행위자들과 제도들을 연구 대상으로 삼게 된다. 예를 들어 평론가·문학사가·편집인·후원가와 승인 기구로서의 아카데미·문학 살롱·심사위원회 그리고 때때로 이에 관여할 수 있는 정부 행정 부서 등의 정치적·행정적 제도를 들 수 있다. 또 여기에는 문학적 소양 교육에 일차적 책임이 있는 부모와 학교 선생으로 시작하여 문학 작품을 하나의 가치로 인정하고 그 재생산에 기여하는 일련의 교육 제도가 포함된다.[25]

이러한 점에서 부르디외의 접근 방식은 전통적인 문학사나 예술사회사와는 그 궤를 달리한다. 전통적 문학사적 방법은 벤야민 W. Benjamin이 말하는 '거장의 이름에 대한 물신화'를 벗어나지 못하고, 예술사회적 방법은 작가의 사회적 출신과 교육과정을 통해 그의 사회적 조건을 분석하는데 결국 작가를 작품과 그 가치의 유일한 생산자로 보는 문학 '창작'의 전통적 모델을 따른다. 또 비록 작품의 수용자나 비평가에 관심을 보인다 하더라도 작품과 창작자의 가치 창조에 그들이 어떻게 기여하는가라는 문제는 전혀 제기하지 않는다.

문학의 게임과 신성화된 그 가치에 대한 집단적 신념, 즉 '환상'은 게임 그 자체 기능의 조건인 동시에 산물이 된다. 이는 작가로 하여금 몇몇 작품들에 서명함으로써 신성화된 것으로 만드는 힘의 원리인 것이다. 따라서 문학 행위자들간에 교환되

---

24) *Ibid.*, p. 318.
25) *Ibid.*, pp. 318~19.

는 '신용 행위'의 순환 과정도 흥미있는 분석의 대상이 된다. 예를 들어 작품 발표회 때 서문을 통해 저명 작가가 신인들을 승인하고, 반대로 신인들은 그를 거장 또는 학파 대부로 서로 승인하는 과정을 조사한다든지 작가와 후원자 또는 평론가의 관계를 분석하는 것 등이다. 또한 이와 같은 신용 행위의 교환 망 속에서 생산되고 유통되는 유통 화폐와 같은 승인 제도의 궁극적 보장 제도로서 중앙은행의 역할을 맡고 있는 아카데미는 좋은 사회학적 연구 대상이 될 수 있다. 아카데미는 문학과 장르·작가 등을 합법적으로 정의할 수 있는 권력을 독점하여 이를 공식적으로 구별할 수 있는 관점과 원칙을 제공하는 기능을 한다.

이제 다시 문학 장의 정의로 돌아와 그 변화의 구조를 살펴봄이 적절하다고 생각된다. 부르디외는 장에 대하여 다음과 같이 설명한다.

> 문학의 장이란 그 속에 들어선 모든 사람들에게 그들이 점유한 위치에 따라(상당히 격차가 있는 지점을 예로 들자면 성공한 희곡 작가의 위치나 아방가르드 시인의 위치) 차등적인 방법으로 작용하는 힘의 장이며 동시에 이 힘의 장을 유지하거나 변형시키려는 경합 투쟁의 장이다. 그리고 분석의 필요에 따라 대립의 '체계'로서 취급할 수 있고 또 그래야 하는 위치 표명들(*prises de position*, 작품, 정치적 성명 또는 시위)은 그 어떤 객관적 합의 형태의 결과가 아니라 지속적인 갈등의 산물, 게임이다. 달리 말해서 이 체계의 발생적·통일적 원리는 투쟁 자체이다.[26]

부르디외가 문학의 장을 기존 세력 관계를 변형하거나 유지하려는 것을 목표로 하는 힘의 장인 동시에 투쟁의 장소로 볼 때, 이는 결코 문학의 장을 정치의 장으로 단순히 기능적으로

---

26) *Ibid.*, p. 323.

환원하는 것을 의미하지 않는다. 단지 문학의 장이 정치의 장 또는 여타의 장과 마찬가지로 투쟁의 장소이고 이 투쟁이 문학이라는 특수한 형태의 권력과 위신을 추구하는 투쟁이라는 것이다. 그리고 이 지속적 투쟁이란 신성화·제도화된 아방가르드 문학과 이에 대립하여 끊임없이 새롭게 발생되는 아방가르드 운동간의 투쟁을 말한다. 이는 19세기 부르주아 문학에 아방가르드 문학 전체를 대립시키는 구도가 아니라, 프랑스 시를 예로 들자면 낭만적 서정주의에 대항하여 파르나스파가 생겨나 저항하고 또 이 파르나스파에 대립하여 상징주의 시인들이 나타남으로써 이어지는 끊임없는 대결 구도를 의미한다.

이렇듯 문학 작품의 변화 원리는 문학 생산의 장 안에서 이루어진다. 다시 말해서 특수 자본의 배분 속에 차지하는 위치에 따라 이익을 위해 전략을 세우는 행위자들과 제도들간의 투쟁 속에 이루어진다. 특수 자본의 독점자들과 그의 요구자들(정통 교도들과 이교도들)간의 투쟁과 이익 증대를 위한 그들의 전략 내용은 해결 모색을 위한 새로운 가능성의 위치 표명의 공간을 한정하는 기존의 위치 표명의 공간에 의존한다. 문학적 혁명과 같은 위치 표명 공간의 급격한 변화는 위치 공간의 힘 관계 변화의 결과이고 이는 일부 생산자들의 전복적 의도와 대중의 기대, 다시 말해서 지식의 장과 권력의 장 사이의 관계 변화에 의한 것이다. 새로운 문학 그룹이 장에 등장할 때 모든 위치 공간과 이에 상응하는 가능성의 공간은 변화를 겪는다.

장의 변화를 설명할 때 중요한 개념으로 부각되는 '가능성의 공간 *espace des possibles*'에 대해 좀더 살펴보기로 하자. 부르디외는 위치와 위치 표명 관계의 기계론적 결정 관계를 피하기 위해 '가능성의 공간'을 설정하는데 이는 새로운 위치 표명을 초래할 잠재적 공간인 것이다. 문학 생산의 장에 등단한다는 것은 행위와 표현의 기존 특수 코드를 습득해야 한다는 구속 조건이 있지만 나아가 문제 해결, 새로운 문체나 주제의 개발, 모순

극복 내지 혁명적 단절을 할 수 있는 '구속 가운데 자유'와 '객
관적 잠재성'의 한정된 세계를 발견할 권리를 갖는다는 것을 의
미한다.

　문학 생산의 장에서 혁신 또는 혁명적 모색의 과감성(예를 들
어 새로운 문학 운동의 전개, 혁신적 새 잡지의 출간 등)이 용인되
기 위해서는 마치 '구조적 결함'을 메우기를 기대하고 요청받은
것처럼 가능성의 체계 속에 잠재적 형태로 있다가 표출되어야
한다. 그리고 이러한 과감한 시도가 적어도 소수에 의해 운 좋
게 인정받고 '합리적인 것'으로 받아들여져야 한다.[27]

　가능성의 공간은 장의 논리와 필연성을 내재화한 모든 행위
자에게 적용된다. 이는 장르·학파·형식의 개념처럼 생각할 수
있는 것과 없는 것을 한정하는 지각과 판단, 가능성과 정당성의
사회적 조건의 범주 체계인 것이다. 이는 제멋대로 아무렇게 하
는 것이 아닌 적어도 문법이 허락하는 범위내에서 할 수 있는
창조적 기법의 다양성에 비유할 수 있다. 가능성의 체계 속에서
나오는 사고 체계는 초월적 필연성처럼 장의 원리 한계내에서
당연스러운 것으로 받아들여지는 객관적 형식을 띤다. 장의 게
임에 대한 지각을 구조화하고 위치 공간의 분할——예를 들어
순수 문학/상업 문학, 순수 문학/참여 문학식으로——을 재생
산하는 지각과 판단의 이 특수 체계는 가능한 것, 수락할 수 있
는 것과 불가능한 것, 수락할 수 없는 것으로 보여지는 위치를
결정한다. 제한 생산의 장에서 지속적으로 진행되는 변화는 이
렇게 결정되는 위치들간의 대립 구조(지배/피지배, 정통/이단,
노쇠/젊음 등)로서 나타난다. 이 위치 공간의 변화는 대개 신인
들의 등장으로 발달되는데 이들은 특수 자본이 없어 새로운 사
고와 표현 방식으로 기성 세대와 차이를 보이고 단절하면서 그
들의 아이덴티티 인정을 요구한다. 구조적으로 보아 '젊은' 이
들은 '노쇠'한 기성 세대의 '사회적 노쇠화'와 관련된 모든 징후

---

27) *Ibid.*, p.327.

들(고리타분한 아카데미즘, 상업적 흥행성, 베스트셀러 등)을 거부
한다. 장의 자율화가 발달할수록 이들의 주장과 표현은 더욱더
'차별화'의 논리로 발전된다. 예로서, 70년대 민족문학 이론가
들을 '소시민성'의 '선배 세대'로 '차별화'하면서 등장하는 '민
중성'에 기반한 80년대 민중문학 이론가들인 '소장 세대'를 들
수 있다. 프랑스의 예로 초현실주의자 브르통 A. Breton이 지드
A. Gide와 발레리 P. Valéry가 병합한 *NRF* 지와 단절을 선언
하고, 초현실주의 이름 아래 활동하는 차라 Tzara나 골 Goll과
데르메 Dermée의 경쟁 그룹과 비교하여 차별성을 부각시키려
노력했던 것을 상기할 수 있다. 또 시운동의 경우 라마르틴, 위
고, 보들레르, 말라르메가 순서대로 그들의 대표작·서문·선언
문 등을 통해 가능 또는 불가능의 형식과 표현의 객관적 윤곽을
발견하려고 노력한 사실을 들 수 있다. 이들은 각기 소네트, 알
렉산드리아 시형식의 파괴라든지 비교·은유의 수사법 폐지 또
는 서정성·도피성의 내용이나 감정 표시 금지 등으로 혁신자로
서의 큰 역할을 했다. 작품의 내용과 형식에 대한 일련의 혁신
행위는 소설의 경우 적어도 플로베르 G. Flaubert 이후 소설사
가 공쿠르 E. de Goncourt의 표현대로 "소설적인 것을 없애는"
일련의 노력처럼 보이는 것이다.[28]

지금까지 문학 장의 생산 측면을 주로 다루었는데 이제 소비
의 측면을 살펴보기로 하자. 부르디외가 바라보는 생산자의 공
간과 소비자의 공간의 공급과 수요의 관계는 생산자와 소비자
간의 의식적 거래 행위 관계라기보다는 생산의 장과 권력의 장
의 '상동 관계'의 효과이다. 이에 대하여 부르디외는 다음과 같
이 설명한다.

작품을 대중의 기대에 부응하게 하는 것은 추잡스러운 계산이
아니라 상동의 논리이다. 〔……〕 그것은 사실상 두 이익 체계간

---

28) *Ibid.,* pp. 333～34.

에 세워진 조화의 결과 혹은 더 정확히 말해 생산의 장에서 결정
된 작가 또는 예술가의 위치와 계급과 계급 분파의 장 속에서의
그의 대중의 위치간의 구조적·기능적 상동의 결과이다.[29]

문학의 장은 물질적으로 지배당하고 상징적으로 지배하는 장
속에서 자신과 장의 자율성을 위해 생산하는 자들과 권력 장의
지배자들을 위해 생산하는 자들로 양분된다. 권력의 장에선 물
질적으로 지배적 위치가 될 때 경제 자본이 증가하는 반면 문화
자본은 줄어든다. 문학 생산의 장에서도 자율성에서 타율성의
축으로 기울 때, 즉 순수 문학에서 부르주아 혹은 상업 문학으
로 변할 때 경제적 이익은 증가하는 반면 특수 이익은 줄어든
다. '상동성 효과'는 문학 생산 장의 각계각층의 작가와 소비
장의 다양한 수용자층과의 상호 작용을 촉발한다. 그리하여 권
력의 장에서 피지배 위치에 있는 작가는, 예를 들어 아카데미·
살롱·클럽의 제도적 매개체를 통해서 만나는 가사권의 장에서
피지배적 위치에 있는 귀족·부르주아 부인들과 상동한 위치 관
계에 놓여 있는 것이다. 또한 19세기말 아방가르드 문학의 발
달을 볼 때 이 운동의 예술적 보헤미안 기질에 호응을 보내고
논쟁과 스캔들을 통한 이 운동의 확산에 상징적 후원자가 되었
던 파리 지역 중심의 대중을 생각지 않을 수 없고, 80년대 우
리나라 민족·민중문학 작가와 지식인·학생·노동자층의 밀접
한 관계를 떼놓을 수 없는 것도 바로 이러한 상동성의 효과에서
비롯된다고 볼 수 있다.

그러므로 우리는 문학 생산 장의 내적 투쟁이 외적 투쟁(권력
과 사회의 장에서 벌어지는 투쟁)의 영향을 받음을 알 수 있다.
예를 들어 장르의 내적 위계화의 변화나 전도는 내적 변화와 외
적 변화의 교차로 가능하게 되는 것이다. 아방가르드의 전도적
행위는 기존의 미학적 정통성의 생산과 평가 규범을 구태의연

---

29) P. Bourdieu, *La distinction*(Paris: Ed. de Minuit, 1979), p. 266.

한 것으로 깎아내리는 불신임의 내적 투쟁을 전개하면서 궁극
적으로 이 평가 규범의 '효과 마멸'이 비창조적이고 반복적인
작품 생산, 즉 작품의 '통속화 *banalisation*'와 소비자 대중의
양적 증가와 만나게 하는 데에 있다. 그리하여 저속화로 평가
절하된 작품은 낮은 교육 수준의 대중 소비자층의 기호에 호응
하게 된다. 이렇듯 아방가르드의 등장은 '탈통속화 *débanalisa-*
tion'[30)]의 모습으로 작품의 질과 대중의 사회적 질이 구별되는
관계 속에서 고려된다. 다시 말해서 기존 형식과 이교도적 단절
을 꾀하는 아방가르드의 대두는 상동성 원리에 의한 언제나 새
로운 생산물을 기다리는 잠재적 고객을 전제로 한다.

Ⅲ. 아비튀스

　부르디외에 의하면 행위자·집단·제도의 공간에서 끊임없는
성공과 실패, 승인과 배제의 사회적 의미는 일련의 '위치' 변화
의 전기적(傳記的)인 '사회적 도정 *trajectoire sociale*'을 그려
봄으로써 이해될 수 있다. 그리고 승인의 특수 자본인 경제 자
본과 상징 자본의 분배 구조 속에서 위치의 '자리 잡기'와 '자
리 이동 *placement et déplacement*'으로 인식되는 전기적 사건
의 사회적 의미와 가치는 장의 구조와 관련하여 결정된다. '성
향들 *dispositions*의 체계'로서의 '아비튀스'는 사회적으로 표명
된 위치로 결정된 구조와의 관계로 이루어진다. 역으로 위치 속
에서 이러저러한 성향들이 실현된다는 것은 아비튀스를 통함으
로써 가능하다. 모든 사회적 도정은 아비튀스의 성향들이 표현
되는 사회 공간을 거치는 독특한 방법으로 이해되어야 한다.
　먼저 부르디외는 사회적 도정을 문학 생산의 장 가운데 '세대

---

30) 혁신적인 아방가르드의 금욕주의적 이교성은 원칙적으로 물질적 이익을 거부
　　함으로써 단기적으로 독립성과 자율성을 갖지만 장기적으로 볼 때 점차 특수
　　상징 자본을 잃어가고 성공의 시점에서는 창시자의 본래 의도와 프로그램과
　　는 완전히 멀어지게 된다. 이른바 '탈통속화의 통속화 *banalisation de dé-*
　　banalisation' 과정이라고 볼 수 있다.

내 *intragénérationelle* ' 도정과 '세대간 *intergénérationelle* ' 도
정으로 구분한다. 전자는 문학 생산의 장에서 분야와 특수 자본
의 변경이 특징적인 경우인데, 예를 들어 상징주의 시인이 심리
소설가로 전향하거나(상징 자본이 경제 자본으로 전환되는 경우)
시에서 도덕소설 또는 연극, 신문소설로 전환하는 경우이다.
'세대간' 도정은 '상승적' 도정과 '사향적' 도정으로 또 구별되
는데, 상승적 도정이 직접적일 수 있는 경우는 대중 또는 중간
봉급자층 출신 작가들이 있고 교차적일 수 있는 경우는 프티 부
르주아 상인이나 농부 출신 작가들이 있다. 그리고 사향적 도정
으로는 경제 자본이 크고 문화 자본이 적은 일시적 지배 위치에
선 대기업 부르주아 계급이나 이 두 자본이 거의 같은 비중을
갖는 의식·변호사 등 출신의 작가들이 있다.[31]

그러나 세대내 도정에서 사실상 프티 부르주아 출신 시인이
보다 수익성 있는 문학 활동을 위해(소설이나 연극 등) 시를 선
뜻 빨리 포기하기란 어려운 일이다[예를 들어, 프랑수아 코페
Francçois Coppée, 카튈 만데스Catulle Mandés, 장 아이카르
Jean Aicard 등]. 또한 상징적 이익을 얻기 위해 오랫동안 위치
를 견지해온 작가들은 쉽사리 생존을 위한 부차적인 일을 하지
않으려는 경향이 있다. 이 같은 경향은 아비튀스 효과에서 비롯
된다고 볼 수 있다.

'자리잡기'는 사회·지리적 출신과 밀접히 연관된 성향 중 하
나이며, 사회적 자본을 통하여 사회·지리적 출신(예를 들어 파
리 출신과 지방 출신)간의 대립 효과가 장의 논리 속에 전개된
다. 예로서 소설가 아나톨 프랑스Anatole France는 파리 출신
의 서적 상인인 부친이 있었는데 이것으로 그가 문인계와 친해
질 수 있었고 그의 부족한 경제·문화 자본을 보상해주는 사회
적 자본이 되었다. 이는 상승적 도정의 한 예가 될 수 있다. 한
편 레옹 클라델Léon Cladel의 경우, 그는 몽토방의 마구(馬

31) P. Bourdieu, *op. cit.*(1992), pp. 360~61.

具) 제조장의 아들(장인 계급에서 부르주아 과도기에 위치함)로서
툴루즈에서 법학을 전공하고 파리로 상경하여 보헤미안 삶을
시작하였다. 파르나스 운동과 인연을 맺어 소설을 쓰면서 또 어
머니의 도움으로 편집일을 하면서 별 신통치 않은 생활을 하다
가 결국 고향인 케르시로 돌아와 향토소설로 전향한다. 그는 파
르나스파 가운데선 촌뜨기 농부였고〔그는 화가 친구 쿠르베
Courbet와 함께 민중 편으로 인식되었다〕고향 농부 가운데서는
프티 부르주아였다. 이같이 그의 성향과 위치간의 불일치로 그
는 일관성 없는 사회적 도정을 밟은 것이다. 지방 프티 부르주
아 출신인 샹플뢰리 Champfleury 경우 민중 동화에의 노력은
쿠르베만큼 성공적이지 못했다. 그는 모니에 Monnier와 같은
사실주의 경향과 낭만적·감성적 독일풍의 시 경향 사이에서 오
랫동안 고민하다가 그의 민중 지향성으로 1850년 젊은 사실주
의 작가들의 기수가 되고 문학·예술의 사실주의 이론가가 되지
만 점차 플로베르, 공쿠르 형제, 졸라에 기울어 문학사가가 되
어 민중의 슬기로움을 찬양하는 보수적 이론가로 남게 된다.[32]

아비튀스는 위치 구조를 재생산하는 기능을 갖고 있다. 작품
극장 Théâtre de l'Oeuvre과 자유 극장 Théâtre-Libre의 예를
들어보자.[33] 이 두 극장은 설립자의 아비튀스 차이로부터 구별
되는데, 작품 극장의 설립자 뤼네 포 Lugné-Poe는 파리 부르
주아 출신이며 교육을 받은 반면에 자유 극장의 설립자 앙투완
Antoine은 지방 프티 부르주아 출신으로 13세 때부터 자립하
여 독학을 하였다. 이 두 극장 제도는 설립자의 성향 대립을 재
생산하는 위치 구조를 갖고 있는데 부르주아적인 상징주의와
프티 부르주아적인 자연주의를 각각 옹호하고 나선다. 자유 극
장이 연출자 혼자서 표현하는 일관되고 완전한 세계 속에서 등
장인물보다는 일관된 분위기에 중심을 두는 반면에, 작품 극장

<hr>

32) *Ibid.*, pp. 364~68.
33) *Ibid.*, pp. 369~70.

은 세련된 창의와 자연스러움이 혼합된 풍부한 연출과 때로는 대중 선동적이거나 엘리트적인 기획 아래 아나키스트들과 신비주의자들을 함께 관객으로 갖고 있다.

이와 같은 아비튀스의 특성은 작품 내용이나 작가 혹은 비평가, 출판사, 평론 잡지, 신문 등에서도 성향의 대립 형태로 나타난다. 우리는 레미 퐁통의 19세기말 프랑스 문학 연구로부터 시(파르나스파/상징주의파), 소설(자연주의 소설/심리소설), 연극(통속극/보드빌)에서 전개되는 이러한 아비튀스 현상을 볼 수 있다.[34] 또한 보들레르가 그의 시집 『악의 꽃』을 출간할 때 아쉐트 Hachette, 레비 Lévy, 라루스 Larousse 등의 큰 출판사보다는 전위 예술가들의 카페에 자주 출입하면서 젊은 시인들의 작품을 출간해준 풀레 말라시스 Poulet-Malassis의 작은 출판사를 택했던 것도 아비튀스 효과로 볼 수 있다. 우리나라 문단의 경우 80년대 민중문학 작품에 대한 민족문학과 민중문학 진영의 비평의 시각 차이도 바로 미학적·교육적 특수 자본에 연관된 아비튀스의 효과라고 볼 수 있다. 민족문학 평론가들은 민중문학을 '문학적 품위'를 갖추지 못한 '거친' 문학으로 평가하고 더 가다듬어야 할 '전(前)문학적' 산물로 여긴다. 박노해의 민중시는 "단편적으로 끊어가지고 축조하는 시적 전개를 갖고 있고 슬로건 이상의 시적 결말에 이르지 못하고 농촌 공동체의 정서가 희박하다"고 본다. 민중문학은 요컨대 "좀더 '문학적인' 형식에 대한 갈증을 남기기도 한다." 반면에 민중문학 평론가는 이 작품이 "문학적 상상력, 문학적 감수성의 한 절정을 이루면서 구조적 전체성과 역사적 진보성을 포괄한다"고 본다.[35] 이렇듯 아비튀스는 문학 생산물의 지각·판단·분류의 역사적 사회적 범주로서 작동한다. 작품의 지각과 평가의 범주는 보는 이들의

---

34) R. Ponton, *Le champ littéraire en France de 1865~1905*(Paris: Thèse 3e cycle de sociologie, E.H.E.S. S., 1977).

35) 김사인·강형철 편, 『민족민중문학론의 쟁점과 전망』(서울: 푸른숲, 1989), pp. 56, 90, 128.

사회적 위치에 따라 그 사용이 다른 사회적 공간과 연관되어 있
다. 서로 상이한 아비튀스를 갖는 두 사람은 하나의 작품을 똑
같이 이해할 수 없는데 이는 문학의 지각 범주가 '보편적'이고
'영원한' 것이 아니라 문학적 능력의 '차등적' 습득에 의한 '사
회적'이고 '역사적'인 범주이기 때문이다.[36]

한편, 상징 자본과 사회 자본에 연관된 아비튀스 효과의 예는
그룹의 형성과 해체 과정을 통해서도 볼 수 있다. 사회적 출신
이나 성향의 수준에서 부르주아 연극 같은 지배적 위치 점유자
들은 경제적으로 매우 동질적인 반면 아방가르드의 위치 점유
자들은 상징 자본의 축적 과정에서 매우 다른 편이다. 부르디외
는 아방가르드의 형성과 해체 모델을 인상파 화가들의 역사나
상징주의자들과 퇴폐주의자들의 분리 역사에서 찾는다. 자연주
의와 파르나스의 대립 구도와 같이 베를렌과 말라르메로 대표
되는 퇴폐주의와 상징주의의 대립 구도가 나타나는데 이를 도
식화해보면 〈표-2〉와 같다.

부르디외는 상징 자본이 축적되는 제도화 과정 속에서 아비
튀스의 효과를 보게 되는 예로서 사회적 출신이 비교적 나은 퇴
폐주의자들이 상징주의파에 합류하거나〔알베르 오리에Albert
Aurier〕 가까워지는 경우〔에른스트 레이노 Ernest Raynaud〕와

상징주의파	퇴폐주의파
중간·대 부르주아, 귀족 출신	장인 계급 출신
높은 학력	교육 자본 빈약
화요회 살롱 모임	카페 모임
센강 우안	센강 좌안
시의 난해성	시의 단순성
정치적 무관심, 페시미즘	점진주의 개혁주의

---

36) 부르디외는 문학·예술 지각의 사회적 범주에 대한 그의 연구가 박산달의 저
　　서에 힘입었음을 인정하고 이를 높이 평가한다. M. Baxandall, *Painting
　　and Experience in Fifteenth Century. A Primer in the Social History
　　of Pictural Style*(Oxford: Oxford University Press, 1972).

사회적 출신이 퇴폐주의파에 훨씬 가까운 상징주의자 르네 질 René Ghil이 상징주의자 그룹에서 배척되고 아잘베르 Ajalbert가 그의 작품이 충분히 복잡하고 애매하지 않다는 이유로 역시 상징주의파에서 제외되는 경우를 들고 있다.[37]

한편, 장 속의 위치의 동질성만으로는 문학·예술적 그룹을 형성할 충분 조건이 될 수 없다. 실제로 예술을 위한 예술가들의 경우 그들이 서로 존경과 우정의 관계로 맺어져 있음을 볼 수 있다. 고티에는 목요일 만찬에 플로베르, 테오도르 드 방빌, 공쿠르 형제, 보들레르를 초청하였는데 이들은 서로 오랜 친분과 존경의 관계에 있었기 때문이다. 장의 효과는 동일하거나 근접한 위치의 점유자들을 가깝게 하는 유리한 조건을 만들지만 한몸으로 뭉치게 하는 문예 그룹이라는 '동체 효과'의 조건을 결정하기엔 충분치 못하다. 이는 위치에 성향을 직접적으로 연관시킬 수 없고, 성향에서 위치를 직접 연역할 수도 없는 보기가 된다.[38]

지금까지 문학의 장과 아비튀스 분석에서 주된 대상은 프랑스 19세기말의 문학이었다. 이해를 돕기 위하여 당시 문학 장의 상황을 〈표-2〉를 통하여 일별한 다음 아비튀스의 개념에 대해 좀더 살펴보기로 하자.

부르디외에게 지각·평가·표현의 체계는 장의 구성적 구조 속에서 '객관화'되고 정신 구조 속에 '내재화'된다. 이러한 성향들의 체계인 아비튀스는 작품의 생산과 유통 가능성의 사회적 조건을 한정한다. 아비튀스는 구체적으로 작품에 제도화되거나 동시에 정신 구조와 신체 속에 내면화되어 '초월적' 실재처럼 나타난다. 일종의 역사적 초월성처럼 기능을 하는 아비튀스가 개인의 의식과 의지를 초월한 법칙을 갖는다 하더라도 물질화·내면화된 상태로 존재하는 문학적 유산은 문학 생산의 장 안에

---

37) Bourdieu, *op. cit.*(1992), p. 373.

38) *Ibid.*, pp. 370~71.

서 행위자들의 투쟁에 의해서만 사실상 존재한다. 아비튀스란 행위자의 내부에서 행위를 '구조화하는 메커니즘'이다. 그리하여 아비튀스는 행위자의 사고와 행위를 구조화하는 집행적

〈표-2〉　　　　　　　**19세기말 문학의 장**

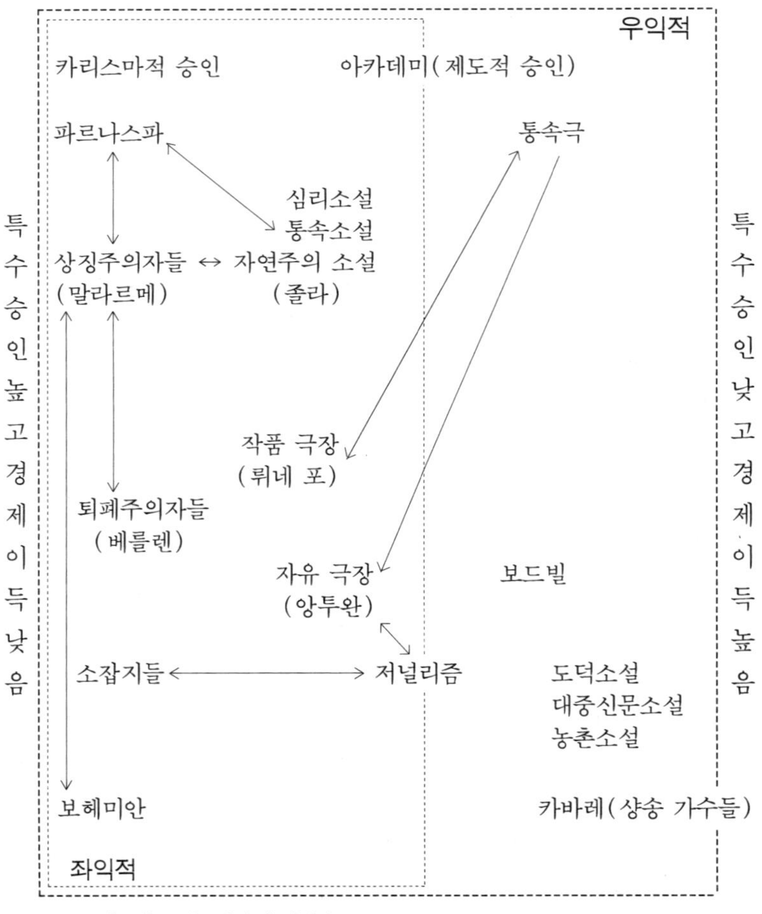

출처: P. Bourdieu, *Les règles de l'art*(Paris: Seuil, 1992), p.176.

기능을 하지만 또 이 사고와 행위의 변화에 의해 구조화된다.
그것은 객관적 규칙성의 내재화, 다시 말해서 '외재성의 내재
화'인 동시에 특정한 사회적 문맥 속에서 획득된 인지와 평가와
행동의 틀로서 기능하므로 '내재성의 외재화'의 메커니즘이다.
아비튀스는 단순한 구조 재생산이 아니라 상황에 따른 '전략'의
조절 기능을 한다. 전략은 의식적이거나 타산적이지 않고 아주
자연스러운 듯이 행위자의 행위 속에 내면화되어 있다. 이 점을
부르디외는 다음과 같이 설명한다.

> 아비튀스는 주관적 의도 없이 객관적 의미의 패러독스의 해결을
> 구속한다. 진정한 전략적 의식의 산물이 아닌 채 전략으로서 객관
> 적으로 조직된 행동의 연결의 원칙이다.[39]

행위자의 내부에서 작동하는 구조화 메커니즘인 아비튀스는
다양한 상황에 직면한 행위자에게 허락하는 전략의 발생 원리
이다. 장과 아비튀스 개념은 상호 관련적이며 이 점은 행위의
지각과 판단의 지속적 범주 체계인 아비튀스가 단순한 심리적
현상이 아닌 사회적 현상임을 나타낸다. 그리고 아비튀스 개념
은 사회 구조와 개인의 양자택일적 상황과 행위자, 주체 없는
기계론적 구조주의와 호모 에코노미쿠스의 합리주의에 근거한
방법론적 개인주의 사이의 일방적 선택을 피할 수 있게 해준다.
이는 사회 제도, 구조가 인간 행위의 산물이자 동시에 그 행위
를 가능하게 해주는 조건임을 보여주기 위해 '구조의 이중성'
개념을 도입한 안토니 기든스 A. Giddens 의 이론을 상기시키기
도 한다.[40] 요컨대 이들의 입장은 사회 구조나 개인 어느 한쪽
만을 강조할 수 없는 상황에서 나온 '상관주의적' 태도라고 볼
수 있다.

---

39) P. Bourdieu, *Le sens pratique*(Paris: Minuit, 1980), pp. 103~04.

40) A. Giddens, *New Rules of Sociological Method*(London: Hutchinson, 1976).

5. 맺는 말

문학 행위는 작가와 독자 사이에 맺어진 암묵적 혹은 현시적 의식(儀式) 행위이다. 현실을 비현실화함으로써 '현실의 효과'를 나타내는 문학적 표현 형식을 양자가 믿고 의례적으로 참여할 때 문학적 가치는 제도화되어간다. 문학 혹은 '문학적 환상'이란 이렇게 제도화된 문학적 가치 위에 성립한다. '문학적 환상'이란 어느 한 천재 작가에 의해서 만들어지는 것이 아니라 이 환상의 의식적 게임에 참여하는 행위자들의 행위와 이를 가능하게 하는 사회 구조의 산물이다. 문학 작품이란 문학적 가치가 개인에 의해 내재화된 구체적 표현인 동시에 개인과 사회 집단 및 제도들간의 사회적 힘 관계의 표현이다. 부르디외가 말하는 문학적 의례 행위의 제도화란 행위자들의 단순한 합의 상태를 전제로 하는 상징적 상호주의 이론의 제도론적 시각보다는 행위자들과 제도들 사이의 대립과 갈등의 힘 관계를 전제로 하는 갈등 발생론적 구조주의의 시각에서 이해되어야 할 것이다. 부르디외가 개인들과 집단들 사이의 상호 관계를 대립적인 갈등의 시각으로 보는 기본 개념은 '투쟁의 게임'이다. 문학 생산의 장은 상징 지배의 정당성을 획득하기 위한 문학 행위자들의 경쟁과 대립 그리고 투쟁의 공간이다. 이러한 맥락에서 해방 직후 우리 문단의 민족문학 논쟁을 둘러싼 문맹과 문총의 프로 문학/순수 문학의 대립, 60년대의 순수·참여 문학 논쟁에 이어 70년대에 또다시 순수 문학/민족문학의 대립, 그리고 80년대의 순수/민족·민중문학의 대립 구도 이외에 민족문학/민중문학이란 새로운 대립 구도는 문학계에서 평가하는 바대로 쓸모없는 가짜 대립만은 아니라 적어도 문학 장의 객관적 관계의 논리를 잘 보여주는 유용하고도 필요한 분류가 될 수 있다.

한편 장의 개념과 밀접한 연관을 맺고 있는 '성향들의 체계'

로서의 아비튀스의 개념은 작가가 어떻게 이러저러한 미학적 경향의 작품을 쓰게 되고 그에 상응하는 독자를 갖는지 그리고 이러한 구조가 어떻게 재생산되는지의 과정을 설명하기 위해 도입되었다. 부르디외는 장과 아비튀스의 분석을 작품 속에서도 시도하는데 그의 저서 『예술의 법칙』의 초반부는 플로베르와 그의 작품 분석에 할애되었다. 그는 방법론적으로 ‘문학 속의 사회’ 혹은 ‘사회 속의 문학’을 탐구하는 이른바 작품의 ‘내재적 분석’과 ‘외재적 분석’의 한계를 넘으려고 시도하였고, 이러한 분석 태도는 곧 사회 구조와 행위자들의 상호 관계 분석에서 구조냐 개인이냐라는 조악한 양자택일의 방법론적 일원주의를 극복하려는 노력의 일환이라고 생각된다. 따라서 부르디외의 문학 사회학적 방법론은 문학적 현상의 사회적 조건들의 구조를 객관적으로 조명함으로써 작가의 개별성과 작품의 미학을 손상시키지 않으면서 작품을 읽는 독자의 즐거움을 배가시키고 그의 문학적 체험을 풍부하게 해줄 수 있을 것이다.

글쓰기와 글읽기

움베르토 에코

1. 독자의 역할

언어적 표층(혹은 발현)에서 나타나는 바대로의 텍스트는 수신자에 의해서 현실화 *actualisé* 되어야 하는 표현적 인공물 *artifice* 로 이루어진 연쇄를 나타낸다. 이 책에서 우리는 문자로 씌어진 텍스트만을 살펴보기로 결정했기 때문에(점차적으로 우리는 우리의 분석을 서술 텍스트로 제한시킬 것이다), 지금부터 수신자란 말 대신 '독자'란 표현을 쓰기로 할 것이다——마찬가지로 텍스트의 생산자를 규정할 경우에 우리는 '발송자 *émetteur*'나 '작가 *auteur*'란 표현을 별다른 구분 없이 사용할 것이다.

하나의 텍스트는 현실화되어야 한다는 점에서 미완결이며, 그것은 다음 두 가지 이유에서이다. 첫번째 이유는, 우리가 텍스트로 정의하기로 결정한 언어학 대상에만 관련되지 않고, 고립된 문장과 낱말들을 포함하는 모든 메시지와 관련된다. 하나의 표현은, 주어진 코드에 준거해서 그것의 계약화된 내용과 상관관계를 맺지 않는 한, 순수한 목소리의 숨결 *flatus vocis* 로 남아 있을 뿐이다: 이런 의미에서 수신자는 그가 대하는 각각의 낱말에 대해 사전을 찾아보고, 문장의 문맥 속에서 구성 항목들의 상호 기능을 인지하기 위해 이미 존재하고 있는 일련의 통사적 규칙들을 참조할 수 있는 능력을 갖춘 조작자 *l'opérateur*(반드시 경험적인 것은 아니다)로서 상정된다. 따라서 우리는, 모든 메시지는 비록 그것이 오직 발신자만 알고 있는 언어로 방출되었다고 하더라도 수신자 몫의 문법적 능력을 상정하고 있다고, 말하겠다——방언(放言)*glossolalie*의 경우는 예외로서 여기서는 발신자 자신이, 언어적 해석은 가능하지 못하며 기껏해야 정서적 충격 및 언어 외적인 암시만이 있음을, 인정한다.

사전을 찾아본다는 것은 일련의 기의들의 공식 *postulats de signifié*들을 받아들임을 의미한다 : 하나의 낱말은, 그것이 최소한의 사전상의 용어들로 된 정의를 수용한다고 하더라도, 그것 자체로는 불완전하다. 사전은 돛단배가 선박이라고 우리에게 일러주지만 '선박'이라는 말로 다른 의미론적 속성들을 묵시적으로 남겨둔다. 이 문제는 일차적으로 해석의 무한성(이 점은 해석체 *l'interprétant*들에 대한 퍼스 이론에서 그 근거가 있음을 보았다)에 속하고, 다른 한편으론 수반성 *implicitation; entailment*의 주제와 필연적·본질적, 그리고 부차적 속성들 사이의 관계라는 주제로 귀결된다.

하지만 텍스트는 그것의 지극한 복잡성으로 인해서 다른 표현 유형들과 구분된다. 그리고 이 같은 복잡성의 본질적 이유는, 그것이 언급 부재 *non-dit*의 직물이라는 사실이다.

'언급 부재'란, 표현 수준의 표층에서 발현이 이루어지지 않은 것을 의미한다 : 그러나 내용의 현실화 차원에서 현실화되어야 하는 것은 바로 이 같은 언급 부재이다. 이렇듯, 하나의 텍스트는 다른 어떤 메시지보다도 더 분명하게 독자 쪽의 능동적이고 의식적인 공조적 *coopérateur* 운동을 요구한다.

다음과 같은 텍스트 부분이 있다고 할 때,

장은 방으로 들어갔다. '너, 다시 돌아왔구나!' 행복해하는 마

리가 탄성을 질렀다,

독자가 일련의 복잡한 공조적 운동을 통해서 이 텍스트의 내용을 현실화해야 함은 자명하다. 지금으로선 공지시 *coréférences*(즉 /있다/ 동사의 단수 2인칭의 사용 속에서 /너/는 장을 지시함을 설정해야 한다)의 현실화 문제는 무시하기로 한다. 그러나 이 같은 공지시화는 이미 하나의 대화 규칙에 의해서 가능해졌다. 즉 이 규칙에 따라서 독자는, 별다른 해명이 없는 한 두 사람의 존재가 주어졌기 때문에 말하는 사람이 반드시 또 다른 한 사람에게 말하고 있음을 받아들인다. 대화 규칙은 해석적 결단에 이식하며 이것은 독자에 의해서 시행되는 외연적 조작 *opération extensionnelle*이다: 즉 독자는 자신에게 제시된 텍스트로부터, 같은 방에 있다는 속성을 구비한 두 사람 장과 마리가 살고 있는 세계의 일부분을 규정해야만 한다는 것을 결정했다. 끝으로, 마리가 장과 같은 방에 있다는 사실은 결정적인 정관사 /그 *la*/의 사용에서 도출되는 또 다른 추론에 달려 있다: 즉 정관사 '그'는 오직 하나의 유일한 방을 말하고 있음을 뜻한다. 남은 것은, 독자가 지시체적 지표 *indices référentiels*들을 수단으로, 작가와 공유하는 선행 경험들로부터 그가 알고 있는 외부 세계의 실재들로서 장과 마리의 정체를 파악하는 것이 적절하냐의 여부이며, 작가는 독자가 모르는 개인들을 지시하고 있는지 아니면 텍스트의 부분이, 장과 마리가 규정된 묘사에 의해서 해석되었던 혹은 해석될 앞서 나온 혹은 뒤이어 계속될 텍스트 부분들에 연결되는 것이냐를 자문해보는 일이 남았다.

그러나 설사 우리가 이 모든 문제들을 무시한다고 하더라도, 여전히 다른 공조적 운동들이 의심의 여지없이 관건으로 남아 있다. 첫째, 독자는 동사 /다시 오다(es revenu)/의 사용이 어떤 식으로든 주체가 앞서 멀리 떨어져 있었음을 전제로 한다는 점을 이해하는 방식으로, 그 자신의 백과사전 지식 *encyclopé-die*을 작동시켜야 한다. 둘째, 부사적 접속사 /그래서(alors!)/의 사용으로부터 마리가 이 돌아옴을 기대하지 않았다는 것과, /행복해하는(radieuse)/이란 한정으로부터 그녀가 장을 열렬하게 갈망하고 있었다는 결론을 도출하기 위해서는 독자에게 추론적 작업 *travail inféréntiel*이 요구된다.

텍스트는 따라서 빈 공간들과, 채워야 할 빈칸들의 직물이며, 텍스트를 방출한 사람은 그 빈 공간이 채워질 것이라는 것을 내다보았고, 그리고 두 가지 이유에서 그 칸을 빈칸으로 남겨놓았다. 무엇보다도 하나의 텍스트란 수신자가 도입하는 의미의 잉여가치에 근거해서 살아가는 태만한 *paresseux*(혹은 경제적) 메커니즘이다; 텍스트가 췌언과 최초의 의미 규명으로 번잡하게 되는 것은 정도가 심한 궤변 *pinaillerie*, 지나친 교육적인 배려, 혹은 지나친 억압의 경우로부터 시작해, 정상적인 대화의 규칙이 위반되는 극한의 경우에만 일어난다. 이어서 두번째 이유는, 하나의 텍스트는, 비록 일반적으로 일사일의(一辭一義) *univocité*의 충분한 여백과 더불어서 해석되기를 갈망한다고 해도, 교육적 기능에서 미학적 기능으로 넘어감에 따라 독자에게 해석의 주도권을 넘겨주려 한다. 하나의 텍스트는 누군가가 그것을 작동하는 것을 도와주기를 원한다.

우리는 여기서 텍스트들의 '태만'이나, 텍스트들의 자유에 따라——이 자유는 다른 곳에서는 '열림'으로 규정되었다——텍스트의 유형론을 그리려고 시도하지 않을 것이다. 우리는 나중에 가서 다시 그 점에 대해서 재론할 것이다. 지금으로선 다음과 같은 점을 말해두겠다: 하나의 텍스트는 그것의 수신자를 그 자신의 구체적인 소통 능력뿐만 아니라 그 자체의 의미적 잠재성에 있어서 없어서는 안 될 조건 *sine qua non*으로서 상정한다. 달리 말해 하나의 텍스트는 그것을 현실화시킬 수 있는 그 누군가에게 방출된다——비록 이 누군가가 구체적으로 혹은 경험적으로 존재한다는 것을 바라지 않는다고(혹은 원치 않는다고) 해도 말이다.

2. 텍스트는 어떻게 독자를 예측하는가

텍스트 존재의 이 같은 명백한 조건은 더구나 그에 못지않게 명백한 화용론적 법칙과 맞부닥친다. 오늘날 그 법칙은 커뮤니케이션 이론의 역사가 쫓아보냈던 함정으로부터 마침내 벗어났다. 이 법칙은 다음과 같은 표어 형식으로 정식화될 수 있을 것이다 : 수신자의 능력은 반드시 발신자의 능력에 버금가지 않는다.

우리는 이미 많은 시간을 할애하여 (우리는 그 작업을 『기호학 원론 *Tratatto*』에서 규정한 바 있다) 최초의 정보 이론가들이 통속화시킨 커뮤니케이션 모델을 비판한 바 있다. 정보 이론에서는 한 명의 발신자, 하나의 메시지, 한 명의 수신자가 있고, 메시지는 코드로부터 생성되고 해석된다. 그런데 우리는 지금 수신자의 코드가 전체적으로 혹은 부분적으로 발신자의 코드와 다를 수 있으며, 코드도 단순 실재가 아니라 매우 빈번하게 여러 규칙 체계들로 이루어진 복잡한 체계이고, 언어 코드는 언어 메시지를 이해하기 위해서 충분치 않음을 알고 있다 : /담배 피우세요?/ /아니오/란 문장은 언어학적으로 수신자의 습관에 대한 물음과 대답으로 코드가 해석될 수 있다 ; 그러나 규정된 발신 상황 속에서 그 대답은, 언어학적 규칙에 근거해서가 아니라, 예의 범절에 근거해서 '무례한 것'이라는 암시적 의미를 가질 수 있다——즉 수신자는 "고맙습니다만, 담배를 안 피웁니다"라고 대답했어야 했다. 따라서 구두 메시지를 이해하기 위해서는 언어 능력뿐만 아니라 다양한 상황적 능력, 전제 조건들을 포착하고, 특이질성(特異質性)을 제거하는 등등의 능력을 필

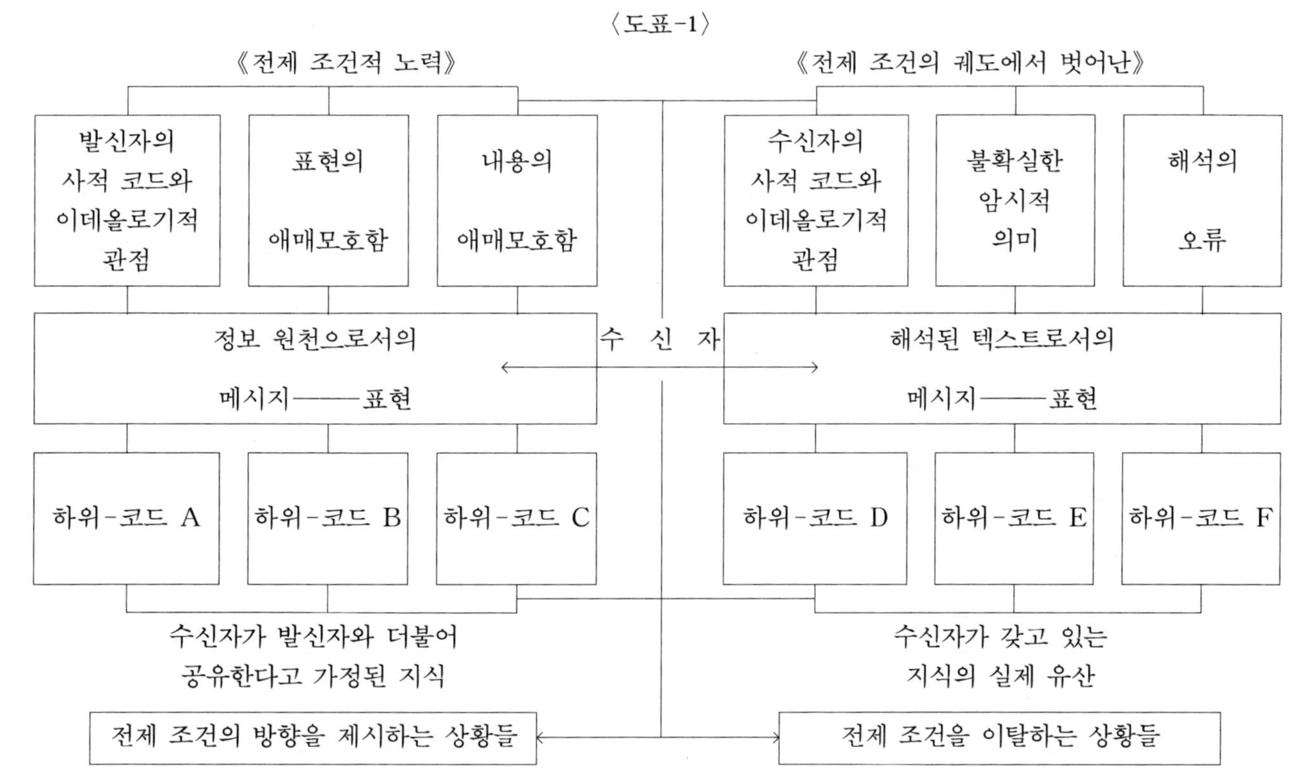

〈도표-1〉
《전제 조건적 노력》
《전제 조건의 궤도에서 벗어난》
발신자의 사적 코드와 이데올로기적 관점
표현의 애매모호함
내용의 애매모호함
수신자의 사적 코드와 이데올로기적 관점
불확실한 암시적 의미
해석의 오류
정보 원천으로서의 메시지——표현
수 신 자
해석된 텍스트로서의 메시지——표현
하위-코드 A
하위-코드 B
하위-코드 C
하위-코드 D
하위-코드 E
하위-코드 F
수신자가 발신자와 더불어 공유한다고 가정된 지식
수신자가 갖고 있는 지식의 실제 유산
전제 조건의 방향을 제시하는 상황들
전제 조건을 이탈하는 상황들

요로 한다. 〈도표-1〉에서 우리는 『기호학 원론』에서 암시한 일련의 화용론적 제약의 예를 제시하였다.

그렇다면 이 같은 어느 정도는 '궤도에서 벗어난' 해석의 가능성들에 직면해서 텍스트의 공조를 보장하는 것은 무엇인가? 구두 소통에서 수없이 많은 언어 외적인 강조(몸짓, 공공연히 드러내놓는) 형식들과, 췌언과 피드백의 다양한 절차들이 개입하고 서로를 지탱해준다. 이 말은 곧, 커뮤니케이션이란 용어를 엄밀하게 따져보자면 언어적 소통이란 없으며, 여러 가지 기호 체계들이 서로를 완성시켜주는 넓은 의미에서의 기호학적 활동이 있음을 뜻한다. 그러나 작가가 생성하고 이어서 마치 병 한 개를 바다에 던지는 꼴과 같은 다양한 해석 행위에 맡겨지는 문자 텍스트는 어떠한가?

우리는, 텍스트란 독자의 공조를 현실화의 조건으로서 상정한다고 말했다. 우리는 이 말을 보다 정밀하게 말할 수 있을 것이다 : 하나의 텍스트는, 그것의 해석적 운명이 그 자신의 생성 메커니즘에 속하는 산물이다 ; 하나의 텍스트를 생성한다는 것은 모종의 전략을 사용함을 의미하며, 모든 전략에서처럼 상대방의 운동들에 대한 예측이 바로 이 전략에 속한다. 군사 전략에서 (혹은 체스의 전략에서, 아니 모든 게임의 전략에서), 전략가는 스스로를 상대의 모델로서 가정해본다. 나폴레옹 Napoléon 은 여러 가지 가능성을 고려하였다 : 만약 내가 어떤 움직임을 하면 웰링턴 Wellington 은 이런 식으로 행동하겠지. 웰링턴 쪽에서는 다음과 같이 생각한다 : 만약, 내가 이런 움직임을 하면 나폴레옹은 이런 식으로 행동하겠지. 이 경우, 웰링턴이 나폴레옹보다 우수한 전략을 생성할 수 있었던 것은 그가 실제하는 구체적인 나폴레옹과 닮은 나폴레옹 모델로 스스로를 구성해본 때문이다. 나폴레옹으로 말할 것 같으면, 그는 구체적인 웰링턴과 아주 희미하게만 닮은 웰링턴 모델을 상상하였던 것이다. 하지만 오직 한 가지만으로도 이 같은 유추가 타당하지 못한 것임을 보여줄

수 있을 것이다: 일반적으로 하나의 텍스트에서 작가는 상대방이 승리하기를 원하지 패하는 것을 원치 않는다.

그렇지만 군사 전략에서는(체스 게임과는 달리) 헤아릴 수 없는 일 *impondérables*이 개입할 수 있다. 예를 들어, 그루키 Grouchy는 무능한 자이긴 하지만, 드자익스 Desaix가 보강군으로 올 수 있는 것처럼(이것은 마랭고 Marengo에서 일어난다) 전장터에 다시 돌아올 수도 있다(워털루에서 그는 그렇게 하지 않았다). 따라서 모든 훌륭한 전략가는 확률의 계산을 통해서 우발적인 사건들을 참작하고 있어야 한다.

그런데 텍스트의 경우도 마찬가지다. 하나의 텍스트의 작가는 동일한 방식으로 처신해야 할 것이다: '남쪽으로 뻗어난 콤Côme 호수의 지류……' 그런데 만약, 한번도 콤 호수를 들어보지도 못한 독자를 내가 마주한다면? 나중에 가서 나는 그 의미를 회복하도록 할 테지만, 지금으로선 마치 콤이 크사나두 Xanadou같이 의미가 없는 한낱 목소리의 숨결인 것처럼 해두자. 이어서 나는 이탈리아 반도의 상황에 대해서, 롬바르디 하늘과 콤, 밀라노 Milano, 베르감 Bergame 사이의 관계를 암시할 것이다. 잘라 말해, 백과사전적 지식의 무능을 드러내는 독자는 일찌감치 혹은 나중에 가서 헤매게 된다.

지금 우리가 있는 시점에서 결론은 단순해 보인다. 작가는 그의 텍스트적 전략을 조직화하기 위해, 그가 사용하는 표현들에 하나의 내용을 부여할 수 있는 일련의 능력(능력이란 '코드의 지식'보다는 더 폭넓은 술어이다)에 준거한다. 그는 그가 준거하는 능력들의 총합이 그의 독자가 준거하는 그것과 동일하다고 상정한다. 그런 이유에서 그는 텍스트 현실화에 공조할 수 있는 독자 모델을 예측하며, 그 결과 작가는 마치 그가 생성적으로 처신한 것처럼 독자가 해석적으로 처신할 수 있을 것이라고 생각한다.

작가는 자기 수중에 많은 수단을 갖고 있다: 특정 언어의 선

택(즉 그 언어를 쓰지 않는 사람은 배제한다), 백과사전 유형의
선택(만약 내가 어떤 텍스트를 /제1 비판〔칸트의 『순수 이성 비
판』: 역주〕이 명백하게 설명하고 있듯이/란 말로 시작한다면 대단
히 제한된 협동조합에서처럼 나의 독자 모델의 이미지를 제한한 것
이다), 어휘적 유산과 주어진 문체론적 선택 등. 나는 또한 나
의 청자를 선별할 수 있는 쟝르의 신호들을 제공할 수 있다: /사
랑하는 아이들아, 옛날 옛적에, 머나먼 나라에서……/; 나는 지
리적 장(場)을 제한할 수도 있다: /친구여, 로마인이여, 시민
이여!/ 많은 텍스트들은 바로 이처럼 아주 일반적인 표현법들
을 통해 *apertis verbis* 특수한 백과사전적 능력을 전제(이 같은
모순 어법을 쓰는 것을 용서해주시길)하는 방식을 통해 독자 모델
을 직접적으로 드러낸다. 언어 철학에 관한 수없이 많은 유명한
토론에 경의를 표하기 위해서 우리는 소설 『웨이버리 *Waverly*』
의 서두말을 참고한다(이 작가는 악명 높은 바로 그 작가이다).

맙소사! 나의 독자들이 호워드, 모르도, 모르티메, 스텐리 등의
기상천외한 이름들, 혹은 벨무르, 밸빌, 벨필드, 밸그라브 등의
보다 센티멘털하고 보다 부드러운 음절들 이름에서 무엇을 기대할
수 있었으리. 단지 그것들은 반세기 전부터 그런 식으로 이름이
붙은 책들과 흡사한 공허성으로 가득 찬 페이지들에 불과하였으
리라.

이 단락은 성찰할 만한 또 다른 요소들을 우리에게 제공하고
있다. 작가는 그의 독자 모델의 능력을 전제로 하고 있으며, 동
시에 그것을 설정한다. 월터 스콧의 독자들이 갖고 있었던 중세
시대 소설의 경험이 없는 우리로 말할 것 같으면, 우리 또한 위
몇몇 이름이 '기사도 영웅'을 내포하고 있고, 몇몇 기사도 소설
들이 위에서 인용된 인물들——다소간 비난받을 만한 문체론적
특징을 드러내는——로 가득 차 있음을 알게끔 유도된다.

    따라서 자신의 독자 모델을 예측한다는 것은 오직 그 모델의
존재를 '희망하는 것'만을 의미하지 않으며, 더 나아가 그 모델
을 구성하게끔 텍스트에 대해서 작용함을 의미한다. 하나의 텍
스트는 따라서 어떤 능력에 근거를 두지만, 더 나아가 그 능력
을 생산하는 데 기여한다. 그렇다면 하나의 텍스트는 겉으로 보
이는 것보다 덜 태만하고, 텍스트의 공조적 요구는 그것이 생각
게 하는 것보다 덜 자유로운 것이라고 말할 수 있을까? 텍스트
와 가장 흡사한 것은 무엇일까? 사용자가 기성 생산품의 획일
화된 유형을 얻기 위해 사용하는 미리 제작된 부품들을 포함하
는 '키트 *kit*'——조립상의 어떠한 자유도 주어지지 않고, 최소
한의 실수도 치명적인 것이 되고 마는——로 된 상자와 유사할
까? 아니면, 온갖 종류의 형태들을 만들 수 있는 레고 *Lego* 조
립 장난감과 닮은 것일까? 일단 짜맞추고 나면 언제나 모나리
자를 만들어내는 퍼즐 세트에 불과할까, 아니면 오직 일종의 파
스텔갑과 같은 것일 따름인가?
    〈도표-1〉에 의해서 예측된 가능한 사건들을 도맡을 준비가
되어 있는 텍스트들이 있는가? 이 같은 일탈 *écart* 을 갖고 놀
이를 하고, 그 일탈들을 암시하고 그것을 희망하는 텍스트가 있
는가——바로 그것은 모두 무한한 환희를 보장하는 수없이 많은
독서에 '열려진' 텍스트들인가? 그리고 이 환희의 텍스트들은
하나의 독자 모델을 상정하는 것을 포기하는 것일까, 아니면 다
른 본질의 독자 모델을 상정하는 것일까?
    우리는 그 같은 유형론들을 규정하려고 시도할 수 있지만, 얻
어진 유형 목록은 끝없는 뉘앙스의 변화를 낳는 점증적 연속체
의 형식으로 제시될 것이다. 우리는 차라리 직관적인 수준에서
두 개의 양 극단을 시사하고자 한다. 나중에, 통합되면서 동시
에 통합시키는 어떤 규칙, 즉 일종의 초월적인 생성핵을 찾기
위해 그 점을 다시 재론할 것이다.

3. '닫혀진' 텍스트와 '열려진' 텍스트

몇몇 작가들은, 〈도표-1〉에서 우리가 그 예를 들은 바와 같은 화용론적 상황을 매우 잘 알고 있다. 하지만 그들은 그것들이, 있을 수는 있으나 피할 수 있는 일련의 우발적인 사항들의 기술이라고 생각한다. 그런 이유에서 그들은 사회학적 총명함과 통계학적 신중함을 갖고 그들의 독자 모델을 포착한다: 그들은 차례로 아이들, 음악광, 의사들, 동성 연애자, 윈드 서핑 애호가, 소시민적 가정 주부, 영국 모직물 애호가, 잠수부 등에 말을 건넨다. 광고 제작자들의 표현을 빌려 쓰자면, 그들은 자신을 위해 하나의 타깃, '표적'을 선택한다(그리고 표적은 거의 협동적이지 않다: 그것은 명중되기를 기다릴 뿐이라는 것이다). 그래서 그들은 각각의 낱말, 표현, 백과사전적 레퍼런스가 그들의 독자가 일체의 개연성에 따라서 이해를 할 수 있는 것이 되게끔 한다. 그들은 정확한 효과가 모사될 수 있도록 조준할 것이다; 공포의 반응을 촉발시키기 위해 그들은 이렇게 미리 말할 것이다: "그때 끔찍한 일이 일어났다." 몇몇 수준에서 그 놀이는 작동할 것이다.

하지만, 대중 독자를 위해 글을 쓴 수베스트르Souvestre 와 알랭 Alain 이 문학적 키취를 찾아다니는 일급 식도락가들의 수중에 들어가는 것만으로 곧장 횡단적인 문학의 축제, 행간을 해석하는 축제, 진부한 작품 *poncif* 을 감정해내는 축제, 더듬거리는 텍스트들에 대한 위스망 Huisman 적인 취향의 축제가 벌어지게 마련이다. 그 순간, '닫힌' 억압적인 텍스트였던 것이 활짝 열려, 퇴폐적인 모험들을 생성하는 기계로 변해버릴 것이다.

그런데 더 나쁜(혹은 경우에 따라서는 더 나은) 경우도 있다: 독자 모델의 능력과 관련한 예측은 불충분할 수 있다는 것—역사적 분석의 결여나, 기호학적 평가의 오류나, 진로 상황의

평가절하 등으로 인해서 말이다. 수Sue의 『파리의 미스터리
Les mystères de Paris』는 이 같은 해석의 모험의 휘황찬란
한 예를 우리에게 제시한다. 교양 있는 독자에게 생생한 비천함
속의 맛깔진 돌발 사건들을 이야기하기 위한 댄디이즘적 의도
로 씌어진 그 책은 무산자 계급에게는 자신들의 노예 상태에 대
한 가장 명백하고도 진솔한 묘사로 읽혀졌다; 작가는 그 점을
알아차리고, 이번에는 무산자 계급을 위해, 이 '위험천만한' 계층
을 설득하기 위해, ──그가 이해하고 있지만 두려워하는── 그
리고 절망하지 않기 위해, 또 소유 계층의 정의와 선의에 믿음
을 갖기 위해, 그의 텍스트를 사회적-민주적 도덕성으로 가득
채우면서 돌발적 사건들을 계속 써내려간다. 이 책은 마르크스
와 엥겔스에 의해서 개혁주의적 변호의 모델로 분류되어, 그의
독자의 정신 속에서 신비로운 여행을 완수한다. 이 독자들은
1848년의 바리케이드에서 우리는 다시 마주치게 되는바, 이들
이 혁명을 시도한 까닭은 무엇보다도 『파리의 미스터리』를 읽
었기 때문이었다.

그 책이 이와 같은 현실화의 가능성을 포함했을 수도 있다.
그것이 분명 그러한 독자 모델을 그렸을 수도 있다. 아니 그럴
개연성이 매우 높다. 단 그것을, 도덕적 부분을 빼면서──혹은
그 부분을 이해하기를 원치 않는 조건에서── 읽는다는 조건에
서 말이다.

닫혀진 텍스트보다 더 열려진 것은 없다. 그러나 그것의 개방
성은 외적인 창의성의 효과이자, 텍스트를 사용하는 방식이지
그 텍스트에 의해서 조심스럽게 사용되는 방식이 아니다. 그것
은 공조라기보다는 폭력이다. 더구나 하나의 텍스트에 폭력을
가할 수 있고(파트모스Pathmos에서의 사도처럼 한 권의 책을 꿀
꺽 삼킬 수도 있다), 섬세한 환희를 이끌어낼 수 있다. 그러나
여기서 우리는 텍스트의 공조를 텍스트에 의해서 증진된 활동
으로서 언급하는 것이며, 위 양상들은 따라서 우리의 관심 밖이

다. 이 점은 분명히하고 넘어가야 한다: 그 같은 양상들은 이 틀 속에서 우리의 관심 문제가 아니다. 발레리 Valéry 의 말——"하나의 텍스트의 참된 의미는 없다"——은 두 가지 독서를 허락한다: 하나의 텍스트를 사용 관습 *usage* 으로 삼을 수 있고, 바로 이 같은 독서는 우리의 관심 밖이다; 그리고 하나의 텍스트에 대해서 수없이 많은 해석을 가할 수 있으며, 우리가 지금 살펴보려는 것은 바로 이 같은 독서이다.

작가가 〈도표-1〉로부터 모든 것을 이끌어낼 수 있을 때, 우리는 열려진 텍스트를 갖는다. 그는 〈도표-1〉을, 제거할 수 없는 화용론적 상황의 모델로서 읽는다. 그는 그 상황을 자신의 전략의 규칙적 가설로서 상정한다. 그는 (바로 여기에 텍스트의 유형론이 뉘앙스의 연속체가 될 위험성이 있다) 어느 정도까지 그가 독자의 공조를 통제해야 하는가를 결정한다. 바로 그 점에서 작가는 독자의 공조를 자극하고, 지도하면서, 그 공조가 자유로운 해석의 모험이 되어가도록 한다. 그는 /한 송이 꽃/이라고 말할 것이다. 그리고, "내 목소리가 어떠한 가두리도 쫓아버리는 망각 저편으로 〔……〕 온갖 꽃다발 *bouquet* 의 부재가 〔……〕 선율을 담고 일어난다"는 것을 그가 알고 있다고(알길 원한다고) 하더라도, 그는 아주 오래된 술의 향기 *bouquet* 〔bouquet란 꽃다발의 뜻 외에 포도주 향기라는 뜻을 가지고 있다: 역주〕가 발산되는 것은 아님을 명백히 의식하고 있을 수도 있다: 그는 자기 나름대로 무한한 세미오시스의 놀이를 확장하고 제한할 것이다.

명철하게 그의 전략을 이끌면서, 그는 유일한 목표에 도달하려고 시도할 것이다: 가능한 해석이 많다 하더라도, 그는 어떤 하나의 해석이 다른 해석을 상기하게끔 할 것이다. 이것은 그들 사이에 결코 배제 관계가 아닌 상호 강조의 관계가 설정되기 위해서이다.

그는 『피네건의 경야 *Finnegans Wake*』에서 일어나는 것처럼, 완벽한 *idéale* 불면증에 걸린 이상적인 *iéale* 독자를 상정할

수 있다. 그 독자는 다양한 언어 능력을 갖추고 있으나, 그의 기
본 능력은 영어에 관한 능력(비록 그 책이 '진짜' 영어로 씌어진
것은 아니라고 해도)이다. 그런데 그 독자는 더블린의 존재를 모
르는 AD 2세기의 헬레니즘 시대의 독자는 아닐 것이다; 더구
나 2천 개의 낱말들로 된 어휘체를 모르는 문맹도 아닐 것이다.

　따라서 『피네건의 경야』는 이상적 독자, 지혜로운 연상 능력을
구비하고 모호한 백과사전적 지식을 갖춘 총체적으로 구비된 독
자를 기다리지 아무런 독자나 기다리는 것은 아니다. 그것의 독
자 모델을 그는 언어상의 난이도와 레퍼런스의 풍부함을 선택하
면서, 그리고 텍스트 속에 실마리, 다시 돌려보내기, 변화하는
가능성, 교차된 독서 등을 끼워넣음으로써 구축하게 된다. 『피
네건의 경야』의 독자 모델은 바로, 가장 많은 수의 교차된 독서
를 시간 속에서 행동화할 수 있는 이 같은 조작자 *opérateur* 이다.

　달리 말해, 그것의 궁극적 생산성에 있어서, 가장 열려진 텍
스트의 작가인 조이스 Joyce 는 그 자신의 독자를 텍스트 전략을
통해서 구성한다. 텍스트가 가정하지 않은 독자, 따라서 그가
생산하는 수고를 들이지 않은 독자들에게 기댈 때, 텍스트는 판
독이 불가능해지거나 (그것의 있는 그대로보다도) 아니면 아예
다른 텍스트가 되어버린다.

4. 사용과 해석

　우리는 따라서 상상력의 자극으로서 파악된 텍스트의 **사용**
utilisation 과 열려진 텍스트의 해석 *interprétation* 사이에 구
분을 그어야 한다. 바로 이 경계선 위에, 바르트가 텍스트의 즐
거움 *jouissance* 이라고 부르는 것의 가능성이, 어떠한 이론적 모
호함 없이 토대를 잡는다——다음 사실을 알고 있어야 할 것이
다: 하나의 텍스트를 사람들이 즐거움의 텍스트로 활용하는 것

이냐, 아니면, 하나의 확정된 텍스트가 자신을 가장 자유롭게 활동하도록 자극하는 것을 그 자신의 고유한 전략의(따라서, 해석의) 구성 요소로 삼는 것이냐. 그러나 우리는 우리의 진술에 한계를 그어야 하며, 해석 개념은 언제나 작가의 전략과 독자 모델의 반응 사이의 변증법을 유발한다고 말할 수 있다고 본다.

물론, 실제뿐만 아니라, 텍스트들의 자유롭고, 상식을 뛰어넘고, 욕망 현시적이며, 짓궂은 사용에 대한 미학을 가질 수 있다. 보르헤스 Borges는 오디세이 Odyssée를 그것이 에네이드 L'Enéide보다 나중에 온 것처럼 읽을 것을 암시하곤 했으며, 『예수의 모방 L'imitation de Jésus-Christ』을 그것이 마치 셀린 Céline에 의해서 씌어진 것처럼 읽을 것을 암시했다. 휘황찬란한, 흥분을 자극하는, 완전히 실현 가능한 제안들이다. 다른 어떤 것만큼 창조적이고, 어느 때보다도 창조적인 제안들이다. 왜냐하면, 사실상, 하나의 새로운 텍스트가 생산되기 때문이다(메나르 Pierre Ménard의 『돈 키호테』는 예컨대, 세르반테스의 그것과 매우 다르나, 메나르의 것은 우연적으로 낱말마다 세르반테스의 것과 일치하고 있다). 아울러, 이 같은 또 다른 텍스트(혹은 다른 텍스트 texte Autre)를 쓰면서, 근원적 텍스트를 비판하거나, 그것의 감추어진 가능성이나 가치들을 발견하는 데 이르거나, 이것은 놀랄 일이 못 된다. 한 편의 캐리커처보다도 더 계시적인 것은 없다. 왜냐하면 그것은 자신에 의해 희화화된 대상과 같아 보이기 때문이다(실제는 그렇지 않은데도 말이다). 다른 한편, 다시 반복해서 이야기된 소설은 원소설보다 더 아름답게 될 수가 있다. 그 이유는 '다른' 텍스트가 되기 때문이다.

일반 기호학의 관점에서, 그리고 화용론적 과정의 복잡성과(〈도표-1〉) 총체적 의미장 Champ Sémantique Global의 모순적 특징의 시각에서, 이 모든 조작들은 이론적으로 설명이 가능하다. 하지만 만약, 퍼스가 보여주었듯이, 해석들의 연쇄가 무한하다면, 담론의 우주는 백과사전의 크기를 제한하기 위해 개입한다. 그리고 하나의 텍스트는 그것의 최소한 합법화될 수 있는──혹은 합법적인──해석들의 우주를 성립하는 전략에 다름 아니다. 자유롭게 하나의 텍스트를 사용하는 또 다른 결단은 담론의 우주를 확장하기 위한 결단에 상응한다. 무한한 세미오시스의 역동성은 그것을 금지시키지 못하며 오히려 그것을 장려한다. 그러나 원하는 바를 알고 있어야 한다: 세미오시스에 하나의 매혹을 받아들이게 하거나 하나의 텍스트를 해석하게 하는 것 말이다.

끝으로, 덧붙일 것은 닫혀진 텍스트는 열려진 텍스트보다도 사용에 더 저항한다는 사실이다. 매우 억압적으로 공조를 지도하려는 의도에서 매우 한정된 독자 모델을 위해서 구상된 그 같은 닫혀진 텍스트란 매우 신축성 있는 작업의 여지를 남겨둔다. 렉스 스타우트 Rex Stout 의 탐정 이야기를 잡아서 네로 월프 Nero Wolfe 와 아르키 고드윈 Archie Goodwin 사이의 관계를 '카프카적' 관계로 해석해보라: 그것은 물론 가능하다. 텍스트는 이 같은 사용을 매우 잘 견디어낸다. 사건 *fabula* 의 오락성을 상실하지도 않고, 살인자를 끝까지 찾아내는 재미를 잃어버리지도 않는다. 그러나 지금, 카프카의 『심판 *Procès*』을 집어서 그것을 탐정 이야기로서 읽어보라. 법률적으로 그것은 허용되지만, 텍스적으로 그것은 졸렬한 결과만을 산출한다. 책 페이지를 뜯어 마리화나의 담배를 마는 것이 더 나을 것이다.

프루스트는 기차 시간표를 읽을 줄 알았고 발로와 Valois 라는 지역 이름에서, 실비를 찾아나선 네르발의 여행의 부드럽고 미로를 헤매는 메아리를 다시 찾을 줄 알았다. 그러나 문제는 시간표의 해석이 아니었다. 그것은 그것의 합법적인, 거의 정신 환각적인 *psychédélique*, 사용 중의 하나였다. 시간표로 말할 것 같으면 그것은 오직 유일한 독자 모델을 예측할 뿐이다. 그런 독자란 시간적 연속들의 회귀 불가능성에 대한 첨예한 감각을 갖춘 정통 *orthogonal* 데카르트적 조작자이다. 〔김성도 옮김〕

작가의 죽음과 독자의 탄생
—— 모방·글쓰기·글읽기, 그리고 보르헤스

장　　경　　렬

1. 창조와 모방, 그리고 문학 행위

창조와 모방 가운데 어느 쪽이 가치론적으로 우위에 놓이는 개념일까? 많은 사람들에게 이 물음에 대한 답은 너무도 자명한 것처럼 느껴질 것이다. 창조가 근원적이고 본질적인 것이라면 모방은 이차적이고 부수적인 것이라는 고정관념이 많은 사람들의 의식을 지배하고 있기 때문이다. 사실 창조가 모방보다 우월한 것이라는 일반의 믿음에 대해 이의가 제기되었던 예를 찾아보기란 쉽지 않다. 그러나 관점을 달리하여 창조와 모방의 관계를 새로운 시각에서 조명하는 경우, 위의 물음에 대한 답은 결코 그렇게 자명한 것처럼 보이지 않는다. 무엇보다도 우리는 창조의 개념이 애초에 어떻게 해서 우리의 의식 속에 자리잡게 되었는가를 문제삼을 수 있다. 이 문제에 접근하기 위해 우리는 순수하게 창조적인 것만으로 이루어진 세계를 상상해볼 수 있다. 만일 우리가 현재 몸담고 있는 세계가 바로 그 세계라면, 우리에게 ‘창조적’이란 개념은 불필요한 것일 수 있다. 아니, 존재조차 하지 않았을 수도 있다. 마치 구속이 없다면 자유라는 개념도 존재할 수 없듯이. 바꿔 말해, 자유가 자유인 까닭은 구속이 존재하기 때문이듯이, 창조가 창조인 까닭은 모방이 존재하기 때문인 것이다. 더욱이, 신이 자신의 형상을 모방하여 인간을 창조했다는 어떤 종교의 창조 신화가 암시하고 있듯이, 창조는 모방을 통해 가능한 것이기도 하다. 이런 관점에서 본다면, 모방을 통하지 않고서는 창조를 ‘창조’로 이해할 수도 없을 뿐만 아니라, 창조의 세계로 들어가기란 불가능할지도 모른다.

일단 창조와 모방에 대한 일반의 통념에 대항하여 모방의 개념을 논의의 중심부로 끌어들인 다음 이를 다시 문학과 관련지을 때, 우리에게는 먼저 개념상의 혼란을 막기 위한 최소한의 입장 정리가 요구된다. 그 이유는 모방의 개념이 문학에서는 최소한 두 가지의 의미로 사용되고 있기 때문이다. 우선 플라톤이 “시란 현상 세계에 대한 모방”이라고 했을 때 그가 말하는 ‘모방’이란 무엇을 의미하는가를 문제삼을 수 있다. 이와 관련하여, “시인이 자신의 시를 통해 전원의 풍경을 모방하고 있다”라는 말과 “시인이 자신의 시를 통해 전원의 풍경을 묘사하고 있다”라는 말을 생각해볼 수 있다. 과연 어느 쪽이 더 자연스러운 표현일까? 후자의 표현이 더 자연스럽다는 데 이의를 제기할 사람은 아마도 없을 것이다. 이런 관점에서 본다면, 플라톤이 모방의 개념을 논의할 때 그가 실제로 문제삼았던 것은 ‘모방 *imitation*’이 아니라 ‘묘사 *representation*’였다고 할 수 있다. 따지고 보면, 모방이란 말은 “페트라르카의 소네트 양식을 모방한다”라든가 “호머의 문체를 모방한다”로 쓸 때 비로소 뜻이 자연스럽게 통한다. 모방의 개념을 창조의 개념과 대비시킴으로써 이 말을 통해 우리가 드러내고자 하는 것은 바로 후자의 의미이다. 요컨대, 우리가 문제삼고자 하는 것은 바로 문학의 독창성에 대응되는 관습성이란 개념이다.

모방의 개념을 이처럼 한정적으로 사용하는 경우, 특히 부각되는 것이 문학 작품들 사이의 관계이다. 말하자면, 문학 작품은 다른 문학 작품을 모방한 것이라는 생각이 문제된다. 이와 같은 의미에서의 모방 개념을 특히 중시했던 시대가 있었다면, 이는 아마도 신고전주의 시대일 것이다. 당대의 시인들은 호머나 버질과 같은 고전 작가들의 작품을 전범으로 하여 형식이나 문체뿐만 아니라 주제까지도 모방의 대상으로 삼았다. 이때의 모방이란 물론 단순한 의미에서의 모방이 아니라 대상에 대한 완전 무결한 체득을 통해 새로운 창조를 가능케 하는 모방을 말한다. 사실 새로운 창조를 위한 선행 조건으로서의 모방에 대한 믿음은 비단 신고전주의 시대에 국한되는 것이 아니다. 예컨대, 트로이 전쟁에 얽힌 이야기가 복카치오의 『필로스트라토 *Filostrato*』를 가능케 했고, 그것이 다시 초서의 『트로일러스와 크리세이드 *Troilus and Criseyde*』를 가능케 했다면, 이들이 곧 셰익스피어의 『트로일러스와 크레시다 *Troilus and Cressida*』를 가능케 했다고 할 수 있다. 또 하나의 예를 들면, 호르헤 루이스 보르헤스 Jorge Luis Borges가 그의 「피에르 메나르, 『돈키호테』의 작가」에서 말하였듯이, "포는 보들레르를 낳았고, 보들레르는 말라르메를 낳았으며, 말라르메는 발레리를 낳았다"고 할 수 있는 것이다. 말하자면, 이전 작품에 대한 모방은 어느 시대에나 있어왔던 문학적 관행이다.

이러한 모방의 관행은 개인의 독창성과 창조력을 중시하던 낭만주의 시대에 이르러 폄하되기 시작하였고, 당시의 분위기가 오늘날에 이르기까지 상당한 영향력을 행사하고 있음도 사실이다. 작가의 존재에 각별한 의미를 부여하도록 유도한 동인을 우리는 또한 사유권을 중시하는 자본주의 이념에서도 찾을 수 있다. 그러나 모방으로서의 문학에 대한 관심이 오늘날 새롭게 고조되고 있음도 부정할 수 없다. 모방으로서의 문학에 대한 새로운 관심 이면에는 구조주의 및 후구조주의라는 철학 사조와 현대의 특징적인 문화 현상의 하나라고 진단되는 포스트모더니즘이 놓여 있다.

구조주의자들은 먼저 문학 작품들 사이에 '공시적(共時的)'으로 존재하는 유사한 기능에 주목하면서, 이에 대한 체계화를 시도하였다. 엄밀하게 말해, 구조주의자들이 '모방' 자체에 관심을 가졌던 것은 아니지만 작품들 사이에 존재하는 관계에 관심을 가졌다는 점에서 이들의 작업은 과거의 모방 관습과 전혀 무관한 것이라고 할 수는 없다. 한편 후구조주의자들의 작업은 작품 속에 존재하는 것으로 생각되는 다층적 의미망(意味網)에 대한 탐구로 요약될 수 있는데, 아마도 롤랑 바르트 Roland Barthes가 이러한 경향을 주도하는 대표적 인물로 꼽힐 수 있을 것이다. 바르트와 같은 이론가들은 특히 '작품'이라는 종래의 개념 대신 '텍스트'라는 개념을 도입하고 있는데, 그 이유는 '텍스트'라는 말이 단지 작품의 언어적 측면만을 환기시켜준다면 '작품'이란 말은 작품을 만들어낸 작가를 연상케 하기 때문이다. 즉 문학 작품은 작가와 무관하게 존재하는 언어적 실체이며, 작품의 복합적인 의미망을 생성해내는 것은 다름아닌 언어라는 입장을 반영하기 위한 것이 '텍스트'라는 개념이다. 바르트 등은 '텍스트'라는 기본 개념과 함께 '텍스트 상호 관련성 *intertextuality*'이란 개념을 제시하는데, 이는 하나의 텍스트란 수많은 여타의 텍스트들이 만나고 교차하는 '지점'에 불과하다는 생각을 반영하기 위한 것이다. 결국 텍스트란 기존의 텍스트에서 광범위하게 끌어낸 다층적 글을 담고 있다든가, 이미 존재하는 텍스트의 반복이요 재활용일 뿐이라는 주장을 통해, 바르트 등은 작가를 텍스트의 발원지 또는 의미의 원천으로 여기는 근대 이후의 비평 전통에 이의를 제기한다.

그러나 이상과 같은 이론적 논의는 창작상의 관행으로서의 모방과는 상당한 거리를 두고 있는 것이다. 창작상 관행으로서의 모방 개념을 오늘날 적극적으로 전개한 이들은 아마도 포스트모더니스트들일 것이다. 물론 포스트모더니스트들이 모방에 대해 보이고 있는 관심을 한마디로 규정하기는 어렵지만, 적어도 이들의 논의에서 초점을 이루고 있는 인물 가운데 한 명이 앞서 잠깐 언급한 보르헤스라는 사실을 부인할 수는 없다. 그는 모방으로서의 문학에 새로운 가능성을 제시함으로써 포스트모더니스트 작가들의 글쓰기 작업에 새로운 출구를 마련해준 인물로 여겨지고 있다. 일부에서는 보르헤스가 모방이나 심지어 베끼기까지를 새로운 글쓰기의 기법으로 제시하였다고 믿고 있다. 문제는 그들이 생각한 대로 보르헤스가 과연 모방이나 베끼기를 글쓰기의 기법으로 옹호했던가에 있다. 그의 『허구들 ficciones』이 담고 있는 미묘한 의미가 포스트모더니스트들의 손을 거쳐 단순화되는 가운데 오해와 혼란이 야기되었던 것은 아닐까? 우리 자신이 보르헤스를 단순화함으로써 새로운 오해와 혼란을 불러일으킬 위험을 무릅쓰면서도, 그에 대한 이해를 다시 시도하는 이유는 한국 문단에서 일어난 다음과 같은 일련의 사건들 때문이다.

1993년초에 모 신문의 신춘 문예에 당선된 단편소설이 표절임이 드러나 당선이 취소되었던 사건이 있었다. 그런가 하면 표절 시비에 휘말려든 신간 소설 때문에 출판사가 신문지상에 사과문을 게재하기도 하였고, 이 사건에 연루된 작가가 법정에 서기까지 한 사건도 있었다. 또한 1992년에도 몇몇 작가들의 작품을 놓고 표절 시비가 일었는가 하면, 표절 시비에 휘말린 작가 중 한 사람이 출판사와 평론가를 법정에 고소하는 사건도 있었다. 이 모든 사건들이 의미하는 것은 무엇일까? 사실상 표절 시비라는 것은 어느 사회, 어느 시대나 있어왔고 또한 있을 수 있다. 그러나 한국의 문단이 표절 시비로 겪고 있는 진통은 우발적이거나 일회적인 것이 아니라는 데 문제의 심각성이 놓인다. 아울러, 진통을 겪으면서도 표절 행위 자체에 대한 판단을 유보하려는 움직임이 문단 일각에서 일었던 적이 있거니와, 그 이유는 무엇인가? 추측하건대, 오해와 혼란 때문은 아닐까? 오해와 혼란 때문에 사람들은 지금도 판단을 유보한 채 엉거주춤하고 있는 것이 아닐까? 아니, 우리가 판단을 유보한 채 엉거

주춤하고 있기 때문에 오해와 혼란이 심화되는 것은 아닐까? 오해와 혼란의 근원을 진단해보기 위해 우리는 보르헤스를 문제삼고자 하며, 아울러 보르헤스를 문제삼은 존 바스 John Barth 라는 미국의 포스트모더니스트를 문제삼고자 하는 것이다.

2. 글쓰기와 글읽기, 그리고 보르헤스

사실 작가의 존재를 회의하거나, 또는 텍스트 상호 관련성을 암시하는 문학 논의에 오해의 소지가 없는 것은 아니다. 즉 이 개념은 베끼기조차 어쩔 수 없는 것, 필연적인 것이라는 생각을 유도할 수도 있다. 하나의 예로, "작가의 죽음"을 선언한 바르트의 견해에 주목해보기로 하자. 그는 「작가의 죽음」[1]이라는 논문에서 작가에 대해 사람들이 관습적으로 지녀왔던 고정관념을 뒤엎고 있는데, "현실에 직접 영향을 미칠 목적을 지니지 않은 채 무언가 사실에 대한 진술을 시작"하면, "목소리는 근원을 상실하고 작가는 죽음의 상태에 들어가게 된다"는 것이다. 그에 의하면, 텍스트란 "내세울 독창성이라고는 하나도 없는 다양한 종류의 글이 뒤섞이고 부딪히는 다차원적인 공간"이며, "헤아릴 수 없이 수많은 문화의 중심부로부터 끌어낸 인용문들이 모여 형성된 조직"에 불과하다는 것이다. 만일 텍스트가 여러 텍스트들과 만나는 교차점 또는 언어가 교차하고 재교차하는 지점에 불과할 뿐이라면, 작가란 기껏해야 "문자화된 텍스트를 구성하는 그 모든 흔적을 하나의 공간에 모아놓는 사람"에 불과하다. 바꿔 말해, 작가란 기존의 텍스트를 인용하거나 반복하고, 모방하거나 언급하는 사람일 뿐이다. 요컨대, 작가의 존재는 실로 아무것도 아니다.

---

1) Roland Barthes, "The Death of the Author," *Image-Music-Text*, trans. Stephen Heath(New York: Hill & Wang, 1977), pp. 142~48 참조.

여기에서 우리는 다음과 같은 의문을 갖지 않을 수 없다. 바르트가 "작가의 죽음"을 논의할 때 그의 의도가 단순히 작가의 존재를 부정하는 데 있었던 것일까? 바르트의 논문이나 저서에 항상 그의 이름이 명기되어 있지 않은가? 그렇다면, 그가 주장하는 "작가의 죽음"이란 단지 수사적인 표현에 불과한 것은 아닐까? 만일 그의 표현이 단지 수사적인 것에 불과하다면, 바르트가 정말 의도했던 것은 무엇인가? 그가 작가의 존재를 부정함으로써 내세우고자 했던 것은 텍스트에 대한 무한한 해석 가능성이 아닐까? "일단 작가를 제거하면 텍스트를 해독해냈다는 주장은 아주 쓸모없는 것이 되고 만다"라는 그의 주장에서 일별할 수 있듯이, 텍스트란 독자가 어느 쪽으로든 진입할 수 있는 열린 공간이라는 점을 암시하고자 한 것이 아닐까? 그의 『S/Z』[2)]에 나오는 다음과 같은 발언도 이러한 추측을 뒷받침해 준다. 즉 "텍스트란 기표들이 형성하는 은하계"이며, "그 은하계 안으로 진입할 수 있는 출구는 여러 곳에 있는데, 누구도 어느 것이 정문이라고 권위 있게 단언할 수는 없다"는 것이다. 그러나 바르트의 주장이 궁극적으로 해석의 다양성을 문제삼기 위한 것이라는 사실을 우리는 「작가의 죽음」에 나오는 다음 구절에서 보다 더 확실하게 확인할 수 있다. 그에 의하면, "작가의 죽음의 대가로 우리가 얻는 것은 독자의 탄생이어야 한다." 결국 바르트가 제기하고 있는 문제는 글을 어떻게 쓸 것인가가 아니라, 글을 어떻게 읽고 해석할 것인가이다. 만일 바르트의 의도가 '창작론'이 아닌 '독서론'에 있다면, 그의 수사적 표현을 고지식하게 받아들여 텍스트란 임자 없는 이전의 텍스트들을 베끼거나 모방하는 가운데 얻어질 수 있다는 투의 소박한 단순화는 용인될 수 없다.

작가의 존재에 대한 부정이 해석의 다양성과 연계되는 경우

---

2) Roland Barthes, *S/Z*, trans. Richard Miller(New York: Hill & Wang, 1975), pp.4~6 참조.

를 우리는 보르헤스의 「틀뢴, 우크바르, 제3의 세계」[3]에서도 확인할 수 있다.

책에 이름을 밝히는 경우는 흔하지 않다. 표절이라는 개념도 존재하지 않으며, 모든 작품들은 시간을 초월하여 익명으로 존재하는 가상적인 한 작가의 창조물로 여기는 관행이 확립되어 있다. 비평가들은 종종 작가를 만들어내기도 하는데, 이들은 서로 판이한 두 개의 작품——예컨대, 『도덕경』과 『천일야화』——을 선정하여 이들 두 작품을 동일한 작가의 것으로 간주한 다음, 이 흥미로운 '문인'의 심리를 아주 꼼꼼하게 규명한다.

위의 인용을 통해 우리는 가공의 세계인 '틀뢴'에서 확립되어 있는 문학적 관행을 일별할 수 있는데, "책에 이름을 밝히는 경우"가 드물고 또한 "표절이라는 개념도 존재하지 않"는다는 데서 그 세계에서는 표절이 용인되고 있는 것처럼 읽혀진다. 그러나 이는 다만 낭만주의적 또는 자본주의적 이념이 지배하기 이전의 사회, 즉 작가의 존재에 별다른 의미를 부여하지 않던 사회의 관행을 설명하기 위한 것이라는 점에 유의해야 할 것이다. 요컨대, 책에 이름을 밝히는 경우가 드물다든가 표절이라는 개념이 존재하지 않는다는 말은 주어진 사회가 작가의 존재에 의미를 부여하지 않는다는 뜻이지, 그 사회가 표절을 용인한다는 뜻은 아니다. 이와 관련하여, 표절이라는 개념 자체는 작가의 존재를 의식할 때 문제되는 개념이라는 점에 주목하기 바란다. 바꿔 말해, 원작자라는 개념이 존재하지 않는다면 애초에 표절이라는 개념도 존재할 수 없는 것이다.

---

3) Jorge Luis Borges, "Tlön, Uqbar, Orbis Tertius," *Labyrinths: Selected Stories & Other Writings*, ed. Donald A. Yates & James E. Irby(New York: New Direction Book, 1964), pp. 3~18. 이 작품의 한국어 번역본으로는 김춘진 역, 「틀뢴, 우크바르, 제3의 세계」, 『바벨의 도서관——보르헤스 단편선』(도서출판 글, 1992), pp. 57~79 참조 바람.

결국 앞의 인용을 통해 소설 속의 '내'가 문제삼는 것은 어떤 사회의 '창작 관행'이 아니다. 이어지는 인용 부분에서 드러나듯이, 그는 다만 작가의 존재가 문제되지 않는 사회에서 문학 작품이 어떻게 받아들여지고 있는가의 문제, 말하자면 '독서 관행'을 문제삼고 있을 뿐이다. 소설 속의 '나'에 의하면, 그 사회에서 "모든 작품들은 시간을 초월하여 익명으로 존재하는 가상적인 한 작가의 창조물로 여"겨지며, 이로 인해 비평가들에게는 '판이한' 작품들 사이에 있을 수 있는 관계를 '자유롭게' 설정하는 것이 허락된다. 요컨대, 작가의 존재를 의식하지 않음으로써 작품들 사이에 자유로운 관계짓기가 가능케 되고, 이 가운데 해석자의 자유 혹은 해석의 다양성이 보장된다. 바르트의 표현을 빌리자면, "작가의 죽음"의 대가로 "독자의 탄생"을 얻게 되는 것이다.

바르트나 보르헤스 모두에게 텍스트와 텍스트 사이의 관계짓기는 창작 기법이 아닌 독서 기법과 관련되는 전략임에도 불구하고, 보르헤스의 소설 가운데 적어도 한 편만은 창작 기법이나 글쓰기와 관계가 있는 것으로 여겨질 수도 있다. 우리가 여기에서 문제삼고자 하는 작품은 「피에르 메나르, 『돈 키호테』의 작가」[4]인데, 이 작품은 원본을 "기계적으로 전사"하거나 "베끼는" 일을 넘어서서, "자구 하나하나 행 하나하나 미겔 데 세르반테스의 작품과 그대로 일치하는 몇 페이지의 『돈 키호테』를 제작"하려는 "경탄할 만한 의도"를 가졌던 작가 피에르 메나르에 관한 이야기이다. 보르헤스가 말하는 피에르 메나르의 작업이 어떤 것인가를 우리는 다음의 인용에서 확인할 수 있다.

---

4) Jorge Luis Borges, "Pierre Menard, Author of the Quixote," *Labyrinths: Selected Stories & Other Writings*, ed. Donald A. Yates & James E. Irby(New York: New Direction Book, 1964), pp. 36~44. 이 작품의 한국어 번역본으로는 김춘진 역, 「피에르 메나르, 『돈 키호테』의 작가」, 『바벨의 도서관——보르헤스 단편선』(도서출판 글, 1992), pp. 44~56 참조 바람.

메나르의 『돈 키호테』와 세르반테스의 『돈 키호테』를 비교하면 참으로 놀라운 사실이 드러난다. 예컨대, 작품의 제1부 제9장에서 세르반테스는 다음과 같이 쓰고 있다.

> 진실, 진실의 어머니는 역사요, 역사는 시간의 적수이고 행위의 저장소이며, 과거의 증언자인 동시에 현재의 모범이자 상담자이며, 미래의 조언자로다.

17세기의 '세속적 재사(才士)' 세르반테스에 의해 씌어진 위의 인용은 역사에 대한 찬사를 단순히 수사적으로 열거한 것에 불과하다. 반면에 메나르는 다음과 같이 쓰고 있다.

> 진실, 진실의 어머니는 역사요, 역사는 시간의 적수이고 행위의 저장소이며, 과거의 증언자인 동시에 현재의 모범이자 상담자이며, 미래의 조언자로다.

역사가 진실의 '어머니'라니, 이는 참으로 놀라운 생각이다. 윌리엄 제임스와 동시대인이었던 메나르는 역사를 현실에 대한 탐구 행위로 보지 않고, 현실의 근원으로 보고 있는 것이다. 그에게 역사적 진실이란 이제까지 일어난 사건을 가리키는 것이 아니라 우리가 이제까지 일어났다고 판단하는 바의 것이다. "현재의 모범이자 상담자이며, 미래의 조언자"라는 마지막 구절은 더할 나위 없이 실용주의적이다.

보르헤스의 공들인 설명에도 불구하고, 우리는 메나르의 작업이 '전사'이자 '베끼기'임을 확인하게 된다. 그러나 여전히 보르헤스는 소설 속의 '나'를 통해 메나르의 전사물을 놓고 마치 전사물이 아닌 양 "참으로 놀라운 생각"이라고 감탄하고 있다. 보르헤스의 이러한 엉뚱함에 직면하여 일순간 당황하지 않을 사람이 어디 있겠는가? 아마도 보르헤스가 이 엉뚱한 이야기를 통해 무엇을 말하고자 한 것일까라는 의문을 갖지 않을 사람은 없을 것이다. 그러나 이 이야기가 모르긴 모르되 어떤 작가의 글쓰기 작업과 관계된 것이라는 판단에 동의하는 선에서 의문을 접어두는 경우가 대부분일 것이다. 위의 인용에서 이미 확인한 바의 메나르가 '쓴'『돈 키호테』일부분이라든가, 그가 "늘려나가고, 집요하게 수정을 가"한 "초고"와 "파기해버"린 "수천 페이지의 원고"는 다름아닌 메나르의 글쓰기 작업을 지시하고 있는 것처럼 보이기 때문이다. 요컨대, 적어도 표면적으로는 보르헤스가 「피에르 메나르,『돈 키호테』의 작가」에서 다루고 있는 것은 메나르의 글쓰기로 보인다. 그렇다면, 보르헤스가 완벽한 표절을 '가능하면서도 동시에 불가능한' 글쓰기의 한 방법으로 용인하고 있는 것일까?

보르헤스에게 매료되었던 포스트모더니스트 가운데 한 사람인 바스는 그렇게 이해하고 있는 것처럼 보인다. 바스가 보르헤스의 「피에르 메나르,『돈 키호테』의 작가」가 창작상의 문제를 주제로 다룬 소설이라고 생각하고 있음을 우리는 「고갈의 문학」[5]이라는 그의 논문에서 확인할 수 있다. 무엇보다도 그가 이 소설에 대한 논의 과정에 "내 자신이 언제나 부록까지 완벽하게 갖추어진, 12권으로 된 버튼판『천일야화』를 써보고 싶은 열망을 갖고 있다"라고 고백하고 있기 때문이다. 우리는 또한 바스가 이 소설에 대한 논의 과정에 새로운 글쓰기의 기법을 모색하고 있음도 확인할 수 있다. 그는 다음과 같이 말하고 있다.

자, 이건 매우 재미있는 생각으로 상당한 지적 호소력을 갖추고 있다. 앞에서 나는 베토벤의 제6번 교향곡이 오늘날 다시 작곡되었더라면 당혹스러운 것이 되었을 것이라고 말한 적이 있다. 그러나, 만일 우리가 이제까지 처해 있었던 상황과 현재의 상황을 잘

---

5) John Barth, "The Literature of Exhaustion," *The Atlantic Monthly*, August(1967), pp. 29〜34.

파악하고 있는 작곡가가 반어적 의도를 갖고 이를 다시 작곡했다면, 이는 반드시 당혹스러운 것만은 아니었을 것이 분명하다.

무엇보다도 바스는 메나르의 '전사 행위'가 "상당한 지적 호소력을 갖추고 있"지만 동시에 "당혹스러운 것"임을 지적하고 있다. 이어서, 반어적 의도를 반영하는 경우, 이는 그렇게 당혹스러운 것일 수만은 없으리라는 의견을 덧붙이고 있다. 그는 반어적 의도를 반영한 성공적인 '전사'의 예로 "워홀Warhol의 캠벨 수프 선전"을 들면서 그 차이에 주목한다. 즉 "전자의 경우 예술 작품이 재생산되고 있다"면, 후자의 경우에는 "비예술 작품"이 "예술 작품"으로 재생산되고 있다는 것이다.

바스의 관찰과 관련하여 우리는 적어도 세 가지의 문제를 제기하지 않을 수 없다. 첫째, 바스는 앞선 논의에서 "기술적으로 시대에 '뒤떨어지는' 것은 진정한 결함이 될 수 있음"을 지적하면서, 베토벤의 작품을 다시 작곡하는 일은 "기술적으로 시대에 '뒤떨어지는' 것"인 동시에 "당혹스러운 것"이 될 것이라고 말한다. 이어서 그는 보르헤스가 "기술적으로 시대에 앞서가는 예술가"라고 주장한다. 그렇다면, "기술적으로 시대에 '뒤떨어지는' 것"을 문제삼는 예술가가 "기술적으로 시대에 앞서가는 예술가"인 이유는 무엇인가? 또한, "기술적으로 시대에 '뒤떨어지는' 것"에 관한 이야기가 어떤 이유에서든 "상당한 지적 호소력"을 지니고 있다면, "기술적으로 시대에 '뒤떨어지는' 것"이 왜 "진정한 결함"이어야 할까? 바스는 이중의 잣대를 갖고 문제에 접근하고 있는 것은 아닐까?

둘째, 세르반테스나 베토벤의 작품을 다시 창작할 때에도 워홀의 예와 같이 반어적 의도를 반영할 수 있을까? 이 문제와 관련하여, 우리는 메나르의 예와 워홀의 예를 동일한 차원에서 논의할 수 있는가의 문제를 제기할 수 있다. 우리에게는 우선 메나르에게 전사 행위의 대상이었던 『돈 키호테』와 워홀에게 전사 행위의 대상이었던 캠벨 수프 광고 그림을 비교해볼 것이 요구된다. 무엇보다도 베토벤에 대한 전사 행위와 함께『돈 키호테』에 대한 전사 행위에서 문제가 되는 것은 오로지 기호 세계이다. 이때 문제가 되는 것은 원래의 기호와 동일한 기호로 옮겨 적었는가 그렇지 않은가일 뿐이다. 결국 원래의 기호와 옮겨 적은 기호 사이에 존재할 수 있는 필체라든가 선의 굵기 등의 차이는 문제가 되지 않는다. 따라서 문자 그대로의 전사가 가능하며, 이로 인해 역설적으로 반어적 의도는커녕 그 어떤 의도도 개입될 수 없다. 단 하나의 기호만 다르더라도 이는 엄밀한 의미에서의 전사가 아니기 때문이다. 반면 캠벨 수프 광고와 같은 그림에 대한 전사 행위에는 단 한치의 물리적 변형을 가하더라도 문제될 수 있다. 따라서 완벽한 전사 행위는 단지 이론적으로만 가능할 뿐이며, 실제 세계에는 존재하지 않는다. 이런 이유 때문에, 그림에 대한 전사는 엄밀한 의미에서의 전사일 수 없으며, 여기에는 항상 행위자의 의도가 개입될 여지가 존재한다. 그러나 무엇보다도 중요한 것은 캠벨 수프 광고에 나오는 깡통 그림과 관계없이 실제로 캠벨 수프 깡통이 '존재'한다는 사실이다. 따라서 광고가 없더라도 워홀의 그림은 여전히 지시 대상을 가질 수 있다. 즉 워홀의 그림은 광고에 대한 전사라고 하더라도 여전히 깡통에 대한 묘사일 수 있고, 묘사 과정에는 전사 과정에서와 달리 의도가 필연적으로 개입될 수밖에 없다. 반면 베토벤의 교향곡이나『돈 키호테』의 경우 이들 작품을 통하지 않고서는 지시 대상을 상정할 수 없다. 따라서 이들 작품 자체에 구속되는 한 여전히 의도가 개입될 여지가 없다.

바스가 다음과 같이 말하고 있을 때 그는 문학의 경우 의도가 개입된 전사란 불가능하다는 사실을 암시하고 있는 것이나 다름없다.

사실상, 지적으로 수긍할 만한 지적을 하자면, 메나르가 실제로 돈 키호테를 재창조할 필요가 없는 것과 마찬가지로 누군가가 베토벤의 교향곡 6번을 다시 작곡할 이유는 물론 없다. 메나르는 새로운 예술 작품을 만들어내기 위해 다만 돈 키호테를 **자신의 것으로 간주하는 것만으로도 충분하다**. 〔강조 인용자〕

무슨 이유로 "돈 키호테를 재창조할 필요가 없는 것"일까? 바스의 관점에서 보면 "당혹스러운 것이 되었을 것"이기 때문이다. 아울러, 당혹스러운 것이 되지 않도록 하기 위해서는 반어적 의도를 개입시켜야 하나, "재창조"를 통해서는 그와 같은 반어적 의도의 개입이 불가능하기 때문이다. 따라서 바스는 "새로운 예술 작품을 만들어내기 위해 다만 돈 키호테를 자신의 것으로 간주하는 것만으로도 충분하다"고 말한다. 요컨대, 보르헤스의 이야기는 자신이 생각하는 모방 이론——그의 표현을 빌리자면, "자신의 것으로 간주하는 것"——을 전개하기 위한 구실에 지나지 않는다. 말하자면, 바스는 메나르의 '전사 행위'를 '부정'하기 위해 보르헤스의 이야기를 거론하고 있을 뿐이다. 어떤 관점에서 보면, 보르헤스는 단지 이름만 있을 뿐 바스의 글에는 존재하지 않는다. 바스 자신이 「고갈의 문학」에서 "누군가 못 참겠다는 듯이, '내 자신'이 보르헤스를 만들어내고 있다고 비난했다"라고 말하고 있거니와, 이는 사실인지도 모른다.

그러나 "보르헤스를 만들어내고 있다"는 비난은 다음과 같은 좀더 심각한 문제 제기를 위해 유보되어야 할지 모른다. 즉 바스가 이해한 바의 보르헤스가 과연 보르헤스인가? 아니, 좀더 구체적으로 문제를 제기하자면, 바스가 이해한 바와 같이 보르헤스의 「피에르 메나르, 『돈 키호테』의 작가」가 과연 베토벤의 교향곡을 다시 작곡하는 것과 같은 종류의 창작 행위를 문제삼는 이야기인가? 이것이 바로 보르헤스의 「피에르 메나르, 『돈 키호테』의 작가」에 대한 바스의 관찰과 관련하여 우리가 세번째이자 마지막으로 제기하는 문제이다. 무엇보다도 보르헤스는 메나르와 달리 "독창적인 문학 작품"을 썼다는 점에 주목하는 다음의 구절을 문제삼을 수 있을 것이다.

> 그러나 주목해야 할 중요한 점은 보르헤스가 피에르 메나르처럼 『돈 키호테』를 다시 쓰기는커녕, 자신의 것으로 간주하지도 '않았다'는 사실이다. 대신 그는 뛰어나고도 독창적인 문학 작품을 썼는데, 그 작품에서는 독창적 문학 작품을 쓰기란 어려우며, 어떻게 보면 그런 시도란 불필요한 것이라는 암시적 주제가 다루어지고 있다. 그의 예술적 승리는, 이렇게 말해도 된다면, 인간의 지력이 미칠 수 있는 한계에까지 도전한 다음에 이를 역이용하여 새로운 인간적 업적을 성취해냈다는 데 있다.

만일 보르헤스가 '다시 쓰는 일'은 물론 '자신의 것으로 간주하는 일'도 하지 않은 채 독창적인 글을 썼다면, 그가 메나르의 전사 행위를 "경탄할 만한" 것이라고 찬양한 이유는 무엇일까? 그러한 찬양은 작가의 반어적 의도를 포함한 것일까? 아니면, 이야기의 제시와 함께 문자 그대로 작가는 무화(無化)되었다고 보고, 이야기 자체를 작가의 의도와는 무관한 단순한 소설적 허구로 읽어야 할까? 전자의 경우라면, 메나르의 '전사 행위'가 "상당한 지적 호소력을 갖추고 있"는 것으로 이해될 수는 없다. 후자의 경우라면, 일단 수긍할 수는 있으나 보르헤스를 "독창적인 문학 작품"을 쓴 작가라고 하여 문제삼는 것 자체가 어색해진다. 아울러, 바스의 말대로 보르헤스가 "기술적으로 시대에 앞서가는 예술가"로서 "뛰어나고도 독창적인 문학 작품"을 남겼다면, 그리하여 "대단히 존경"할 만한 사람이라면, 그는 무슨 이유로 글쓰기의 전범을 보르헤스적 '독창성' 자체에서 찾지 않고, '자신의 것으로 간주하는 일' 또는 모방에서 찾고 있는 것일까? 사실 "〔진지하고 열정적인〕 모방"의 "심화"를 희망하는 바스는 "보르헤스가 그렇게 하지는 않았"음을 인정한다.

어떤 의미에서 볼 때, "비록 보르헤스가 그렇게 하지는 않았지만, 그러한 생각에 매료되어 있었다"는 바스의 관찰 자체가 보르헤스에 대한 자의적(恣意的) 판단에서 나온 것이 아닐까? 말하자면, 보르헤스 자신은 창작상 기법으로서의 모방에 관심을 갖고 있지 않은데, 그의 이야기——가령, 「피에르 메나르, 『돈 키호테』의 작가」——를 자의적으로 판단하여 창작상의 기법에 관한 이야기로 읽은 다음 보르헤스가 "그러한 생각에 매료되어 있었다"라고 말하고 있는 것은 아닐까?

이 모든 의문을 잠재울 방법은 없을까? 무엇보다도 보르헤스의 「피에르 메나르, 『돈 키호테』의 작가」에 접근하는 방법을 바꿔야 하지 않을까? 우선 각도를 달리하여 이 작품을 읽다 보면 다음과 같은 문제점들이 제기될 수 있다. 첫째, 메나르의 기획에 영감을 준 두 개의 텍스트가 있는데, 하나는 "주어진 작가와의 '완벽한' 동일화라는 주제"를 다루고 있고, 다른 하나는 "모든 시대는 같거나 다르다라는 초보적 생각"을 담고 있다. 이 두 가지의 명제가 작가·작품·시대 사이의 관계와 관련하여 암시하는 것은 무엇인가? 둘째, 작품 속의 '나'에 의하면, 피에르 메나르는 "계속 피에르 메나르이면서 피에르 메나르의 체험을 통해 『돈 키호테』에 도달하고자" 했다는 것이다. 이를 가능케 하는 행위·상황·조건은 어떤 것일까? 셋째, '나'는 세르반테스와 메나르의 문체를 비교하면서, 후자가 "허세를 부린 의고체"라면 전자는 "당대의 스페인어를 자유자재로 구사"했다는 것이다. 또한 "메나르에 의하면, 『돈 키호테』는 여가용 책이었지만, 이제는 애국적 헌사, 문법상의 오만함, 눈에 거슬리는 호화판 장정을 위한 것이 되었다"는 것이다. 오늘날의 『돈 키호테』와 세르반테스 시절의 『돈 키호테』 사이에 존재하는 차이는 결국 무엇을 암시하기 위한 것일까? 넷째, '나'는 "〔메나르의 『돈 키호테』를〕 다시 구성해보려 하였지만 허사였다"라고 말하고 있다. 아울러, "메나르는 자신의 원고가 유고로 남지 않도록 신경을 썼"기 때문에, 이제 메나르의『돈 키호테』는 "눈으로 확인할 수 있는 작품 *obra visible*"이 아님을 암시한다. 앞서 제시한 인용이 보여주고 있듯이, '전사 행위'는 어떤 의미에서 보면 손쉬운 것일 수 있다. 그럼에도 불구하고 모든 노력이 "허사였다"는 말은 무엇을 의미하며, '눈으로 확인할 수 없는 작품'이란 과연 어떤 것을 가리키는 것일까? 다섯째, "메나르의 '마지막'『돈 키호테』"와 관련하여, '나'는 "희미하지만 해독이 불가능하지는 않은 흔적, 우리의 친구가 '앞서' 썼던 글자의 흔적"이 남아 있을 것이라고 상상하고 있다. "제 2 의 피에르 메나르"만이 "발굴하고 재현할 수 있"는 그 흔적이란 과연 무엇을 가리키는 것일까? 끝으로, "피에르 메나르는 새로운 기법에 의해 불완전하고 미숙한 독서 기법을 (그가 원하지 않았는지는 몰라도) 풍요롭게 했다"가 의미하는 바는 무엇일까?

아마도 이상과 같은 모든 질문에 대한 공통의 답을 우리는 마지막 질문에서 찾을 수 있을 것이다. 즉 메나르가 기여한 바는 "독서 기법"의 풍요화라는 점에 유의해야 할 것이다. 여기서 잠깐 바스가 문제삼은 베토벤의 교향곡을 다시 문제삼을 수 있다. 무엇이 베토벤의 교향곡일까? 이와 같은 엉뚱한 질문을 제기할 수 있는 이유는 베토벤의 교향곡의 정체가 무엇인가를 문제삼을 수 있기 때문이다. 베토벤의 교향곡은 베토벤이 작성해 놓은 악보에 존재하는 것일까? 아니면, 어떤 연주가의 연주 속에 존재하는 것일까? 만일 연주 속에 존재한다면, 연주가에 따라 또한 시간과 장소에 따라 제각기 다르게 드러나는 특성을 어떻게 이해할 것인가? 어떤 연주가 '이상적'인 것일까? 그리하여 베토벤의 교향곡이라는 칭호를 부여받을 수 있을까? 악기와 관련해서도 우리는 유사한 질문을 할 수 있다. 예를 들면, 슈베르트가 아르페지오네라는 악기를 위해 작곡했던 「아르페지오네 소나타」는 오늘날 첼로나 플루트로 연주되고 있는데, 이는 아르페지오네라는 악기가 이미 사용되고 있지 않기 때문이다. 첼

로라든가 플루트에 의한 「아르페지오네 소나타」가 슈베르트의 「아르페지오네 소나타」일까? 이와 같은 당혹스러운 정체 밝히기 작업이 예술 철학에서는 문제될 수 있다. 아울러, 사람들이 의식하지는 않지만 책을 읽는 독서 과정에도 동일한 문제가 제기될 수 있다. 작곡가와 작가, 악보와 문학 작품, 악기와 언어 등의 양립 개념을 상정하면 이러한 점은 자명해진다. 요컨대, '전사 행위이면서 동시에 전사 행위가 아닌' 메나르의 창조 행위는 다름아닌 '독서 행위'인 것이다.

'독서 행위'를 논의의 초점에 놓을 때 우리는 위에서 제기한 여러 질문에 무언가의 답변을 할 수 있게 되고, 보르헤스가 무슨 이유로 "〔진지하고 열정적인〕 모방"을 "심화"하지 않았던가에 대한 해답을 얻을 수 있게 된다. 말하자면, 보르헤스는 독서 행위 자체를 또 하나의 글쓰기——음악의 경우, 연주하기——로 빗대어 이야기하고 있는지 모른다. 이런 관점에서 보면, 보르헤스는 '글읽기'에 대한 은유적 표현으로 '글쓰기'라는 개념을 사용하고 있다고 할 수도 있다. 「피에르 메나르, 『돈 키호테』의 작가」의 마지막을 장식하는 "『예수의 모방』을 루이 페르디낭 셀린 또는 제임스 조이스의 작품으로 간주하는 것, 이것이야말로 그 희미한 정신적 징후를 새롭게 하는 것으로 보아 충분치 않은가?"라는 구절이 암시하듯이, 보르헤스의 이야기에서 우리가 궁극적으로 확인해야 할 것은 책을 어떤 방법으로 또는 어떤 맥락에서 읽을 것인가의 문제가 아닐까? 바스의 예에서 보듯이, 이를 무시하고 보르헤스의 이야기를 소박하게 또는 지극히 평면적으로 받아들일 때 모방 기법이라는 글쓰기의 문제에 시선이 고정될 수 있는 것이다.

결국 보르헤스의 「피에르 메나르, 『돈 키호테』의 작가」는 텍스트의 정체에 대한 탐구 작업을 다룬 것으로 읽을 수 있다. 즉 독서 행위를 통한 텍스트의 무수한 재창조 가능성을 논의하고 있는 것이라고 할 수 있는 것이다. 어떤 의미에서 보면, 독서 행위란 다름아닌 '전사 행위'이며, 독자는 독서 행위를 수행하는 가운데 원래의 저자가 의도하지 않았거나 당대의 독자들이 읽지 못한 의미를 읽을 수도 있으며, 또한 새로운 의미를 첨가할 수도 있다. 일단 탄생된 후 시공을 초월하여 존재하게 된 원 텍스트——예컨대, 세르반테스의 『돈 키호테』——는 이런 이유 때문에 보르헤스가 「피에르 메나르, 『돈 키호테』의 작가」에서 말한 바 있듯이 독자의 입장에서 보면 "우연한 것"이다. 반면에 독서 행위라는 시간과 공간의 제약 속에서 만들어진 메나르의 『돈 키호테』는 일회적인 것, 필연적인 것이다. 물론 새로운 메나르에게 새로운 독서도 가능하지만, 그것은 또 하나의 새로운 일회적이며 필연적인 사건이다. 물론 이전의 독서 행위로 인해 "희미하지만 해독이 불가능하지는 않은 흔적" "'앞서' 썼던 글자의 흔적"을 갖고 있는 것이긴 하지만.

요컨대, 보르헤스와 바르트는 다른 장소에서 또한 다른 목소리로 동일한 주제를 다루고 있다고 할 수 있다. 그들이 다루고 있는 주제는 다름아닌 독자의 탄생과 자유, 독서 행위의 무한한 가능성이다. 모방의 관행과 연계될 수 있지만 이미 창작자가 문제되지 않는 모방의 관행, 따라서 명목뿐인 모방의 관행, 독자의 '글읽기'의 자유를 확립하기 위한 명목뿐인 모방의 관행이 바르트뿐만 아니라 보르헤스에 의해서도 논의되고 있는 것이다. 이런 관점에서 보면, 보르헤스를 '발판 삼아' 새로운 글쓰기의 가능성을 모색했던 바스는 보르헤스의 글을 피상적으로 읽었다는 비판을 면하기 어려울 것이다. 아울러, 바스의 논의에 근거하여 모방 기법을 "고갈의 시대"에 작가에게 주어진 하나의 돌파구로 여기는 포스트모더니스트들의 논리에도 비판의 여지가 있는 것이다. 이 지점에 이르러 보르헤스에 대한 바스의 글읽기도 글읽기의 자유라는 관점에서 보면 용납될 수 있는 것이 아니냐고 질문할 사람도 있을 것이다. 물론 바스의 독해도 가능한 독해 중의 하나임에 틀림없다. 그러나 바스의 해석이 자체 모순을 담고 있는 이상, 그러한 독해를 무조건 인정할 수는 없다.

3. 다시 창조와 모방,
또는 새로운 논의의 출발점에서

이제 마지막으로 바스가 제시하고자 했던 모방론, 즉 "반어
적 의도"가 개입된 모방에 대한 논의를 살펴보는 것으로 본고
를 끝맺기로 하자. 바스의 모방론이 그 동안 작가들의 글쓰기
작업에 미친 영향을 결코 무시할 수 없다면, 이는 그 나름대로
일별의 가치가 있는 것이기 때문이다.

  "복합" 예술의 부류에 속하는 작품들이 다다이스트적 경향을
반영하는 것과 같은 예에서 보듯이, 어떤 종류의 모방은 무언가
새로운 것이며, 익살스러운 측면이 있긴 하지만 그럼에도 불구하
고 여전히 대단히 진지한 것이며 열정적인 것이다. 이 점이 바로
일반적 의미에서의 소설과 고의적으로 소설을 모방한 소설, 또는
다른 종류의 문헌을 모방한 소설 사이에 존재하는 중요한 차이이
다. 전자는 행위를 다소 직접적으로 모방하려는 시도를 보이며,
또는 역사적으로 보아 그러한 경향을 보여왔다고 할 수 있다. 그
러나 그러한 소설의 관습적 장치——인과 관계, 선적인 이야기 진
행, 인물의 성격 묘사, 작가적 선택, 배열, 해석——는 진부한 것
들이라는 이유로, 또는 진부한 것을 은유적으로 드러낸 것이라는
이유로, 배척될 수 있고 오랫동안 배척되어왔다.

  한마디로 말해, 바스의 모방론에서 핵심을 이루는 것은 바로
"고의적"이라는 개념일 것이다. 그러나 우리는 "고의적"인 모
방에도 여러 가지 종류가 있을 수 있다는 점에 유의해야 한다.
먼저 '고의적인 모방이기 때문에 이를 고의적으로 드러내는 경
우'와 '고의적인 모방임에도 불구하고 이를 고의적으로 감추려

는 경우'를 생각해볼 수 있다. 전자의 경우는 아마도 윤리적으로나 예술적으로 문제가 되지 않을 것이다. 그것은 곧 바스가 말하는 "익살스러운 측면이 있긴 하지만 그럼에도 불구하고 여전히 대단히 진지한 것이며 열정적인 것"으로서의 모방이 될 수 있다. 반면에 후자의 경우는 윤리적으로나 예술적으로나 용납될 수 없는 것이다. 이는 모방이 아니라 사기(詐欺)이기 때문이다. 이어서 '고의적인 모방임을 알면서도 자기도 모르게 이를 숨기는 경우'를 생각해볼 수 있는데, 이러한 경우는 대개 변명에 해당되는 것이지 실제로는 있을 수 없는 일이다. 그래도 있다고 한다면, 실수로 봐주어야 할까? 이런 어쭙잖은 관용이 오늘날 한국 문단의 표절 시비를 낳은 것은 아닐까?

따지고 보면, 고의적인 모방 이외에 무의식적인 모방이 있을 수 있으며, 어떤 의미에서 볼 때 인간의 모든 행위를 지배하는 것이 바로 이 무의식적인 모방인지도 모른다. 만일 누군가가 모방을 피하고 창조적 작업을 하려고 한다고 하자. 이때 그는 모방을 일삼는 사람을 반(反)전범으로 하여 역설적인 의미에서의 모방을 하고 있는 것이 아닐까? 모방을 피하려는 순간 또 다른 모방 속으로 들어가는 것이 인간의 조건 아닌가? 어떤 관점에서 보면, 바로 이런 의미에서 하늘 아래 새로운 것이 없는지도 모른다. 즉 하늘 아래 새로운 것은 없는지도 모른다는 말은 인간의 존재 조건을 드러내기 위한 것이지 그릇된 모방을 용인하기 위한 것은 아니다. 말하자면, 본질적인 의미에서의 창조란 인간의 관념 속에 존재하는 것일 뿐이라는 점을 밝히기 위한 것이라고 할 수 있다. 여기에서 우리는 우리의 논의 맨 처음 부분으로 되돌아가지 않을 수 없는데, 창조와 모방을 나누어놓는 것 자체가 인습적이고 기계적인 이분법적 사고 방식에 대한 모방인지도 모르기 때문이다. 따라서 모방에 대한 논의는 이러한 인습으로부터의 탈피를 전제로 하여 이 지점에서 다시 시작되어야 할 것이다.

제 2 부
문학의 안쪽

시의 언어와 사물의 의미

김　우　창

1

　간단히 정의하건대, 말은 허파에서 나오는 바람이 성대를 울리는 소리를 그 물리적 실체로 한다. 그리고 그 기능은 의미 표상에 있고 의미는 한편으로는 사물이나 세계와의 대응, 다른 한편으로는 낱낱의 기호의 상호 관계에서 발생한다. 그러나 이러한 정의는 언어의 한 이상형을 추출하여 말한 것에 불과하다. 실제 모든 이상화된 언어의 바탕이 된다고 할 수 있는 일상 언어는 엄격한 표음 체계 또는 상징 체계로만 포용될 수 없는 모호함과 혼란을 가지고 있다. 그러면서도 이 혼란된 언어야말로 엄격한 기호 체계를 포함한 모든 세련된 언어의 모체가 되는 것이다. 우리가 이 글에서 문제삼고자 하는 시의 언어도 일상 언어의 모호함과 혼란을 많이 지녀 가진 언어이다. 그것은 사실적 형식적 엄격함을 특징으로 하는 언어와는 극단적인 대조를 이룬다. 달리 말하여 그 특징은 객관적인 자로 잴 수 있는 엄격함이 아니라 애매모호한 주관적 태도와 감정에 있는 것처럼 보이는 것이다. 물론 시적 언어도 사실이나 형식적 관련에 의하여 조건지어지는 기호나 상징이기를 그치는 것은 아니다. 다만 시

의 언어가 그러한 상징성을 갖는다고 하여도 그것은 감정적 연
관을 통하여 호소력을 발휘한다. 이렇게 말하는 것은 시의 언어
가 작든 크든 감동을 주는 언어라는 상식을 되풀이하는 것이다.

시적 언어가 가지고 있는 특별한 감정적 부하(負荷)는 우리
의 고찰에 하나의 중요한 실마리를 제공해준다. 즉 단순한 소리
나 기호의 줄기인 말이 어떻게 하여 강한 감정의 값을 가지게
되는 것일까——이 질문은 시의 언어를 고찰하는 데 있어서 핵
심적인 질문의 하나이기 때문이다.

소리와 의미 상징의 기호로서의 말에 막대한 감정적 에너지
가 부하되는 과정은 정신분석에 의하여 어느 정도 조명될 수 있
다. 프로이트가 「쾌락 원칙의 저 너머」에서 이야기하고 있는
한 삽화는 어린아이의 불투명한 감정 생활 속에서 언어가 발생
하는 모습에 대한 흥미로운 암시를 제공해준다.[1] 그것은 실패
에다 실을 매어 이를 침상 밖으로 내던졌다, 다시 끌어당기는
것을 되풀이하는 어린아이의 이야기이다. 아이는 실패를 밖으로
내던짐과 함께 '우' 하고 소리를 냈는데, 이것은 독일어의 '포르
트 *fort*,' 즉 엄마가 가고 없다는 것을 나타내는 말을 하려는 노
력으로 해석될 수 있었다. 또 그 아이는 끌어잡아당긴 실패가
나타나면, 기쁜 목소리로 '다 *da*,' 즉 왔다는 뜻을 나타내는 소
리를 내었다. 여기에서 프로이트는, 밖에 나가 있는 어머니의
부재를 극복하려는 아이의 노력을 읽었다. 그 아이는 어머니가
나타나고 사라지고 하는 현상을 실패의 가고 오는 구체적인 현
상에 옮기고 다시 이를 '우'와 '다'라는 소리로 옮김으로써 견디
기 어려운 체험을 견딜 만한 것으로 바꾸어놓을 수 있었다.

프로이트의 삽화는 언어가 근본적으로 마술적인 것이라는 사
실을 말하여준다. 사실 말을 배우기 전부터 어린아이는 그 울음
을 통하여 없던 엄마를 있게 함으로써 소리의 마술적인 힘을 안
다. 프로이트의 삽화는 이러한 소리의 마술적인 힘이 객관적인

---

1) Anita Lemaire, *Jacques Lacan*, London, 1977, p. 51 이하의 논의 참조.

114

상징성을 띠어가는 과정을 보여준다. 엄마를 있게 하기도 하고 없게 하기도 하는 마술적 조작의 고리를 이루었던 소리는 이제 엄마의 존재를 상징적으로 대체할 수 있는 대용물이 된다. 일반화하여 이야기하면, 말은 부재의 바탕 위에 사물의 현재화를 가능하게 한다. 물론 이것은 말이 사물을 지칭하는 기호란 사실을 달리 표현한 것에 불과하다. 그러나 중요한 것은 이러한 지칭 작용 또는 의미 작용이 단순한 지적 조작의 결과가 아니라는 점이다. 그것은 지적 조작 이전의 욕망의 장 속에서 일어난다. 말은 욕망의 대상으로서의 사물을 현재화한다. 말의 감정적 값은 욕망의 마술적 실현에서 얻어진다.

2

그러나 우리의 욕망은 참으로 실현되는가? 말은 참으로 없는 사물을 현재화하는가? 말은 욕망의 대상을 가져다주는 것이 아니라 그것을 대체하여줄 뿐이다. 이와 아울러 말은 대상에 의한 욕망의 충족을 금지하거나 지연시킨다. 프랑스의 정신분석학자 자크 라캉 Jacques Lacan이 인간 형성에 있어서의 근원적인 억압을 외디푸스 콤플렉스에 못지않게 언어의 습득에서 발견한 것은 의미심장한 일이다.[2]

위에서 든 프로이트의 예에서 우리는 이미 언어가 대상에 의한 욕망 충족을 대신하는 것을 보았다. 이것은 어떻게 하여 가능한가? 그 작용을 바르게 이해하는 일은 쉽지 않다. 그것은 안과 밖에 동시에 존재할 수 있는 언어의 특수한 있음으로부터 설명될 수 있는 것이 아닌가 모르겠다. 즉 말은 우리의 마음속에 존재하며 동시에 밖에 존재한다. 그것은 우리의 심상과 의지에서 발원하지만, 소리라는 바깥 세상에서의 물리적 현상으로

---

2) 같은 책, pp. 51~130의 해설 참고.

번역되어야 비로소 의미로서 완성된다. 이러한 말의 있음은 욕
망의 움직임에 잘 어울리는 것이다. 욕망은 우리의 안에서 시작
하여 대상에 의하여 완결된다. 말은 이러한 욕망과 결부되어 그
외적인 종착점을 제공한다. 그러면서도 말은 어디까지나 외부
세계의 그림자를 제공할 뿐 세계 그 자체를 제공하지는 아니한
다. 이것이 욕망에게 반드시 좌절만을 의미하지는 않는다. 말은
욕망의 대상, 그것도 다분히 욕망 그것에 의하여 하나의 허상으
로서 구성된다는 면을 가지고 있기 때문이다.

　그러나 다른 한편으로는 말은 세계를 그 속에 마술적으로 지
녀 가지고 있다. 그것은 물리적 현상으로서의 소리가 되어 외부
세계에 개입한다. 더 중요한 것은 그것이 세계를 상징하고 지칭
할 수 있다는 사실이다. 말은 상징과 지칭의 관계를 통하여 세
계를 스스로 속에 끌어들인다. 그런데 말이 세계에 관계되는 것
은 언어의 사실적 상징적 체계를 통하여서이다. 따라서 욕망이
말을 통하여 세상을 얻는 것은 이 체계의 기율을 받아들임으로
써만 가능하다. 이 기율은 사회적인 것이다. 달리 말하여 우리
의 말이 사실적 내용을 가질 수 있는 것은 그것이 사회적으로
주어져 있는 의미 상징의 체계 속에 남아 있는 한에서이다. 울
음 소리 또는 '엄마'라는 부름이 엄마를 나타나게 하는 것은 그
것이 엄마에 의하여 이해됨으로써이다. 어린아이는 언어를 사용
하는 특권을 얻는 대가로서 사회적 이해의 관습에 들어간다. 그
러나 어린아이의 행위는 그야말로 상징적이다. 그는 어떤 특정
한 사물과의 관계에서만, 사회적 관습을 받아들이지 않는다. 울
음 소리나 '엄마'라는 말은 특정한 사물을 지칭하거나 그것을
대신하는 말이지만, 그것은 사물에 이름을 붙이는 행위이며, 이
름은 다른 이름들과의 관계에서만 의미를 갖는다. '엄마'는 어
머니라는 특수한 관계와는 다른 관계로서, 우리에게 묶여 있는
여러 사람의 이름을 적어도 잠재적으로 열어 보여주며 또 잠재
적으로는 '엄마'는 그러한 이름들의 지평 속에서만 특유한 정서

116

의 무게를 지닌 이름이 된다.

위에 살펴본 프로이트의 예에서 어린아이는 현실의 대상을 언어로 대치함으로써 그 대상과 대상을 향한 욕망의 여러 관련을 배우게 된다. '포르트'와 '다'로 옮겨진 현실적 사건은 옮김을 통하여 서로 대칭적이면서 관련되어 있는 두 사건으로 또 서로 가역적(可逆的)인 관계에 있는 것으로 이해된다. 동작과 말의 되풀이가 뜻하는 것은 이러한 대칭적이며 가역적 관계에 대한 연습을 준다는 것이다. 이 연습은 어머니의 부재(不在)와 현재(現在)를 마술적인 조작으로 극복할 가능성을 약속해준다. 실제 이러한 말은 많은 지연과 우회를 통하면서도 어머니의 부재와 현재를 현실적으로 조작할 수 있게 해줄 것이다.

위에서 우리는 말의 있음이 욕망의 움직임에 잘 맞는 것이라고 하였지만, 동시에 방금 말한 바와 같은 현실 조작의 가능성이 없이는 말만으로써 현실적 욕망의 충족을 대신할 수 없을 것이다. 이러한 가능성이 있음으로써 말은 그 특별한 존재 방식으로서 욕망의 실현을 대신하기도 하고 또는 거의 무한히 지연시키기도 한다. 어디까지나 그러한 대체 또는 지연의 밑바탕에 있는 것은 현실적인 충족의 약속이다.

그런데 여기에서 다시 한번 중요한 것은 말의 조작이 현실의 조작과 직접적인 의미에서 같은 것이 아니라는 점이다. 그것은 지연·체념·억압을 은폐하는 작용을 한다. 말은 개인적 욕망의 직접적인 충족을 사회적 계약에 복종시킬 것을 요구한다. 사람은 말을 통하여 그 욕망을 사회적으로 순치하는 것을 배운다. 이러한 체념이나 욕망은 인간의 사회적인 생존에 갈등과 폭력의 그림자를 드리우는 요소가 된다. 그러나 이것이 비극적인 것이라고는 하지만, 반드시 나쁜 것만은 아니다. 사람은 이 희생을 통하여 존귀한 선물, 언어를 얻게 된다.

언어를 통하여 사람은 즉자적인 세계에의 예속으로부터 풀려나와 대자적인 세계의 넓이를 바라볼 수 있게 되고 직접적인 본능의 강박에서 해방되어 사회와 문화의 규범 속에 사는 사회적 문화적 존재가 된다. 또 이와 동시에 사람은 세계와 사회와의 상호 작용 속에 스스로를 하나의 개체로서 발전시켜갈 계기를 가질 수 있게 된다. 말할 것도 없이 사회적 존재 또는 대자적 존재로서의 사람의 운명이 완전히 행복스러운 것은 아니다. 이미 말한 바와 같이 사람이 이러한 존재로 형성되는 것은 커다란 체념에 기초하여서이다. 이 체념을 통해서 사람은 그 행복의 직접적이고 즉시적인 달성을 미루어놓는 것인데, 이것은 동시에 항구적인 포기를 의미할 수도 있다. 더욱 위험스러운 것은 우리의 충동이 좌절에 이르게 된다는 점만이 아니고 다른 사람이나 세계의 구체적인 몸뚱이를 놓쳐버리게 될 수도 있다는 점이다. 말은 세계의 넓고 풍부한 모습을 우리에게 가용적(可用的)인 것이 되게 한다. 그러나 동시에 말을 통하여 접근되는 세계는 있는 대로의 세계가 아니다. 말은 우리를 사물과 다른 사람과 세계에 가까이 가게 하면서 동시에 그 실체로부터 우리를 차단시켜버리는 것이다.

3

방금 살펴본 바와 같이 언어는 그 심리적 개인적 기원에 있어서 우리를 세계에 이어주면서 차단한다. 다시 말하여 그것은 세계의 사물을 현재화시켜주고 또 우리를 사회와 자연의 체계, 곧 세계의 넓이에로 나아가게 한다. 늘 분명한 것은 아니면서 이 두 가지 말의 작용은 모든 말의 핵심에 들어 있다. 시의 언어는 특히 이러한 양립할 수 없는 듯한 두 작용을 동시에 수행하고자 하는 언어로 생각된다.

비시적(非詩的)인 언어에 비하여 시의 언어는 일단 말의 한 가지 면을 두드러지게 강조하는 것으로 보인다. 즉 그것은 사물 자체의 현재적인 제시――즉 구체에의 강력한 견인력을 특징으로 하는 것으로 생각되는 것이다. 다른 어떠한 언어에서보다 우리는 시 속에서 사물의 느낌에 직접적으로 접할 것을 기대한다.

　　絶頂에 가까울수록 뻐꾹채 꽃 키가 점점 消耗된다. 한 마루 오르면 허리가 스러지고 다시 한 마루 위에서 모가지가 없고 나중에는 얼굴만 갸웃 내다본다. 花紋처럼 版박힌다.
―― 정지용, 「白鹿潭」

　　고산(高山)의 꽃들이 "화문(花紋)처럼 판(版)박힌다"고 할 때까지의 식물 분포의 변화는 단순히 그 정확하고 간결한 묘사를 통하여 우리에게 시적인 쾌감을 준다. 이러한 새로운 인지(認知)의 쾌감은 좀더 주관적일 수도 있다.

　　詩人들이 노래한 一月의 어느 言語보다도
　　零下 五度가 더 차고 깨끗하다.

　　메아리도 한 마정이나 더 멀리 흐르는 듯……
――김현승, 「新雪」

　　이와 같은 묘사는 조금 더 입체적인 지적 작용을 통하여 독자에게 사물의 새로운 인지(認知)를 가능케 한다. 릴케의 '사물의 시'들은 보다 객관적이면서도 그 객관적인 침묵을 통하여 사물의 신비를 전달해준다. 비가 오기 직전의 방안의 어둠은 다음과 같이 묘사된다.

　　그림이 걸려 있는 방안의 벽돌은
　　문득 우리에게 설어진 듯 마치도
　　우리가 말하는 것을 들어서는 안 되는 듯.

시의 언어와 사물의 의미　119

또는 "…… 잎사귀 없는 나무 사이로 벌써 봄이 된 아침이 내리비치듯" 있는 초기 희랍의 아폴로상——이런 것들의 구체적이면서 직접적인 인상은 릴케의 시가 우리에게 베푸는 은혜 중의 하나이다. 물론 시가 모두 이러한 사물의 구체적인 현현을 그 목표로 한다고 할 수만은 없다. 새삼스럽게 말할 것도 없이 사랑 또는 그에 비슷한 주관적인 정서의 표현은 시대와 민족을 초월하여 모든 시들의 가장 뚜렷한 주제가 되어왔다. 그러나 이것도 사물의 시에 있어서보다 더욱 직접적인 호소와 묘사로써 사랑의 구체적인 대상을 환기하려는 노력으로 생각해볼 수 있다.

　　산산이 부서진 이름이여!
　　虛空中에 헤어진 이름이여!

　이러한 구절에서 대상에 대한 그리움은 그것의 모사(模寫)나 재현을 통하여서가 아니라 강력한 그리움의 절규로써 표현되어 있는 것이다. 그러한 재현에의 노력은 서구의 르네상스의 연가를 비롯한 무수한 사랑의 노래에서 오히려 흔히 보는 것이다. 또는 사랑의 호소는 사랑의 느낌에 대한 정확한 관찰로써 대체되기도 한다. 그것은 사랑의 구체적인 체험을 분명하게 고정시켜주는 역할을 한다.

　　아직 멎지 않은
　　몇 篇의 바람
　　저녁 한 끼에 내리는
　　젖은 눈, 혹은 채 내리지 않고
　　空中에 녹아 한없이 달려오는
　　물방울, 그대 문득 손을 펼칠 때
　　한 바람에서 다른 바람으로 끌려가며

120

　　그대를 스치는 물방울
──황동규, 「더 조그만 사랑 노래」

　여기에서 사랑의 덧없는 부드러움은 바람에 스쳐오는 물방울에 비교되고 이것은 사랑의 한 모습을 우리에게 새삼스럽게 느끼게 해준다.

　이러한 체험의 구체에 대한 섬세한 주의는 벌써 사물 일반에 대한 좀더 객관적이고 초연한 관심에의 변주를 담고 있다. 결국 시인이 사물의 있는 대로의 있음에 대해 관심을 갖는 것도 욕망의 희석화된 한 형태라고 할 수 있기 때문이다. 누구보다도 사물의 시적인 포착을 그 생애의 시적인 목표로 삼았던 프란시스 퐁주 Francis Ponge 는 다음과 같이 쓴 일이 있다.

　　왕들은 문짝에 손을 대지 않는다.
　　그들은 이런 즐거움을 알지 못한다. 우리가 친히 알고 있는 그 거대한 널판을 정답게 또는 사납게 밀어 열고 다시 되돌아서 제자리에 놓는──우리의 팔 속에 문짝을 안는, 그러한 즐거움을.
──「문짝의 즐거움」

　이러한 사물과의 접촉에서 오는 즐거움에 대한 느낌이 우리의 욕망을 인간적 사랑으로 또 사물의 있음의 신비에 대한 감각으로 이끌어가는 것이다.

4

　시의 언어가 호소의 힘이나 재현의 기술을 통해서 구체적인 대상이나 체험을 지향한다고 한다면 비시적인 언어는 오히려 구체화보다는 일반화를 지향하는 것으로 말할 수 있다. 일상 언어의 테두리를 벗어나지 않으면서 일반화의 경향을 가장 대표적으로 나타내고 있는 것은 여러 가지 수사적인 말들일 것이다. 우리 사회에서 흔히 듣게 되는 상투적인 예식사(禮式辭)나 정치 연설 같은 것은 그 가장 심한 경우이다. 상투적인 언어들이 우리의 감정에 호소하는 경우가 없지는 않지만, 그것은 대체로 구체적인 체험의 재현을 통하여서라기보다는 상투적인 감정의 의식(儀式)을 통하여서이다. 이러한 상투적 수사는 과학적이거나 철학적인 언어의 높은 추상성을 가진 것도 아니다. 이론적 언어는 엄밀함을 그 하나의 특징으로 한다. 그리고 엄밀성은, 어떤 각도에서 보면, 높은 구체성을 확보하는 하나의 방법이다. 헤겔은 가장 보편적인 것은 가장 구체적이라고 한 일이 있지만, 가장 구체적이란 가장 여러 관련 속에서 규정된 것을 말하고 이러한 규정의 한 중요한 조건은 엄밀성이다. 물론 이론적 언어가 어떤 의미에서 구체적인 것이라 하여도 그것은 시적 언어의 감각적 구체성과는 다른 의미의 구체적인 것을 말한다. 다만 여기서 중요한 것은 수사적인 언어가 일반화의 경향을 가졌다고 말할 때, 그것이 추상적 체계내에서의 다규정적인 상태를 말하는 것도 아니고 시적인 언어의 체험적 구체성을 말하는 것도 아니란 점이다. 수사적 언어는 아무것에 의하여도 정확히 검증될 수 없는——이론적·사실적 엄밀성이나 구체적 체험에 대한 직관적 동의에 의해서 검증될 수 없는 전달 내용을 가지고 있다. 그것이 일반적이라는 것은 이론적 체계의 관점에서나 감각적이고 직관적인 충격의 면에서 엄밀한 지칭의 대상을 가지고 있지 않다는 점에서 그렇다는 것이다(이론적 사고는 경험의 구체적인 실재를 드러내기보다는 그것에 꼬리표를 붙이는 일을 하는 것에 불과하다는 베르그송류의 입장도 있을 수 있으나, 이론의 체계는 그 나름으로 구체적 실재를 지칭하는 방법을 가지고 있다). 일반적이라는 것은 일반화한다는 것을 의미한다. 그것은 사실의 항목들을 통념적으로 받아들여지고 있는 사회 규범의 체계 속으로, 또는 특히 정치적 수사에 있어서, 지배의 이해 관계가 규정하는 행동 규정 속으로 일반화하는 것을 말한다. 즉 수사적 언어는 구체적인 사물이 불러일으키는 지각의 체험을 단순화하고 추상화하여 이를 통상적인 사회 규범 또는 지배적 행동 규정 속으로 편입하고 또 그 테두리 안에서 의미와 해석을 부여하는 작업을 수행한다. 물론 이러한 작업은 반드시 의도적으로 계획되는 것이라고 할 수 없다. 또 통상적 사회 규범에 반드시 의식적으로 연구된 체계가 있다고 할 수도 없을 것이다. 이러한 작업과 체계는 무의식적으로 이루어지는 것이다. 뿐만 아니라 이러한 무의식성은 통상적 사회 행동 규범의 성질상 필수적인 요소라고 할 수 있다. 그러한 규범 체계는 이론적·사실적 검토의 엄밀한 눈에 부딪히는 것을 반가워하지 않는다. 이론적·사실적 엄밀성의 결여——즉 사물을 신비화하는 작용이야말로 그 특징이기 쉬운 것이다. 얼른 보면 자명한 것 같으면서도 실제에 있어서는 현실을 호도하는 신비화 작용——이것이 곧 수사의 일반화 작용의 깊은 의미이다.

이러한 타락한 수사 언어 또는 대중 소비용의 수사 언어에 대하여 우리는 다른 진실의 언어들을 생각할 수 있다. 말할 것도 없이 우리가 사실 또는 진실의 언어로 생각할 수 있는 것은 과학의 언어이다. 그런데 이러한 과학의 언어는 반드시 자연과학에만 한정되는 것으로 볼 필요는 없다. 정도의 차이는 있을망정, 사실적·논리적 검증을 허용하며 이러한 검증의 엄밀성을 추구하는 모든 언어 활동은 자연과학의 언어처럼 진실을 포용하고자 하는 언어이다. 여기에는 인간과 사회에 대한 철학적이고 비판적인 성찰을 시도하는 이론의 언어도 포함한다. 시의 언어도 진실에 관계된다. 다만 기본적으로 사실을 이론적 연관 속에서 규정하려는 과학적 언어에 대하여, 이미 비친 바와 같이 시적 언어의 특징은 구체적인 사물을 현재화하려는 점에 있다. 그리고 이 현재화는 어디까지나 우리의 체험적 현실의 범위 안

에서 일상 언어로써 이루어지는 것이다. 그러니 만큼 그것은 감
각·직관·감성의 범위를 벗어나지 않는 한도에서 사물을 현재
화하는 데에 관심을 갖는다. 따라서 사람의 일상적인 또는 전인
간적인 체험의 구체에 충실하게 되는 이러한 면이 시적 언어로
하여금 이론적 언어의 추상성이나 체계성에 맞설 수 있는 진실
의 힘을 가지게 한다. 통상의 사회 규범 속으로 일반화하는 수
사, 이론 체계 속으로 일반화하는 과학 언어에 대하여 시의 언
어는 이러한 일반화에 저항하며 사물과 욕망의 구체성에 집착
한다. 이 구체성이 시의 진실을 이룬다.

　수사학과 시학의 언어 사이에 늘 이러한 적대 관계가 존재하
는 것은 아니다. 우리는 수사학과 시학이 합치는 최상의 상태를
생각할 수 있다. 그것은 체험의 구체와 일반적 질서, 개인적 욕
망과 사회적 규범 사이에 조화가 이루어져 있는 상태를 말하는
것일 것이다. 물론 사람이 개체로서 살며 또 사회적 존재로서
사는 긴장을 벗어날 수 없는 한, 수사학과 시학은 완전히 일치
될 수 없을 것이고 긴장은 계속될 수밖에 없을 것이다. 차선의
상태에서 시학은 끊임없이 구체와 개인의 침묵에서 수사학의
변설에로 접근하고자 하고 수사학은 시가 보여주는 구체의 밀
도를 자신의 언어 속에 수용하고자 할 것이다.

5

　시는 사물의 구체적인 모습을 어떻게 현재화하는가? 특정한
사물을 언어로 말하는 가장 간단한 방법은 말할 것도 없이 그
이름을 말하는 것이다. 그러나 이름을 부르는 것이 꼬리표를 붙
여 사물의 실상을 단순화하고 은폐해버리는 일이 되기 쉬움은
우리가 잘 아는 바이다. 베르그송의 철학이 되풀이하여 말하고
있는 것은 바로 이러한 통찰이다. 이런 까닭에 시는 통상적인

이름으로 사물을 처리하는 대신 여러 가지 간접적인 방법으로 이를 환기하고자 한다. 가장 원시적이면서도 가장 흔히 사용되는 완곡법(婉曲法) *Periphrasis*이나 상징주의 시의 암시적인 수법은 이름에 의한 지적보다도 환기를 지향하는 시의 의도를 잘 나타내준다. 율곡(栗谷)이 세 살 때 외조모가 내보인 석류를 두고 인용했다는 구절——"가죽이 부스러진 구슬을 감싸고 있다(皮裏碎珠)"는 구절은 단순한 완곡법의 한 예이지만, 그것이 석류의 감각적 재현에 매우 효과적으로 쓰이고 있음을 보여준다. 상징주의는 이러한 둘러말하기보다 한술 더 떠서 더 모호한 암시, "불확정한 것이 정밀과 마주 깍지낀/잿빛의 노래"(베를렌)에로 숨어들어가려고 한다.

이 밖에 시가 사물과 경험의 구체적 환기를 시도하는 여러 모습은 새삼스럽게 말할 필요도 없을 정도로 이미 다 잘 알려져 있는 것이다. 그 중에도 심상을 통한 감각적 환기는 가장 중요한 것이다. 위에 든 율곡에 관련되어 있는 구절은 가죽과 같은 석류 껍질이나 맑은 석류의 감각적 특질을 매우 선명하게 전달해준다. 어떤 민족의 전통에서 시의 기원과 수수께끼의 기원은 같은 수가 있지만, 아마 단순한 수수께끼와 시적 수수께끼를 구별해주는 것은 이러한 감각적 신선감일 것이다. 모든 감각적 암시 가운데 가장 중요한 것은 시각에 관련된 것이지만, 물론 다른 감각의 암시도 빼놓을 수 없는 것이다. 또 여러 감각은 서로 별개의 것으로보다는 혼합되어 작용한다. 나아가 이것은 지적인 인식과 별개의 것이 되는 것이 아니다. 다시 한번 석류의 완곡법에서, 석류의 껍질이 가죽과 같다고 할 때, 여기의 비유는 그 시각과 촉각의 기억에 다 같이 관계되는 비유이다. 또 구슬과 석류알과의 비유는 시각에만 관계된다고 말하기는 어렵다. 석류알의 시고 신선한 맛과 구슬의 맑음이 서로 잠재 의식 속에 이어져 있다고 말할 수도 있을 것이기 때문이다. 또 이러한 감각적인 대상 포착은, 이미 말한 바와 같이, 지적 인식에도 이어져 있다. 가죽 주머니 속의 구슬은 보기에 좋아 뵈지 않는 석류 속에서 나오는 석류알에 대한 시적인 경이를 표현한다(수년 전 김광균의 「秋日抒情」에서 "落葉은 폴란드의 命名政府의 紙幣"라는 구절의 비유가 시각적인 것이라는 답을 요구하는 대학 입학 시험 문제를 본 일이 있지만, 이 비유는 낙엽이 지폐의 종이와 비슷하다는 것 외에 그것과 같이 까슬까슬하다는 촉각적인 것을 연상시킬 수도 있는 것이고 그리고 무엇보다도 중요한 것은 낙엽도 망명 정부의 지폐처럼 쓸모가 없어졌다는 지적인 인식이다).

감각적 환기 가운데 독특한 것은 소리이다. 이것은 다른 감각의 경우처럼 언어의 의미 작용을 통하여 어떤 소리를 지칭하는 수도 있지만 그것은 동시에 자체로서 소리이기 때문에 어떤 다른 소리의 현상을 대표하는 것이 아니라 그대로 소리의 물리적 실체를 이룬다. 의성어 *onomatopoeia*의 사용은 그 한 예가 될 것이다. 그러나 아무리 그것이 자연의 소리를 그대로 재현한다고 하여도, 의성어는 자연 그것의 소리는 아니다. 그것은 음운 체계 속으로 일단 번역된 것이며 또 그 자체로 실체가 있는 것이 아니라 자연의 소리를 지칭함으로써 의미를 갖는 소리이다(다만 이때의 의미 작용은 다른 감각 환기의 경우에서 보는 자의적인 상징화의 성격이 약하다고 할 수는 있다). 이에 대하여 모든 말은 그대로 소리이다. 시는 이 말의 물리적 실체에 주목한다. 그리하여 어떤 심한 경우에는 시의 말은 의미 작용으로 하여 중요한 것이 아니라, 즉 의미 작용을 통하여 이루어지는 사물의 재현으로 하여 중요한 것이 아니라 그 자체로서 중요한 것으로 생각되기도 한다. 순수시 *poésie pure*의 이념과 같은 것이 여기에 가까이 간다.

그러나 시가 소리로서 또는 소리의 음악으로서 존재하는 경우도 궁극적으로 그것의 존재 이유는 사물과 사물의 세계와의 관련에서 생겨난다. 말의 소리도 결국 그 자체로보다는 사물의 세계의 모방이라고 할 수 있기 때문이다. 다만 통상적으로 말이 사물을 모방하는 것은 의미 작용의 매개를 통하여서이다. 그러나 말이 소리로서 존재하려고 할 때 그것은 사물을 물리적으로 모방한다. 이것은 의성어의 경우에 본 것이지만, 소리로서의 말의 경우에 더욱 그렇다. 여기서 말의 소리가 모방하는 것은 어떤 특정한 소리 또는 특정한 사물의 소리가 아니고 사물 일반의 사물성이다. 말의 소리는 여러 물리 현상들 가운데 또 하나의 물리적 현상으로서 존재한다. 그러나 다른 한편으로 그것은 단순히 하나의 물리 현상으로 존재하는 데 그치지 않고 그 물리적 있음을 두드러지게 한다. 그와 동시에 하나의 음운 체계에 있어서의 모든 소리는 분명하게 주제화되거나 의식화되지 않은 채로 의미 연상을 가지고 있음으로 하여 물리적 실체로서의 말의 소리도 불분명한 연상을 잠재 의식 속에 일으킨다('칵' 하는 소리와 '당' 하는 소리는 의미없는 소리이면서 잠재적인 의미 연상을 배태하고 있다). 그런 데다가 말의 소리는 소리의 차원 위에 사물을 지칭하는 의미의 차원을 싣고 있다. 그리하여 다시 한번 자의적인 소리의 물리적 실체는 지칭되는 사물의 사물적인 실체성의 환상을 뒷받침해주게 된다.

대개의 경우, 말이 소리와 의미의 두 차원으로 이루어졌음에도 불구하고 소리는 잠재 의식이나 무의식 속에서 작용할 뿐 우리의 의식에 포착되는 것은 의미이다. 말이 그 의미를 전달할 때, 우리는 물리적인 실체로서의 그 소리를 별로 의식하지 않는다. 이 전달 과정에서 소리라는 물리적 현상은 투명한 것으로 존재한다. 그렇기 때문에 이것을 다시 불투명한 실체로서 주체화하는 데에는 말하거나 이를 듣는 사람의 태도의 특별한 조정이 필요하다. 시인이나 시의 우수한 독자는 시의 의미와 소리 두 차원에서 동시에 민감한 사람들이다.

어떻게 하여 투명한 소리를 불투명한 물체처럼 포착할 수 있을까? 현실적으로 필요한 것은 말의 움직이는 속도를 느리게 하고 또 휴지를 두어 소리의 움직임을 소화할 수 있는 침묵의 시간을 갖게 하는 것이다. 그리고 또 하나의 중요한 방법은 되풀이의 방법이다. 소리는 되풀이의 과정을 통해서 실체로 결정화(結晶化)되는 듯한 인상을 준다. 시에 있어서 가장 현저한 소리의 흐름과 정지의 문양(紋樣)은 리듬에 의하여 짜여진다. 그러나 리듬은 소리에만 관계된다고 말할 수 없는, 시의 보다 깊은 본질에 깊이 이어져 있는 현상으로 생각된다. 소리와 고요, 강한 소리와 약한 소리, 높은 소리와 낮은 소리의 되풀이되는 대조는 소리의 문양일 뿐만 아니라 의미 작용의 모체라고 볼 수 있기 때문이다. 언어학자 벤자민 워프 Benjamin Whorf는 의미의 근원은 단순한 소리의, 그러니까 사물에 대한 지시 관계로 하여 의미를 얻는 것이 아닌 원천적으로 자의적이며 무의미한 소리의 문양화 *patternment*에 있다는 가설을 이야기한 바 있다.[3] 이것은 옳은 이야기인지 모른다. 아무런 외적인 지시가 없는 소리들이 의미에 가까이 갈 수 있는 것은 우리가 음악의 체험에서 간단히 알 수 있는 일이다. 소리의 양식화 또는 문양화의 수단 중에도 소리의 현재와 부재의 이지적 대조(二肢的 對照) *binary opposition*에 기초한 리듬은 가장 근원적인 것으로 생각된다. 사실 리듬의 문제는 말의 소리의 실체화를 넘어선 훨씬 더 심각한 고찰을 요하는 문제이다. 여기에는 생물체의 기본 리듬인 호흡, 앞에서 들었던 프로이트의 어린아이의 경우에서처럼 사물의 소리의 되풀이되는 조작을 통한 부재와 현재 정복, 여기에서 이루어지는 욕망의 상징화 작용, 구조주의에서 이야기하는 바 인간 사고와 언어의 이지적(二肢的) 양식 등등의 문제들이 얽혀 있을 것으로서 섣불리 그 맥락을 가려낼 수는 없는 일이다.

이러한 더 복잡한 측면을 떠나서 간단히 생각할 때, 이미 위에서 말한 바와 같이, 리듬을 포함한 소리의 되풀이는 시의 언

---

3) Benjamin Lee Whorf, *Language, Thought and Reality*(Cambridge, Mass., 1964), pp. 246~61.

어의 물리적 실체를 주체화하는 수단이 된다. 달리 말하면, 이러한 되풀이는 투명한 언어의 흐름을 되접어서 어떤 종류의 밀도를 만들어내려고 하는 경향을 나타낸다고 할 수 있다. 스스로를 되접는 현상은 시의 다른 면에도 나타난다. 말할 것도 없이 여러 가지 모음과 자음들의 상호 조응, 비슷한 또는 같은 문법 구조의 반복적 사용, 구조적 상사(相似) 균형, 라이트모티프 *leitmotif*의 사용, 이미저리의 강조적 되풀이, 거기에서 유래하는 심상의 심벌로의 변용, 말들의 의미의 상호 조응과 상승 작용——이 모든 것이 시에 하나의 객관적 사물, 하나의 구조물로서의 밀도를 부여한다.

6

위에서 본 바와 같이 시는 그 여러 가지 언어적 특징에 있어서 체험이나 사물의 구체를 겨냥한다. 그런데 이런 지향과 관련하여 우리가 생각하게 되는 것은 그것의 불가피한 단편성이다. 우리가 어떤 특정한 한 정서나 사물의 체험만을 재현하는 데 주의를 기울인다면 그것은 불가피하게 단편적인 재현이나 모사에 그칠 수밖에 없게 된다. 이것은 시의 일반적인 형식과도 관련된다. 오늘날에 있어서 시라고 하면 대체로 서정시를 말하는 것으로 생각되고 서정시는 짧은 것이 상례이다. 서정시의 단편성은 단순한 관습이라고 볼 수도 있지만, 관습은 관습대로 필연적인 이유를 가지고 있기 때문에 이 필연적인 이유는 그 나름대로 고찰의 대상이 되어 마땅하다. 여기에서 이러한 이유를 다 생각해볼 수는 없지만, 지금까지의 우리의 고찰과의 관련에서 해석될 수 있는 것으로 보인다. 물론 구체성과 단편성이 그대로 충분하고 필수적인 관계에 있다고 할 수는 없다. 문학의 언어는 대체로 체험의 구체에 충실하고자 하는 언어이다. 가령 소설은 경험

적 사건의 우여곡절을 그 구체적인 현실감에 즉해서 그리려고
한다. 시의 경우에 있어서 우리는 다만 그 단편성과 구체성이
서로 보강하는 상태에 있다고 말할 수는 있을 것이다. 단편성은
시가 재현하고자 하는 구체에 일정한 조건을 가한다. 시의 단편
적인 성격은 바로 그 구체적 지향을 보강하는 형식인 것이다.
즉 그것은 다른 어떤 장르의 경우에 있어서보다도 단편적 사상
(事象)의 하나하나──다시 말하여 단편적 사상의 큰 틀과의 관
련이나 거시적인 조화보다도 그 하나하나의 재현, 그것도 논리
적 전개나 사건의 연쇄를 통하기보다는 직관적인 재현에 초점
을 맞추지 않을 수 없게 한다(물론 시 속에 극적 전개, 아니면 적
어도 '상징적 행동'이나 논리적 연관이 없는 것은 아니나, 그러한 것
들은 비교적 한눈에 포착될 만하다고 할 수 있는 직관적 체험의 내
적 구조에만 관계되어 나타난다).

　그런데 시가 주로 표현하는 것이 어떤 사물이나 경험의 단편
적 심상이라고 할 때, 그 참 의미는 이런 재현에만 한정되는 것
일까? 도대체 하나의 단편적 구상물이란 무엇인가? 하나의 사
물은 무엇인가? 하나의 물건은 극히 간단하고 자명한 것처럼
보인다. 그러나 이것에 대하여 일단 생각을 펼쳐보면, 사물은
쉽게 파악할 수 없는 신비라는 것을 우리는 곧 알게 된다. 하나
의 사물은 우리의 지각의 대상이 되는 하나의 독립적이고 독자
적인 단위를 말한다. 이러한 독자성 독립성은 가장 초보적인 특
성으로서 의논의 여지가 없는 사실로 생각된다. 그러나 참으로
그런가? 사물에 대한 철학적인 사고는 흔히 그것이 독자적인
하나의 존재로 있으면서 또 여럿으로서, 다양한 관련 속에 있다
는 역설에 당황해왔다. 헤겔이 『정신현상학』의 서두 부분에서
시도한 사물 지각에 대한 분석은 이 방면의 철학적 분석으로는
가장 정교한 것인데, 이 분석도 사물에 깃들인 하나와 여럿의
역설을 주축으로 전개된다. 하나의 대상물의 하나로서의, 독립
적이고 독자적인 존재로서의 성격은 어디에서 오는가? 이 성격

을 정의하기 위해서 우리는 그 사물에 해당되는 바 속성들을 언급하지 않을 수 없다. 여기에 있는 소금의 결정체는 흰색이고 입방체이고 짠맛이 있고…… 그러나 소금의 이러한 성질들은 다른 소금 알맹이와 공유하고 있는 것들일 뿐만 아니라 다른 사물들과도 공유하고 있는 것들이다. 이리하여 사물의 독자성, 하나로서의 성질은 세상의 다른 것들 속으로 확산되어 흩어져버리고 만다. 그리고 하나의 사물은 그것이 독특한 것이면 독특한 것일수록 더욱더 많은 속성들을 포용하고 있는 그릇이 된다. 물론 이것은 우리의 반성의 시작에 불과하다. 사물이 여러 속성으로 이루어졌다고 하더라도 그것이 하나의 물체로서, 독자적이고 독립된 존재로서 있다는 것은 엄연한 사실이다. 우리는 사물을 실체로서, 속성으로서 또 존재 방식의 관점에서 다시 더 고찰해야 한다. 헤겔은 그의 현상학에서 하나와 여럿의 양극에 걸쳐 있는 사물의 변증법적 움직임을 계속 밝혀나간다. 우리가 여기에서 그 과정을 일일이 추적할 수는 없다. 그러나 헤겔은 점점 충실해지는 사물 개념의 전개 속에서도 사물이 역설적 통일에 있다는 주장을 버리지는 않는다. 어떤 사물이 하나로서 그것만의 일체의 상태에 있다고 할 때 그것은 다른 사물들과의 차이를 통하여 그러한 일체의 상태에 있는 것이다. 그러나 이 차이는 바로 이 사물이 스스로만 따로 있다는 것이 아니라 다른 사물과의 관계 속에 있다는 것을 가리킨다. "사물은 바로 그 절대성, 그 맞섬으로 하여 다른 것들에 관계된다. 그것은 본질적으로 이 관계의 과정이다. 그러나 이 관계는 그 독자성의 부정이 된다. 사물은 바로 그 본질적인 성질로 하여 스러져버리고 만다."[4]

헤겔의 사물 분석에서 우리에게 중요한 것은 이와 같이 하나의 독립된 사물이 배타적인 일체성 속에 있으면서도 또 여러 가지 보편적 속성, 요소 또는 힘의 다발로서 존재한다는 사실이다. 그런데 사물의 바탕이 되는 이러한 요소들은 서로 어울려

4) *Phänomenologie des Geistes*, Leipzig, 1905, S. 99.

하나의 체계를 이루는 것으로 생각될 수 있다. 또 이 체계는 단순히 사물 자체가 이루는 체계가 아니다. 그것은 사람이 사물에 대하여 실제적으로, 이론적으로 갖는 상호 작용에 의하여서도 만들어지고 수정되며, 다른 한편으로는 사람의 실제적·이론적 활동을 제한한다. 또 이러한 사물과 인간이 공동으로 이루는 체계는 그때그때 성립하는 당대적인 것으로만 있다기보다는 역사적으로 성립하는 것으로 보아야 한다. 사람은 그의 인식이나 활동——이 인식에는 시적인 인식도 포함된다——이전에 이미 역사적으로 구성되어 있는 사물의 체계, 또는 세계 속에 산다. 그리하여 그의 사물에 대한 인식·소유·변형·제작은 이 체계 또는 세계의 한정 속에서 일어난다.[5]

사물이 그 테두리 안에 존재한다는 것은 사실 상식적인 이야기이다. 이것은 모든 문화적인 사물에 있어서 극히 자명하다. 우리가 낯선 문화의 사회에서 당황하는 것은 거기에 있는 사물들의 의미를 바르게 풀 수 없기 때문이다. 한 사회의 일과 물건들은 그 사회 제도를 떠나서는 있을 수 없다. 소비재는 소비재 생산에 관계되는 전사회 기구에 의하여서만 이해될 수 있다. 또는 그것은 이러한 사회 기구가 만들어내는 것으로 보아서 마땅하다. 과학의 대상들은 그것에 대한 과학적 기술(記述) 속에서만 존재한다. 그러나 위에서 간단히 언급한 헤겔의 사물론의 의미는 사물과 그 테두리 사이에 존재하는 개념적 제도적 연관이 간접적으로 분석되는 연관이 아니라 지각 현상에서 끌어낸 것이라는 점에 있다. 헤겔이 다루고 있는 것은 사람의 오관에 와 닿는 사물의 지각이다. 이렇게 지각되는 사물이 얼핏 보기와는 달리 복잡한 연관 속에 있고 또 움직이고 있다는 것이 그의 분

---

5) Alasdair MacIntyre, ed., *Hegel: A Collection of Critical Essays*, Notre Dame, 1972 소재, Charles Taylor, "The Opening Arguments of the Phenomenology" 참조. 테일러는 헤겔의 사물 분석을 검토하면서 거기에서의 사물의 상호 연관성, 인간과의 당대적인 또는 역사적인 상호 작용의 면을 확대 해석하고 있다.

석의 결과인 것이다.

시가 어떤 구상물——이것은 사물일 수도 있고 주관적 체험일 수도 있는데, 이야기를 간단히하기 위하여 단순화하여 말하는 것이 불가피했지만, 헤겔의 분석은 단순히 물건이 아니라 주관적인 실체에도 적용되는 것이다——을 재현한다고 할 때, 그 의미는 단순히 고립된 사물을 재현한다는 데에만 있는 것이 아니다. 사물의 재현은 오히려 그것을 통하여 사물의 테두리에 대한, 한 사물로 하여금 바로 그러한 사물이게 하는 여러 요인들에 대한 계시를 준다는 데에 그 의의가 있다고 할 수 있다. 물론 사물을 이루는 요소가 반드시 철학적인 분석이나 과학적인 검사에서 나오는 것만일 수는 없다. 그것은 한결 더 원초적으로 우리의 감성과 사물이 교섭하는 과정에 이어져 있다. 여기서 원초적이라는 것은 철학적·과학적 분석에서의 논리적 세련에 이르지 못한, 주관적 감성의 세계에 머물러 있다는 말이기도 하지만, 또 동시에 이러한 세련이나 가공이 행하여지기 이전의 근원적인 세계에 관계되어 있다는 말이다. 이것이 어떤 의미에 있어서 근원적인가 하는 것은 또다시 새로운 성찰을 필요로 하는 것이겠으나 여기서는 단순히 시적 사물의 지각이 주관적이며 자의적인 것은 아닐 것이라는 점을 암시하는 데 그치기로 한다.

하여튼 시에 있어서의 사물의 재현은 그것 자체만으로는 성립하지 않는다. 그것은 우리의 감정의 공간 또는 사실의 공간의 한 매듭으로서 존재한다. 위에서 우리는 율곡의 석류에 대해 언급했지만, 이미 말한 바와 같이 거기에서의 석류의 묘사는 우리가 가죽이나 구슬에 대하여 가지고 있는 느낌——이런 감정의 그물 속에 배어 있는 물질감의 바탕 위에서 비로소 효과적인 시적 묘사가 된다. 어떤 때 구체적 사물은 이러한 감정적 속성의 종합이 아니라 보다 더 단순히 사물들이 빚어내는 공간감 속에 존재한다. 이미 인용한 것을 다시 한번 살펴보자.

詩人들이 노래한 一月의 어느 言語보다도
零下 五度가 더 차고 깨끗하다.

　메아리도 한 마정이나 더 멀리 흐르는 듯……

이런 시구에서 언급되어 있는 모든 사물들은 메아리가 울리는 겨울의 공간 속에 배치됨으로써 싱싱한 감각적 체험으로 살아나는 것 같다. 사물이 자리해 있는 공간은 조금 더 추상적으로 이해될 수 있는 법칙적 관련일 수도 있다.

　玄關을 차고 나가 鋪道에 이르면, 스스로의 무게만한 뉴턴의 가벼운 나뭇잎들이 맴돌며 떨어진다. 나는 지금 내가 선 나의 높이에서 땅 위에 이르는 距離, 그 조그마한 空間 속의 旋回까지를 許諾받지 못한 채 垂直으로 떨어진다.　　　——박성룡, 「Fall」

여기의 나뭇잎은 흔히 감상적 반응의 대상이 되는 가을의 낙엽이다. 이것은 만유인력의 공간 속에 놓임으로써(사실 새로운 관찰은 아니면서도) 우리에게 새로운 감흥을 자아낸다. 또 이것은 현실적으로 낙엽이 처해 있는 공간과는 다른 인간 실존의 공간——조금 더 긴박한 인력으로 우리를 아래로 강하시키는 삶의 무게가 만들어내는 공간에 대비되어 한결 더 의미있는 자연 현상으로서 우리에게 감지된다. 위의 시구에서 인간 실존의 공간이 참으로 낙엽이 떨어지는 자연 공간에 일치하는 것일까? 낙엽이 나타내는 생명의 자연 작용, 인간의 운명에 바탕이 되는 자연 작용, 그리고 이러한 작용이 자연의 엔트로피 현상에 거역하는 힘의 작용이며 결국은 쇠퇴할 수밖에 없는 것이라는 절대적인 사실——이런 면에서 이 두 개의 공간의 중첩은 내 생각으로는 매우 효과적이며 신빙성이 있는 것으로 생각된다.
　그러나 보기에 따라서는 이러한 중첩은 거짓된 것으로 느껴질 수도 있을 것이다. 여기서 주의할 것은 이러한 사물의 복합적 계시가 어디까지나 직접적이고 감각적인 것으로 지각될 수 있을 때 가장 효과적이란 점이다. 대체로 사물 자체에서 나오는 것이 아니라 사물에게 인위적으로 부여되는 연관은 우리에게 별로 믿을 만한 것으로 느껴지지 아니한다. 그런데 이러한 관계는 흔히 상투적이며 감상적인 감정의 조작에 의존하여 맺어지는 경우가 보통이다. "내 오늘밤 한오리 갈댓잎에 몸을 실어 이 아득한 바닷속 창망(蒼茫)한 물굽이에 씻기는 한 점 바위에 누웠나니"——이러한 구절에서의 구상물은 거의 전적으로 상투적 감정 연상을 위한 공허한 껍데기에 불과하다. 70년대의 현실 참여시에서 이미지는 구체적인 사물과는 최소한도의 연관을 가지면서 어떤 정치적 의미에 의하여 그 테두리가 한정되는 것일 때가 많았다.

풀을 밟아라
들녘엔 매맞은 풀
맞을수록 시퍼런
봄이 온다.

여기에 사용된 비유가 그 나름으로 표현의 경제와 의사 전달을 가능하게 하는 것은 사실이지만, 동시에 그것이 사물의 본래적인 인식에 뿌리박은 것은 아니라는 느낌을 자아내는 것은 별수없는 것이다. 사람이 갖는 억압의 느낌이 풀이 밟히는 것과 비슷한 느낌을 줄 수는 있지만(적어도 위의 시구의 범위 안에서는), 이 느낌은 감정적 비유, 속기술 이상으로 사실적 이해를 촉구해주는 것은 아니다. 어쩌면 이러한 사실이 위의 구절이 우리에게 신선한 느낌을 주지 않는 원인일 것이다.

구체적인 사물을 강조하는 것은 어떻게 보면 이미지즘의 시학을 지나치게 중시하는 것처럼 보일는지도 모른다. 그러나 여기서 우리는 이미지즘이 말하는 단순한 사물의 시각적인 조명을 말하는 것이 아니다(사실 에즈라 파운드는 이미지를 "지적·감정적 얼크러짐을 순간에 제시하는 것"이라 정의하였다. 그가 단순히 시각적으로 보기 좋은 심상의 재현만을 이야기한 것은 아니었다). 단지 우리는 광범위하게 모든 현실적인 사물이 하나의 철학적·정치적·사회적 암호라는 점을 지적하고자 할 뿐이다. 그리고 이 암호는 여러 가지 사실적 연관 속에 있는 것이다. 시는 그것만으로 이루어진 것은 아니지만 이러한 암호로서의 사물을 통하여 우리를 보다 큰 것의 이해에 이르게 하고 또 스스로 그러한 이해의 구조를 구축해낸다.

> 교회당의 차임벨 소리 우렁차게 울리면
> 나는 일어나 창문을 열고
> 상쾌하게 심호흡한다.
> 새벽의 대기 속에 풍겨오는
> 배기 가스의 향긋한 납 냄새　　　　　——김광규, 「오늘」

"배기 가스의 향긋한 납 냄새"——이 시에 매우 간결하게 언급되어 있는 다른 사실들처럼 "향긋한 납 냄새," 뒤틀린 감각에 향긋하게까지 느껴지는 배기 가스는 오늘의 현실의 의미에 대한 중요한 암호이다. 그리하여 이 시의 시인은 시의 뒤쪽에 가서,

> 노예들아 너희들의 얼굴을 보여다오
> 욕설이라도 좋다
> 노예들아 너희들의 목소리를 돌려다오

라고 외치거니와 이러한 외침은 현실을 암시하는 작은 사물들과의 연계 속에서 설득력을 얻는다. 사실 사물과 큰 테두리와의

관계는 여러 가지이다. 다시 말하여 그것은 이미지즘에서와 같이 뚜렷한 감각적 심상일 필요가 없다. 또는 그것은 거의 추상적인 주장일 수도 있다. 그것이 새롭고 날카로운 투시력으로 현실의 구조를 지칭할 수 있으면 그만이다. 가령 브라질의 젊은 시인 카를로스 네하르 Carlos Nejar 의 시에서 예를 들어보면,

> 피에 매이지 마라.
> 너를 선택하는 땅에 매이라.
> 너의 육체는 잠들지 않는
> 바람의 불에 烙印되었다.　　　　　　　　　——「증언」

여기에서 첫 두 줄은 혈연(血緣)이 아니라 사람으로서의 대우를 해주는 곳을 스스로의 고국(故國)으로 생각하라는 단도직입적인 명령이지만, 이것은 그런대로 실감나는 명령이다. 그렇다는 것은 이 명령이 한편으로 혈연과 인간적 대우 사이에 방황하는 인간의 실상을, 그 실상의 견디기 어려운 딜레마를 민감하게 의식하고 있으면서, 다른 한편으로는 그러니 만큼 더욱 냉철해져야 하는 당위를 꿰뚫어내고 있기 때문이다.

시적 구상물의 인상의 선명성은 다분히 응시력, 또는 통제된 정열의 압력이 가능하게 하는 응시력에 달려 있다. 시의 구상물을 뚜렷이하는 것은 논리적으로 분석되어 나열되는 사물의 속성이 아니다. 그것은 시인의 체험의 깊이, 기억의 깊이에서 건져내지는 사물의 모습이다. 이 모습은 그것이 시인의 체험의 어떤 편향으로 하여 포착되는 사물의 새로운 국면이다. 그러니 만큼 그것은 일반적 타당성을 가지면서도 늘 새롭다. 흔히 이야기되는 바, 시에 있어서 모든 것이 새로워야 한다는 것은 옳은 관찰이다. 그런데 이 새로움은 신기를 좇는 데에서 오는 것이 아니라 시인이 사물과 체험이 부딪치는 세계의 원초적인 펼쳐짐에 참여함으로써 얻어지는 것이다. 다시 말하여 시인은 그의 창

조적 열정으로써 사물의 다양한 국면을 하나로 용접해낸다. 그
런데 용접된 것들은 자의적인 것이 아니라 사물 자체에 의하여
용납되는 것들이다. 이러한 조응(照應)은 시인의 창조적 과정
이 어떻게든 사물의 창조적 있음에 맞닿아 있다는 증거가 아니
겠는가? 우리가 여기에서 이야기하고자 하는 것은 시에 있어서
의 구상물이 단순히 외적으로 나열되는 속성들로 이루어지는
것이 아니라는 점이다. 그것은 사물과 체험이 끊임없이 용해되
어가는 창조의 근원에서 주어지며 또 만들어지는 것이다.

7

우리가 되풀이하여 이야기한 것은 여러 가지 갈등과 모순을
포용한 채로 시적 언어가 구체적인 것을 지향한다는 것이었다.
구체의 우위성은 단순히 시적 언어에서만 의의를 갖는 것이 아
니다. 그것은 보다 넓은 의미에서의 사람의 삶의 모습, 물건의
존재 방식에 연결되어 있다. 사실 시의 구체성의 의미는 이러한
보다 넓은 존재론에서 나온다. 단정적으로 말하여, 사람의 행위
는 그 테두리를 이루고 있는 여러 가지 범주——생물학적·사회
적·문화적 범주들에 의하여 결정된다고까지는 할 수 없을는지
모르지만, 크게 영향을 받고 제약된다. 이러한 것은 생물학적
인간학·사회학 또는 인류학 들에서 자주 지적되는 사실이다.
그 중에도 가장 강력하게 인간 행위의 외적 한정을 이야기한 것
은 사회학적 관점이다. 이것은 문학에 있어서도 큰 세력을 떨치
고 있는 견해로서, 문학의 사회적 요인에 대한 또는 사회적 임
무에 대한 논의에 흔히 나타나는 것이다. 그러나 이러한 결정론
의 오류는, 문학 활동을 포함한 사람의 활동이 외적인 요인에
의하여 결정되거나 한정된다고 하여도, 그것이 분명히 주제화된
의식 작용을 통해서 그렇게 하는 것이 아니라는 사실을 놓치는

데에서 일어난다. 사람은 대체로 그때그때의 지각의 흐름 속에 있다. 그가 사는 세계는 극히 구체적인 것이다. 그리하여 그는 희귀한 분석적 노력을 통하지 않고는, 매순간 지대한 직접성으로 나타나는 구체적 체험들이 사실상 많은 일반적 범주를 숨겨 가지고 있다는 것을 의식하지 못한다, 설사 의식한다고 하더라도 그것은 어렴풋한 지평으로 주변적인 의식으로 감지될 뿐이다. 이것은 생물학적 요건이나 사회적 요인이나——일반적 범주가 우리의 삶에 나타나는 방식에 관한 이야기이지만, 이런 현상은 우리의 지각 작용에서 가장 잘 증거되는 것이다. 게슈탈트 심리학은 우리가 어떤 독립된 사물을 지각하는 것을 늘 그 배경과의 관계에서라고 말한다. 그런데 이 사물 *figure*과 배경 *background*은 서로 배타적인 관계에 있다. 즉 우리가 하나를 전경(前景)으로 지각하면 다른 하나는 배경(背景)이 되는 것이다. 두 개를 동시에 주체화된 대상으로 본다는 것은 극히 어려운 일이다. 이러한 현상은 우리의 행동에서도 볼 수 있다. 가령 노란 불이 밝혀져 있는 방에 들어가면 우리는 처음에는 이 특별한 조명을 의식하지만 곧 조명과 관계없이 바라보게 된다. 우리가 어떤 운동 경기에 들어가는 경우도 이와 비슷하다. 우리는 처음에는 경기의 규칙을 의식하게 되지만, 우리가 그 규칙을 내면화하고 그에 숙달하게 될수록 우리는 그것을 대상적으로 의식하기보다는 내면화하여 규칙 속에서 이루어지는 하나하나의 동작에 주의를 기울이게 된다. 이것을 확대시켜 말하면, 많은 불합리한 체제 속에 사는 사람이 그 체제를 대상화하고 전체화해서 의식하기보다는 그것을 당연한 것으로 내면화하고 체제내에서의 유리한 전략적 움직임에 몰두하게 되는 것도 같은 원리라고 할 수 있다. 요약하여 말하건대, 우리의 의식과 삶은 감각적 구체성의 차원에 밀착해 있으며 그것을 규정하는 일반적 범주는 내면화하여 무의식 속에만 간직한다고 할 수 있다. 그리고 이러한 작용은 불수의적이고 강박적인 것이어서, 일상적 생활에서는 우리의 삶의 결정적 테두리를 달리 고쳐서 바라보기가 극히 어려운 것이다.

시에 있어서의 구체도 이러한 관점에서 말하여질 수 있다. 그것은 배경 앞에 나와 있는 전경의 사물이다. 그러나 이 배경은 대개는 암시될 뿐이고 적극적으로 우리의 응시의 대상이 되지 아니한다. 그럼에도 불구하고 시적 구체의 의미는 이 배경과의 관련에서만 일어난다(일상적 의식에서 이 배경은 한껏 뒤로 물러가 있는 것으로 생각될 수 있다). 이러한 관련이 시의 인식적 기능——과학과는 다르게 우리의 정서와 욕망의 장에 나타나는 바, 사물에 대한 진실을 드러내주는 시의 인식적 기능의 초점을 이루는 것이다.

사람의 삶에 있어서, 특히 정치나 사회 규범과 대비해서 시가 갖는 의의도 여기에서 찾을 수 있다. 우리의 모든 사회적인 테두리는 일반적이며 보편적인 언어에 의존한다. 그러한 언어가 가능하게 하는 추상화가 없이는 사회의 규범이나 조건은 하나의 실체로서 생각하기 어렵다. 그러나 이러한 일반적 범주 또 언어는 개체적인 실존에 대하여 또는 그러한 실존 속에 실현되는 집단적 현실에 대하여 모순된 것일 경우가 많다. 시는 구체적인 실존의 언어이면서 또 이를 넘어서는 일반적 범주를 그것이 구체적이고 직접적인 생존에 용해되어 있는 만큼을 기술해낸다. 시적 재현이 표현하고 있는 것은 구체적 전체성이다. 여기에서 전체성의 원리가 되어 있는 것은 평균화·추상화가 아니라 우리의 육체와 욕망과 기억——더 나아가 느낌과 세계의 상호 교섭에서 우러나는 끊임없는 현재이다. 시가 이러한 현재에 집착하는 만큼 그것은 사물의 가짜 구체성에 속을 수도 있다. 그러나 참으로 민감하게 깨어 있는 시인에 있어서 이 구체성은 하나와 여럿의 모순을 거머쥔 구체적 전체성이다. 이러한 전체성은 가장 폭넓은 시적 상상력에 있어서 우리의 생존을 규정하는 외적인 조건들을 다 포함하는 전제로서 성립한다. 또 그것은 우리에게 직접적인 감각으로 주어지는 생존의 실감을 넓게 또 예민하게 포함할 수 있다. 그럼으로써 그것은 우리의 생존의 참다운 조화의 의식, 참다운 행복의 의식의 장이 된다. 그리하여 공적인 수사가 말하는 사회적인 행복에 맞서는 비판이 된다. 시의 언어의 건전성은 한 사회의 참다운 인간적 행복——개인적이고 사회적인 행복의 척도가 되고, 아니면 적어도 당대의 불행과 있을 수 있는 행복의 약속에 대한 척도가 된다.

문학의 내적 구조

김   치   수

　오늘날 문학이 할 수 있는 것은 무엇인가? 문학이란 과연 무엇인가? 아마도 문학에 관심을 가진 사람이면 누구나 이 문제를 제기하는 것이 당연한 것이겠지만, 그러나 이 문제에 대한 완벽한 대답을 '감히' 했다고 생각하거나 한다고 생각한다면, 그것은 이미 삶과 세계에 대한 완벽한 정의를 내렸다고 하는 만큼이나 무모한 것일 수밖에 없을 것이다. 말을 바꾸면 문학이란 것 자체가 어떤 존재체로서 고정되어 있는 것이 아니라 변화하는 양태로서, 혹은 존재하는 양태로서 이루어지고 있는 것이기 때문이다. 그럼에도 불구하고 문학 연구, 혹은 문학비평의 무수한 노력은 모두 '문학의 본질'에 대한 규명을 이상으로 삼고 진행되어왔다. 가령 우리에게도 널리 알려진 사르트르의 『문학이란 무엇인가』는 시와 산문의 다른 점을 규명함으로써 '문학의 본질'을 밝혀보려 했던 것임을 우리는 알고 있다. 그러나 이때 시와 산문의 구분은 장르의 차이에 대한 전제를 받아들임으로써 이루어진 것이다. 시와 산문이라는 장르의 차이의 인정은, 시와 산문이 갖는 형태와 그것들의 언어에 대한 태도의 차이가 선험적으로 '있다는 것'을 논리적 출발점으로 삼고 있음을 감안하게 되면, 문학에서 이 두 장르의 구분이 이루어져야 할 필요

"

성의 근원적인 문제 제기는 뒤로하고 우선, 그 내용을 달리하고 있는 이 두 장르의 존재 자체를 인정하는 데서 출발한다는 것을 알 수 있을 것이다. 그랬을 때 문학비평, 혹은 문학 연구의 대상이란 무엇인가? 그것이 시나 소설과 같이 어떤 장르의 귀속된 작품이나 작가이어야만 할 것인가? 이 문제는 문학의 범주와 상관되는 것으로서 가령 운문만 있었던 시대로부터 장르가 뚜렷이 구분되었던 시대, 그리고 오늘날처럼 일부 문학에서 장르 구분 자체가 불분명해진 시대에 따라 전혀 다른 성질의 것이 되고 만다. 이것을 좀더 부연하면, 장르의 차이는 언어를 사용하는 방법의 차이로 규정짓게 된다고 이야기할 수도 있을 것이다. 실제로 사르트르의 이야기를 빌리면 "산문은 본질적으로 효용적인 것이다."[1] 그러므로 산문가는 "말을 사용하는 자"라고 규정되고 있고, 시의 언어는 사물이고 시인은 인생에서 "스스로 좌절하도록 처신하는" "패배의 증언자"로 규정되고 있다. 이때 시가 언어의 비정상적 사용을 암시하고 있음을 쉽게 이해할 수 있다. 여기에서 주목하게 되는 것이 바로 자연 언어, 즉 '나무' '저녁놀' 혹은 '나의 마음' 등과 같은 것이 산문가에게 의해 씌어졌느냐 시인에 의해 씌어졌느냐에 따라 그것이 지시하는 것, 혹은 그것이 의미하는 것이 달라진다는 사실이다. 그러나 이 경우에는 시가 무엇이고 소설이 무엇인지 밝히지 않으면, 다시 말하면 장르의 구분이 선명치 않으면, 이런 구분의 의미가 불분명해지게 된다. 물론 지금까지 있어온 문학 연구나 비평의 업적으로도 충분히 장르의 구분을 인정할 수 있다. 그렇지만 문제는 이런 구분 자체가 과연 합당한 것인가 하는 문제를 제기하게 되면, 바로 문학의 본질에 대한 질문은 원점으로 돌아오게 된다. 그렇기 때문에 문학 연구가 당장으로서는 그런 장르의 구분으로부터 시작될 수밖에 없는 것이다.

그러나 지금까지 있어온 문학비평은 크게 말해서 '휴머니즘'

---

1) 사르트르, 『산문이란 무엇인가?』(김봉구 역), p.37.

이라는 말로써 모든 것을 재단하려고 해왔다. 물론 구체적으로 들어가면 가령 리얼리즘과 같은 용어가 이야기하는 것처럼, 문학 작품에서 언어의 속성에 대한 연구를 도외시하고 오히려 문학 외적인 것의 지나친 개입으로 문학의 본질에 대한 과학적 고찰을 하지 않으려 해온 것이 지금까지 문학비평, 혹은 문학 연구의 일반적 경향이었다. 그런데, 실제로 산업 혁명이나 프랑스 혁명 이후, 세계가 '발전'했다고 했을 때, 과연 인간의 삶의 입장에서 본다면 그것은 진실인가 하는 질문이 최근 대단히 많이 제기되고 있다. 가령 물질적 측면에서 혹은 생활의 편리함이라는 측면에서 관찰할 때 이런 질문에 긍정적 대답을 충분히 할 수 있을 것이다. 그러나 우리가 살고 있는 세계에 있어서 우리의 삶의 조건, 혹은 인간 조건은 개선되었는가, 혹은 발전되었는가라는 질문 앞에서 아마 아무도 감히 긍정적 대답을 할 수는 없을 것이다. 이렇게 볼 때에 문학적 측면에서는 '휴머니즘'을 이야기하든 무엇을 이야기하든, 그것이 이미 '불순해진 언어'에 의한, 불평등한 우리의 조건들, 그리고 우리를 행복하지 못하게 하는, 우리를 억압하는 것들의 강화에 어느 정도 바쳐진 것인가를 생각해보지 않을 수 없다. 아마도 이러한 질문으로부터 우리 자신이 쓰고 있는 언어에 대한 재검토가 일어나게 되었고 우리의 삶을 구조적으로 결정짓고 있는 제현상(諸現象)에 주목하게 된 것이 당연한 귀결일는지 모른다. 그러나 이유야 어쨌든, 오늘날 문학비평, 혹은 문학 연구의 과학화가 시도되고 있는 것은, 문학이 그 구체적 작품의 있음으로 해서 실증적인 비평 혹은 연구의 대상을 가진다는 데 있는 것이다. 이때 실증은 작가와 작품과의 관계라든가 작가의 사회 의식이라든가 어느 작가가 언제 무엇을 썼다는 등 문학 텍스트 외적 고증을 의미하는 것이 아니다. 그것은 문학 텍스트를 하나의 완결된(일시적으로) 대상으로 보고 그 대상 내부의 법칙을, 그 대상을 이루고 있는 제요소(諸要素)를, 그 제요소들의 상관 관계를 밝히는 것으로서 이른바 작품의 구조를 끌어내는 노력과 아울러 문학 작품의 '문학성'이 무엇인지 밝혀내는 방향으로 기울어지고 있다. 특히 오늘날 언어학 이론과 현대 논리학 이론, 정신분석학 이론의 발전이 지금까지 사용되고 있었던 문학 용어들의 직관성에 관한 반성을 불러일으키는 데 도움이 되고 있고, 바로 그러한 정신에 입각하여 논리적·객관적 정의를 내려가며 새로운 문학 용어와 이론을 정립하는 것이 급선무로 대두하게 되었다. 이것이 문학 언어의 논리적 분석을 가능하게 하고, 나아가서 문학을 문학 아닌 모든 억압적인 요소들로부터 보호하여 문학이게끔 할 수 있는 가능성을 찾게 하는 길이 될 것이다. 오늘날 하나의 소설이 '소비품'으로 떨어지고, 텔레비전처럼 자기 소외의 방법으로 떨어져서는 안 된다는 데서 분석 비평은 시작된다. 가에탕 피콩에 의하면 "오늘날 소설가란, 자기가 사물에 관해서 작업하는 것이 아니라 말에 관해서 작업하는 것임을 알고 있다. 소설이란, 세계와 인간의 비전을 가져오는 것이며 한 시대의 문제에 대답하는 것이다. 〔……〕 그러나 소설가란 세계로부터 벗어남으로써(se dégager: 참여한다는 s'engager와 대립적인 뜻), 그리고 다른 법칙에 따라서 그 세계를 구성함으로써만 세계를 밝힐 수 있다."[2] 여기에서 '벗어난다'는 것은 자기가 살고 있는 세계 속에 묻히지 않는 것을, 그리고 '다른 법칙'이라는 것은 소설이라는 언어를 매체로 한 문학 양식이 요구하는, 세계 자체의 법칙과는 다른 어떤 것임을 금방 알 수 있다. 피콩의 이야기를 좀더 읽어보면 "소설가의 목적이, 인간과 인간이 살고 있는 세계에 관한 어떤 비전을 전달하는 것이라면 소설가란 현실적 사물의 관찰로써도 혹은 내적 목소리의 청취로써도 이 비전을 받아들이지 않고, 오직 하나의 언어를 창조함으로써 그 비전을 정복하는 것이다"고 말하고 있다. 이런 단언이 오늘날 이른바 '새로운 문학의 양식'을 얼마나 멋지게 성격지어주고 있는지 우리는 금

---

2) G. 피콩, 『새로운 문학의 양식』, p. 217.

방 인정하게 된다. 가장 최근의 소설 경향에 대해서 반 로셈 기
용 여사가 이야기하고 있는 것도 바로 이러한 피콩의 주장에 일
치하고 있다. "소설은 최근의 발전을 통해서 그것이 우선 작품
에다 외적 현실을 재현하는 것도 아니고 내적 경험을 표현하는
것도 아니지만, 언어에 대한 작업으로서 기술(記述)의 힘을 적
나라하게 드러내주는 것이다."3) 기용 여사가 이야기하고 있는
이 '기술의 힘'은 소설사회학의 대가 로제 카이으와가 그의 명
저 『소설의 힘』4)에서 빌려온 듯하다. 여기에서 카이으와는
"소설이란 규칙이 없는 것이다. 소설에는 모든 것이 허용된다.
어떤 예술 시학도 그것의 법칙을 발견하지 못하고 규정하지 못
한다"고 이야기함으로써 소설의 본질에 대한 주목할 만한 관찰
을 하고 있다. 어쨌든 기용의 주장이 더욱 발전적으로 드러나는
것은 리카르두가 『누보 로망의 제문제』에서 "오늘날 소설의 새
로운 기도(企圖)는 모험의 기술(記述)이라기보다는 기술의 모
험으로 정의될 수 있다"고 한 주장에서 찾아볼 수 있다.5) 이것
이 '말'의 세계가 이제 기술의 주제이며 동시에 대상이 된다는
것을 의미한다.

　이렇게 현대 소설이 문제될 경우, 피콩의 다음과 같은 주장을
읽어볼 필요가 있다. "현대 소설이란 본질적으로 하나의 작품
이고 하나의 특수한 우주다. 그것은 현실의 이마주도 아니고 내
적 비전의 반영도 아니다. 〔소설에서〕 현실에 관한 비전이 형태
를 취하게 되는 것은 밝혀진 구조들의 구축을 통해서일 뿐이
다."6) 그러나 이러한 주장은 모든 현대의 대소설들에 적용하는
경우 여러 가지 편차가 있음도 보여주게 된다. 가령 프루스트나
제임스 조이스나 카프카나 헨리 제임스가 가장 작은 디테일에

---

3) F. 반 로셈 기용, 『소설의 비평』, p. 10.
4) R. 카이으와, 『소설의 힘』은 『상상력의 접근』이라는 저서의 제 2 부를 이루고
　있다.
5) J. 리카르두, 『누보 로망의 제문제』, p. 111.
6) G. 피콩, 앞의 책, p. 210.

관계된 작품들을 썼을 경우, 그 작품들이 현실에 상응한다는 것은 두 가지 의미에서만 가능할 뿐이기 때문이다. 즉 첫째는, 그들의 작품들이 현실로부터 벗어난 것이라는 점에서 현실과 상통하게 되는 것이고, 둘째는 그들의 작품 속에서 언어에 대한 작가의 작업이 스스로 내보여지고 있다는 점에서 현실과 상통하게 되는 것이다. 그래서 이들의 작품에 관한 연구가 이루어진 다음에 발자크나 스탕달이나 플로베르에게 있어서도 현실의 비전에 의미와 형태를 주는 것이 작품의 구조들이라고 하게 된다. 이것을 달리 말하면 프루스트나 조이스의 작업이 결국 발자크나 플로베르의 작업을 이해하게 하는 데 도움을 준다는 말이다. 그러니까 새로운 작가들이란 언제나, 그 전세대 작가들이 한 작업에 대한 반성을 하고 있는 것이기 때문에 새로운 작가에 관한 독서가 그 이전 작가의 작업을 이해하는 데 큰 도움을 준다는 것이다. 그래서 현대 작가에 대한 연구는 그것이 단순한 시간적 친밀성에서만 기인하는 것이 아니라, 이른바 소설의 본질에 대한 탐구에서 피할 수 없는 것이다.

그 다음에 고려해야 될 것은 '기술'의 개념이다. '기술'이라는 말은 롤랑 바르트의 『기술의 영도 *Le degré zéro de l'écriture*』라는 저서를 통해 널리 쓰이게 되었는데, 그 후 리카르두나 로브-그리예 등이 이 용어를 사용한 뒤 이제는 신비평에서 거의 누구나 쓰고 있다. 그 개념은 "이야기의 구축에 사용된 모든 테크닉"을 의미하는 것으로서, 과학적 연구에 맞도록 엄격성을 부여하기 위해 쓰이고 있다. 여기서 테크닉이란 말이 대단히 복합적인 의미를 띠고 있다는 것을 기억해둘 필요가 있다. 즉 그것이 작가가 의식적으로 사용하는 어떤 '기법'에만 국한되는 것이 아니라, 작품 스스로가 내보이게 되는, 말하자면 '의식되지 않은' 것에도 적용된다는 말이다.

그런데, 이런 현대 작가들과 마찬가지로 문학 이론가나 비평가들이 "예술로서의 소설은 소설의 예술을 이해하게 해준다"

는, 알베레스가 『현대 소설사』에서 세운 테마를 수십 년 전부
터 다루어왔다는 것에 주목하게 되면, 어떤 의미에서 '소설의
본질'에 대한 연구, 특히 '구조'를 통한 방법론이 작가와 연구가
의 공통적 관심의 대상이었음을 인정하게 된다. 실제로 독일의
이론가 슈탄젤이 "문학비평사에서 지난 백년은 소설론과 시학
의 시대로 성격지어질 수 있다"[7]고 한 주장을 보면 이 견해가
근거 없는 것이 아님을 알게 된다. 프랑스에서는 발레리가 오늘
날 사용하고 있는 의미에서의 시학이란 말을 처음 쓰고 있다.
"언어가 물질이며 동시에 방법인, 작품의 창조 혹은 구성에 관
계된 모든 것, ——시와 관계된 미학적 계명이나 규칙의 집합"[8]
을 발레리는 '시학'으로 규정지었던 것이다. 이때 발레리는 소
설에 대한 경멸을 갖고 있었다. 발레리는 이렇게 쓰고 있다.
"소설들이란 나의 수동성을 요구한다. 그것은 '말'로 나타난 것
만을 믿어야 된다고 주장한다. 순간순간마다 그 텍스트 자체를
변형시키는 일을 즐길 수 있고 행할 수 있는, 그리고 대치(代
置) ——모든 이야기가 그의 주제를 눈에 띄게 바꾸지 않고도 받
아들이는——의 무한한 가능성을 개입시키는 창조의 능력을 일
깨우지 않으려고 조심한다." 이 말은 결국 소설은 작품에 쓰인
이야기가 전부여서 독자로 하여금 창조적·상상적 독서를 불가
능하게 한다는 일종의 극단적 소설 경시의 태도를 그대로 보여
준다. 그 이유는 "소설가들이 그들의 인물을 소설 속에서 살고
있기" 때문이었다. 그러나 이러한 발레리의 태도는, 헨리 제임
스나 플로베르, 조이스나 카프카, 그리고 오늘날에 와서는 로브-
그리예나 뷔토르 같은 누보 로망 작가들이 그들의 작품 속에서
바로 발레리의 소설 멸시론을 무산시키는 노력을 한 것을 통해
서, 그렇게 큰 문제로 대두되고 있지는 않다. 오히려 주목해야
될 경향은 1966년 롤랑 바르트를 중심으로 한 일련의 문학 연

---

7) F. 반 로셈 기용, 『소설의 비평』에서 재인용.
8) P. 발레리, 『바리에테』, 플레이아드 1 권, p. 1441.

구가들이 『소설의 구조적 분석 서론』에서 제기된 '시학'의 문제를 꾸준히 천착하고 있다는 사실이다. 토도로프가 『구조주의란 무엇인가』에서 『시학』 편을 쓴 것이나 그레마스가 『구조적 의미론』을 쓴 것이나, 러시아 형식주의자들의 『문학론』이 등장하게 되는 것, 그 밖에 제라르 주네트, 장 리카르두, 클로드 브르몽 등의 저서들에서 시도된 것들도 모두 이른바 소설의 새로운 '시학'의 정립을 목표로 하고 있는 것이다.

이 경우에 '소설의 비평'이란, 대상을 문학 예술 작품으로 삼고 있는 '시학'과 공통적인 점을 갖고 있는 것이다. 이 말은 문학 이론에 의해 만들어진 여러 가지 개념들이 결국 문학의 특성을 밝히고 정의하기 위한 것임을 의미한다. 그리고 여기에서 비로소 텍스트를 구성하고 있는 제요소들의 '기능성'과 소설 언어의 '다의성'이 강조되게 된다. 물론 이 두 가지 문제가 강조되기 위해서는 소설이 서로 '동기화(動機化)된 *motivé*'9) '기호들 *signes*'의 체계라는 전제로부터 출발하지 않으면 안 된다. 이 말은 다시 말하면 과학적 문학 연구는 어떤 작품에서 이 '동기 *motivation*'가 어떻게 이루어지고, 그 작품에 있는 기호들의 체계가 어떻게 작용하고 있고, 그리고 그 체계의 '다의성'이 어떤 것인지 밝히는 것임을 의미한다.

소설에 관한 여러 가지 이론들이 지금까지 수없이 있어왔다. 그러나 이들 중에서 '문학 담화'의 특수한 유형으로서 소설 작품의 분석에 특히 적용되는 개념들이 많다. 가령 퍼시 러보크 Percy Lubbock나 장 푸이옹 Jean Pouillon 같은 사람들이 사용하는 '관점 *point of view*'의 문제를 소설 분석에서 우선 생각해야 될 것이다. '관점'은 작자와 화자를 구분하고, 화자와 인물들을 구분하고 그리하여 그들 사이에 있는 상호 관계를 구체적으

---

9) 이 표현은 주로 러시아 형식주의자들이 문학의 과학적 연구를 위해 만든 용어이며, 동시에 로마 시대의 시적 체계를 세우려 했던 한 문학 연구가의 용어이기도 하다.

로 밝히게 해준다. 그 다음으로 필요한 개념은 '사건'과 '기술'을 구분하는 것이다. 원래 이 개념은 러시아 형식주의자들이 '우화 *fable*'와 '주제 *sujet*'로 구분해서 썼던 개념에 일치하는 것으로서, '우화'는 소설 속에서 이야기된 모든 것——그러니까 허구적 사건의 시간적 순서에 따른 집합을 의미한다——이고, '주제'는 소설 속에서 화자가 이야기하면서 이룩한 사건의 여러 단편들의 소설적 배열을 뜻한다. 그러니까 '주제'가 소설이 이야기하고자 한 내용을 의미하기는 하지만, 그것이 바로 이야기의 내용과 관계된 것이 아니라 어떻게 이야기되었느냐 하는 형식과 관계된 것이다. 물론 이 말은 형식과 내용의 이원성을 의미하는 것이 아니라 그것의 일원성을 뜻한다. 왜냐하면 소설의 주제는, 이야기 자체만으로 결정되는 것이 아니라 어떻게 이야기되었느냐 하는 소설의 형태와의 관련 아래서 결정되는 것이기 때문이다. 다시 말하면 소설의 소재가 줄거리라고 이야기하고, 따라서 소재에 따라 소설을 비평하는 것이 바로 지금까지 있어왔던 문학비평의 인상주의를 의미한다면, 소설의 주제는 소재에 의해 결정될 것이기 때문이다. 그러나 분석 비평이 가고자 하는 길이 바로 그런 식으로 막연한 소재주의 혹은 인상주의 방법으로 소설을 보는 것을 지양하고자 하는 것이다. 그것은 작품을 소재나 인상에 의해 보게 될 경우 분석을 하더라도 구체적 대상이 막연해지고 따라서 필연적으로 어떤 가치관 혹은 윤리관으로 바라보게 됨으로써 가치관 자체가 불안한 시대에 있어서 혹은 지배 이념의 가치관이 확고한 시대에 있어서 결국 문학비평이 그 속에 종속되는 것이다. 문학이 자유로워진다는 것은 바로 그러한 종속 관계로부터 벗어난다는 것을 의미하는 것이다. 이런 입장에서 볼 때 내용과 형식의 표리 관계를 전제로 하게 되면, 구체적 분석과 검증의 대상이 되는 형식의 분석을 통해 소설의 양식을 찾아보려 하는 노력은 결국, 상황을 결정하는 주어진 '세계'에 대해서와 마찬가지로 작품에 관해 독자의 상황을 결정하게 된다. 그뿐만 아니라, ‘사건’과 ‘기술’의 구분은 또한 소설에 있어서 시간의 문제를 연구하는 데 도움을 준다. 즉 소설적 시간의 묵계 *convention*가 결과적으로 언어의 특수성 때문에 2분, 혹은 3분의 가능성을 갖게 된다. 여기에는 사건의 시간, 기술의 시간, 독서의 시간 등이 있음을 알게 되는데, 바로 사건의 시간은 ‘허구 *fiction*’ 자체가 갖고 있는 시간이 되고, 기술의 시간은 ‘화술(話術)’ 자체가 갖고 있는 시간임을 알게 되고, 따라서 ‘허구’와 ‘화술’의 단계적 구조가 소설을 이루고 있음을 알게 된다. 이 두 단계의 구분은 문학적 ‘담화’의 성격을 규정짓는 데 절대적 요건이 된다.

이처럼 소설의 비평에 그것의 대상과 분석 도구를 제공하게 되면 결국 소설 ‘시학’은 텍스트 비평의 필요성을 세울 뿐만 아니라 그것을 가능하게 해준다는 것을 알 수 있다. 그렇다고 해서 ‘시학’과 ‘비평’이 똑같은 것으로 혼돈해서는 안 된다. 이 두 가지는 그들의 목적에 있어서나 방법에 있어서 다르다. 가령 ‘시학’이 하나의 과학(혹은 과학이 되려고 하는 것)이라면, ‘비평’은 하나의 실제적인 적용인 것이다. 따라서 ‘시학’은 일반적인 것을 밝히는 노력이고 ‘비평’은 특수한 것을 밝히려는 것이다. 이러한 본질적인 차이는 대단히 중요한 것이기 때문에 이 두 가지 문학 연구의 성격이나 그들의 효과를 밝히는 문제가 문학 연구의 과학화를 위해서 필요한 것이다.

이론가들이 이야기하는 시학의 목적은 하나의 과학을 세우는 것이다. 다시 말하면 소설의 가능성의 여러 가지 조건들을 다루는 “조리 있는 개념적 시스템”을 발견해내는 것이다. 따라서 어떤 과학이나 마찬가지로 문학의 이론도 일반적 성격을 추출해내려고 하는 것이다. 즉 그 이론이 발견해낸 작품 해석의 여러 가지 원칙들은 곧 지금까지 존재하는 소설뿐만 아니라 있을 수 있는 모든 소설에 적용할 수 있는 것이어야만 한다. 이 경우, 그 일반성은 문학사나 경험의 차원에서 추구된 것이 아니라

논리적 언어적 차원에서 추구된 것이어야 한다는 것을 기억해
두어야 한다.

 그 때문에, 러시아 형식주의자 가운데 한 사람인 로만 야콥슨
의 다음과 같은 주장은 말하자면 현대 '시학'의 모체로서 쓰이
고 있다. "시학의 대상은 문학 작품도 아니고 문학 자체도 아니
고, '문학성 littérarité,' 즉 어떤 주어진 작품이 문학적 작품이
게끔 하는 것이다."[10] 하나의 작품이 문학적 작품이게끔 하는
것이 바로 '문학성'이라고 할 때 이러한 노력은 가령 토도로프
가 "구조주의적 활동의 대상은 문학 작품 자체가 아니"고 "문
학적 담화라고 불리는 특수한 담화의 성격들"이라고 주장한 것
과 일치하고 있다. 이와 마찬가지로 롤랑 바르트가 유명한 『소
설의 구조적 분석 서론』에서 "이야기 récit 의 구조"라고 말한
것도, "모든 이야기의 공통분모"를 의미한다. 그래서 바르트
자신도 시학의 첫째 노력은 "무수한 이야기들을 묘사하고 분류
하게끔 해주는 어떤 원칙"[11]을 발견하는 것이라 말했다. 이것
은 시학에서 문제되는 것이 바로 형식적인 작은 분류 속에 배치
시킬 수 있는 '기능적 단위 unités fonctionnelles'를 결정하는
것임을 말한다. 그렇다고 해서 분류의 근본적인 원칙을 발견하
는 일이 "한 시대나 한 사회의 모든 이야기들을 연구한 다음
일반적인 하나의 모델의 윤곽을 밝히기 위해서는" 아닌 것이
다. 바르트는 이렇게 말하고 있다. "시학이란 연역적 절차를 밟
도록 운명지어졌다. 즉 그것은 우선 묘사의 가설적 모델을 상징
해야만 하는 것이다. 그리고는 그 모델로부터 출발해서 분석의
대상이 된 작품에서 적용되고 있고 적용되고 있지 않은 여러 가
지 종류 쪽으로 내려와야만 한다. 그러면 바로 이 적용됨과 적
용되지 않음이라는 수준에서만 시학은 묘사의 독특한 도구의
도움을 받아서 이야기들의 복수성과 역사적·지리적·문화적 다

---

10) 이 구절은 토도로프가 『구조 시학』에서 인용한 것을 재인용한 것이다.
11) 롤랑 바르트, 「소설의 구조적 분석 서론」, 『코뮤니카시옹』 8호, p. 2 참조.

152

양성을 재발견하게 될 것이다."[12]

　이상의 주장들에서 소설 시학의 본질적인 두 성격이 명백하게 드러난다. 그것은 일반적인 것의 밝힘과 논리적 추상화라고 할 수 있다. 이 말은 실제로 있는 소설과 있을 수 있는 소설을 모두 시학이 다루어야 한다는 것을 의미하며 그렇게 하기 위해서는 소설의 가능한 여러 조건들로부터 시학이 출발해야 한다는 것을 의미한다. 그러므로 소설의 이론은 현재까지 있는 작품을 고려하지 않고는 생각할 수 없다. 『텔 켈』 그룹의 토도로프가 "이미 존재하고 있는 작품의 관찰로 이루어지지 않은, 시학에 대한 이론적 고찰이란 쓸모가 없고 효력이 없다는 걸 드러낸다"고 이야기한 것처럼 대부분의 이론가들이 언제나 "이미 존재하는 작품"에 대한 고찰을 통해야 시학의 성립이 가능하다는 데 의견 일치를 보고 있다. 실제로 기호학자를 대표한다고까지 할 수 있는 롤랑 바르트나 그레마스가 계속해서 작품 분석을 통해서 이론 정립의 길로 가고 있는 것도 그것을 말한다. 그렇다고 해서 이런 분석이 그 작품에 대한 비평이라고 할 수는 없다. 가령 그레마스의 『모파상, 텍스트의 기호학』을 읽으면서 그것을 모파상의 「두 친구」에 대한 비평이라고 생각하는 것은 잘못이다. 왜냐하면 그레마스가 여기에서 노리고 있는 것은 기호학의 이론적 문제들을 작품 분석을 통해서 끌어내가지고 기호학 이론의 정립을 시도하고자 하는 것이기 때문이다. 이런 경우는 토도로프가 『문학과 의미』란 저서에서 라클로의 『위험한 관계』에 관한 이야기를 한 것에도 적용된다. 즉 토도로프의 목적은 그가 밝히고 있는 것처럼 "시학의 이론적 문제점들에 관한 토론을 가능하게 하는 것"[13]이었다.

　이렇게 보았을 때 하나의 작품을 '읽는다'는 것은 두 가지 양상을 띠게 되는 것이다. 즉 첫째는, 그 작품에 대한 비평을 하

────────────────

12) 바르트, 앞의 책, p. 2.
13) 토도로프, 『문학과 의미』, p. 9.

는 것이고, 둘째는 시학의 정립을 위해 그 작품의 분석을 이용하는 것이다. 그러나 하나의 작품에 대한 비평이란 시학의 정립 없이는, '문학성'을 밝히는 데 도움을 줄 수도 없을 뿐만 아니라 문학 작품으로서 그것을 읽는다기보다는 어떤 '가치관'에 의해서 읽는 것이 되기 때문에 문학 외적 요소의 압도적 지배를 받게 된다. 물론 어떤 작품이 문학 외적 요소에 의해서 읽혀지는 것이 금지된 것은 아니다. 그러나 한번 더 생각해보아야 될 것은 문학 작품이 문학 내적 요소에 의해서 해석되고 지켜지는 한에서는 그것의 힘을 유지할 수 있지만 문학 외적 세계로 빠져나올 때는 그 힘 자체가 대단히 약화될 뿐만 아니라 지배 이념에 의해서 쉽게 '수렴'당하고 말 수밖에 없는 운명을 갖게 되는 것이다. 이 '수렴 이론'은 나중에 달리 한번 다루어볼 예정이지만, 여기서 한 가지만 더 밝혀두고 싶은 것은 '가치관'이나 '윤리관'은 '현실'과 '문자'의 중간 단계에 있는, 즉 접점에 있는 문학의 범주 밖의 문제이며 따라서 그것은 이념적 문제로 환원되고, 문학의 이념적 측면은 바로 '시학'의 정립 자체가 가능하게 할 것으로 보인다. 사르트르가 말한 "굶주린 어린이"에게 있어서 문학의 무기력성이 여지없이 비난받게 되는 것도 그 때문이다.

그러므로 한 작품에 관한 비평이 시학의 정립을 목적으로 하지 않을 경우에는 그 작품의 '총체성'을 나타내는 것을 목적으로 할 수가 없다. 왜냐하면 이 경우에는 이 특정한 작품이 현실의 전체에 연관되는 모든 것을 밝힌다는 것이 되는데, 이것이 사실은 불가능한 것이기 때문이다. 그러므로 한 작품에 대한 비평을 할 경우에는 '총체'로서 소설을 다루는 것이어야 된다. 왜냐하면, 하나의 소설은 그것이 전체를 형성하는 것이고, 그 안에 어떤 동기에 의해 계기된 여러 요소들이 융합되어 하나의 전체를 이룬 것이고, 그리고 각 작품마다 하나의 모험(사건이라는 의미), 즉 새로운 것을 제시하고 있기 때문이다. 그러므로 '총체'로서의 어떤 소설을 연구한다는 것은, 소설의 제이론들이 내놓은 개념들을 거기에 부합시켜보는 것이고, 동시에 소설에 접근하는 방법들을 다양화시키는 것이어야 한다. 그뿐만 아니라 그 작품이 "구조화된 하나의 총체"라고 한다면 그 작품의 여러 가지 양상들이 보충적 의미를 띨 수도, 계층화된 의미를 띨 수도 있을 것이다. 그렇다고 해서 총체로서의 하나의 소설이 단수적(單數的)이고 특이하다는 것을 도외시하면 안 된다. 분석 비평의 목적은 바로 그것의 일반적 성격을 규명해냄으로써, 시학 이론의 정립에 접근하면서도, 동시에 그 작품 하나만이 갖고 있는 단수적인 요소를 끌어내는 일이 중요하다. 소설의 소재에 경도되거나, 인상주의에 의해 그 작품을 보게 되는 경우, 이 단수적 의미는 언제나 도외시될 가능성이 있는 것이다.

그러나, 대상(특정한 작품)에 있어서나 방법(경험적)에 있어서나 목적(어떤 뜻을 읽어낸다)에 있어서 시학과 구분되는 비평은, 그렇다고 해서 모든 이론적 가설들을 그대로 적용하는 것은 아니다. 왜냐하면 소설의 구조적 분석이란 그 소설의 내재의 규칙 위에 근거를 두고 있는 것이기 때문이다. 롤랑 바르트에 의하면 "언어학이 문장에서 정지하는 것과 마찬가지로 소설의 분석은 담화에서 정지한다. 그러니까〔그 다음을 연구하기 위해서는〕다른 기호학으로 넘어가야만 한다."[14] 분석 비평이 작품의 내면적 비평임을 명확하게 이야기해주는 예라고 하겠다. 바르트는 "소설의 작가가 소설의 화자와 어느 점에서도 혼동될 수 없다"고 전제하고 "화자의 기호들은 소설 속에 내재하는 것이고 그러므로 기호학적 분석이 완전히 가능한 것"[15]이라고 말한다. 이러한 그의 주장은, 분석 비평에 있어서 "언어학자와 마찬가지로 모든 것이 한 문장의 뜻을 판독해낼 필요가 없고 그 뜻이 전달되게끔 한 구조를 설립할 필요가 있는 것이다"[16]라고 이야

---

14) R. 바르트, 앞의 책, p. 22.
15) R. 바르트, 앞의 책, p. 12.
16) R. 바르트, 「비평이란 무엇인가」, 『비평론』, p. 256.

기함으로써 그 구체적 적용 가능성을 명시하게 된다. 그러니까 비평은 작품의 전언(傳言)을 재구성할 필요가 없고 그 작품의 시스템을 재구성하는 것이 된다.

그러나 이렇게 되면 문학 작품의 자율성은 충분히 보장되겠지만 현실적인 존재인 작가와 그가 살고 있는 세계와의 관계를 어떻게 보아야 할 것인가? 사르트르는 말하고 있다. "소설을 읽는다는 것은 기호 위에서 비현실적 세계와의 접촉을 실현하는 것이다. 〔……〕 나무와 동물들, 시골과 도시들, 그리고 인간들이 살고 있는 세계. 여기에서 우선은 그 책 안에서 문제되고 있는 것들이 있고, 그 다음에는 그보다 훨씬 많은 사람들이, 지칭되지 않으면서도 그 배경에 깔려 있는데, 그들이 그 세계의 두께를 이룩하고 있고 〔……〕 그 구체적 존재자들이 내 사고의 대상이고 〔그리고〕 그들의 비현실적 존재가 말에 의해 인도된 내 작업의 종합과 상관 관계에 놓인 것이다."[17] 그러니까 독자의 관심과 비평의 주목을 끄는 것은 우선 그 비현실적 세계(작품)인 것은 사실이다. 그러나 이랬을 경우, 문학과학으로서의 비평인 현실 세계와 완전히 독립적으로 다루어지는 것은 비평의 범위를 텍스트 내부로 한정시키는 것이 되고 독자들의 이해 관계를 벗어나버리는 것이 될 것이다.

그러나 분석 비평은, 우선은 텍스트 내재 비평을 하면서 다른 한편으로 '상황'과 '기술'의 관계를 밝히려는 노력을 하고 있다. 롤랑 바르트가 『S/Z』나 『유행의 시스템』 등에서 시도하고 있는 것이 바로 그것이다. 즉 서술적 수준을 벗어나면서부터 시작되는 '세계'와 '서술'과의 관계는 '상황'과 '기술' 사이의 관계에 있는 특수한 양상으로 취급될 수 있다는 것을 분석 비평은 보여주고 있다. 이때 '상황'이라는 말은 실존철학에서 썼던 의미와는 다른 언어학적 의미의 것이다. 프리에토의 이론에 의하면 "의미 행위(언어학적 의사 전달의 구체적 행위)의 순간에 발신자

---

17) 사르트르, 『상상력』, p. 88.

*émetteur*와 수신자 *récepteur*에 의해 인식된 사실들의 집합"[18]
이라고 정의되고 있다. 이 정의는 바르트가 『소설의 구조적 분
석 서론』에서, 조르주 무냉이 「시와 언어학에 있어서 상황의
개념」[19]에서 받아들이고 있는 것이다. 그러나 이 관계를 이야
기하기 위해서는 또 한 편의 글을 써야 되기 때문에 여기에서
이 글을 마칠 수밖에 없다. 그러나 이러한 분석 비평의 저변에
는 "모든 작품은 그것이 작품인 한, 형태다"[20]고 한 루세 J. Rou-
sset의 생각이 자리잡고 있는 것이다. 메를로-퐁티가 이야기
하고 있는 것처럼 "소설가란 그의 독자에게 비전 언어(祕傳言
語)를 간수해준다. 인간의 육체나 인간의 삶이 보유하고 있는,
가능성의 세계에 비전된 것들을."[21] 결국 문학 작품을 여러 가
지 단위 *unité*의 집합물로 보고 작품 안에는 그들 단위들의 조
합이 이루어지고 있는 것으로 나타나는 이들의 이론들은, 오늘
날 문학 연구가 철학이나 언어학, 심리학이나 정신분석학, 혹은
사회학들과 함께 하나의 과학으로 이루어지는 것을 목적으로
하고 있다. 그것은 문학에 대한 태도가 너무나 오랫동안 감정이
나 직관에 의해 지배받아온 데서 기인하는 것이며, 특히 독립된
학문으로서의 문학 연구의 필요성이 절실히 요구되고 있기 때
문인 것이다. 앞으로 이 작업이 좀더 진행되면 '문학의 본질'을
문학 이론으로서 객관적으로 정확하게 이야기할 수 있게 될 것
으로 보인다.

---

18) 프리에토, 『정신론의 제원리』, p. 36.
19) G. 무냉, 「시와 언어학에 있어서 상황의 개념」, 『레 탕 모데른』 247호, 1966,
    p. 1069.
20) J. 루세, 『형태와 의미의 서론』, p. xi.
21) 메를로-퐁티, 『기호들』, p. 95.

시적 담론과 소설적 담론

미하엘 바흐친

1. 대상의 이해에 존재하는 타인의 언어와의 대화

그리하여 기존의 언어철학과 언어학 및 그에 기초한 문체론
에서는 일련의 현상 전체가 고려의 대상에서 거의 전적으로 제
외되었다. 이것들은 담론에 존재하는 특수한 현상들로서, 첫째
단일 언어의 내부에 있는 다양한 발언들(담론의 **원초적** 대화성)
사이에서, 둘째 단일한 **민족** 언어 내부의 다양한 '사회적 언어
들' 사이에서, 그리고 마지막으로 동일한 **문화** 즉 동일한 사회·
이념적 개념 지평내에 존재하는 다양한 민족 언어들 사이에서
담론의 대화 지향성에 의해 결정되는 특수한 현상들이다.[1]

이러한 현상들은 물론 최근 몇십 년 사이에 언어학자나 문체
연구자들의 주목을 끌기 시작하였다. 그러나 그러한 현상들이
살아 있는 담론의 모든 영역에서 지니는 근본적이면서도 광범
위한 중요성은 여전히 제대로 평가받지 못하고 있다.

한 언어가 다른 언어들(각양각색으로 다른 모든 언어들) 속에

---

1) 언어학자들은 추상적인 언어학적 요소들(음성학이나 형태론적 요소들) 속에
   반영된, 언어들간의 오로지 기계적인(즉 사회적 조건을 의식하지 않은) 상호
   영향과 혼합만을 인정한다.

서 지니는 대화적 지향성은 담론 안에 새롭고도 중요한 예술적 잠재력, 즉 독특한 하나의 산문 예술을 가능케 하는 잠재력을 창출하였던바 이의 가장 완벽하고 심오한 표현이 바로 소설이었던 것이다.

이제 담론 내부의 대화적 지향성이 취하는 다양한 모습과 그 정도, 그리고 독특한 산문 예술을 향한 저 특별한 잠재력에 주목해보자.

전통적인 문체론의 사고 방식에 따르면 언어란 오직 자기 자신만을, 자기 자신의 상황만을 인정하며 자신의 직접적 대상과 하나의 통일체인 자신의 언어만을 인정한다. 이 경우 다른 언어는 자기 자신과는 무관한 중립적 언어이고, 어떤 특정인의 언어라기보다는 발언을 가능케 하는 단순한 도구일 따름이다. 전통적인 문체론자들이 이해하는 바에 의하면 언어가 어떤 대상을 지향함에 있어 본래 그 대상 자체의 저항(말에 의한 총체적 표현의 불가능성)만을 받게 되어 있는 것이지 다른 언어에 의한 다양한 근본적 반대에 마주치는 일이란 없다. 아무도 그 언어를 방해하거나 그것과 논쟁하지 않는 것이다.

그러나 어떠한 언어도 그것이 살아 있는 것인 한 그 대상에 대해 **단일한** 방식으로만 관련을 맺지는 않는다. 언어와 대상, 언어와 말하는 주체 사이에는 동일한 주제에 대한 다른 언어(의견)라는 형태의 가변적 환경이 존재하며 이런 환경을 뚫고 들어가는 일이 왕왕 그리 쉽지만은 않다. 또한 바로 이러한 특수한 환경과 생생한 상호 작용을 함으로써만 개성적이고 독특한 문체를 가진 언어가 탄생하는 것이기도 하다.

실상 모든 구체적인 담론 내지 발언이 그 대상을 만나게 되는 것은, 그 특성은 어떻고 정당성에는 의문의 여지가 있다거나 가치는 이러저러하다는 식의, 전에 이미 그것에 대해 행해진 다른 말들에 의해 형성된 흐릿한 안개에 감싸여 있거나 혹은 '조명'되어 있는 상태에서이다. 대상은 공통된 생각과 관점뿐 아니라 전혀 다른 가치 판단과 강조에 의해서도 뒤범벅이 되어 있다. 말이 대상을 향할 때 그것은 다른 말과 가치 판단과 강조들간의 대화로 인한 동요와 긴장에 넘치는 환경 속에 발을 디디는 것이며, 그 복합적인 상호 관계망의 안팎에서 엮이는 가운데 그 중 어떤 것과는 섞이고 어떤 것들은 피하며 다른 어떤 것들과는 상호 작용을 하는 것이다. 그리하여 이런 모든 것들은 담론의 형태에 결정적인 영향을 미치면서 그 의미의 모든 층(層)마다에 자신의 흔적을 남기고 개개의 표현에 변형을 가하며 전체적인 양식을 결정할 수도 있는 것이다.

살아 있는 발언, 즉 특정한 역사적 시점의 특수한 사회 환경 속에서 의미와 형태를 취하는 살아 있는 발언이라면 다양한 사회·이념적 의식에 의해 그 대상의 주변에 엮어져 있는 수천의 살아 있는 대화의 실마리와 마주치지 않을 수 없다. 사회적 대화의 능동적인 참여자가 될 수밖에 없는 것이다. 발언이라는 것은 결국 이러한 대화 속에서 그 대화의 연장이자 그에 대한 하나의 반응으로 등장한다. 어떤 대상에의 접근은 결코 방관자에 의한 접근일 수가 없다.

말에 의한 대상의 개념화는 복합적인 과정이다. 모든 대상——논쟁을 향해 열려 있고 수식어로 중첩된——은 그들에 관한 다양한 사회적 견해들과 다른 말들에 의해 한편으로부터는 강한 조명을 받지만 다른 한편에서는 오히려 가려진다.[2] 말이란 빛과 그림자가 복잡하게 교차하는 바로 이러한 판 속에 끼여드는 것이며, 그리하여 그 복잡한 작용의 침투를 받고 그 속에서 자신의 의미 및 문체의 윤곽을 결정하는 것이다. 말이 대상을 파

---

2) 이런 관점에서 루소주의·자연주의·인상주의·아크메이즘(1912년에 창설되었으며, '시인 조합'이라는 명칭으로 더 잘 알려져 있는 러시아의 모더니즘 시운동의 한 유파. 주요 시인으로 아흐마토마, 구밀료프, 만젤슈탐 등이 있다——역주)·다다이슴·초현실주의 및 이와 유사한 유파들의 운동 속에서 행해진 대상의 '수식된' 성격과의 투쟁——이것은 원초적 의식, 본래적 의식으로의 복귀 및 대상 그 자체의 본질과 순수한 지각으로의 회귀라는 관념에 의해 야기된 투쟁이다——은 의미심장한 바 있다.

악하는 방식은 그 대상의 내부에서 일어나는, 그 사회·언어적
의미의 다양한 측면들 사이의 대화적 상호 작용으로 인해 복잡
해진다. 대상의 예술적 표현인 형상(形象) *image* 은 자신의 내
부에서 만나고 뒤섞이는 언어적 의도들간의 이 같은 대화적 상
호 작용에 의해 지탱된다. 그러한 의도들은 억누르기보다는 활
성화시키고 조직해야 할 존재이다. 말의 **의도**, 즉 그 **대상에의**
지향성을 광선에 비유해본다면 그 말이 구성하는 형상을 향한
색과 빛의 생생하고 독특한 작용은 광선-언어의 스펙트럼으로
설명될 수 있으며, 이것은 대상 내부의 스펙트럼——협의의 시
적 언어, 즉 '자기 목적적인 언어' 속의 비유 *trope* 로서의 형상
의 작용이 이에 해당한다——이라기보다 광선이 대상을 향하여
갈 때 통과하게 되는, 다른 말과 가치 판단과 강조들로 가득 찬
공간 속의 스펙트럼이다. 대상을 둘러싸고 있는 환경, 즉 말의
사회적 공간이 형상이라는 보석의 다양한 면들을 반짝이게 하
는 것이다.

　말은 다른 말들과 다양한 평가적 강조로 가득 채워져 있는 공
간 속에서 그 중 어느 요소들과는 조화를 이루고 다른 요소들과
는 대립하면서 그 공간을 통과하여 마침내 자신의 독자적 의미
와 표현을 획득함으로써 이 같은 대화적 과정 속에서 독특한 자
신의 문체적 형태와 어조를 형성시킬 수 있는 것이다.

　예술적 산문 속의 형상, 특히 **소설적 산문 속의 형상**이 이와
같다. 소설 공간 속에서는 말의 직접적이고 매개되지 않은 의도
란 용납될 수 없으리만큼 순진한 어떤 것, 사실상 불가능한 어
떤 것이다. 왜냐하면 순진함이란 진정한 소설적 조건에서라면
다양한 내적 논박 중의 어느 하나가 지니는 성격에 지나지 않
는 것으로서 다른 말들에 의해 이내 대화화되는 대상에 불과할
것이기 때문이다. (감상 소설가들이나 샤토브리앙 Chateaubriand
〔1768~1848, 프랑스의 낭만주의 작가이자 정치가——역주〕 및 톨
스토이의 작품이 그 좋은 예이다.) 그러한 대화화된 형상은 물론

모든 시적 장르들, 심지어 서정시 속에서도 나타난다. (이 경우 어조 전체를 형성하지 않을 것은 확실하지만.)[3] 그러나 그러한 형상이 충분히 전개될 수 있는 것은, 즉 그 복잡성과 깊이와 예술적 온전성까지를 충분히 달성할 수 있는 것은 오직 소설 장르에서 나타나는 조건들하에서이다.

협의의 시적 형상, 즉 비유로서의 형상의 경우 모든 활동——말로서의 형상이 전개하는 역학——은 말(그 모든 측면이 고려된)과 대상(역시 그 모든 측면이 고려된) 사이의 상호 작용에 그친다. 말은 이제까지 전혀 언급된 적이 없는 순결한 대상 그 자체에 내포된 무궁무진한 풍부함과 모순적인 다양성 속으로 뛰어든다. 그러나 그러한 맥락 너머에는 아무것도 존재하지 않는 것으로 가정된다. (물론 언어 자체의 보고〔寶庫〕 속에서 발견되는 것은 예외이다.) 말은 그 대상이 상충하는 언어적 인식 행위들의 역사를 지니고 있다는 것뿐 아니라 그러한 인식 행위들에 나타나는 언어적 다양성에 대해서도 망각한다.

이와는 반대로 예술적 산문의 작가에게는 대상이란 무엇보다도 다양한 사회적 성격을 지닌 명칭과 의미 규정과 가치 판단을 드러내보이는 존재이다. 대상 속에서 산문 작가가 직면하는 것은 처녀지 특유의 풍부함이 아니라 다양한 사회적 의식들에 의해 대상 속에 놓여진 다양한 길과 통로들이다. 대상의 내부에 존재하는 모순들과 더불어 대상을 **둘러싼** 채 전개되는 사회적인 성격의 언어적 다양성, 즉 모든 대상의 주위에서 계속적으로 진행되고 있는 바벨탑적인 언어의 혼합이 목격된다. 대상의 변증법은 그것을 둘러싸고 있는 사회적 대화와 긴밀히 엮어진다. 산문 작가에게는 대상이란 다양한 음성들이 모여드는 초점이다.

---

3) 호라티우스의 서정시, 비용 François Villon〔1431~1463, 프랑스의 방랑 시인——역주〕, 하이네 Heinrich Heine〔1797~1856, 독일의 서정 시인——역주〕, 라포르그 Jules Laforgue〔1860~1887, 프랑스의 상징주의 시인——역주〕, 안넨스키 Innokenty Annensky〔1856~1909, 러시아의 고전학자이자 시인. 이후의 아크메이즘 시인들에게 현저한 영향을 줌——역주〕 등이 이에 속하리라.

산문 작가 자신의 음성도 그와 같은 다양한 음성들 중의 하나로
서 그러한 다양한 음성들이 자신의 음성을 위한 배경이 되어주
지 않으면 그의 예술적 산문이 지니는 뉘앙스는 감지될 수 없으
며, ‘제 소리를 내지 못한다.’

산문 예술가는 대상의 주위를 둘러싸고 있는 사회적 성격의
언어적 다양성을 대화화된 함축들이 관통하는 형상이자 자체
완결적인 윤곽을 지닌 형상으로 끌어올린다. 언어적 다양성의
일부를 이루고 있는 다양한 음성과 어조들에, 계산된 예술적 뉘
앙스를 부여하는 것이다. 그러나 앞서도 언급했듯이 모든 예술
외적 산문 담론들도 일상적인 것이거나 수사적인 것이거나 학
문적인 것이거나를 막론하고 ‘이미 발언된 것’ ‘이미 알려진 것’
‘앞서 합의에 도달한 견해’ 등을 상대한다. 담론의 대화적 지향
성이란 **모든** 담론의 특성이며 모든 살아 있는 담론의 본래적인
방향인 것이지 예술적 산문에만 해당하는 현상은 아닌 것이다.
말이란 대상을 향해 가는 다양한 모든 길 위 어느 방향에서건
낯선 말을 만나게 마련이며 이러한 만남은 또한 생생하고 긴장
된 상호 작용 속에서 이뤄지게 마련이다. 오직 아담이라는 신화
속의 인물만이, 즉 인간의 발길이 닿지 않았고 아직까지 언어의
대상이 되어보지 못했던 세계에 최초의 말을 가지고 다가갔던
아담만이 대상 속에서 이루어지는, 다른 말들과의 이 같은 대화
적 상호 지향성을 처음부터 끝까지 진정으로 모면할 수 있었다.
구체적인 역사 속의 인간에 의한 담론 행위는 이러한 특권을 갖
지 못한다. 그러한 상호 지향성에서 더러 벗어날 수는 있지만
그러한 일은 조건부로만, 그것도 일정한 한계내에서만 가능한
일이다.

이 같은 사정을 고려할 때 언어학과 담론의 철학이 (독백보다
는 대화가 우선이라고 자주 공언하기는 했으면서도) 바로 이처럼
인위적이고 신화적인 상태의 말, 즉 대화의 맥락에서 절연된 말
을 규범으로 취급하고 일차적인 대상으로 삼았다는 사실은 더

욱더 놀라운 일이다. 대화는 말의 구조와 관련된 구성 형식의 차원에서만 연구되었고, 주고받는 대화 속에서만 나타나는 것이 아니라 독백적 발언 속에서도 나타나는 말의 내적 대화성, 즉 말의 전체 구조, 그 모든 의미의 층과 표현의 층에 스며들어 있는 대화성은 거의 전적으로 무시되었다. 그런데 실은 어떠한 외면적인 대화적 형식으로도 나타나지 않는 이러한 내적 대화성이야말로 말이 대상을 개념화하는 데 필요한 능력과는 별개의 독립된 행위로 분리될 수 없다. 문체를 형성하는 데 필요한 저 엄청난 능력을 가진 것이 바로 이러한 내적 대화성인 것이다. 그러나 의미론과 구문론과 문체론상의 일련의 특징들 속에서 표현되는 말의 내적 대화성은 언어학자나 문체학자에 의해 오늘날까지 전혀 연구된 바가 없다. (더욱 한심한 것은 일상적인 대화의 의미론적 특징들조차 전혀 연구된 적이 없다는 사실이다.)

말이란 대화 속에서 그 대화 중의 한 발언으로 태어난다. 말은 이미 대상의 일부가 된 낯선 말과의 대화적 상호 작용 속에서 형성되며, 자신이 대상으로 삼고 있는 것의 개념을 대화적으로 조직하는 것이다.

2. 응답적 이해와 언어의 내적 대화성

그러나 이상의 지적만으로 언어가 지니는 내적 대화성의 문제가 모두 다 설명되는 것은 아니다. 말은 대상 속에서만 다른 말과 마주치는 것이 아니기 때문이다. 모든 말은 응답을 지향하며, 따라서 그것이 기대하는 응답의 심대한 영향력에서 벗어나지 못한다.

실제 대화 상황 속의 말은 그 말에 뒤따라 나올 응답을 직접적으로 드러내놓고 지향하게 된다. 그것은 응답할 말을 유발하고 예견하며, 그 말의 방향에 맞춰 스스로를 구성한다. 말이란 그 대상을 두고 앞서 한 말들이 빚어내는 환경 속에서 형성되는 것이기도 하지만 동시에 아직 말해지지는 않지만 앞으로 응답으로 나올 말이 요구하고 심지어 기대하기조차 하는 것의 내용에 의해 결정되는 것이기도 하다.

모든 수사적 형식들은 그 문장 구조상 독백적 형식을 채택하고 있음에도 불구하고 본질적으로 듣는 사람과 그의 응답을 상정하지 않을 수 없다. 이러한 듣는 사람에의 지향이 수사적 담론의 구성에 있어 기본적 특징을 이루는 요소임은 이미 널리 인정받고 있는 사실이다.[4] 듣는 사람을 구체적으로 고려에 넣는 이러한 관계가 수사적 담론의 내적 구조 자체에 직접적인 영향을 끼치는 관계임은 수사학에 있어서는 대단히 중요한 사실이다. 응답에 대한 이 같은 관계는 공공연하고 노골적이며 또 구체적이다.

일상 대화와 수사적 담론들 속에서 발견되는 듣는 사람과 그의 응답을 향한 이 같은 공공연한 지향은 물론 언어학자들의 당연한 주목을 받아왔다. 그러나 이 경우 역시 그들은 대개 듣는 사람을 고려함으로써 나타나는 문장 구조상의 변형을 연구하는 선에서 그쳤다. 듣는 사람에 대한 고려가 의미와 문체의 본질적 측면에 끼치는 영향은 무시되었다. 분명한 이해를 위해 요구되는 문체상의 측면, 즉 듣는 사람이란 능동적으로 응답하고 반응하는 존재가 아니라 수동적으로 이해만 하는 존재라고 여기는, 내적 대화성과는 전혀 무관한 측면들만이 고려되었다.

듣는 사람과 그의 대답은 보통 일상 대화 및 수사와의 관련성 속에서만 고려의 대상이 되지만, 실은 모든 다른 종류의 담론들도 일정한 '반응'으로 나타나는 이해를 지향하는 법이다. (이러한 지향이 독립적 행위로 구체화되고 문장 구조적 특징으로 드러나지는 않는다 하더라도 그렇다.) '반응'으로 나타나는 이해란 담론의

---

4) 비노그라도프의 『예술적 산문에 관하여』 중의 「수사학과 시학」장(여기에는 과거의 수사학에 기초한 수사학에 관한 정의들이 소개되어 있다).

형성에 참여하는 근본적인 힘이다. 더욱이 그것은 때로는 저항으로 때로는 지지로 나타나서 담론을 살찌우는 **능동적** 힘이다.

언어학과 언어철학은 담론에 대한 수동적 이해만을 인식하였을 뿐이며, 그나마 일반 언어 *langue*의 수준에서 고려하는 것 이상으로는 나아가지 못하였다. 어떤 발언의 **실제** 의미가 아니라 **중립적 표의**(表意)에 대한 이해만이 고려되었다.

어떤 발언의 언어학적 의미는 **언어**를 배경으로 이해되는 데 그치는 것이지만, 그것의 실제 의미는 같은 주제를 두고 행해진 다른 **구체적 발언들**, 즉 상호 모순적인 견해나 관점, 가치 판단들을 배경으로 이해되는 것이며, 이러한 배경이야말로 모든 말과 그 대상 사이의 통로를 복잡하게 만드는 요인이다. 그런데 다른 말들로 이루어진 이러한 모순적인 환경이란 실은 대상 그 자체 속에서 화자에게 제시되는 것이라기보다는 오히려 듣는 사람의 의식 속에서, 대응 혹은 이의 제기로 가득 찬 지각(知覺) 배경의 형태로 제시된다. 그리고 모든 발언은 언어학적 배경이라기보다는 구체적 대상과 정서적 표현들로 이루어진 이와 같은 지각적 이해의 배경을 바탕으로 행해진다. 그런 속에서 발언과 다른 말 사이의 새로운 만남이 일어나고, 새롭고 독특한 문체가 성립하는 것이다.

언어학적 의미를 수동적으로 이해하는 행위가 진정한 이해가 아니라 의미의 추상적 측면에 대한 이해에 불과함을 더 길게 논의할 필요는 없을 것이다. 그러나 어떤 발언의 의미에 대한 보다 구체적인 **수동적** 이해, 즉 화자의 **의도**에 대한 이해조차도 그것이 순수하게 수동적이고 수용적이어서 그 발언에 새로운 어떤 것도 보태주지 못하면서 단순히 그것을 반영하고 기껏해야 이미 그 발언 속에 주어진 내용의 완벽한 재현을 목표로 하는 선에서 그치는 것인 한, 그 말의 문맥이라는 경계를 못 벗어나는 것이고 따라서 그 말을 풍부하게 하는 행위와는 거리가 멀다. 화자가 그런 수동적인 이해만을 전제로 이야기하는 한, 그

166

의 담론에는 어떠한 새로운 요소도 도입되지 못한다. 그의 담론에는 구체적 대상이나 정서적 표현과 연관된 어떠한 새로운 측면도 있을 수 없다. 수동적 이해를 전제로 했을 경우에만 발생하는 순수하게 소극적인 요구들, 예를 들어 명료성이나 설득력, 생생함 등에 대한 요구는 실제로 화자를 그의 사적(私的)인 문맥, 그 자신만의 울타리 안에 남겨둘 뿐이다. 그런 소극적 요구들이란 화자의 담론이 내재적으로 요구하는 것 이상의 것은 아니기 때문에, 의미에 있어서나 표현에 있어서나 그 담론의 자족성을 깨뜨리는 것은 되지 못한다.

그러나 실제적 회화(會話) *speech* 의 상황에서는 모든 구체적인 이해의 행위가 능동적 성격을 지닌다. 이해의 행위란 자기 특유의 대상 및 정서적 표현으로 이루어진 자기 자신의 개념 체계 속에 그 이해 대상인 말을 통합시키는 행위이며, 그런 의미에서 능동적 동의 혹은 반대로서의 반응과 긴밀하게 연관되어 있다. 어떤 의미에서는 우선권은 이해보다는 이해를 가능케 하는 원리로서의 **반응** 쪽에 있다. 반응이야말로 이해의 토대를 창조하고 능동적이고 직접적인 이해의 토대를 준비하는 존재이다. 이해는 반응 속에서가 아니라면 완성될 수 없다. 이해와 반응은 변증법적으로 뒤섞이며 서로가 서로를 제약한다. 둘 중 어느 한 쪽도 상대편 없이는 존재할 수 없는 것이다.

따라서 능동적 이해, 즉 이해하고자 하는 사람이 가지고 있는 새로운 개념 체계 안에 그 이해의 대상인 말을 통합시키는 행위로서의 이해는 그 말과의 조화 및 부조화를 포함하는 일련의 복합적인 상호 연관을 수립함으로써 그 말에 새로운 요소들을 보탠다. 화자가 중요하게 고려하는 이해는 바로 이런 종류의 이해이다. 그리하여 화자의 청자(聽者)에 대한 관계는 특수한 개념적 지평, 즉 청자 특유의 세계에 대한 관계이며 그러한 관계는 그의 담론에 전적으로 새로운 요소들을 끌어들인다. 다양한 관점들, 개념적 지평들, 표현상의 강조를 제공하는 체계들, 즉 다양한 사회적 언어들 사이의 상호 작용이란 결국 이런 방식으로 일어나는 것이다. 화자는 자기 자신의 말과 그 말을 결정하는 자기 특유의 개념 체계가 그와는 다른 이해자의 개념 체계 속에서 이해되도록 노력한다. 즉 그 체계의 특정 측면들과 대화적 관계에 돌입한다. 다시 말해, 화자는 청자의 개념적 지평을 뚫고 들어가 그의 영토에서 그의 지각 체계에 맞서 자기 자신의 발언을 구축하는 것이다.

언어의 내적 대화성이 지니는 이러한 새로운 형태는 대상 그 자체의 내부에서 다른 말과 마주침으로써 결정되는 내적 대화성의 형태와는 구별된다. 여기서 마주침의 장(場)이 되는 것은 대상이 아니라 청자의 주관적인 신념 체계이다. 따라서 이러한 형태의 대화성은 보다 주관적이고 심리적이며 (자주) 자의적인 성격을 띠는데, 그 결과 때로 지나치게 호의적인 태도를 취하는가 하면 다른 한편 지나치게 논쟁적이 되기도 한다. 청자에 대한 이 같은 태도와 그에 따른 내적 대화성이 대상 자체를 가려 버리는 일조차 잦을 정도이며, 이러한 경우는 수사적 형식에서 특히 자주 발생한다. 구체적인 어떤 청자가 강력하게 견지하는 입장만이 유일한 관심의 초점이 되어 말의 대상에 대한 창조적 작업을 방해하는 것이다.

그러나 다른 말을 향한, 대상 내부에서의 대화적 관계와 청자의 것으로 예상되는 응답 속에서의 대화적 관계가 비록 그 본질에 있어 구별되고 담론 속에서 자아내는 문체적 효과의 면에서도 차이를 낳지만, 이 양자는 그럼에도 불구하고 매우 긴밀하게 결합되어 있으며 그 결과 문체를 분석할 때에도 구별이 거의 불가능할 정도이다.

톨스토이의 경우 담론은 첨예한 내적 대화성에 의해 특징지어지며 이러한 대화는 대상의 내부에서만 일어나는 것이 아니라 독자의 신념 체계(그것 특유의 의미상의 특징과 표현상의 특징들을 톨스토이는 민감하게 파악했다)와 관련해서도 일어난다. 대체로 논쟁적인 성격을 띤 이러한 두 방향의 대화화는 그의 문체 안에서 긴밀하게 엮어진다. 그리하여 톨스토이의 담론은 가장 '서정적'인 표현들과 가장 '서사적'인 묘사들 속에서도 한편으로 대상을 둘러싸고 있는 다양한 사회·언어적 의식의 이런저런 측 면들과 조화 혹은 부조화(후자의 경우가 더 빈번하다)를 이루는 동시에, 다른 한편 독자의 신념 체계 및 평가 체계를 논쟁적으 로 공략하여 독자의 능동적 이해를 뒷받침하는 지각 배경을 교 란·파괴하려고 노력한다. 이런 면에서 톨스토이는 18세기, 특 히 루소의 상속자라 할 만하다. 이 같은 선전적 충동으로 말미 암아 톨스토이는 때로 언어에 내재된 다양한 사회적 의식을 자기 동시대인의——시대라기보다는 날〔日〕이라는 의미에서의——의 식으로 압축시켜 그것과 논쟁을 벌이게 되며, 그 결과 그의 작 품에는 내적 대화의 극단적 구체화(거의 언제나 논쟁적인)라는 현상이 나타난다. 그렇기 때문에 톨스토이의 내적 대화는 그것 이 그의 문체가 드러내주는 모습을 통해 아무리 예민하게 지각 된다 하더라도 때때로 특수한 역사적 혹은 문학적 주석(註釋) 을 필요로 한다. 우리는 주어진 어떤 어조가 정확히 **무엇**과 조 화 혹은 부조화를 이루는지 확신하지 못하는데, 문제는 이러한 조화 혹은 부조화가 문체 창조의 기획 그 자체의 일부라는 점에 있다.[5] 물론 때때로 신문의 문예란이 지닐 법한 구체성에 근접 하기도 하는 이런 극단적 구체성은 톨스토이의 담론의 부차적 측면, 즉 그 내적 대화화의 배음(倍音) *overtone* 으로만 나타 난다.

이제까지 논의한 담론 내적 대화——외적 대화와는 달리 문법 상의 표현을 얻지 못한다는 의미에서 '내적'인 대화——에서 다 른 말, 다른 발언과의 관계는 문체의 형성에 직접적으로 관여한

---

5) 아이헨바움의 『레프 톨스토이』의 제1권(Leningrad, 1928)에는 이와 관련된 많은 자료가 있다. 가령 '가정적 행복'이라는 표현이 갖는 시사적 의미에 대한 그의 분석은 주목할 만한다.

다. 문체는 그 내부에 외부를 향한 지표들을 구조적으로 포함한다. 자기 자신의 요소들과 다른 문맥 속의 요소들이 그 안에서 조응하는 것이다. 문체의 내적 정치학, 즉 담론 내부의 구성 요소들이 결합하는 방식은 문체의 외적 정치학, 즉 다른 담론과 그것 사이의 관계에 의해 결정된다. 담론의 삶은 그 자신의 문맥과 다른 문맥 사이의 경계선 위에 놓여 있는 셈이다.

모든 실제 대화 속의 발언 또한 그러한 이중적 삶을 산다. 그것은 (화자) 자신의 발언과 (상대방의) 다른 발언으로 이루어진 전체로서의 대화가 이룩하는 맥락 속에서 구조화되고 개념화된다. 자신의 말과 타인의 말이 결합하여 이루어진 이 문맥으로부터 어떤 말을 그 의미와 톤을 희생시키지 않은 채 분리하는 것은 불가능하다. 그것은 다양한 언어로 이룩된 통일체의 유기적 일부이다.

앞서 이야기했듯이 내적 대화화는 다소의 정도 차는 있을지라도 언어적 삶의 모든 영역에서 나타나는 현상이다. 그러나 비예술적 산문(일상적·수사적·학문적 산문 등)에서의 대화화가 보통 특별한 유형의 독자적 행위의 자격으로 일상적 대화 속에 자리잡거나 아니면 타인의 담론과 뒤섞이고 논쟁함을 목적으로 하는 문법적 형식 속에 표현되는 반면, **예술적** 산문, 특히 소설 속의 대화화는 언어가 그 대상과 표현 수단을 개념화하는 바로 그 과정 내부로부터 담론의 의미와 구문 구조를 재구성하면서 침투해 들어간다. 여기서 대화적 상호 지향성은 담론에 내부로부터 생기를 불어넣어주면서 담론을 그 모든 측면으로부터 극화(劇化)하는, 말하자면 담론 그 자체를 형성하는 하나의 사건인 것이다.

앞서도 언급했듯이 대부분의 (협의의) 시적 장르의 경우 담론의 내적 대화화가 예술적 도구로 채택되는 일은 일어나지 않는다. 그것은 작품의 '미적 대상' 속에 침투하지 못한 채 인위적으로 겉돌다 '시적' 담론 속에 소멸되고 만다. 반면 소설 속에서는 이 내적 대화화가 산문적 문체의 가장 근본적인 측면 중의 하나가 되고 특수한 예술적 세련을 거치게 된다.

그러나 내적 대화화가 그처럼 형식 창조의 결정적 힘이 되는 것은 오로지 개별적 차이와 모순들이 사회적 의미를 지닌 언어적 다양성의 표현일 때, 즉 대화화의 반향이 (수사적 장르에서처럼) 담론의 의미론적 지평에서 울리는 데 머물지 않고, 그 심층을 뚫고 들어가 언어 그 자체와 그것이 지니는 (담론 내적 형식으로서의) 세계관을 대화화할 때, 다시 말해 개개의 **음성**들간의 대화가 '언어들'간의 사회적 대화로부터 직접 비롯된 것일 때, 이질적 **발언**이 사회적 의미를 지닌 이질적 **언어**로 들리기 시작할 때, 그리하여 하나의 '말'이 이질적 발언들 속에서 취하는 방향이 동일한 민족 언어의 테두리 내부의 다양한 이질적 사회 언어들 속에서의 지향성으로 전화할 때뿐이다.

3. 일반 언어의 분화와 그 의도의 측면

언어는 언어 예술가의 의식에 생명을 공급하는 살아 있는 구체적 환경과 마찬가지로 결코 단일하지가 않다. 언어가 단일한 경우란 언어가 자기 자신을 채우고 있는 구체적인 이념적 개념화의 산물들과 분리된 채, 그리고 모든 살아 있는 언어의 특징인 역사적 진화의 중단 없는 과정과 분리된 채 규범적 형식들의 추상적인 문법 체계로서 존재할 때뿐이다. 구체적인 사회 생활과 역사적 진화 과정이 추상적으로는 단일하게 보이는 민족 언어 내부에 수많은 구체적 세계들과 수많은 (한정된) 언어 이념적·사회적 신념 체계들을 만들어 넣는다. 그리고 (추상적으로는 동일한) 이 다양한 체계들 속에 다양한 의미론적·가치론적 내용으로 채워지고 다양한 울림을 지닌 언어의 요소들이 소속하는 것이다.

문예 언어(구어든 문어든)는 비록 그것이 추상적인 공통의 언어학적 표지들뿐 아니라, 그 추상적 표지들의 개념화에 사용되는 형식들조차도 통일적인 것임에도 불구하고 그것의 표현 체계로서의 측면, 즉 의미 전달의 형식이라는 관점에서 보면 분화되어 있고 다양하다.

이러한 분화는 무엇보다도 **장르**라고 불리는 특수한 조직체들에 의해 이루어진다. 언어의 몇몇 부분들, 그 어휘·의미·구문상의 부분들이 '의도'와, 즉 이런저런 장르들——웅변적·정치평론적·저널리즘적 장르들이라든가 저급 문학의 여러 장르들(값싼 선정소설 따위), 혹은 고급 문학의 다양한 장르들이 이에 포함될 것이다——에 내재하는 포괄적인 강조 체계와 긴밀하게 결합된다. 언어의 특정 부분들이 주어진 장르 특유의 맛을 갖는다. 그 장르 특유의 관점, 접근 방식, 사고 형태 및 뉘앙스, 악센트들과 밀접하게 엮어지는 것이다.

나아가 이러한 장르적 언어 분화에 **전문 직업**에 따른 언어 분화가 뒤섞인다. 법률가·의사·사업가·정치가·교육자 등의 언어가 이에 포함되며, 이것들은 장르적 언어들과 때로는 일치하고 때로는 구별된다. 이런 언어들이 단순히 어휘에 있어서만 구별되는 것이 아니라 의도를 표현하는 형식, 즉 개념화와 평가에 있어 구체화를 이룩하는 독자적인 형식을 가지고 있다는 점은 새삼 언급할 필요도 없겠다. 또한 작가(시인이든 소설가든)의 언어조차 여러 전문 언어들 중 하나로 취급될 여지가 있다.

여기서 우리에게 중요한 것은 의도의 차원, 즉 '일반' 언어의 분화에 있어 지시와 표현의 차원이다. 따지고 보면 언어 속의 중립적인 언어학적 요소들이 분화되고 구별되는 것이라기보다는 그것의 의도 표현상의 다양한 가능성이 실현되는 것이기 때문이다. 이러한 가능성이 특수한 방향 속에서 특수한 내용으로 채워져 실현되는 것이고, 구체성을 띤 채 구체적 가치 판단의 침투를 받는 것이며, 특정 대상과 결합하여 특정 장르 고유의 신념 체계나 특정 직업 고유의 관점을 갖게 되는 것이다. 이런 관점의 내부에서, 즉 그 언어의 화자 자신에게는 이 같은 장르적 언어와 전문적 언어는 의도를 직접 표현하는 것이 된다. (그것들은 직접, 충분히 지시·표현하며 매개 없이 스스로를 표현할 수 있다.) 그러나 그것의 외부에서, 즉 그러한 관점에 동참하지 않는 사람에게는 이러한 장르적 언어와 전문적 언어는 하나의 대상이나 전형, 색다른 관점으로 취급될 수도 있다. 그러한 방관자에게는 이와 같은 언어에 스며 있는 의도는 제한된 의미와 표현을 지닌 **객체**일 따름이다. 그러한 의도는 이런 언어에 특정한 단어를 흡인하거나 혹은 그것으로부터 특정한 단어를 분리함으로써, 그 단어로 하여금 아무런 제한이 없는 상태의 직접적인 의도를 표현할 수 없도록 만든다.

그러나 일반 문예 언어의 분화에 있어 장르적·전문적 분화가 전부는 아니다. 문예 언어가 비록 지배적인 사회 집단이 말하고 쓰는 언어로서 본질적인 사회적 동질성을 지니는 것이 일반적인 현상이라고는 하지만, 그럼에도 불구하고 여기에조차 일정한 정도의 **사회적 분화**——다른 시대라면 극도로 날카로운 차이로 전화할 수도 있는 분화——가 항상 존재하고 있다. 이러한 사회적 분화는 여기저기서 장르적 혹은 전문적 분화와 일치할 수도 있다. 그러나 본질에 있어서는 물론 이 역시 전적으로 자율적이고 독자적인 분화이다.

사회적 분화 또한 의미 전달에 사용되는 형식들이나 다양한 신념 체계의 표현 평면들 사이의 차이에 의해 우선적으로 표현된다. 다시 말하면 이 경우 역시 분화는 대개 언어의 구성 요소를 개념화하고 강조하는 데 사용하는 방식상의 차이로 나타날 뿐, 문예 언어 일반이 지니게 마련인 추상적인 방언 양식상의 통일성을 깨뜨리지는 않는다.

더욱이 사회적 의미를 지니는 세계관들은 모두 언어의 의도 표현상의 가능성을 구체적인 예증이라는 매개를 통해 활용할

능력을 갖고 있다. 다양한 유파(예술, 비예술을 막론하고)나 소
그룹들, 잡지나 특정 신문들, 심지어는 특정한 주요 예술 작품
들이나 개인들까지도 모두 그 나름의 사회적 의의에 따라 언어
를 분화시킬 수 있다. 그들 자신의 특징적 의도와 강조 체계를
통해 언어와 형식을 자신들의 궤도 속으로 끌어들이며, 그렇게
함으로써 그것들을 여타 유파나 당파, 예술 작품이나 개인들로
부터 어느 정도 소외시킬 수 있는 것이다.

　사회적 의미를 지니는 모든 언어 행위는 자신의 의미 표현상
의 충동에 의해 영향을 받는 언어상의 특정 측면에 특수한 의미
의 뉘앙스와 가치의 톤을 부과함으로써 자기 자신의 의도를 부
여할 능력을 소유하고 있으며, 이러한 능력은 때로 오랜 기간
동안 지속되기도 하고 넓은 범위의 사람들을 대상으로 하기도
한다. 그것이 슬로건의 말, 저주의 말, 칭찬의 말 따위를 만들
어낼 수 있는 것도 그 때문이다.

　언어·이념적 삶의 특정한 역사적 순간에 각 사회 계층내의
각 세대는 각기 고유의 언어를 갖게 마련이며, 나아가 사실상
모든 연령 집단이 그 나름의 언어와 어휘 및 강조 체계를 갖는
바, 이는 사회적 계층이나 교육 기구(사관생도와 고등학생, 실업
계 학생의 언어는 모두 다르다), 그 밖의 다른 분화 요인들과 관
련해 다양하게 나타난다. 이 모든 언어는 그것들을 사용하는 사
회 집단의 규모가 아무리 작다 해도 모두 사회적 전형성을 지닌
언어이다. 심지어는 한 가족내에서 통용되는 언어, 예컨대 톨스
토이의 작품 속에 등장하는, 고유의 어휘와 강조 체계를 가진
이르체네프 Irténiev 가족〔톨스토이의 자전 삼부작 『유년·소년·
청년 시절』에 나오는 주인공의 집안——역주〕의 언어도 일종의 사
회적 언어이다.

　끝으로, 특정한 한 순간의 언어란 다양한 시기의 사회적 이념
을 표현하는 언어들의 공존체이다. 심지어 매일매일 그날 특유
의 언어가 존재한다. 오늘과 어제는 어떤 의미에서는 사회적 이

174

념상으로나 정치적으로 동일한 언어를 공유하고 있지 못하다. 하루하루가 서로 다른 사회적 이념을 표현하는 의미론적 '상황'과 어휘, 강조 체계, 독자적 슬로건 및 비난과 칭찬의 방식을 갖고 있다. 시는 언어 속의 이 같은 매일매일의 개성을 제거하지만, 산문은——앞으로 살펴보게 되겠지만——그 차이를 의도적으로 강조하고 구체화시키며 화해하기 어려운 대화 속에 대립시키는 일이 더 많다.

이렇듯 역사의 특정 시점의 언어는 철두철미하게 다의적(多意的)이다. 그것은 현재와 과거, 과거의 서로 다른 시기, 현재의 서로 다른 사회·이념적 집단, 기타 여러 유파나 학파, 소그룹들 사이의 사회·이념적 모순의 구체적 공존을 표현하고 있다. 그러한 개별 언어들은 다양한 방식으로 서로 교류함으로써 사회적 전형성을 띤 새로운 개별 언어들을 형성시킨다.

이러한 다양한 개별 언어들은 모두 다른 개별 언어들과는 구별되는 방법론을 요구한다. 각각의 언어들은 전적으로 독자적인 선택과 구성의 원칙에 기초하고 있다. (이 원칙은 어떤 경우에는 기능상의 것이고, 다른 경우에는 주제와 내용에 따른 것이며, 또 다른 경우 그것은 엄밀한 사회 방언학적 원칙에 기초한다.) 따라서 개별 언어들은 서로를 **배척**하는 것이 아니라 오히려 다양한 방법으로 상호 교류한다. (우크라이나 언어와 서사시의 언어, 초기 상징주의의 언어와 학생의 언어, 특정 세대에 속하는 어린이들의 언어, 평범한 지식인의 언어, 니체식의 언어 등등의 관계를 생각해보라.) 이 과정 속에서 심지어 '언어'라는 단어 자체의 의미가 상실되는 것처럼 보이기도 한다. 얼핏 보아 이 모든 '언어들'의 병치가 가능한 단 하나의 평면이란 존재할 수 없는 것처럼 보이기 때문이다.

그러나 실제로는 물론 그것들의 병치를 방법론상으로 정당화해주는 공통의 평면이 존재하고 있다. 언어적 다양성을 구성하고 있는 모든 언어들은 그것들을 구별하게 해주는 저변의 원칙이 무엇이든 세계를 바라보고 개념화하는 관점, 각각 자기 나름의 대상과 의미와 가치로 특징지어지는 특수한 세계관들이라는 점에서 동일한 것이기 때문이다. 그렇기 때문에 그것들은 공존할 수도 상호 보완하거나 혹은 대립할 수도 있으며, 대화적 상호 관련을 맺을 수도 있다. 또한 그렇기 때문에 그것들은 실제 인간들의 의식, 특히나 소설을 쓰는 작가들의 창조적 의식 속에서 만나고 공존한다. 그렇기 때문에 이러한 언어들이 생명을 갖고 사회적인 언어적 다양성의 환경 속에서 투쟁, 진화하는 일이 가능하다. 그리하여 그들 모두가 (영국의 희극소설의 예에서처럼) 다양한 장르에 속한 언어들의 패러디적 양식화라든가, 직업적·시대적 언어들과 세대별 언어, 사회적 방언들 등을 양식화하고 예시하는 다양한 형식들을 자신의 내부에서 결합시키는 소설의 단일한 평면 속으로 들어갈 수 있다. 그것들 모두가 소설 주제의 관현악적 편성과 소설가의 의도 및 판단의 굴절된 (즉 간접적인) 표현을 위해 도입될 수 있는 것이다.

이것이 우리가 일반 문예 언어를 분화시키는 힘으로서 지시·표현적인 요인들, 즉 의도와 관련된 요인들을 지속적으로 거론하는 이유이자, 장르적·전문적 언어 등을 표현해주는 언어학적 표지들 (어휘의 구별이라든가 뉘앙스 따위)——이것들은 의도의 실현 과정에서 발생해 굳어진 찌꺼기, 즉 의도의 생생한 실현의 도중 (의도가 일반적인 언어학적 규범에 의미를 부여하는 과정중)에 남겨진 흔적에 지나지 않는다——에 별다른 주의를 기울이지 않는 이유이다. 언어학적 관찰과 규정이 가능한 이 같은 외적 표지들은 의도가 그들에게 부과하는 구체적 개념화의 과정을 이해하지 않은 채 그것 자체만으로 이해나 연구의 대상이 될 수는 없다.

담론의 생명은 요컨대 담론 그 자체를 넘어선 곳에, 즉 대상을 향한 생생한 충동 속에 있다. 만일 우리가 이 충동에 대해 전적으로 초연한 입장을 취한다면, 우리에게 남겨지는 것은 벌거벗겨진 시체로서의 말일 뿐이며, 그러한 말은 우리에게 자신이 처한 사회적 상황이라든지 자신의 운명 같은 것에 대해 아무것도 알려주지 않는다. 말을 그것 자체만으로 즉 그것 너머에 가닿으려는 충동을 무시한 채 연구하는 것은 심리학적 체험을 그것이 지향하고 또 그것을 결정하는 실제 삶의 맥락과 별개로 연구하는 것과 마찬가지로 무의미한 일이다.

　문예 언어의 분화에 있어 의도의 차원을 강조함으로써 우리는 앞서도 이야기했던 것처럼 직업적·사회적 방언과 세계관, 개인의 예술 작품 따위와 같이 방법론상으로 이질적인 현상들을 동렬에 놓을 수 있다. 그것들의 의도라는 차원 속에 그것들 모두가 병치될 수 있고 그것도 대화적으로 병치될 수 있는 공통의 평면이 존재하기 때문이다. 중요한 것은 '언어들' 사이에서 고도로 특수한 대화적 관계가 이루어질 수 있으며, 그 생성 과정이야 어찌 됐든 이 언어들 모두가 특정한 세계관의 표현으로 간주될 수 있다는 점이다. 분화의 작업을 수행하는 사회적 힘들, 즉 직업이나 장르, 특정 유파, 개인의 개성 따위가 아무리 다양하다 해도 분화 작업이란 결국 모든 곳에서 특수한(따라서 한정된) 의도와 강조를 다소 지연된 형태로, 또한 사회적(집단적)인 의미를 담아서 언어에 침투시키는 일에 다름아니다. 분화를 위한 이러한 침투가 길면 길수록, 그리고 그것이 포괄하는 사회 집단의 규모가 크면 클수록, 그리하여 그러한 언어 분화를 가져오는 사회적 세력이 견고하면 견고할수록, 이러한 사회적 세력의 작용의 결과로 언어에 남겨지는 흔적인 언어학적 표지 내지 상징——안정된(따라서 사회적인) 의미상의 뉘앙스에서부터 사회적 방언의 논의를 가능케 하는 순수한 방언학적 표지들(음성학적·형태론적 표지들 따위)에 이르기까지——에 나타나는 언어학적 변화는 더욱 초점이 분명해지고 안정된 것이 된다.

　분화를 요구하는 이 모든 세력들이 언어 속에서 행하는 작업의 결과 **중립적인**, 즉 아무에게도 속하지 **않는** 말이나 형식이란 애초부터 존재하지 않는다. 언어는 역사적으로 줄곧 의도와 강조의 전적인 지배하에 놓여져왔다. 언어를 사용하며 살고 있는 어떤 개인의 의식에 대해서도 언어는 규범적 형식의 추상적 체계가 아니라 오히려 다양한 구체적 세계관이다. 모든 말은 하나의 직업, 하나의 장르, 하나의 유파, 하나의 당파, 어떤 특정 작품, 특정 개인, 특정 세대, 특정 연령 집단, 특정한 날과 시간의 '맛'을 지닌다. 각각의 어휘는 그것으로 하여금 사회적인 의미로 채워진 삶을 살도록 해온 여러 맥락의 맛을 지닌다. 모든 어휘와 형식이 의도들로 채워진다. 언어가 문맥상의 함축, 장르적·유파적·개인적 함축을 갖는 것은 불가피한 일이다.

사회·이념적 구체성을 지닌 살아 있는 사물로서의 언어, 즉 다양한 견해로서의 언어는 개인 의식의 편에서 보자면 자기 자신과 타인 사이의 경계선상에 놓여 있다. 언어 속의 말은 절반은 남의 것이다. 말은 화자가 자기 자신의 의도와 강조로 그것을 채웠을 때, 즉 자기 자신의 의미, 표현상의 의도에 맞게 그것을 차용했을 때에만 '자기 자신의 것'이 된다. 이러한 차용의 순간 이전에 말이 존재하는 곳은 중립적이고 몰개성적인 언어 속이 아니다. (화자가 자신의 말을 찾는 곳이 결국 사전은 아닌 것이다!) 말은 오히려 타인들의 입, 그들의 문맥 속에 존재하면서 그들의 의도에 봉사하고 있다. 우리가 말을 취하고 우리 것으로 만드는 것은 바로 그곳에서이다. 그리고 이러한 차용, 즉 탈취에 의한 사유 재산으로의 변용에 모든 언어가 다 응하는 것도 아니요, 누구에게나 똑같이 쉽게 응해주는 것도 아니다. 많은 말들이 완강하게 저항하며, 어떤 것은 그 같은 차용에 일단 응한 후에도 끝내 타인의 것으로 남아서 화자의 입 속에서 이질적으로 겉돈다. 그의 문맥 속에 동화되지 못한 채 그것으로부터 떨어져나오는 것이다. 이것은 마치 말이 화자의 의지에 대항하여 인용부호 속으로 들어가버리는 형국이다. 언어란 화자의 의도를 실현하는 사유 재산으로 자유롭고 쉽게 전환되는 중립적 매체가 아니다. 그것은 타인들의 의도로 (그것도 과도하게) 채워져 있다. 그것을 전유하는 일, 즉 자신의 의도와 강조에 순응시키는 일은 어렵고도 복잡한 과정을 요한다.

우리는 이제까지 문예 언어의 추상적·언어학적(방언학적) 통일성이라는 가정에 입각하여 논의를 전개해왔다. 그러나 심지어 문예 언어조차도 완결된 하나의 방언으로 존재하는 것은 아니다. 문예 언어의 영역내에 이미 일상 회화의 언어와 문어 사이에 어느 정도 분명한 경계가 존재한다. 장르들 사이의 차이는 종종 방언학적 차이와 일치하며(여컨대 18세기에 고급 장르는 교회 슬라브어와, 저급 장르는 구어와 일치했었다), 몇몇 방언들은 문학 작품 속에 등장하여 합법적 지위를 획득함으로써 문예 언어 속에 어느 정도 수용되기도 했다.

이 경우 방언들이 문학 작품 속에 수용되고 문예 언어의 일부가 됨에 따라, 이러한 새로운 맥락 속에 옮겨진 방언들은 자체 완결적인 사회·언어학적 체계로서의 성질을 상실하게 된다. 그것들은 변형을 겪게 되며, 그들이 단순한 하나의 방언으로 존재하던 시절과는 사실상 다른 존재로 된다. 뿐만 아니라 이러한 방언들은 문예 언어 속으로 들어가기는 가되 그 속에서 그들 고유의 방언학적 유연성 내지 다른 언어로서의 성격을 유지함으로써 원래의 문예 언어를 변화시키는 효과도 갖는다. 그리하여 문예 언어 또한 자체 완결적인 사회·언어학적 체계로서의 이전의 모습을 더 이상 갖지 않게 된다. 문예 언어는 그것을 사용하는 교육받은 사람의 언어 의식과 마찬가지로 매우 독특한 현상이다. 자체 완결적인 체계로 존재하는 모든 살아 있는 방언 속에 들어 있는 담론의 의도상의 다양성은 문예 언어의 내부에서 언어의 다양성으로 전화하며, 그 결과는 단일한 언어가 아닌 언어들간의 대화이다.

잘 발달된 산문 예술을 가진 민족의 문예 언어의 경우에, 특히 그 산문이 풍부하고 긴장 넘치는 언어·이념적 역사를 이룩해온 소설적 산문인 경우라면, 그것은 사실상 그 민족 내부의 다양한 언어뿐 아니라 전유럽의 다양한 언어를 망라하는 대우주를 유기적으로 반영하는 소우주이다. 어떤 하나의 문예 언어가 지니는 통일성이란 단일한 자체 완결적 언어 체계의 통일성이 아니라, 서로 접촉하고 상대방을 인식해온 여러 언어들——좁은 의미의 시어는 그 중의 하나일 따름이다——사이에 이룩되는 매우 특수한 종류의 통일성이다. 바로 이 점이 문예 언어를 취급함에 있어 그 방법론적 특이성을 구성하는 요인이기도 하다.

4. 시와 예술적 산문에 있어서 언어적 다양성

구체적인 사회·이념적 언어 의식은 그것이 창조적으로 됨에 따라, 즉 문학적으로 활성화됨에 따라 자기 자신이 애초부터 언어적 다양성에 의해 포위되어 있는 것이지 결코 (침해할 수도 논의할 수도 없는) 단 하나의 언어가 아님을 알게 된다. 문학적으로 활성화된 언어 의식은 언제 어디서나 (즉 역사적으로 우리에게 알려진 모든 시대의 문학에서) 언어들을 만나는 것이지 언어를 만나는 것은 아니다. 따라서 의식은 자기 자신이 그 중 단 하나의 언어를 선택해야만 한다는 사실을 알게 된다. 의식은 문학 언어적 작업을 수행할 때마다 언어적 다양성의 한가운데에서 능동적으로 자신의 방향을 찾고 자리를 잡아야 한다. 다른 말로 하면 하나의 언어를 선택하는 것이다. 오직 사회·이념적 역사 발전의 현장에서 전적으로 동떨어진 채, 글을 쓰지도 사유하지도 않는 폐쇄된 환경에 남아 있을 경우에만 우리는 이 같은 언어 선택 활동을 인식하지 못하고 자기 자신의 언어가 절대적이며 미리부터 주어진 것이라는 믿음을 견지할 수 있다.

그러나 이런 경우에도 실은 하나의 언어가 아닌 언어들을 다루는 것이다. 다만 각각의 언어들이 차지하고 있는 위치가 고정 불변의 것이고 한 언어에서 다른 언어로의 이동이 사유를 거치지 않은 채 미리 정해진 대로 이루어지는 것일 따름이다. 이것은 마치 여러 개의 언어들이 따로따로 자기 방을 차지하고 있는 것과도 같은 상황이다. 그의 의식 속에서 그것들이 충돌하는 일도 없고 그것들을 상호 관련시켜 그 중 한 언어를 다른 언어의 눈으로 바라보려는 시도도 없다.

그리하여 변화도 없고 스스로 변화시킬 수도 없는 일상적 세계 속에 젖은 채 도시로부터 아주 멀리 떨어져 순진하게 살고 있는 무식한 농부조차도 여러 개의 언어 체계 속에 살고 있다. 그는 하나의 언어(교회 슬라브어)로 예배를 보고, 다른 언어로 노래를 하며, 또 다른 언어로 그의 가족과 이야기하고, 지방 관청에 보낼 청원서를 위해 구술을 할 때는 또 다른 언어(공식적이고 정확한 '문서식' 언어)를 사용한다. 이 모든 언어들은 추상적인 사회·방언학적 표지의 관점에서 보더라도 다른 언어들이다. 그러나 이 언어들은 그 농부의 언어 의식 속에서 대화적으로 협력하고 있지는 않다. 그는 아무런 생각 없이 자동적으로 한 언어로부터 다른 언어로 넘어간다. 각각의 언어는 자기 자리를 가지고 있고 그 자리는 논박의 여지없이 명백하다. 아직까지 그는 한 언어(및 그에 상응하는 언어 세계)를 다른 언어의 눈을 통해(예컨대 일상 생활과 세계의 언어를 기도의 언어나 노래의 언어를 통해 혹은 그 역으로) 바라볼 줄을 모르는 것이다.[6]

이 농부의 의식 속에서 언어들 사이의 비평적 상호 조명이 시작되자마자, 즉 이런 언어들이 상호 구별되는 다양한 언어들일 뿐 아니라 내적으로도 다양한 언어들임이 분명해지자마자, 그리고 이런 언어들과 불가분으로 연결되어 있는 이념 체계나 세계관들이 서로 모순되며 따라서 평화롭고 조용하게 산다는 것이

---

6) 이것은 물론 지나친 단순화이다. 실생활 속의 농부는 위와 같은 일을 어느 정도는 행하고 있는 것으로 보아야 옳을 것이다.

전적으로 불가능하다는 것이 명백해지자마자, 이런 언어들의 상호 불가침성과 선험성은 종말을 고하고 그들 가운데서 능동적으로 자신의 방향을 선택할 필요성이 대두한다.

기도의 언어와 세계, 노래의 언어와 세계, 노동과 일상 생활의 언어와 세계, 이제 막 도시로 전입한 노동자들의 새로운 언어와 세계, 이 모든 언어와 세계들이 조만간 평화롭고 무기력한 평형 상태를 떨치고 일어나 언어적 다양성을 드러내는 것이다.

당연한 이야기이지만 문학적으로 활성화된 언어 의식은 문예 언어의 **외부**에서보다도 내부에서 더 다양하고 심도 있는 언어적 다양성과 만나게 된다. 어떤 말의 문체를 근본적으로 연구하려 한다면 이 같은 기본적인 사실로부터 출발해야 할 것이다. 우리가 거기서 마주치게 되는 언어적 다양성의 성격과 그 속에서 방향을 잡아나가는 방식이 그 말의 구체적인 문체를 결정하기 때문이다.

시인은 언어란 단일한 것이며 개별 발언 또한 단일한 독백과도 같이 폐쇄적인 것이라는 관념을 받아들이는 한도내에서만 시인이다. 이 같은 관념은 시인의 작업의 장(場)인 시 장르에 내재한다. 이것이 시인이 실재하는 언어적 다양성 속에서 방향을 설정하는 과정을 결정하는 요인이다. 시인은 자신의 언어에 대해 홀로 완벽한 주도권을 가져야 하며, 그 언어가 지닌 모든 측면에 대해 똑같은 책임감을 지니고 그것을 오직 자신의 의도에만 종속시켜야 한다. 모든 말은 시인의 **의도**를 직접적으로 매개 없이 표현해야 한다. 시인과 그의 말 사이에 거리가 있어서는 안 된다. 의미는 단일한 의도를 표현하는 총체로서 떠올라야 한다. 언어의 다양성은 물론이려니와 그것의 어떤 식의 분화 내지 개별 발언 차원의 다양성도 작품 속의 본질적인 측면에 반영되어서는 안 된다.

이것을 달성하기 위해서 시인은 자신이 사용하는 말로부터 타인들의 의도를 제거해버리며, 구체적인 여러 겹의 의도와의 연계나 특수한 고유 문맥과의 관련을 상실한 상태의 말과 형식만을 따다가 그 상태 그대로 사용한다. 어떤 시 작품에 사용된 언어의 배후로부터 그 시에서 활용된 것 이외의 다른 장르라든지 다른 직업, 혹은 다른 유파, 다른 방향, 시인 자신이 선택한 것과는 다른 세계관을 전형적이고 객관적으로 드러내는 형상이나 다양한 화자들의 전형적이고 개성적인 형상들, 그들의 독특한 화법이나 억양 따위가 감지될 것을 기대해서는 안 된다. 시 작품 속에 들어가는 것은 어떤 것이든지 레테〔Lethe: 그리스 신화에 나오는 망각의 강, 이 강물을 마시면 일체의 과거를 잊는다고 함——역주〕에 몸을 담그고 이전에 다른 맥락에서 그것이 지녔던 의미를 잊어버린다. 언어는 시적 매락 속에서의 의미만을 기억하며, 이런 경우라면 구체적 회상까지도 가능하다.

　물론 다소간의 구체적 맥락을 암시하는 제한된 영역은 어떤 말에서든지 항상 남아 있게 마련이며 따라서 그런 맥락과의 관련은 시적 담론 속에서도 은근하게 감지될 수 있다. 그러나 이러한 맥락이란 순전히 의미론적인 것으로, 그것에 주어지는 강조도 추상적인 수준에서 벗어나지 못한다. 그것은 자신의 개성을 언어의 차원으로 표현하지는 못하며, 그것의 배후에서는 개성이 최소한으로 드러내주는 언어적 특징이라 할 만한 것(예컨대 화법)에 있어서의 차이조차 느껴지지 않는다. 화자의 개성과 사회적 전형성이 아울러 나타나는 언어적 표정이 드러나는 일은 없다. 모든 곳에 단 하나의 표정, 즉 모든 말을 자신의 말로 변형시키는 작가의 표정만이 있을 뿐이다. 어떤 시어에서도 떠오르게 마련인 위와 같은 의미와 강조상의 갈래나 연상, 암시, 상호 관련이 아무리 다양하다 하여도 단 하나의 언어, 단 하나의 개념적 지평이면 그들에게 족하다. 다양한 언어로 표현되는 사회적 맥락은 그들에게는 불필요하다. 더욱이 시적 상징의 운동——예컨대 은유의 전개——은 바로 이와 같은 언어의 통일성, 즉 언어와 그 대상간의 직접적인 상응 관계를 전제로 한다.

발언의 사회적 다양성은 그것이 작품 표면에 나서서 그 언어를 분화하려 들면 작품의 자연스러운 전개나 그 내부의 상징의 활동 모두를 불가능하게 만든다.

시 장르 고유의 리듬조차 분화의 촉진이라는 면에서는 아무런 실질적 기여도 하지 못한다. 리듬은 효과가 매우 직접적인 리듬 통일체를 활용하여 **작품 전체의 강조 체계가 지닌 모든 측면 사이의 무매개적 연관을 창조함으로써** 어떤 말 속에도 잠재되어 있게 마련인 화자 및 발언의 사회적 성격을 그 맹아로부터 파괴한다. 리듬은 최소한 그것에 명확한 제한을 가함으로써 그것의 전개나 구체화를 막는다. 리듬은 시적 문체의 표면과 이 문체가 제시하는 단일한 언어가 지니고 있는 일원론적이고 폐쇄적인 성격을 강화하고 더욱 집중시키는 일에 봉사하는 것이다.

언어의 모든 측면으로부터 타인의 의도를 제거하고 언어에 내포된 사회적 다양성의 흔적을 모조리 파괴하는 이러한 작업의 결과, 긴장감 넘치는 언어의 통일성이 시 작품 속에 이룩된다. 이 같은 통일성은 물론 시가 아직까지 언어와 이념의 분화를 겪은 바 없는 폐쇄적이고 일원론적이며 미분화된 사회의 한계를 넘어서지 못했던 매우 드문 시기에만 순수한 형태로 존재하는 것인지도 모른다. 우리의 경우에는 보통 어떤 작품의 단일한 시어가 동시대의 문예 언어의 혼란스러운 사회·언어적 다양성을 뚫고 나오는 데서 비롯되는 엄청난 의식적 긴장을 체험하게 된다.

이것이 시인의 방식이다. 산문으로 작업하는 소설가——그리고 거의 모든 산문 작가——는 전적으로 다른 길을 택한다. 그는 문예, 비문예 언어의 사회·언어적 다양성을 환영하며, 그것을 약화하기보다는 오히려 강화한다. (그는 그런 언어들의 자의식과 상호 작용을 한다.) 소설가는 바로 이런 언어의 분화, 즉 말과 언어의 다양성에 근거하여 자신의 문체를 구성하며, 그러면서도 그는 그 특유의 창조적 개성에서 비롯되는 통일성이나 자신의 문체적 통일성(이는 물론 시와는 다른 차원의 통일성이다)을 유지시킨다.

산문 작가는 자신이 사용하는 단어들로부터 자신의 것과 구별되는 의도와 어조를 씻어내버리거나, 그 속에 숨겨져 있는 사회·언어적 다양성의 맹아를 파괴해버리지 않는다. 자기 작품의 궁극적인 의미론적 핵, 즉 자신의 독자적 의도의 중심으로부터 가까이 또는 멀리 떨어진 채 단어들과 형식들의 배후에서 어렴풋이 빛나고 있는 저 언어적 인격과 화법들(잠재적인 화자들)을 제거하지 않는 것이다.

산문 작가의 언어는 작가, 즉 작가의 궁극적 의도에 때로는 접근하고 때로는 멀어지면서 펼쳐진다. 언어의 어떤 측면들은 작가의 의미 및 표현상의 의도를 (시에서처럼) 직접 드러내지만, 또 다른 측면들은 그것을 굴절시킨다. 그는 자신을 자신이 사용하는 어떠한 말과도 전적으로 동일시하지 않으며, 오히려 그것들 하나하나에 특정한 방식으로——유머러스하게, 아이러니컬하게, 혹은 패러디적으로 등——강조를 준다.[7] 개중에 어떤 부분은 작가의 궁극적 의도로부터 대단히 멀리 떨어져서 그의 의도를 더욱 철저히 굴절시키기도 한다. 작가의 의도를 전적으로 거부하는 경우도 있다. 그리하여 작가는 그 속에서(그것의 저자로서) 자신을 표현하는 것이 아니라, 오히려 그것을 독특한 하나의 발언물로서 제시한다. 그 말은 그와는 전적으로 소원한 어떤 것으로 기능하는 것이다. 그러므로 다양한 언어의 층들, 즉 장르나 직업, 신분에 따른 언어들, 세계관이나 사조(思潮), 개성에 따른 언어들, 그리고 사회적 의미의 방언들이 소설 속에 들어옴과 더불어 그것들은 소설의 내부에 자신들 고유의 특별

---

7) 작가가 사용하는 말은 작가의 의도를 직접적으로 표현하지 않는다는 점에서는 작가의 말이라고 볼 수 없지만, 아이러니컬하게 전달·제시된다는, 즉 작가에 의해 유머와 아이러니와 패러디 등에 알맞는 거리만큼 멀어지는 말이라고 이해한다면 그것은 작가의 것이기도 하다.

한 질서를 수립하고 독특한 예술적 체계를 성립시키는데, 바로
이러한 체계가 작가가 의도한 주제를 고양시키는 것이다.

산문 작가는 이렇게 자기 작품의 언어로부터 거리를 두며, 그
여러 층과 측면들로부터 다양하게 거리를 둔다. 그는 언어를 사
용함에 있어 그 언어에 전적으로 자신을 내맡기지 않으며, 그것
이 자기 자신에게 반쯤 혹은 전적으로 이질적인 것인 양 취급하
면서도 궁극적으로는 그것을 자신의 의도에 합치시킨다. 그는
(그가 다소간 거리를 두는) 주어진 **언어로** 말하는 것이 아니라,
그의 입을 통과하는 객체로서의 언어를 **통해서** 말한다.

소설가로서의 산문 작가는 자기 작품 속의 다의적(多意的)
언어로부터 타인의 의도를 제거하지 않으며, 그 언어의 배후에
펼쳐져 있는 저 크고 작은 사회·이념적 문화의 지평을 파괴하
지 않는다. 오히려 그것을 기꺼이 자기 작품 속에 받아들인다.
산문의 작가는 이미 타인의 사회적 의도들로 채워져 있는 말들
을 활용하고, 그것들을 자신의 새로운 의도에, 제2의 주인에
봉사하도록 요구한다. 따라서 산문 작가의 의도는 굴절을 통해
표현되며, 그 **굴절의 각도**는 그가 다루는 굴절되고 다의적인 언
어가 사회·이념적으로 낯선 정도, 객체화된 정도에 따라 **달라**
진다.

타인의 발언과 언어 속에서 담론이 지향하는 방향과 이러한
지향에 연관된 특수한 현상들은 소설의 문체와 관련하여 **미학**
적 의미를 지닌다. 음성과 언어의 다양성이 소설 속에 들어가서
그 안에서 스스로를 구조화된 예술적 체계로 조직화해낸다. 이
점이 장르로서의 소설이 지니는 변별적 특징을 구성한다.

장르로서의 소설이 지니는 독특함을 다루는 어떠한 문체론도
사회학적 문체론이어야 한다. 소설적 담론에 내재하는 사회적
대화성은 그 담론의 구체적인 사회적 맥락이 그 담론의 전체 문
체 구조, 즉 그 '형식'과 '내용'을 결정하는, 그것도 밖에서부터
가 아니라 안으로부터 결정하는 힘으로서 노출되고 드러나기를

요구한다. 그 까닭은 실상 사회적 대화가 담론의 모든 측면, 즉 '내용'뿐 아니라 '형식'의 측면 속에서도 공명(共鳴)하기 때문이다.

소설의 발전은 그 대화적 성격의 심화, 즉 그 범위의 확장과 정교화로 이루어진다. 대화에 흡수되지 않은 채 중립적으로 굳건히 남아 있는 요소들('반석 같은 진리')은 점점 줄어든다. 대화는 분자 속으로, 더 나아가서는 원자 속으로까지 침투하게 된다.

물론 시적 언어도 사회적 성격을 지닌다. 그러나 시적 언어 형식은 보다 지속적인 사회적 과정들, 즉 사회의 삶 속에서도 그 전개에 수세기를 필요로 하는 경향들을 반영한다. 반면에 소설적 언어는 사회 환경의 가장 미세한 변동과 일탈조차 극도로 섬세하게, 그러면서도 총체적이고 다면적으로 기록한다.

언어적 다양성이 소설 속으로 들어가면 그것은 예술적 재구성에 종속된다. 언어(모든 어휘와 모든 형식)를 채우고 있으면서 그것을 구체적이고 특수하게 개념화하는 사회·역사적 음성들은 작가가 자기 시대의 언어적 다양성의 한가운데에서 차지하고 있는 독특한 사회·이념적 위치를 소설 속에 표현해주는 구조화된 문체 체계로 조직되는 것이다.

[전승희·서경희·박유미 옮김]

문학사의 다성 체계

클레망 모아장

문학사는 문학 현상을 대상으로 삼는 다성 체계를 갖는다. 그
두 개의 장(場)은 우리가 다음과 같이 일컫는 두 개의 체계를
이룬다 :

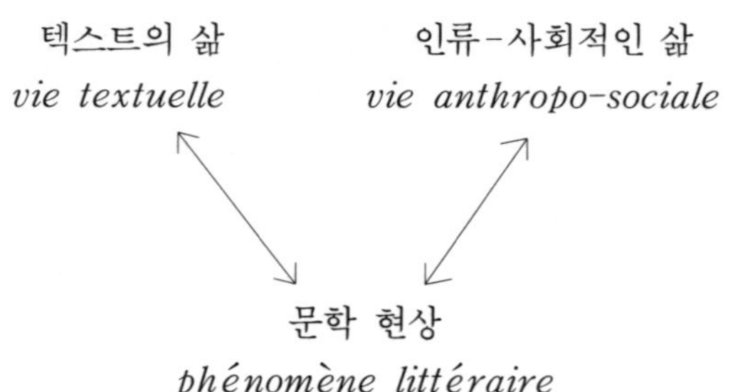

화살표의 방향은 이 세 개의 극 사이의 완전한 순환을 가리킨
다. 다성 체계란 하나의 고리를 이루는 순환적인 조직이다 :

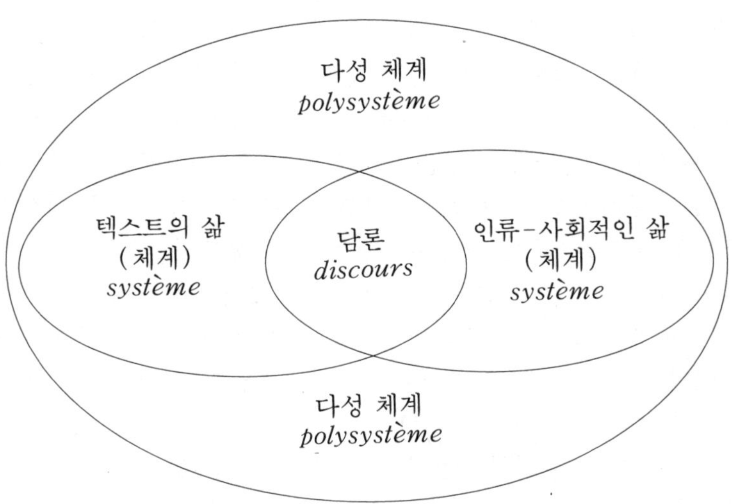

　문학 현상은 담론들 속에서 표현되고 서로 만나지는 두 개의
체계를 포함 혹은 총괄한다. 눈에 보이는 것이든 아니든, 이 양
극 사이의 순환은 끊이지 않는다. 문제는 연결 *articulations*(시
각·조직·관계의 연결)이 어떤 것인가를 보는 일이다. 전통적인
문학사에 따르면 작품들은 단 하나의 방향으로 움직이는 것으
로 되어 있다. 즉 인류-사회적인 삶에서 작품으로 그리고 그
역방향으로는 움직임이 이루어지지 않는 것으로 되어 있다. 이
러한 단방향성은 하나의 시대 혹은 하나의 국가가 지니는 작품
전체라는 의미의 문학이 갖는 정치·사회적인 (막연한) **조절**
conditionnement 이라는 형태하에서 제시된다. 이 경우, 고리에
막힘이 생긴다. 즉 문학 현상이 작품의 삶에 불과하게 됨으로
해서 거기에 덧붙여진 다른 요소(정치·사회적인)의 길이 막히
게 되는 것이다. 따라서 고리가 이어지지 않는다. 바로 여기서,
체계들 사이의 완전한 관계를 만들어내는 이론적인 고리의 필
요성이 생겨난다. 이 고리는 소급력이 있어야 하고, 회귀적이어
야 한다. 이때에, 이러한 연결 속에 들어 있는 상반된 움직임
들, 길항 작용 그리고 개연적 엔트로피를 참작할 수 있기 때문

이다. 앞의 도표에서 세 개의 요소가 형성하고 있는 커다란 원은 악순환의 고리가 아니다. 그것은 오히려 에드가 모랭 Edgar Morin이 말하는 대로, "새로운 인류사회학이 체계화되기 위해서 새로운 생물학과 새로운 물리학이 필요하고 이들의 체계화는 또, 과학적인 것에 대한 정신적·문화적·사회적인 시각의 통합을 요하는 건축·재건축·연결 들을 통해서 이룩"[1]된다는 의미에서 생산적인 고리이다. 이런 의미에서, 문학사는 또한 기호론 학자·사회학자·교훈적 저술가·기호학자·구조주의자·사회비평가 그리고 "고리를 이어나갈" 수 있게 만들어주는 데에 기여한(시각의 문제에 있어서) 모든 텍스트들의 다른 모든 이론가와 실천가들의 담론들을 통합할 수 있어야 할 것이다. '새로운' 문학사가 체계화되기 위해서는 이러한 통합적 지배력이 필요하다.

이 문학사는 문학 현상을 그 대상으로 삼을 것이다. 이는, 공시적으로(하나하나씩 혹은 여럿을 서로 비교하면서) 그리고 통시적으로(그 세 가지 구성의 시기들에 따라서) 그 변형(운동/휴식, 균형/불균형)을 고려하면서, 다성 체계 혹은 체계들의 체계로서의 이 현상이 지니는 특수성에 대한 담론이 될 것이다. 담론은 의사 소통(현상의 표현)과 의미 작용(현상의 의미화)의 진행 과정이라는 의의를 지녀야 할 것이다. 문학 현상을 두 개의 체계로 나누는 우리의 도식을 다시 들어보자 : 텍스트의 **삶** 그리고 **인류-사회적인 삶.**

1. 텍스트의 삶

이 체계는, 부여되거나 획득된 혹은 쟁취된 그 가치에 상관없

---

1) Edgar Morin, *La Méthode. I: La nature de la nature*, Paris: Seuil, coll. Points, 1977, p. 287.

이 유통되고 있는 모든 텍스트를 다 포함한다. 그러므로, 규범에 맞든 맞지 않든, 우리가 텍스트라고 부르는 그리고 이타마르 이븐 조아르 Itamar Even-Zohar식으로 말하자면 문학을 두 개의 체계로 가름하는 텍스트들을 다 포함한다. 대량 생산 분야의 텍스트들을 고려에 넣지 않고서는, 제한된 생산 분야의 문학적이라 일컬어지는 텍스트들을 이해하지 못한다는 것을 확정된 사실로 알아야 한다. 체계의 분석에 있어서, 체계들은 결코 외떨어져 있는 것이 아니다. 이 둘 다를 동시에 그리고 그 관계 속에서 부담해야 한다. 그 한 요소는 시적 담론 *discours poétique*이라고 불릴 수 있을 것이다. 다른 한 요소는 텍스트들에 관해 직접적으로 이루어지는 담론들이 될 것이며, 이는 다시 미학적 담론 *discours esthétique* 그리고 교육적 담론 *discours didactique*이라는 두 가지로 불릴 것이다. **텍스트의 삶**은 그러므로 세 갈래로 나누어지며 그 명칭들은 바로 텍스트 작업에서 나오는 것이며 세 가지 담론에 상응하는 것이다.

  1) **구축** *Construction*, 혹은 시적 담론: 화자(話者) 혹은 그에 상응하는(의사 소통의 진행 과정) 매개 또는 텍스트의 의미/다른 의미(의미 작용의 진행 과정)라는 매개를 통해서 구축되는 텍스트 자체의 담론. 여기서 문제되는 구축은 이 두 가지 매개의 구축을 말한다. 그리고 그 역사는 시적 담론의 통시적인 연구이다(가 될 것이다)

  2) **해체** *Deconstruction*, 혹은 미학적 담론: 이렇게 부르는 것은 야우스 H. R. Jauss의 수용미학 *esthétique de la réception*에 기준하는 것이다. 그리고 가끔 동일한 텍스트의 문제임에도 불구하고 이를 비평적 담론 *discours critique*(인류-사회적인 삶: 승인)과 구별하기 위한 것이다. 비평적 담론과 마찬가지로, 이 역시 시적 담론에서 그 규칙·법칙·기준 등을 가려내는 문제에 속한다. 이러한 담론은 예일 학파의 미국 해체주의자들에

게서뿐만 아니라 바토 l'abbé Batteux[2]에게서나 뷔피어 P. Buffier[3]에게서도 쉽게 찾아볼 수 있다. 해체주의자라는 용어는 데리다를 생각하게 한다. 그에게 있어서, 글쓰기란 언어의 선행 조건, 고로 말보다 앞서는 것이다. 글이 언어를 만들어낸다. 왜냐하면 글이란 언어를 지배하는 의미 작용의 계속적인 이동이며 이 의미 작용을 구체적인 앎의 저 너머에 위치시키는 것이기 때문이다. 바로 여기서 프랑스 그리고 미국의 이론가들에게 글쓰기가 의미하는 연기 *différAnce*[4](미루다, 연기하다 그러나 또한 구별하다), 분절 *articulation* 혹은 공간 주기 *espacement* 라는 용어가 나오는 것이다.

3) **재조직**, 혹은 교육적 담론: 텍스트들을 수사적·문학적 체제에 일치시키는 담론. 전자는 수사학 개론, 작문과 구성 개요등이 설명하는바, 잘 생각하고 글을 잘 쓰는 방법을 정돈하는 것이며, 후자는 선택·등급·가치 등에 따라서 문학적으로 잘 읽는 방법을 구조화하는 것이다. 문학사 개론과 내가 앞서 (cf. pp. 147~54) 조직적으로 제시한 다른 저서들은 이 교육적 담론의 구성 요소들 중의 하나에 속한다. 학생들을 위한 다른 많은 실용서들이 있다. 가령, 텍스트의 설명, 논평의 보기, 문학 창작 이런 것들 역시, 프랑스 베르니에 France Vernier가 그 '표준적 기능' 그리고 '역기능들'[5]을 보여준 재구축의 양식에 속한다.

방금 이야기한 것처럼, 이 담론들은 그 자체가 예컨대, 요소들로 이루어진 체계(추론적이고 비추론적인)들이다. 가령, 장르란 텍스트들 그리고 텍스트들을 설명하거나 전달하는 신문이나

---

2) *Traité des Beaux-Arts réduits à un même principe,* 1746.

3) *Traité philosophique et pratique de poésie,* 1728.

4) 차이라는 뜻의 *différEnce* 와 구별되는 *différAnce* 라는 용어는 데리다 고유의 것으로 저자는 여기서 괄호 속에 그 개념을 설명해놓고 있다(역주).

5) F. Vernier, *L'écriture et les textes*, Paris: Ed. Sociales, 1977, pp. 171~223, 113~55.

정기 간행물들 그리고 텍스트들이 연구되고 가치를 부여받고 승인되기조차 하는 학습 교재들을 배치하는 하나의 양식이다. 이러한 요소들은 상호 관련을 맺고 있다. 장르는 종종 교육적 체제에 의해서 가치를 부여받는다. 탐정소설(최근까지), 가택 방문 판매를 했던 대중 문학(18, 19세기의) 같은 어떠한 장르들은 여기서 제외된다(되었다). 한편 다른 장르들(고전 비극)은, 실제에 있어서 더 이상 거의 쓰여지지 않거나, 일반 독자의 관심이 다른 데에 있음에도 불구하고 지배적인 위치를 차지한다. 그래서 이러한 관계들에 대해서 여러 가지 질문이 제기된다. 어째서 이러한 문학 장르는 (이러저러한 담론에 있어서 혹은 또 여러 가지 담론에 있어서) 어떤 한 시기에 있어서 지배적인가? 어떠한 종류의 드러나지 않는 관계가 이(혹은 하나의) 장르를 이러한 수용 관중에, 이러한 교육적인 유형의 글에, 이러한 작가 집단(이를 예시하거나 비방하는)에 이어주는가? 등등. 시대에 따라서, 주기가 생기는 것을 볼 수 있을 것이다. 예컨대, 균형/변형/불균형/전환/균형 등등. 이 '역사적인' 위상들은 클로드 브르몽 Claude Bremond[6]의 서술 주기의 네 가지 위상에서 빌려온 것이다. 텍스트의 문법이 아마도 장르·테마 혹은 모티프 간의 관계를 설명할 수 있게 해줄 것이다. 이들은 어떤 때에는 소환 관계(테마는 장르를 부르고 장르는 필연적으로 그러한 테마를 다룰 것을 상정한다), 혹은 부정 관계(그 반대) 혹은 격리 관계에 있다. 이렇게 해서, 우선 암시적이든 아니든, 문학 체제(공식 비평, 문학상, 지원금) 속에, 이어서(혹은 경쟁적으로) 교육 체제(개론서들, 문학에 대한 담론들) 속에 통합된 텍스트의 조정(코드, 규칙)이 확립되는 것이다.

  텍스트 출현의 조건들과 그 사회적 사용의 가치는 텍스트 자체의 조정에 대한 설명을 가능하게 만든다. 가령, (작가들을 위해서는) 생산의 양식이 그리고 (비평가·기호학자·철학자 등 다

____
6) Claude Bremond, 1970.

른 수용자들을 위해서는) 인지의 양식이 생겨나게 만드는 미학적
인 기준, 언어학적인 기준, 종속(種屬)의 기준이 그것이다. 여
기서, 체계의 분석은 글쓰기와 글읽기를 결코 분리하지 못하게
강요한다. 이 둘은 동시에 작동하는 것이며 결코 하나가 먼저,
하나가 나중에 작동하는 것이 아니다. 글읽기는 사후의 것이기
는 하지만, 이미 글쓰기 속에 연루되어 있는 하나의 대답이다.
프랑스 베르니에 France Vernier가 다음과 같이 쓰고 있듯이:
"모든 문학 텍스트가 이미 언어 차원의 조건화, 장르, 그 생생
한 문학 형태, 그리고 이들이 내포하는 모든 것에서 유래하는
것이라는 점을, 앞서 존재하는 텍스트들을 읽는다는 데에서 그
리고 작가가 자신의 텍스트를 읽는다는 데에서 유래하며, 있는
그대로 읽는 일이 가능한 정도에 따라서 비로소 텍스트로서의
위상이 설립될 수 있는 사회적인 독서로 인정된 문학 텍스트에
서 유래하는 것이라는 점을 받아들인다면, 이때 표현으로서의
텍스트라는 잘못된 개념과 그에 못지않게 잘못 제시되어 있는
독서의 개념을 동시에 버릴 수 있을 것이다"[7]

　이 첫번째 체계의 분석은 단계와 시대에 따라서 차근차근 요
소들을 분리하는 것이며 그렇게 함으로써, 관계들과 그리고 관
계들간의 관계들을 전망화하면서 체계의 **모든** 것의 총체를 재
조직하기에 이른다. 이 재조직을 우리는 이제 텍스트 상호성 *intertextualité* 이라고 부를 것이다. 그리고 그것을 담론들과 그
요소들 사이의 관계 *relations*/관계들간의 관계 *interrelations*/
관계 속에 내재하는 관계 *intrarelation* 들의 조직 자체로 정의할
것이다. 시적·미학적·교육적 세 가지 담론들은 텍스트 상호성
의 여섯 가지 모델을 생겨나게 만드는데 그 중 첫번째 세 가
지는 텍스트의 내연 *intra-textes*, 나머지 세 가지는 텍스트의 외
연 *extra-textes* 이라고 이름붙일 수 있을 만한 것에 관계되는
것이다.

---

7) F. Vernier, 1977, p. 63.

〈제1 도식〉

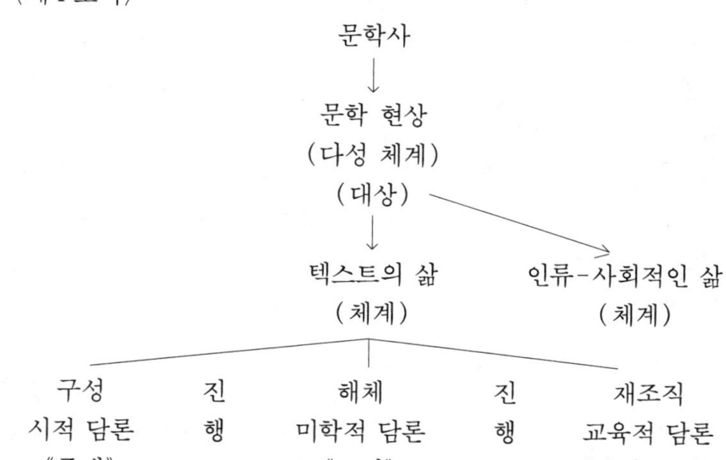

텍스트 상호성은 텍스트(의 삶)의 체계내에 존재하는 관계들(모델)의 유형이다. 이러한 유의 관계들은 아직도 그리고 여전히, 전통적인 유형의 문학사 속에서 영향 혹은 원인, 기원 혹은 원천 그리고 물론 또, 그 복사 혹은 결과, 종말 혹은 운명 등의 그 반대의 것들로 여겨져왔다. 그러나 결코 관계들간의 관계로 여겨지지는 않았다. 폴 드 만 Paul de Man 의 말을 문자 그대로 이해하지 않는다 해도, 문학 텍스트는 비평의 도움이 필요없

이 그 자체가 해체 행위[8]를 완수하고 있다고 선언할 수가 있다.[9] 데리다의 원칙을 채택하면서, 조셉 리델 Joseph Riddel은 시니피앙 *signifiant*[10]은 그 성질 자체가 텍스트 상호적이며, 텍스트 상호성은 그러므로 시니피앙 혹은 시니피앙들의 연쇄 차원에서 텍스트를 점령하는 것이라고 주장한다. 앞서는 텍스트들이 시니피앙들에 의해서 현재의 텍스트를 점령해 들어오므로, 어떠한 텍스트도 그 자체만으로, 현존하거나 충분하다고 할 수 없다. 리델이 텍스트 상호성이 지니는 힘이 기호의 작용을 앗아온 것이라고 주장할 때, 이는 시니피에 *signifié* 역시 어쩌면 무엇보다도 시니피에가 먼저 텍스트 상호적이라는 것을 알리고 있는 것이다. 텍스트와 관련 텍스트 *intertexte* 사이에 생기는 열림은 시니피앙에게나 시니피에에게나 무한한 차이의 게임이 있을 수 있게 만들어주며, 여기에서 무한한 조합의 가능성이 생겨난다. 결과적으로 어떠한 텍스트도 닫혀지고 전체적이며 단일한 것으로 간주될 수 없다. 텍스트를 나누는 것이 바로 관련 텍스트이다.

---

8) 데리다의 원칙을 중심으로 모인 폴 드 만, 조프리 하트만 Geoffrey Hartman, 힐리스 밀러 J. Hillis Miller 같은 예일의 문학비평가들은 문학 작품을, 충돌을 일으키는 기호들의 조직이라는 개념으로 보며, 문학 언어의 애매하고 허망한 본성 때문에 작품의 의미가 공중에 떠 있는 것이라고 본다. 폴 드 만이 말하는, 순수한 형상화의 논리를 위하여 언어의 설득력(혹은 의미력)을 공중에 떠 있게 만드는 해체의 필요성은 바로 여기에서 생겨난다(Norris Christopher, *Deconstruction*, London: Methuen & Co., 1982, p. 103).

9) Leitch Vincent, *Deconstruction Criticism*, New York: Columbia University Press, 1983, p. 51.

10) 소쉬르의 언어학에서 빌려온 시니피앙이라는 개념은 이제 문학비평에서 일반적으로 통용되는 개념이 되어 있다. 이미 출간된 여러 서적에서 이를 기표(記表)(시니피에는 기의〔記意〕)라는 말로 옮긴 바 있으나 한자어의 사용을 피한다는 의미에서, 그리고 이 용어를 만들어낸 사람의 창의성을 존중한다는 의미에서 여기서는 원어를 그대로 음역하였다. 참고로 어원적인 설명을 덧붙이자면, 의미하다라는 불어 동사는 시니피에 *signifier*이다. 시니피앙 *signifiant*은 그 현재분사형으로 능동적인 의미, 즉 '의미하는'이라는 뜻이 된다. 상대적으로 시니피에 *signifié*는 시니피에 동사의 과거분사형으로 수동적인 의미, 즉 '의미된'이라는 뜻이 된다. 다시 말해서 의미를 그 내용과 형식으로 나눌 때에 시니피앙은 형식에 그리고 시니피에는 내용에 해당하는 개념이다(역주).

텍스트 상호성이 시간을 통한 텍스트들의 거대한 대화라
는 일반화된 개념과는 반대로, 이념적인 담론이라는 개념의 문
학에,[11] 고로 전체의 구조라는 개념에 근거하면서, 리파테르
Riffaterre는 텍스트 상호성을 오히려 텍스트들의 세부에서, 그
소구조 *micro-structure*·문장·시구 그리고 언제나 의미론적이
고 문체론적인 관점에서 본다. 텍스트 상호성은 하나의 문화에
서 혹은 지나치게 강한 상상력에서 우발적으로 생겨나는 우연
한 현상이 아니다. 그것은 리파테르에 따르자면, 텍스트의 ‘자
의(字意)’에서 생겨나는 것이다. 그것은 텍스트의 인식적이고
미학적인 이중의 기능을 유지하는 텍스트의 절대적 필요성에
의해 완전히 정리된 항구적인 요소들을 지닌다. 그러므로 이중
의 독서, 즉 원문에 충실하면서도 동시에 기억에 의존하는 독서
가 있을 수 있다. 그리고 우발적인 텍스트 상호성——이는 바르
트 Barthes[12]가 이야기하는, 텍스트에 대한 우리의 감정을 풍요
롭게 만들어주지만 이해와는 관계가 없는 순환적인 일종의 기
억이다——과 독서에 있어서 절대적으로 필요한 의무적인 텍스
트 상호성이 그 속에 스며든다. 이 후자는 언제나 기준의 변형
으로 혹은 맥락에 대한 모순으로 나타난다. 텍스트의 의미가 언
어나 맥락의 차원에서 받아들여질 수 없으면 곧, 텍스트 상호성
이라는 추측을 해볼 수 있다. 이렇게 두 작품 사이의 의미화
*signifiance*의 전이는 언제나 정의되고, 기호론의 의미에서 보
자면, 이 용어는 ‘해석자’의 존재에 의해서 심지어 ‘다원적으로
정의’되기까지 한다. 하나의 텍스트로 인해서 그 간텍스트를,
그 역시 간텍스트라고 볼 수 있는 그 흔적, 징후를 참조하도록
중개 역할을 하는 것은 절차에서 나온다. 바로 여기에서 비문법
성·무의미·혼선·확장·전환 등등의 많은 개념이 개입된다. 이

---

11) Kristeva Julia, *Semiotike. Recherches pour une sémanalyse*, Paris:
    Seuil, coll. Points, 1969, pp. 10~19.
12) Barthes Roland, *Le degré zéro de l'écriture*, Paris: Ed. Gonthier-
    Seuil, coll. Médiations, 1953, p. 59.

러한 개념들과 실체들 사이에, 문학사에 관여되지 않을 수 없는
의미들의 모색의 가능성이 있다.

텍스트 상호성의 여섯 가지 모델

여기서, 공시적으로는 적어도 몇몇 진행 과정을 볼 수 있게
해주며, 통시적으로는 텍스트 상호성의 모델들 속에서 다양성을
가늠할 수 있게 해줄지도 모르는, **텍스트의 삶의 체계**의 한 예
를 들어보기로 한다. 이는 **우화** *fable*[13]라는 장르의 예가 될 것
이며, 아주 동떨어진 두 시대, 즉 프랑스 17세기의 라퐁텐 La
Fontaine과 20세기의 알베르 카뮈 Albert Camus를 통해서 보
기로 한다. 『페스트를 앓고 있는 동물들 *Les Animaux ma-
lades de la peste*』이라는 우화와 『페스트 *La Peste*(혹은 페스
트를 앓고 있는 사람들 *Les Hommes malades de la peste*)』라
는 소설은 우리의 논거가 되어줄 것이다. 벌써 엄밀한 의미의
우화에서 소설로의, 종(種)에서 종(鍾)으로의 움직임이 일어나

---

13) 다른 장르 가령 좀더 자연스럽게 떠오를 소설 같은 장르를 선택할 수도 있었
을 것이다. 프랑스 소설의 구축은, 미학적·학술적 담론이 결국 강요하고 마
는 조절의 양식을 우선적으로 제공하였던 고대의 모델에 의거해서 이루어졌
다. 소설은 뒤늦게서야 (비평적 담론에 의해서) 받아들여졌으며 (제도적인
담론에 의해서) 합법화되었다는 것은 이미 알려진 사실이다. 보쉬에 Bo-
ssuet는 소설을 "위험한 허구"(*Oraison funèbre d'Henriette d'Angle-
terre*, 1670)로 간주하였으며, 볼테르는 "진지한 영혼을 가진 자에게 읽힐
만한 것이 못 되는 것들을 쉽게 묘사하는 박약한 정신의 산물"이라고 말한
바 있다. 반면, 스탕달은 19세기의 소설의 도래를 민주주의의 소산으로 보았
으며, 이는 고전주의 시대 특유의 모델에 비유되는 것이었다: "민주주의가
섬세한 것들을 이해할 줄 모르는 조야한 사람들을 극장으로 끌어들인 이래로
나는 소설을 19세기의 희극 *comédie*으로 바라보고 있다." 그는, "몰리에르
는 절망적인 지도자이다"(*La comédie est impossible en 1836*)라고 구체
적으로 지적하고 있다. 『보바리 부인』에 대한 비난이 일어나자, 보들레르는
"작품의 논리는 도덕에 대해 어떠한 방식으로든 문제를 제기할 수 있으며, 그
결론에서 나름대로의 결론을 끌어내는 것은 독자의 몫"이라는 것을 강조하고
있다(*L'Artiste*, 10. octobre 1857). 여기서 독자는 소설로 하여금 정해진 규
칙과 법정의 판단을 벗어나게 해주기 위한 전문적인 비평가를, 법조인을 대신
하고 있다. **문화적인 담론**(대중, 일반 독자)은 이제부터 장르를 정식화할 것
이다(공쿠르상의 경우).

는 것이 보인다. 그러나 (주어진 예를 보면) 다섯 개의 부분이, 문맥에 따른 제한에 의해 서로에게 종속적이 된 채 고리를 이루는 다섯 개의 서술적 기능에 부응한다 : 1) 도입(혹은 방향 제시); 2) 복잡화; 3) 평가(혹은 행위); 4) 해결; 5) 결론(혹은 도덕). 이는 나무 형태로 제시될 수 있다.

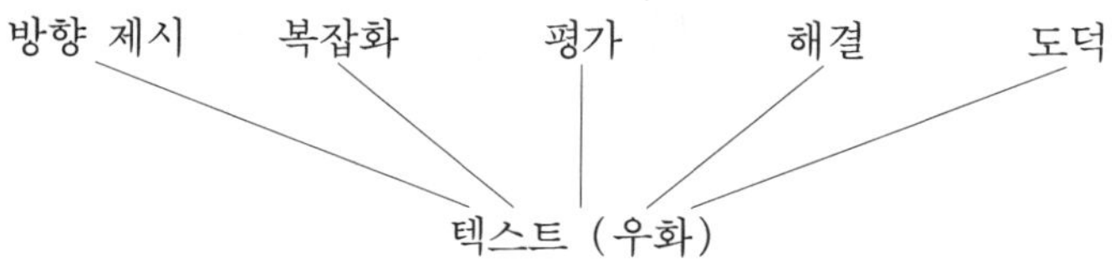

『언어 *Langages*』지(26, 1972)에 실리고 『프랑스어 *Langue française*』지(38, mai 1978, p.103)에서 다시 사용된 바 있는 이젠베르그 H. Isenberg[14]의 글에서 이 기능들에 대한 설명을 찾아볼 수 있다. 앙리 라파이 Henri Lafay가 라퐁텐의 우화에 대해서 제시하고 있는 분석은 텍스트 상호성의 여섯 가지 모델에 이른다. 우리는 그에게서 그 명칭과 몇 가지 성격을 빌려온 바 있다. 이에 대한 설명은 『로만어로 쓰인 문학사 수첩 *Cahiers d'histoire des littératures romanes*』(1977, no 1, pp. 40~49)에 실린 그의 논문에서 찾아볼 수 있다. 이 분석의 의도는 바로 "텍스트 상호성으로서의 문학 텍스트 연구가 좀더 넓은 의미에서 역사와 사회의 다양한 텍스트들이, 말해지기 위해서 (가 아니고) 그 속에서 작용을 일으키기 위하여 (혹은 때문에) 문학 텍스트 속에 통합되는 것을 보여"주는 '새로운 문학사'에 이르는 것이었다. "문학 텍스트의 목적은 사실 표현도, 모방도, 반영도 아니다. 따라서, 전통적인 문학사의 함축적인 그러나 본질적인 설정들이 무너진다"(*ibid.*, p. 49).

---

14) Isenberg H., "L'idée de texte dans la théorie du langage(Der Begriff Text in der Sprachtheorie)," *Langages* 26, 1972, pp. 72~73.

이 텍스트 상호성이 지니는 각각의 성격들을 다시 한번 상기해보자 :

1) 구성 요소적 : 우화라는 장르 자체가 환유적인 방법에서뿐 아니라 은유적인 관계를 보이면서 윤리적 담론과 서술적 담론이 뒤얽혀 있음을 보여준다.

2) 양식적 : 우화의 텍스트내에서 실제적으로 작품화되어 있는 것을 보면 그 기능이 다음과 같은 의미로 통상 받아들여지고 있는 양식들에 부합한다 : 동물성/인간이라는 신호 체계(서술적인 담론과 윤리적인 담론에 부합하는) ; 기존의 텍스트들/현재의 텍스트.

3) 대화체 : 화자의 문법적 흔적의 부재(이는 우화의 형식적인 신호 체계이다)를 라퐁텐은 어기고 있는데, 이리하여 계속적인 양면성, 아니면 애매성이 생겨난다.

4) 사회-역사적 : 말하자면 "사회는 텍스트 속에 씌어진다"(크리스테바 Kristeva), 혹은 또 텍스트는 다른 여러 텍스트들의, 즉 역사(사고 방식들), 문화, 정치 체제(왕, 콜베르 Colbert,[15] 푸케 Fouquet[16]), 특정한 경체 체계(가난·전쟁) 등등의 만남의 장소이다.

5) 구조적[17] : 즉 크리스테바의 명제를 뒤집어 말하자면, 텍스트는 사회 속에 쓰여지며 그 사회의 구조들에 적응한다 : 기

---

15) Colbert(Jean-Baptiste) : 프랑스의 정치인. 1619~1683. 상인 출신의 정치인으로 당시 프랑스의 경제 체제를 확립하고 상공업을 발전시키는 데 뛰어난 업적을 보였다(역주).

16) Fouquet(Nicola) : 프랑스의 정치인. 1615~1680? 자신의 정치력을 이용하여 개인적인 치부에 몰두하였으며 몰리에르, 라퐁텐, 르 보, 푸셍, 르 브렝 같은 작가들과 예술가들을 모아들이고 따로이 성을 짓는 등 호화로운 생활을 누리다가 콜베르에 의해 공금 횡령 혐의가 드러나 불편부당한 재판을 받고 감옥살이를 하게 되지만 세비네 부인 Mme de Sévigné, 스큐데리양 Mlle de Scudéry, 라퐁텐 등 그의 친구였던 작가들은 여전히 그의 편에 서 있었다(역주).

17) 우리가 선택한 고유의 용어와의 혼동을 피하기 위하여 여기서 라파이의 용어인 체계 *systémique*, 반체계 *a-systémique*라는 낱말을 사용하지 않기로 한다.

저면과 정점을 가진 피라미드식 위계 체제. 이는 곧, 군주제와 종교 제도의 모델에 해당하는 것이다 ; 왕/궁인들, 아첨꾼들 ; 신/인간들.

6) 충동적 : 이는 공격 충동(밖을 향해 돌아선 죽음의 충동. 혼자 하는 대화의 충동으로 해석되어 마땅하다)의 기호로 여겨질 반항적인 텍스트들의 흔적 속에 나타나는 것이다. 이러한 텍스트 상호성은, 모델의 모든 가능성을 점검할 수 있게 해준다는 의미에서 '완벽'하다. 이는 어떤 의미에서는 이 텍스트와 장르를 하나의 견본 혹은 표본으로 만들어줄 것이다. 라퐁텐 이래 오늘날에 이르기까지 다른 모든 공시적인 분석들은 과도기적 단계와 변형의 국면을 동반하는 수많은 변주로서 끼여드는 불균형을 계산에 넣을 수 있게 해줄 것이다. 또 다른 공시적 단면 : 카뮈의 『페스트』는 이미 주요한 자리바꿈을 나타낸다. 우화가 소설이 되었기 때문이다. 동물들이 인간들로 되었기 때문이다. 위계적인(수직적인) 구조가 사라져 있다, 혹은 비위계적인(계급간의 수평적인) 구조로 대체되어 있다. 『페스트』에서는 사회—역사적(전후의 공화주의적이고 실존주의적인 사회), 대화적 그리고 충동적인 세 가지의 텍스트 상호성이 '살아' 있다. '없어진' 텍스트 상호성은 바로 우화 장르에 결부되는 것들이다. 그럼에도 불구하고 이 작품의 모든 비평가·수용자·해석자 들은 이를 우화처럼 이야기하면서도 이 장르의 구성 요소적·양식적 그리고 구조적인 요소들에 대해서조차도 전혀 언급을 하지 않는다. 이러한 귀착점은 신호 체계들이 도정에서 없어지고 형식적인 기준이 없는 확장된 개념 속에서 장르의 '익사'가 일어났다는 것을 확인시켜준다. 우화는 더 이상 하나의 장르로서가 아니라 종류를 막론하고 글의 성격으로서 이야기되어진다. 우화—장르는 언제·어디서·왜·어떻게 균형을 잃게 되었는가? 이러한 것들이 **텍스트의 삶**이 보여주는 현상을 검토하는 것에서 시작되는 문학사에 대해 제기되는 질문들인가? 또 다른 체계, 즉 **인류—사회적**

인 삶에 대한 분석이 이 대답(혹은 이 대답의 요소들)을 제공해
줄 것이다.

2. 인류-사회적인 삶

이 두번째 체계는 사회·문학·문화적인 제도를 기원과 뒷받
침으로 삼는 모든 담론들을 포함한다. 우리는 이를 세 가지 영
역으로 세분할 것이며 이들은 텍스트 수용의 세 가지 양상에 부
응한다. 그리고 이 세 가지 영역은 또한 세 가지 담론에도 부응
한다.

1) 승인 *Adimission* 혹은 비평적 담론, 이는 가치 부여 과정
을 포함한다는 점에서 미학적 담론(**텍스트의 삶**)보다는 교육적
담론에 더 가깝다. 시적 담론의 중개(의사 소통/의미 작용)에
통찰력·창의성·사회성 중 한둘의 가치를 부여하면서 비평적
담론은 하나의 권리를 부과한다. 이 경우에 있어서 **승인한다는**
것은, 수용한다는 것이 사실을 가리키는 데에 비해서 **권리**를 나
타낸다. 이는 선택적으로 혹은 우호적으로 가능성 혹은 받아들
임 수용 등을 상정하는 담론이다. 그러므로 이는 담론으로서,
미학적 담론보다 더 많은 자유를 지니며 더욱 이론적이고 더욱
규제적이다. 구체적으로 한 작가, 작품이 부과하는, 그들에게
문학이라는 영역의 문을 열어주는 판단으로 만들어진 문학비평
이라고 불리는 것에서 이에 대한 많은 예를 찾아볼 수 있다. 이
는 도입의 문제, 들어갈 수 있는 권리를 주는 입구의 담론이다.
2) 공인 *Legitimation* 혹은 제도적 담론, 이는 또한 문학 제
도뿐만 아니라 교육 제도의 담론이 될 수도 있다. 그러나 그 목
적이 텍스트에 대해서 말을 하는(혹은 텍스트에게 말을 시키는)
것이 아니라 텍스트를 사회적인 대상으로서 공인하는 데에 있

다는 점에서 다른 담론들과 구별된다. 규칙·관습, 정해진 기준에 일치(혹은 불일치)함에 따라서 행해진 선별에 관계되는 제도 담론들의 모든 범위는 공인의 질서에서 나온다. 이는 제도 속으로의 편입/추방, 이의 제기/일반화에 의해 행해지며, 부르디외 Bourdieu가 '재생산과 보존'이라고 부르는 절차의 장이다. 이는 이미 용인의 형태(선[先]-형태)이며, 우리식으로 보자면, 문화적 담론의 대상이 되는 것이다.

3) **용인** *Consecration* 혹은 문화적 담론, 이는 텍스트가 끼여드는 환경의 모든 부분에서 나오며, 삶의 환경 혹은 인간의 환경과 텍스트 사이를 연결하는(중재하는) 방법으로 사용되는 것이다. 이는 텍스트들을 하나의 민족의 문화 속에 새겨넣으므로 아주 정확히, 앞서 언급한 공인을 지속적인 것으로 만들어주는 용인에 관한 문제이다. 국가적인 상징이 되어 있는 거장들을 용인하는 문제에 있어서 우리는 이러한 현상을 확인한다. 가령 괴테 Goethe는 독일을 단테 Dante는 이탈리아를, 카모엔스 Camoens는 포르투갈을, 볼테르 Voltaire는 프랑스를[18] 상징한다. 이 국가들은 때로는 외국에 세우는 자기 나라의 언어 문화원을 이 작가들의 이름을 따서 명명하기도 한다.

문화적 담론은 사회적 성격에서 혹은 텍스트를 읽는 일반 독자들 때문에 생겨나는 것이다. 주어진 맥락에서 그리고 모아들인 텍스트 군(群)에 따라서, 복잡한 작업이기는 하지만 이 일반 독자들의 유형을 설정할 수 있다. 이 일반 독자들은 과학적·법적·종교적 등등의 다양한 사회적인 회로 속에서 담론으로 혹은 텍스트로 표현된 독서의 차원에서 기능을 발휘한다. 그들은 전달된 내용, 나타난 '세계의 이미지,' 사실에서 기호로 변형되는 양식에 따라서 서로 구별된다. 여기서 문제가 되는 것은 일

---

18) 혹은 이 작가가 죽은 지 100년이 되는 1985년 현재, 위고를 들 수도 있을 것이다.

반 독자들이 자신들의 문화(또 다른 분석의 대상)에 부여하는
의미 작용의 유형을 알아내는 것이 아니라 텍스트를 문화, 그
자체가 다른 많은 요소들로 형성된 복잡한 구조인 이 문화의 구
조적인 요소로서 알아보도록 만드는 신호 체계, 규칙을 알아내
는 것이다. 지정된 일반 독자들의 '문화적인' 담론은, 텍스트라
는 산물을 '문화적'인 것으로 인식하게 만드는, 신호화 혹은 체
계화된 어떤 원칙들에 의거하는 것인가? 이 원칙들은 다수이며
독자들에 따라서, 맥락과 시기에 따라서 변화한다. 그러므로 참
여, 전반적인 의미 작용 혹은 주어진 목표의 등급에 따라서 변
하는 문화적 욕구와 필요의 등급을 매기게 된다. 이러한 등급
체계에 따름으로써 독자 형성의, 그리고 다루어지고 있는 문화
적(기호론적) '모델'의 바탕을 드러낼 수 있다. 이 문화적 담론
분석의 기초를 확립하기 위하여 용인(최종적인)이, 다른 용인들
의, 특히 제도적이고 교육적인 용인들의 교차로서 존재한다는
것을 가정하기로 하자.

　비평적·제도적 그리고 문화적인 이 세 가지 담론은 종종 출
판사들의 '상업적인' 추이와 조건 혹은 아주 단순히 출판의 상
황(18세기의 네덜란드에서의 프랑스어 출판)의 결과이다. 그러나
또한 담론들은 다른 많은 요인들에 따르는 것이기도 하다. 예컨
대 주어진 한 순간에 있어서, 문학 텍스트들의 상황(미학적 담론
에 의해 확립된 상황)이 다른 예술적 표현에 비하면 어떠한 것이었
던가? 여기서 우리는 의례적으로 보들레르의 『살롱 *Salons*』[19)
혹은 밀접한 관계가 있거나 이웃하고 있는 다른 예술들에 관한
『백과사전 *Encyclopédie*』의 조항들을 생각해왔다. 그러나 이들
은 결코 체계의 요소, 다시 말해서 문학적인 환경, 사회 계급,
개인들의 집단(예술 출판인, 문예 학술 옹호자) 게다가 정부(문

---

19) 보들레르는 1845, 1846, 1859에 걸친 미술 전시회에 관한 비평문들을 쓴 바
　　있으며 이는 『살롱』이라는 제목하에 출간되었고, 『보들레르 전집』 속에 재수
　　록되어 있다(역주).

화성)와 관계되는 것이 아니다. 여기서, 문학의 장르를 넘어서
는 미학의 규칙이 확립되는 이 체계 속에서 무엇이 결정적인 역
할을 하는가? '문학가들,' '예술가들,' 예술 시장의 '전문가들,'
문예 학술 옹호자들? 이들은 누구에게, 무엇에 결부되는가, 신
문·잡지·전위 집단·직업 예술가들·대중 매체? 문학·예술 작
품 분배의 주된 회로 그리고 이 산물들에 대한 '비평'의 주된
회로는 무엇인가?

　이와 마찬가지 방식으로, 주어진 문학 현상 속에서 외국 문학
들이 가져다주는 것을 좀더 정당하게 존중할 수 있어야 할 것이
다. 다시 한번 말하지만, 영향이 작용한다는 점에서가 아니라
텍스트 그리고 인류-사회적인 체계와의 관계 속에서 말이다.
이러한 용어들로 적확하게 공식화된, 이미 인용한 바 있는 이타
마르 에븐 조아르Even-Zohar의 연구들이 보여주는 문제 제기,
지동 투리Gideon Toury[20] 그리고 특히 조제 랑베르José Lam-
bert[21]의 연구들은 랑베르가 다음과 같은 하나의 명제로서 공식
화하고 있는 것처럼 구체적인 방향 제시를 해준다 : "주어진 하
나의 문학 속에서, 문학 체계의 조직은 번역 연구를 이용함으로
써 그 범위가 파악될 수 있다. 번역의 존재 혹은 부재, 그 선별
작업 그리고 번역의 방법은 문제가 되고 있는 문학 속에서 정해
진 기능을 완수하고 있는 까닭이다."[22]

　체계의 분석에 기초한 발견의 도움이 되는 가설, 그리고 우리
가 다시 한번 상기하고 있는 이 가설은 체계들이 대화형의 의사
소통의 체계들이라는 것이다. 이들의 하위 체계들은 서로서로
상관 관계에 있다. 이는 이 하위 체계들이 공통적인 요소를 지

20) Touy Gidéon Toury(1974), "Literature as a Polysystem," *Ha-sifrut*
　　18~19, décembre, I-9(en hébreu, résumé en anglais), 1974; (édit.
　　avec Itamar Even-Zohar), "Translation Theory and Intercultural Re-
　　lations," *numéro spécial de Politics Today* Ⅱ, 4 1981.
21) Lambert José, *Théorie littéraire, histoire littéraire, études des
　　traductions, in Eva Kushner, Renouvellements*……, 1984, pp.119~30.
22) *Ibid.*, p.119.

니기 때문이기도 하고 동시에 또 그 효과가 다른 하위 체계들에
대해서 다성적으로 영향을 미치기 때문이기도 하다. 이러한 공
통 요소들의 예는 주어진 하나의 혹은 여러 체계의 활동 속에서
존중되어 있는 규범 혹은 기준이 될 것이다. 이러한 활동을 위
해서 요구되는 목적과 도구들도 마찬가지이다. 엄밀한 의미에서
문학 창조라는 으뜸가는 활동 속에서 이러한 연관들의 몇 가지
예를 들어보자. 작가는 발설되지 않은 말을 발설된 말로 변형시
킨다. 여기에 의사 소통의 일부를 이루는 변형이 있다. 이는 언
어학적인(문법적·구문적) 규범과 미학적인(다기능 대 단기능)
규범에 동시에 관계된다. 작가의 담론은 자기 자신의 언어와 타
인들의 언어의 혼합이다. 여기서 순수한 의미의 텍스트 상호성
이 드러난다. 다시 말해서, 모든 담론 속에는 무의식적으로 참
조되고 있는 이미 소비된 텍스트가, 반은 인용이라고 볼 수 있
는, 출처를 밝히지 않은, 잘못된 인용 그리고 줄리아 크리스테
바가 로트레아몽의 『시 *Poésies*』에 대해서 분석을 행한[23] 바
있는 것과 같은 것들이 언제나 얼마간 들어 있다. 작가가 말할
수 없는 것, 그것은 그의 힘의 원천이며 그가 정말로 얻은(얻어
낸) 효과이다. 사회적인 제도·학파 그리고 법적인 제도는 이러
한 힘을 행정적으로 관리하는 두 가지 주요한 절차가 된다.

비평적·제도적 그리고 문화적인 이 세 가지 담론에 관한 분
석은 차원에 따른, 시대에 따른 요소들의 분리이며 이는, 관계
들과 관계들간의 관계들 *interrelations* 을 어떻게 보느냐에 따라
체계의 모든 것의 전체가 재구성되기에 이른다. 이러한 재구성
을 우리는 상호 수용성 *Interreceptvité* 이라고 부를 것이다. 이
는 이 담론들과 그 요소들 사이의 관계들/관계들간의 관계/관
계 속에 내재하는 관계들이 어떻게 조직되는가 하는 것 자체를
의미하는 것이 될 것이다. 앙리 미테랑 Henri Mitterrand 의 용

---

23) Kristeva Julia, *Semiotike. Recherches pour une sémanalyse*, Paris:
Seuil, coll. Points, 1969, pp. 337~60.

어를 빌려오자면, 이 상호 수용성은 "문학적 담론의 전체를 지배하는 제도적·이념적·수사학적(이 담론들의 세 가지 궤적) 구속망"[24]이 될 것이다. 이 망(網) 속에서 점검의 대상이 되는 것은 텍스트(들)와 독자(들)가 서로 주고받는 관계이다. 상호 수용성은 이 관계들의 망을 통해서 텍스트들이 어떻게 작용을 하고 순환되는가를, 특히, 그 텍스트들이 닫힌 항아리 혹은 공(空) 속에서가 아니라, 역사·문화 그리고 심리 사회적인 요인들로 이루어진 맥락 속에서 순환된다는 것을 드러내 보여주는 새로운 개념이 된다. 이러한 여러 가지 요인들을 콘스탄츠 Constance의 미학자들(야우스 Jauss와 이저 Iser)이 다음과 같은 두 가지 용어(場)하에 모아들인다: 수용의 미학 *Rezeptionästhetik*, 이는 수용의 시기(구성 요소적인 모델의 원인이 되는, 역사적 혹은 현대적인); 수용의 장소(독서의 문법을 만들어내는 독서의 배경: 양식적인 상호 수용성); 수용의 절차 혹은 독서를 대화로 만드는 문맥적인 상황, 다시 말해서 대화체의 상호 수용성을 말한다. 두번째 '장'은 사회·구조·충동적인 다양한 차원에서, 혹은 독서 행위가 의미심장한 구체적인 관념이 되는 개인적이고 집합적인 두 영역에서 드러나는 독서의 효과를 주시하는 효과의 미학 *Wirkungsästhetik*을 가리킨다. 이 여섯 가지 수용의 양식은 상호 수용성을, 독서의 장소·시기·절차에 따라서 기대에 부응해서 혹은 기대와는 상관없이 개혁·변조·차별 등 다양한 독서 효과를 낳게 만드는 텍스트 읽기의 복수성으로 정의한다. 이는 **텍스트**의 **삶**의 체계처럼, 이 체계의 모든 요소 그리고 텍스트의 삶의 체계의 많은 아니 모든 요소를 다 문제화하는 복잡한 체계이다. 앞서 언급하다 만 『페스트를 앓고 있는 동물들』과 『페스트』의 예를 다시 들자면, 그때에 제기되었던 문제에 대답을 할 수 있어야 할 것이며, 그리하여 '고리를 완결할' 수 있어야 할 것이다. 결국, 상호 수용성의 분석은, 주어진 사회의 상태 속에

24) Mitterrand Henri, *Le discours du roman*, Paris: PUF, 1980, p. 243.

서 "구별되는 방식으로 그리고 때로는 대립되는 방식으로 자리 매겨진 규정된 제도적 위상을 위한 텍스트 상호성의 장치로서, 서로 대립되면서 스스로 정의되는(피히테 Fichte), 그 특유한 차이를 정당화함으로써 서로 구별되는 장치로서"25) 문학의 장르 (들)을 구축한다. 우화의 정체 *identité*는 그 자체내에서 찾아지는 것이 아니라, 우화의 원인이 되는 실제들 *pratiques* 속에서 그리고 이 실제들의 궁극성 속에서 찾아진다. 그것은 공동의 궁극적 목적이 없는 그리고 통일된 기능이 없는 비평적 담론 전체의 역기능(베르니에26)가 말하는 의미에서) 속에서 그만큼, 아니 더 많이 발견된다. 이 예에서 문제화되고 있는 것은, 우화라고 불려진 문학 형태들이다. 그러나 이는 또한 이러한 종류의 텍스트와 그 사회적이고 역사적인 환경간의 관계, 알튀세르가 '생산의 양식'이라고 부르는 것이기도 하다. 알튀세르의 이 용어는, 다시 말하면, 사회 문화적인 현실을 공시적으로 구성하는 다양한 차원·문화·이념·경제·정치로 명명되는 그리고 전체가 함께, 일제히 작용하면서 그 하나하나가 이 모든 것 안에서 특유의 기능을 지니면서도 문제의 장르 속에서 하나하나 구별이 되지 않는 차원에서 드러나는 관계들의 총체적인 체계를 말한다. 바로 여기서, 존재하는 관계들의 유형을 확인하고 거기에 나타나 있는 대립·화해·모순의 힘을 드러내주는, 그리고 이러한 힘들이 만나는 지점과 그 양식을 확립 가능하게 만드는 것을 드러내주는, 낼 수 있게 해주는 매개물들이 어떤 것인가를 발견할 필요가 생겨난다.

이를 위해서는 세 가지 차원을 구별해야 한다. 첫번째 차원은 하나의 텍스트 혹은 장르 혹은 상징적인 몸짓을, 사건들(사실·사물 행위)을 새로운 텍스트, 장르 혹은 몸짓으로 변화시킬 수

---

25) Angenot Marc, "L'Intertexualité: enquête sur l'émergence et la diffusion d'un champ rationnel," *Revue des sciences humaines*(*Le texte et ses réceptions*) I, 1983, pp.121~35, 139.

26) Vernier France, *op. cit.*, p.139.

있는, 그리고 그 창조의 맥락과 그 맥락의 성립(혹은 그 형태를)을 드러내는 길에 관한 것이다. 우화의 경우, 욕망 혹은 이념과 이러한 유형의 담론(서술적이고 윤리적인)을 위한 사회적이고 역사적인 관심사를 불러일으킬 수 있는 가능성 사이의 관계 때문에 장르와 텍스트가 하나의 점(라퐁텐)에서 다른 점(카뮈)으로 옮아간다. 두번째 차원은, 텍스트 혹은 장르가, 사회적인 배경과 그 사고 방식의 구성 요소를 이루는, 이미 만들어진 것들로 조립된 계급들에 관한 분석이다. 여기서 환경과의 대화적인 관계에 의해 드러나는 모순과 적응이 나타난다. 『우화』의 예를 보면, 라퐁텐의 역사적인 독서를 통해서, 비평적인 담론과 제도적인 담론 그리고 문화적인 담론 사이의 모순들을 다시 그려볼 수 있다. 그 수용 시기에 있어서, 라퐁텐의 『우화』는 브왈로 Boileau 의 어떠한 언급도 얻지 못했다. 하기는, 브왈로로서는 그의 연극과 콩트에 대해서 나쁜 점밖에 이야기할 것이 없었을 것이다. '친구'의 침묵은 수천 마디 말에 값한다. 다른 것들도 그렇지만 『우화』는 종종 의심스러운 그 '도덕성'으로, 당시 살롱에 모여들던 여성 독자들의 인기를 차지했던 이 작가의 다른 작품들이 지니는 잘못된 점을 고치지 못한다. 라퐁텐의 원칙 중에는, **가르치고 즐거움을 주어야 한다** *il faut instruire et plaire* 라는 것이 들어 있다. '고전적인' 미학이 문학적인 신호 체계라기보다는 윤리적인 그것을 보여주는 예이다. 『우화』의 첫머리에 나타나는 위에 Huet[27]의 편지는 바로 이러한 신호 체계를 아주 강조하고 있다. 게다가 라퐁텐 시대의 사람들이 작품들을 판단하기 위해서 가진 것이라고는 고대인들에게서 물려받은 장르 자체의 규칙뿐이었으며, 이는(출판과 공연·분쟁 등등의) 상황에 따라서 자기들이 마음대로 만들어내는 고상하고 도덕적인 만큼 또, 부우르 P. Bouhours 의 뭔지 모르겠는 것 *le je*

---

27) Huet(Pierre Daniel, 1630~1721): 프랑스의 성직자이며 학자. 라퐁텐은 『위에에게 보내는 편지 *L'Epître à Huet*』를 그에게 헌정한 바 있다(역주).

*ne sais quoi*에 관한 논문이 보여주는 수사의 범람만큼이나 막연하고 모호한 규칙들이었다. 그러므로 규칙의 측면을 찾아야 할 것이 아니라 독자·수용자의 측면을 찾아야 하는 것이다. 바로 여기에 모순이 있다. (적어도) 두 가지 독자가 갈등을 일으킨다. 그 구성원 사이에 교환이 일어나는 (여성 문인들이 있고 여자 같은 남자들이 있다), 그러나 일종의 사회 문학적인 일관성을 지니는, 문인들과 여자들이라는 두 부류의 독자들이 있기 때문이다. 이를 제시하기 위하여 여성 독자들에 관한 위에 Huet의 판단을 인용하기로 한다 : "여성에 대한 친절은 여자들을, 감각뿐만 아니라 정신에도 의존하는, 사물의 가치에 대한 감정가로 만들어놓았다. 부당하게도 자기들에게 맡겨진 권리를 그녀들은 남용한다"(*Huetiana*,[28] *Pensée*, LXXIV : "시에 대한 좋은 판관은 좋은 시인보다도 더 드물다"). 이 글은 남녀를 막론하고 페미니스트가 되어 있는 우리들의 귀를 찌른다! 그는 『우화』의 시대에는 장르(들)의 규칙이나 문단내에서 심하게 논쟁의 대상이 된 교의에 따라서뿐만이 아니라 두 개 이상으로(여기서는 단순화한 것이다) 나누어지는 남성 독자/여성 독자 무리들의 패권에 따라서도(어쩌면 특히 이에 따라서) 판단이 이루어졌다는 것을 보여주는 것이다. 만일 여성들이 라퐁텐이 다루었던 그리고 성공했던 다른 장르들(발레, 오페라, 『보-리샤르의 싱글거리는 사람들 *Les Rieurs du Beau-Richard*』의 예와 같은 노래를 깃들인 희극, 스카롱 Scarron에게서 영감을 얻은 '희극적' 소설, 외설적인 콩트들, 그러나 또한 경구·사랑·노래 등등)을 특히 좋아했다면, 자기들이 좋아하기는 했지만 지나침을 보이지는 않았던 『우화』는 학자들을 위해서 남겨둘 수도 얼마든지 있었던 것이다. 브왈로의 경우에서 본 것처럼, 문인들, '공식' 비평가들은, 이것들이 이솝 Esopc을 재연하였으며 도덕적인 교훈과 아름다운 시구들을 많이 담고 있다는 등의 말을 빼면 이에 대해서 무

---

28) 1722년 위에 Huet 의 사후에 출간된 그의 사상 모음집의 제목(역주).

슨 말을 해야 할지, 어떻게 해야 할지 알지 못했다. 『우화』는 그 시대에 다수 독자들의 곁으로 혹은 그 위로 스쳐지나갔다. 당시에 이에 대해서 말해진 것들은 곧, 그 다음 세기의 작가들에게 비난의 대상이 되었다. 우화 작가 라퐁텐의 양식과 단순성은, 『루이 14세의 세기 *Siècle de Louis XIV*』에서 이 작가를 엄단하고 있는 볼테르Voltaire에게 반감을 일으킨다. 루소는 또, "이처럼 너무나도 순진하고 매력적"(17세기의 판단을 그대로 지니고 있다)이며 거짓스러운(『에밀 *Emile*』, 제2권 제27장) 『우화』를 공격한다. 대화는 여기서 분명해진다. 즉 신호 체계들이 바뀌었으며 변화를 끝내지 않았다는 것이다. 18세기 『수사학 개론 *Traités de rhétorique*』에서 말하던 교훈시는 더 이상 통용되지 않는다. 이는 시와 교훈주의가 볼테르가 양식과 단순성이라 불렀으며 루소가 순진성과 매력이라 불렀던 즉 물러난 가치들이었을 뿐인 일종의 사생아 같은 것이다. 계속해서 읽어나간다면 이어지는 세기에 가서 텐Taine의 『라퐁텐과 그의 우화 *La Fontaine et ses fables*』에서 '과학적인' 비평의 모델에 의해 제대로 균형이 회복되는 것을 보게 될 것이다. 그러나 페기 Péguy는 이에 대해 심한 독설을 퍼부었다. 여기서 19세기말 대학 비평의 차원에서 우리가 충분히 이야기한 바 있는 모순의 여지가 높아지는(혹은 낮아지는) 것을 볼 수 있다. 라퐁텐은 여기서 하나의 핑계, 또 다른 줄기를 지니는 논쟁의 덮개이다. 이는 분명 제1계급의 매장의 문제이다! 『우화』의 저자는 국민학교에서 읽혀질 뿐이며 어린아이들의 기억력을 진전시키는 데에 쓰여질 따름이다. 저 높은 곳, 대학에서 논쟁이 있을 수 있다. 저 낮은 곳, 국민학교에서는 아무것도 바뀌는 것이 없다. 『우화』는 아주 엄밀한 의미에서 교과서이기 때문이다. 라퐁텐과 우화가 프랑스에 후예를 남기지 못했다는 점을 어떻게 설명할 것인가? 이는 우화가 한정 생산과 지성적인 분야(비평가·교수·역사가 등등)에 비추어볼 때 죽은 장르 속에 묻혀버렸으며, 행상 문학의 기사 이야기 *bibliothèque bleue* 속에서 대단위 생산의 분야로 옮아가버렸기 때문이다. 우화는 독자를 바꾸었으며, 그 첫번째 독자에게는 하나의 논점, 즉 물을 길어낼 수 있는 하나의 샘이 되었다. 서술·윤리와 뭔가 관계가 있는 모든 장르, 담론은, 앞서 말했듯이 다른 장르들에 넘겨져버린 이 장르 자체를 그다지 가리키지 않으면서도 우화가 된다. 우리는 카뮈의 『페스트』를 선택한 바 있다. 주제가 라퐁텐의 유명한 우화의 그것을 상기시키기 때문이다. 이 시대의 또 다른 작가들을 들 수도 있을 것이다. 그 배경이 옮겨지고, 변모가 이루어진 이 우화는 한정 생산의 분야에 놓일 수밖에 없었다. 반면, 진정한 의미의 진짜 우화는 이미 추방당했던 장소인 대단위 생산의 분야에 계속해서 머물면서 학교와 제도의 장치로 사용되고 있다. 그러므로, 18세기에 이미 분야의 자치(自治)가 이루어졌으며 이에 따라 장르의 모든 행로가 변화되었다는 것을 알 수 있다.

세번째 차원에서는 더 이상 생산이나 수용의 이러저러한 양식을 강조하는 것이 아니라, 텍스트나 장르가 총체적인 환경의 일부가 되는 방식을 강조하는 것이다. 이 차원은 인간 역사의 움직임을 구성하는 유기·예상 그리고 혁명의 잠재적인 혹은 열린 길항 작용의 진행에 연루되는 문화적인 혁명에 관계되는 것이다. 이 차원에 있어서 중요한 것은 형태의 이념, 즉 역사의 지평을 열기 위한 여러 가지 생산 양식의 기호들의 역학, 사건들의 냉혹한 형태로서의 의미를 지니는 필연성 *Nécessité* 의 체험이다. 프랑스에서 우화라는 장르는 라퐁텐 때문에 살아남았다. 그가 없었더라면 이 장르는 결코 이러한 필연성을 지닐 수 없었을 것이다. 그러나 필연성은 다른 사건들, 다른 텍스트들을 창출할 수 있는 하나의 형태라는 기초를 확립하지 못했다. 우화의 형태는 길항 작용이라는 양식에 의해 재생산을 해내는 그 이념적인 힘을 잃는다. 문제가 되고 있는, 그것도 시작부터 문제가 되고 있는 유일한 것은, 첫번째 차원에서 이미 보았듯이 가치 상실(볼테르와 루소에게서, 그러나 또한 19세기에 더욱더 비난받고 유기되어가게 되는 『수사학 개론』에서도 그렇다)의 길을 통한 혹은 텐 Taine 이나 지로두 Giraudoux(『라퐁텐의 다섯 가지 유혹 Les cinq tentations de La Fontaine』)가 시도했던——전자는 대학 비평을 이용하였고 후자는 개인적인 비평('멋스러운 지로두 précieux Giraudoux'는 라퐁텐을 겉치레로 다루기에 이른다)을 이용하였다——텍스트에 앞서는 명예 회복의 길을 통한 유기의 과정이다. 이 경우, 문화적인 혁명은 형태의 차원에서 실패한다. 그러나 논점의 차원에서는 그렇지 않다. 여기서 우화는 짐승의 털을 다시 찾는다! 우화 속에서 이야기를 가리고 있던 윤리는 이제 서술에 의해 가려져 있다. 『페스트』는 그 뛰어난 일례이다. 우화를 배척하는 것은 가치가 부여된 사회 형태로서의 윤리, 다시 말해서, 막연하거나 무언중에 들어 있는 힘들에 의해서 생겨나는 기계적이고 상투적인 처신의 윤리를 배척하는 것이었다. 계몽주의자들·백과전서파들은 인간 활동의 모든 영역에서 그 예를 보여주고 있다. 『우화』가 진술을 야기하였던, 윤리 속에 나타나는 힘들을 밝히는 일은 18세기에 행해졌다. 이 장르는 이야기 récit 라는 그 근본적인 두번째 구성 요소의 힘을 빌리는 수밖에 없었다. 그러나 '문화적인' 혁명은 윤리를 붕괴시키지 않고 재편성시켰다. 이 윤리는 또한 문제의 핵심 속에서, 그 가면의 구실을 해주던 서술의 뒤로 완전히 돌아올 수도 있다. 『페스트』의 윤리는 비록 라퐁텐의 윤리와 동일한 것 혹은 같은 성질의 것이기는 하지만 그렇게 보이지 않는다. 카뮈에 대한 모든 과학적·비평적인 박식한 연구는 서술학적 장치로서의 혹은 이념적 형태로서의 서술만을 이야기하고 있을 뿐이다. 가령 에티엔 발리바르 Etienne Balibar 와 피에르 마슈레 Pierre Macherey 그리고 르네 발리바르 Renée Balibar 의 연구는 형태와 장치에 대한 설명과 그것들간의 상호 작용을 교과서적인 이념의 기구로 돌려버린 경우에 해당한다. 여기서는 카뮈의 글쓰기(그리고 서술)를 특히 『이방인 *l'Etranger*』이 보여주는 완전한 투명성을 지향하는 비어 있는 글쓰기 *écriture blanche* 로 보는 바르트의 해석을 찾아볼 수 없다. 그래야 하든 않든, **매개물**은 윤리의 필요성이 장르에 연관되는 것이 아니라, **형태**일 수 있는 다른 것, 윤리에서 떨어져나간 서술 혹은 이념적인 표시가 되어 있는 다른 담론들에 연관되는 것이라는 점을 충분히 보여준다. 우리는 여기서 야우스 Jauss의 기대의 지평 *horizon d'attente* 이라는 개념(주어진 역사적 시기에 한정된 독자들의 태도와 기준의 체계)을 넘어서고 있다. 그리고 거기에 책읽기에 참고가 되는 것들의 세계 속에서 문학 밖의 담론에 호소하는 이미 만들어진 것들에 의한 조립이라는 개념을 대치시키고 있다. 바로 여기서 책읽기와 문학사 혹은 일반적인 역사와의 접점이 생겨나는 것이다. 모든 독서는 결국, 하나의 프로그램으로 되어 있는 참고 사항의 세계에서 유래한다. 독서는 이미 이 프로그램 속에 등록이 되어 있는 것이다. 여기서, 시대에 따라서 이 프로그램을 식별하고 거기서 독서의 신호 체계(들) 구실을 하는 이미 만들어진 것들에 의한 조립된 참조의 세계를 드러내는 일에는 노력이 동반된다.

여기서 결정한 바대로 보자면, 텍스트 상호성과 상호 수용성은 장르와 텍스트가 그 자체 속에서, 서로에 대해서 그리고 그 환경에 대해서, 저절로 설명되어지는 하나의 고리를 만들어낸다. 그리고 다른 모든 사회·정치·이념적인 현상들과 관계를 맺게 된다. 다성 체계는 텍스트의 삶(이에 대해서 우리는 우화와 공시적인 단면을 통한 그 변주라는 하나의 장르의 수명에 대한 간단한 예를 제시한 바 있다)과 인류–사회적인 삶(여기서 이 동일한 장르가 시대에 따라서 그 영역의 이동——우화는 행상 문학으로 옮겨간다——과 담론의 장소〔비평/제도적 담론이 아니라 교훈/문화적 담론〕 이동을 만들어내는 다양한 힘들의 압력하에 축소/변이에 의해서 혹은 축소/변이를 규정하는 의미와 자리를 갖는다. 이는 하나의 영역 속에서 이미 얻어진 위치를 붕괴시키고 다른 담론들을 이용해서 어떤 담론들을 파괴시키는 것이다)이라는 두 체계 사이의 이러한 관계이다. 우화의 경우, 텍스트 상호성은 텍스트 내부적인 질서(의미화 *signifiance*가 아니라 의미 *sens*)의 관계가 된다. 그리고 상호 수용성은 제도적 질서(모든 '기대의 지평'을 붕괴시키고 모든 미학적 거리를 없애버리는)의 관계가 된다.

다음의 도표가 문학사의 다성 체계의 조직을 예시할 것이다.

텍스트 상호성을 문맥적인 의미와 텍스트와 텍스트 사이에서 생기는 의미 작용간의 갈등과 화해에서, 텍스트와 관련 텍스트 *intertexte*의 양면성을 해결하는 데에서 생기는 의미화로 간주하는 것은, 전반적인 역사적 현실을 구축하는 데 필요한 다른 사회적인 실제 경험들과 분리될 수 없는 특정한 경험을 이야기하는 것이다. 이러한 시각에서, 상호 수용성 또한, 제도들과 그 제도들이 지니는 조정 혹은 중개, 해결 혹은 수용과 수용의 효과를 해명하는 힘들 사이의 갈등과 해결에서 생기는 의미화를 생산하는 것이다. 이러한 의미에서도 상호 수용성은 전반적인 역사적 현실을 구축하는 데에 필요한 텍스트적(텍스트 상호적) 경험과 분리될 수 없는 특정한 경험이다.　　　〔최윤정 옮김〕

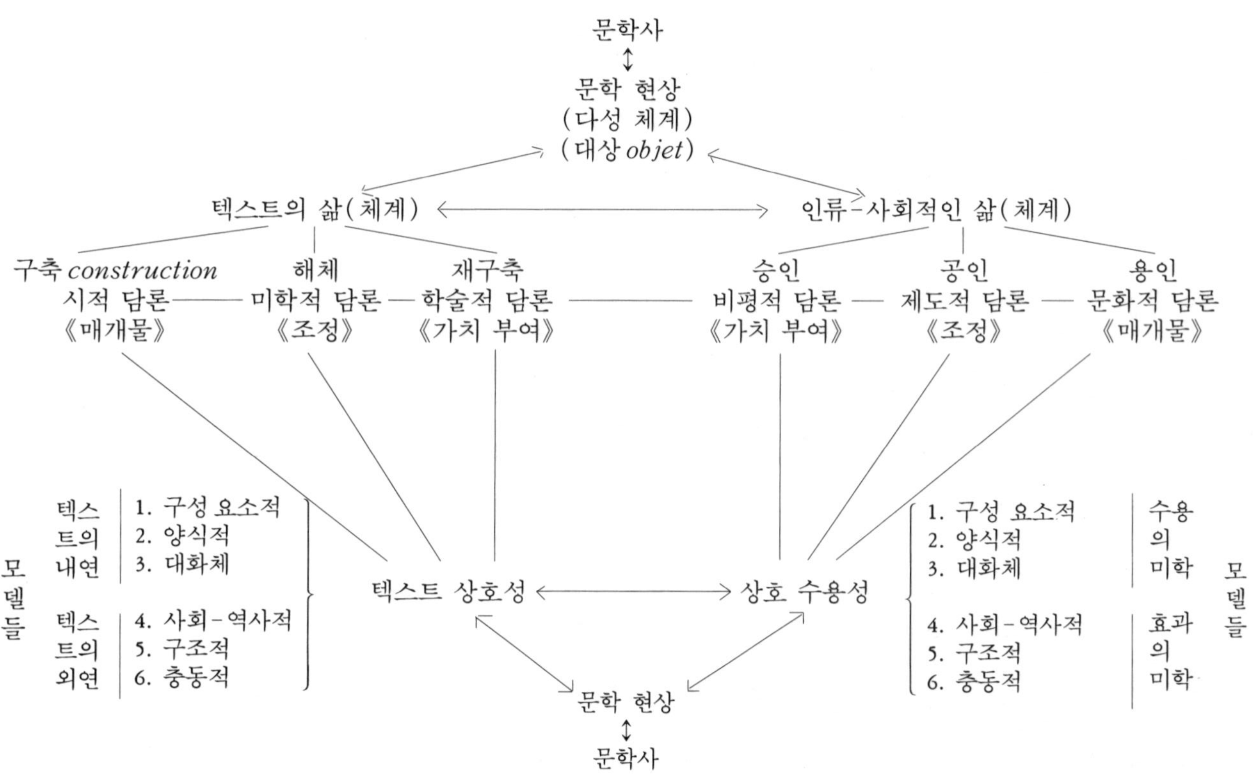
문학사
문학 현상
(다성 체계)
(대상 objet)
텍스트의 삶(체계)
인류-사회적인 삶(체계)
구축 construction
시적 담론
《매개물》
해체
미학적 담론
《조정》
재구축
학술적 담론
《가치 부여》
승인
비평적 담론
《가치 부여》
공인
제도적 담론
《조정》
용인
문화적 담론
《매개물》
텍스
트의
내연
1. 구성 요소적
2. 양식적
3. 대화체
텍스
트의
외연
4. 사회-역사적
5. 구조적
6. 충동적
모
델
들
텍스트 상호성
상호 수용성
1. 구성 요소적
2. 양식적
3. 대화체
4. 사회-역사적
5. 구조적
6. 충동적
수용
의
미학
효과
의
미학
모
델
들
문학 현상
문학사

문학과 정신분석

김　인　환

1

환자의 꿈과 말 실수, 그리고 무질서한 방심 상태와 변덕스러운 자유 연상을 분석하면서 정신분석가들은 의식적 담론의 틈을 통하여 드러나는 무의식의 작용들이 그 나름으로 분절되고 조직되어 있다는 사실을 발견하였다. 프로이트에 의하면 무의식의 체계에는 모순이 없다. 서로 반대되고 양립할 수 없는 충동들이 아무 일 없이 함께 있을 수 있다. 이 체계에는 시간 관념이 없고 다만 현재가 있을 뿐이다. 모든 것이 시간 안에 정돈되지 않으며 시간의 경과에 따라 변화하지 않는다. 이 체계에는 부정이나 의념(疑念)이 없다. 무의식의 체계에는 축적된 에네르기의 양이 있을 뿐이다.

의식적 담론의 의미 작용과 구별하기 위하여 프로이트는 무의식의 자리를 "하나의 다른 무대"라고 불렀다. 그의 초기 저서들에서 프로이트는 그 말을 스무 번이나 사용하였다. 그렇다면 프로이트는 도대체 무슨 근거에서 이 하나의 다른 무대를 체계라고 말한 것일까? 그렇게 말할 수 있는 근거는 정신 과정의 역점(力點)과 역선(力線: 向量) *vector* 들이 전위(轉位)되거나 압축되는 현상에 있다. 분자적 요소들이 전위됨으로써 처음에는 힘이 약했던 분자가 그것보다 강한 에네르기를 가진 분자를 받아들이기 위하여 그것 자체의 강도를 증가시키고 끝내는 의식 안으로 들어갈 수 있을 만한 힘을 가지게 되며, 분자적 요소들이 압축됨으로써 숨겨진 꿈의 요소들 중에서 어느 한 부분이 탈락되어, 나타난 꿈으로 옮겨지거나 어떤 공통점을 지닌 잠재 요소들이 나타난 꿈에서는 하나로 뭉쳐진다.

전위와 압축은 각각 의식적 담론에 나타나는 결합과 선택에 대응한다. 라캉의 말대로 어떤 면에서 프로이트가 소쉬르를 예견했다고 볼 수도 있다. 그러나 결합 가능성과 선택 가능성을 구체적으로 자세히 기술하는 것은 어떠한 체계를 분석하는 일반적인 방법이므로 특별히 독창적인 발견이라고 볼 수는 없을 것이다. 하나의 체계 안에서 두 항목은 서로 작용할 수 있거나 서로 작용할 수 없으며 양립할 수 있거나 양립할 수 없다. 항목의 의미는 주어진 연쇄 안의 같은 자리를 채울 수 있는 다른 항목들과의 차이에 의존한다. 우리는 치마와 저고리를 결합하여 입을 수도 있고 한복이나 양복을 선택해서 입을 수도 있다. 인접 관계를 환유라고 하고 유사 관계를 은유라고 한 로만 야콥슨을 따라서 라캉은 프로이트의 용어인 전위와 압축을 환유와 은유라는 용어로 바꾸었다. 낱말에서 낱말로 이동하는 환유의 심리 과정은 긴 탄도를 지나간다. 이에 비하여 정신의 섬광이 낱말과 낱말의 상호 작용을 통하여 의미 작용을 일으키는 은유의 심리 과정은 좀더 직접적이다. 라캉은 은유의 구조를 해명할 때에 "무의식 속의 의미"라는 개념을 강조하고 유사성에는 거의 관심을 보이지 않았다. 프로이트도 나타난 꿈의 세부와 숨겨진 꿈의 세부를 연관지을 수 있는 유사성은 존재하지 않는다고 말하였다.

어린아이는 언어 속에서 욕망을 소외시키는 한에서만 사회의 구성원이 될 수 있다. 언어는 욕망에 응답하면서 동시에 욕망을 금지하고 또 보호한다. 언어의 매개를 통하여 욕망은 요구로 변형된다. 욕망과 요구가 갈라지는 순간은 어린아이가 언어 속에서 다시 태어나는 순간이다. 욕망은 말할 줄 모르고 요구의 언어는 진정한 욕망을 드러내지 못한다.

욕망을 결정적으로 소외시키는 언어는 실재 세계를 하나의 기호 체계로 번역한다. 우리의 노동 체계와 직업 체계, 가족 관계와 권력 구조는 모두 일종의 기호 체계들이다. 오늘날 이 땅은 남한의 자본주의와 북한의 사회주의가 하위 체계로 맞물려 작용하는 이원적 기호 체계라고 할 수 있다. 라캉에 의하면 실재 세계는 비인간적 사실들의 세계이다. 실재 세계는 인간에게 알려지지 않고 오직 가정될 수 있을 뿐이다. 그것은 대수의 미지수이다. 언어가 없으면 인간은 하나의 주체가 되지 못한다. 언어의 매개에 의존하지 않으면, 인간과 세계, 인간과 인간, 자기 *self* 와 자아 *ego* 는 분화될 수 없으며 따라서 인간은 구분도 없고 차이도 없는 실재 세계에 함몰되고 말 것이다. 어린아이는 자아와 언어와 사회로 형성된 3차원의 질서 속에서만 개별성을 획득할 수 있다. 그러므로 우리는 언어가 출현하면 무의식이 구성된다고 말할 수 있다. 무의식을 구성하는 기본 억압이란 언어의 출현 이외에 다른 것이 아니다. 기본 억압은 마르크스의 필요 노동에 대응하는 개념으로서 어떠한 사회에서건 인간이 사람 구실을 하려면 치르지 않을 수 없는 보편적 희생이다.

인간과 세계, 나와 남, 자기와 자아를 명백하게 구별하지 못하는 존재 양식을 라캉은 상상 세계라고 이름지었다. 상상 세계에서 주관적 직관은 대상과의 거리를 유지하지 못한다. 상상 세계에서 타자는 의식이 스스로 꾸며낸 자신의 심상을 비추어보는 거울이 되고 대상은 종잡을 수 없는 불연속성에 굴복한다. 개별적인 주체와 독립적인 타자가 없는 곳에서 삶은 거울 속의 놀이, 자기 반사의 놀이가 된다. 상상 세계는 존재의 결여를 채우기 위한 지칠 줄 모르는 탐욕으로 가득 차 있다. 상상 세계에서 무의식의 소원들은 아무런 방해도 받지 않고 존재 양식을 실험하는 것이다. 주체가 주체로서 존립하려면 상상 세계에 차이와 구별의 개념을 도입해야 한다. 차이와 대립의 개념을 통하여 상상 세계는 상징 세계로 이행한다. 상징 세계는 서로 다른 주체들이 자기를 주장하고 서로 대립하며, 상호 작용의 그물에 의존하여 자기를 다시 발견하는 공동의 터전이다.

그러나 상상 세계를 변별적 대립의 체계로 변형하려면 어쩔 수 없이 상상 세계를 억압하고 상상 세계에 고유한 유연성을 응고시켜야 한다. 사회의 구성원이 되기 위하여 어린아이는 관습과 문화의 용광로 속에서 일정한 형식에 맞추어 자신의 욕망을 요구로 변형하지 않을 수 없는 것이다. 인간은 인간성을 지배하는 상징 세계 안에서만 개별성을 획득할 수 있다. 그러나 상징 세계는 주체에게서 그의 본질적인 국면을 박탈한다. 주체의 탄생을 보증하는 상징 세계가 주체의 상실을 초래하는 것이다. 어린아이는 상징 세계를 정복함에 의해서가 아니라 상징 세계에 복종함에 의해서 사회의 구성원이 된다. 상징 세계가 인간을 사회에 오려 붙이는 것이다. 어린아이가 선택할 수 있는 것은 상징 세계에 맞추어 자기를 억제하거나 아니면 병드는 길밖에 없다. 주체의 진실은 환유와 은유로 검열을 피하면서 농담이나 말실수와 같이 의식적 담론에 나 있는 틈으로 은밀하게 자신을 작동할 수 있을 뿐이다. 주체에게는 이러한 소외의 변증법에서 빠져나갈 길이 열려 있지 않은 것이다.

소외의 변증법은 그것의 자연스러운 귀결로서 진실의 희생을 초래한다. 소외의 변증법은 주체에게 거의 자살에 가까운 희생을 강요한다. 주체의 역사의 각 단계는 하나의 초월이고 하나의 파괴이다. 상징 세계에 굴복한 주체의 역사는 자기의 중심에서 끊임없이 이탈하면서 자기를 찾는 부질없는 탐구의 변증법이다. 인간을 동물의 주인으로 과학의 주인으로 만드는 것은 상징 세계이다. 그러나 사회의 구성원이라는 조건 아래서만 인간이 인간단게 살 수 있다면 그는 이 사회에 내재하는 모든 비속과 비열까지도 스스로 떠맡지 않을 수 없다. 그러므로 기존의 사회 체계가 마치 모든 어긋남이 제거된 조화로운 세계나 되는 것처럼 우리를 유혹하는 사회적 순응주의는 어쩔 수 없이 욕망의 날카로움을 무디게 하고 말 것이다.

사회에는 그 사회를 지배하는 생산 기술적 측면이 있고, 이것이 상품과 상품의 관계로 나타나는 경제 층위를 형성한다. 공급자와 수요자의 긴 연쇄를 눈에 보이게 이동하고 있다는 의미에서 우리는 상품과 상품의 관계를 환유라고 부를 수 있다. 공급자와 수요자는 서로 상대방을 필요로 하고 있으므로 상품의 이동에는 모순과 대립이 없다. 그러나 사회의 생산 기술적 측면은 경제 층위와 리듬을 달리하는 정치 층위에 중첩되어 있다. 잉여 가치를 보존하는 계급 권력과 지배 계급을 응집하는 국가 권력이 정치 층위를 형성한다. 눈에 보이지 않게 겹쳐져 있다는 의미에서 우리는 계급 권력과 국가 권력의 관계를 은유라고 부를 수 있다. 이러한 은유가 죽은 상품의 관계를 산 인간의 관계로 움직이게 한다. 권력이란 애초부터 움키고 삼키고 죽이는 힘이었다. 그것이 대중의 수량에 근거하건 당의 판단에 근거하건, 권력은 지금도 비용과 수익을 계산하는 컴퓨터로는 짐작할 수 없을 만큼 파괴적인 힘이다.

언어와 노동의 변증법은 결국 긍정의 길인 동시에 부정의 길이다. 언어의 출현으로 의식과 무의식이 갈라질 때, 무의식의 욕망을 억압하는 상징 세계의 규칙에 복종하지 않는다면 누구도 노동할 수 있는 인간이 될 수 없다. 상징 세계의 영광과 비참을 긍정함으로써만 인간은 노동 체계를 견뎌낼 수 있게 되는 것이다. 그러나 이미 있는 계급 구조와 국가 권력의 밖으로 나가려는 역사적 실험을 포기한다면 상징 세계는 광대한 정신병원이 되고 만다. 과잉 억압과 잉여 노동을 거절함으로써만 인간은 정신의 장애를 회피할 수 있게 된다. 상징 세계를 물화하려는 온갖 계량적 시도들이 망각하고 있는 것은 참다운 의미에서의 정치적 차원, 다시 말하면 국가 권력을 변형할 수 있는 객관적 가능성이다. 이것은 무슨 대단한 도덕적 원칙이 아니라 수많은 범속한 사람들이 태곳적부터 터득해온 지혜이다.

어느 집안에 갓 시집온 며느리가 그 집안의 규칙을 따르지 않는다면 그녀는 그 집안의 억압을 견뎌내지 못할 것이다. 그러나 그녀가 자기를 완전히 포기하고 그 집안의 가풍에 따르기만 한다면 그녀 자신의 인간성은 파괴되고 말 것이다. 신경증이나 정신병에 걸리지 않으려면 그녀는 그 집안의 규칙을 어떻게든 그녀 자신이 견디고 살 만한 것으로 바꾸어놓지 않으면 안 된다. 가풍의 변형이 힘겨운 싸움이 되리라는 것은 틀림없지만, 이것은 집안을 결딴내려는 투쟁이 아니라 가족의 한 사람으로서 그녀가 차지해야 할 권리를 회복하기 위한 투쟁이고, 그렇게 함으로써 더 따뜻하게 어울려 살기 위한 투쟁이다.

언어와 노동의 변증법은 곧 문학 생산의 변증법이기도 하다. 첫째, 그것은 성인(聖人)의 도덕에 관심이 없다는 점에서 문학과 통한다. 둘째, 그것은 긍정의 길이면서 부정의 길이라는 점에서 문학과 통한다. 셋째, 그것은 병에 대해서는 알지만 건강에 대해서는 잘 모른다는 점에서 문학과 통한다. 건전한 성과 건전한 권력이 무엇인지 아는 사람이 어디 있겠는가? 우리는 영구 분단론과 북한 몰락론과 남한 붕괴론이 틀렸다는 것은 분명히 알지만 나날의 노동 속에서 실현할 수 있는 통일의 올바른 척도가 무엇인지에 대해서는 분명히 알지 못한다. 통일이 내전이나 빨갱이 사냥을 야기시킬지도 모를 위험에 대해서 어떻게 방비할 것인가? 통일 이후의 실업률 증가에 대해서는 어떻게 대비할 것인가? 북한의 노동당을 정당 체계 속에 편입할 것인가? 북한은 공식 시장을 포위하고 있는 암시장을 어떻게 처리할 것인가? 노동의 형식만으로는 이러한 문제들을 해결할 수 없다. 노동의 형식으로는 남한이 버림받은 노인들과 병원에 가지 못하는 환자들을 위해 복리 기금을 마련하고 북한이 성장과 개방의 성과를 흡수하는 암시장을 축소하기 위해 시장 기구를 사회주의식으로 가동시키는 일 정도가 가능할 뿐이다. 그러므로 모든 대중 운동은 엄밀한 의미에서 역사적 실험이 될 수밖에 없다. 언어와 노동의 변증법, 문학 생산의 변증법은 정신병에서 비켜서기 위하여 침묵에 대항하고 언어에 대항하여 말을 실험하고 사물을 실험하는 불연속적인 과정일 뿐이다. 문학은 협잡으로 미리 조작해놓은 게임의 규칙에 대한 거절이다. 문학과 대중 운동은 언어를 지배하고 있는 사실의 힘을 깨뜨리고, 사실을 설정하고 강요하고 또 미리 규정된 사실들에서 이득을 보는 사람들의 언어와 다르게, 새로운 언어로 말해보려는 실험이다. 사실이라고 규정된 것들의 힘이 모든 반대 세력을 흡수하고 논의와 대화의 세계 전부를 지배하게 됨에 따라 지배 계급의 통계학에 반대하는 언어를 생산하려는 역사적 실험들은 점점 더 모호하고 부자연스러운 투쟁이 된다.

2

　프로이트의 『꿈의 해석』은 1900년에 발간되었다. 왜 1700년이나 1800년이 아니고 1900년인가? 정신분석이란 자본주의의 산물이기 때문이다. 과학과 예술과 생활에서 광기의 외곽 경계가 감시와 관리를 배제하는 사회에서는 정신분석 자체가 소멸할 것이다. 또 자본주의가 발달하지 아니한 사회에서는 억압과 억제가 은폐되어 있지 않으므로 정신분석이 필요하지 않을 것이다.

　자본주의란 상품의 흐름, 노동력의 흐름, 생산과 생산 수단들의 흐름이 엇걸려 흘러가는 대륙이다. 여기서는 생산을 위한 생산이 소비를 위한 소비와 겹쳐지며 사치가 투자의 수단이 되고 상업 자본과 금융 자본이 독립성을 상실하고 산업 자본의 직능을 분담한다. 자본주의를 만든 것은 기계들이 아니다. 자본주의가 기계들을 만들었다. 자본주의는 기계들을 생산하고 기계들의 연관을 새롭게 조정하고 기계들의 작동 방식을 혁신한다. 경험적으로 사용하는 돈의 개념을 벗어난 자본의 흐름과 경험적으로 수행하는 노동의 개념을 벗어난 노동력의 흐름이 한데 얼크러져 있는 자본주의는 지금까지 알려져온 모든 것, 지금까지 믿어져온 모든 것의 잡동사니인 것처럼 보이지만, 자본주의의 내부에는 극도로 추상적인 작동 원리가 가동되고 있다. 자본주의는 한편으로 가변 자본의 흐름과 불변 자본의 흐름을 미분계수로 나타내고 다른 한편으로 개별 수입의 흐름과 은행 융자의 흐름을 미분계수로 나타낸다. 미분계수(Dy/Dx)는 미소 증분(增分)의 비례이다. 이 비(比)가 나날의 노동을 순수한 노동력의 흐름으로 바꾸고 수입과 융자를 순수한 자본의 흐름으로 바꾼다. 돈이 돈을 낳고 가치가 가치를 낳는다. 가치의 흐름은 흐름의 잉여가치를 낳아서($x+dx$) 흐름의 수위는 끊임없이 높아진다. 수입의 흐름과 융자의 흐름을 동일한 단위로 측정하고 하나의 미분계수로 통합하는 것은 희극적 사기이다. 봉급 생활자의 수입과 기업의 대차대조표에 기재되는 융자는 같은 돈이 아니다. 수입은 사용가치에 지불하는 수단이고 융자는 자본의 힘을 표시하는 수단이다. 은행의 신용은 돈의 순환을 비물질적인 어음의 순환으로 대체한다. 융자의 흐름은 기업의 무한 부채에 자본의 형태를 부여하고, 한 번도 실제로 적용된 적이 없는 태환(兌換) 가능성의 환상을 부여한다. 돈이 나가고 들어오는 것이 아니라 귀신들이 나가고 들어온다. 통계학자들은 임금과 봉급이 국민 소득의 전체를 포괄한다고 계산하지만 국민들은 국민 소득의 전부가 자본가들의 손 안에서 순수한 기호의 환류(還流) *feedback*로 순환하는 것을 바라볼 뿐이다. 자본주의는 끊임없이 그 경계선을 확대하면서 수입의 흐름과 융자의 흐름을 미분

계수로 통합한다. 별들의 거리와 전자(電子)들의 거리를 통합
하는 미분계수가 있다는 망상을 반복하고 있는 것이다. 수입의
흐름과 융자의 흐름, 이 흐름들의 틈새가 언제나 삐걱거리고 뒤
틀리기 때문에 자본주의는 왜곡과 경련을 폭발하면서 전개될
수밖에 없다. 그러나 왜곡과 경련이 자본주의의 작동 자체를 폭
파하지는 못한다. 자본주의는 그것이 유발하는 위기와 동요를
지옥의 시련으로 삼아서 작동 부실을 쇄신한다. 위기와 동요 때
문에 죽은 자본주의는 있어본 적이 없고 앞으로도 있지 않을 것
이다. 이윤율이 떨어지는 경향의 법칙은 이윤율의 저하를 상쇄
하는 잉여가치량의 증대와 공존한다. 지식 자본(교육)이 기술
을 혁신하여 생산비를 저하시키고 이윤율을 상승시키며, 국가가
자본주의의 작동 부실을 전면적으로 조정한다. 그러나 시장과의
관계와 금융 자본과의 관계가 기술 혁신의 효과를 제한하므로,
기술 혁신에 대한 투자는 잉여가치의 흐름을 충분히 흡수하지
못한다. 시장이나 은행의 판단은 과학의 판단보다 훨씬 늦게 내
려지기 때문이다. 중앙 주권의 조직체가 자본주의의 작동 부실
을 전면적으로 조정하려고 시도하지만, 이 경우에는 비생산적
직업들이 위확장적으로 팽창한다. 관료 조직과 경찰 기구뿐만
아니라 광고 선전과 무기 병참 등이 흐름의 잉여가치를 흡수하
려 해보아도 자본주의는 빈번한 조업 중지와 생산 축소를 회피
할 수 없다. 생산 속에 반생산이 현존하고 반생산이 생산의 조
건이 된다는 사실은 어쩔 수 없는 자본주의의 운명이다. 온 세
계가 쓸데없는 재화와 서비스의 생산, 즉 반생산에 연루되어 있
다. 자본주의의 진정한 경찰은 통화와 시장이다. 자본주의는 경
제적인 것 이외에 다른 어떤 전제도 용납하지 않는다. 자본주의
를 구성하는 항목은 생산자와 소비자가 아니라 생산력과 생산
수단의 추상량들이다. 이제 우리는 누가 소외하는지, 누가 소외
되는지를 알지 못한다. 이윤도 희망도 없이 생산을 반복하는 중
소 자본가들, 이익을 임금 상승에 국한시키는 조합 간부들. 아

무도 점유해본 적이 없는 권력의 흐름이 수입의 형태 또는 융자의 형태로 출몰하면서 개인들과 계급들을 권력에 포섭하거나 배제한다. 우리 모두는 견딜 수 없는 경제적 의존 관계를 드러내놓고 옹호하는 자본주의의 황금 시대에 살고 있다. 자본주의는 이미 잔인한 냉소주의를 숨기려 들 필요조차 없게 되었다.

그러나 세계 시장에서 물러나 민족 파시즘으로 문제를 해결하려는 주체 사상의 우리식 사회주의는 현실적인 해답이 될 수 없다. 자본주의의 한가운데서 자본주의의 한복판을 뚫고 넘어서서 질문하는 방법을 우리는 정신분석에서 배워야 한다.

모든 인간은 비용의 비효용(非效用)을 초과하여 수익의 효용이 극대화되도록 교환한다는 것이 한계분석 경제학의 기본 전제이다. 고든 털로크는 성을 비용이 수반되는 교환 과정으로 보았다.[1] 합리적인 인간이라면 한계 수익과 한계 비용이 같아지는 점까지 섹스를 소비할 것이기 때문에 한계분석 경제학은 상대 가격의 변화에 따라 아이스크림이 섹스를 대체할 수도 있다고 본다. 그러나 목표를 설정하고 이익을 측정하는 행동 밑에는 무의식의 동력이 작동하고 있다. 어떤 사람에게 하나의 목표를 설정하게 하고 다른 목표를 설정하지 못하게 하는 것은 이성이 아니라 리비도이다. 이익을 다투는 행동은 이해를 떠난 리비도에 의해서 추동된다. 무의식의 리비도가 우리로 하여금 저쪽이 아니라 이쪽으로 이익을 추구하게 하는 것이다. 우리는 리비도에 의하여 추동되어 어느 한 방향을 설정하게 되고 그 벡터를 따라 온갖 기회를 가정하고 목표를 수립한다. 특정한 권력 형태의 목표나 이익을 확신하는 사람들도 사실은 이해를 초월한 리비도를 바로 그 권력 형태에 부착하고 있다. 합리적인 것과 비합리적인 것의 구별은 현실적으로 공허하고 무의미하다. 자본가는 자기를 위해서 일하는 것도 아니고 자기의 가족을 위해서 일

---

1) Richard B. Mckenzie and Gordon Tullock, *The New World of Economics* (Homewood, Ill.: Irwin, 1975), p. 52.

하는 것도 아니다. 자본가는 성장하는 자본주의 체계의 한 톱니
바퀴로 작동하고 있다는 데에서 스스로 이해를 초월한 기쁨을
느낀다. 인간은 때때로 자기를 억압하는 체제를 자신의 목표로
설정하기도 한다. 그는 그 체제 안에서만 이익을 추구하고 이익
을 측정하기 때문에 자신이 항상 합리적이라고 여기고 그 체제
의 바깥을 상상하지 못한다. 사람들은 타인에 대해서만이 아니
라 자신에 대해서도 리비도가 부착된 울타리 밖으로 나가지 못
하도록 감시한다. 자진해서 타인들과 자신의 경찰이 되는 것이
다. 군인 관리 은행가 노동자 예술가 과학자 들에게서 직업을
위한 직업의 숭배가 나타나는 것은 이상한 일이 아니다. 일 잘
하는 것을 취미로 삼게 하는 것은 지성이 아니라 리비도이다.
우리들은 모두 끈적끈적하고 미끈미끈한 리비도이다. 욕망에 고
유한 에네르기인 리비도는 밀도와 강도를 달리하는 전자장(電
磁場)으로서 우리의 의식에 침투하여 우리의 행동을 추동하고
차단한다.

합리성의 관점에서 살펴본다면, 인과 관계와 인과 계열을 단
절하고 우연한 관계들만을 병렬시키는 무의식은 글자 그대로
미친 벡터이다. 우리는 무의식의 활동을 인과 관계나 인과 계열
로 정돈할 수 없다. 무의식은 흐르고 끊어지고 어긋나고 회전하
고 회귀하고 고장나고 분열한다. 무의식에는 흐름의 분열과 분
열의 흐름이 있을 뿐이다. 유대가 없기 때문에 거기서는 인접해
있는 것들 사이에도 거리가 있다. 무의식은 모든 부분들이 비대
칭적으로 절단된 질료 *hylé* 의 흐름이다. 무의식은 일탈들, 파열
들, 분산들, 밀봉된 상자들, 출구 없는 칸막이들, 연통(連通)되
지 않는 관들, 엉뚱한 통로들로 가득 차 있다. 무의식에서 전체
는 부분들 위에 있지 않고 부분들 옆에 있다. 집합론의 무한 집
합 계산처럼 전체는 부분들 중의 하나이다. 무의식의 리비도는
조각난 파편들을 결합하고 대치하고 절단하고 접속하면서 파편
들과 파편들의 사이를 비스듬히 횡단한다. 무의식에는 통일된

관점이 없을 뿐 아니라 형태를 갖춘 인물도 없다. 무의식에는 '나중에'도 없고 '저편에'도 없다. 다만 '지금'과 '여기'가 있을 뿐이다. 무의식은 형태를 가지고 나타나지 않는다. 무의식의 리비도는 인물 이전의 조각들과 부분들에 부착된다. 인간적인 관계에 비추어 무의식을 이해하려 드는 것은 오류이다. 무의식은 결코 '나'라고 말하지 않는다. 무의식에는 부분들의 한끝에서 다른 한끝으로 번갯불처럼 횡단하는 진동이 있다. 이러한 진동의 효과와 결과들은 원인에 의존하지 않는다. 무의식은 현실의 흐름을 인간적이 아닌 방식으로 자유롭고 다양하게 절단한다. 그러므로 성숙하고 강한 자아라든가 알뜰한 주부라든가 헌신적인 어머니라든가 하는 인물의 형상은 일종의 거푸집에 지나지 않는다.

성욕은 인간의 사회 관계를 측정하는 지표이면서 동시에 무의식의 리비도 부착을 기계적으로 측정할 수 있는 지표이다. 연속하기도 하고 대립하기도 하는 성욕의 흐름에는 동성애라든가 이성애라든가 하는 구별이 없다. 성감대란 인물 이전의 분자적 밀도들의 분포 상태이다. 라캉도 성욕의 대상이 인물의 형태가 아니라는 사실을 밝히기 위하여 무의식의 자리인 큰 타자와 대상으로서의 작은 타자를 구별하였다. 여기서 물질적 부품인 연물(恋物)*fetish*들의 중요성이 부각된다. 성욕은 어디에나 있다. 재산권을 지키려는 대법관들의 광신적인 판결 속에도 성욕은 현존하고, 잉여가치를 착취하려는 자본가들의 맹목적인 생산 속에도 성욕은 현존한다. 남성과 여성의 사이, 남근과 하문(下門)의 사이에는 공통점이 없으나 모든 사람은 이 두 개의 성을 소유하며, 다른 사람의 남성 또는 여성과 관계를 맺는다. 성욕에는 부분적 대상들의 커뮤니케이션이 있을 따름이지 인물 형태의 자기 동일성은 존재하지 않는다. 성욕은 남성의 위치와 여성의 위치를 횡단한다. 사람들은 그가 남자이건 여자이건 위치를 횡단하여 하나의 위치에서 다른 하나의 위치로 날아갈 수 있다.

성욕은 남자와 여자라는 통계학적 성 차이를 뒤집어엎는다. 남자 속에도 여자가 있고 여자 속에도 남자가 있다. 사랑은 한 남자와 한 여자의 관계가 아니라 인물 이전의 파편들이 펼치는 무수한 여성성과 남성성들이 밀도를 달리하며 수천 수만 가지로 엇걸리는 관계이다.

인물 형태를 파괴하고 무의식의 분자적 부분 단위들의 작동을 연구하는 정신분석은 성욕의 물리학이고 욕망의 경제학이고 일종의 미시사회학이다. 정신분석은 사물의 소단위, 심리의 미소 단위, 무의식의 분자적 에네르기만을 대상으로 삼는다. 욕망을 인물처럼 의인화하면 무의식의 작동을 의식의 표현으로 바꿔치게 된다. 무의식의 리비도는 미소 단위의 파동에 부착되지 통계학에 의해 처리되는 대단위 대상에는 부착되지 않는다. 무의식은 한계분석 경제학이 좋아하는 대수(大數)의 법칙을 모른다. 무의식의 자동적 생산물인 욕망은 다양하게 분산되는데, 통계학의 분배 법칙은 욕망의 분산을 억제한다. 큰 단위의 구조들은 욕망에 쐐기를 박아 욕망의 움직임을 방해하고 욕망을 침묵시킨다. 결국 정신분석은 구조적 통일이라고 하는 해석의 질서에 대한 항의라고 할 수 있다. 통계학적 방향으로 수행되는 구조적 통일은 군주적 통일의 원리로서 분산된 부분들과 이탈된 부품들, 국지화된 파편들과 흩어진 단위들, 위치를 규정할 수 없는 대상들을 배제한다. 통계학에 의하여 구성된 대상들은 욕망의 투사를 차단하는 것이다.

욕망은 부분 대상들의 현실적 조건들에 얽혀 있다. 이 조건들이 사라지면 욕망도 사라지며 이 조건들이 변화하면 욕망도 변화한다. 욕망은 이 사회의 구석구석을 편력하면서 하나로 환원할 수 없는 소단위 대상들을 긍정하고 다양한 욕구를 파생한다. 어린아이는 이 방 저 방을 기어다니면서 소단위 대상들에 욕망을 투사하고 자기를 소단위 대상들 중의 하나로서 경험한다. 그의 리비도는 어머니의 젖, 고무 젖꼭지, 자기의 배설물들에 투사된다. 그의 욕망은 부분 대상들의 흐름 속에서 특정한 소단위 대상을 채취하고 그 대상의 흔적을 자기의 신체에 기록한다. 그는 끊임없이 변신하고 쉬지 않고 편력하는 어린 왕자이다. 어린 아이는 아버지와 어머니에게서 그때그때 필요한 부품들과 장치들을 빌린다. 아버지와 어머니는 발신하고 수신하고 방해하는 동인으로서 어린아이에게 작용한다. 아버지와 어머니가 형태를 갖춘 인물로서 작용하는 것은 아니다. 욕망의 근거와 목표는 결코 고정되지 않으며 고정된 주체도 결코 형성되지 않는다. 욕망은 의식의 담론과 다른 지도를 그리면서 우연한 인자들, 예측할 수 없는 형태들, 거리가 먼 계열들을 소통시킨다. 욕망이 편력한다는 것은 욕망이 편안하지 않다는 의미이다. 욕망에는 지배와 예속, 사디슴과 마조히즘이 병존한다. 부유함과 가난함, 압제와 반항, 계급 투쟁도 욕망의 밀도에 영향을 준다. 욕망 앞에서 사회는 부분들로 파열하고 구멍난 파편들로 분산된다. 욕망 앞에서 사회는 강도와 밀도를 달리하는 파장으로 변형되고 해체되는 것이다. 그러나 욕망은 본질적으로 개인의 욕망이 아니라 유적 생명의 욕망이다.

욕망에 대해서 '그것은 무엇을 의미하는가?'라고 묻는 것은 잘못이다. 우리는 욕망이 어떻게 작동되고 있는가를 질문해야 한다. 욕망은 어떻게 하나의 신체로부터 다른 신체로 옮아가는가? 어떠한 충동과 욕망이 네 안에서 어떻게 작동하는가? 네가 네 욕망 속에 들어가게 하는 것, 네 욕망에서 나오게 하는 것은 무엇인가? 욕망이 편력하는 환경은 어떠한가? 욕망이 합류하는 진동들과 파장들과 흐름들은 무엇인가? 우리는 필요한 것을 욕구하고, 어쩔 수 없는 것을 욕망한다. 욕망은 인간의 필연이고 운명이다. 문제는 어떤 사람의 욕망이 어떻게 흥분하고 어떻게 고장나는가를 찾아내는 것이다.

3

　　자본주의는 욕망의 흐름을 규제하고 사회를 규격화된 벽돌들로 짜맞추려고 한다. 자본주의에는 규제되지 않는 흐름이라면 어떤 것도 흐르게 하지 않으려는 군주적 통일의 원리가 내재한다. 자본주의는 무의식의 리비도가 부착하는 대상들의 모서리를 깎아 반듯하게 다듬고 싶어한다. 자본주의의 작동 원리는 생산 양식에 맞추어 욕망을 규격화함으로써 억압적 질서에 순종하는 온순한 신하들을 재생산한다. 자본주의는 인간의 신체에 억압의 낙인을 찍어 상처투성이가 되게 하는 잔인한 체계이다. 사람들의 신체에는 선인장처럼 헤아릴 수 없는 가시들이 박혀 있다. 자본주의의 작동 부실을 조정하는 민주 국가란 위선적이고 타산적인 전제 국가에 지나지 않는다. 재벌과 장군과 장관은 욕망을 토막내는 자본주의의 통계학을 능란하게 사용한다. 지배 계급을 응집하는 중앙 주권의 조직체가 위선적인 민주 국가를 영생불멸의 목적으로 설정하고 재벌들과 장군들과 장관들은 서로 자기들이 국가를 보위하는 상류 사회의 우등 인종임을 찬양한다. 그들의 규준과 원칙에 벗어나는 것은 무엇이건 감시되고 감금되고 처벌되어야 할 것으로 공포된다. 자본주의는 결핍과 원하지 않는 노동과 지배 계급 아니면 이용하지 못하는 생산 수단을 강인하게 존속시키는 생산 양식이다. 생산 수단의 공유는 효과적인 방법이 아니지만 생산 수단을 이용하는 권리는 광범위하게 확대되어야 한다. 원하지 않는 노동을 축소하지 않는다면 자본주의는 욕망과 노동의 분리를 극단화함으로써 욕망을 질식시켜버릴 것이다. 우리 사회의 공장은 비유로서가 아니라 실제로 감옥이다. 그리고 결핍을 폐지하지 않는다면 욕망은 결핍에 대한 공포 때문에 생명의 놀이가 아니라 결여의 욕구로 응고되고 말 것이다.

　그러나 자본주의가 아무리 온갖 수단을 다 동원하더라도 자본주의의 창고에 저장할 수 없는 욕망의 낯선 흐름을 고갈시키지는 못한다. 욕망은 결코 혁명을 원하지 않는다. 욕망은 원하는 것을 원함으로써 자본주의의 철벽에 틈을 낸다.

　문학이란 욕망의 소단위 부분 대상들을 따라가면서 자본주의의 질서에 봉사하는 통계학적 담론에 항거함으로써 군주적 통일의 원리라는 거짓 원리를 파괴하는 작업이다. 문학은 자본주의 통계학의 큰 단위들과 무관한 파동들과 진동들과 미립자들을 다룬다. 문학은 개념의 체계나 인물의 형태가 자리잡기 전에 활동하는 욕망의 직접성을 드러낸다. 문학은 변하는 것, 무상한 것, 하찮은 것 속에 머물러 그것들을 영원한 대상으로 다룬다. 무상한 것 속에서 영원한 것을 찾아내어 보존하려는 것이 아니라 오히려 무상한 것 자체를 영원한 것으로 만들고자 한다. "영원히 존재하며 형성되지도 소멸하지도 않으며, 변화하지도 감소하지도 않는 존재"라든지 "자기 자신을 위해 자기 자신의 힘으로 영원히 형성을 계속하는 존재"라는 표현을 받아 쓰는 데서 문학은 슬그머니 비켜선다. 문학은 언제나 근원적 존재를 향하여 뻗어 있는 국도에서 벗어나려고 한다. 작가는 거미줄에 꼼짝 않고 있는 거미처럼 가장자리에 머물러 있으나 작은 진동에도 민감하게 반응하며 먹이를 놓치지 않는다. 인물의 형태란 작가가 반응하기에는 너무 큰 단위이다. 작품 속에서 인물의 형태는 부분 대상들로 파열하여 한 국면에서 다른 국면으로 이동하거나 부분 대상들의 불투명한 구름으로 해체된다. 인물 형태는 명확한 인격을 상실하고 미묘하고 부드러운, 또는 예리하고 거슬리는 공기의 진동이 된다. 이 진동들이 서로 호응하고 배척하고 교차하는 공간이 다름아닌 작품이다. 그러나 욕망의 직접성에 충실해야 한다는 것은 개인의 욕망에 국한해야 한다는 것을 의미하지 않는다. 언어와 마찬가지로 욕망도 개인에게 귀속될 수 없다.

　　언어는 정보를 전달하는 도구가 아니다. 언어의 기능은 힘의
행사에 있다. 사랑의 고백이나 전쟁의 선포는 바로 힘의 행사이
다. 그러한 담론을 발화하는 주체는 개인이 아니라 사회적인 힘
이다. 방송·강의·유세 등의 모든 담론은 정보의 전달이 아니
라 힘의 행사를 목적으로 삼는다. 들뢰즈와 가타리는 사회적 힘
의 행사를 "발화의 집합적 배치"2)라고 하였다. 발화의 집합적
배치를 구성하는 소단위 부분들은 다방면으로 예측할 수 없이
연결되고 침투되고 혼합되고 확장되고 포섭된다. 그것은 여러
방향으로 동시에 뻗어나가는 무정형의 뿌리 rhizome 이다. 개인
의 발화는 발화의 집합적 배치와 뗄 수 없이 얽혀 있으므로, 발
화의 주체는 개인이 아니고 모든 발화는 자유간접화법이다.

　　자본주의는 사실을 논리로 대체하고 논리를 도덕으로 대체한
다. 자본주의의 도덕은 성욕을 더러운 작은 비밀로 숨겨두려고
한다. 위선과 허영심, 자기 기만과 자기 만족, 온갖 거짓 믿음
들이 도덕의 승리를 구가하고 있으나, 돈이 없는 노인은 버림받
아야 하고 돈이 없는 환자는 죽어야 한다는 도덕은 얼마나 잔인
한 도덕인가! 문학은 논리와 도덕을 무시하고 욕망의 불신봉주
의를 따른다. 오직 욕망만이 목표와 근거, 원리와 규준 없이도
견뎌낼 수 있다. 문학은 결코 자기 연민이란 어리석은 감상에
떨어지지 않고 자본주의의 통계학에서 벗어나서 자본주의의 너
머에 펼쳐져 있는 광야로 달아난다. 벗어남과 달아남은 자본주
의의 한복판을 뚫고 넘어서서 묻는 질문이다. 욕망의 흐름이 작
가를 이끌어, 자본주의의 한가운데에서 버틸 수 있게 하고 자기
의 두 발로 설 수 있게 하고 제나〔自我〕의 감옥을 벗어나 작품
에 폭발물을 장치할 수 있게 한다. 자본주의의 전면적 해체라는
개념은 또 하나의 거짓된 통계학이다. 욕망의 미소 단위 시각은
규정할 수 없는 방향으로 흐르면서 자본주의의 담장 아래로 스

---

　　2) Gilles Deleuze and Félix Guattari, *A Thousand Plateaus*, trans. B.
　　　Massumi(London: The Athlone Press, 1988), p. 80.

머들어 작은 골을 파놓는다. 작가는 작품의 교환가치를 파괴하고 절대로 팔 수 없는 극한을 향해 달아나야 한다. 창작이 가능한 지대는 중심에서 벗어난 변두리이다. 지배 계급에게 "나는 당신들 축에 들지 않는다"라고 말하지 않는 사람은 작가가 될 수 없다. 창작이란 큰 단위 대상들을 조직하는 지배 계급의 통계학에 반대하고 무한소(無限小)의 부분 대상들을 향하여 달아나는 작업이기 때문이다. 떠나는 것, 달아나는 것, 벗어나는 것은 생명의 흐름을 따라가는 것이다. 음식으로부터, 상품으로부터, 재산으로부터, 자본주의의 통계학이 규정하는 자아로부터 벗어날 때에야 비로소 작가는 "나는 아무것도 모른다"고 하는 철저하게 가벼운 마음, 창작이 가능하게 되는 조건을 마련할 수 있다. 군주적 통일이라는 파시즘의 원리를 거절하고 자기 안에서 작동하는 파시즘 밀도를 약화시키지 못한다면 그는 자기 연민과 자기 기만에 갇혀서 정직하고 관대하게 세상과 맞서지 못한다. 문학은 정직과 관대 이외의 모든 규준을 폐지하고자 한다. 통계학에서 떠나는 것이 사회를 떠나는 것은 아니다. 사회에 다양한 틈새를 내고 사회의 도처에 욕망을 분산시킴으로써 작가는 사회에 직접 작용한다. 거짓된 정착과 허위의 피난처를 떠나지 않으면 누구도 욕망의 흐름을 자본주의의 벽 너머로 흐르게 할 수 없다. 창작은 일종의 귀양살이이다. 그것은 작가의 유배이지만 개인의 유배가 아니라 공동의 유배이다. 문학은 보물을 찾아 헤매는 편집병자의 강박관념을 포기하고 언제나 부분적인 것을 강조하며, 욕망의 대상들을 욕망이 흐르는 대로 묘사하기 위하여 복합적이고 일상적인 것들의 분산을 방치하며 포용한다. 통계학이 단순한 모델로 나아가는 데 반해서 문학은 논리적이고 단순한 것을 떨쳐낸다. 문학은 누락되는 것을 두려워하지 않는다. 문학은 일반적인 개괄을 천박하게 생각하고 현실의 균열을 매끄럽게 가리는 거짓 체계를 오류로 단정한다. 문학은 균열 속에서 욕망의 흐름을 따라가며 균열의 틈을 통하여 욕망의 미소 대상들을 발견한다. 언제나 무관점인 문학은 관점 철학에 대항하는 정신의 비판적 범주이다. 작가란 자기가 본 것을 마음의 눈에 집중시키는 사람, 글을 쓰면서 생겨난 여러 조건이 제시하는 새로운 욕망의 작동을 그때그때 음미하고 이용하는 사람이다. 문학의 정신은 욕망에 자기를 개방하는 정신이므로 문학의 본질은 새로움에 있다. 옛것으로 번역될 수 없는 공간으로 욕망의 소단위 대상들이 들어오는 것이다. 직선적 논리를 배척하고 모순되고 대립되는 관점들을 포섭하면서 욕망의 흐름에 자신을 내맡기는 작가는 욕망의 소단위 대상들의 파동을 무리 없이 묘사하면서 행복을 노출하며 행복과 함께 자신을 노출한다. 문학의 이념은 행복에 있다. 우리는 모두 이 땅에서 행복하게 살기를 원한다. 사람들은 원한 만큼 산다는 말이 있다. 간절한 원이 없는 사람은 원(願)을 가로막는 자본주의의 벽을 체험하지 못한다. 원이란 욕망의 별명이 아니고 무엇인가? 욕망의 소단위 대상들에 깊이 가라앉아 작가가 만나는 것은 그의 시대에 내재하는 허위와 착취——원의 실현을 방해하는 계급 구조와 국가 권력이다. 욕망의 쾌락 원칙을 보존하기 위하여 문학의 자유 연상과 자동 기술과 내심 독백은 모든 언어와 모든 논리가 이지러진 통계학의 일부를 이루면서 허위로 전락한 현재를 부정하는 투쟁이 된다. 현재를 긍정하고 정당화하는 모든 공식에 대항하여 문학은 언제나 새롭게 부정의 이름으로 행복을 드러내는 것이다. 욕망의 소단위 대상들에 집중하고 욕망의 흐름에 전적으로 참여하는 것은 문학뿐 아니라 모든 예술의 기본 조건이다.

　　예술이란 구체적인 사실들에 의하여 실현되는 하나하나의 가치들에 주의를 돌리기 위하여, 그 사실들을 배열하고 정돈하는 선택 작용이다. 예를 들면, 노을진 저녁 하늘을 잘 보려고 몸이나 눈의 위치를 일정하게 고정시키는 것도 하나의 간단한 예술적 선택 작

용이다. 예술의 습관은 생생한 가치들을 즐기는 습관이다.[3]

자본주의는 이러한 가치들의 실현을 가로막는 장애로 가득 차 있다. 강대국은 약소국에 무역 제약을 강요하고 있으며, 약소국의 노동자들에게는 노동을 계속하여나가는 데 필요한 준거 임금조차 보장되어 있지 않다. 계획의 결핍으로 엄청난 재화를 낭비하고 있으며, 쓸데없는 간섭으로 심미적 습관 자체를 파괴하고 있다. 이러한 시대에 문학은 사회적 모순의 기초에 대한 공격을 회피할 수 없다. 사회적 모순의 원인에 대한 공개 도전을 회피할 때, 문학은 인간에 대한 인간의 지배를 폐지하는 대신에 세련시키는 자본 계급의 미봉책이 되고 만다.

현실적인 계기에 관한 어떤 명제는 진리가 아니다라고 할 때의 진리는 미학적 성취에 대하여 중요한 진리를 표현한다. 그것은 진리의 일차적 특성인 '위대한 거절'을 표현한다.[4]

과학적인 증명의 힘은 너무도 짧게 미친다. 전체를 궁극적으로 확실하게 알 수 있다는 과학주의자들의 확신이야말로 비과학적인 몽상에 불과하다. 조화로운 세계에 대한 이론 체계를 얽어내려는 시도는 적대적인 현실을 왜곡하는 억지 해석에 도달할 따름이다. 추상적 원리로부터 연역된 지식 체계는 무력하고 주어진 정의로부터 풀이된 윤리 체계는 허망하다. 우리는 무슨 거창한 이론 장치 대신에 먼저 아무런 엄호도 받지 않고 물으면서 자리잡고 견뎌나가는 길을 모색해야 한다. 운명을 회피하지 않고 운명의 필연성을 직시함으로써만 우리는 분열된 현실 속에 있는 우리 자신의 근본적으로 받아들이기 어려운 모습을 발

---

3) Alfred North Whitehead, *Science and the Modern World*(New York: The Free Press), p. 200.
4) 위의 책, p. 158.

견할 수 있다.

　문제는 거창한 지식이 아니라 정직한 욕망이다. 인간은 욕망의 도시에서 주인도 아니고 하인도 아니다. 그러나 욕망만이 인간에게 사실을 시인하는 겸손과 미지의 영역으로 자신을 개방하는 용기를 선사할 수 있다.

　　욕망의 목적은 자아의 실현에 있지 않고 타자의 부름에 있다. 욕망은 욕구와 다르다. 식욕·성욕·명예욕 등의 욕구는 자기와 다른 것을 자기화하려 하지만, 욕망은 자아를 지우고 남을 통하여 자기를 다시 보려는 인간 심리의 원초적 성향을 가리킨다.[5]

　욕망은 있음이 아니라 넘어서서 있음이다. 고식적인 현실 도피, 환상을 좇는 즐거움, 추억에 침잠하는 우수는 진정한 의미에서 욕망이라고 할 수 없다. 욕망은 모든 한계를 꿰뚫고 분열과 모순을 자체내에 보존하는 끝없는 의욕이며, 깊은 정열에 의하여 특별하게 충격된 심적 운동의 끊임없는 항상성이다. 창조적이고 자유로운 욕망의 훈련에 의심스러운 눈길을 보내면서 욕망을 계산할 수 없는 무용지물이라고 비난하는 자본가들은 욕망이야말로 모든 한계를 넘어서서 묻는 인내임을 모른다. 독단주의와 허무주의라는 파시즘의 근원악은 현실을 객관적으로 관찰하는 지식에서 나온다. 욕망은 결코 객관적으로 관찰되지 않으며, 욕망은 결코 현실을 객관적으로 분석하지 않는다. 움직이는 감정을 속속들이 반영하는 눈길, 내면의 율동을 드러내는 높고 낮은 목소리, 그리고 피가 통하는 따뜻한 손길 주변으로 전자장처럼 퍼져나가는, 섬세하기 그지없는 감각과 감정의 뉘앙스가 바로 욕망의 집이다. 악을 정당화하려 하지 않으면서도 무의미한 악을 받아들이고 악에 대항하여 사랑에서 우러나오는 투쟁을 감행하지 않는다면 우리는 근대의 종착역인 자본주의를

<hr>

5) 김형효, 『데리다의 해체 철학』(민음사, 1993), p. 371.

뚫고 나갈 수 없을 것이다. 비록 출구가 없는 상황 속에 갇혀 있다 하더라도 인간에게는 그 상황을 존재의 질서라고 단정할 권한이 없다. 우리의 욕망이 그것의 너머를 투시하고 있기 때문이다. 욕망은 거부인 동시에 개방이고, 부정인 동시에 사랑이다. 자본의 논리를 따르는 지식은 자본 사회에 대하여 질문할 줄 모른다. 자본의 논리는 인간을 자본 사회의 기성 규칙들에 속박시키려고 하므로, 이 속박에서 벗어나려는 욕망은 필연적으로 자본 사회와 마찰하지 않을 수 없다. 자본의 논리와 접하는 욕망의 공간은 그 논리에 전적으로 의지함으로써 확보된 입각지라기보다도 자본 사회의 의문성을 부단히 자각하면서 자본 사회를 초월해야 비로소 개척되는 창조적 물음의 영역이다.

제 3 부

문학의 바깥쪽

상상력, 그리고 사회

진   형   준

  '문학 상상력의 사회적 의미'를 묻는다는 것은, 단순한 질문 같지만 실은 상당히 복잡한 선결 사항들을 그 안에 감추고 있는 만만치 않은 질문이다. 그 질문은, 문학 상상력이 그 자체 사회에 작용을 가하는 실천적 힘에 대한 질문으로 들릴 수도 있으며, 문학 상상력에 대한 구체적이고 체계적인 진단을 통해, 한 사회의 깊은 의미 구조를 유추·탐색하는 작업으로 여겨질 수도 있다. 전자에 주안점을 둔다면, 문학적 상상력, 혹은 이미지가 사회 변화와 어떤 관련이 있고, 그것의 능동적 역할은 무엇인가를 묻는 작업 및 인간의 상상 활동에 대한 정당한 가치 부여의 방향으로 논의가 진행될 것이며, 후자에 역점을 둔다면, 상상 구조를 통해 사회의 삶의 변모 과정을 추론하고 구조화하는 인식론적인 작업이 될 것이다. 나는 일단 그 문제는 접어둔다. 상호 변별적인 듯이 보이는 두 가지 태도의 관련성이 뒤에 어느 정도 드러날 수 있겠기 때문이다. 그외에 문제는 또 있다. 문학적 상상력을 살펴본다는 것이 작품을 이루는 여러 요인들 중의 한 부분을 집중적으로 살펴보는 것이냐(즉, 작품이 지닌 여러 가치 중의 상대적인 가치를 살펴보는 것이냐), 혹은 작품을 이루는 근본 요인을 살펴보는 것이냐의 문제가 그것이다. 말을 바꾸면 문학 상상력의 사회적 의미에 대한 질문이 문학이 지닌 대사회적 여러 기능 중 부분적인 역할을 살펴보는 것이냐, 혹은 총체적이고 근본적인 기능을 살펴보는 것이냐의 문제이다. 그 문제는 곧바로, 인간의 인식 활동 전반에서의 상상력의 역할과 기능이 무엇이냐는 질문으로 이어진다. 그 질문에 성급히 답하기 전에, 내가 지금 쓰고 있는 상상력이라는 단어에 대해 이 글을 읽고 있을 이가 품고 있음직한 생각을 내 나름대로 잠깐 유추해보는 것이 유익하겠다.

우선적으로 떠오르는 것은, '상상력→허구→비현실적인 활동'으로 이어져, 그 비현실성을 현실성과 명백히 대립되는 것으로 파악하는 경우이다. 그 대립 속에서 한쪽 기능의 강화는 한쪽 기능의 약화를 초래하는 것으로 여겨진다. 풀어 말한다면, 그 비현실적인 기능이, 우리가 실제로 감각하고 호흡하며 살아가는 구체적이고 현실적인 삶과 무슨 연관이 있을 수 있을 것이며, 있더라도 극히 보조적이고 부분적일 수밖에 없으리라고 여기는 태도이다. 그러나 그 태도 자체도, 그 태도의 주체가 어느 편을 드느냐에 따라 갈래가 생긴다. 상상력의 현실 연관성을 약화시킨 자리에서, '문학은 어차피 상상력의 소산이다'라는 명제를 굳게 고집하고, 상상력의 비현실적 기능에 편을 들 경우, 문학은 사회적·역사적 상황과는 어느 정도 무관하게 그것의 구속력에서도 벗어나서, 꿈·초월·이상, 삶의 진리, 영원성 등, 요컨대, 인간이면 누구나 추구해야 할 보편적 가치를 추구해야 하는 활동이라고 주장된다. 그 주장은, 때로는 인문주의적 상상력 고양의 필요성이라는 모습으로, 때로는 순수 문학으로서의 문학의 본래의 영역 회복의 필요성이라는 모습으로 나타난다. 그러나, 그 주장은, '문학은 으레 어떠어떠한 것이다'라는 식으로 문학을 신비화시켜, 문학 자체의 역동적 생명력을 앗아가거나, 문학에 커다란 가치를 부여하려던 애초의 의도와는 반대로, 문학을 '현실적 가치의 맹목적 수락'의 위치로 전락시킬 소지가 많은 주장이다. 그 주장이 가지고 있는 야심에도 불구하고, 문학은 그것이 추구해야 할 가치와의 관계에서 그 가치에 종속되어, 하나의 도구로서 전락해버린다. 더욱이 그 주장은, 꿈·초월·사랑·종교·이상·진리·영원성 등의 가치들이 보편적인 궁극성을 지향하며, 인식적 혹은 논리적 추론의 틀에서 벗어나 있긴 하되, 그 궁극성을 지향하는 가치들도 사회 문화적 제약에 의해 구체화되며, 사회 문화적 특수성과의 관련하에서 변모 과정을 겪고 있다는 사실을 간과하고 있다. 그 사실이 간과된 채 문학의 자율성·보편성이 자주 강조된다면, 있는 것은 말 그대로의 주장과 아집일 뿐, 그 주장 자체가 구체적 삶과 어떠한 연관이 있을 수 있을까 하는 질문은 폐기되어버린다.

그 반대의 경우는 어떠한가? 상상력이 허구적이고 비현실적인 것이라고, 경멸적인 어조로 규정된 채, 문학과 사회의 상호 관련성, 나아가 사회적 삶으로의 능동적 참여 혹은 실천이 강조되면, 문학 작품내에서의 상상력의 역할은 문학 작품의 현실적 작용력을 효과 있게 만들기 위해 동원된 도구적·보조적 수단의 위치로 전락된다. 그 주장의 밑바탕에 깔려 있는 것은 상상력은 철저히 개인적이라는 생각이며, 그 인식 속에서 개인과 집단, 자아와 사회는 대립적인 것으로 규정된다. 그 생각에선, 인간의 사회는 인간의 의지와 의식적 투기(投企)의 소산이지 상상적 욕망의 소산이 아니다. 사회는 바로 보아야 할 분석의 대상이거나, 정신 똑바로 차리고 바로잡아야 할 의식적 노력의 대상이다. 사회의 명백한 현실성·구체성에 비해 볼 때, 그 사회의 구성원인 개인의 비현실적인 욕망이나 기능은 부수적인 것이거나, 심한 경우는 현실성의 원칙하에 억압되어야만 하는 기능이 된다. 그 이원적 대립 속에서, 사회적인 것은 개인적인 욕망을 억압하거나 조종한다. 인간의 심층은, 그 사회적인 억압이나 조종을 수동적으로 받아들여, 그것에 의해 채워지거나 변형되는 빈 창고 같은 것일 뿐 능동적인 가능성은 아니다. 인간은, 사회의 표층과 심층을 이루는 사회 구조에 기계론적으로 환원되어, 얄팍하게 퍼진 존재가 될 뿐이다. 사회의 구조적 심층은 있되 인간의 심층은 사라져버린다. 비약이 되겠지만, 개인들은, 사회적으로 규정된 나름대로의 동일한 세계관을 지닌 채, 변증법적으로 지양해나간다. 그러나 나는 믿을 수 없다. 과연 거리의 저 많은 사람들이 동일한 세계관을 가지고 변증법적으로 지양해나갈까? 논의가 지나치게 확대된 감이 있다. 요컨대, 상상력이, 현실과 단절된 자리에서 그 비현실적 기능으로 인해 폄하받는 것은, 상상력이 현실의 객관적 파악에 방해가 되기 때문이다. 그러나, 그러한 입장은, 객관화를 지향하는, 그것을 신봉하는 믿음이, 그 믿음의 대상에 그대로 전이되어, 대상을 객관적 실체로 상정하게 된 결과 보게 되는 입장일 뿐이다. 그리고 엄밀하게 말한다면, 그러한 입장은 이미 객관적이 아니다. 바슐라르의 말대로 "객관화는 목표이지 실체가 아니다." 그 입장은 목표와 실체를 혼동함으로써, 대상을 스스로 제한하거나 대상의 한 부분을 고의적으로 삭제해버린다. 심한 경우 사회의 현실성, 그것의 명백한 구체성 및 그것을 합리적으로, 합법칙적으로 규명하자는 욕망 앞에서, 역설적이게도 한 사회의 구체성을 사상시켜버리는 결과를 그 태도는 낳을 수도 있다.

내게 떠오른 첫번째 생각을 뒤따르다보니, 상상력에 대한 논의가 상상적인 것까지 포함시킨, 인간의 사회에 대한 합리적인 인식에 대한 논의까지 오고 말았는데, 더 이상의 논의의 진전은 뒤로 미룬다. 우선은, 내가 유추해볼 수 있는 두번째 반응을 뒤따라가야 하기 때문이다.

문학 상상력에 대하여 논하고, 그것의 사회적 의미를 묻는 일은, 우리의 문학 풍조 혹은 문화 풍토와는 낯선 외래적인 발상이다라는 생각이 뒤이어 내가 유추해볼 수 있는 두번째 반응이다. 그 반응은, 상상력의 자주성을 논하는 것은 이미 지나가버린 서구의 낡은 문학적 조류에 뒤늦게 경도되는 태도, 혹은 어

느 특정한 계급적 세계관의 드러냄에 불과하다는 생각으로 이
어질 것이며, 그렇지 않은 경우라 하더라도 우리에게는 낯선 새
로운 서구적 문학 이론의 소개에 불과할 뿐이라는 비판으로 나
타날 수 있다. 그러한 혐의와 비판은 외래적인 것의 무조건적인
수용을 경계한다는 의미에서 꽤나 정당한 것이기도 하다. 그러
나, 지나친 단순화의 위험을 무릅쓰고 말한다면, 인간의 상상적
인 기능은 과연 서구에서 옹호받아온 가치인가 하는 질문 자체
를 그 혐의는 폐기하고 있다. 우리는 서구의 문화 및 인식 체계
를 한마디로 뭉뚱그릴 때, 합리적이라는 표현을 자주 쓰고 있지
않은가? 합리적이라는 말에 한껏 긍정적인 의미를 부여하더라
도, 그 말이 이성적인 것에 대한 믿음, 상상적인 것에 대한 경
멸의 뜻을 내포하고 있다는 사실을 부인하기 힘들다. 상상력에
관한 논의는 서구적 발상이다, 혹은 부르주아적 발상이다라고
비판하는 태도는, '문학은 꿈이다'라는 명제를 문학에 대한 초
역사적인 규정으로 읽은 후, 그 명제에 대한 역사성의 해명이
삭제된 채로의 주장은 나쁜 의미의 부르주아 비평 태도일 뿐이
라고 비판하는 태도와 비슷하다. 엄밀한 의미에서 '문학은 꿈
이다'라는 명제의 주장이 부르주아적인 비평으로 전락하는 경우
란, 그것의 역사성에의 해명이 결여되어 있는 경우라기보다는,
그것이 하나의 '거짓 알리바이'로 내세워지는 경우일 뿐이다.
'문학은 꿈이다'라는 명제는, 자본주의 이데올로기가, 인간은 이
세계의 주체이다라는 환상을 심어주면서 조작·유포시키는 물신
숭배, 인간의 사물화 현상과 가장 거리가 먼 가치들 중의 하나
이다. '문학은 꿈이다'라는 명제는, 자본주의 이데올로기가 자
유·평등·박애를 자신의 알리바이로 내세우고 유포시키면서 실
은 그것의 실현을 교묘하게 억압하고 있듯이, 하나의 알리바이
로 내세워지되 실상은 가장 억압되고 훼손된 가치 중의 하나이
다. 물론 반론이 있을 수 있다. 자본주의 이데올로기가 자신의
이데올로기를 합리화시키고자 하는 의도에서 하나의 알리바이

로서 문학에 남겨준 자그마한 몫에 문학이 비반성적으로 "그래도 문학만은 자율성을 가지고 있어" 하는 자기 위안과 함께 칩거하는 태도가 아니냐, 그 태도는 자본주의 이데올로기에 힘있게 대항하기보다는 그것이 남겨준 작은 몫에 만족함으로써, 그체제의 강화에 이바지하는 것이 아니냐 하는 비판이 그것이다. 나는 그 비판적 질문에 대해 최근에 읽은 한 시인의 다음과 같은 글을 인용함으로써, 우회적인 답변을 시도하련다.

　　지금 바깥 세상은 그 음험하고 징그러운 괴물에게 새 옷을 입히느라 부산스럽습니다. 피 묻는 턱주가리에 분을 바르고 연지도 칠하고 그러면서 또 그 괴물은 수줍은 목소리로 간드러지게 인사를 건네기도 합니다. 모든 것이 새롭다고 합니다. 꿈만 같다고 합니다. 그러나 간혹 그 괴물이 입을 벌리고 웃을 때면 그의 이빨에 끼인 피 묻은 살점이 드러나기도 합니다. 〔……〕 터무니없는 이야기 같지만 나는 지난 이태 동안 그 어지럽고 숨막히는 세월에 연애시 비슷한 것을 써왔습니다. 무작정 사랑의 말을 듣고 싶고 들려주고 싶었습니다. 그것이 유일한 숨쉬는 방법인 것만 같았습니다. 당신과 나와 우리 모두의 호흡 기관을 바꾸고 싶었습니다. 이 무슨 해괴망측한 도피냐구요? 하지만 생각해보세요. 모든 연애시는 증오로 가득 찬 세상 '안'에서만 피는 꽃입니다.
　　사랑으로 가는 먼 길, 혹은 지금 우리 사는 세상으로 돌아오는 먼 길 〔……〕 우리는 그 먼 길 위에 서 있습니다. 새롭다거나 새롭지 않다거나 그런 말들은 공허한 수사에 지나지 않습니다. 건강하십시오. 우리들의 연애가 도피가 아니기 위해서는 저 엄청나게 해묵은 그러나 여전히 혈기 왕성한 괴물보다는 무작정 더 건강해야 합니다. (이성복, 대학신문, 1988. 3. 7)

위의 인용문은 매우 단순해 보이지만 아주 중요한 내용들을 그 안에 감추고 있다. 표면상으로 보자면 1) 세상은 바뀌고 있는 듯이 보이나, 똑같은 괴물에게 새 옷을 입히고 있을 뿐이다

(다분히 정치적인 알레고리로 읽힌다. 그러나 훨씬 그 이상이다);
2) 나는 그 괴물 같은 음험한 세상에서 연애시만 써왔다. 사람
의 호흡, 사람의 말이 그리워서이고 여전히 혈기 왕성한 괴물보
다 더 건강하기 위해서이다가 위의 진술의 내용이다. 그 내용에
서 괴물/나, 혹은 연애시, 혹은 건강함은 대결의 위상에 있다.
그러나 그 단순한 대결 논리를 단번에 와해시키는 진술이, "모
든 연애시는 증오로 가득한 세상 '안'에서만 피는 꽃입니다"라
는 진술이다. 그 진술에 의해, 연애시는 괴물과 대립된 위치에
서, 괴물 속으로 위치 이동을 한다. 뒤집으면 괴물은 내 안에도
있다. 대립으로부터 안 혹은 밖으로의 위치 이동에 의해 괴물은
쳐부숴야 할 대상으로부터, 건강성을 회복시켜야 하는 대상 혹
은 주체로 바뀐다. 그 괴물에 대한 대결 의식에서 비롯하는 증
오는, 나도 그 안에 이미 속해 있을, 혹은 내 안에서 이미 무럭
무럭 자라고 있을 괴물의 괴물성을 더욱 조장할 뿐이다. 사실상
괴물이라는 표현을 썼지만, 건강함이라는 표현에서 알 수 있듯,
괴물은 병든 존재라는 뜻에 다름아니다. 수동적인 듯이 보이는
사랑의 가치는, 그 병든 존재의 치유책으로서의 능동적 의미를
띠게 된다. 자아/세계, 개인/자본주의 이데올로기의 이원적 대
립 인식 속에서 세계는 파괴의 대상이 되지만(그 논리에서 세상
은 파괴되어도 묘하게 나는, 나의 진정성은 그 밖에서 살아남는다),
그 대립적 인식이 와해된 인식 속에서 세계와 나는 공히 건강성
을 회복해야 하는 존재가 된다. 그때, 파괴되는 것은 괴물 자체
가 아니라 괴물성이다. 나를 그 괴물의 밖에 위치시킨 상상 구
조 속에서, 그 태도를 개량주의적이라고 비판하는 태도는 사회
의 구조적 변혁이, 지금의 세계, 과거의 세계와 완벽한 단절하
에, 완전히 새로운 세계의 건설로 이어질 수 있다는 믿음과 연
결되어 있다. 그러나 그 믿음은, 내게는 속화된 천년 신앙설처
럼 보인다. 좀 무리인 듯이 보이지만, 그 괴물성을 자본주의 이
데올로기로 대입했을 때, 어느 부분도 그 자본주의적 이데올로

기로부터 자유롭지 못하게 만드는 악마적 괴물성이, 역으로 그 악마성에 대립되는 속성을 그 안에 키우고 있는 셈이 된다. 그 속성이 활성화되면, 그 사회는, 이미 자본주의라는 괴물적 논리만으로는 포섭 및 설명이 불가능한 대상이 된다.

다시 이야기를 앞으로 되돌리자. '문학은 꿈이다'라는 명제가, 진정성을 가지고 추구될 때, 그것은 체제의 비건강성, 그 명제를 고립된 위치에 놓아둠으로써 그 괴물성을 수동적으로 받아들이게끔 하려는 또 하나의 음흉성을 절대로 견디지 못한다. 그 명제의 수동성을 그대로 수락할 때(수락으로 칩거하건, 수락으로 경멸하건)의 문제가 훨씬 심각하다. 한걸음 더 나아가 이야기한다면, '문학은 꿈이다'라는 명제가 서구에서 자꾸 주장되고 가끔 활성화된 것은, 서구적 이데올로기의 강화의 측면에서 고려되어야 한다기보다는, 그 이데올로기의 괴물성에 대항해서, 하나의 생명체로 살아남으려는, 건강성을 회복하려는 몸짓으로 이해해야 한다. 서구적 자본주의 이데올로기의 모순을, 흉포성을 말하면서, 그 이데올로기에 대항하는, 소극적으로 보이지만 적극적인 몸짓을, 그대로 서구적이라는 어사에 포함시키는 것은 경솔한 행동이다. 상상력도 마찬가지이다. 서구적 문화 콤플렉스내에서, 서구의 이원적 세계관내에서 상상적인 것의 가치는 '의식이 태어나기 이전의 유아기적 상태' '정신에 대한 범죄' '거짓과 오류의 원흉'이라고 질타를 받아왔던 가치이다. 상상적인 것의 가치가 억압받아왔다는 것은, 표현을 달리하면, 인간 욕망의 다원적 활성화가 금기시되었다는 뜻에 다름아니다. 그 금기 속에서 어느 욕망은 인간적이라고 해서 적극 옹호되고, 어느 욕망은 비인간적·동물적이라고 하여 억압된다. 그 대가로 서구는, 오늘날 우리가 목도하고 있는 기술 문명을 꽃피웠고, 전세계적 영향력을 행사할 만한 힘을 획득했다. 그런 문명과 그런 힘이 결여된 입장에서 보자면 대단한 부러움과 아쉬움을 불러일으킬 정도이며, 많은 경우, 그 문명과 힘에 범세계적 도덕

성과 윤리성만 가미되었더라면 하는 아쉬움이 덧붙여진다. 그러
나 그 아쉬움은 잘못된 아쉬움이다. 그들의 문명과 힘은, 인간
의 이성에 의한 진보에의 확고한 믿음, 그 진보를 서구인만이
이룩했다는, 서구적 문화 콤플렉스라 이름붙일 만한 인종 우월
주의에 입각해 있음으로 해서, 그들과 다른 식의 문화를 하나의
가능한 문화로 간주하기보다는, 그들이 옛날에 이미 거쳐와서
극복한, 저열한 문화 양태로 간주하게 만든다. 그러한 인식 속
에서 기술 문명의 진보에의 믿음이 더욱 확고해지면, 다른 문화
권의 인간들은 대등한 인간이 아니라 그 진보를 위해 유용하게
이용해야 할 대상이 된다(조금 도식적으로 설명하자면, 기술 문명
의 발달은, 인간/세계의 이원적 대립의 세계관 속에서 자연을 정복
해온 결과이다. 그 인식 속에서, 서구적 문화를 꽃피우지 못한 문화
권은 저열한 인간들, 요컨대 동물 혹은 자연에 가까운 인간들이 살고
있는 곳이 된다. 그들이 그 이원적 세계관을 청산하지 않는 한, 다른
문화가 정복의 대상으로 보이는 것은 당연한 이치이다). 우리는, 서
구에 결여된 범세계적 도덕성·윤리성의 회복을 기독교라는 이름
의 종교적 가치의 회복에 기대는 경우를 종종 볼 수 있다. 그때
종교는, 종종·문화·역사를 초월한, 범인류애를 지향하는 덕목
으로 제시된다. 그러나 앞에서 말했듯이 종교 역시 사회 문화적
제약에 의해 구체성을 띠고 있어야만 하는 운명을 갖고 있다.
간략하게 이야기하자. 만일 종교가 사회 문화적 제약으로부터
벗어난, 시공을 초월한 절대적 가치라면, 무엇 때문에 기독교·불
교·이슬람교 등의 이름이 덧붙여질 필요가 있었겠는가? 한 종
교의 절대성을 주장하는 것은 한 문화의 절대성·우위성을 주장
하는 이원적 세계관에서 그리 멀리 벗어나 있지 않다. 나는 기
독교적 윤리 역시 서구적 문화 우월주의에서 크게 벗어나 있지
않음으로 해서, 서구적 인식 구조의 유포(힘의 논리, 우월성의
논리)에 실상은 크게 기여했음을 다음과 같이 표현한 바가 있다.

　　신앙이 돈독한 기독교인들이, 자신의 행위가 인간에 대한 차등
의식에 근거하고 있다는 깨달음 없이, 식민주의의 일익을 담당했
음을 보라. 그들의 눈에 비친 피식민국의 백성이란, 아직, 하나님
의 은총을 알지 못하는 덜 깨인 백성일 뿐이다. 그런 범죄를, 착
한 마음씨로, 진정으로 베푼다는 의식을 가지고 행할 수 있었던
그 인식 구조. (진형준, 『깊이의 시학』, p. 41)

　　현재의 서구의 문화를 하나의 실체로만 인식할 뿐, 그것을 가
능케 한 문화·지리·역사적 요인에 대한 객관적 성찰이 결여된
자리에서, 서구인의 문화 우월주의가 무비판적으로 수용되면,
서구의 기술 문명, 그 문화를 이루어내지 못한 사람들에게 이제
까지 우리는 인간다운 삶을 살아오지 못했구나 하는 자괴감을
불러일으킨다. 그러나 그때의 인간은 말 그대로의 인간이 아니
라 서구인일 뿐이다. 그때, 서구적 이원론과는 다른 세계관, 예
컨대 동양적 일원론 같은 세계관은 서구의 문화와는 다른 문화
가 아니라 뒤떨어진 문화가 된다. 그들이 잘났으니 뒤따르자는
경우건, 그 잘난 놈들에게 당한 빚을 갚고 그들을 이제 이겨내
자고 주장하는 경우건, 서구의 이원적 인식 속에서 그토록 조장
받아온 문화의 차등주의·우열주의를 그대로 뒤따르는 경우가
되기 쉬움을 우리는 경계할 필요가 있다. 문학 상상력의 사회적
의미를 묻고, 나아가 우리 삶의 꼴의 전반적 상상 활동을 살펴
보자는 것은, 우리의 삶의 꼴을 서구와는 다른 모양의 욕망이
활성화된 문화 형태로 바라보고, 그 문화 형태가 서구적 문화
형태와 만나 어떻게 능동적으로 기능하는가, 혹은 기능해야 하
는가 하는 역동성의 문제를 살펴보고자 하는 뜻에 다름아니다.
그때, 상상력에 입각한 사회학은, 인간이 만들어 살고 있는 문
화란, 그것이 지금 살아 움직이는 한 그 어느 것도 낯선 것이
아니게, 달리 말해 가능한 인간의 삶의 꼴로 여기게끔 만든다.
서구의 문화와 우리의 문화가 다른 것은 그들이 지닌 근본적 욕

망이나 능력이 우리의 것과 다른 것이기 때문이 아니라, 지리적·사회 문화적, 혹은 풍토적 요인과 어우러져서, 각기 다른 욕망이 활성화되었기 때문이다. 상상력에 입각한 문화 사회학은, 상상력이라는 단어에서 풍기는 주관적 냄새와는 달리, 인간의 삶의 꼴이라는 거대한 생명체를, 편견에 치우치지 않고(편견이야말로 지극히 주관적이다) 객관적으로 바라볼 수 있는 시각을 가능하게 해준다. 혹자는 금방 반문할 것이다. 그 눈에 보이지 않는 욕망·상상력을, 그것의 기능과 움직임을 어떻게 사실적으로 객관적으로 증명해낼 수 있느냐고, 그것은, 현실과 유리된, 머리에서 나온 관념적 조작이 아니냐고. 그러나 과감하게 말한다면, 그 태도는 코페르니쿠스보고, 우주선 타고 지구 밖으로 가보자, 그래야 증명이 될 것이 아니냐, 너의 머리에서 나온 그 복잡한 계산은 현실감도 없고 믿을 수도 없다는 태도와 비슷하다. 그 태도가 굳건히 견지하고 있는 것은, 현실에 **객관성**이 예비되어 있으며, 그 현실의 객관성에 입각해서 그것을 사실로 증명해내는 것만이 객관적이라고 믿고 싶은 태도이다. 그러나 대상이 객관적으로 움직일 때만 그에 대한 객관적 시각이 가능한 것이 아니다. 객관적인 것은 대상에 실재해 있다는 편견에서 벗어나지 못할 때, 대상을 객관적으로 바라보고자 하는 욕망은, 종종 대상의 주체성·생명성을 제거해버리고, 그것을 정형적이고 합법칙적인 변모의 과정 속에 편입시킨다. 그래야만, 나의 객관성이 보장받는다고 안심을 할 수 있겠기 때문이다. 그러나 그때 존재하는 것은, 대상은 합법칙적으로 움직인다. 아니 움직여야 한다고 믿고 싶은 나의 편견이고 신앙이지, 엄밀한 의미에서의 객관적 사고는 아니다. 한 사회를 움직여가는 동인을 표층에서 찾지 않고 심층에서 찾으려 하는 경우에도, 그 객관적 실체에의 믿음이 강하면, 그 동인을, 그 사회 자체에 내재해 있는, 소위 객관적이고 합법칙적인 사회 경제적 요인에서 찾게 되는 일이 발생한다. 비약인지 몰라도, 그때 합법칙적이라고 여겨지는 그 사회 경제적 요인은, 그 사회 경제적 여건 및 (내재적인 것과 외부와의 접합 혹은 외부로부터 주어지는 충격까지를 포함해서) 문화적인 풍토와, 그것들에 능동적으로 마주하고 있는 인간 욕망들 사이의 주고받는 상호 작용에 의한 하나의 결과이지, 그 자체가 동인은 아니다. 그 합법칙적인 움직임을 그대로 믿는다면, 전세계는 모두 서구적 생산 수단의 변모를, 앞서거니뒤서거니 하며 그대로 뒤따라야 할 운명에 놓여 있거나 지금 뒤따르고 있는 셈이 되어버린다. 있다면 예외가 있을 뿐이지, 나름 대로의 독자성은 사라져버린다. 역사의 객관성에 대한 믿음, 그로 인한 주체성의 확보에의 요구가 역으로 주체성의 사라짐을 목도하게 되는 묘한 딜레마이다.

반복해 말하는 것이지만, 인간이 심층의 개념을 필요로 하는 존재이듯이, 인간이 이룩한 문화·사회에, 인간이 주체적으로 능동적으로 개입하는 존재가 되려면, 그 문화와 사회 역시 심층의 개념을 필요로 하는 유기체로 간주되어야 한다. 상상력에 적극적 의미를 부여하고 그에 입각해서 공시적, 혹은 통시적으로 한 사회를 심층적으로 혹은 겹으로 놓고 파악하자는 것은, 바로 한 사회를 하나의 생명을 가진 유기체로, 그 자체 무정형으로서의 한없는 가능성을 지니는 것은 아니지만 그렇다고 이미 주어진 합법칙적인 틀을 고스란히 수락하며 뒤따르지는 않는 유기체로 간주하고 바라보자는 태도에 다름아니다. 결국 문학 상상력의 혹은 상상력의 사회적 의미를 묻는다는 것은, 인간의 본원적 충동 혹은 개인적 상상력과 집단적인 삶·문화, 혹은 사회를 이원적 대립 관계로 설정하여, 전자가 후자에 대하여 갖는 의미를 묻는 일로부터, 마치 한 개인의 깊은 상상 구조를 그 상상 구조를 둘러싸고 있는 문화적인 요소와의 주고받기 과정의 역동적 변모의 동인으로 파악하듯이, 한 사회 혹은 문화의 변모과정을 그 심층의 상상 구조의 변모를 축으로 하여 살펴보자는 의도로 나아가게 된다.[1] 물론 그 작업이 의미있는 것이 되기 위해서는 몇 가지 선결 사항이 있기도 하다. 즉, 1) 상상력은 사고 기능보다 하위 개념이 아닌가; 2) 상상적인 것에 입각한 사회학 혹은 인류학은, 인간 활동에 대한 과학적 인식의 포기로서 불가지론 혹은 비현실적인 넋두리로 빠져들 위험은 없는가; 3) 상상력의 강조는, 이 세상을 바로 보고, 개선하고자 하는, 인간의 의지, 혹은 의식의 노력을 무화하는 데 기여하는 것은 아닌가, 하는 등의, 있을 수 있는 질문에 답변을 할 수 있어야만 한다. 나는, 프랑스의 문화인류학자인 질베르 뒤랑 Gilbert Durand 및 가스통 바슐라르 Gaston Bachelard 의 저술들을 중심으로 하여 비교적 상세하게 그런 질문들에 대한 답변이 될 수 있을 만한 글을 쓴 적이 있다.[2] 반복을 한다는 일은 쑥스러운 일이지만, 논의의 편의를 위해 다시 간추려 소개한다면, 1) 인간은 그 무엇보다 상징적 동물이다. 인간을 동물과 구별지어준다고 믿는 이성의 기능은, 그 전반적 상징화 기능 중의 한 부분이다; 2) 상상력은 인간의 주체적인 충동들 및 인간을 둘러싸고 있는 환경간의 끊임없는 주고받기의 과정에서 발현되는 인류학적 개념이다; 3) 인간은 그 끊임없는 주고받기의 한가운데 역동적으로 존재한다. 개인이건 공동체건, 인간의 행동은 그 주고받기 과정에서 형성된 특수한 상황에 대해 의미있는 대답을 던지려는 노력이다; 4) 인간의 주체적인 충동은 프로이트류의 정신분석학이 주장하는 것처럼 단일 충동이 아니라 다원 충동으로 되어 있으며, 충동과 외계 사이에는 억압의 메커니즘만이 존재하는 게

---

1) 여기서 다시 한번 집단 무의식 개념의 유효성을 거론할 필요가 있다. 집단 무의식 개념은, 인간의 무의식적 활동의 능동성만 인정한다면, 한 개인의 극히 개인적으로 보이는 의미있는 행동이, 그가 속해 있는 문화권내의 타인들·집단들과 필연적으로 관련을 맺고 있음을 보여주는 개념으로 사용할 수가 있다. 문학 상상력의 깊은 의미는, 우리 사회 전체의 깊은 욕망 구조와 어떤 식으로건 관련을 맺고 있다.

2) 「문학, 그리고 상상력」 및 「상상력, 그 대립적 역동성」 참조. 진형준 평론집, 『깊이의 시학』, 문학과지성사, 1986.

아니라 발현·억압·흡수·조장 등의 복합적인 관계가 존재한다가 될 것이다. 위의 개념들을 상술할 필요성을 나는 느끼지 않는다. 단지 내가 앞서 선결 사항이라 했던 문제들 중 1)에 대해서는, 상상력을 사고보다 하위로 보는 생각은, 서구적 이원론 혹은 합리주의라 이름붙일 수 있는 서구적 문화 콤플렉스에서 오랫동안 길들여오고 키워온 하나의 신화일 뿐, 엄정하게 객관적인 인류학적 입장은 아니라는 답변을(합리주의는 보편적이고자 하는 욕망을 그 안에 필연적으로 지니고 있음으로 해서, 서구인이 합리라는 이름하에 행한 인간에 대한 제반 개념을 곧 인류 전체로 확산시킬 야심을 갖게 된다), 2)에 대해서는 3)과 맞물려서, 합리적·과학적 인식이란, 흔히 알고 있듯이 그 한계를 설정하는 정신과는 거리가 멀다는 것, 이 글 어느 부분에선가의 반복이 되겠지만, 그러한 혐의는, 객관적인 것을 하나의 실체로 상정하는, 이미 오류임이 드러난 비과학적 정신에서 비롯된다는 것, 인간을 인류학적 도정의 한복판에 위치시키고 그 위치에서의 인간의 능동적인 상상 활동을 살피는 일은 이 세상과 인간은 알지 못할 힘에 이끌려가고 있다고 믿는 불가지론적 입장과는 가장 거리가 멀다는 것, 상상력에 입각한 사회학·인류학은, 인간의 의식의 노력을 억압하는 게 아니라 여러 가능성 중의 하나로 포섭한다는 것이라는 답변만 하고 넘어가기로 하자.

상상력에 입각한 위의 개념들을 기본축으로 하여, 그 방법은, 문학 연구·사회심리학·철학·사회학 등으로 확장이 되며, 결국에는 인류학이라는 이름하에 두루 포섭이 된다. 문학 연구에 적용될 때는 신화 비평의 방법이(신화는 인간 열망이 고스란히 활성화되어 집적된 장소이다), 사회심리학에서는, 한 사회의 원형적 투기(投企) 및 그것의 신화 드라마적인 적용을 연구하는 방법이, 철학에서는, 철학이라는 분야에 가해졌던 한계를 제거하고, 보다 열린 가능성으로 인식론을 심화하려는 노력이, 사회학에서는 한 사회의 상상적인 풍토가 어떻게 이루어졌나, 문화적 총체

성의 풍경은 어떠한 것인가, 그것은 어떻게 변모하는가를 밝혀
내려는 신화 분석적인 방법이 각각 있게 된다. 그 모든 방법을
관류하고 있는 정신은, 물론 구조적 탐구의 정신이지만, 인간
활동을 기존의 구조의 반영, 혹은 그것과의 상동적 의미 활동으
로 보는 태도가 아니라 그것을 해체하여 새로이 형상화하려는,
요컨대, 구조화하는 형상성 *figurativité structurante* 으로 보는
관점이다.

  상상력의 사회적 의미, 그것의 적극적 의미는, 그것이 사회에
가하는 직접적인 충격에만 있는 게 아니라, 사회에 생명력을 부
여해주는, 상상력 자체의 본원적 중요성에 있다. 그것이 사회에
대하여 갖는 의미는, 개인·자아, 상상력에 대한 대립적 인식에
근거한 사회성에 있는 게 아니라, 그것들간의 상호 소통을 인식
한 자리에서 존재한다. 그 자리에서, 상상력에 입각한 사회학
은, 일반적인 사회학이 요구하는 변혁의 기간보다 훨씬 긴 기간
을 필요로 하는 작업이 된다. 그리고 그 긴 기간 외에, 인간이
행하는 모든 활동, 무의미해 보이는 일상의 활동으로부터 한 사
회를 주도해나간다고 보는 의미있는 활동 모두를 상상적인 활
동의 범주에 포함시키는 광범위한 시각도 필요로 한다. 물론 그
활동들은 그 활동의 동인인 상상 구조를 즉각적으로 드러내지
도 않으며 또한 그 활동 깊은 곳에 단 하나의 상상 구조만이 자
리잡고 있는 것도 아니다. 문학이나 예술의 상상력이 중요할 수
있는 것은 그 때문이다. 문학적 상상력의 예리한 촉각은, 그 깊
은 상상 구조를 감지하여 그것을 어느 정도 징후적으로 혹은 표
본적으로 드러낸다. 문학 혹은 예술적 이미지가 드러내보이는
상상 구조는, 억압된 혹은 훼손된 개인적 욕망의 구조도 아니
고, 한 사회에서 주도적 위치를 점하고 있는 심층 구조의 상동
적 구조도 아니며, 그 구조 자체에 대해 의미있는 행동을 행하
려는, 그리하여 그 구조 자체를 역동적으로 만들려는, 하나의

의미 구축적 구조이다. 그 구조는 강조점을 강조하는 구조가 아니라, 오히려 약화된 것을 부추기는 구조이다. 그런 의미에서, 예술은 기존의 구조 해체와 새로운 구조의 생성적 힘으로 작용함으로써, 예언적이 되고 어느 정도 시대에 앞서나가게 된다. 예술적 상상력의 중요성은 바로 거기에 있다. 한편 예술 작품은 인간이 인간임을 알게 하는 하나의 작품으로서, 인간의 기억 장치라는 보물 창고 속에 쌓여, 세월이 흐르더라도 언제고 되살아날 생명력을 지닌 채, 대기하게 된다. 예술적 이미지가 단순히 한 세계의 세계관의 구조적 반영이라면, 그리고 역사나 시간은, 되살아남이나 중첩이 불가능한 선조적 진행 과정에 불과하다면, 예술 작품, 나아가 인간이 만든 모든 작품은 모두 그 흘러가는 시간 속에서 일회적인 의미밖에는 지니지 못한다. 그러나 예술 작품은, 그것을 의미있는 것으로 수용하고 그것에 이끌리는, 요컨대 수용자의 감동이라는 사건을 만나면 언제고 되살아날 준비를 갖추고 있는 생명체이다. 인간은 끊임없이 진보한다는 믿음 속에서, 예술적 행위 자체가 항상 스캔들이 되고 그것의 근본적 의미 자체가 약간의 회의와 함께 자꾸 질문의 도마 위에 오르게 되는 것은, 인간 문화의 선조적 진보에 대한 믿음과 예술이 지니고 있는 중요한 기능이, 실은 양립 불가능한 것이기 때문이다. 무언가 의미는 있어 보인다. 그런데 어딘가 석연치 않다는 태도를, 그 믿음은 항상 드러내보인다.

상상적인 위상에서의 인간 행동에 대한 깊은 이해가 없으면, 한 개인의 변모나 사회의 변모를 대개 돌연한 변모로 여기거나, 새로운 형태의 출현으로 여기게 된다. 내적·외적인 요인에 따라 굽이가 급한 경우도 있겠지만, 대개 모든 변모는 숨어 있는 가능성의 드러냄이다. 자본주의적 이데올로기의 교묘함, 예컨대 끊임없이 분화를 부추기고, 한편에서는 그것들의 관계를 끊으면서 다른 한편으로 지배 질서의 방식으로 통합하는 양태는, 한마디로 그 이데올로기에 위협이 될 만한 변모의 가능성을 교묘하게 억압하는 교묘한 장치이다. 그 장치는 이 글의 앞에서 얘기한 대로 하도 교묘한 것이어서, 그 이데올로기에 대항하는 움직임도 재빠르게 이데올로기 내부로 흡수한다. 얼마나 교묘하냐 하면, 그 이데올로기가 조장하는 가치를 심층 무의식 속에 심어놓을 정도이다. 심층 무의식 속에 스며든 자본주의적 이데올로기는, 아, 내가, 지금 자본주의적 이데올로기를 뒤따르고 있구나 하는 의식적 자각을 불가능하게 만들며, 심지어는, 그 이데올로기에 대항하는 방식조차, 그 이데올로기를 조장하는 방향으로, 물론, 의식하지 못한 채, 행하게 만든다. 나는 그 교묘성을 인정한다. 그리고 그때의 무의식이라는 어사에 덧붙여진 부정적 의미도 어느 정도 인정한다. 그 집단 무의식은, 지배 이데올로기의 허구성과 같은 구조를 가진, 혹은 그 허구성을 의식 없이 뒤따르는 부정적 무의식이다. 그 무의식에 대한 인식적 노력 없는, 겉으로 의미있어 보이는 행동은, 그 무의식을 감추고 있는 하나의 가면이며, 역으로, 그 무의식 자체가 의미있는 행동, 진정한 욕망을 덮어버리는 탈이기도 하다. 그 어떤 경우건, 진정한 가치, 진정한 욕망을 드러내기 위해서는 그 탈을 벗겨내야만 한다. 그러나 조금 과감하게 말한다면, 예술적 이미지, 문학적 상상력은, 그 탈 위에 덧붙여진 또 하나의 탈이다. 탈춤이나 가면극을 연상하면, 무의식적 욕망, 본래적 욕망을 감추고 있는 일상의 탈 위에 또 하나의 탈이 덧씌워짐으로로써, 오히려 본래적인 욕망이 활성화되어 드러날 수 있음을 쉽게 이해할 수 있다. 그때의 이미지는 그 감추어진 의미를 밝혀내야 하는 이미지가 아니라, 쉽게 드러내기 어려운 욕망 구조를 간접적으로 드러내는 이미지이다. 인간의 깊은 상상력의 울림으로서의 예술적 이미지는, 바로 그 덧씌워진 탈이다. 예술적 이미지는, 인식의 노력, 바로 보고자 하는 노력에서는, 객관적 정신분석의 방법으로 벗겨내고 제거해야 할 오류나 탈들을 그대로 쓴 채로, 오히려 그 탈의 허구성을 드러낸다. 아니 차라리 이용한다.

상상력, 그리고 사회　257

이런 질문이 내 귓가에 울린다. 그 태도는 바로 예술에 대한 물신 숭배가 아니냐는. 그러나 나는 그 비판을 감수하겠다. 단지, 예술 작품에서 한껏 발휘되는 상상력을, 이 세상에 대하여 질문하고 한껏 의미를 주려는 존재로 인간을 파악하게 하고, 인간을 주체적인 능동성 속에 위치시킬 수 있는, 궁극성으로 이해한다는 한도내에서.

문학 상상력 혹은 상상력에 그러한 최대한의 의미를 부여할 수 있다면, 상상력과 사회의 관계는 이제 더 이상 이원적 대립의 관계가 아니라, 서로 부단히 영향을 주고 간섭받는, 그리고 서로 넘나드는, 그리하여 상호 역동적으로 변모하는 긴밀한 의미망이 된다. 그 의미망 속에서 문학 상상력은, 사회의 온갖 분야의 활동과 유리된, 그야말로 허구적인 상상력이 아니라 긴밀한 관계를 맺고 있는 의미있는 행동의 하나가 된다. 달리 말하면 문학 상상력의 탐구는, 문학의 분야에서 그치는 게 아니라, 인간의 이름하에 행해지는 인간에 관한 모든 학문과 긴밀히 손을 잡아야 하는, 그리고 확산되어야만 하는 노력이 된다. 물론 나는 아직 당위적 필요성의 수준에 머물러 있다. 그러나, 우리의 삶의 꼴을 바로 보자는 욕구가, 우리의 속에 내재해 있을 우리의 과거의 삶의 꼴의 부정이나 극복의 논리 위에 세워져 있음을 바라볼 때의 알지 못할 답답함, 우리의 것을 바라보자는 욕구가, 순수 미래 지향적인, 서구의 전형적인 인식론을 하나의 보편적 인식론으로 받아들여진 자리에서 발휘되는 것은 아닌가 하는 혐의가 강해지면서, 우리의 삶의 꼴을 통시적·공시적 겹침의 논리하에 제대로 살펴보고픈 욕구가 강해짐을 느낀다. 그래야만 소위 우리의 삶의 서구화 현상이, 단순하게 환영하거나 거부해야 할 현상, 혹은 올바른 수용이니 왜곡된 수용이니 하는 소모적인 논의를 불러일으킬 현상(그 논의에서 올바르냐 왜곡되었냐의 기준은 항상 앞서간 서구이다)이 아니라, 우리의 능동적 변모 현상의 하나로 받아들여질 수 있을 것이기에.

이데올로기와 창조적 실천[1]

레이먼드 윌리엄스

1. 이데올로기

'이데올로기'의 개념은 마르크스주의에서 기원한 것이 아니며 지금도 결코 그것에 국한되어 있지 않다. 그러나 그것은 분명히 문화에 대한 거의 모든 마르크스주의 사상에서 중요한 개념이며, 문학과 이념의 경우에 특히 그렇다. 그런데 어려운 점은 모든 마르크스주의 글쓰기에 공통적인 이데올로기 개념의 세 가지 통상적 유형을 우리는 구별해야 한다는 것이다. 폭넓게 볼 때 그것은 다음과 같다.

1) 특정한 계급이나 집단에 특징적인 하나의 신념 체계;
2) 진정하거나 과학적인 지식과 대조될 수 있는 하나의 환영적 신념——거짓 이념이나 의식——의 체계;
3) 의미와 이념의 일반적인 생산 과정.

마르크스주의의 하나의 변종에서 1)과 2)는 효과적으로 결합

---

1) 이 글은 Raymond Williams, *Marxism and Literature*, Oxford & New York: Oxford UP, 1977에서 1장의 마지막 절(55~74)과 3장의 마지막 절(206~12)을 발췌하여 우리말로 옮긴 것이다(역자).

될 수 있다. 계급 사회에서 모든 신념은 계급적 입장에 기초하며, 모든 계급의——혹은 매우 통상적으로, 그들의 구성체가 바로 계급 사회의 폐기를 투사하는 프롤레타리아보다 선행하며 그것과 별개인 모든 계급의——신념 체계는 따라서 부분적으로나 전체적으로 거짓(환영)이다. 이러한 강력한 일반적 주장에 있어 특정한 문제는 마르크스주의 사상내에서 강한 논쟁을 불러일으켰다. 1)의 단순한 의미 사용과 더불어, 예컨대 레닌이 '사회주의 이데올로기'를 특징화할 때처럼, 이 명제의 어떤 형태를 찾아보는 것은 드문 일이 아니다. 1)과 2)의 의미를 폭넓게 유지하면서도 구별하는 다른 방법의 하나는 계급 사회내에서 프롤레타리아의 입장을 포함하여 계급적 입장에 기초한 신념 체계를 지칭하기 위해 1)을 사용하고, 환영보다 실제에 기초한 (넓은 의미에서) 모든 종류의 **과학적** 지식과 대조되는 것으로서 2)를 사용하는 것이다. 3)의 의미는 이러한 모든 대부분의 연상과 구분의 근거를 도려내는데, 왜냐하면 이데올로기적 과정——의미와 이념의 생산——은 따라서 일반적이고 보편적인 것으로 간주되며, 이데올로기는 이러한 과정 자체이거나 그 연구 영역이기 때문이다. 1)과 2)의 의미와 연관된 입장들은 따라서 마르크스주의적 이데올로기 연구와 관련을 맺게 된다.

이러한 상황에서, 논쟁에서를 제외하고, 이데올로기에 대한 단일하게 '올바른' 마르크스주의적 정의를 수립하는 것은 불가능하다. 이 용어와 그 변종들을 그것들이 그 속에서 형성되었던 문제들로, 그것도 우선 구체적으로 역사적 발전 속으로 되돌려 보내는 것이 보다 일리가 있다. 그렇게 하고 나서 우리는 이제 스스로 제기되는 문제들, 그리고 이 용어와 그 변종들이 드러내고 숨기는 중요한 논쟁점들로 돌아갈 수 있다.

'이데올로기'라는 말은 18세기말에 프랑스 철학자 데스튀트 드 트라시에 의해 만들어졌다. 그것은 '이념의 과학'을 의미하는 철학 용어로 의도되었다. 그 사용은 '이념'의 성격을 특정한 방식으로 이해하는 데 의존했으며, 폭넓게 로크와 경험주의의 전통에 입각했다. 따라서 이념은 이전의 '형이상학적'이거나 '관념론적' 의미에서 이해되어서는 안 되고 그렇게 될 수도 없었다. 이념의 과학은 자연과학이어야 하는데, 왜냐하면 모든 이념은 인간의 세계에 대한 체험에서 유래하기 때문이다. 특히 데스튀트에게 있어 이데올로기는 동물학의 일부이다.

> 우리가 동물의 지적 능력에 대해 알지 못한다면 우리는 그 동물에 대해 단지 불완전한 지식을 가지고 있을 뿐이다. 이데올로기는 동물학의 일부이며, 이 부분이 중요하고 보다 심층적 이해의 가치가 있는 것은 특히 인간의 경우에 있어서 그렇다. (『이데올로기의 기초』, 서문, 1801)

이 묘사는 과학적 경험주의의 특징이 있다. 이데올로기의 '실제적 요소'는 '우리의 지적 능력과 그 주된 현상의 가장 명백한 상황'이다. 이러한 강조가 지니는 비판적 측면은 이에 대한 반대자의 한 유형이었던 반동주의자 드 보날에 의해 당장 인식되었다: "근대 철학은 이 세상에서 인간의 것을 제외하고는 다른 어떤 이념도 알지 못하기 때문에 〔……〕 이데올로기가 형이상학을 대체했다." 드 보날은 로크에서 콩디악에 이르는 경험주의 전통에 이데올로기의 과학적 의미를 정확히 연결지으면서, 이데올로기가 "기호와 그것이 사고에 미치는 영향"에 몰두함을 지적했고, 그 "슬픈 체계"는 "우리의 사고"가 "변화된 감각"으로 환원되는 것이라고 요약했다. 그가 덧붙인 바에 의하면, "지성의 모든 특징은 이러한 이데올로기적 해부의 외과용 메스 아래에서 사라졌다."

이데올로기 개념이 취한 이러한 초기의 방향은 따라서 매우 복잡하다. "인간의 것을 제외하고는 이 세상에 아무 이념도 없다"는 것은 실제로 형이상학에 대한 반대 주장이었다. 동시에,

경험과학의 한 분야로 의도됨으로써, '이데올로기'는 그 철학적 전제에 의해 '변화된 감각'으로서 이념의 형태에, (콩디악에서처럼 궁극적으로 수학적 모형에 기초한) '기호 체계'로서의 언어의 형태에 국한되었다. 이러한 제한은——'인간'과 '세계'를 추상화하는 특징과, 수동적인 '수용'과 '감각'의 '체계적인 연관'에 의존함에 있어서——'과학적'이고 '경험적'이었을 뿐만 아니라 기본적으로 부르주아적인 인간관의 요소였다. 형이상학의 거부는 특징적인 성과였으며, 이는 정확하고 체계적인 경험적 탐구의 발전으로 확인되었다. 동시에 모든 사회적 차원을 결과적으로 제외한 것은——'인간'과 '세상'의 모형에 암시된 사회적 관계를 실제적으로 제거한 것과, 필연적·사회적 관계를 '심리학의 법칙'이든 '기호 체계'로서의 언어이든간에 하나의 형식적 체계로 특징적으로 전치한 것은 모두——심원하고 명백히 돌이킬 수 없는 상실이며 왜곡이었다.

일반적으로 반동적인 입장을 취했던 이들이 지성을 능동적으로 인식하는 것을 제외하는 데 반대했다는 것은 의미심장한데, 그들은 이전의 형이상학적 형태로서 활동의 의미를 유지하려 했다. 발전의 다음 단계에 있어서 이보다 더욱 의미심장한 것은, 처음에 명백히 나폴레옹의 반동적인 입장에 의해 도입되었던 '비실제적 이론'이나 '추상적 환영'으로서의 '이데올로기'의 경멸적 의미가 비록 새로운 입장에서이기는 하나 마르크스에 의해 계승되었다는 것이다. 나폴레옹은 이렇게 말했다.

바로 이념가들의 강령에 대하여——법률을 인간 심성과 역사적 교훈에 대한 지식에 적응시키는 대신에, 계획된 방식으로 주원인을 찾고 그 기초 위에 인민의 입법을 세우려 하는 이러한 확산된 형이상학에 대하여——우리는 아름다운 우리의 프랑스가 처하게 된 모든 불행의 책임을 돌려야 한다.[2]

---

2) A. Naess, *Democracy, Ideology, and Objectivity*, Oslo, 1956, p. 151에서 재인용.

스콧(*Napoleon,* 1827, pp. vi, 251)은 이렇게 요약했다 : "이데올로기라는 별명으로 그 프랑스 통치자는 모든 이론의 종류를 구별했으며, 그의 생각에는, 결코 자기-이해(利害)의 기초에 의존하지 않기 때문에 열광적인 청년과 미친 광신자들을 제외하고는 어떤 사람에게도 지배적일 수 없었다."

이와 같이 '이데올로기'를 경멸하는 각 요소가——이것은 19세기 전반기 동안 유럽 및 북미에서 아주 잘 알려지고 자주 반복되었는데——마르크스와 엥겔스의 초기의 글에서 수용되고 적용되었다. 이것은 『독일 이데올로기』에서 그들이 당대의 독일 철학자들을 공격하는 데 있어 본질적 내용이다. '이념'에서 '주원인'을 찾는 것은 기본적인 오류로 간주되었다. 마르크스의 서문의 일화에는 동일하게 경멸적인 실질적 태도의 어조까지 있다.

> 옛날 옛적에 한 정직한 친구가, 사람은 단지 중력의 관념에 사로잡혀 있기 때문에 물에 빠지는 것이라고 생각했다. 만일 사람들이 그들의 머리에서 이 생각을 떨쳐버릴 수만 있다면, 그것이 미신이고 종교적 관념이라고 말할 수만 있다면, 그들은 물의 위험으로부터 숭고하게 안전할 것이다.[3]

'자기-이해'의 기초에서 분리된 추상적 이론은 따라서 핵심에서 벗어난 것이었다.

논쟁을 물론 이 단계에서 그만둘 수는 없었다. '인간 심성과 역사적 교훈에 대한 지식'에 있어 나폴레옹의 보수적(이며 적합하게 모호한) 기준 대신에, 마르크스와 엥겔스는 '역사의 실제적 기초'를——생산과 자기-생산의 과정을——도입했는데, 이

---

3) Marx and Engels, *The German Ideology*, London, 1963, p. 2. 이하 *GI*로 약하여 본문 중에 면수만 표시함.

로부터 '다른 이론적 생산물'의 '기원과 성장'이 추적될 수 있었다. '자기-이해'에 호소하는 소박한 냉소주의가 모든 이념의 실제적 기초에 대한 비판적 진단이 되었다.

> 지배적 이념은 지배적인 물질적 관계에 대한 관념적 표현, 즉 관념으로 파악된 지배적 물질 관계에 불과하다. (*GI*, 39)

그러나 이 단계에서 이미 분명한 복잡화가 있었다. '이데올로기'는 '의식'이 항상 그 일부인 물질적인 사회적 과정을 소홀히 하거나 무시하는 그러한 종류의 사고에 대한 논쟁적인 별명이 되었다.

> 의식은 의식적 존재 이외의 어떤 것도 될 수 없으며, 인간의 존재는 그들의 실제적 삶의 과정이다. 모든 이데올로기에 있어 인간과 그의 환경이 **암흑 상자**에서처럼 거꾸로 나타난다면, 이러한 현상은 눈동자에 사물이 전도되어 비치는 것이 그 물리적 삶의 과정에서 유래하는 것과 꼭같이 또한 그 역사적 삶의 과정에서 유래한다. (*GI*, 14)

여기에서 강조점은 분명하지만 그 유추는 어렵다. 눈동자의 물리적 과정은 합리적으로 두뇌의 물리적 과정과 분리될 수 없으며, 후자는 **필연적으로 연관된 활동으로서** 전도(顚倒)를 통제하고 '교정'한다. **암흑 상자**는 비례를 확인하기 위한 도구였다. 전도는 실제로 다른 렌즈를 첨가함으로써 교정되었다. 어떤 의미에서, 이 비유는 우연적인 것에 불과하지만, 그것은 아마도 '직접적인 실증적 지식'이라는 내재적인 기준에 (비록 사실상 실례로서 이에 대립되지만) 관계된다. 그것은 관념의 제어력이라는 개념을 거부하기 위해 '중력의 관념'을 사용하는 것과 매우 흡사한 방식이다. 만일 그 이념이 자연적 힘에 대한 실제적이며 과학적인 이해가 아니라 '인종적 우월'의 이념이거나 '여성은 지적으로 열등하다'는 이념이라면 논쟁은 결국 같은 결론에 도달했겠지만 그래도 더 많은 중요 단계와 난관을 겪어야 했을 것이다.

이것은 좀더 긍정적인 정의에 있어서도 사실이다.

우리는 육체적 인간에 도달하기 위해 인간이 말하고, 상상하고, 인식하는 데서 출발하지 않으며, 서술되고, 사고되고, 상상되고, 인식되는 인간으로부터 출발하지도 않는다. 우리는 실제적이고 활동적인 사람으로부터 출발하며, 우리는 그의 실제적인 삶의 과정에 기초하여 이러한 삶의 과정이 어떻게 이데올로기적으로 반영되고 반향되는지를 입증한다. 사람의 두뇌 속에 형성된 환영은 또한 필연적으로 그의 물질적 삶의 과정이 승화된 것이며, 후자는 경험적으로 확인 가능하고, 물질적 전제에 묶여 있다. 도덕·종교·형이상학, 그리고 다른 모든 이데올로기와 그것에 상응하는 의식 형태들은 따라서 더 이상 독립성의 가상(假象)을 지니지 않는다. (*GI*, 14)

'이데올로기'가 '독립성의 가상'을 박탈당해야 한다는 것은 전적으로 합당하다. 그러나 '반영' '반향' '환영' 그리고 '승화' 등의 언어는 너무 소박하며 이들이 반복됨으로 해서 재난을 불러일으켰다. 그것은 '기계적 유물론'의 천박한 이원론에 속하며, 여기에서 '이념'과 '물질적 실제'의 분리가 다만 관념론의 서열이 전도된 형태로 반복되었다. 의식이 의식적 존재와 불가분리하며 의식적 존재가 물질적인 사회적 과정과 불가분리하다는 강조는 사실상 이와 같은 의도적인 경멸적 어휘의 사용 속에서 상실된다. 이러한 손상은 마르크스가 『자본』(pp. i. 185~86)에서 '인간 노동'을 묘사하는 것과 잠시 비교해보면 인식될 수 있다.

우리는 노동을 특히 인간적인 것으로 특징짓는 형태로 전제한
다.〔……〕 최악의 건축가와 최상의 꿀벌을 구분하는 것은, 건축
가는 그의 건축물을 실제로 세우기 전에 그의 상상 속에서 그 구
조를 세운다는 점이다. 모든 노동-과정의 마지막에서, 우리는 노
동자가 시작할 때 그의 상상력 속에 이미 존재했던 것을 결과적으
로 얻게 된다.

이것은 아마 너무 반대의 극단으로 가는 것이겠지만, 이것이
'반영' '반향' '환영' 및 '승화'의 세계와 다르다는 것은 강조할
필요가 거의 없다. 의식은 처음부터 인간적인 물질적·사회적
과정으로 간주되며, '이념'에 있어 그 산물은 따라서 물질적 생
산물과 마찬가지로 이러한 과정의 일부이다. 이것은 핵심적으로
마르크스의 주장이 제기한 일격이었으나 '실제적 인간'의 냉소
주의와, 더구나 '자연과학'이라는 유형의 추상적 경험주의에 일
시적으로 굴복함으로써 이 중요한 영역에서 초점을 상실했다.
　추상적 경험주의에 대한 교정으로서 실제로 도입되었던 것은
'인간'과 '자연' 사이의 실제적 관계로서 물질적·사회적 역사의
의미였다. 그러나 마르크스와 엥겔스가 다시금 우리가 '도달'하
게 되는 설득력 있는 '육체적 인간'을 추상화하는 것은 매우 이
상하다. 그런 인간을 필수적인 출발점으로서 전제함으로써 시작
하는 것은, 육체적 인간은 따라서 의식적 인간이기도 하다는 것
을 우리가 기억하는 한에서는 정당하다. "인간이 말하고, 상상
하고, 인식하는 데서 출발하지 않으며, 서술되고, 사고되고, 상
상되고, 인식되는 인간"으로부터 출발하지 않겠다는 결정은 따
라서 최상의 경우에 사람들이 어떤 일을 했는지에 대한 다른,
그리고 간혹 더 확고한 증거가 존재한다는 것을 교정적으로 상
기시켜준다. 그러나 이것은 또한 최악의 경우에——'실제적인
삶의 과정' 전체가 언어('사람들이 말하는 것') 및 그 기록('서술
된 사람')과는 무관하게 알려질 수 있다는——객관주의적 환상

이다. 왜냐하면, 만일 우리가 "인간을 서술된 것으로" (인간이 죽으면 그것은 '육체적으로' 접근하는 것은 결코 불가능할 때이며, 또한 마르크스와 엥겔스는 필연적으로 여기에 광범위하고 객관적으로 의존했는데) 보지 않는다면, 또한 "산업의 역사를…… 객관적으로 존재하는 것으로…… **인간 능력의 개방된 책**으로…… 직접 이해될 수 있는 인간 심리로"[4] 보지 않는다면——마르크스와 엥겔스는 다른 역사가들이 제외했던 이것들을 결정적으로 도입했는데——역사의 개념 자체가 우스꽝스러운 것이 될 것이기 때문이다. 그들이 핵심적으로 주장한 것은 이러한 '개방된 책'과 '사람의 말' 및 '서술된 사람' 사이의 전체적 관계를 파악하는 새로운 방법이다. 추상적인 이념이나 의식의 역사를 논박하는 가운데, 그들은 문제의 핵심을 찔렀지만 하나의 결정적 영역에서 그것을 다시금 놓쳤다. 이러한 혼란은 이후의 많은 마르크스주의 사상에 있어 의식·상상·예술, 그리고 이념을 '반영' '반향' '환영,' 그리고 '승화'로 소박하게 환원시키고, '이데올로기' 개념에 깊은 혼란을 초래하는 근원이 되었다.

이데올로기가 아닌 것과의 대조에 의해 그 세력을 가장 많이 획득한 그러한 이데올로기의 정의를 검토해본다면, 이러한 실패의 요소를 계속해서 추적할 수 있다. 이러한 대조 중에서 가장 흔한 것은 소위 '과학'이라고 불려지는 것과의 대조이다. 예컨대

思辨이 끝나는 곳에서——실제의 삶에서——실제적이고 실증적인 과학이 시작된다. 그것은 실제적인 활동과 인간이 발전하는 실제적인 과정의 재현이다. 의식에 대한 공허한 말이 중단되고 실제적 지식이 그것을 대체해야 한다. 현실이 묘사될 때 독립적인 활동 분야로서 철학은 그 존재의 매개를 상실한다. (*GI*, 17)

---

4) Marx, *Economic and Philosophical Manuscripts of 1844*, Moscow, 1961, p. 121. 이하 *EPM*으로 약하여 본문 중에 면수만 표시함.

여기에는 여러 가지 난점이 있다. '의식'과 '철학'의 사용은, 의식을 물질적인 사회적 과정과 분리시키는 것이 쓸모없다는 기본 주장에 거의 전적으로 의존한다. 그러나 이 점을 완전히 다른 방식으로 주장할 수 있고 실제 자주 그랬다는 것을 우리는 쉽게 알 수 있다. 새로운 종류의 추상화에 있어 '의식'과 '철학'은 그 나름대로 '실제적 지식'과 '실제적 과정'으로부터 분리된다. '반영' '반향' '환영' 그리고 '승화' 등의 용어가 사용 가능할 때 이것은 특히 쉬운 일이다. 원래 **불가해한** 과정이라는 개념에 대립되는 이러한 분리의 결과는 의식을 '인간의 발전'과 그 발전에 대한 '실제적 지식'으로부터 소극적(笑劇的)으로 제외시키는 것이다. 그러나 전자는 어떤 기준으로도 불가능하다. 그 부조리성을 위장하기 위해 할 수 있는 일은 고작 친숙한 두 단계 모형을 세련화하는 것(즉 관념론적 이원론을 기계론적 유물론의 입장에서 전도시키는 것)인데, 이 모형에서는 물질적인 사회적 삶이 먼저 있고 그 다음에 어떤 시간적이거나 공간적인 거리를 두고 의식과 '그' 산물들이 있다. 이것은 곧바로 소박한 환원주의를 초래한다. 즉 '의식'과 '그' 산물들은 물질적인 사회적 과정에서 이미 발생한 것을 '반영'하는 것 이외의 아무것도 될 수 없다.

물론 (후기의 조바심나는 경고와 수정을 낳은 그러한) 경험으로부터 말할 수 있는 것은, 이것은 '의식과 그 산물들'을 이해하려고 시도하는 데 있어 하나의 빈약한 실제적 방법이며, 그 산물들은 이러한 소박한 환원적 등치로부터 지속적으로 벗어난다는 점이다.

왜냐하면 '의식과 그 산물들'은 비록 가변적인 형태이기는 하나 항상 물질적인 사회적 과정 자체의 일부이기 때문인데, 그것은 마르크스가 '상상'의 필수적 요소라고 부른 것으로서든지, 혹은 언어와 관계의 실제적 이념에 있어서 연관된 노동의 필수

적인 조건으로서든지, 혹은, 이것은 너무나 자주 그리고 의미심
장하게 망각되는데, 그들 모두가 물리적이고 물질적이며 대부분
이 명백히 그러한——'의식과 그 산물들'로 위장되고 관념화되
지만 환영 없이 볼 때는 그 자체가 필수적으로 사회적인 물질적
활동들인——실제적 과정에서든지간에 그렇다. 보통의 환원적인
견해에서 사실상 관념화되는 것은 '사고나 상상'이며, 이러한
추상화된 과정이 유일하게 물질화되는 것은 전체적인 (그리고
추상화되기 때문에 따라서 결과적으로 완전한) 물질적인 사회적
과정을 다시 일반적으로 참조함에 의해서이다. 이러한 유형의
마르크스주의가 특히 간과하는 것은, '사고와 상상'은 처음부터
(물론 실제 개인들간의 어떤 사회적 과정에 있어서도 필수적인 부분
인 '내재화'의 능력을 포함하여) 사회적 과정이며, 이것은 단지
논쟁의 여지없이 물리적이고 물질적인 방식들에 있어서만 접근
가능하게 된다는 것이다. 후자의 방식들은 목소리, 악기가 내는
소리, 쓰거나 인쇄한 글, 화폭이나 석고에 물감으로 그린 것,
대리석이나 돌에 조각한 것 등에 의해서이다. 이러한 제반의 물
질적인 사회적 과정들을 물질적인 사회적 과정 **그 자체로부터**
분리시키는 것은 모든 물질적인 사회적 과정들을 다른 어떤 추
상화된 '삶'에 대한 단순한 기술적 수단으로 환원하는 것과 동
일한 오류이다. '인간의 발전'에 있어 '실제적 과정'은 처음부
터, 그리고 어떤 완전히 분리된 '사고'와 '상상'의 기술적 수단
이상으로서, 그것들을 필수적으로 포함한다.

그렇다면 기존의 부정적인 형태에 있어 '이데올로기'에 대해
어떤 말을 할 수 있겠는가? 물론, 이 과정들 혹은 그 중 일부는
가변적인 형태로 나타나며 (이것은 **모든** 생산의 가변적인 형태와
마찬가지로 부정될 수 없다), 이들 중 어떤 것은 '이데올로기'이
고 다른 것은 아니라는 것을 말할 수 있다. 이것은 매혹적인 길
이기는 하나 그것을 보통 멀리까지 따라갈 수는 없는데, 왜냐하
면 조금만 가면 바로 바보의 등화(燈火)가 길가에 서 있기 때

이데올로기와 창조적 실천 269

문이다. 이것은 어려운 '과학'의 개념이다. 우리는 먼저 번역의 문제를 인식해야 한다. 독일어의 **학문**_Wissenschaft_은 불어의 **학문** _science_과 마찬가지로 19세기초 이래로 영어의 **과학** _science_이 지녀왔던 의미보다 훨씬 더 넓은 의미를 가지고 있다. 보다 폭넓은 의미는 '체계적 지식'이나 '조직된 학식'의 영역에 있다. 영어에 있어서 이것은 (처음에 그리고 지속적으로, '인간' 과 '세계'의 범주내에서) '실제 세계'에 대한 관찰에 기초한, 그리고 이전에는 호환적이었던, **경험**과 **실험**을 중요하게 구분하는데 (그리고 대립시키기까지 하는데)——후자는 그 발전 과정에서 **경험적**이며 **실증적**이라는 새로운 의미를 끌어들였다——기초한 그러한 지식으로 광범위하게 특화되었다. 따라서 어떤 영어권 독자도 마르크스와 엥겔스의 번역된 구절——"실제적인 실증적 과학"——을 이러한 특화된 의미 이외의 다른 것으로 받아들이기는 어렵다. 그러나 여기에 당장 두 가지의 수정 조항을 달아야 한다. 첫째, '실제 세계'에 대한 마르크스주의적 정의는 '인간'과 '세계'의 분리된 범주를 넘어서서 능동적인 물질적인 사회적 과정을 핵심적인 것으로 포함함으로써, 그러한 소박한 전이를 불가능하게 만들었다.

> 만일 산업이 **본질적인 인간 능력**이 실현되는 **공개적** 형태로 이해된다면, 우리는 또한 자연의 **인간적** 본질과 인간의 **자연적** 본질을 파악할 수 있다. 자연과학은 따라서 그 추상적으로 유물론적인, 혹은 그보다는, 관념론적인 정향성을 버리고, 인간과학의 기초가 될 것이다. 〔……〕 삶과 과학에 대한 **별개**의 기초는 **선험적으로** 허위이다. (_EPM_, 122)

이것은 영어에서 '과학'의 범주를 특화하는 것을 반대하는 주장이다. 그러나 두번째로, 과학적 합리성의 실제적 진보는 특히 형이상학을 거부하고 기존의 종교적·철학적 체계내에서 제한으로부터 관찰·실험, 그리고 탐구로의 성공적인 도피에 있어, 사회를 이해하는 모형으로서 매우 매력적이었다. 탐구의 대상은——'인간'과 '세계'로부터 능동적·상호 작용적이며, 핵심적 의미에서 자기-창조적인 물질적인 사회적 과정으로——급진적으로 변했지만, 그 방법이나 혹은 적어도 분위기는 유지될 수 있다고 전제되었거나 또는 차라리 희구되었다.

보통 끝나야 할 곳에서 시작한, 사회의 특정한 역사적 **단계**의 형태와 범주들을 지니고 있는, 사회적 탐구에 대한 보통의 전제들로부터 해방된다는 이러한 의미는 매우 중요하며 마르크스의 대부분의 저작에서 급진적으로 나타나 있다. 그러나 이것은 '과학'과 '과학적'이라는 말을 무비판적으로 사용하는 것과는 매우 다른데, 후자는 실제로 기도된 본질적으로 **비판적이고 역사적인** 연구를 묘사하는 데 있어 '자연과학'에 대한 참조와 유추를 의도적으로 사용한다. 엥겔스가 마르크스보다 이러한 참조와 유추를 더 빈번히 사용했다는 것은 사실이다. 엥겔스의 영향하에서 '과학적 사회주의'는 논쟁적인 구호가 되었다. 실제적으로 그것은 사회에 대한 (정당화될 수 있는) 체계적 지식의 의미에 의존하는데, 이것은 거의 동등하게 한편으로 그 발전 과정에 대한 관찰과 분석에 기초하며 (이것은 예컨대 '이상향적' 사회주의와는 구분되는데, 후자는 그 속에서 그것이 획득되었던 과거와 현재의 과정에 대한 면밀한 고려 없이 바람직한 미래를 투사했다), 다른 한편으로 자연과학의 '근본적'이거나 '보편적'인 법칙과의 (잘못된) 연관에 기초하는데, 이것은 효과적인 작용적 일반화나 가설이라기보다는 하나의 '법칙'임이 드러났을 경우에도 그 연구 대상이 근본적으로 달랐기 때문에 다른 종류의 법칙이었다.

'과학'의 개념은 '이데올로기'의 개념에 대한 결정적이고 부정적인 효과를 끼쳤다. '이데올로기'가 '인간이 발전하는 실제적 과정'에 대한 자세하고 연관된 지식이라는 의미에서의 '실제적이고 실증적인 과학'과 대조된다면, 그러한 자세하고 연관된 지식을 가로막거나 왜곡하는 것으로 입증될 수 있는 기존의 전제·개념, 그리고 관점들의 표시로서 이 구분은 중요성을 지닐 수 있다. 우리는 이것이 의도된 것의 전부였음을 자주 느낄 수 있다. 그러나 이 대조는 물론 보이는 것처럼 그렇게 단순하지 않은데, 왜냐하면 그것의 자신 있는 적용은 '발전의 실제적 과정에 대한 자세하고 연관된 지식'과 그것과 자주 유사할 수 있는 다른 종류의 '지식' 사이의 알 수 있는 구분에 의존하기 때문이다. 이러한 구분의 규준을 적용하는 한 가지 방법은 기존의 것이든 그렇지 않든간에 지식이 획득되고 조직되는 수단이 되는 '전제·개념, 그리고 관점들'을 검토하는 것이다. 그러나 이러한 검토에 종속되지 않는 '실증적' 방법의 **선험적** 전제에 의해 가로막히게 되는 것은 바로 이러한 종류의 분석인데, 전자의 전제는 사실상 다른 모든 관찰자의 '이데올로기적 편견'으로부터 해방된, 기존의 (그리고 검토되지 않은) '실증적·과학적 지식'에 기초해 있다. 정통적 마르크스주의에서 자주 반복된 이러한 입장은 하나의 순환론적 증명이거나, 혹은 다른 사람들은 편견에 사로잡혀 있지만 정의상으로 우리는 그렇지 않다는 (거의 모든 당들이 행하는 종류의) 친숙한 당파적 주장이다.

이것은 실제로 역사적 유물론내에서 이제 당면하고 있는 매우 어려운 문제로부터 빠져나오는 바보스런 방법이었다. (이론적으로 자주 구분되지는 않지만) 이데올로기에 대한 완전히 다른 정의에 이르게 하는, 이것과는 사뭇 다르며 훨씬 더 흥미있는 주장을 우리가 분명히 알기 위해서는, 독단의 차원에서 이것의 증후적인 중요성을 인식한 다음 우리는 그것을 다른 한쪽에 제쳐두어야 할 것이다. 그것은 청년 헤겔파에 대한 공격의 주안점으로부터 시작하는데, 그들은 "그들이 독립적 존재의 속성을 부여한 개념·사고·이념, 즉 사실상 의식의 모든 산물들을 인간에 대한 실제적 속박으로 간주한" 것으로 생각되었다. 사회적 해방은 따라서 '의식의 변화'를 통해서 달성될 것이다. 물론 모든 것은 따라서 '의식'의 정의에 따라 달라진다. 마르크스와 엥겔스가 논쟁적으로 채택한 정의는 사실상 이데올로기에 대한 그들의 정의인데, 그것은 즉 '실제적 의식'이 아니라 '자기-독립적인 이론'이다. 따라서 "실제로 그것은 이러한 이론적 논의를 실제 존재하는 조건으로부터 설명하는 문제일 뿐이다. 이러한 어구들이 정말 실제로 해체되는 것은, 즉 이러한 개념들이 인간의 의식으로부터 제거되는 것은〔……〕이론적 연역에 의해서가 아니라 변화된 조건에 의해 실효화될 것이다"(*GI*, 15). 이러한 임무에 있어 프롤레타리아는 유리한데, 왜냐하면 "대중에게〔……〕이러한 이론적 개념들은 존재하지 않기 때문이다."

　우리가 이것을 진지하게 받아들인다면, 훨씬 더 제한되기는 하나 그 점에서 더 개연성이 있는 이데올로기의 정의가 우리에게 남는다. '인식·사고·이념들'을 포함하는 '의식'은 '대중'에게 존재하지 않는다고 주장할 수는 거의 없으므로, 이 정의는 다시 **일종**의 의식으로, 그리고 특정하게 '이데올로기적'인 일정한 **종류**의 인식·사고, 그리고 이념으로 회귀한다. 엥겔스는 후에 이러한 입장을 명료화하려고 시도했다.

　　모든 이데올로기는〔……〕일단 발생하면 기성의 개념-물질과 연관하여 발전하며, 이 물질을 더 발전시킨다. 그렇지 않다면 그것은 더 이상 이데올로기——즉 독립적으로 발전하며 자신의 법칙에만 종속되는 독립적 개체로서의 사고에 대한 집착——이기를 그만둘 것이다. 이러한 사고 과정이 그의 뇌리에서 진행되는 그 사람의 물질적 삶의 조건이 최종적으로 이러한 과정의 행로를 결정한다는 것은 필연적으로 그에게는 알려지지 않은 상태로 남아 있는데, 왜냐하면 그렇지 않다면 모든 이데올로기의 종말이 올 것이기 때문이다.[5]

　이데올로기는 소위 실제로 의식적으로 사고하기는 하지만 허위

---

5) Engels, *Ludwig Feuerbach*, London, 1933, pp. 65~66.

의식으로 사고하는 사람에 의해 달성되는 하나의 과정이다. 그를 추종하는 실제적인 동기는 자신에게는 알려지지 않을 것인데, 그렇지 않다면 그것은 전혀 이데올로기적 과정이 아닐 것이다. 따라서 그는 허위이거나 겉보기의 동기를 상상한다. 그것은 하나의 사고 과정이기 때문에, 그는 자신의 것이든 앞선 사람의 것이든간에 순수한 사고로부터 그 형식과 내용을 모두 끌어낸다.[6]

그 자체로서 볼 때, 이러한 진술들은 거의 심리학적인 것으로 나타날 수 있다. "그의 뇌리에서" "그에게는 알려지지 않은 〔……〕 실제적 동기" "허위이거나 겉보기의 동기" 등의 구절에 있어서, 이들은 프로이트의 '합리화'의 개념과 구조적으로 매우 흡사하다. 이러한 형태의 '이데올로기'의 유형은 근대 부르주아 사고에서 즉각 수용되는데, 후자는 이데올로기나 합리화의 근거를 도려내기 위해——물질적이든 심리적이든간에——자신의 이데올로기 개념을 가지고 있다. 그러나 그것은 한때에는 보다 진지한 입장이었다. 이데올로기는 노동 분업의 결과로서 특정하게 정체화되었다.

노동 분업은 물질적 및 정신적 노동이 나타나는 순간부터 오로지 진정하게 그런 것이 된다.〔……〕 이 순간부터 의식이 진정으로 자화자찬할 수 있는 것은 그것이 기존의 실행에 대한 의식 이외의 어떤 것이며, 어떤 실제적인 것을 재현하지 않으면서 어떤 것을 **실제로** 재현할 수 있다는 것이다. 이제부터 의식은 세계로부터 해방되어 '순수한' 이론·신학·철학·윤리학 등을 구성하는 데로 나아갈 수 있는 입장에 처해 있다. (*GI*, 51)

이데올로기는 따라서 '분리된 이론'이며, 그 분석은 그 '실제적' 관련을 포함해야 한다.

---

6) 1893년 7월 14일, F. Mehring에게 보낸 편지(*Marx and Engels: Selected Correspondence*, New York, 1935).

노동 분업은 〔……〕 또한 지배 계급에 있어 정신 및 물질 노동
의 분리로 나타나며, 따라서 이 계급 내부에서 일부는 그 계급의
사상가로 나타나고(그 능동적·개념적 이념가들은 그 계급 자신에
대한 환영을 완성하는 것을 그들의 주생계 수단으로 삼는다), 반
면에 이러한 이념과 환영에 대한 다른 계급의 태도는 보다 수동적
이고 수용적인데, 왜냐하면 후자는 실제로 이 계급의 능동적 일원
이며 자신에 대한 환영과 이념을 만들어낼 시간이 부족하기 때문
이다. (*GI*, 39~40)

이것은 다음과 같은 후기의 관측처럼 매우 신랄하다.

각각의 새로운 계급은 〔……〕 자신의 이익을 모든 사회 구성원
의 공통된 이익으로, 이상적인 형태로 대변하지 〔……〕않을 수 없
다. 그것은 자신의 이념에 보편성의 형식을 부여하며, 유일하게 합
리적이고 보편적으로 타당한 것으로 그것을 재현한다. (*GI*, 40~
41)

그러나 '이데올로기'는 "어떤 계급에 특징적인 신념 체계"와
"진정하거나 과학적인 지식과 대조될 수 있는——허위 관념이
든 허위 의식이든간에——환영적인 신념 체계" 사이에서 부동
한다.

이러한 불확실성은 결코 실제로 해결되지 않았다. '분리된 이
론'으로서의 이데올로기는——이것은 환영과 허위 의식의 자연
스런 고향이기도 한데——그 자체 (내재적으로 제한된) '한 계급
의 실제적 의식'으로부터 분리된다. 그러나 이러한 분리는 실천
보다 이론에서 수행하기가 훨씬 용이하다. 직접적으로 표현되고
계속해서 직접적으로 강요되는, 직접적 계급 의식의 엄청난 실
체는 '이데올로기'에 물드는 것을 피하는 것으로 나타날 수 있
는데, 후자는 '보편화'하는 철학자에게만 국한될 것이다. 그러

나 이러한 강력한 직접적 체계에 대해 어떤 이름을 찾을 수 있을 것인가? '실제적'이라는 묘사와 함께 특별한 요술에 의해서가 아니라면, 이것은 분명히 '진정'하거나 '과학적'인 지식은 아니다. 왜냐하면 대부분의 지배 계급들은 '가면을 벗길' 필요가 없었기 때문이다. 그들은 보통 그들의 존재와, 그리고 그것을 인준하는 '개념·사고·이념들'을 선언했다. 이들을 전복하는 것은 통상적으로 그 의식적 실행을 전복하는 것이며, 이것은 항상 그 '추상적'이며 '보편적'인 이념들을 전복하는 것보다 훨씬 더 어려운데, 이러한 이념들도 실제적 측면에서 어떤 단순히 의존적이거나 환영적인 개념이 지닐 수 있는 것보다 훨씬 더 복잡하고 상호 작용적인 관계를 지닌다. 혹은 다시, "특정한 시대에 혁명적 이념의 존재는 혁명적 계급의 존재를 전제로 한다." 그러나 이것은 사실일 수 있고 그렇지 않을 수도 있는데, 왜냐하면 모든 어려운 문제들은 전-혁명적이거나 잠재적으로 혁명적이거나 혹은 일시적으로 혁명적인 세력이 지속적인 혁명적 계급으로 발전하는 데 관한 것이며, 동일한 어려운 문제들이 전-혁명적이거나 잠재적으로 혁명적이거나 혹은 일시적으로 혁명적인 이념에 있어서도 필연적으로 일어나기 때문이다. 마르크스와 엥겔스 자신이 유럽의 프롤레타리아의 (그 자체 매우 복잡한) 혁명적 성격에 대해 지니는 복잡한 관계는 바로 이러한 어려움의 강력하게 실제적인 한 예이며, 이것은 그들의 지적(知的)인 선조들에 대해 (비판에 의해 암시된 관계를 포함하여) 그들이 가지는 복잡하고 인정된 관계와 마찬가지이다.

일시적이지만 영향력 있는, 이러한 자세하고 연관된 지식에 의한 대체에 있어 실제 일어난 일은, 첫째로 환영과 허위 의식의 범주로서 '이데올로기'의 추상화였다(이 추상화는 그들이 잘 알고 있을 것처럼 상대적으로 용이한 추상적 이념의 검토가 아니라, 그 속에서 '개념·사고·이념들'이 물론 다른 정도에 따라 실제적이 되는 그러한 물질적인 사회적 과정의 검토를 가로막는다). 둘째로,

이것과 관련하여, 이 추상화에는 하나의 범주적 엄격성, 즉 진정하게 역사적인 이념의 의식보다는 하나의 시대적인 의식이 주어졌는데, 이것은 다시 지식과 환영 모두의——그러나 무엇의?——연속적이며 통일된 단계들의 형태로 기계적으로 분리되었다. 이러한 추상화의 각 단계는 이론이나 실천에 있어서 마르크스가 강조한 것과는 근본적으로 다른데, 그가 강조한 것은 물질적인 사회적 과정에 있어 실제적 이해(利害)의 필연적인 갈등과, "그 속에서 사람들이 이러한 갈등을 의식하고 그것을 위해 투쟁하는 법률적·정치적·종교적·심미적, 혹은 철학적——한마디로 이데올로기적—— 형태들"이었다. 범주의 전문가들에 반대하는 범주적 논쟁으로부터 감염은 여기에서 전체와 해소될 수 없는 물질적·사회적 과정에 대한 실제적 인식에 의해 소진되었다. '이데올로기'는 따라서 특정하고 실제적인 차원으로 회귀하는데, 그 복잡한 과정 속에서 사람들은 그들의 이해와 갈등을 의식하게 '된다'(의식한다). '진정한' 의식과 '허위' 의식을 (추상적으로) 구분하는 범주적 지름길은 따라서 모든 실천에서 그렇게 해야 하듯이 효과적으로 폐기된다.

'이데올로기'의 이러한 모든 가변적 사용은 마르크스주의의 일반적인 발전내에서 지속되었다. 어떤 차원에서는 이데올로기를 '허위 의식'으로 보는 독단적 입장이 편리하게 유지되었다. 이것은 실제적 차원에서 '진정한' 의식과 '허위' 의식을 작용적으로 구분하는 특정한 분석을 자주 가로막았는데, 그 실제적 차원이란 사회적 관계와, '개념·사고·이념들'이 이러한 관계에 있어 행하는 역할의 차원이다. 근래에 루카치는 '실제적 의식'과 '전가된' 혹은 '잠재적' 의식(실제적인 사회적 입장에 대한 충분하고 '진정한' 이해)을 구분함으로써 이러한 분석을 명료화하려 했다. 이것은 모든 '실제적 의식'을 이데올로기로 환원하는 것을 피할 수 있는 장점이 있지만, 이 범주는 사변적인 것이며, 그리고 하나의 범주로서 쉽게 지속될 수 없다. 『역사와 계급 의

식』에서 그것은 진리를 프롤레타리아의 이념과 일치시키려 하
는 최후의 추상적 시도에 의존했지만, 이러한 헤겔적 형태에서
그것은 이전에 ‘과학적 지식’의 범주를 실증주의적으로 정체화
한 것과 같이 설득력이 부족하다. 이것보다 흥미있지만 마찬가
지로 어려운 ‘진정한’ 의식을 정의하려는 시도의 하나는, 세계
를 해석하기보다는 변화시켜야 한다는 마르크스의 주장을 세련
화하는 것이었다. ‘실천의 시험’으로 알려지게 된 것이 진리의
규준으로, 그리고 이데올로기로부터 본질적인 구분으로 제시되
었다. 어떤 일반적인 방식으로, 이것은 ‘실제적 의식’에서 유래
하는 완전히 일관성 있는 기획이지만, 이것을 특정한 이론·정
식 및 계획에 적용할 때 그것이 어떻게 ‘역사적 진리’로 가장한
천박한 ‘성공’의 윤리를 초래하거나, 또는 실제적인 패배나 해
체가 있을 때 마비나 혼란을 초래할지는 쉽게 알 수 있다. 즉
바꾸어 말해서, ‘실천의 시험’은 추상적 범주로 간주되는 ‘과학
적 이론’과 ‘이데올로기’에 적용될 수 없다. ‘실제적 의식’을 정
의함에 있어 진정한 핵심은 실제로 이러한 추상화의 근거를 도
려내는 것이었는데, 그 추상화들은 그래도 계속해서 ‘마르크스
주의 이론’으로 재생산되어왔다.

　20세기의 이데올로기 개념에 있어 다른 세 가지 경향에 대해
우리는 간단히 언급할 수 있을 것이다. 첫째, 이 개념은 마르크
스주의의 내부와 외부에서 “한 특정한 계급이나 집단에 있어
특징적인 신념 체계”라는 비교적 중립적인 의미로 공통적으로
사용되어왔다(이것은 ‘진리’나 ‘환영’의 의미를 함축하지 않지만,
하나의 사회적 상황과 이해, 그리고 그 의미와 가치에 대한 정의나
구성적 체계를 긍정적으로 지시한다). 따라서 ‘사회주의’ 이데올
로기에 대해 중립적이거나 찬동하는 입장에서도 언급하는 것이
가능하다. 여기에 흥미있는 예가 레닌이다.

　사회주의는 그것이 프롤레타리아 계급의 투쟁의 이데올로기인

한에서 다른 이데올로기와 마찬가지로 탄생·성장, 그리고 공고화의 일반적 조건을 겪는다. 즉 그것은 인간 지식의 모든 질료 위에서 설립되며, 높은 수준의 과학과 과학적 연구 등을 전제한다. 〔……〕 자본주의의 관계에 기초하여 기초적 세력으로서 자연적으로 발전하는 프롤레타리아의 계급 투쟁에 있어, 사회주의는 이념가들에 의해 도입된다.[7]

명백히 여기에서 이데올로기는 '허위 의식'으로 의도된 것이 아니다. 계급과 그 이념가들 사이의 구분은 마르크스와 엥겔스가 한 구분과 연관될 수 있지만, '지배 계급'에 대한 언급이 구원적인 절(節)로 치장될 수 없다면, 한 중요한 절——"이 능동적이고 창의적인 이념가들은 한 계급이 스스로에 대해 지니는 환영을 완성하는 것을 그들의 주된 생계 수단으로 삼는다"——을 암묵적으로 빼야 한다. 아마 이보다 더 중요하게, 이제 중립적이거나 찬동하는 의미로서 이데올로기는, 물론 한 계급의 관점에서 행해진 "모든……인간 지식과……과학……등"의 '기초' 위에 '도입되는' 것으로 간주된다. 이 입장은 명백히, 이데올로기는 이론이며, 이론은 이차적인 동시에 필요하다는 것이다. 여기에서 프롤레타리아의 '실제적 의식'은 스스로 그것을 산출하지 못할 것이다. 이것은 마르크스의 사상과 근본적으로 다른데, 그에게 있어서 모든 '분리된' 이론은 이데올로기이며, 진정한 이론——'실제적·실증적 지식'——은 대조적으로 '실제적 의식'의 분절화이다. 그러나 레닌의 모형은 하나의 정통적인 사회학적 정식에 대응하는데, 그 속에는 '사회적 상황'이 있으며, 또한 '이데올로기'가 있고, 그들의 관계는 가변적이지만 분명히 의존적이거나 '결정되지'는 않으며, 따라서 양자 모두에게 그들 각각의 비교적인 역사와 분석을 허용한다. 레닌의 정식은 또한 정반대의 정치적 입장에서 나폴레옹이 '이념가들'을 정체

---

7) Lenin, *What is To Be Done?* Oxford, 1963, p.11.

이데올로기와 창조적 실천   279

화한 것을 반향하는데, 그들은 그들의 관점에 따라 '민중'에게 해방이나 파멸을 위해 이념을 가져다준다. 물론 나폴레옹적인 정의는 수정되지 않은 형태로, 이념이나 원칙에 의해 정의되는 정치적 투쟁에 대한 대중적인 비판의 형태로 지속되었다. '이데 올로기'('강령'의 산물)는 따라서 '실제적 경험' '실제적 정치' 그리고 실용주의로 알려진 것과 대조된다. '강령적'이고 '독단적'일 뿐만 아니라, 선험적이고 추상적인 것으로서의 '이데올로기'의 이러한 일반적 의미는 그와 동등하게 일반적인 (중립적이든 찬동적이든간에) 기술적(記述的) 의미와 불편하게 공존해왔다.

마지막으로 가치의 기호를 포함하여, 모든 기호화의 산물뿐만 아니라 과정까지도 묘사할 수 있는 일반적인 용어가 분명히 필요하다. '이데올로기'와 '이데올로기적'이라는 말이 이러한 의미에서 광범위하게 사용되었다는 것은 흥미있다. 예컨대, 볼로쉬노프는 '이데올로기적'이란 말을 기호를 통해 의미가 생산되는 과정을 묘사하기 위해 사용하며, '이데올로기'는 그 속에서 의미와 가치가 생산되는 사회적 경험의 차원으로 간주된다. 이러한 폭넓은 의미가 우리가 앞에서 살펴본 능동적으로 작용하고 있는 다른 의미들과 어려운 관계에 있다는 것은 거의 강조할 필요가 없다. 그러나 이 용어가 얼마나 타협을 하든간에, 이처럼 기호화가 하나의 핵심적인 사회적 과정이라는 것을 어떤 형태로든지 강조하는 것은 필요하다. 마르크스와 엥겔스에 있어서, 그리고 많은 마르크스주의 전통에 있어서, '실제적 의식'에 대한 핵심적 논쟁은, 사회적 기호화의 근본적 과정은 '실제적 의식'에 내재적이며, 또한 그 산물로 인식될 수 있는 '개념·사고, 그리고 이념들'에 있어서도 내재적이라는 것을 알지 못함으로 해서 자주 왜곡되었다. 데스튀트에 있어 처음부터 '이데올로기'의 개념 내부에서 그것을 제한하는 조건은 의미의 과정과 평가를 형성되고 분리 가능한 '이념'이나 '이론'에 제한하려는 경향이었다. 지속적인 오류의 실마리는, 이것을 '감각의 세계'로, 혹

은 다른 한편으로,──이러한 근본적인 기호화 과정을 제외하거
나 그것을 본질적으로 이차적인 것으로 만들도록 정의된 그러
한──'실제적 의식'이나 '물질적인 사회적 과정'으로 되돌리려
는 시도이다. 왜냐하면 '이념과 이론' 및 '실제 삶의 산물' 사이
의 실제적 연관은 모두 기호화 자체의 이러한 물질적인 사회적
과정내에 있기 때문이다.

더구나, 이것이 실현될 때──이념이나 이론이 아니고, 우리
가 '예술'과 '문학'이라고 부르는 매우 다른 작품이며, 우리가
'문화' 및 '언어'라고 부르는 매우 일반적인 과정의 정상적 요소
인──그러한 '산물들'은 환원·추상화, 혹은 동화(同化)와 다
른 방식으로 접근될 수 있다. 이것이 이제 문화 및 문학 연구에
있어, 특히 그 중에서 마르크스주의적 기여가 고려해야 할 주장
이며, 따라서 후자는 겉보기와는 달리 지금까지보다 훨씬 더 논
쟁적이 될 수 있다. 그러나 '추상화'와 '환영,' 혹은 '이념'과
'이론,' 혹은 신념이나 의미 및 가치의 '체계'라는 의미를 지니
고 있는 '이데올로기'와 '이데올로기적'이라는 말이 이러한 광
범위하고 급진적인 재정의에 적합하게 정확하고 실천 가능한
용어인지는 열려 있는 문제이다.

2. 창조적 실천

마르크스주의의 핵심에는 인간의 창조성과 자기-창조에 대한
특별한 강조가 존재한다. 여기에서 특별하다는 것은, 그것이 논
박하고자 하는 거개의 체제들은 인간의 거의 모든 활동이 외부
적 요인──신, 추상화된 자연이나 인간성, 영원한 본능적 체
계, 혹은 동물적 유전──에서 유래한다고 강조하기 때문이다.
전(前)-마르크스주의 사상가들에 의해 시민사회와 언어에까
지 확장된 자기-창조의 개념은 마르크스주의에 의해 기본적인

노동의 과정과 그리고 그렇게 해서 깊이 (창조적으로) 변화된 물리적 세계와 자기-창조된 인간성에까지 급진적으로 확장되었다.

르네상스 사상가들에 의해 결정적으로 예술과 사상에까지 확장된 창조성의 개념은 따라서 실제로 마르크스주의와 특정한 근친성을 지닐 것임에 틀림없다. 사실 마르크스주의의 전발전 과정을 통해서 이것은 근본적으로 어려운 영역이었는데, 우리는 지금까지 이것을 명료화하려고 노력했다. 어떤 마르크스주의의 유형은 반대 방향으로 나아가서, 창조적 실천을 재현·반영, 혹은 이데올로기로 환원했다. 그뿐만 아니라, 마르크스주의는 일반적으로 이러한 실제적 환원과 함께 추상적인 방식으로 미분화되고, 그러한 형태에서 형이상학적인 방식으로 창조성을 축복하는 태도를 지속적으로 공유해왔다. 따라서 마르크스주의는 충분하게 사회적이고 역사적인 물질적 과정에서 창조성을 특정하게 만드는 데 결코 궁극적으로 성공하지 못했다.

'예술'과 '심미적 의도'를 인위적으로 집단화한 (그리고 상호 자기-정의하는) 것의 내부에서 이루어지는 모든 종류의 실천을 묘사하기 위해 '창조적'이란 말을 이렇게 느슨하게 사용하는 것은 마르크스주의자들뿐만 아니라 다른 이들에게 이러한 난점들을 위장한다. 이 용어들이 어떤 실제적 내용을 획득하기 위해서는, 이러한 고도로 가변적인 특정한 실천과 의도의 근본적인 차이와 변별성이 기술되고 구분되어야 한다는 것이 분명하다. '예술'과 '심미적인 것'에 대한 최선의 논의도 대부분 매우 특별한 정도로 단정된 선택에 의존하며, 편리하게 선택적인 해답을 낳는다. 우리는 이렇게 흔하게 제시되는 지름길을 거부해야 하는데, 그것은 '진정하게 창조적'인 것을 실천의 다른 유형이나 실례와 구분하기 위해 '무시간적 영원성'에 (전통적으로) 호소하거나, 다른 한편으로, 의도적이든 입증할 수 있는 것이든간에, '인류의 진보적 발전'이나 '인간의 풍요로운 미래'와 연관시킨다. 이러한 모든 명제는 결국 그 진위가 판명될 것이다. 그러나 실제적인 인간의 자기-창조의 비범한 복잡성과 가변성에 있어, 이러한 어구의 일부만이라도 그것이 본질적으로 무엇을 가리키는지를 아는 것은, 이 어구들 자체를 그 일상적 문맥에서——그것들이 자주 그러했듯이 어떤 확실히 국부적이며 일시적인 가치나 명령을 위한 단순한 수사적 위장이 아닌 경우에도——추상적 몸짓으로 간주하는 것이다. 만일 창조와 자기-창조의 광범위한 전체적 과정이 통상 추상적으로 언급되는 그러한 것이라면, 그것은 처음부터 보다 덜 추상적이며 덜 임의적이고, 보다 더 관심이 있고 존경하며, 더 특정적이고, 더 실제적으로 신빙성 있는 방식으로 알려지고 느껴져야 한다.

'창조적'인 것, '창조'하는 것은 분명히 여러 가지 다른 것을 의미한다. 우리는 작가가 하나의 희곡이나 소설에서 소위 인물을 '창조'한다고 하는 데서 하나의 핵심적인 예를 고려해볼 수 있다. 가장 소박한 차원에서 이것은 분명히 일종의 생산이다. 특정한 표기를 통해서, 그리고 특정한 관행을 사용함으로써, 이런 특별한 종류의 '사람'이 '존재'하게 되며, 그래서 우리는 그를 우리가 알고 있는 살아 있는 사람만큼이나, 혹은 그들보다 더 잘 안다고 느낀다. 소박한 의미에서 어떤 무엇——사실, 말을 통해서 어떤 '사람'을 알 수 있는 표기의 수단——이 창조되었다. 여기에서 모든 실제적인 복잡성이 당장 뒤따른다. 그 사람은 가능한 한 충분하고 정확한 언어적 '모사(模寫)'에 의해, 현재 살아 있거나 과거에 생존했던 사람의 삶을 모방한 것일 수 있다. 그렇다면 그 '창조'는 직접적인 경험이었던 (그리고 어떤 경우에는 여전히 선택적으로 그럴 수 있었던) 것에 대한 언어적 '등가물'을 찾아내는 것이다. 그러나 지금까지 고려한 이러한 '창조적' 실천이 아마 그 한계를 제외하고서 어떤 사람을 실제로 만나고 아는 것과 어떤 중요한 방식으로 다른지는 결코 분명치 않다. 이러한 '창조적' 실천이, 그렇지 않았다면 우리가 만날 수 없었을 흥미있는 사람이나, 혹은 우리가 앞으로 만나게 되기를 바랄 어떤 사람보다도 더 흥미있는 사람을 알도록 허용한다고 흔히 지적된다. 그러나 그렇다면 이것은 많은 상황에서 중요하기는 하겠지만, '창조'라기보다는 일종의 사회적 확장이며 특권적인 접근 가능성이다. 실제로 이러한 종류의 '창조'는 (실제적이든 겉보기이든간에) 기회를 창조하는 것에 다름아닌 것으로 보인다.

이러한 점이 사실상 비교적 드문, '삶에서 모방한' 사람의 경우를 넘어서서 어디까지 확장될 수 있을지를 아는 것은 흥미있다. 대부분의 그러한 '모사'들은 다른 것이 아니더라도 순전히 선택의 사실 자체에 의해 (가장 사건이 없는 삶도 그것을 모사하기 위해서는 도서관에 꽉 들어찰 만큼의 책이 필요할 것이다) 필연적으로 단순화일 수밖에 없다. 좀더 일상적인 경우는 어떤 사람의 특정한 측면들——육체적 모습, 사회적 상황, 중요한 경험과 사건, 말하고 행동하는 방식——을 '모방'하는 것이다. 이것들은 다시 상상된 상황으로 투사되며, 알려진 사람의 요소를 따른다. 혹은 한 사람의 특징이 다른 한 사람이나 더 많은 사람의 특징과 결합하여 새로운 '성격'을 낳을 수 있다. 한 사람의 여러 특징들이 분리되어 대립됨으로써, 두 사람이나 그 이상의 사람들 사이의 내적 관계나 갈등을 표현할 수 있다(이러한 경우에 알려진 사람은 작가 자신일 수 있다). 이러한 과정은 단순한 언어적 생산의 의미 이상으로 '창조적'인가?

정의상으로 그렇지 않은 것으로 보일 것이다. 다만 결합·분리·투사의(그리고 모사의) 과정들이 단순한 성격의 생산을 넘어서는 과정이 됨으로써, '창조적'인 것으로서 그들의 묘사는 그럴듯한 것이 된다. 기록된 경우에 있어 자주, 한 작가는 그가 알고 있거나 관찰한 어떤 사람으로부터 출발하여 그를 그의 작품에서 재생산하는 어떤 단계에서, 다른 어떤 일——보통 그 인물이 '스스로의 의지(삶)를 발견하는' 어떤 일——이 일어나는 것을 느끼게 된다. 그렇다면 사실 어떤 일이 일어나고 있는가? 그것은 가장 소박한 의미에서 다른 사람의 삶을 기록하는 것에서조차, 모든 인간의 이해에 있어 '외부적'인 것으로 간주되는 것의 중요성을 충분히 수용하는 것인가? 그것은 상상되거나 투사된 관계의 중요성을 충분히 알게 되는가? 그것은 고도로 가변적인 능동적 과정으로 보인다. 그것은 그것이 지속되는 한에서 '창조하는' 것으로서가 아니라 다른 어떤 ('외부적') 지식의 근원과의 빈번한 겸손한 접촉으로서 자주 해석된다. 이것은 자주 신비적으로 해석된다. 나 자신은 이것을 언어의 내재적 물질성(그리고 따라서 객관화된 사회성)의 결과로서 묘사하고 싶다.

이러한 복잡성을 인정하더라도, 정상적인 '창조적' 과정이 '알려진' 사람으로부터 멀어지는 운동이라고 전제할 수는 없다. 반대로, 하나의 인물이 다른 (문학적) 인물이나 혹은 알려진 사회적 유형으로부터 '창조되는' 것은 적어도 그만큼 흔한 일이다. 다른 실제적 출발점이 있는 곳에서도, 결국 대부분의 희곡과 소설에서 보통 이러한 일이 일어나고 있다. 그리고 그렇다면 이러한 과정은 어떤 의미에서 '창조'인가? 사실 이 모든 모형은 본질적으로 유사성이 있는데, 왜냐하면 인물의 '창조'는 성격화의 문학적 관행에 의존하기 때문이다. 그러나 분명히 정도의 차이가 있다. 대부분의 희곡과 소설에서 인물은 특정한 종류의 상황과 행동의 기능으로서 이미 사전-형성되어 있다. 인물의 창조는 따라서 사실상——이름·성·직업·육체형과 같은——꼬리표 붙이기이다. 많은 중요한 희곡과 소설에서 일정한 계급적 유형내에서의 꼬리표 붙이기는 적어도 '소'인물에 있어서 (예컨대, 하인의 '성격화'와 같이) 기호화의 배분에 있어 사회적 관행에 따라 분명하다. 더 본질적인 성격화에 있어서의 과정은 자주 알려진 모형의 작용이다. 그러나 따라서 개인화가 성격화의 유일한 의도라고 전제되어서는 안 된다(비록 그 유지된 의도와 모형의 선택적 사용 사이의 긴장이나 균열이 중요하기는 하지만). 폭넓은 의도의 범위에 있어서, 실제적인 문학적 과정은 **능동적 생산**이다. 이것은 지배적인 헤게모니적 양식 내부에서, 그리고 잔여적 양식에서 특히 분명하다. 사람들은 '이렇고' 그들의 관계는 '이렇다'는 것을 보여주기 위해 '사람'들이 '창조'된다. 그 방법은 (이데올로기적) 모형의 조야한 재생산으로부터 확신적인 모형의 강력한 구현에까지 이를 수 있다. 어느 것도 대중적 의미에서 '창조'는 아니지만, 예시와 전형화의 다른 차원에서부터 사실상 한 모형의 **실행**에 이르기까지 실제적 과정의 범위는 중요하다.

'이러한 사람, 이러한 관계'에 대해 **알려진 모형**을 상세하고 본질적으로 **실행**하는 것은 사실 대부분의 진지한 소설과 희곡이 실제적으로 달성하고 있는 것이다. 그러나 재생산적 실행을 넘어서는 하나의 양식이 분명히 있다. '인물'과 '관계'에 대한 새로운 분절화 및 새로운 구성체가 있을 수 있으며, 이것들은 정상적으로 본질적으로 다른 표기와 관행의 도입에 의해 특징화되고, 이러한 특정한 요소를 넘어서서 총체적 구성으로 확장된다. 이러한 새로운 분절화와 구성체 중 많은 것들은 그 나름대로 모형이 된다. 그러나 그들이 형성되고 있는 동안 그것들은 생성적 의미에서 창조적이며, 이것은 재생산에서 실행에 이르는 범위에 보통 적합한 것으로서 '창조적'인 것의 의미와 구분된다.

이러한 생성적 의미에서 창조적인 것은 비교적 희귀하다. 그것은 사회 구성체에 있어서 변화와 필연적으로 관련되지만, 두 가지 수정 사항이 필요하다. 첫째, 이것들은 반드시 그리고 분명히 직접적인 제도의 변화는 아니다. 어떤 실제적 헤게모니에 의해 제외되는 사회 영역은 자주 그 근원 중의 하나이다. 둘째, 생성적인 것이라고 해서 반드시 '진보적'인 것은 아니다. 예컨대, 후기 베케트의 작품에서처럼, 쇠락해가는 육체적 기능으로 환원된 무기력한 객체로서의 인물은 '소외된' 것으로 그리고 사회적인——사실 의도적으로 제외된——모형으로 해석될 수 있다. 그러나 전형화는 분절적일 뿐만 아니라 의사 소통적이다. 모방에 있어 특히 새로운 유형은 확신을 위해 제시되고 병합이 시작된다.

문학적 생산은 따라서 전체 대신에 부분을 취하는 '새로운 전망'의 이데올로기적 의미에서가 아니라, 이러한 의미에서 사회적으로 중립적인 **자기-구성**인 자기-형성의 특정한 실천의 물질적 의미에서 '창조적'이다. 이러한 일반적 실천 내부에서 과정의 범위를 이해하는 것은 사회 이론의 특정한 기능이다. 이러한 결정적 구분을 제한하고, 통제하고, 자주 제외하는 선택적인 특화된 묘사를 넘어서서, 우리는 그 많은 예들을 분명히 특정하게 구분해야 한다. 현대의 사회적 실천의 중요한 영역에서 유보된 영역은 있을 수 없다. 또한 이것은 단순히 분석하고 할당을 묘사하는 문제가 아니다. 이것은 그 문제들을 전체적인 사회적 과정의 일부로 인식하는 문제이며, 그 과정은 체험됨에 따라, 과정일 뿐만 아니라 구성체와 투쟁의 현실로 이루어진 능동적 역사이기도 하다.

이러한 능동적 역사에 대한 가장 날카로운 인식은, 즉 그것과 더불어 사회적·정치적 행동의 필연성과 필수성을 가져다주는 그러한 인식은 이러한 실천의 가변적 현실에 대한 인식을 포함해야 하는데, 후자의 현실은 너무나 자주 압박을 받거나, 기형적이거나 잘못된 이론에 의해 이차적이거나 주변적인 것으로 좌천되고, 상부 구조적인 것으로 전치되며, 겉보기에 독립적인 생산으로 불신받고, 명령에 의해 통제되고 침묵화되기까지 한다. 이러한 종류의 생산의 사회적 차원을 충분히 파악하는 것은 좀더 특화된 정치적이거나 심미적 관점에서보다 그것을 좀더 진지하게 그리고 **그 자체로서** 더 진지하게 받아들이는 것이다. 모든 양식은 그 범위에 있어, 재생산과 예시로부터 구현과 실행을 거쳐 새로운 분절화와 구성체에 이르기까지, 실제적 의식의 중요한 요소이다. 그렇게 강력하게 발전되고 실천된 그러한 특정한 수단은 전적으로 필수 불가결하다. 그것은 즉 그 범위에서 가장 저급한 것으로 보이는 것을 재생산하고 예시할 수 있는 능력이며, 이미 알려져 있을 수도 있지만 이런 방식으로 급진적으로 알려진 심원한 활동을 구현하고 실행하는 능력이고, 분절화하고 형성하며, 잠재성을 실현하고 일시적 통찰을 영구적인 것으로 만드는 희귀한 능력이다. 우리가 예술로서 일반화하는 것은 사회 이론내에서 자주 원래의 집단적 기능에 의해 인식되고 경축된다. 그것은 결과적으로 더 많은 모든 다양한 기능에 있어, 그리고 실제 사회주의가 전망하는 훨씬 더 많은 복잡한 사회들에 있어 훨씬 더 많은 실제적 존경——원리의 존경——을 필요로 한다.

왜냐하면 창조성은 결국 그 국부적이며 가변적인 수단보다 훨씬 많은 것에 관련하기 때문이다. 그것은 항상 물질적인 사회적 과정과 불가분리하기 때문에, 부분적인 이론들에서는 분리되고 특화된 그러한 매우 다양한 형식과 의도에 두루 걸쳐 있다. 그것은 일상 생활의 의사 소통에서 비교적 단순하고 직접적인 실천에 내재하는데, 왜냐하면 기호화의 과정 자체가 항상 본성적으로 능동적이며, 모든 사회적인 것의 근거인 동시에 체험되고 변화하는 상황과 관계의 갱신되고 갱신될 수 있는 실천이기 때문이다. 그것은 자주 자기-구성이나 사회적 구성으로 간주되고 이데올로기로 거부되는 것에 내재하는데, 왜냐하면 이것도 또한 항상 능동적 과정이며, 특정한 직접적이고 갱신될 수 있는 형식에 의존하기 때문이다. 그것은 가장 명백하게 그러나 예외적이지는 않게 새로운 분절화에, 그리고 특히 물질적 지속성이 주어질 때 그 시간과 경우를 넘어서는 새로운 분절화에 있다.

글쓰기는 너무나 중심적인 물질적인 사회적 예술이기 때문에, 이러한 모든 형식과 의도에서 물론 사용되어왔고 계속해서 사용되고 있다. 우리가 발견하는 것은 하나의 진정한 연속성으로서, 그것은 그 모든 양식과 수단에 있어 인간의 창조성과 자기-창조의 일상적이며 동시에 비범한 과정에 상응한다. 그리고 우리는 따라서 이러한 연속성을 분할하는 특화된 이론과 과정들을 넘어서야 한다. 글쓰기는 항상 의사 소통이지만 항상 단순한 의사 소통——알려진 사람들 사이의 메시지의 전달——으로 환원될 수 있는 것은 아니다. 글쓰기는 항상 어떤 의미에서 자기-구성이며 사회적 구성이지만, 항상 개성이나 이데올로기에 있어 침전물로 환원될 수는 없으며, 그렇게 환원된 경우에도 그것은 여전히 능동적인 것으로 간주되어야 한다. 부르주아 문학은 실제로 부르주아 문학이지만, 하나의 진영이나 유형은 아니다. 그것은 조야한 재생산에서부터 영구적으로 중요한 분절화와 구성체에 이르기까지 모든 차원에서 막대하고 다양한 실제적 의식이다. 유사하게, 그러한 형식에서 대안적 사회에 대한 실제적 의식은 동일하게 거부적이거나 경축적인 종류의 일반적인 진영으로 결코 환원될 수 없다. 글쓰기는 자주 하나의 새로운 분절화이고 사실상 하나의 새로운 구성체이며 자신의 양식을 넘어서 확장된다. 그러나 이것을——실제로 항상 부분적으로 그리고 간혹 전체적으로 그 연속성에 있어 다른 곳의 요소를 포함하는——예술로 분리하는 것은 본질적인 창조적 과정과 접촉을 상실하고서 그것을 이상화하는 것이며, 그것이 사실상 가장 뚜렷하고 지속적이며 총체적인 형식의 사회적인 것일 때, 그것을 사회적인 것 이하나 이상에 두는 것이다.

창조적 실천에는 따라서 많은 종류가 있다. 그것은 이미 능동적으로 우리의 실제적 의식이다. 그것이 투쟁——마르크스주의적인 자기-창조의 의미에 대한 제거할 수 없는 강조로서, 새로운 관계를 통해서 새로운 의식을 위한 능동적 투쟁——이 될 때, 그것은 많은 형식을 취할 수 있다. 그것은 물려받은 (결정된) 실제적 의식을 변경하는 길고 어려운 일일 수 있는데, 이 과정은 자주 발전으로서 묘사되지만 실제적으로 정신의 뿌리에서 투쟁이며, 이데올로기를 벗어던지거나 그것에 관한 어구를 배우는 것이 아니라, 자아의 섬유에 있어, 그리고 효과적이고 지속적인 관계의 단단한 실제적 본질에 있어 헤게모니와 대결하는 것이다. 그것은 좀더 명백한 실천일 수 있는데, 즉 지금까지 제외되고 종속된 모형의 재생산과 예시이거나, 알려지기는 했으나 제외되고 종속된 경험과 관계를 구현하고 실행하는 것이거나, 잠재적이고 일시적이며 새로 가능한 의식을 분절화하고 구성하는 것이다.

실제적인 압력과 한계내에서, 이러한 실천은 항상 어렵고 자주 불균등하다. 실천의 본질과 변화를 탐구하고 정의하는 데 있어, 하나의 특별하고 자주 고립된 의식의 내부에서 일반적인 의식을 발전시키는 것이 이론의 특수한 기능이다. 왜냐하면 창조성과 사회적 자기-창조는 알려지기도 하고 알려지지 않기도 한 사건이며, 알려지지 않은 것——그 다음 단계, 그 다음 작업——이 인식되는 것은 여전히 알려진 것을 파악하는 데서 유래하기 때문이다. 〔여홍상 옮김〕

과학과 시

화이트헤드

　지금까지 18세기가 그전 시대로부터 물려받은 과학적 개념들의 도식은 아우구스티누스 신학에 깊숙이 공감하는 정신성의 산물이었다. 프로테스탄트의 칼뱅주의[1]와 카톨릭의 얀센주의[2]는 인간을 "항거할 수 없는 은총"에 무기력하게 협력하는 존재로 제시하였고, 당시의 과학적 도식은 인간을 항거할 수 없는 자연의 메커니즘에 무기력하게 협력하는 존재로 제시하였다. 신의 메커니즘과 물질의 메커니즘은 편협한 형이상학과 명석한 논리적 지성이 낳은 괴물들이었다. 또 17세기는 천재를 배출하여 사상계의 혼탁한 요소들을 제거하였다. 18세기도 이 제거 작업을 효과적으로 계속하는 데 물불을 가리지 않았다. 그 과학적 도식은 신학적 도식보다 더 오랫동안 존속되었다. 인류는 오래지 않아서 "항거할 수 없는 은총"에 더 이상 관심을 두지 않게 되었으나, 과학에 힘입어 생겨난 효과적인 기술을 즉시 높이

---

1) 칼뱅 Jean Calvin(1509~1563): 루터 M. Luther와 동시대의 종교 개혁자로서 스위스에서 활약하였다. 칼뱅주의는 인간의 구원에 대해 하느님의 예정설을 내세우고 있다.

2) 얀센주의 *Jansenism*: 네덜란드의 신학자 얀센 J. Jansen(1585~1638)이 성 아우구스티누스의 교의에 따라 창시한 것으로, 종교적 체험을 존중하고 교권에 반대하였기 때문에 로마 교회로부터 이단시되었다. 파스칼도 얀센주의자였다.

평가하게 되었다. 18세기초에 버클리는 그 과학 체계의 궁극적 기초에 대하여 철학적 비판을 가하였다. 그러나 그는 당시의 지배적인 사조를 흔들어놓지는 못하였다. 나는 그와 유사한 논법을 전개하여, 자연의 기초를 물질이라는 개념 대신에 유기체라는 개념에 두는 하나의 사상 체계를 끌어들이려 하였다. 여기서는 먼저 지식인들의 구체적인 사상이 메커니즘과 오르가니슴 *organism* 의 이와 같은 대립에 대하여 어떤 관점을 취하고 있었는지를 고찰해보고자 한다. 사물에 대한 인간의 구체적인 관점이 선명히 나타나는 곳은 문학이다. 따라서 우리가 한 세대의 내면적인 사상들을 찾아내고자 한다면, 문학, 특히 보다 구체적인 형태의 문학인 시와 희곡을 살펴보아야 한다.

우리는 서양 사람들이 특히 중국인에게 더 잘 들어맞는 것으로 보통 간주되는 특성을 크게 드러내고 있음을 쉽게 발견하게 된다. 사람들은 중국인이 두 가지의 종교를 가지고 있으면서, 경우에 따라 유교 신자가 되기도 하고 불교 신자가 되기도 한다는 데 대해 종종 놀라움을 표시한다. 중국인이 사실 그러한지 어떤지 나로서는 잘 모른다. 또한 설사 그것이 사실이라고 해도 과연 그 두 가지 태도가 실제로 모순되는 것인지 어떤지 나는 잘 모른다. 그러나 이와 유사한 사실이 서양인에게 있어서는 진실이며, 이때 취해지는 두 가지 태도가 서로 모순된다는 점은 의심할 여지가 없다고 본다. 메커니즘에 기초를 둔 과학적 실재론은, 인간 및 고등 동물의 세계가 자기 결정적인 유기체들로 이루어져 있다고 하는 확고한 신념과 결합되어 있다. 근대 사상의 밑바닥에 있는 이 근본적인 모순은 현대 문명에 내포되어 있는 거대한 불안과 동요의 원천이 되고 있다. 이 모순이 사상을 지리멸렬하게 한다고까지 말한다면 지나친 주장이 되겠지만, 이 모순이 배후에 숨어 있으면서 사상을 약화시킨다는 것은 부인할 수 없을 것이다. 결국 중세기의 사람들은 우리가 그 존재를 거의 잊고 있는 어떤 탁월한 것을 추구하고 있었다. 그들은 조화에 대한 이해에 도달하겠다는 이상을 가지고 있다. 그런데 우리는 다양하고 임의적인 여러 출발점으로부터 나온 피상적인 질서에 만족하고 있다. 예컨대 유럽 사람들의 개인주의적 역량이 낳은 모험적인 사업은 목적인(目的因)으로 향하는 물리적 작용들을 전제로 삼고 있다. 그러나 그 사업의 전개 과정에서 활용되는 과학은, 물리적 인과 관계가 최고의 원리라고 단정하면서 물리적 원인을 궁극 목적으로부터 분리시키는 철학을 기반으로 삼고 있다. 여기에 내포되어 있는 이 절대적인 모순을 길게 논하는 것은 흔히 있는 일이 아니다. 그러나 사람들이 온갖 언사를 동원해서 아무리 그럴듯하게 둘러댄다 해도, 이 모순은 엄연한 사실인 것이다. 물론 우리는 18세기 페일리의 유명한 논의 가운데 메커니즘은 자연의 창조자인 신을 전제로 한다는 주장을 발견할 수 있다. 그러나 페일리가 이 논의를 완전한 형식으로 마무리하기도 전에, 흄은 우리가 발견하게 될 신은 그 메커니즘을 만든 신일 것이라는 반론을 제기했었다. 바꾸어 말하면, 그 메커니즘은 기껏해야 조종자를, 어떤 일반적인 조종자가 아니라 바로 그 메커니즘만의 조종자를 전제로 할 수 있을 뿐이라는 것이다. 메커니즘을 완화시키려 한다면, 그것이 메커니즘이 아니라는 것을 발견해내는 길밖에 없다.

변증론적[3] 신학을 떠나 일반 문학에 들어오면, 우리는 예상할 수 있었던 대로 과학적 관점이 대개의 경우 전적으로 무시되고 있음을 발견하게 된다. 대부분의 문학 작품에 관한 한, 과학에 대해서는 전혀 아는 바가 없었을는지도 모른다. 최근까지 거의 모든 작가들은 고전 문학과 르네상스 문학에 흠뻑 젖어 있었다. 대체로 철학과 과학은 하나같이 그들의 흥미를 끌지 못했고, 그들의 정신은 그것들을 무시하도록 훈련되어 있었다.

---

3) 변증론 *Apologetics* 이란 기독교가 초기부터 상이한 입장의 사람들로부터 받아온 공격에 대하여 자기 옹호적인 논의를 전개해왔는데, 이러한 과정을 통해 발전시켜온 논의를 일컫는 말이다.

이상의 포괄적인 분석에 예외가 되는 사례가 없는 것은 아니다. 영문학만을 놓고 보더라도 그 예외자 중에는 일류 작가들이 들어 있고, 또 그들이 과학으로부터 간접적으로나마 상당한 영향을 받았음도 알 수 있다.

근대 사상에 내포된 이 어수선한 모순을 측면에서 조명하는 빛은, 영문학의 일반적인 특성에서 나온 교훈적 성격을 띠고 있는 위대한 진지한 시 몇 편을 음미하는 데서 얻어질 수 있다. 여기에 적절한 예로는 밀턴의 『실락원 *Paradise Lost*』, 포프[4]의 『인간론』, 워즈워스의 『소요』,[5] 테니슨[6]의 『인 메모리엄』을 들 수 있다. 밀턴은 왕정 복고 이후에 펜을 들었지만 과학적 유물론의 영향을 받지 않은 17세기초의 신학적 입장을 대변하고 있다. 포프의 시는, 과학 운동이 그 확실한 승리를 거두게 되는 첫 시기로부터 60여 년 동안 일반 사상에 끼친 영향을 표현하고 있다. 워즈워스는 그가 지닌 모든 역량을 동원해서 18세기의 정신에 대한 의식적인 반항을 표현하고 있다. 18세기의 정신이란 다름아닌 과학적 관념들을 액면 그대로 받아들이는 정신을 말한다. 워즈워스는 어떤 주지적 관점에서 항거했던 것이 결코 아니었다. 그를 움직인 것은 도덕적 반발이었다. 그는 무엇인가가 무시되고 있으며, 이 무시되고 있는 것이야말로 지극히 중요한 온갖 것들을 포함하고 있다고 느꼈다. 테니슨은 19세기 전반기(1825~1850)에 쇠퇴하기 시작한 낭만주의 운동을 과학과 타협시키려 했던 대표적 인물이었다. 이 무렵에 이미

---

4) 포프 Alexander Pope(1688~1744): 영국 신고전파의 거장. 그의 "Essay on Man"은 4편으로 된 서간체의 시이다. 여기에서 그는 라이프니츠의 변신론을 끌어들여 우주의 완전 무결성을 찬양하고, 인간은 단지 좁은 안목으로 인하여 그것을 모를 뿐이라고 하였다.

5) 이 *Excursion*(1814)은 철학시를 노린 야심적인 대작이다. 4, 5명의 인물들이 대화를 통하여 자연의 신비적인 작용, 지성을 초월한 신앙 등을 논하는 내용으로 되어 있는데, 중요한 작품으로 평가된다.

6) 테니슨 Alfred Tennyson(1809~1892): 빅토리아 왕조의 대표 시인. *In Memoriam*은 그의 친구 하람의 죽음을 애도하는 내용이나, 당대의 과학과 종교 간의 부조화에 대해서도 문제삼고 있다.

근대 사상의 두 요소는 제각기 자연의 추이와 인간의 삶에 관한 상충되는 해석을 제시하는 가운데 근본적인 괴리를 드러내고 있었다. 테니슨은 그의 시에서, 내가 앞서 언급한 분열을 완벽하게 예증해주고 있다. 서로 대립하는 세계관이 있으며, 이 양자는 탈출구가 없는 것처럼 보이는 각자의 궁극적 직관에 호소함으로써 상대방의 동의를 강요하고 있는 것이다. 테니슨은 이러한 난국의 한복판으로 뛰어들고 있다. 여기서 그를 섬뜩하게 하는 것은 바로 메커니즘의 문제이다.

"별들은 맹목적으로 달린다"고 그녀는 속삭이네.[7]

이 한 줄의 시는 『인 메모리엄』에 포함된 철학적인 문제 전체를 명확하게 말해주고 있다. 각 분자는 맹목적으로 달린다. 인체는 분자의 집합이다. 따라서 인간의 육체는 맹목적으로 달리는 것이며, 그렇기 때문에 육체의 활동에 대해서는 개인에게 어떠한 책임도 없는 것이 된다. 만약 우리가 분자란 유기체적 전체로서의 육체에 의한 어떠한 제한도 받지 않고 그 자체로서 존속하도록 명확하게 규정되어 있는 것임을 일단 인정한다면, 그리고 분자의 맹목적인 주행은 기계적인 일반 법칙에 따라 정해지는 것임을 인정한다면, 위와 같은 결론은 피할 수 없는 것이 된다. 그런데 정신의 내적 작용을 포함하여 갖가지 정신적인 경험들은 육체의 활동에서 파생된다. 따라서 정신의 유일한 기능은 적어도 자신에게 맡겨진 얼마간의 정신적 경험을 가지는 일과, 육체의 활동——이것이 내적인 것이든 외적인 것이든간에——에 구속됨이 없이 자신이 자유로이 행할 수 있는 다른 경험들을 추가하여 가지는 일이다.

그래서 이때 정신에 관한 두 가지 설이 가능하게 된다. 우리는 정신이 육체에 의해 제공되는 경험 이외의 다른 어떤 경험

---

7) "The stars," she whispers, "blindly run." (*In Memoriam*, 3련 2구 1행)

을 스스로 취할 수 있다는 것을 부정할 수도 있고 긍정할 수도 있다.

만약 우리가 추가되는 경험을 인정하지 않는다면, 개인의 도덕적 책임은 완전히 사라지게 될 것이다. 반대로 우리가 이런 경험을 인정한다면, 인간은 비록 육체의 활동에는 책임이 없다 하더라도 자신의 정신 상태에 대해서는 책임이 있게 될 것이다. 근세에 있어서의 사상의 약화는 이 명백한 문제점이 테니슨의 시에서 어떻게 회피되고 있는가에 의해 예시되고 있다. 남의 이목을 꺼리는 집안의 비밀과 같은 무엇인가가 그의 시 배후에 숨겨져 있다. 그는 종교와 과학에 관련된 거의 모든 문제들에 관해 언급하고 있지만, 위의 문제에 관해서는 가볍게 암시하고 있을 뿐 그 이상은 조심스럽게 회피하고 있다.

바로 이 문제는 『인 메모리엄』이 나왔을 당시 한창 논의되고 있었다. 존 스튜어트 밀은 결정론을 주장하고 있었다. 이 학설에 따르면 의지는 동기에 의해 결정되고, 동기는 정신과 육체 모두의 상태들을 포함하는 여러 선행 조건으로 이루어지는 것으로 설명될 수 있다.

이러한 학설이, 철저한 메커니즘으로 인해 나타나게 된 딜레마로부터 벗어날 길을 제시해주지 못한다는 것은 명백하다. 왜냐하면 만일 의지가 육체의 상태에 영향을 미치는 것이라 한다면, 이때 육체의 분자들은 맹목적으로 달리지 않을 것이요, 반대로 의지가 육체의 상태에 영향을 미치지 않는 것이라 한다면, 그때 정신은 여전히 불안정한 위치에 놓여 있게 될 것이기 때문이다.

밀의 학설은 일반 사람들 사이에, 특히 과학자들에게, 마치 그것이 어쨌든 극단적인 기계론적 유물론을 받아들일 수 있도록 하면서도 그 믿기 어려운 결론들을 완화시켜주는 것이기나 한 것처럼 받아들여지고 있었다. 그의 학설은 사실상 그럴 수 없는 것이었다. 육체의 분자들은 맹목적으로 달리든가 그렇지

296

않든가 둘 중의 하나이다. 만일 그 분자들이 맹목적으로 달린다면, 정신 상태는 육체적 활동을 규정하는 데 있어 전적으로 무시될 수 있을 것이다.

　나는 지금까지의 논의를 간결하게 이끌어왔다. 이 문제는 사실상 지극히 단순한 것이기 때문이다. 논의를 길게 진행시키는 것은 혼란의 원천이 될 뿐이다. 분자의 형이상학적 지위에 관한 문제는 여기서 고려될 필요가 없다. 분자란 단순한 구성체에 불과하다는 언명도 지금의 논의와 아무런 관계가 없다. 왜냐하면 구성체라고 해도 그것은 그 무엇을 의미할 것이기 때문이다. 만일 구성체가 아무것도 의미하지 않는다면, 기계론 전체가 또한 무의미하게 될 것이요, 그래서 문제는 사라지게 될 것이다. 이와 반대로 만일 구성체가 그 무엇인가를 의미하는 것이라면, 위의 논의는 구성체가 의미하는 바의 것에 정확하게 적용될 것이다. 난점을 무시해버린다는 간단한 방법 이외에 난점을 회피해버리는 전통적인 방법으로는 오늘날 '생기설 *vitalism*'[8]이라고 불리는 학설의 한 형태에 의지하는 길이 있다. 이 학설은 사실상 하나의 타협이다. 무생물 전체가 메커니즘에 의해 완전히 장악되어 있음을 인정하면서도 생명체에 있어서는그 메커니즘이 부분적으로 완화된다고 주장한다. 내가 느끼기에 이러한 이론은 불만족스러운 타협이다. 생물과 무생물 사이의 간격이 지나치게 모호하고 미심쩍은 것이어서, 어딘가 본질적인 이원론을 내포하고 있는 듯한 그와 같은 가정을 뒷받침하기에는 역부족인 것이다.

　내가 주장하고 있는 학설에 따르자면, 유물론의 사상 전체는 오직 극히 추상적인 존재들, 즉 논리적인 식별을 통해 얻어지는 것들에만 적용될 수 있다. 구체적으로 존속하는 존재는 유기체이며, 따라서 **전체**의 계획은 그 속에 들어가는 여러 종속적 유기체들의 특성 자체에 영향을 미친다. 동물의 경우, 그 정신 상

---

8) 이는 기계론과는 달리 생물의 자발적이고 합목적적인 생활 능력이나 기능을 인정한다.

태는 그 유기체 전체의 계획 속에 들어가며, 그리하여 종속적 유기체들의 계획을 변경시켜가는데, 이러한 변경은 순차적으로 하위의 유기체들의 계획을 변경시켜가는데, 이러한 변경은 순차적으로 하위의 유기체로 계속 이어지면서 궁극적으로는 전자 (電子)와 같은 극미한 유기체에까지 이르게 된다. 그러므로 생명체 내부에 들어 있는 전자는 신체가 갖는 계획 때문에 생명체 외부에 있는 전자와 다르다. 전자는 신체의 내외를 가리지 않고 맹목적으로 달린다. 그러나 신체 속에서는 그 속에서 그것이 갖게 되는 특성에 따라 달린다. 즉 신체의 일반적 계획에 따라 달리는 것이다. 그리고 이 계획 속에 정신 상태가 포함되어 있다. 하지만 이와 같은 존재 방식 변경의 원리는 자연 전체에 걸쳐 일반적으로 적용되는 것이며, 생명체만이 갖는 특성을 나타내는 것은 아니다. 이 학설은 전통적인 과학적 유물론을 버리고 유기체설을 그 대안으로 내세우는 일에 적극 관여하고 있음이 다음의 여러 장에서 밝혀질 것이다.

밀의 결정론은 이 책의 의도와 동떨어진 것이기 때문에, 나는 그것에 관해 더 이상 논하지 않을 것이다. 내가 앞서 그것을 거론했던 까닭은, 결정론이든 자유 의지론이든 유물론적 기계론이나 타협적인 생기설이 야기시키는 여러 난점에서 벗어나, 나의 논제와 어떤 관련을 맺도록 하려는 데 있었다. 나는 이 책에 제시되는 학설을 **유기체적 메커니즘**이라 이름하고 싶다. 나의 이 이론에 따르자면, 분자는 일반 법칙에 따라 맹목적으로 달릴 수 있으나, 각 분자들은 그것들을 둘러싸고 있는 환경이라는 유기체 전체의 계획에 따라 그 내재적 성격을 달리한다.

과학의 유물론적 기계론과 구체적인 삶에 있어 전제되는 도덕적 직관간의 괴리는 시대가 지나감에 따라 단지 서서히 그 진정한 의미를 드러냈을 뿐이다. 앞서 언급한 몇 편의 시가 씌어졌던 각 시대마다의 독특한 색조가 묘하게도 그 시들의 첫 구절에 반영되어 있다. 밀턴은 다음과 같은 기도로 서장을 끝맺고 있다.

> 이 위대한 주제의 높이에 어울리도록,
> 나는 영원한 섭리를 밝히고
> 인간에 대한 하느님의 길이 옳다는 것을 증거하리라.[9]

밀턴을 논하는 오늘날의 여러 비평가들의 시각을 빌려 판단하자면, 『실락원』과 『복락원 *Paradise Regained*』은 일련의 무운시(無韻詩)를 실험해보기 위해 씌어졌다고 생각할 수도 있을 것이다. 그러나 이것은 분명 밀턴이 그의 시에서 의도했던 바는 아니었다. "인간에 대한 하느님의 길이 옳다는 것을 증거하는 것"이 바로 그의 주된 목적이었다. 그는 『투기사 삼손 *Samson Agonistes*』에서도 이와 동일한 사상을 다시 노래하고 있다.

> 옳은 것은 하느님의 길
> 그 옳음을 인간에게 증거할 수 있나니.[10]

우리는 여기서 조만간 닥쳐올 과학의 눈사태에 마음을 쓰지 않는 태연자약함을 엿볼 수 있다 『실락원』이 실제로 출판된 것은 그 작품이 씌어졌던 시대가 막을 내린 직후였다. 그것은 사라져가고 있던 흔들림 없는 확신의 세계를 노래한 마지막 작품이다.

포프의 『인간론』과 『실락원』을 비교해보면, 밀턴의 시대와 포프의 시대를 가르는 5, 60년 동안에 영국 사상이 겪었던 색조의 변화를 일견할 수 있다. 밀턴은 그의 시를 하느님에게 쓰고

---

9) That to the height of this great argument
   I may assert eternal Providence,
   And justify the ways of God to men. (*Paradise Lost*, 제 1 권, 24~26 행.)
10) Just are the ways of God
   And justifiable to men. (*Samson Agonistes*, 294~314 행)

있고, 포프는 그의 시를 볼링브로크경에게 쓰고 있다.

> 깨어나거라, 나의 세인트 존이여!
> 온갖 천한 것은
> 하찮은 야심과 왕자의 교만에 내맡겨라.
> (인간의 삶은 그저 자기 한몸만을 둘러보며
> 죽어갈 수밖에 달리 길이 없기에)
> 자, 인간 만사를 자세히 말해보자꾸나.
> 그것은 크나큰 미로!
> 하지만 정해진 길 없는 것이 아니라네.[11]

포프의 자신에 찬 확신,

> 그것은 크나큰 미로!
> 하지만 정해진 길 없는 것이 아니라네.[12]

와 밀턴의

> 옳은 것은 하느님의 길
> 그 옳음을 인간에게 증거할 수 있나니.[13]

를 비교해보라. 하지만 여기서 진정 주목해야 할 점은, 밀턴과
마찬가지로 포프도 근대 세계에 늘 따라다니고 있는 매우 당혹

---

11) Awake, my St. John! leave all meaner things
    To low ambition and the pride of kings.
    Let us(since life can little more supply
    Than just to look about us and to die)
    Expatiate free o'er all this scene of man;
    A mighty maze! but not without a plan. (*Essay on man*, 서장, 첫 시구)
12) A mighty maze! but not without a plan.
13) Just are the ways of God
    And justifiable to men.

300

스런 문제에 조금도 동요하지 않고 있다는 점이다. 밀턴이 길잡이로 삼았던 것은 인간을 다스리는 하느님의 길을 역설하는 일이었다. 이로부터 두 세대가 흐른 후 포프도 근대 과학의 계몽된 방법이, "크나큰 미로"의 지도(地圖)로서 적절하게 기능하는 계획("정해진 길")을 제공하고 있다는 확신에 차 있었다.

워즈워스의 『소요』는 이들에 뒤이어 동일한 주제를 다룬 영시(英詩)이다. 산문으로 씌어진 서문에 의하면, 이 시는 "인간, 자연, 그리고 사회에 관한 견해를 담은 철학시"라고 정의되는 보다 광대한 기획의 작품 속에 들어가는 하나의 단편이라고 한다.

이 시는 다음과 같은 매우 독특한 구절로 시작되고 있다.

> 때는 바야흐로 한여름, 해는 이미 높이 솟아 있네.[14]

이처럼 낭만주의적 반동은 신이나 볼링브로크경에게서가 아니라 자연에서 출발했던 것이다. 우리는 여기서 18세기의 색조 전체에 대한 의식적 반동을 목격한다. 18세기는 과학의 추상적 분석을 통해 자연에 접근했던 데 반해, 워즈워스는 그의 충만한 구체적 경험을 가지고 과학적인 추상 관념에 대항하고 있다.

『소요』와 테니슨의 『인 메모리엄』 사이에는 종교의 부흥과 과학의 발전을 도모했던 한 세대가 놓여 있다. 초기의 시인들은 저 당혹스런 문제를 무시함으로써 해결했었다. 테니슨에게는 그런 길이 열려 있지 않았다.

> 하느님의 강한 아들, 불멸의 사랑이여,
> 그대의 얼굴 일찍이 본 적이 없는 우리는
> 오로지 믿음, 믿음으로만 그대를 껴안으며
> 증명은 할 수 없어도 굳게 믿나니.[15]

---

14) Twas summer, and the sun had mounted high.
15) Strong Son of God, immortal Love,

당혹스런 음조가 당장 눈에 띈다. 19세기는 당혹의 세기였다. 19세기가 겪은 그와 같은 당혹은 그 이전의 근대 어느 시대도 겪은 바 없었다. 그 이전의 각 시대에는 그 시대가 근본적이라고 생각한 문제를 놓고 전혀 상이한 주장을 하는 대립된 진영들이 있었다. 소수의 이탈자를 제외하고는 어느 진영이나 하나같이 전력을 다하고 있었다. 테니슨의 시가 중요한 의미를 지닌 까닭은, 그것이 그 시대의 성격을 정확하게 표현했다는 사실에 있다. 개개인이 저마다 자기 분열을 일으키고 있었다. 그 이전 시대의 심오한 사상가들은 명석한 사람들이었다. 데카르트, 스피노자, 로크, 라이프니츠가 모두 그러했다. 그들은 그들이 품고 있는 생각을 정확히 알고 있었고 또 그것을 말하였다. 그러나 19세기에 있어 신학자나 철학자로 불렸던 심오한 사상가 가운데에는 명석하지 못한 사람들이 있었다. 그들은 양립될 수 없는 학설들로부터 동의를 강요받고 있었는데, 그것들을 조화시키려는 그들의 노력은 피할 수 없는 혼란을 야기시킬 뿐이었다.

매튜 아놀드는 19세기의 특징이었던 자기 분열의 색조를 테니슨보다 한층 더 강하게 표현한 시인이었다. 『인 메모리엄』을 아놀드가 쓴 『도버의 해변 *Dover Beach*』의 종결 부분과 비교해보라.

우리는 이곳에
마치 무지한 군대가 야음에 격돌하며
난투와 질주의 혼탁한 함성이 휩쓸고 간
어둠에 잠긴 싸움터에 서 있는 듯하네.[16]

Whom We, that have not seen Thy face,
By faith, and faith alone, embrace,
Believing where we cannot prove.

16) And we are here as on a darkling plain
Swept with confused alarms of struggle and flight,
Where ignorant armies clash by night.

추기경 뉴먼은 『내 생애의 변명 *Apologia pro Vita Sua*』에서 영국 교회의 고위 성직자 퓨지 Pusey의 특성을 들어 말하기를, "그는 지성적으로 당혹스런 어떤 문제에도 사로잡히지 않았다" 고 하였다. 이런 점에서 퓨지는 테니슨, 클러프, 아놀드 및 뉴 먼 자신과 대조가 되는 반면에 밀턴, 포프, 워즈워스를 머리에 떠올리게 한다.

아마 독자도 예상할 수 있었겠지만, 영문학에 관한 한, 프랑 스 혁명기와 그에 뒤이은 시대에 있어서의 낭만주의적 반동의 지도적 위치에 있던 인물들 가운데 과학 사상에 대한 매우 흥미 있는 비평을 시도했던 사람들이 있음을 발견할 수 있다. 영문학 에서 낭만주의 계열에 속하는 심오한 사상가로는 콜리지, 워즈 워스, 그리고 셸리가 있다. 키츠는 과학의 영향을 조금도 받지 않았던 영문학 작가 가운데 한 사람이다. 우리는 명료한 철학적 구성을 시도했던 콜리지를 무시해도 좋을 것이다. 그의 그러한 시도가 그의 세대에 영향을 주기는 하였지만, 이 책에서 나는 과거 사상의 여러 요소 가운데 모든 시대에 통하는 것들만을 언 급하려 하고 있기 때문이다. 이렇게 한정시킨다 하더라도 그 중 다시 선택적으로 몇 사람에게 주목해볼 수 있을 뿐이다. 우리의 목적에 비추어보자면, 콜리지는 단지 워즈워스에 끼친 그의 영 향 때문에 의미가 있을 뿐이다. 그래서 결국 워즈워스와 셸리가 남게 된다.

워즈워스는 자연에 심취되어 있었다. 스피노자를 보고 신에 도취된 사람이라고 말하는데, 워즈워스는 자연에 도취된 사람이 라고 말할 수 있다. 그러나 그는 사색적이고 박식하며 철학적 관심을 가진, 산문적이다라고까지 말할 수 있을 만큼 건전한 사 람이었다. 게다가 그는 천재였다. 그런데 과학에 대한 그의 혐 오가 그의 사상의 근거를 약화시키고 말았다. 널리 알려져 있듯 이, 그는 어머니의 무덤을 몰래 들여다보며 사물에 관해 탐구하는 궁핍한 사내를 다소 성급하게 비난하면서 그에게 냉소를 퍼부었다. 그의 작품에서 이러한 반발을 표현하고 있는 구절은 얼마든지 찾아볼 수 있을 것이다. 이와 관련된 그의 특징적인 사상은 "우리는 분석하기 위해 죽인다"[17)는 그의 구절로 요약될 수 있다.

이 구절에서 그는 과학 비판을 위한 자신의 지적인 기반을 단적으로 드러내고 있다. 그는 과학이 추상 관념에 몰두하고 있다 하여 비난한다. 그의 일관된 논지는, 과학적 방법으로는 자연의 중요한 사실을 파악할 수 없다는 것이다. 그렇다면 워즈워스는 과학적으로 표현될 수 없는 것으로서 대체 어떤 것을 자연에서 발견했는지를 물어보는 것이 중요하겠다. 내가 이 물음을 제기하는 것은 바로 과학을 위해서이다. 왜냐하면 이 글에서의 나의 주요 의도 가운데 하나가 과학의 추상 관념이 수정되거나 변경될 수 없다고 하는 생각에 대하여 항의하는 일이기 때문이다. 그런데 워즈워스의 무생물들을 과학의 손에 맡겨버리고, 나아가 생물인 경우에는 과학이 분석할 수 없는 어떤 요소가 있다는 신념에 매달렸던 것은 결코 아니다. 물론 누구나 그렇듯이, 그 또한 어떤 의미에서는 생물과 무생물이 다르다는 것을 인정한다. 그러나 그것은 그가 주목하고 있는 점이 아니다. 그의 의식 속에 늘 맴돌고 있는 것은 사랑의 날개로 조용히 덮이는 작은 산의 모습이다. 그의 주제는 **전체상에서 바라본** 자연이다. 즉 그는, 우리가 그 하나하나를 개별적인 존재로 간주하는 갖가지 요소들 모두에 투영되어 있는, 주변 사물들의 저 신비스런 모습을 되풀이해서 읊고 있다. 그는 언제나 자연의 전체상을, 개별적인 사례의 색조 속에 포함되어 있는 것으로서 파악한다. 바로 이런

---

17) 이 구절은 "The Tables Turned," 7 련 가운데 있다.

     Sweet it the lore which nature brings;
     Our meddling intellect
     Misshapes the beauteous forms of things:
     ——We murder to dissect.

까닭에 그는 "수선화와 더불어 웃기"[18]도 하고 앵초꽃 속에서
"너무나 깊은 눈물의 사상"[19]을 발견하기도 하였던 것이다.

워즈워스의 시 가운데 가장 뛰어난 것은 단연코 『서곡 *The
Prelude*』의 제 1 권이다. 거기에는 언제나 붙어다니는 자연의
여러 모습에 대한 이와 같은 감각이 짙게 깔려 있다. 너무 길어
서 여기에 인용할 수는 없지만, 일련의 장엄한 구절들이 이러한
사상을 표현하고 있다. 물론 워즈워스는 시를 쓰고 있는 시인이
지, 무미건조한 철학적 진술에 관여하고 있는 것은 아니다. 그
러나 각 통일체에 다른 여러 통일체의 양태적 존재들이 융화되
는 가운데 서로 얽히고 있는 파악적 통일체를 나타내고 있는 것
으로서의 자연에 대한 감정을 이보다 더 생생하게 표현한다는
것은 거의 불가능할 것이다.

> 그대 하늘과 땅에 나타난 자연이여!
> 언덕의 아름다운 광경이여!
> 그리고 고독한 땅의 영혼들이여!
> 그대 비천한 소망은 갖지 않으려니와
> 그 오묘한 섭리를 펼쳐보이던 시절에,
> 그 옛날 어린 시절 소꿉장난하던 때도
> 언제나 나를 뒤따르며
> 동굴 언저리와 나무에, 숲속에, 언덕 위에,
> 온갖 것에 두려움과 소망을 아로새기며

---

18) 이 구절은 "I wandered lonely as a cloud"로 시작되는 그의 서정시(1804)
　　속에 들어 있다.

　　　A poet could not but be gay,
　　　In such a jocund company
　　　And then my heart with pleasure fills,
　　　And dances with the daffodils.

19) 이 구절은 "Intimations of Immortaliry from Recollections of Early Child-
　　hood"(1803)의 끝에 있다.

　　　To me the meanest flower that blows can give
　　　Thoughts that do often lie too deep for tears.

그리하여 끝없이 펼쳐지는 대지로 하여금
마치 너울거리는 바다처럼
승리와 환희, 소망과 두려움으로
약동하게 하던 그 시절에……[20]

내가 이처럼 워즈워스를 인용하는 가운데 강조하고 싶은 것은, 근대 과학이 우리의 사상에 부과하고 있는 자연관이 얼마만큼 왜곡된 것이며 모순에 찬 것인지를 우리가 까맣게 잊고 있다는 점이다. 워즈워스는 그의 탁월한 천재성을 발휘하여 우리가 직접 파악하는 구체적인 사실들, 과학적 분석으로는 왜곡되고 마는 사실들을 표현하고 있다. 과학이 보통 사용하는 개념들은 오직 제한된 좁은 영역, 어쩌면 과학 그 자신의 입장에서 보아도 너무 좁은 영역 안에서만 타당할 수 있는 것이 아닐까?

과학에 대한 셸리의 태도는 워즈워스의 태도와 정반대의 극에 있었다. 그는 과학을 사랑했고, 과학이 암시하는 갖가지 사상을 시로 표현하는 일에 조금도 싫증을 내지 않았다. 그에게 과학은 환희, 평화, 그리고 계몽의 상징이었다. 셸리에게 있어 화학 실험실은 워즈워스의 젊은 날에 있어 산언덕과 같은 것이었다. 셸리를 평가하는 비평가들이 이런 점에서의 셸리적인 특성을 그들 자신의 정신 속에 가지고 있지 않다는 것은 불행스러운 일이다. 그들은, 사실상 셸리 정신의 기본 골격을 이루고 있

---

20) Ye Presences of Nature in the sky
And on the earth! Ye Visions of the hills!
And Souls of lonely places! can I think
A vulgar hope was yours when ye employed
Such ministry, when ye through many a year
Haunting me thus among my boyish sports,
On caves and trees, upon the woods and hills,
Impressed upon all forms the characters
Of danger or desire; and thus did make
The surface of the universal earth,
With triumph and delight, with hope and fear,
Work like a sea?……

으면서 그의 시 구석구석까지 침투해 있는 것을 셸리의 성격에 우연히 나타난 괴벽으로 돌리려는 경향이 있다. 그러나 만약 셸리가 100년 후에 태어났더라면, 20세기는 화학자들 가운데 뉴턴과 같은 인물을 낳을 수 있었을지도 모른다.

셸리가 증거 자료로 삼고 있는 것의 가치를 평가하는 데에는, 그의 정신이 과학 사상에 흡수되고 있다는 것을 이해하는 것이 중요하다. 이 점은 그가 계속해서 썼던 서정시에 의해 예증될 수 있다. 나는 그의 『프로메테우스의 속박 *Prometheus Unbound*』의 제4막 중 한 편만을 선정해보겠다. 여기서는 '대지' 와 '달'이 엄밀한 과학의 언어로 대화를 나누고 있다. 여러 가지 물리적 실험이 그의 비유적 표현에 지침을 제공한다. 가령 대지의 외침,

밀폐될 수 없는 수증기와도 같은 환희![21]

는 과학책에 적혀 있는 "기체의 팽창력"을 시구로 옮겨놓은 것이다. 또 '대지'의 한 절을 보면,

나는 하늘 높이 솟은
밤의 피라미드 아래에서 회전하며
환희를 꿈꾸며
황홀한 잠속에서 승리의 기쁨을 속삭이네.
마치 어여쁜 연인의 그늘에 누워
빛과 따사로운 기운이 에워싸는
꽃다운 사랑의 꿈에 가볍게 한숨짓는 젊은이처럼.[22]

---

21) The vaporous exultation not to be confined!

22) I spin beneath my pyramid of night,
   Which points into the heavens,——dreaming delight,
   Murmuring victorious joy in my enchanted sleep;
   As a youth lulled in love-dreams faintly sighing,
   Under the shadow of his beauty lying,
   Which round his rest a watch of light and warmth doth keep.

이 한 절은, 명확한 기하학적 도형을, 내가 수학을 강의하는 시간에 종종 학생들에게 보여주어야 했던 것과 같은 도형을 머릿속에 그리는 사람이 아니고는 쓰기 어려웠을 것이다. 그 증거로는 밤의 피라미드를 둘러싸는 빛에 시적 심상을 부여하고 있는 마지막 구절에 주목해볼 때 특히 분명해진다. 이러한 착상은 도형을 머릿속에 갖지 않는 사람에게는 결코 떠오르지 않을 것이다. 그런데 이 시 전체가 그러하거니와 다른 시들도 모두 이런 종류의 표현으로 가득 차 있다.

그런데 이처럼 과학에 공감하면서 과학 사상에 심취하고 있는 이 시인도 과학의 여러 개념에 기초가 되는 제2차 성질 이론을 전혀 이용할 수 없었다. 셸리에게 있어 자연은 그 자신의 미와 색채를 그대로 보유하고 있다. 셸리의 자연은 그 본질상 우리의 지각적 경험의 내용 전체와 더불어 기능하고 있는 유기체로 된 자연이다. 우리는 정통적 과학 사상이 함축하고 있는 의미를 무시하는 데 익숙해 있기 때문에 그 과학 사상에 함축되어 있는, 그것에 대한 비판을 명백히 드러내기가 쉽지 않다. 만일 이 문제를 진지하게 다룬 사람이 있었다고 한다면, 그는 셸리였을 것이다.

나아가 셸리는 자연 속의 "존재"들이 융합하고 있다는 데 관해 워즈워스와 전적으로 입장을 같이하고 있다. 다음은 『몽블랑 *Mont Blanc*』이라는 그의 시의 첫 절이다.

만물이 사는 영겁의 우주
정신을 뚫고 물결치며 흐른다.
때로는 어둡고 때로는 번득이며
때로는 그림자를 반사하며 때로는 번쩍 빛난다.
그것은 사람의 생각의 샘
흐르는 물을 은밀히 나르는
그 물결 가냘프나 소리내어 들려온다.

마치 쓸쓸한 산, 울창한 숲속에서
폭포수가 흩어지고
나무와 바람이 서로 다투며
큰 시냇물이 바위에 부딪혀
소리내어 부서지듯.[23]

　이 시를 쓸 때 셸리는 분명히 관념론의 어떤 형태——칸트의 것이든 버클리의 것이든 아니면 플라톤의 것이든——를 염두에 두고 있었을 것이다. 그러나 셸리를 어떻게 해석하든, 그는 여기서 자연의 존재 자체를 구성하는 것으로서의 파악적 통일에 대한 유력한 증인이 되고 있다.

　버클리, 워즈워스, 셸리는 하나같이 존재의 추상적 유물론을 진지하게 직관적으로 거부한 대표적인 인물들이다.

　워즈워스와 셸리는 다 같이 자연을 다루고 있으면서도 흥미로운 차이를 보여주고 있는데, 이 점은 우리가 숙고해보아야 할 문제를 제기한다. 셸리는 자연을, 이를테면 요정의 손에서 변화되고 분해되고 변형되거나 하는 것처럼 생각한다. 나뭇잎들은 "서풍" 앞에서,

마술사로부터 도망치는
망령처럼 날아간다.[24]

------

23) The everlasting universe of Things
　　Flows through the Mind, and rolls its rapid waves,
　　Now dark——now glittering——now reflecting gloom——
　　Now lending splendour, where from secret springs
　　The source of human thought its tribute brings
　　Of waters,——whith a sound but half its own,
　　Such as a feeble brook will oft assume
　　In the wild woods, among the Mountains lone,
　　Where waterfalls around it leap for ever,
　　Where woods and winds contend, and a vast river
　　Over its rocks ceaselessly bursts and raves.
24) Like ghosts from an enchanter fleeing.

『구름 *The Cloud*』이라는 시에서 그의 상상력을 자극하는 것은 물의 다양한 변형이다. 이 시의 주제는 만물의 끝이 없고 영원하여 포착하기 어려운 변화이다.

나는 변화하지만 죽지 않는다.[25]

이것은 자연의 한 양상, 곧 포착하기 어려운 변화이다. 이 변화란 단순한 위치 이동으로 나타나는 변화가 아니라 내면적 성격의 변화이다. 셸리가 죽지 않는 것의 변화를 강조한 것은 바로 이런 측면에서이다.

워즈워스는 두메 산골에서 태어났다. 그 두메 산골은 거의 나무가 자라지 않는 불모의 땅이어서 계절에 따른 변화는 조금밖에 볼 수 없었다. 그의 뇌리 속에는 언제나 자연의 거대한 영속성이 자리하고 있었다. 그에게 있어 변화란 지속을 배경으로 해서 어쩌다 일어나는 하찮은 사건이다.

저 먼 헤브리디즈 열도(列島) 아득히
바다의 정적을 깨뜨리면서.[26]

자연을 분석하기 위한 모든 도식은 **변화**와 **지속**이라는 이 두 가지 사실에 필연적으로 직면하게 된다. 그런데 또 하나 이들과 나란히 놓이는 제3의 사실이 있으니, 나는 이것을 영원이라 부

---

25) I change but I cannot die.
26) 이 구절은 "The Solitary Reaper"(1807)의 15~16행이다.

A voice so thrilling ne'er was heard
In spring-time from the Cuckoo-bird,
Breaking the silence of the seas
Among the farthest Hebrides.

헤브리디즈 열도는 스코틀랜드 서북 해상에 위치해 있다.

르겠다. 산은 지속한다. 그러나 오랜 세월을 두고 닳아 낮아지면 그것도 없어지고 만다. 같은 형태로 다시 생겨난다 해도 그것은 어디까지나 새로운 산일 뿐이다. 빛깔은 영원하다. 그것은 혼백처럼 때의 흐름을 따라다닌다. 그것은 나타났다가 사라진다. 그러나 그것이 나타날 때면, 그것은 언제나 같은 빛깔이다. 그것은 살아남는 것도 아니다. 그것을 필요로 할 때면 그것은 모습을 나타낸다. 시간과 공간에 대해서 산이 갖는 관계는 빛깔이 갖는 관계와 다르다.

또한 우리는 우리의 논의 진행의 기반을 다시 한번 머릿속에 떠올려보아야 한다. 나는 철학이란 여러 추상 관념의 비판자라고 생각한다. 그 기능은 이중적이다. 첫째는, 추상 관념들에다 추상 관념으로서의 적절한 상대적 지위를 부여함으로써 그것들을 조화시키는 일이며, 둘째는 그것들을 우주에 대한 보다 구체적인 직관과 직접 비교함으로써 그것들을 완전하게 하고, 그렇게 함으로써 사상의 보다 완전한 도식을 형성할 수 있게끔 하는 일이다. 이처럼 비교하는 일과 관련해서 위대한 시인들의 증언이 매우 중요한 의미를 갖게 된다. 그들의 시가 오늘날까지도 읽혀지고 있다는 사실은, 구체적인 사실 속에 들어 있는 보편적인 요소를 통찰하는 인류의 심오한 직관을 그들이 표현하고 있다는 증거가 된다. 철학은, 저마다 추상 관념들의 소규모 도식을 가지고 있으면서 그것의 완성과 개선에 힘쓰는 여러 과학들 가운데 하나가 아닌 것이다. 철학은 여러 과학들에 대한 개관으로서 그것들을 조화시키고 완전하게 한다는 특수한 목적을 지니고 있는 것이다. 철학은 이러한 임무를 수행하기 위해서 개별 과학들이 제시하는 증거뿐 아니라 구체적인 경험에 호소하여 얻어지는 그 나름의 증거를 끌어들인다. 철학은 여러 과학과 구체적인 사실을 마주 세워놓는다.

19세기의 문학, 특히 영국의 시문학(詩文學)은 인간의 미적 직관과 과학의 메커니즘 사이의 불일치를 증거한다. 셸리는 기

초가 되는 유기체에 깊숙이 영향력을 행사하는 변화 가운데에
출몰하는, 감각되는 영원적 객체에 대한 포착의 어려움을 우리
눈앞에 생생하게 보여준다. 워즈워스는 중대한 의미를 지닌 신
탁을 그 속에 간직하고 있는 지속하는 영원적 사실들의 장(場)
으로서의 자연을 노래한 시인이다. 그에게는 영원적 객체들도
현존하고 있다.

　　바다에도 땅에도 일찍이 없었던 빛.[27]

　셸리와 워즈워스는 다 같이, 자연은 그 미적 가치로부터 분리
될 수 없다는 것, 그리고 이들 가치는 어떤 의미에서 전체가 드
리우는 사랑의 날개가 그 다양한 부분들을 차곡차곡 품는 데서
생긴다는 것을 명확하게 증거하고 있는 것이다. 그래서 우리는
이를 시인으로부터 자연에 관한 철학은 적어도 다음의 여섯 가
지 개념에 관여하지 않으면 안 된다는 것을 배우게 된다. 변화,
가치, 영원적 객체, 지속, 유기체, 융합이 그것이다.
　이처럼 19세기초의 낭만주의 문학 운동이 100년 전의 버클
리의 관념론적 철학 운동과 마찬가지로, 정통적 과학의 유물론
적 개념들 속에 틀어박혀 있기를 거부하고 있었음을 알 수 있
다. 또 이 책에서 20세기를 다루게 될 때, 우리는 과학 자체의
내적 발전으로 말미암아 어쩔 수 없이 과학의 개념들을 재구성
하려는 운동이 과학 안에서 일어나고 있음을 보게 될 것이다.
　그러나 이러한 일련의 작업을 진행시키려 할 때, 우리는 먼저
그와 같은 사상의 개조를 객관주의적 입장에서 할 것인가 아니
면 주관주의적 입장에서 할 것인가를 결정해야만 한다. 주관주
의적 입장에 선다는 것은, 우리가 직접적으로 경험하는 자연이
란 경험하는 주관의 지각적 특성의 산물이라고 믿는다는 것을
말한다. 바꾸어 말하면, 이 입장에서 보자면, 지각되는 것은 그

---

27) The light that never was, on sea or land.

인식 작용으로부터 대체로 독립해 있는 여러 사물들의 복합체가 지닌 부분적 모습이 아니라, 그 인식 작용 자체의 하나하나의 특성 표현에 불과한 것이 된다. 따라서 다양한 인식 작용에 공통되는 것이라고는 그것들에 결합되는 논리적 추리뿐이다. 그래서 이 경우 우리의 감각적 지각에 결합된 사유라는 공통의 세계는 있지만, 우리가 사유할 공통의 세계는 없는 것이다. 우리가 사유하는 것은, 전적으로 우리 각자의 것인 우리 자신의 개별적인 여러 경험에 차별 없이 적용되는 공통의 개념 세계이다. 이와 같은 개념 세계는 궁극적으로 응용 수학의 방정식에서 완벽하게 표현될 수 있을 것이다. 이런 것이 극단적인 주관주의가 취하는 입장이다. 물론 주관주의를 이처럼 극단적으로 몰고 가지 않고 중도적인 주관주의 입장을 견지하는 사람들도 있다. 이들은 우리의 지각적 경험이 우리에게 공통의 객관적 세계에 관해 말해준다고 믿는다. 그러나 또한 이들은 지각된 사물들이란 공통의 객관적 세계가 우리에게 나타난 바의 것일 뿐, **그것들 자체로서** 저 공통의 객관적 세계를 구성하고 있는 요소는 아니라고 생각한다.

또한 객관주의의 입장이 있다. 이것의 신조에 의하면, 우리의 감각에 의해 지각되는 현실적인 요소들은 **그것들 자체로서** 공통 세계의 요소이며, 이 공통 세계는 우리의 인식 작용을 포함하면서도 그것을 초월하는 여러 사물들로 이루어진 복합체이다. 이러한 관점에 따를 때, 경험된 사물은 그 사물에 대한 우리의 지식과 구별되어야 한다. 이 양자 사이에 의존 관계가 있다고 한다면, 어디까지나 **사물**이 인식을 가능하게 하는 것이지 그 반대는 아니다. 하지만 여기서의 요점은 경험되는 현실적인 사물이, 지식을 포함하면서도 또한 지식을 초월하는 공통의 세계 속에 들어간다는 것이다. 중도적인 주관주의자라면 경험된 사물은 그것이 인식하는 주체에 의존하는 것이라는 사실에 힘입어 오직 간접적으로만 공통의 세계에 들어간다고 주장할 것이다. 그러나 객관주의자는 경험된 사물과 인식하는 주체가 동등한 자격으로 공통의 세계에 들어간다고 주장한다. 나는 이 책에서, 내가 과학의 요구와 인간의 구체적 경험에 다 같이 부응하는 객관주의 철학의 정수라고 생각하는 것을 개설해보려 한다. 주관주의에 의해 야기되는 여러 난점들에 대한 세부적인 비판은 접어두고라도, 내가 온갖 형태의 주관주의를 불신하는 데는 크게 세 가지 이유가 있다. 첫째 이유는 우리의 지각적 경험을 직접 검토해보는 데서 나타난다. 지각적 경험을 검토해볼 때, 우리는 공간 및 시간 속에서 돌, 나무, 신체와 같이 지속하는 대상에 결합된 빛깔이나 소리와 같은 여러 감각적 대상들의 세계 내부에 존재하고 있는 것처럼 생각된다. 우리 자신도 우리가 지각하는 다른 사물들과 꼭 마찬가지로 이 세계의 구성 요소인 것처럼 보인다는 것이다. 그러나 주관주의자들은, 온건한 중도적 주관주의자들까지도, 저와 같은 세계가 우리에게 의존하는 것이라고 주장하는 가운데 우리의 소박한 경험을 즉각 거부해버린다. 나는 소박한 경험에 궁극적으로 호소해야 한다고 생각한다. 그리고 이것이 바로 시에 나타나는 증거 자료들을 그처럼 강조하고 있는 이유이기도 하다. 내가 말하고자 하는 바는, 우리가 우리의 감각 경험을 통해 우리 자신의 내적 세계를 떠나, 이것을 넘어서서 무엇인가를 인식한다는 것이다. 이에 반해 주관주의자는 감각 경험에서 우리가 인식하는 것은 오직 우리 자신의 내적 세계에 관한 것뿐이라고 주장한다. 중도적인 주관주의자조차도 우리가 인식하는 세계와 그가 인정하는 공통의 세계 사이에 우리 자신의 내적 세계를 개재시킨다. 그에게 있어 우리가 인식하는 세계는, 배후에 있는 공통 세계의 압력을 받아 생겨나는 우리의 내적 세계의 변형인 것이다.

내가 주관주의를 불신하는 둘째 이유는, 특정한 경험의 내용을 기초로 하고 있다. 우리의 역사적 지식에 의하면, 우리가 아는 한 지구상에 생명체가 존재하지 않았던 먼 과거의 시대가 있

다. 또 그 지식에 의하면 우리가 그 상세한 역사를 알 수 없는
무수한 항성계가 있다. 달이나 지구만을 생각해보더라도 그렇
다. 지구의 내부나 달의 반대쪽 면에는 무슨 일이 일어나고 있
을까? 우리는 우리의 지각에 근거하여, 별에서나 지구 내부에
서, 또는 달의 반대쪽 면에서 무엇인가가 일어나고 있을 것이라
고 추측한다. 또 지각을 통해서 우리는 먼 옛 시대에 여러 가지
일들이 일어났다는 것을 안다. 그러나 분명 일어났으리라고 생
각되는 이 모든 것들은 상세히 인식될 수 없는 것이든가, 아니
면 추측된 증거에 의거해서 재구성시켜놓은 것이든가 둘 중의
하나이다. 우리의 개인적 경험이란 언제나 이런 내용의 것에 불
과하다는 사실에 비추어본다면, 경험되는 세계가 우리 자신의
내적 세계에 속하는 것이라고 보기는 어렵다. 셋째 이유는 행동
본능에 기초를 두고 있다. 감각적 지각이 주체의 밖에 놓여 있
는 것에 대한 지식을 제공하는 것처럼 보이는 것과 꼭 마찬가지
로 행동도 자기 초월 본능에 근원을 두고 있는 것처럼 보인다.
활동은 자기를 넘어서서, 인식된 초월적 세계로 옮겨간다. 여기
서 최종의 목표가 중요한 의미를 지니게 된다. 왜냐하면 그것
은, 중도적인 주관주의자의 베일에 싸인 세계로부터 촉구된, 또
그 세계로 옮겨가는 활동이 아니기 때문이다. 그것이 인식된 세
계에 속해 있는 결정된 목표를 지향하는 활동이기는 하지만, 그
것은 자기를 초월하는 활동인 동시에 인식된 세계내에 들어 있
는 활동인 것이다. 그러므로 인식된 것으로서의 세계는 그것을
인식하는 주체를 초월하고 있는 것이 된다.

주관주의의 입장은 자연과학에 있어서의 최근의 상대성 이론
을 철학적으로 해석하는 데 관여하고 있는 사람들 사이에서 널
리 유행하고 있다. 감각의 세계가 지각자 개인에 의존한다는 명
제는 이 이론에 내포된 의미들을 표현하는 손쉬운 방법인 것처
럼 보인다. 물론 무(無) 가운데 홀로 있으면서 우주 전체를 자
신이 만들어간다고 하는 데 만족하는 사람을 제외하고는 누구

나 어떤 객관주의적 입장으로 애써 돌아가고 싶어할 것이다. 나로서는 공통의 사유 세계가 어떻게 공통의 감각 세계 없이 구축될 수 있는 것인지 도무지 이해할 수가 없다. 나는 이 점을 여기서 자세히 논하지 않겠다. 그러나 사유 세계의 초월성 및 감각 세계의 초월성을 인정하지 않고서는 주관주의자가 그의 고립성을 탈피하기란 결코 쉬운 일이 아닐 것이다. 또 중도적인 주관주의자도 인식될 수 없는 그의 배후 세계로부터 아무런 도움도 받을 수 없을 것처럼 보인다.

실재론과 관념론의 구별이 객관주의와 주관주의의 구별과 일치하는 것은 아니다. 실재론자와 관념론자는 다 같이 객관주의적 관점에서 출발할 수 있다. 그들은 모두 감각적 지각에 나타나는 세계가 지각자 개인을 초월하고 있는 공통의 세계라는 점에 동의할 수 있을 것이다. 그러나 객관주의적 관념론자는 이 세계의 실재가 포함하고 있는 것을 분석하게 될 때, 온갖 미세한 존재에 이르기까지 어떤 방식으로든 정신과 결부되어 있어 서로 분리시킬 수 없다는 점에 주목하게 된다. 실재론자가 거부하는 것은 바로 이 점이다. 그러므로 이 두 부류의 객관주의자들은 형이상학의 근본 문제에 이를 때까지는 서로 떨어지지 않는다. 그들은 상당 부분을 공통으로 갖고 있다. 이런 까닭에 나는 잠정적 실재론의 입장을 취하겠다고 말했던 것이다.

지금까지 객관주의의 입장은 단순 정위라는 학설을 수반하고 있던 고전적인 과학적 유물론을 받아들여야 한다고 가정함으로써 줄곧 왜곡되어왔다. 이것은 제 1 차 성질과 제 2 차 성질에 관한 학설을 불가결한 것으로 간주하게 하여왔다. 그래서 감각 대상들과 같은 제 2 차 성질들은 주관주의적 원리에 따라 취급된다. 이것은 곧바로 주관주의자가 행하는 비판의 미끼가 되고 마는 불만족스런 주장이다.

만일 우리가 제 2 차 성질을 공통의 세계에 포함시키려 한다면, 우리의 근본 개념을 철저하게 재편성해야 할 것이다. 외부

316

세계에 대한 우리의 파악이 신체 안에서 일어나는 사건에 절대적으로 의존하고 있다는 것은 명백한 사실이다. 신체에 적당한 조작이 가해질 때, 사람은 거의 모든 것들을 지각하게 되기도 하고, 반대로 거의 아무것도 지각하지 못하게 되기도 한다. 완전한 상상의 세계에서 신체, 뇌, 신경만이 실재적인 것인 양 말하는 사람들이 있다. 바꾸어 말하면 신체를 객관주의적 원리에 따라, 그리고 그 밖의 세계를 주관주의적 원리에 따라 취급하려는 사람들이 있다는 것이다. 이들의 생각은 적절하지 않다. 이는 특히 실험자가 증거 자료로 드는 것이 타인의 신체에 대한 그의 지각인 경우를 상정해본다면 더욱 그러하다.

그러나 우리는 신체란 유기체이며, 그 여러 상태가 세계에 대한 우리의 인식을 규제한다는 사실을 인정하지 않으면 안 된다. 이때 지각 세계의 통일은 신체적 경험의 통일임에 틀림없다. 신체적 경험을 의식하는 가운데 우리는 신체적 삶 속에 반영된 시공적 세계 전체의 여러 양상들을 의심하고 있음이 분명하다. 여기서 나의 이론은 단순 정위가 사물이 시공에 포함되는 기본 방식이라는 생각을 완전히 폐기한다는 점만은 분명히해두고자 한다. 어떤 의미에서는 모든 사물이 언제 어디에나 있다고 할 수 있다. 왜냐하면 모든 장소는 다른 모든 장소에 있어서의 자신의 양상을 포함하고 있기 때문이다. 그래서 모든 시공적 관점은 세계를 반영하고 있는 것이다.

이러한 학설을, 단순 정위를 전제로 하는 공간 및 시간에 관한 재래의 사고 방식으로 구상하려 한다면, 그것은 크나큰 자가 당착이 될 것이다. 그러나 이 학설을 우리의 소박한 경험에 비추어 생각한다면, 그것은 명백한 사실을 그대로 묘사한 것에 불과한 것이 된다. 우리는 어떤 장소에서 사물들을 지각하고 있다. 우리의 지각은 우리가 있는 장소에서 일어나며, 그때 우리 신체의 작용 방식에 전적으로 의존한다. 그러나 한 장소에서의 이 신체의 작용은 우리에게 멀리 떨어져 있는 환경의 양상을 인식할 수 있게 하는데, 이러한 양상들은 신체로부터 멀어져감에 따라 점차 희미해지다가 결국에는 저편에 사물이 있다고 하는 막연한 인식 속에 흡수된다. 만일 이러한 인식이 초월적 세계에 대한 지식을 전해주는 것이라면, 이는 신체적 삶이라는 사건이 자기 속에 우주의 제양상을 통일하고 있다는 점에서 가능한 것임에 틀림없다.

이 학설은 워즈워스나 셸리와 같이 상상력이 풍부한 작가들의 자연시에서 찾아볼 수 있는 개인적 체험의 생생한 표현과 아주 잘 조화된다. 사물들이 서로 따뜻하게 감싸는 생생한 모습은 언제나 워즈워스를 사로잡고 있다. 이 학설은 인식을 영위하는 정신으로부터 경험의 통일에 필요한 기체(基體)라는 그 종래의 지위를 박탈한다. 그러한 통일은 이제 한 사건의 통일 속에 놓이게 된다. 이 통일에는 인식 작용이 수반될 수도 있고 그렇지 않을 수도 있다.

이쯤해서 워즈워스와 셸리의 시적인 통찰이 제시하는 증거 자료를 검토했을 때 제기되었던 저 커다란 문제로 되돌아가보자. 이 하나의 문제는 일군의 문제들로 확대되었다. 빛깔이나 형상과 같은 영원적 객체들과 구별되는 것으로서의 지속하는 사물이란 대체 무엇인가? 그런 사물들은 어떻게 가능한 것인가? 그것들이 우주에서 갖는 지위나 의미는 무엇인가? 요컨대 자연 질서의 지속적 안정성이라는 것의 지위는 어떤 것인가? 이에 대한 간결한 답변이 있다. 이것은 자연을 그 배후에 있는 어떤 보다 큰 실재에 관련시킨다. 이러한 실재는 사상사에서 절대자, 범천(梵天) *Brahma*,[28] 천도(天道), 신 등과 같은 여러 이름으로 등장하고 있다. 근본적인 형이상학적 진리를 서술하는 것은 나의 과제가 아니다. 내가 말하고자 하는 요지는 이렇다. 즉 그와 같은 자연 질서의 존재를 확신한 나머지, 곤란을 제거하기 위해서는 무턱대고 호소할 수밖에 없는 그런 궁극적

---

28) 힌두교의 신.

실재가 있다고 하는 손쉬운 가정을 안이하게 결론으로 삼는 것
은 합리성의 견지에서 볼 때 전적으로 온당하지 못다는 점이
다. 우리는 자연이 그 자체에 있어서 자기 설명적인 것으로 나
타나 있는지 어떤지를 탐구해보아야 한다. 내가 여기서 의미하
는 바는 사물의 본질에 관한 단순한 진술이 사물이 왜 존재하는
가를 설명해주는 요소들을 포함할 수도 있다는 것이다. 이러한
요소는 우리가 명확하게 파악할 수 있는 것들 저편에 있는 심연
의 존재와 관련되어 있다고 생각해볼 수 있을 것이다. 어떤 의
미에서 설명이란 결국 독단적일 수밖에 없다. 내가 요구하고 싶
은 점은, 우리가 학설을 세울 때 출발점으로 삼는 사실이 결국
독단적인 것이라 해도, 우리는 그러한 사실이, 우리의 명확한
인식 능력의 한계 밖으로 뻗쳐 있는 것으로 우리가 희미하게 식
별하는 실재의 일반 원리와 동일한 원리를 보여주는 것이 되도
록 해야 하리라는 것이다. 자연은 일정한 조건에 따라 유기체들
이 진화해간다고 하는 철학을 예증하면서 자기를 나타낸다. 그
러한 조건들로는 공간의 차원, 자연의 법칙, 그리고 이러한 법
칙을 예증하는 원자나 전자와 같은 한정된 지속적 존재 등을 예
로 들 수 있다. 그러나 이런 존재들의 본질 그 자체나 그들의
공간성 및 시간성의 본질 그 자체는, 그런 조건들이, 자연을 초
월하는 보다 광범위한 진화——이 속에서 자연은 하나의 한정된
양태에 불과하다——에서 생겨난 것으로서 독단적인 것임을 보
여주는 것이어야 할 것이다.

　만유를 꿰뚫으며 실재하는 것의 본성 자체에 내재하고 있는
하나의 사실은 만물 유전, 즉 어떤 것에서 다른 어떤 것으로 흘
러가고 있다는 사실이다. 이러한 흐름의 추이는 산재해 있는 존
재들로 이루어지는 단순한 일직선적인 행렬이 아니다. 우리가
어떤 특정의 사물을 아무리 확고하게 규정한다 해도, 우리가 처
음에 전제로 삼은 어떤 것에 비해 보다 협의의 규정이 언제나
있게 마련이다. 그리고 처음에 전제한 어떤 것보다 협의의 규정

이 변천을 통해 자신을 넘어서서 융화해 들어가는 더욱 폭넓은 규정이 언제나 있게 된다. 자연의 전체상은 진화적 팽창의 상이다. 내가 사건이라고 부르는 이 통일체들은 어떤 것이 현실 속으로 발현[29]하여 나타난 것들이다. 이처럼 발현하는 어떤 것을 어떻게 특징지으면 좋을까? 그러한 통일체에 부여한 사건 *event* 이라는 명칭은, 현실의 통일성과 결부되어 있는 내재적 유동성에 주목할 수 있도록 한다. 그러나 이 추상적 용어는 한 사건이 실재한다는 사실 그 자체가 무엇인가를 밝히기에 불충분하다. 우리가 조금만 생각해보면 어떠한 개념도 그 사실을 나타내는 데 충분한 것일 수 없음을 알 수 있다. 왜냐하면 하나하나의 사건에서 그 의미를 얻게 되는 관념은 하나같이 사건의 실재 그 자체에 기여하고 있는 그 무엇인가를 표현하지 않으면 안 되기 때문이다. 따라서 하나의 단어만으로는 충분하지 못하다. 그러나 반대로 버려야 할 단어도 없다. 우리의 구체적 경험에 대한 시적인 표현을 염두에 둔다면, 우리는 가치의 구성 요소가 된다든가 가치가 있을 수 있다든가 가치를 갖고 있다든가 하는 요소, 그리고 그 자체로 목적이 된다든가 그 자체를 목적으로 하고 있는 무엇이 된다든가 하는 요소를, 가장 구체적인 현실 사물을 설명함에 있어 어떤 경우에도 빠뜨려서는 안 되리라는 것을 곧바로 깨닫게 된다. '가치'란 말을 나는 사건 그 자체의 고유한 실재를 표현하는 것으로 사용한다. 가치는 시적인 자연관

---

29) 루이스 G.H.Lewes는 그의 *Problems of Life and Mind*(제4권, 1874~1879), 제2권(1875)에서 발현 *emergent*(발전 진화의 과정에서 그 이전 단계에서는 예상하지 못했던 새로운 특성의 출현)하는 것과 합성적으로 생기(生起)하는 것을 구별하였다. 혼합물의 성질은 그 구성 요소에서 예견된다. 즉 거기에는 구성 요소로 환원시킬 수 없는 새로운 성질은 존재하지 않는다. 그러한 혼합물은 그 구성 요소의 resultant인 것이다. 이에 대하여 emergent는 그 발현에 앞서 존재하는 구성 요소의 성질에서 예견될 수 없는 성질을 포함한다. 즉 emergent는 그 구성 요소의 수학적 내지 기계적 총화를 초월한 것, 따라서 이 경우 구성 요소들은 단순히 양적으로 팽창하고 있는 것이 아니라 질적으로 변화하고 있는 것이 된다. 이 두 개념의 구별은 로이드와 모건을 통해서 알렉산더, 다시 화이트헤드에 의해 받아들여지고 있다.

에 충만해 있는 요소이다. 우리는 인간의 삶의 견지에서 흔히 인식하게 되는 가치를 사물의 실현 형태 그 자체의 구조 속에 옮겨놓기만 하면 된다. 이것이 워즈워스가 자연을 숭배하게 되었던 내밀한 이유였다. 그러므로 실현이란 그 자체가 가치의 달성이다. 그러나 단순한 가치라는 것은 없다. 가치는 제한의 산물이다. 뚜렷하게 한정되어 있는 존재는 달성을 구현하고 있는 선택된 양태라고 할 수 있다. 이처럼 개별적 사실로의 구현을 떠나서는 달성이란 있을 수 없는 것이다. 존재하는 온갖 것들의 단순한 융합은 한정성의 결여로 말미암아 비존재가 되고 말 것이다. 실재를 구제하는 것은 그 완강하고 원리에로 환원시킬 수 없는, 자신 이외의 다른 어떤 것도 될 수 없도록 한정된, 사실의 존재들 *matter-of-fact entities* 이다. 과학이나 예술 또는 그 밖의 어떤 창조적 활동도, 그 완강하고 원리에로 환원시킬 수 없는 한정된 사실들을 뿌리칠 수 없는 것이다. 사물들이 지속한다는 것은, 그 자신을 위해 독립된 명확한 달성 형태로 나타나 있는 존재가 자기를 보존해간다는 것을 의미한다. 지속하고 있는 것은 제한받고 있는 것인 동시에 완강한 장애물로서 어떠한 타협도 없이 그 자신의 환경을 자신의 여러 양상으로 물들인다. 그러나 이것으로 충분한 것은 아니다. 모든 사물의 양상은 그 사물 자체의 본질 속에 들어간다. 사물은 자신이 속해 있는 전체를 제한된 자신 속으로 끌어들임으로써 비로소 그 자신이 되고 있는 것이다. 또한 역으로 사물은 자신이 속해 있는 바로 그 환경에 자신의 여러 양상을 넘겨줌으로써 비로소 그 자신이 되고 있기도 하다. 진화의 문제는, 사물들이 자기를 넘어서서 점차 높은 단계의 달성을 성취해가는 데 관여하고 있는 지속적인 가치 형식들의 지속적인 조화의 전개 문제이다. 미의 달성은 실현 형태의 구조적 짜임 속에서 이루어진다. 한 사물의 지속은 제한된 미적 성취의 달성을 나타내는 것이다. 우리가 그것 자체를 넘어서서 그 외적 영향을 본다면, 그것이 미에 있어 실패한

것으로 나타나는 경우가 있을 수는 있지만 사물 자체 안에서조
차 그것은 보다 작은 성취와 보다 큰 실패와의 충돌을 나타낼
것이다. 이러한 충돌은 와해의 징조이다.

　지속하는 대상의 본질과 이 대상들이 요구하는 조건에 관한
더 이상의 논의는 18세기 후반기를 지배했던 진화론에 대한 고
찰과 관련을 맺게 될 것이다. 내가 여기서 분명히하려고 노력했
던 점은 낭만주의 부흥기의 자연시야말로 유기적 자연관을 위
한 항변이었으며, 사태의 본질로부터 가치를 배제하는 데 대한
항의였다는 것이다. 이런 점에서 낭만주의 운동은 그보다 100
년 앞서 버클리가 제기했던 항의의 부활로 간주될 수도 있을 것
이다. 낭만주의적 반동은 가치를 옹호하기 위한 항거였다.

〔오영환 옮김〕

컴퓨터와 문학
—— 문학의 크메르루지즘

정　과　리

1. 컴퓨터 문학이 관심사가 되는 까닭

통신망 문학, 좀더 정확하게 말해, 대체로 퍼스널 컴퓨터를
단말기로 해서 유통되는 통신망 속의 문학을 포함하여 컴퓨터
를 이용한 일체의 문학 활동을 사람들은 흔히 컴퓨터 문학 혹은
'PC 문학'이라고 부른다는 것을 나는 최근에 알았다. 컴퓨터
문학이란 정확한 용어는 아니다. 하지만 그럼에도 불구하고 그
용어는 끄는 힘을 가지고 있다. 그것은 지난 10년 동안 퍼스널
컴퓨터가 우리의 일상 생활에 가져다준 괄목할 만한 변화 때문
이다. 70년대말 서울대학교에 방학중의 특별 강좌 형식으로 컴
퓨터 교육 과정이 개설되었을 때만 해도 세상이 이렇게 급격히
달라질 줄을 예견한 사람은 별로 없었다. 그러나 80년대에 8비
트 애플 컴퓨터와 MSX, SPC-1000이 호기심 많고 새로운 오
락을 즐기는 학생들을 통해 확산되기 시작하였고, 88년경부터
16비트 IBM PC 호환기종이 본격적으로 보급되자 컴퓨터는
문자 그대로 사무 기기의 '총아'로 자리잡게 되었다. 총아인지
괴물인지 알 수 없지만, 어쨌든 그것은 컴퓨터가 그전에 펜과
노트와 주판이 차지하고 있던 자리를 대신하게 되었다는 것을

의미했다. 그것은 엄청난 혁명이었으며, 그 혁명은 한창 진행중이다.

그 혁명을 촉발시킨 것은 전산 과학의 발전 그 자체라기보다 퍼스널 컴퓨터의 '발명'이라고 보는 것이 타당할 것이다. 흔히 PC 제2세대라고 불리는 스티브 잡스와 스티븐 워즈니악이 1977년 8비트 애플 컴퓨터를 개발한 것이 새로운 문명의 기기를 개인들의 손아귀에 쥐어준 첫 사건이었다(물론 그 이전에 이미 몇 종류의 PC가 선을 보였다. 하지만, 퍼스널 컴퓨터의 수요를 폭발시킨 것은 애플 Ⅱ 컴퓨터이다. 흔히 인용하는 일화를 다시 들자면, 스티브 잡스는 그해 『타임』지의 표지 인물이 되었다). 그것은 문명사의 대전환의 씨앗이 될 것이었다. 새로운 문명은 본질적으로 탈개인적인 것인데, 퍼스널 컴퓨터를 통해 드디어 그것이 개인주의 세계의 일상 속으로 파고들 수 있게 된 계기를 이루었던 것이다. 근대라는 이름의 개인 신화의 시대에서 가장 편리한 도구는 개인과 도구의 유사성을 보증해주는 것이라고 한 철학자는 말한 바 있는데, 퍼스널 컴퓨터는 바로 그 점에서 늙은 문명의 끈질긴 감각 체계에 새 문명을 접목하는 데 성공하였던 것이다.

그러나, 그곳에 행복한 결합만이 있는 것은 아니다. 소연령층 사용자가 퍼스널 컴퓨터를 놀이 기구로 생각했다면, 지식인들은 그것을 무엇보다도 편리한 도구로 생각하였다. 그것이 처음 워드 프로세서로부터 시작하였다는 것은 대표적인 증거이다. 그것은 썩 훌륭한 타자기였던 것이다. 그러나 실제 그것은 도구 이상이었다. 그것은 문자 문화와는 전혀 다른 약호 체계를 통해 움직이는 것이었고 새로운 몸의 자세를 요구하는 것이었다. 민족어에 뿌리내리고 있는 문자와 달리 비트는 어떠한 역사적 경험도 인각하고 있지 않았다. 그것은 0과 1 혹은 음/양이라는 전위의 조합으로만 이루어진 것이었다. 또한 펜을 쥐고 종이를 내려다보는 사람과는 다르게 컴퓨터를 앞에 놓은 사람은 양손의 손가락을 풀고 화면과 정면으로 응시하거나 때로는 올려다 봐야 한다. 사람들의 몸은 전혀 낯선 경험과 맞닥뜨렸다.

실제로 특히 문자 문화에 익숙한 식자들을 당황하게 한 것은 그 몸의 경험이었을 것이다. 어느 날 컴퓨터를 켰더니 파일이 날아가버렸다. 찢지도 태우지도 않았는데 말이다! 화면은 기분 나쁘게도 나를 빤히 쳐다보고 있다. 본체는 계속 웅웅거리고 오래 쳐다보면 눈이 화끈거리고 머리가 욱신댄다. 그러니까 그것은 도구가 아니라 괴상망측한 생물이었다. 여태 알려진 바가 없는 에일리언이었다. 그로부터 컴퓨터에 대한 공포가 광범위하게 퍼져흐른다.

그러나, 퍼스널 컴퓨터는 그의 괴물적 속성을 잘 감출 줄을 알았다. 본래의 코드가 어떻게 작동하든 이상한 기계어가 화면 앞으로 튀어나오는 일은 좀처럼 없었다. 펜글씨보다 아름다운 서체와 그림에 소리까지 곁들여 멋지게 편집된 문자 구성물을 신속하게 만들어낼 수 있다는 것이 컴퓨터의 약속이었고 그것은 실제로 눈앞에 실현되었다. 찬탄이 공포를 앞질러가고 있었다. 인간이 만든 것인 한, 컴퓨터는 어쨌든 인간의 복리를 위한 것이었고 찬란한 문명 세계를 보장해주는 것이었다. 사람들은 한편으로 두렵고 한편으로 신기했다. '컴퓨터'라는 짧은 단어에는 도래할 미래에 대한 모든 찬탄과 경외와 공포가 넘쳐흐른다.

아무튼 그렇게 해서 컴퓨터와 낡은 문화는 공생하기 시작하였다. 새 문명은 낡은 문화의 신화를 이용하고 낡은 문화는 새 문명의 편리를 누리려고 한다. 옛날의 지식인들은 다투어 컴퓨터를 익히고, 내일의 기술자들은 문명의 항로를 옛사람들이 원하는 방향으로 선회시킨다. 하지만 근본적인 불화는 은폐된 채로이다. 그로부터 특이한 문화가 탄생한다. 두 개의 극단이 하나로 만난다. 이를테면, 지금 한글 운동을 가장 열렬하게 전개하고 있는 장소는 통신망 속이다. 일종의 아이러니이다. 가장 탈민족적인 기제가 가장 민족적인 대의를 위해 봉사한다(물론,

여기에는 세계 산업에 직면한 한국 컴퓨터인들의 특별한 사정도 고려되어야 한다. 그러나 그것이 전부는 아니다. 세계의 어느 컴퓨터 잡지의 광고를 보아도, '개인'을 위해 봉사하지 않는 컴퓨터는 없다). 이 아이러니를 의식하든 안 하든 그 특이한 문화는 단순히 모순적 결합체인 것만은 아니다. 탈개인적인 것과 개인적인 것은 만나서 다양한 양상의 통(通)개인적인 문화를 만들어내고 있다. 그 문화는 성찰의 대상이지 성토의 대상이 아니라는 얘기다. 한편에 개인주의 신화를 알리바이로 내세운 전체주의적 세계(헉슬리의 『멋진 신세계』는 그것을 가장 요약적으로 예언하였다)가 가능할 수 있다면, 다른 한편엔 전체화의 방향에 저항하는 새로운 개인들의 시민 운동이 있을 수 있다(리처드 스톨맨이 주창한 GNU 프로젝트는 현재 가장 의식적으로 전개되고 있는 운동이다).

2. 컴퓨터 문학의 발생

컴퓨터 문학이 정확한 용어가 아니라는 것은 컴퓨터 그래픽과 그것을 비교하면 비교적 명료해진다. 컴퓨터 그래픽은 컴퓨터의 본래적 기능을 이용하여 만들어낸 새로운 장르의 이미지 예술이다. 그것은 재래의 이미지 예술이 만들 수 없던 새로운 것을 가능케 하며, 근본적으로 다른 성격의 이미지를 탄생시킨다. 그러나, 컴퓨터의 본래적 기능을 이용해서 문학에서 얻어낼 것이 있을까? 오래도록 문화의 중앙을 차지해왔던 문학의 역사는 그것에 아주 완강한 속성을 뿌리깊이 심어놓았으며, 그것은 컴퓨터의 정향과 근본적으로 화해할 수 없는 듯이 보인다. 그것은 양자가 서로 다른 약호 체계를 매질로 삼고 있으며, 그 매질로부터 전혀 상이한 체제와 전망이 각각 세워진다는 것을 뜻한다. 민족어를 근간으로 하는 문학이 개인의 신화를 꿈꾸고 있다면 이진 부호로 이루어지는 컴퓨터는 개인의 차이를 분쇄하며, 전자가 깊이를 이룬다면, 후자는 넓이를 확대하고, 문학이 점착적이라면 컴퓨터는 휘발적인 것이다.

　그렇다면, 컴퓨터 문학이란 불가능하단 말인가? 그러나 그것은 이미 실재한다. 실재할 뿐만 아니라 바오밥나무처럼 번식하고 있다. 그렇다면, 도대체 그게 무엇이며 어떻게 그럴 수 있단 말인가? 여기에서 컴퓨터 문학의 범위를 정해보는 것은 당연한 순서일 것이다. 단순히 컴퓨터를 '이용한' 문학이 우선 있을 수 있다. 가령 펜 대신 워드 프로세서를 사용하여 원고를 작성하는 경우이다. 그러나, 그것을 컴퓨터 문학이라고 사람들은 말하지 않을 것이다. 물론 컴퓨터를 사용할 때와 펜을 사용할 때에 생산되는 글의 차이는 분명히 있을 것이다. 그러나 그것은 글쓰는 사람 각각의 개인적인 편차 때문에 아주 다양하게 나타날 수 있다. 실로, 컴퓨터가 글쓰기에 미치는 직접적 효과에 대한 이야기들은 컴퓨터를 이용한 후 글이 짧아지고 정돈되었다는 경험담(왜냐하면, 수정이 용이하기 때문에)과 오히려 거꾸로 글이 불필요하게 길어진다는 주장(얼핏 무시될 수 있을 듯하지만 실제 그렇지 않은 게 화면의 제약이다. 현재 텍스트 모드나 일반 VGA의 640×480의 해상도에서 한 화면에서 표현되는 글자의 수는 가로 80자〔한글의 경우 40자〕, 세로 25줄이다. 그래픽 환경의 워드 프로세서에서 SVGA의 1024×768로 해상도를 늘려 사용할 경우에는 1.5배 이상의 글자를 한 화면에 표현할 수 있다. 그러나, 요즘 일반적으로 사용되는 14인치 모니터에서는 글씨가 너무 작아 알아보기가 힘들다. 때문에 현재의 화면에선 약간의 긴 시도 다 들어가지 못한다. 더욱 결정적인 것은 컴퓨터의 화면은 종이처럼 한꺼번에 늘어놓지 못한다는 것이다. 그 때문에 글의 전체적인 구성과 맥락을 종종 놓치게 된다), 또는 사고가 집중된다든가, 그 반대로 산만해진다든가 등등의 완전히 상반되는 주장들로 범벅을 이룬다. 좀 단순화시켜 말해, 워드 프로세서를 이용하는가 펜을 사용하는가의 차이는 아침에 글을 쓰는가, 한밤중에 글을 쓰는가의 차이와 구조적으로 크게 다를 게 없다.

다음으로 컴퓨터만으로 가능한 문학 활동이 있을 수 있다. 한편으로는 컴퓨터와 통신망이 제공하는 방대한 자료 구축 및 검색 시스템을 동원한 혼성 교차의 문학이 가능할 수 있다. 연전에 외국의 한 작가가 그런 시도를 했다는 기사가 발표된 적이 있는데, 하지만, 한 편의 완성된 작품으로 탄생했는지의 여부는 불확실하다. 아마도 아직까지는 자료 시스템을 '활용'하는 수준에 머무르고 있다고 판단하는 게 타당할 것이다. 그런 의미에서 그것은 컴퓨터의 도움을 받는 문학 활동이지 컴퓨터만으로 가능한 문학 활동은 아니다. 다른 한편으로는 문자와 동영상(動映像)과 음향이 한데로 겹치는 하이퍼미디어의 문학, 또는 여러 다양한 글쓰기들을 유기적 계층 구조로 연결한 하이퍼텍스트의 문학이 출현할 수 있다. 그러나 이 역시 아직은 전망의 수준에 머물러 있고, 한국의 경우는 더욱더 그렇다. 게다가 그러한 하이퍼미디어, 하이퍼텍스트에 여전히 '문학'이라는 이름을 부여할 수 있는지에 대해서는 좀더 깊은 논의가 필요하다. 문학의 '문,' 그리고 littérature의 'lettre'는 문학이 언어(더 좁혀, 문자)를 중심 매체로 삼는다는 뜻을 포함하고 있다. 하이퍼미디어에서는 그러한 중심 매질이 존재하지 않는다. 하이퍼텍스트 또한 그 자체로서 발전하는 것이 아니라 하이퍼미디어의 장 속에 종속하여 있어서, 하이퍼텍스트는 끊임없는 불안의 상태에 놓여 있다. 그곳의 언어는 컴퓨터 부호로의 변신을 독촉받고 있는 언어이다. 중심 매체가 붕괴된 문화적 장르에 대해, 단순히 언어가 그 안에 포함되었다는 이유만으로, 문학이라고 이름할 수가 있을까? 차라리 새로운 장르의 탄생에 대해서 말하는 것이 더 생산적일 것이다.

따라서, 컴퓨터 문학은 컴퓨터와 문학이 제 본래의 육체적·정신적 성격을 그대로 간직한 채로 결합한 문학 활동을 가리킨

다고 보아야 한다. 그것은 크게 두 가지 방식으로 나타나고 있
거나 나타날 것이다. 하나는 CD-ROM 등을 이용한 전자북을
말하는데, 그것은 한국에서 이제 시작 단계에 있으며 궁극적으
로는 멀티미디어 문화의 발달을 촉진하면서 문학과 새 문명 사
이의 조합의 가능성을 계속 실험해나갈 것이다. 다른 하나는 지
금 이곳에서 활발히 전개되고 있는 것으로서 전자 통신망을 통
해 유통되는 문학 활동을 말하며, 바로 그것이 컴퓨터 문학의
오늘의 모습을 실제적으로 보여주고 있다고 할 수 있다.

그런데 이 통신망 속의 문학에 전혀 예기치 못한 새로운 문학
활동이 나타나고 있는 것이며, 이 점에서 우리는 컴퓨터 문학에
대해서 말할 수 있는 계기를 만나는 것이다.

통신망이 처음 만들어질 때의 의도는 고속도로를 만드는 것
과 다를 바가 없었다. 통신망이 설치된 모든 곳의 정보를 신속
하게 모으고 나누고 활용하는 것이다. 엘 고어가 제창하여 전
세계에 파급되고 있는 '정보 고속도로'는 그러한 의도를 가장
선명하게 보여주는 예이다. 그러나, 그러한 국가(혹은 세계) 관
리 기구의 의도와 관계없이, 혹은 그것을 넘어서, 아주 새로운
현상이 통신망 그 자체의 구조로부터 발생하였다. 그 현상은 기
본적으로 구성원들간의 관계에 집중적으로 나타나는데, 그곳의
성원은 '이름은 나타나지만, 신원은 나타나지 않는다'는 데에
그 핵심이 있다. 통신망에 등록된 사용자는 저마다 고유한 ID
를 부여받으며 그곳에 글을 올리거나 대화를 할 때면 그 이름과
ID가 나란히 표시된다. 그 이름과 ID는 통신망 속의 성원이 하
나하나의 독립된 개인이라는 것을 지시한다. 알튀세르식으로 말
하면, 그렇게 통신망은 구성원들을 '호명'한다. 사용자는 그것
을 통해서 자신의 자유와 책임을 동시에 부여받는다. 그 점에서
통신망은 고대 시민 국가의 광장과도 같다. 그러나, 그 이름과
ID는 어떠한 개인사의 흔적도 보여주지 않는다. 그것은 사용자
가 10대인지 60대인지, 결혼을 했는지 안 했는지, 부유한지 가

난한지 전혀 가르쳐주지 않는다. 그 구조적 문제는 불가피하게 통신망 속의 호칭을 무조건 '님'으로 통일시키는, 어색하지만 따르지 않을 수 없는 거의 자연발생적인 합의를 낳는다. 그 점에서 통신망은 익명성이 지배하는 시장과 같다.

이 광장적인 것과 시장적인 것의 특이한 결합은 다시 한번 새 문명이 낡은 세계에 뿌리내리는 기본 방식을 환기시켜주는데, 그것은 통신망 속의 모든 공간에 무차별하게 적용된다. 나이든 사람들을 위한 '원로방'이나 어린이를 위한 '꿈동산,' 혹은 주부 동호회처럼 특별한 신원을 표지하는 공간들도 예외가 아니다. 그 하나의 표지만을 제외하고는, 아니, 그 표지 덕분에, 다른 것들은 몽땅 감추어짐으로써 원로는 원로의 가면을, 아동은 아동의 가면을 쓰고 유령처럼 그 공간을 자유롭게 들락거릴 수 있기 때문이다. 통신망내의 가장 이질적인 장소인 문학란에도 그 원칙(?)은 어김없이 작동한다.

이러한 원칙은 문학의 육체적 움직임을 비꿋거리게 만든다. 고전적인 개념으로서의 소설은 확실한 신원을 가진 주인공의 일관된 일대기로서 간주되고 그렇게 수용되어왔다. 로브-그리예가 '발자크적 소설'이라고 명명한 그러한 고전적 소설에 대한 현대 소설들의 반란의 역사는 그러한 신원의 확실성과 줄거리의 일관성의 해체의 역사였다. 그러나, 그러한 전위적 문학의 전복과 파괴의 시도에도 불구하고 문학의 재래적인 원칙, 그리고 그것에 뒷받침된 개인주의적 환상은 일반적 문학 공간내에서 어김없이 관철되어왔다. 그리고 그것은 문학 내적 원칙에 국한된 것이 아니다. 그것은 문학 작품을 둘러싼 생산자와 수용자, 즉 작가와 독자 사이에도 그대로 적용되어왔다. 즉 그 둘 사이의 독서 행위는 개별적 변별성을 확보하고 있는 두 개인의 만남의 행위로 나타났으며, 그것이 이른바 문학적 감동의 현상학에 대한 기본 골격을 이루고 있는 것이다.

이러한데도 통신망 속에 '문학'이 필요하다면, 그것은 왜일

까? 새 문명이 그의 체질과 들어맞는 것들만을 수용한다면, 문
학란 같은 것은 존재할 필요가 없을 것이다. 효용이 최우선시되
는 공간에서 도저히 써먹을 데가 없는 문학 나부랭이가 끼여들
자리는 없는 것이다. 또한, 개인의 변별성을 분쇄하는 토양에서
문학은 정상적인 신진 대사를 하기가 어려운 것이다. 그러나,
새 문명이 일상에 뿌리내리기 위해 낡은 신화를 이용하였듯이,
새 문명은 낡은 세계의 모든 것을 흡수한다. 새 문명은 몇몇 사
람들, 특별한 집단을 위한 문명이 아니라, 만인의 행복을 확대
하는 것이며, 당연히 옛날의 모든 유산은 버려질 것이 아니라
거두어질 것이기 때문이다. 개인주의 시대의 신화에 속하는 '문
학'은 무시되기는커녕 오히려 새 문명이 공략할 가장 효용가치
가 높은 분야가 된다. 그것은 새 문명이 얼마나 개인들의 행복
을 위해 존재하는지를 선명하게 가리켜 보여주는 증거인 것이
다. 바로 여기에서 새 문명은 개인을 말소시키는 것이 아니라
'은폐'한다는, 그 사회학적 특성이 어김없이 나타난다. 새 문명
은 익명성 위에서 성장하는 것이 아니라, 저마다 개인성의 욕망
으로 들끓는 동색의 바다, 즉 익명화된 광장성 위에서 확대 재
생산된다. 그리고 문학은 바로 그러한 새 문명의 사회적 전략을
가장 잘 엄호해줄 지원화기로서 발탁되는 것이다. 다른 곳들보
다도 문학란이 특별 대접을 받는 것은 그 때문이다. 취미와 여
가를 다루는 곳에서 전문가들이 계획적으로 초빙되는 곳은 문
학란밖에 없다. 물론 전문가들은 어느 곳에나 있다. 그러나, 다
른 곳에서의 전문가들이 자신의, 혹은, 그 분야의 광고와 발전
을 위해 있다면, 문학란에 참여하는 전문가들은 통신망의 광고
와 발전을 위해 존재한다. 그러한 사정의 희한한 여파로서 한
가지 재미있는 일화를 소개한다면, 하이텔 문학관내의 '작가와
함께'란에 어느 사용자가 올린 글은 통신망에 작품을 올리는 작
가라면 당연히 통신을 할 줄 알아야 하는데 왜 "비통신 작가만
글을 올리는가" 하고 자못 분개를 했던 것이다. 그러나 실제로

작가는 그럴 이유가 없는 것이다. 통신망이 의도하는 것은 통신망만이 만들어낼 수 있는 새로운 문학도 아니고, 통신을 하는 작가들의 문학 모임도 아닌 문학 그 자체의 쓰임새이다. 낡은 시대의 절정에 속하는 문화가 그 자체로서 새 문명의 요람지인 이곳에서 얼마나 화해롭게 공존할 수 있는가를 보여주려는 것인 것이다. 이 통신망 특유의 자동적(조직적인, 그러나 무의식적인) 전략을 일종의 순수 목적으로 착각한 데서 위와 같은 해프닝이 발생한 것이다.

3. 컴퓨터 문학의 구조적 성격

그렇게 컴퓨터 문학은 실재하게 되었다. 하지만 문학 그 자체의 쓰임새를 통신망이 활용하고자 한다고 해서, 종래의 문학이 그대로 통신망 안에 재현된다고 생각한다면 오해이다. 통신망은 문학 활동에 대한 재래적 합의를 근본적으로 넘어선다. 가장 결정적인 차이는 문학 공간에의 참여에 대한 완전한 자유일 것이다. 통신망에 등록된 사용자라면 누구나 그곳에 자신의 시, 문학관, 작품평을 실을 수 있다. 신춘 문예나 문예지 추천을 받을 일도 없으며, 편집인의 눈에 들 필요도 없다. 문인과 비문인을 구분하는 기준은 실질적으로 폐기된다. 기성 문인들에게 가장 곤혹스러울 일은 그 때문에 자신의 작품에 대한 온갖 비평(찬사로부터 험담에까지 이르는)을 직접 보아야 하는 일일 것이다. 다른 곳에서라면 그럴 일은 없다. 작품이 싫으면 안 사면 그만이고, 독자들끼리의 험담도 독자들 사이에서만 수군대지기만 할 뿐이다. 작가에게 '직접' 작품을 두고 감 놓았는지 사과 놓았는지 따지는 사람은 공인된 전문 독자들인 비평가와 간혹 출판인의 눈에 띈 독후감들뿐이다. 간혹 독자로부터의 편지가 작가에게 발송되지 않는 것은 아니지만, 그 통화는 궁극적으로

사적인 것이다. 즉 작가 개인과 독자 개인의 은밀한 만남만이
일어나는 것이다. 그러나, 통신망에서는 모든 것이 공개화된다.
바로 거기에 컴퓨터 문학 특유의 성질이 있다. 본래 문학 행위
는 '사적인' 행위이다. 작가는 골방에 칩거해서 작품을 쓰며, 독
자는 이불을 끌어안고 읽는다. 글쓰기와 글읽기가 모두 그러하
며, 그 쓰기와 읽기를 매개하는 시장은 익명성의 공간이기 때문
에, 더욱 사적인 행위를 강화한다. 간혹 벌어지는 작가 사인회
나 강연, 혹은 '이 주일의 베스트 셀러' 같은 것은 문학이 아니
라 그것의 상업적·이념적 활용 같은 것이다. 그런데 그 문학의
원칙이 통신망에서는 폐기되는 것이다. 모든 글이 공개되고 모
든 의견이 교환된다. 작가는 '이것도 소설이냐'는 작품에 대한
항의를 자신이 직접 보아야 할 뿐만 아니라 그것이 모든 사람들
에게 읽힌다는 것을 목도해야 한다. 아마도 그는 인민 재판을
당하는 기분을 느낄 것이다. 문학 애호가는 누가 뭐라든 내 글
을 실을 권리가 있다. 물론 그도 재판대 앞에 설 각오를 해야
하지만, 다행스럽게도 그의 글에는 전문 작가에 대한 것과는 다
른 종류의 관심이 주어질 것이다. 문학에 문외한일수록, 어린
사람일수록 더 자유롭게 문학 공간에 참여할 수 있다. 동등한
자격으로. 문학이 본래 만인의 자유를 꿈꾸는 것이라면, 그 꿈
이 정말 실현되는 것이다. 아주 이상한 형식으로긴 하지만.
　이 이상한 형식의 민주주의에 나는 '문화의 **크메르루지즘**'이
라는 이름을 붙이고 싶은데, 그렇다고 해서 그것이 곧바로 문화
의 킬링 필드를 뜻하는 것은 아니다. 실제로 그것이 킬링 필드
를 만들어낼 가능성이 아주 없는 것은 아니다. 그 공간의 특이
한 익명성 때문이다. 모두가 독립된 개인이면서 모두의 신원이
감추어진다는 것, 그것은 자유를 최대 한도로 가능케 하면서 그
에 뒤따르는 책임을 면제해줄 수 있다. 사실 그것은 문학란뿐
아니라 통신망내 전영역에서 야기되는 문제이기도 하다. 연전에
통신중의 욕설에 충격을 받은 한 여중학생의 자살은 그것이 밖

으로 노출된 극단적 예에 속한다. 이러한 위험을 방지하기 위해 통신망 운영자들은 몇 가지 기준을 정하여 그 기준에서 벗어나는 사용자는 등록을 취소하는 조처를 취하고 있다. 문학란에서 문제가 되는 것은 여기서부터이다. 통신망의 기준은 이른바 ‘공공 질서’를 유지하는 최소한의 선에서 그칠 수밖에 없으며, 전문적인 사항에까지 적용될 수는 없는 것이다. 그럴 때 아주 이상한 결과가 나타난다. 한편으로 공공 질서에 위배되지 않는 한 수준에 관계없이 모든 글들이 문학란에 자유롭게 등재될 수 있다. 문학인과 아마추어의 구별은 사실상 존재할 수 없기 때문이다. 아테네 사람들은 모두 시민이라는 것과 같은 의미로, 통신망의 ‘문학란’에 참여한 모든 사용자는 문학인이 된다. 그러나 다른 한편으로 그곳은 문학 외적인 기준에 종속된다. 상스런 말, 욕설 등이 포함된 작품은 그것의 문학적 수준이 뛰어나다는 합의가 있을 때라도 게재될 수가 없다. 가령, 출판 당시 식자공들의 집단 작업 거부 사태를 일으켰던 제임스 조이스의 『더블린 사람들』을 예로 들어보자. 그것은 우여곡절을 겪었긴 하지만 출판되었다. 그리고 그 이후 그 작품에 들어 있는 말 못 할 욕설과 비어가 다시 문제를 일으킨 적은 없었다. 궁극적으로 독서는 개인의 선택의 문제로 귀속되기 때문이다. 그러나 그것이 통신망 위에 그대로 다시 올려진다고 생각해보자. 그것은 엄청난 물의를 야기할 것이다. 그곳은 사적인 장소가 아니라 공공의 장소이기 때문이다. 어린 아동도 임신한 여인도 퇴직한 교장 선생님도 모두 그 난에 들어갈 권리가 있기 때문이다.

  문제는 통신망 안의 문학은 본질적으로 문학적 기준에 의해 분별되기보다는 문학 외적인 기준에 의해 제약된다는 것이다. 더욱이 통신망도 하나의 산업 또는 권력이라는 것을 염두에 두어야 한다. 누구도 잘 살기 위해서 운동하는 것이라면, 통신망도 그 자신을 확대·발전시키기 위한 방향으로 움직이고 있다. 때문에 통신망 관리 기구는 공공 질서라는 원칙적 기준만을 제시하고 나머지는 자유 방임의 상태로 두는 것이 아니다. 그 안에는 관리 기구 자체의 자동적인 욕망의 법칙이 작동한다. 실제 통신망 속의 문학은 세 지점의 상호 작용을 통해 불쑥불쑥 자라난다. 한쪽에 개인주의 시대의 신화가(모든 개인의 자유를 실현하는 것, 통신망 속의 문학은 그 한 증거물로 제시될 것이다) 궁극의 알리바이로 놓인다. 다른 점에 시민의 일반 의지가 놓인다(공공 질서와 안녕이라는 이름으로 제시될 것이다). 그리고 보이지 않는 곳에 통신망 자체의 상업적·정치적 전략이 놓인다. 이 세 지점은 평등한 것 같지만 실질적으로는 가려진 곳의 힘에 의해 좌우될 가능성이 가장 크다. 흔히 거론되는 중세의 세 신분이 궁극적으로 신분간의 불평등을 은폐하고 왕권의 강화를 목적으로 한 왕의 이데올로기였던 것과 마찬가지로, 통신망의 세 개의 지점은 통신망의 확대·발전을 목표로 하는 통신 산업의 이데올로기 기제로 기능할 가능성이 높은 것이다. 가령, 통신망내의 문학란이 순수하게 통신망을 이용한 문학적 정보의 광범위하고 신속하며 자유로운 교환을 의도한다면, 그것이 무엇보다도 서둘러 할 일은 한국 문학에 관한 모든 정보들을 데이터 베이스화하는 일이다. 그것이 통신망의 드러난 목적에 부응하고 또 문학을 위해서도 바람직한 일인 것이며, 또한 통신망만이 할 수 있는 일이기 때문이다. 그러나 그것을 시도하는 한국의 통신망은 아직 없다. 있다면, 출판사 혹은 서점 주문 서비스만이 있으며 얼마 전에 시도된 최근 잡지 목록 제공도 출판사의 사정 때문에 포기된 상태다. 왜 그것이 시도조차 되고 있지 않은가 하면 그것에서 영리를 발견할 수 없기 때문이다. 이른바 최종 심급에서 작용하는 것은 문화 사업도 인류의 복지도 아니다. 그것은 통신망 자체의 확대 욕망이다. 전자의 둘이 활의 양끝을 이룬다면, 활시위에 해당하는 것은 후자이다.

  정말로 우리가 두려워해야 할 것은 그러한 킬링 필드이다. 만인의 자유를 보장함으로써 보이지 않는 기구의 통제에 만인을 묶어놓는 것 말이다.

 그러나, 그러한 가능성의 반대편에는 통신망만이 이룰 수 있는 정반대의 가능성도 가정해볼 수 있다. 실질적인 문학의 민주화를 이루는 것 말이다. 기존의 문학 제도가 갖고 있는 모든 편견과 권위에서 해방되어 가능한 한 폭넓고 공정하게 문학에 대해 사유하고 토론할 수 있도록 하는 것은 통신망의 특권이 될 수 있다. 그러한 민주화를 향한 운동은 80년대 초반 무크지, 장르 확산, 노래시·벽시 운동 등을 통해 뜨겁게 전개된 바 있다. 그러나 그것은 평범한 문인들을 양산한 채로 실패한 운동이었다. 그 운동의 담당자들은 그러한 문학의 민주주의를 가능케 해줄 물질적 토대를 찾지 못했기 때문이었다. 그래서, 일반적인 합의를 얻기보다는 각각의 동아리에서만 인정하는 작가·시인들이 평등하게 공적 문인으로서 대거 진출했던 것이다. 이제 그 움직임은 쇠퇴하고 대신 90년대의 문학은 한편으로 종래의 문학주의를 고수하면서 고독한 작업을 계속해나가는 소수의 작가들이 존재하면서, 다른 한편으로 거대 소비 문화 시대에 편승한 상업적 작가들이 양산되고 있다. 그 문학 산업을 휩쓸고 있는 것은 언론 권력의 등에 업혀 활개를 치고 있는 광고와 선전, 즉 상업적 아지·프로이다. 다시 말해 풍문들이다. 통신망은 무엇보다도 그 풍문을 실제로 바꿀 수 있는 장치이다. 그곳은 규모와 속도를 확보하고 있으며, 똑같은 발언권을 가진 성원으로서 존재하는 사용자는 문화의 수동적 수용자가 아니라 능동적 활동가가 될 수 있다(문학 외적인 분야에서이긴 하지만, GNU 프로젝트의 추이는 이러한 가능성에 대한 가장 의미심장한 참조틀이 될 것이다).

4. 컴퓨터 문학의 현황

아마도 천리안이나 하이텔이 기성 작가란과 아마추어란을 의도적으로 분리하고, 보다 적극적으로는 문학 자문위원 제도를 도입하고 있는 것은 문학적 기준을 어느 정도 도입하여 통신망 내의 문학적 수준의 질을 제고하려는 의도에 의한 것일 것이다. 그것은 특히 하이텔의 경우 실질적인 효과를 보고 있다고 할 수 있다. 한창 활동중인 젊은 평론가들을 자문위원으로 위촉함으로써 작가 선정과 '작품 비평'란에서 괄목할 만한 성과를 내고 있는 것이다.

그럼에도 불구하고 그러한 활동은 특정한 분야에만 국한되는 것이고 통신망 전반의 구조적 문제에까지 접근할 수가 없다. 문학 자문위원 제도란 재래의 문학적 기구가 통신망 속에 적용된 결과라고 보아야 할 것이다. 그것은 재래적인 위계 질서가 그대로 통신망 안에 도입되었다는 것을 의미하며, 때문에 통신망 자체의 평등적 속성과 근본적인 모순 관계에 놓이지 않을 수 없다는 것을 말한다. 그래서 그 모순이 은폐된 채로 그 위계 질서를 강화할 때 예기치 않게 자신의 문학관만을 강제로 주입시키려는 새로운 형태의 문학 교사를 만들어내거나 아니면 스스로 자기 문학의 질을 애호가들의 수준으로 낮추는 한담객들을 만들어낼 수도 있다. 실제로 지금까지 통신망에 연재된 작품들은 작가들 본래의 수준에 못 미치는 경우가 많았다. 뛰어난 SF소설에 속하는 복거일의 『파란 달 아래』가 그래도 그 수준 하강을 의도적이고 의식적으로 시도한 경우이고, 천리안에서 연재중인 신상성의 『가슴 찡한 이야기』가 고백의 진솔성에 의해서 최소한의 품격을 유지하고 있을 뿐이다.

다행히도 현재의 자문위원들이 문학의 의미에 대한 성찰을 지속적으로 제공하면서 계몽의 욕망을 과다하게 노출하지도 않고 말 그대로 자문의 한계에 머물러 활동을 하고 있기 때문에 현재의 컴퓨터 문학은 비교적 활발하고 발전적으로 전개되고 있다고 할 수 있다. 하지만, 그것이 컴퓨터 문학의 전체를 포괄할 수 없다는 것은 앞에서 말한 그대로다.

실제의 적극적 가능성은 통신망을 통해 문학 활동을 하는 사용자 그 자신들에게 남겨진다. 사용자들에게는, 말한 대로 문학 참여자로서의 대단한 자유가 부여되고 있다. 자유란 누가 뭐래도 좋은 것이다. 그들에게는 기존 문학 제도가 쌓아놓은 권위와 편견에 가로막힘 없이 문학의 문이 활짝 열려 있는 것이다. 하지만, 아쉽게도 현재의 사용자 문학란, 특히 '작품란'은 감상과 흥미와 상식이 주조를 이루고 있다. 그것들은 서점에 광범위하게 널려 있는 감상시들 그리고 무협지들과 동질적이다. 다시 말해, 그곳에 실리는 작품들은 상당 부분 재래의 다른 공간에서 전개되고 있는 문학 애호가들의 활동과 다르지 않으며(그것은 최근에 종이책으로까지 출판된 인기 작품들에 대해서도 똑같이 적용될 수 있는 말이다), 다만 통신망이 허용하고 있는 규모와 자유에 의해서 그것들이 대량으로 쏟아지고 있다는 것이다. 그것은 현재의 컴퓨터 문학이 아직 그 자신의 존재론적 조건에 대한 의식적 성찰을 못 하는 채로, 그것의 욕망을 수동적으로 방출하고 있다는 것을 의미한다. 그것은 문학의 본질에 대해 문의를 하는 것도 아니며, 문학의 현대적 존재론에 대해 성찰을 하고 있는 것도 아니며, 문학과 컴퓨터의 관계를 심각하게 캐는 것도 아니다. 또 하나 특징적인 것은 작품을 올리는 사람은 많지만, 기성 작가의 글에 대한 논의를 제외한다면, 사용자들의 작품에 대한, 감상적 수준을 넘어선, 상호 토론은 아주 드물다는 것이다. 좀 더 정확하게 말해, 느낌의 교환은 많으나 분석적 논의는 적다.

왜 그럴까? 통신망 문학란의 비전문적 성격 때문에 불가피한 일일까? 혹은, 아직 통신망 문학란이 유년기에 속하기 때문일까? 어쩌면 이것은 아주 심각한 성찰을 요구하는 문제인지도 모른다. 다시 말해 그것은 구조적인 원인에 의한 것일 수도 있다. 통신망 특유의 익명적 광장성(혹은 광장적 익명성)이 개인을 없애는 것이 아니라 은폐한다는 것은 이미 말한 바와 같다. 그런데, 그 개인이 은폐되는 방식은 그 광장 안의 현존을 통해서이다. 광장 안에 실존할 때만 은폐될 수 있다는 말이다. 그곳에 존재해 있지 않으면 그 사용자는 이미 통신망 외부에 위치하게 되고, 따라서 은폐될 가능성도, 까닭도 사라져버린다. 바로 이러한 현존성은 은폐가 본래 내포하고 있던 고유한 성질, 즉 여백과 깊이를 불가능하게 만든다. 혼자만의 공간에 칩거해 깊이 생각해볼 여유를 갖지 못하는 것이다(이것은 컴퓨터 게임에도 똑같이 적용될 수 있다. 얼핏 생각하기에 컴퓨터 게임은 게임 행위자를 사회로부터 고립시키는 것처럼 보인다. 그러나, 주목해야 할 것은 게임의 방식과 목표, 그리고 힌트는 이미 주어져 있으며, 게임 행위자는 그것의 규약에 완벽히 예속되어 있다는 것이다. 그리고 게임이란 단순히 놀이가 아니라 사회의 특이한 모의인 것이다. DOOM류의 폭력적 아케이드, 프린세스 메이커나 심시티 등의 구성 게임, 삼국지류의 시뮬레이션이 인기를 끄는 것은 그것들이 사회적 의미로 포화되어 있기 때문이다. 그 모형 사회 앞에 게임 행위자는 끊임없이 호출당한다. 그 호출을 거부한다면, 혹은 게임의 규칙을 바꾸려면, 그는 게임에서 지거나 그것을 포기해야 한다). 바로 그것이 통신망 안의 문학 논의를 느낌 표출과 소란의 수준에 머물게 하면서 분석과 성찰의 영역을 제한하는 근본적인 원인일 수도 있다.

이러한 진술이 일말의 타당성을 갖고 있다면, 그것은 새 문명이 고전적 문화와는 달리 안과 밖의 넘나듦을 구조적으로 통제한다는 것을 뜻한다. 고전적인 문화 행위에서 그 넘나듦이 비교적 자유로웠다면, 그것은 문화 구성분들 각각의 변별성이 허용되었기 때문이다. 그러나, 통신망 혹은 컴퓨터 공간에서는 안팎의 구도보다는 단절의 구도가 더 두드러진다. 즉, 그 안과 밖에 위치하는 게 아니라, 그것으로부터 소외되거나 몰입해야 한다는 것이다. 때문에, 그 단절의 장벽을 넘어서기 위해서는, 새 문명의 '사용자'는 어느 때보다도 더 의식적으로 반-사용자가 되기를 시도할 필요가 있을 것이다. 통신망 문학을 포함한 컴퓨터 문화 전반에 대한 '밖으로부터의 성찰'이 하나의 의식적 기획으로서 제시되어야 한다는 것이다. 그것은 고전적 문화의 본성으로 새 문명을 다시 재구성해본다는 것을 뜻한다. 새 문명이 낡은 문화를 포섭한 것이 통신망 문학의 발생학이라면, 그렇게 포섭당한 낡은 문화가 새 문명의 틈새들로 작용하는 것으로부터 통신망 문학의 존재론이 출발해야 한다는 것이다. 물론 그 존재론의 범위와 가능성은 새 문명이 마련해준 존재적 조건하에서만 가능하다. 그 특유의 익명적 광장성을 문학은 통신망내에서 도저히 벗어날 수 없으며, 단지 그것을 뱀처럼 휘감으며 나아갈 수만 있을 뿐인 것이다.

여기에서, 통신망 속의 문학이 그 어느 공간의 문학보다도 민주적 성격을 가지고 있다는 것을 다시 한번 강조해야겠다. 남자는 여자 하기 나름이라지만, 이 말처럼 오늘의 컴퓨터 문학에 적절한 격언도 없다. 그 '하기 나름'을 가능케 하는 자유를 컴퓨터 문학 참여자들은 확보하고 있기 때문이다. 그렇다고 해서 그 자유에 뒤따르는 책임을 가져야 한다는 얘기가 아니다. 문제가 되는 것은 그 자유의 뒤에서 알게 모르게 움직이고 있는 자동적 통제 장치의 조절끈이다. 당신에게 주어진 자유가 실제의 자유가 아니라, 자유의 알리바이라면? 당신이 한때의 애상을 과시하고 순간의 흥미를 맛보기 위해 통신망을 이용하는 그만큼 그것의 그물은 더욱 질겨지고 촘촘해진다면? 컴퓨터 문학의 사용자들이 근본적으로 제기해야 하는 물음은 그런 물음이다. 새로운 문명(컴퓨터)과 낡은 문화(문학)는, 구조적으로 불일치함에도 불구하고, 왜 만나는가? 어떻게 만날 때 그것은 바람직한 만남이 될 수 있는가? 그것은 새 문명 사회에 어떤 양상으로 드러날 것이고 어떤 역할을 할 수 있는가? 문학에 대한 문이 사용자들에게 활짝 열려 있는 것처럼, 그러한 근원적 문제에 대한 물음도 사용자들에게 활짝 열려 있다. 자유에 뒤따르는 책임이 중요한 것이 아니라 자유의 조건에 대한 성찰이 중요한 것이다. 그 성찰이 끈질기게 지속될 때 그것은 사용자의 자유를 정말 자유케 할 것이다.

사랑과 권력

김 주 연

1

열세 살짜리 애인 소피가 죽자 노발리스는 그녀의 무덤에 엎드려 밤을 새웠다. 며칠 밤이나 그렇게 지냈는지 알려진 기록은 없으나, 무덤가에서 죽은 소피의 환영을 본 것으로 문학사에는 나타나 있다. 노발리스는 그 환영을 보기 위해 매일 밤을 기다렸고 마침내 그 환영을 가져다주는 밤이 얼마나 고마웠던지 장시 「밤의 찬가」까지 썼다. 「밤의 찬가」는 빛이 낮만을 주관하는 것이 아니라 밤까지 지배하고 있음을 보여주는데, 밤의 빛은 낮의 그것과 달리 신비하기 짝이 없는 것으로 묘사된다. 밤은 어둠이라는 일상의 상식이 적어도 노발리스에게서는 거부된다. 그럴 것이, 낮에 볼 수 없는 소피의 모습을 밤에는 볼 수 있지 않은가. 소피에 대한 노발리스의 탐닉이 어느 정도였는지, 「밤의 찬가」에서 그녀는 심지어 예수에 비유될 정도이다. 소피는 그의 사랑일 뿐 아니라 거룩과 경건이며 생명의 근원, 급기야 신성의 경지가 되는 것이다.

이성간의 사랑도 이러한 수준에 이르면 정말이지 경건한 감마저 준다. 그보다 조금 앞선 시기의 일로서, 사랑의 위대함을 보여준 『젊은 베르테르의 슬픔』은 어떤가. 괴테의 소설인 이 작품에서 주인공 베르테르는 약혼한 남자가 있는 샬롯테라는 여성을 사랑한 나머지 스스로 권총 자살을 감행한다. 사랑을 위해서 목숨까지 버린다는 내용은 그뒤 많은 문학 작품들이 즐겨 다루는 내용이 되었지만, 노란 조끼를 입고 샬롯테에게 저돌적으로 달려들었던 베르테르의 사랑은 지금도 여전히 정열적인 연애의 한 모델처럼 자주 인용된다. 오죽하면 그 당시에도 젊은 이들 사이에 노란 조끼가 유행하지 않았다던가. 사랑의 힘은 이토록 놀랍다. 눈먼 소녀를 데려다 길렀으나 그녀가 성장한 다음 이성으로서의 사랑을 느끼게 되는 목사를 그린 앙드레 지드의 『전원교향악』의 경우를 보아도 참으로 남녀의 사랑이란 신비한 데가 있는 모양이다. 그렇기 때문에 거의 모든 문학 작품은 사랑을 다루고 있는 '사랑의 문학'이라고 할 만하다. 목사와의 사랑으로 딸을 낳았으나 그 아이의 아버지를 끝끝내 밝히지 않고 사회를 등지고 살아가는 헤스터 프린의 이야기 『주홍글씨』는, 사랑이 온갖 조건을 넘어서는 험로 위에 서 있음을 보여준다.

　사랑의 무서운 힘은, 가령, 헤세의 『청춘은 아름다워라』와 같은 소설에서는 한 소녀를 사랑하는 청년의 마음속에 두려움이라는 감정으로 전형화되기도 한다. 예컨대 소녀에게 사랑의 고백을 오랫동안 주저해온 청년이 마침내 그것을 고백하고자 했을 때, 청년은 "아무 말도 하지 말아요"라는 소녀의 말을 듣고 낙망한다. 이 낙망은 그러나 청년과 소녀의 마음속에 숨어 있는 사랑의 반영 아니겠는가. 사랑은 환희일 뿐만 아니라 주체할 길 없는 정열, 무절제한 환상, 동정과 연민, 희생과 인내, 두려움 등등 여러 가지의 인간 감정을 유발시키고 그것들을 서로 얽매이게 한다. 최근 우리 문단의 관심을 끌고 있는 젊은 여성 작가 신경숙의 연애소설들을 보라. 사랑의 기쁨은 그 기쁨을 향한 동경으로만 나타날 뿐, 실재하는 것은 차라리 사랑으로부터의 소외, 사랑의 결핍과 같은 깊은 슬픔뿐이다. 아, 사랑은 어쩌면 인간 실존의 나약한 모습과 그 한계를 드러내주는 운명의 뜨거운 이마인가.

　결국 문학은 사랑이다, 라는 명제는 진실에 가까우리라. 물론 이 경우 그 사랑은 이성간의 사랑이다. 상대방을 그리워하고, 만나고, 성적 접촉을 하고, 소유하고자 하는 사랑. 그러나 그 실재의 존재 양태는 이러한 욕망의 눈금 어느 곳쯤 위치해 있는 지, 수없이 다양하게 마련이다. 충족의 형태로 나타나는가 하면 결핍과 부재의 형태로도 나타난다. 그러나 사랑은 이성간의 사랑만은 아니다. 동성 사이의 우정도 사랑의 한 표현일 수 있겠고, 부모와 자식, 형제간의 사랑도 있다. 또한 같은 목적을 향해 나아가는 동지애도 있는가 하면 같은 의식에 뿌리를 둔 원초적인 집단애도 있다. 이를테면 민족애·조국애와 같은 것들이다. 이 가운데 특히 자식에 대한 부모의 사랑으로 그려지는 모성애 혹은 부성애와 같은 사랑은 인간들끼리의 사랑이면서도 사뭇 희생적인 측면을 지니고 있는 특이한 사랑의 범주라고 할 수 있다.

　인간들끼리의 사랑의 가장 전형적인 범주가 이성간의 사랑이라면, 그 특징은 우선 사랑의 주체, 자신의 욕망이 충족되기를 지향한다는 점일 것이다. 그것은 자아 실현 혹은 자기 수행의 측면을 갖고 있다. 물론 연인들끼리의 사랑이나 부부애에 상대방을 향한 헌신적인 측면이 있는 것은 사실이지만, 연인 혹은 부부 사이 사랑 성립은 성적 욕망을 포함한 욕망 충족의 전제와 동행한다. 말하자면 인간의 사랑은 희생과 헌신이라는 면에서 한계를 지니는데, 어떤 경우 그 희생과 헌신의 실현이 이루어지기도 한다는 것이다. 여기에 인간 사랑의 다양하면서도 복합적인 본질이 숨어 있다. 사랑은, 이렇게 볼 때 인간의 총체성을 드러내주는 전형적인 감정이며 그 총체성 그리기를 운명으로 하는 문학에 있어서 사랑이 전면에 떠오르는 것은 매우 당연하고도 자연스러운 일일 것이다. 그러므로 사랑의 다양성 혹은 양면성은 예컨대 이렇게 달리 표현된다.

사랑은 언제나
벼락처럼 왔다가
정전처럼 끊어지고
갑작스런 배고픔으로
찾아오는 이별

사내의 눈물 한 방울
망막의 막막대해로 삼켜지고
돌아서면 그뿐
사내들은 물결처럼 흘러가지만

허연 외로움의 뇌수 흘리며
잊으려고 잊으려고 여자들은
바람을 향해 돌아서지만,

땅거미질 무렵
길고 긴 울음 끝에
공복의 술 몇 잔,
불현듯 낄낄거리며 떠오르는 사랑,
그리움의 아수라장.

흐르는 별 아래
이 도회의 더러운 지붕 위에서,
여자들과 사내들은
서로의 무덤을 베고 누워
내일이면 후줄근해질 과거를
열심히 빨아 널고 있습니다.　──최승자, 「여자들과 사내들」

강변에 서면

물결 한 점 내게 눈 주면
쭈그린 무릎 사이의 우리집 슬픔도 물결 속에서 아름다웠네

그 좁은 틈새기로
나는 왜 지금도 빠져들고 싶은가
마주치면 왜 눕고 싶은가
사람과 사람 사이 물결과 물결 사이
무수한 인연의 사이사이를 뚫고
숨어 있는 마을로 가는 길 그 길은
너무 멀고 껌껌해
미금 지나 대성리 골짜기의 가을 속에
불그스레 누워 있는 얼굴
섣불리 명명할 수는 없지만
저 붉은 기운에 문지르면 금방 사라질 것 같아
헤매는 상처들을 불러모으고 싶네
돌아오는 길 배추밭에 모여
어린아이 공을 차던 풍경이 오래도록 따라오는 밤
버스에 후줄근한 욕망 떼어내고 내려오니
이 세상 징검다리 건너는 일 수수하구나
수수한 그 눈빛의 광채로
길 하나 내고 싶다 따뜻한
마을로 가는 길을   ──박라연, 「숨은 마을을 찾아서」

    앞의 시는 남녀간의 사랑을 말하고 있으나, 그 톤은 지극히
부정적이다. 사랑은 벼락처럼 왔다가 정전처럼 끊어지는 것. 그
런가 하면 이별의 갑작스러운 배고픔으로 찾아든다. 요컨대 사
랑의 모습은 파행과 결핍·부재로 묘사된다. 사랑을 보는 눈이
이토록 비극적인 것은, 남자들의 배신이 항상 원인으로 작용하
지만, 그것은 더 나아가 모든 인간적인 사랑이 필경은 허위일
수밖에 없다는 비극적인 세계 인식과 결부된다. 이러한 인식은
인간 감정의 이기성과, 소유욕을 본질로 하는 인간성에 대한 절

346

망의 결과이다. 다른 한편 시인은 그것을 직접적으로 개선하는
자가 아니라는 인식이 전제된다. 시인 역시 그러한 한계인이기
때문이다. 그러나 「숨은 마을을 찾아서」에서 시인은 "물결 한
점 내게 눈 주면" 슬픔도 아름다워 보이는 긍정적인 세계 인식
을 보여준다. 이 시에는 사랑이 결핍이나 피해 의식의 범주에서
파악되지 않고, 시인 스스로 "헤매는 상처들을 불러모으고 싶"
다는 자기 헌신의 범주에서 수용된다. 그리하여 사랑은 욕망을
넘는 따뜻한 의지로 나아간다.

2

　문학은 사랑을 그리면서 사랑을 지향한다. 적어도 그렇다고
생각함으로써 문학은 독특한 자부심을 느낀다. 나 역시 그런 생
각과 더불어 삼십 년 가까운 세월을 문학평론이라는 일에 종사
해왔다. 그렇기 때문에 나를 포함한 거의 모든 문학인은, 문학
이야말로 인간을 사랑하는, 아니 나아가 이 세계와 모든 사물을
사랑하는 가장 보람된 분야라고 막연하게나마 굳게 믿고 있다.
왜 언필칭 말하지 않는가, 인간에 대한 뜨거운 사랑 때문에 문
학을 하지 않을 수 없었노라고. 문학을 처음 시작하는 신인들의
각오 속에서도, 반세기 문학 생활을 돌아보는 원로들의 회고담
속에서도 그러한 고백은 비교적 쉽게 나온다. 문학이 인간을 사
랑하기 때문에 문학을 사랑한다는 것이다. 그러나 사실상 박라
연의 「숨은 마을을 찾아서」가 보여주는 것과 같은 사랑의 세계
가 과연 우리 문학에 얼마나 구현되고 있는가. 삼십 년에 가까
워진 지금, 문득 나는 이 사실에 전율을 동반한 회의를 느끼게
된다. 우리 문학이, 말의 가장 아름다운 의미에서의 사랑을 실
천하고 있는가. 이 세계와 사물, 타인의 아픔을 쓰다듬고 아우
르는 사랑의 사명을 수행하고 있는가? 그렇기는커녕 오히려 자

신의 아픔을 호소하고 과장하는 일에 매달려온 것은 아닌지?
희생과 헌신의 사랑이라고 하더라도 그 표현 양태는 물론 일정
하지 않다. 아주 소박한 단계에서부터 전문화·제도화된 터널을
통해서야 올바로 이루어질 수 있는 형태에 이르기까지 여러 가
지일 수밖에 없다. 가령 걸인에 대한 사랑이 허구한 날 거리에
서의 동정 표시로 시종할 수는 없는 것과 같은 이치이다. 그 사
랑이 지속적인 것이 되기 위해서는 사회 복지 제도를 제대로 갖
춘 국가와 정부를 세우고 지켜나가야 할 것이다.

　문학에서의 세계 사랑, 인간 사랑도 마찬가지의 논리 위에 있
다. 그 사랑은 박라연에게서처럼 순연하고 소박한 묘사를 통해
얻어지기도 하지만, 때론 자기를 부수고 학대하는, 얼핏 보아
사랑과는 먼 거리에 있는 행태 묘사를 통해 접근되기도 한다.
이 세계가 온갖 불의와 폭력에 의해서 지배되고 있다고 판단될
때 작가의 소박성은 자칫 허위의 그림자를 만지는 것일 수 있
다. 타락한 세계를 타락한 언어 그대로 묘사한다는 것은 허위라
고 갈파한 이가 골드만이었던가. 정직한 리얼리즘이 오히려 부
정직으로 함몰될 위험이 여기에 있다. 80년을 전후해서 젊은
시인 황지우나 이성복이 격렬한 파괴적 몸짓과 조소·야유·풍
자로 현실과 몸싸움을 벌였던 일을 나는 '자학'이라는 말로 밀
어낼 수 없는 것이다. 사랑 때문에 일어나는 무서운 연인들간의
싸움, 혹은 부부 싸움의 현장을 이와 관련해서 연상해도 좋을
것이다. 물론 그 모든 것을 감싸안는, 더 높은 경지의 사랑이
있다면, 그 오죽 좋으랴만. 그러나 연인들간의 싸움이 더욱 돈
독한 사랑으로 되돌아와야 하듯, 문학에서의 모든 자학적·파괴
적 몸짓도 필경은 세계 사랑, 인간 사랑으로 나아가야 한다. 그
러나 사랑과 파괴 사이의 아슬아슬한 벼랑을 타는 작품들도 의
외로 많다. 역시 시에서 읽어보자.

　　타인이다 하지만

그들을 과연 남이라 할 수 있는가
바로 우리가 그들을 낳아서
길러오지 않았는가
지금도 함께 살고 있지 않은가
잘디잔 사랑 틈나는 대로 끊어버리고
따스한 기대도 모두 털어버리고
아득한 희망이나 말없이 간직해야만
그들은 비로소 남이 아니다
마음속의 이웃일 수도 있다
그리고 희망마저 버린다면 그들은
바로 우리다　　　　　　　　　　——김광규,「타인과 나」

나와 섹스하기 전에는
그녀는 다만
하나의 꽃에 지나지 않았다

나와 섹스를 하고 난 후
그녀는 더 이상 꽃인 체하지 않는
利子가 되었다

내가 그녀와 섹스를 한 것처럼
세일즈맨이든 경찰이든 꽃이든 망치든 컴퓨터든
무엇이든 내게 와서
나의 떨리는 가슴에 온몸을 비벼다오
그와 한몸이 되어
나도 그로부터 자유로운 利子가 되고 싶다

우리들은 모두
한 송이의 利子가 되고 싶다
나는 너의 利子가 되고 싶고
너는 나의 利子가 되고 싶다

우리들은 서로에게
꽃보다 아름다운 利子가 되고 싶다
　　　　　　　　　　　——장경린,「김춘수의 꽃」

　장경린의 시는 이성간의 사랑의 핵심인 섹스를 노골적으로
거론한다. 섹스가 매개되지 않은 이성간의 사랑은 없으므로, 섹
스를 하고 난 다음 비로소 사랑하는 관계에 깊숙이 진입한다고
할 수 있을 것이다. 그런데 이 시에서 그 깊숙한 관계는, 시인
에게 그녀가 이자(利子)가 되었다는, 다소 엉뚱한 인식으로 나
타난다. '이자'란 여러 가지 각도에서 해석될 수 있겠으나, 우리
의 논의에서 그것은 생활의 현장일 수 있겠고, 시인에 대한 새
로운 부담일 수도 있다. 혹은 그 모든 것의 즐거운 증가일 수도
있다. 그렇다면 사랑은 이 세계와의 즐거운 촉매제일 수 있는
것. 이성간의 사랑이 세계와의 만남을 구체적으로 증진시키는
힘이 된다. 부담과 힘——이 양면적 경지를 장경린의 사랑은 걸
어간다. 김광규의 사랑은「타인과 나」에서 이러한 경지를 보다
선명하게 밝혀준다. 아마도 자녀를 향한 부모의 사랑을 말하고
있는 듯한 이 시에서 시인은 자식이 과연 타인일 수 있는가 하
는, 그 기로를 파고든다. 자식이 타인으로 느껴지면서 그들에
대한 사랑을 끊는다. 이때 그 사랑은 물론 집착과 소유로서의
사랑일 것이다. 그러나 부모는 그것이 불가능한 현실임을 깨닫
는다. 이 깨달음이 이루어지는 순간 진정한 사랑을 얻는 과정은
매우 시사적이다.
　사랑의 가장 고귀한, 이상적인 형태는 물론 하나님, 즉 신의
사랑이다. 신의 사랑은 신과 인간 사이의 쌍방적인 것이라기보
다 일방적인 것. 인간에게 생명을 주며, 죄악에 빠진 인간들을
구원하여 영생을 베푼다. 이성간의 성적인 사랑을 포함한 인간
들의 사랑이 근본적으로 주고받는 원리 위에 서 있는 쌍방적·
공리적인 것이라면, 신의 사랑은 이것을 뛰어넘는 엄청난 은혜

350

이며 축복이라고 할 수 있다. 그 사랑은 이 세계 창조, 인간 창조의 힘이기도 하다. 인간들은 신의 사랑을 찬양하면서 그 아름다움에 감복한 나머지 그 사랑을 흉내내보고자 하는 갸륵한 성정을 지니고 있다. 그렇게만 할 수 있다면 오죽 좋으랴.

그 갸륵한 뜻을 품은 자들 가운데 한 부류가 문학인들이다. 문학인들은 신의 사랑을 흉내내고 싶어한다. 이성간의 사랑뿐 아니라, 자기 희생을 바탕으로 한 헌신적인 사랑도 문학의 몫이라고 생각하는 것이다. 이러한 사랑을 저해하는 것이 있다면, 문학은 그 세력과 끊임없이 싸워나감으로써 독특한 자부심을 느낀다. 그 자부심은 바로 문학의 가치이며, 존재하는 의미이기까지 하다. 비인간적인 샤머니즘 및 샤머니즘적 사고 방식의 지양, 세계의 폭력화에 대한 저항, 아름다움의 발견을 통한 인간적 위엄의 고양 등을 공공연하게 표방하면서 문학비평을 해온 나로서는, 이 모든 것이 신의 사랑을 흉내내보고자 하는 일에 다름아니었음을 인정하지 않을 수 없다. 그러나 70년대까지만 하더라도 나는 그러한 일이 신의 사랑과 어떠한 관계에 있는 것인지 거의 무지하였고, 또 그것에 대해 진지하게 알려고 하지도 않았다. 그렇기는커녕 그것은 문학의 독점적인 권리이며 능력이라고 생각했었다. 말하자면 구원의 사랑, 베푸는 사랑마저 독점하겠다는, 또 독점할 수 있다는 무지한 교만이었다. 그것은 애당초 사랑 자체가 아니었으니…… 이 거대한 모순을 어찌할 것인가. 그것은 인간에 대한 사랑 아닌 인간을 깔보는 짓이었고, 다른 부분에 대한 존경과 탐구 아닌 경멸과 자폐(自閉)였던 것이다. 문학 실존의 이 오만함이라니!

3

사랑을 본질로 하는 문학은, 그러나 그것이 제도화되어가면서 그 본질을 잃어가거나, 거기에 역행하는 경우를 발견하게 된다. 마치 인간의 자유와 권익을 지켜준다는, 넓은 의미의 사랑의 실현체라고도 할 수 있는 국가와 정부가 때로 인간 자체를 억압하듯이. 선의와 그 실천, 이념과 실현 혹은 제도가 서로 어긋나듯이, 사랑이라는 숭고한 문학의 뜻이 현실에서 오히려 하나의 제도가 되고, 급기야 권력으로까지 변질되는 경우는 없는가? 오랫동안 문학 주변을 서성거려온 인생이라면, 적어도 한번쯤 만나게 되는 회의일 것이다. 나 역시 그러하다.

문학은 사랑을 앞세우는, 또 하나의 은폐된 권력이 아닌가?

이러한 자문 앞에서 최근 나는 별로 자유롭지 못하다. 사랑을 추구하고 사랑을 본질로 하는 문학이 오히려 사랑을 외면하고, 그것을 이념화하면서 스스로 권력의 길을 구축하고 있는 것은 아닌지, 심각한 회의에 빠지는 경험을 종종 하게 되는 것이다. 사랑을 빨아먹으면서 그것을 제도화·이념화하는 행태는 '문학'이라는 분야가 성립된 이후의 현실일 것이다. 그 행태는 문학이 문단화되면서부터 비롯된다. 대체 문단이란 무엇인가. 사람은, 그가 비록 작가나 예술가라 하더라도 혼자 살지는 못한다. 그렇다고 하면, 같은 길을 걷는 작가들이 모여 하나의 사회를 형성하는 것은 매우 자연스러운 일이 아닐 수 없다. 그러나 그 사회가 적어도 작가 사회라면, 작가들이 모인 사회라야 할 것이다. 이 말은, 그 사회를 지배하는 정신과 원리가 언제나 작가, 즉 문학의 그것이어야 한다는 점을 강조하는 말이다. 문학의 정신과 원리는 사랑의 그것이며, 그것은 모든 인간과 사물, 세계를 총체적·전면적으로 껴안는 것이다. 그러므로 작가 사회, 즉 문단은 항상 열려 있어야 하며, 작가 개개인의 모습은 다양하되, 지향하는 바는 하나여야 할 것이다. 그런데 바로 여기에서 문제가 생겨난다. 무엇보다 먼저 지적되어야 할 점은, 작가 사회가 작가 아닌 많은 사람들이 뒤섞여 이루어지고 있으며, 그 결과 작가 사회를 지배하는 정신은 문학 정신 아닌 이상한 요소들이 되고 있다는 사실이다. 사랑과 자유의 정신 대신, 허명을 얻어 자신의 이권과 결부시키려는 정상배 비슷한 자들이 끼여드는 일은, 이미 오래된 행태이다. 이런 부류들과 더불어 작가 사회, 즉 문단이 형성됨으로써, 문단은 열린 정신들의 모임 마당 아닌 갈등과 알력, 지배와 피지배의 그릇된 권력 연습장이 되어 왔음을 부인하기 힘들다.

　문학은 글읽기이며 글쓰기다. 씌어진 글은 발표되게 마련이므로, 문학은 현실적으로 문학 저널리즘이다. 잡지를 통해 글을 발표하고, 그것을 단행본으로 묶어내는 일은, 문학 행위의 실체라고 할 수 있다. 따라서 작가는 발표를 위해서 노력하고, 지면 획득은 작가가 거부할 수 없는 일상 행위의 중심에 놓인다. 이 과정에서 작가들은 누구의 간섭도 받지 않는 자기만의 지면 갖기를 희망하게 되고, 행운이 따를 경우 동인지 내지 비슷한 지면을 확보한다. 이때 지면들 사이의 선의의 경쟁은 아름다울 수 있다. 그러나 현실은 그렇지 못한 것이 우리의 현실이다. 서로 다른 지면들끼리 헐뜯고 욕함으로써, 열린 정신은커녕 스스로를 꽁꽁 닫고 결과적으로 분열된 양상을 보인다. 분열과 싸움은, 권력의 속성을 드러내는 가장 전형적인 연장이다. 그것은 자신과 다른 것을 용납하지 않겠다는 지배의 욕망이며, 자신의 의를 고집하는 교만의 욕망이며, 자신의 진리라고까지 믿는 독신(瀆神) 행위이다. 참다운 작가와 문학은 항상 겸손한 자세로 진리를 추구하지만, 헛된 명예만을 중시하는 작가는 자신의 말과 글을 진리로 주장하면서, 자신과 다른 모든 것을 무시하고 억압한다. 이렇게 되면 그것은 이미 문학 아닌 권력이다. 실제로 우리 주변에서 이 같은 풍경은 매일같이 일어나고 있지 않은가. 나 역시 고집과 억압이라는 권력의 맛을 조미료 즐기듯 살금살금 즐기고 있는지 모른다. 아니, 확실히 즐기고 있을 것이다. 멀리 떨어진, 얼굴도 모르는 그의 제자 푸코를 통해 소문이 날 만큼 난, 니체의 이른바 지식과 권력과의 관계라는 것이 바로 이런 것 아니겠는가. 니체는 문학 예술 자체를 권력 의지의 한 양상으로 보았으나, 그것은 문학 예술 안에서 온갖 서로 다른 요소들이 순치되고 있다는 사실을 의미하는 것이었다.

　종교학자 정진홍 교수도 어느 글에서 개탄한 일이 있지만, 많은 책을 써서 찍어내는 일이야말로 아마 권력욕의 한 표현일는지 모른다. 비슷한 맥락에서인지는 모르겠으나 젊은 평론가 이남호 교수 역시 50권 이상의 저서를 갖고 있는 어떤 분을 말하면서, 그런 분은 신뢰할 수 없다고 고백하였다. 인간 사랑이라는 진리의 도정이 그처럼 가볍고 손쉬울 수 없다는 생각일 것이다. 그와 같은 저술 물량주의가 결국은 권력을 향한 끝없는 갈망의 일환이라는 점이 그의 의도인지 모르겠다. "돈도 권력도 없는 우리가 무엇을 남기겠는가. 명예라도 남기도 싶은 것이 내 솔직한 마음이다"라고 내게 그 심경을 토로했던, 한 유능했던 평론가의 말이 이 순간 생각난다. 그의 고백은, 아마도 문학을 하는 우리 모두의 고백이 될 수 있을지 모른다. 그러나 그 논리의 끝에 이를 때, 우리는 당황하고 전율할 수밖에 없다. 우리가 그처럼 고민하고 노력했던, 그 획득을 위하여 애썼던 지식이, 진리 아닌 권력의 변형이었다는 사실을 감출 길 없이 만나게 되기 때문이다. 사실 인간의 지적 호기심, 지식은 문학의 원초적 에네르기 아닌가. 글을 쓰고, 읽고, 비판하는 이 모든 지식 활동은 문학 행위 그 자체라고 할 수 있으며, 거의 모든 문학인은 이러한 활동이 인간을 위해 공헌한다고 믿고 있다. 그런데 이 같은 일이 진리와 무관한 것이라면? 창세기는 인간이 낙원을 잃고 죄 속을 방황하게 된 이유가 바로 이 지적 호기심 때문임을 지적하고 있다. 이 지적이 만일 진리라면 인간의 지적 활동은 낙원 상실의 저주마저 감수하는, 무서운 모반일지도 모른다. 아, 더 이상 진전하지 말기로 하자. 오늘 우리 앞에 현실로 분명하게 떠오른 것은, 사랑을 먹고 살아가는 문학이 이념화·제도화의 메커니즘 속에서 사랑 대신 권력화의 조짐을 보이고 있다는 엄연한 현실이다. 오늘 우리의 문학 작품에 사랑, 그것도 헌신적인 사랑이 과연 얼마나 나타나고 있는가. 작가는 사랑의 실천이 그 자신의 문학 행위라고 얼마나 자신할 수 있는가. 지면 대 지면의 투쟁, 각종 대회나 시상 행위를 통한 쓸모없는 소모적 명예 다툼, 인간적 이념을 앞세운 위선적 도덕 다툼, 그 위에 군림하는 달관의 몸짓…… 사랑도 못 하면서 사랑을 말하는 문학의 허세 앞에 오늘도 그저 하염없이 부끄러울 따름인저. 사랑과 권력 사이에 부는 거짓의 바람——

제 4 부

오늘의 한국 문학

전환기의 문학과 사회

성   민   엽

1

　문학과 사회의 관계를 본격적으로 문제삼기 시작했다는 것이 이른바 사일구 세대의 문학 의식의 진전의 핵심적 내용일 것이다. 그들은, 순수 문학이라는 미명 아래 문학과 사회는 무관한 것이고 그 무관성 속에서만 좋은 문학이 태어난다고 주장하며 문학을 신비화하는 그러면서도 실제로는 기존 질서의 옹호라는 정치적 기능을 수행하는 문학적 보수주의와 맞서 싸우는 한편, 날로 심화되어가는 한국 사회의 모순과 갈등에 대한 적극적인 문학적 대응을 추구하는 가운데 그들의 문학 의식을 괄목할 만큼 진전시켰다. 그들의 덕택으로 그 다음 세대는, 문학과 사회는 관계가 있는가 없는가라는 식의 가짜 문제에 소모적으로 휘말릴 필요 없이, 문학과 사회의 관계란 문학에 있어 본질적인 것이라는 인식으로부터 문학과 사회의 관계는 구체적으로 어떤 것이며 어떤 것이어야 하는가 하는 진짜 문제에 부딪혀갈 수 있었다. 그런데 바로 이곳에서부터 다양한 편차가 생겨난다.

　문학과 사회의 관계의 구체라는 문제에 부딪히는 과정에서 다양한 편차들이 생겨나는 것은 당연한 일이다. 그럴 수밖에 없는 것이 문제에 접근하는 방향부터가 이미 단일하지 않은 것이다. 예거하면 작가―작품―독자와, 생산―보급―소비의 조건과 관계를 경험적으로 구명하는 것, 문학 속에 내재화된 사회성을 밝히는 것, 문학의 사회 기능에 초점을 맞추는 것 등이 있는데, 이 세 방향 각각은 다시 더 많은 갈래들로 나뉠 수 있다. 이런 여러 상이한 갈래들이 사회의 이데올로기들과 일정하게 관련될 수 있으며 그 점 비판적 이해의 대상이라는 전제 아래, 적어도 이것들은 문제 탐구에 나름대로 기여하는 부분적 작업들이라고 얘기될 수 있다. 내게 중요해 보이는 것은 다른 측면이다. 그 측면을 문제삼기 위해 약간의 우회가 필요할 것 같다.

　문학과 사회의 관계의 구체에 대한 성찰은 관계라는 것이 초역사적 범주가 아니고 역사적으로 가변적인 것이라는 데에서부터 출발하여야 한다. 관계만 그런 게 아니고 문학 자체, 사회 자체가 이미 그러하다. 문학과 사회의 관계가 의식적으로 문제시되기 시작한 것이 근대 사회 이후라는 사실도 이런 관점에서 이해된다. 주지하듯 근대 사회 즉 자본주의 사회의 성립과 더불어 근대 이전의 문학의 두 가지 존재 방식(귀족 문학과 민중문학)은 해체되고 새로운 방식이 지배적인 것으로 대두되었다. 이 새로운 방식의 가장 큰 특징은 그 문학 생산과 소비가 전적으로 자본주의 시장 구조에 편입되었다는 점이다. 많은 문학사가·문학 이론가 들이 지적하듯이 새로운 존재 방식의 문학은 그 편입의 결과로 생산성과 자율성이라는 성격을 갖게 되었다. 그것을 근대 문학이라고 부르든 시민 문학이라고 부르든, 그것은 자신을 상품으로 시장에 내놓음으로써 문학의 자기 소외의 위험에 직면하게 되었고, 지배 계급에의 직접적 종속에서 벗어나 상대적으로 자율성을 가지게 됨으로써 자기가 속한 사회에 대한 비판적 이해와 그 표출을 행할 수 있게 되었다. 근대 사회 이후 문학과 사회의 관계가 부단히 문제되어온 것은 이 변화에 대한 의식적 대응으로서 문학의 자기 소외의 위험에 대한 위기 의식과 자율성 획득으로 인해 가능해진 자기 능력의 이해와 실현의 욕망이 그 밑에 깔려 있다. 이 근대 문학 혹은 시민 문학은 본질적으로 이중성을 띤다. 그 자율성이라는 것이 한편으로 사회 비판을 가능케 하지만, 다른 한편으로는 사회적 삶의 실제 속에서 적극적 사회 기능을 수행할 가능성의 부재 속에 위치하고 있으며 그리하여 비판의 실천적 유효성에 대한 갈망에도 불구하고 필경 현상에의 순응 내지 수렴으로 귀결된다는 것, 그리고 문학의 자기 소외의 위험이 날로 증대되어왔음에도 불구하고 자본주의 사회의 교환가치의 지배로부터 가장 자유롭게 남아 있는 것이 문학이라는 것(한 이론가는 이 문제와 관련하여 '형식적 굴복'과 '실제적 굴복'이라는 예술의 자본에의 종속 관계의 두 단계를 제시한다. 형식적 굴복이란 시장을 통한 자본에의 굴복에도 불구하고 예술의 자율성을 유지하고 있는 것이고, 실제적 굴복이란 예술 작업의 내용까지 지배당하는 것이다. 자율적 예술과 문화 산업의 차이를 밝히는 흥미로운 관점이다)은 그다지 낯설지 않은 얘기이다. 다소 장황해진 감이 있으나, 이상의 진술은, 오늘날 우리에게 너무도 낯익고 자연스러워 자칫 그것의 성격을 문학의 초역사적 본질로 잘못 받아들이기 쉬운 근대 문학 혹은 시민 문학이라는 것이 실은 하나의 역사적 형태에 불과하며 근본적 변화의 가능성을 안고 있는 것임을 드러내고자 하는 데 그 첫번째 의도가 있다. 그리고 두번째 의도는, 첫번째 의도와는 반대 방향을 겨냥하는 것으로, 문학과 사회의 관계가 역사성의 그것이라는 것은 그것이 가변적이라는 뜻이지만 그렇다고 해서 그 변화라는 것이 결코 주관적 관념이나 자의적 희망에 따라 이루어지는 것이 아님을, 그것은 엄혹한 현실성 속에서 이루어지는 것임을 암시하고자 하는 데 있다.

　내가 문제삼고자 하는 측면은 방금 말한 두 가지 의도와 관계된다. 그것을 밝히는 데에는, 다소 진부한 느낌이 없지 않으나, 이른바 창작과비평/문학과지성의 '대립'에 대한 여러 해석들을 자료로 삼는 게 유용할 것으로 생각된다. 창작과비평/문학과지성의 세칭 대립은 앞에 말한 편차의 대표적인 70년대적 양상이다. 그 '대립'의 내용과 의미에 대해서 다양한 해석의 시도들이 있었음은 다 아는 바이겠으나, 여기서 표명된 견해들은 단순히 70년대적 편차에 대한 해석에 그치는 것이 아니라 지금 나타나고 있는 편차 자체이기도 하다. 이것들은, 우리의 관심사에 비추어보면, 크게 두 가지 관점으로 나뉠 수 있겠다. 하나는 문학과 사회의 관계 자체에 초점 맞추는 것이고, 다른 하나는 계급적 및 세계관적 기반에 초점 맞추는 것이다.

창작과비평/문학과지성의 차이를 실천적 이론과 이론적 실천의 차이로 파악한 김현(1980: 연대 표시는 그 견해가 진술된 글이 발표된 시기를 명시하기 위해서 한다. 현재의 견해는 변화된 것일 수도 있기 때문이다), 그리고 '현실에의 몸담음'과 '현실에의 반성적 질문'으로 파악한 정과리(1983)가 전자의 예이다. 김현에 의하면 "실천적 이론에 있어서 중요한 것은 현실 개조 의욕의 명백한 노출"이며 이 관점에서의 비평은 "창작을 지도하여 세계 개조의 도구로 만들어야 하는 임무"를 띠고, "이론적 실천에 있어서 중요한 것은 어떠한 이데올로기에도 속지 않는 것"이며 이 관점에서의 비평은 "작품이 보여주는 현실을 재구성하여 작가의 현실 인식이 세계 개조적이라는 것을 밝히는 임무"를 띤다. 명백한 찬반의 태도를 나타내고 있지는 않지만 김현의 입장은 물론 후자이다(후자는 김현의 자기 인식이다). 후자의 입장에서는 "작품이란 인간의 행복한 삶이라는 이름 밑에 이데올로기적인 허구를 드러내는 것"이고 "그 허구를 드러내는 작업은 현실을 있는 그대로 드러냄으로써 가능한 것"이다. 김현은 자기 입장에 대해 "작품이 현실의 고통스러움을 그대로 드러내는 것으로 만족할 때 작품은 패배주의적 성향을 기른다"는 비판이 주어짐을, "작품이 영웅적인 현실 개조의 의지를 보여주어야 할 때 작품은 어떤 이데올로기에 수렴된다"는 전자의 입

장에 대한 비판과 병렬하되 논평 없이 그렇게 한 뒤, 글의 말미
에 가서 비로소 명백한 자기 주장을 하고 있다.

<blockquote>

문학은 그 어느 예술보다도 비체제적이다. 나는 그것을 문학은
꿈이다라는 명제로 표현한 바 있다. 문학이 있다는 것만으로도 사
회는 꿈을 꿀 수가 있다. 문학이 다만 실천의 도구일 때 사회는
꿈을 꿀 자리를 잃어버린다. 꿈이 없을 때 사회 개조는 있을 수가
없다.

</blockquote>

이 주장에는 오해의 여지가 있다. 진정한 문학은 사회적 실천
의 도구가 아니라 비체제적 꿈이라는 명제가 문학의 초역사적
본질에 대한 규정으로 받아들여지는 것이 오해의 내용이다. 그
럴 때 김현은, 나쁜 의미에서의 부르주아 비평가로 전락한다.
그것은 문학＝비체제적 꿈의 역사성에 대해 충분히 밝히지 않
은 김현 자신에게 책임이 있다. 그러나 다시 자세히 읽어보면
곳곳에서 그 역사성에 대한 김현의 인식이 시사되고 있다. 예컨
대 "훼손된 사회에서는 훼손되지 않은 것이 없다라는 말까지
사실은 어느 정도 훼손되어 있는 법이므로, 훼손된 사회의 진실
은 그 훼손된 상태는 개조되어야 한다는 주장보다도, 훼손된 상
태의 있는 그대로의 드러냄에 있었다"라는 진술에서 우리는 김
현이 역사적 현실을 전체적 훼손으로 파악하고 있음을 알 수 있
는데, 그 파악에서 앞에 말한 역사성에 대한 김현의 인식을 엿
볼 수 있는 것이다. 전체적 훼손의 현실 속에서는 사회 개조의
주장이란 이미 체제 속에 흡수되어 있는 것이어서 그것은, 아도
르노식으로 말하면, "뇌관을 제거당한 폭탄"일 따름이다. 이때
문학이 체제 속으로의 흡수를 거부하고 진정으로 사회 개조에
기여하기 위해서는 비체제적 꿈으로서 그 자신 사회 변화의 요
소가 되는 수밖에 없다. 이렇게 보면 김현의 견해에 대해 우리
가 제기하여야 할 진짜 문제는 오늘날의 한국 사회의 역사적 현

실이 과연 전체적 훼손으로 파악될 수 있는 것인가, 하는 물음
이다. 정과리의 견해는 그 물음을 의식한 위에 세워진 것으로
보인다. 그에 따르면 '현실에의 몸담음'과 '현실에의 반성적 질
문'의 차이는 "우리의 역사적 현실의 가장 직접적인 피해자인
민중을 하나의 현실 극복의 실천적 집단으로 상정할 수 있느냐
없느냐의 문제"에서 비롯된다. 전자는 민중의 '그 가능성과 가
능성의 실제적 현현'에 대해 신뢰한다. 후자는 그것을 신뢰하지
않는다. 왜? 전체적 훼손의 현실 속에서 민중 역시 그 훼손으
로부터 자유롭지 못하다고 생각하기 때문이다. 그리하여 전자는
문학을 민중적 실천의 처소로 생각하고 후자는 전체적 반성의
수행으로 생각한다. 정과리의 주장의 특점은 그 양자를 상호 보
족적인 것으로 파악한다는 데 있다. 그 파악의 근거는 민중적
상황을 현실태와 가능태로 나누어보는 데 있다. 그가 보기에 전
자는 가능태를 현실태로 잘못 받아들일 위험을, 후자는 현실태
에만 갇힐 위험을 안고 있다. 양자가 상호 보족적이라는 것은
그 때문이다. 이러한 견해에 대해 절충론에 불과하다고 치부해
버리는 것은 별 의미가 없다. 중요한 것은 정과리의 현실 인식
이 전체적 훼손 속의 가능성의 잠재를 내용으로 한다는 점이며
우리가 제기해야 할 문제는 그 현실 인식은 타당한 것인가, 그
상호 보족성은 현실 상황의 변화에 따라 어떻게 변질될 수 있는
가, 그리고 그 양자의 만남은 구체적으로 어떻게 가능한가(화해
인가 지양인가, 지양이라면 무엇으로의 지양인가), 하는 물음들이
다. 문학과 사회의 관계 자체에 대한 논의들이 많은 경우 그것
을 초역사적 범주로 설정하고 있는 데 비해 위에 살펴본 견해들
은 나름대로의 현실 인식과의 밀접한 관련 속에서 그 관계를 이
해한다. 이것은 최소한의 요건이다. 거기에 더 요구되는 것은
자신의 현실 인식에 대한 부단한 반성, 현실의 변화에 수반될
수 있는 문학과 사회의 관계의 변화(때로 근본적인 것일 수도 있
는)에 스스로를 열어놓는 능동성이다. 그것들이 결여되면 현재

적 관계의 파악이 어느 결엔가 초역사적 범주에의 함몰로 변질
되어버린다.

　한편 계급적 및 세계관적 기반에 초점을 맞추는 대표적 예로
는, 창작과비평/문학과지성의 차이를 시민 의식과 소시민 의식
의 차이로 파악(명시적으로 진술된 바는 아니지만)한 백낙청
(1984), "소시민 계급의 위기 의식을 적극적인 현실 타개의 의
지로 발전시켜나감"과 "이를 탈역사적으로 내면화시키는 방향
으로 진전시켜나감"의 차이로 파악한 김명인(1987)들을 들 수
있다. 백낙청이 주장하는 시민 의식의 시민이란 "영어의 'citi-
zen'이나 불어의 'citoyen'에 더 가까운 개념"이고, 소시민 의식
의 소시민이란 'petit bourgeois'이다. 그러니까 시민 의식은 궁
정적 개념이고 소시민 의식은 부정적 개념이다. 약간의 인용이
도움이 되겠다.

　　어쨌든 우리 시대의 '시민적 전망'이란, 서구 또는 한국 그 어느
　쪽의 현상을 기준으로 하더라도 '부르주아적 전망'일 수 없으며,
　진정한 주권 의식·시민 의식은 우리들에게 안겨진 민족 문제와
　대면함으로써 그리고 이 실천을 떠맡을 광범위한 민중 세력의 각
　성을 통해서 비로소 구체화된다. 70년대에 들어와 '창비'가 '시
　민'보다 '민족' '민중' 등 한층 절실한 낱말들을 찾아간 것은 이러
　한 구체화의 과정이었을 뿐, 아직껏 우리에게는 시민 혁명·민족
　혁명이 당면 과제라는 기본 인식에는 변함이 없었다.

　　쑥스러움을 무릅쓰고 몇 년 전의 진술을 되풀이하자면(왜냐
　하면 지금도 같은 생각이기 때문이다), 'bourgeois'와 'citoyen'은
　결코 다른 것이 아니고 따라서 'citoyen'으로서의 시민 개념만
　을 따로 분리해내는 일은 하나의 이념형을 만들어내는 일에 다
　름아니어서 그것은 필경 시민적 이데올로기로의 수렴으로 귀착
　되며, 자본주의 세계 시장을 보편으로 하는 현단계에서 한국은

보편의 특수한 발현이므로 시민 혁명의 완수를 우리 사회의 당면 과제로 규정하는 단계론은 벌써 무의미해져버렸다, 라는 비판이 주어질 수 있으나 여기서 문제되는 것은 그와는 다른 문맥이다. 백낙청에게 있어 본질적인 것은 계급적 기반이다. 문학과 사회의 관계는 그 기반에 따라 선택되고 추구된다. 그 기반이 올바를 때 올바른 관계가 선택·추구되고, 그를 때 그른 관계가 선택·추구된다. 이론적 실천이니 현실에의 반성적 질문이니 하는 관계는 문학의 삶의 실제로부터의 분리를 수락하고 거기에 함몰되어버리는 것에 불과할 따름이고 그 관계의 선택은 그 소시민적인 기반으로부터 결정된다는 것이다. 그렇다면 무엇이 올바른 관계이고 무엇이 올바른 기반인가. 여기서 올바른 관계는 기본적으로는 이미 명백한 형태로 주어져 있다. 그것은 문학이 사회적 삶 속에서 적극적 사회 기능을 행사하는 그런 관계이다. 문학을 사회 개조의 도구로 삼는 것은 그 관계의 구체화의 한 극단이다. 백낙청에게 있어서 올바른 계급적 및 세계관적 기반이란 물론 앞에 언급한 그 시민 의식 내지 시민적 전망이다. 그러므로 우리가 제기하여야 할 문제는 다음과 같다. 첫째, 그 시민 의식 내지 시민적 전망이란 과연 올바른 것인가. 둘째, 문학이 사회적 삶 속에서 적극적 사회 기능을 행사하는 그런 관계는 역사성과 현실성 속에서 세워진 개념인가 아닌가. 그 첫째 물음에 이의를 제기한 것이 김명인이다. 김명인에 의하면 창작과비평과 문학과지성은 소시민 계급의 양면성의 반영이다. 양극 분해에 직면한 소시민 계급의 위기 의식과 시민사회의 성취를 향한 열망이라는 측면에서는 동질적이면서, "역사를 보는 시각이나 사회적 실천에 임하는 자세"에 있어서는 역사적/탈역사적, 적극적/소극적이라는 차별성을 가졌다는 것이다. 여기서 김명인의 상대적 긍정은 물론 전자에게 주어지지만, 그러나 그의 의도는 그것의 시민 의식 내지 시민적 전망을 부정하는 데 있다. 그 부정은 80년대 현실에 대한 그 나름의 인식을 근거로 한다.

80년대 현실은 "역사적으로 의미있는 계급으로서의 소시민
〔의〕 사실상〔의〕 소멸"과 "스스로 역사의 주체임을 선언하고
나오는 생산 대중의 힘"으로 특징지어진다는 것이고, 따라서
민족 운동의 헤게모니가 더 이상 소시민 계급에게 있지 않으며
소시민 계급 운동은 이제 "보다 확장된 민중적 민족 운동"의
여러 부문 운동의 하나로 재조정되어야 한다는 것이다. 이렇게
볼 때, 시민 의식 내지 시민적 전망은 그 재편성의 역사적 요청
을 수락하지 않고 헤게모니를 계속 지니고자 하는 것이므로 부
정되어야 한다. 이러한 현실 인식의 타당성 여부도 제기해야 할
문제이지만, 그 문제와는 맥을 달리해서, 김명인이, 문학과 사
회의 올바른 관계란 문학이 사회적 삶 속에서 적극적 사회 기능
을 행사하는 관계이다라는 생각을 그러한 현실 인식에 앞서 미
리 가지고 있다는 점을 우선 문제삼고자 한다. 그 점에 있어 김
명인은 백낙청보다 더욱 선명하며, 따라서 앞에서 제기했던 두
번째 물음은 김명인에게서 더 절박하게 제기된다. 그는 그 올바
른 관계를 위에 살핀 현실 인식에 근거하여 민중적 민족문학으
로 구체화하고 있는데 그에 앞서 그 올바른 관계라는 것 자체를
역사성 속에서 성찰하는 보다 근본적인 작업이 거기에는 배제
되어 있다. 올바른 관계라는 것 자체가 초역사적 범주로 남아
있는 한 그 관계의 구체화는, 그것이 아무리 정당한 현실 의식
을 근거로 이루어진다 해도, 역사성을 획득한 것일 수 없다. 엄
혹한 현실성에 대해 눈감고 올바름의 당위성에만 집중하는 것,
그리하여 변화의 가능성에 대한 성찰을 주관적 관념이나 자의
적 희망에의 몰입으로 대체해버리는 것은 존중할 만한 열정은
될지언정 비판적 작업과는 가장 거리가 먼 것 중의 하나이다.

2

  1987년 6월부터 12월을 거쳐 지금에 이르기까지의 일련의 사회·정치적 과정은 우리에게 이 시대의 현실에 대한 인식을 새로이 조정할 것을 요구하고 있다. 그 동안 그 요구에 부응하여 이 시대를 전환기로 규정짓고자 하는 여러 층위에서의 움직임들이 있어왔다는 것, 그러나 그 움직임들 모두가 긍정적 의미에서 그 요구에 부응하고자 하는 것은 아니라는 것은 주지의 사실일 것이다. 이 시대가 전환기라면 그것은 실제로 어떤 전환기인가.
  앞에서 언급되었던 김명인의 글 「지식인 문학의 위기와 새로운 민족문학의 구상」은 무크 『문학예술운동』 1집의 특집에 실려 있는데 그 특집의 제목은 '전환기의 민족문학'이다. 여기서의 전환기라는 말은 물론 이 시대에 대한 하나의 규정어이다. 그 규정에 있어서 이 특집의 필자들은 거의 의견의 일치를 보이고 있는데, 전환기라는 말로 그들이 뜻하는 것은 앞의 김명인에게서 보았듯, 소시민 계급 헤게모니의 민족 운동으로부터 민중적 헤게모니의 민족 운동으로의 전환이다. 김명인의 논리적 거점은 고전적 양극 분해의 가속적 진전에 따른 소시민 계급의 소멸 혹은 몰락이라는 사실 판단이다. 소멸 혹은 몰락? 이 두 어사의 차이는 큰 것이고, 그것들을 병용하고 있는 데서 김명인이 두 가지 서로 다른 주장을 뒤섞고 있음을 짐작할 수 있다. 소멸이라는 것은, "기존 독립 자본측의 말단부에 포섭되어 종속적 하청 자본으로 귀속되어버리거나 이른바 신중산층으로 존재 이전"하는 방향과 "생산 수단을 사회적으로 박탈당하여 프롤레타리아화"하는 방향으로 양극 분해되어 이제 소시민 계급은 사라졌다는 것을 뜻한다. 몰락이라는 것은 사라진 것은 아니지만 독점 자본의 체제내로 편입되어 "혁명적 전망이 막히고 그를 실천할 사회적 힘도 빼앗겨버"렸다는 것을 뜻한다. 이 서로 다른 것의 동시적 주장은 아마도 중간 계급의 소멸의 역사적 필연성에 대한 신념 내지 희망에서 비롯된 것이리라 생각되는데, 당장 문제가 되는 것은 김명인이 말하는 소시민 계급이란 고전적 의미에서의 프티부르주아의 역사적 형태에 갇혀 있는 개념이라는 점이다. '이른바 신중산층'이란 무엇인가. 그것은 오늘날의 소시민 계급의 주된 역사적 형태가 아닌가. 그 형태를 소시민 계급의 몰락으로 파악하는 것은 있을 수 있는 관점이지만 그것을 소멸의 증좌로 삼는 것은 사실은 문제의 회피일 수밖에 없다. 다음으로 문제되는 것은, 김명인이 독점 자본의 지배력과 그 지배의 구체적 양상을 상대적으로 경시하며 기층 민중의 주체적 조건을 그 구체적 양상과 관련 속에서 파악하지 않고 '이념형적 대중' '이론적으로 선취된 대중'이라는, 명료하기는 하지만 현실 관련성이 취약한 관념에 입각하여 파악한다는 점이다. 이 두 가지 점을 비판적으로 전제하고서 보면, 이들의 현실 인식의 상당 부분에 설득력이 있다고 나는 본다(좀더 솔직히 말하면 그 상당 부분에 동의한다). 약간의 인용이 필요하겠다.

이러한 독점적 지배 체제의 강화와 그로부터 소외된 모든 부분에서의 저항은 급기야 이제까지 예속 독점 자본과 파쇼 군부 독재 집단에 정치·사회·경제적 '안정'을 대가로 모든 것을 의지했던 광범한 신중산층의 동요와 이탈을 불러왔다. 이것이 1985년 2·12 총선에서의 '표 반란'으로 일차적으로 현상한 것이며 최근 올해 들어 야기된 일련의 대중 투쟁에서는 이른바 '시민 반란'으로 극대화되었고 마침내 지배 집단으로 하여금 신보수 연합 구도의 수립을 전제로 한 형식적 민주주의에의 일정한 양보를 결정하지 않을 수 없게끔 한 것이다.
이러한 민주화 조치들은 그 동안 지배 세력의 영향권에서 이탈되어 있었던 신중산층, 보수 정치 세력, 기회주의적 지식인 및 일부 자유주의적 지식인 세력들을 다시 끌어모으는 효과를 보는 데

불과하며 결코 현지배 체제의 착취적·폭력적 성격을 바꾸어놓지
는 않는다. 다만 이러한 형식적 민주주의의 헌법적 내지 제도적
관철은 (그나마 가능하기만 하다면) 보다 본격적인 실질적 민주
화 투쟁을 위한 합법적 공간을 확보하고, 민족 운동의 중심을 건
설하는 제반 조건을 마련해나가는 데 하나의 적극적 계기가 될 수
있을 것이다. (김명인, 「지식인 문학의 위기와 새로운 민족문학의
구상」에서)

우선 지적될 것은 형식적 민주화와 실질적 민주화의 구별이
다. 이 시대를 전환기로 규정하는 많은 주장들은 민주화라는 개
념에 근거하고 있는데, 대부분의 경우 그 개념 자체에 대한 비
판적 성찰을 결여하고 있다. 위의 구별에는 그에 대한 비판적
성찰이 담겨 있다. 그러나 그 형식적 민주화의 성격과 그것의
효과에 대해서는 보다 섬세한 고찰이 필요할 것으로 생각된다.
이 대목에서 앞에 진술한 두 가지 비판적 전제가 고려된다.
그 형식적 민주화는 예속 독점 자본——파쇼 군부 독재가 체
제 유지를 위해 폭력적 지배로부터 그 지배 방식을 변경한 결과
이다, 라고 말하는 것은 충분한 현실 설명력을 갖는가. 그렇게
말할 때 그 변경은 "기존 질서의 혁명적 재편성을 요구"하기에
이르는 민중적 저항에 직면하여 동요 이탈하는 소시민 계급(주
로 신중산층)을 다시 체제내로 흡수하기 위한 양보이다. 그 양
보는 물론 기층 민중의 첨예한 저항 세력에 대한 폭력적 탄압과
병행되는 것이다. 그러나 이렇게 말할 때 소시민 계급은 체제/
기층 민중의 투쟁에서 어느 한편으로서의 포섭의 대상일 뿐 그
들이 사회 변화에서 가질 수 있는 적극적 역할과 기능은 무시된
다. 또 체제의 지배 방식의 변경이라는 식의 파악은 체제 자체
의 성격 변화의 가능성이라는 보다 중요한 범주를 놓치게 되기
쉽다. 1987년 여름의 대중 투쟁은 분명 소시민 계급과 기층 민
중의 연합 전선에 의한 예속 독점 자본——파쇼 군부 독재에의

투쟁이었다. 그리고 그 연합 전선이 6·29를 기점으로 사실상 붕괴된 것도 분명하다. 그 붕괴는 소시민 계급의 배반에서 비롯되었다. 표면적으로 그 배반은 파쇼 군부 독재의 형식적 민주주의에의 일정한 양보라는 수확을 가지고 소시민 계급이 다시 체제내로 수렴되어간 결과이지만, 다소 관점을 바꾸어보면, 깊은 의미에서 그것은 체제 자체의 성격 변화의 가능성의 징후인지 모른다. 무슨 변화? 예속 독점 자본—파쇼 군부 독재로부터 아류 제국주의—형식적 민주주의로의 변화이다. 나는 지금 이런 변화가 이루어지고 있다고 주장하는 것이 아니다. 다만 이런 변화의 가능성을 미래 전망에 있어 고려해야 할 단계에 우리가 이른 것이 아닌가 하는 생각일 뿐이다. 궁극적으로는 경제적 토대의 변화에 따라 규정되는 문제이겠으나, 일단 미래 전망에 있어 다음과 같은 세 개의 길을 가정해볼 수 있겠다. 첫째, 예속 독점 자본—파쇼 군부 독재의 지속; 둘째, 아류 제국주의—형식적 민주주의로의 변화; 셋째, 비(非)부르주아적 민주 사회로의 혁명적 변화(예속 독점 자본—형식적 민주주의는 지속적 형태가 되기 어렵다는 이유로 제외했다). 첫째 길에 대해 소시민 계급이 비판과 저항의 자리에 설 것이며 그리하여 최소한의 범위 이상으로 기층 민중과의 연합이 가능할 것임은 의심의 여지가 없다. 그 동안의 이른바 시민적 헤게모니의 민족 운동은 그 맥락 속에 있었다. 둘째 길과 셋째 길의 선택이라는 문제가 주어지면 소시민 계급의 선택은 무엇일까. "이제 우리는 자주화·민주화에의 요구가 서구 민주주의 이데올로기내로 수렴되느냐, 그것을 돌파하여 자기 전개를 해나가느냐, 하는 긴박한 국면에 놓여 있는 셈이다"라는 김진경의 문제 제기는 내게 그 선택의 문제로 들린다. 그리고 작금의 소시민 계급의 선택은 그 둘째 길(김진경의 문제 제기로는 전자)을 향하고 있는 것으로 보인다.

적어도 둘째 길의 실제적 전개에 대한 열망은 부인할 수 없는 사실인 것 같다. 대(對) 중국 무역에의 광범한 기대가 그것을 시사해준다. 진짜 중요한 문제는 여기에 있다. 아류 제국주의로의 진전은 상품의 물신 숭배를, 의식의 사물화를, 요컨대 인간 소외를 훨씬 더 보편화시킬 것이다. 물질적 만족의 증대, 그리고 거짓 욕망의 사회적 창출과 그것의 충족으로 역승화 현상이 확대되고 생산성과 합리성이 이성의 자리를 차지하며 그것에 의하여 공식화된 문화는 그에 대한 모든 항의를 수렴해버리는 괴물 같은 힘을 훨씬 더 크게 발휘할 것이다. 무엇보다도 중요한 문제는 소시민 계급은 물론이고 프롤레타리아트까지 혁명적 의식화의 가능성이 사물화된 의식으로 변질되어갈 것이라는 것이다. 이것이 후기 자본주의 사회가 고도화된 형태로 보여주는 자본주의 논리이다. 그러한 물질적 풍요의 사회로의 열망에 소시민 계급이 사로잡혀 있다는 것은 그들이 어느 정도로 자본주의의 논리에 침윤되어 있는가, 를 짐작케 한다. 그러고 보면 앞에서 살핀 소시민 계급의 배반이란 조금도 이상한 일이 아니다.

그렇다면 기층 민중의 상태는 어떠한가. 그들은 과연 아류 제국주의—형식적 민주주의의 비인간적 사회가 아니라 진정으로 인간적인 사회를 향한 열망을 품고 있는가. 1987년 7, 8월의 노동 운동은 분명 형식적 민주주의에로의 귀착에서 개혁을 중단해서는 안 된다는 주장을 담고 있다. 박현채의 주장대로 "그들에게는 민주화는 관념이 아니라 생활을 보다 나은 것으로 하게 하는 경제적 참여 몫의 증대이다." 그들의 요구는 '민주 노조 건설, 임금 인상, 근로 조건 개선'에 집중되어 있다. 이 요구들은 말할 것도 없이 폭압적 노동 통제에 맞선 생존권 투쟁의 맥락에서 분출된 것들이다. 이 요구들과 그리고 이에 대한 예나 다름없는 폭력적 탄압은 현금의 형식적 민주주의라는 것의 허구를 유보 없이 보여주며, 이 노동 운동의 양상은 그것이 예속 독점 자본—형식적 민주주의의 체제를 거부한다는 정치적 의미를 지니고 있음을 분명히 알려준다. 그러나 그것은 아류 제국주의—형식적 민주주의적 체제와 양립할 수 없는 것은 아니다.

왜냐하면 그것은 노동의 대가를 보다 많이 받고자 하는, 그러기 위해서 노사 관계의 역학에 있어 보다 나은 조건을 획득하고자 하는 것으로 그 궁극적 목표는 생활의 물질적 향상에 있기 때문이다(경제 투쟁에 제한되어 있음을 지적하는 것이 아니다. 정치 투쟁의 차원으로 나타난다 해도 마찬가지이다). 나는 지금 그러한 노동 운동이 우리 사회에서 갖는 정당성이나 당위성을 부정하는 것이 아니다. 내가 말하고자 하는 것은 다른 것이다. 현단계에서 보아 거기에는 두 가지 가능성이 있다. 첫째, 폭압적 통제가 계속되고 그리하여 거기에 맞서 싸우는 것; 둘째, 그냥 얻어지는 것은 결코 아니고 투쟁의 결실이겠으나 '잘 조직화된 노조'를 갖추고 '노조의 지원을 받는 정당'과 함께 경제 투쟁 및 정치 투쟁을 힘있게 수행하는 것. 물론 노동 운동의 주체가 목표로 삼는 것은 두번째 가능성이다. 그런데 그 두번째 가능성을 실현한 노동 운동 자체는 사실은 철저하게 자본주의의 논리에 편입되어 있는 것이다. 그것은 말하자면 '국가 독점 자본주의의 복지국가적 측면'의 실현과 표리의 관계에 있다. 그런 까닭에 그것이 아류 제국주의—형식적 민주주의와 양립할 수 없는 것이 아니라고 말하는 것이다. 자본주의 시대에 인간의 삶을 지배하는 자본주의의 논리에 수렴되지 않고 진정으로 인간적인 삶을 추구하는 에토스는 그러한 노동 운동으로부터 찾아지지 않는다. 여기서, 홍정선의 표현을 그대로 끌어오면, "자본주의 사회가 노동의 본질을 왜곡시키고 있다면 왜곡된 노동에 의해 노동자의 세계관 역시 왜곡되어 있다는 점"이 문제로 대두된다. 이것이 단순히 생산물의 분배의 문제가 아님은 너무도 명백하다. 그 왜곡을 올바르게(어떻게 하는 것이 올바른 것인지는 탐구의 대상이다) 극복하는 과정에서 노동자의 자기 해방이 보편적인 인간 해방이 될 가능성이 생성될 것이다. 물론 한국의 노동 운동은 아직 야만적인 폭력적 탄압에 맞서 있는 단계이어서 앞으로의 전개가 어떠할지는 불확정적이라는 점은 전제되어야 하겠다.

이상의 논의가 "이 시대가 전환기라면 그것은 실제로 어떠한 전환기인가" 하는 질문에 대한 충분한 답변이 되리라고는 생각지 않지만, 그 질문에 접근할 때 부딪쳐야 할 문제와 시각에 대한 최소한의 성찰은 될 것이다. 이제 문학과 사회의 관계라는 문제로 돌아가자.

이 시대를 민주화를 내용으로 하는 전환기라고 보고 이 전환기의 문학에의 영향을 주제로 한 한 대담에서 이남호는 민중문학이 받을 영향에 대해 다음과 같은 주목할 만한 발언을 하고 있다.

역시 이러한 전환기의 영향을 가장 크게 받는 것은 민중문학이 아닐까 합니다. 민중문학의 성격상 그것은 늘 정치적 현실의 변화에 따른 자기 정립이 새롭게 필요하기 때문이죠. 이 문제는 논리적으로 두 가지 추정이 가능합니다. 하나는 권력의 억압이 해소되거나 혹은 크게 약화됨으로 해서 더욱 활기찬 전개를 보일 것이라는 추측입니다. 여기에는 그 동안 민중문학의 공로가 많았다는 점이 상승 요인으로 작용할 수 있을 것입니다. 다른 하나는 정반대의 추측인데 민중문학의 공격 대상이 그만큼 약화되었으니 이와 더불어 민중문학의 에너지도 감퇴될 것이라는 추측입니다. 이 두 가지 추측 중 장기적인 안목으로 본다면 후자의 가능성이 높다는 것이 저의 짐작입니다만 어느 경우이든지 그것 자체가 중요한 문제라고 생각되지는 않습니다. 〔……〕 민중문학이 더욱 냉정하게 현실을 되돌아볼 필요가 있다고 생각합니다. 그렇지 못하면 민중문학은 현실적 바탕을 갖지 못한 허공의 문학이 될 것입니다.

문맥으로 짐작하건대 이남호가 말하는 민중문학이란 민중 지향적 입장에서 문학의 적극적 사회 기능을 추구하는 문학을 지칭하는 것 같다. 흥미로운 것은, 이제까지 민중문학이 상당한 사회 기능을 해냈다는 판단을 전제하고 있다는 점, 그리고 민주화가 이루어져감(공격 대상의 약화란 이런 뜻이 아닐까)으로써 앞으로는 점차 민중문학의 존립 기반이 약해질 것이라고 보는 점이다. 이남호의 견해는 앞에서 살펴본 김명인의 견해와 정반대이다. 김명인의 입장에서 본다면 이남호는 기득권을 주장하는 소시민 문학론자가 될 것이고, 이남호의 입장에서 본다면 김명인은 허공의 민중문학론자가 될 것이다. 어느 쪽의 입장에 동의하느냐를 떠나 이 글의 논제와 관련하여 내게 관심이 끌리는 것은, 양자가 문학의 본래적 모습을 각각 자율성/적극적 사회 기능으로 파악하고 있으며 그 점에서 서로 만날 여지가 전혀 없어 보인다는 점이다.

앞에서 논의되었듯이 우리는 문학과 사회라는 범주가 역사적으로 가변적이라는 데서부터 출발한다. 시민사회—자본주의 사회의 성립 이후로 문학은 한편으로 자율성을 가지게 되었고 다른 한편으로는 적극적 사회 기능을 상실했다. 그 획득과 상실이 시민 문학—근대 문학에 이중성을 부여했다. 그 문학의 사회적 존재 방식은 적어도 자본주의 사회에서는 지금에 이르기까지 기본적으로 동일하다. 그래서 그 방식을 초역사적인 것으로 여기는 경우도 있게 되고, 반대로 그 정황을 타락의 그것으로 파악하고 적극적 사회 기능의 획득을 추구하는 경우도 있게 된다. 나는 전자에는 반대하지만 후자에는 그것이 적극적 사회 기능을 초역사적인 것으로 여기지 않는 한 부분적으로 동의한다. 부분적으로 동의한다는 것은, 그 추구만이 아니라 자율성이 해낼 수 있는 것에 대한 추구도 중요하다고 생각하기 때문이다. 좀더 이상적으로 말하면, 그 두 가지 추구가 동시에 진행될 때 양자 모두 진정성을 얻을 수 있다고 할 수도 있다. 이와 관련하여 해석과 변혁의 문제를 따져볼 필요가 있겠다.

문학은 해석인가 변혁인가. 해석에 초점을 맞추면 문학은 세계 해석이다. 그러니까 세계의 진상을 은폐하고 왜곡하는 이데올로기를 넘어서서 그 진상을 바로 볼 수 있는 세계관을 빚어 (우리는 그냥 세계를 보는 게 아니라 세계관이라는 틀을 통해 본다) 기존의 이데올로기적 세계 해석과는 다른 세계 해석을 이룬다. 변혁에 초점을 맞추면 문학은 세계 변혁을 위한 실천이다. 해석이라는 것은 실제에 있어서는 변혁에 관심이 없거나 실천을 회피하는 필경은 현상 유지적 태도에 지나지 않는다. 그런데 이 두 입장은 모두 일면적임을 면치 못한다. 철학의 범주에서 해석이냐 변혁이냐, 라는 문제를 제기했던 19세기의 사회철학자의 진의는, 비록 그가 그 문맥에서 변혁을 주장하기는 하였지만 해석과 변혁의 통일에 있었던 것이다. 세계는 해석의 대상인 동시에 변혁의 대상이다. 해석은 변혁을 지향하며 변혁은 해석을 담보로 한다. 그러나 이렇게 말하기는 쉽지만 그 통일을 이루기는 어렵다. 그것은 자본주의 사회에서 이론과 실천이 분열되었기 때문이다.

　시민 문학─근대 문학은 자율성의 힘으로 세계를 지배 이데올로기에 반하여 비판적으로 해석된다. 분명히 해두자. 그 비판적 해석 또한 하나의 사회 기능이라는 점을. 그러나 그것은 자율성을 얻은 대가로 사회적 삶의 실제 속에서 적극적 사회 기능을 수행할 가능성을 상실했다. 세계 변혁을 위한 실천이 될 가능성을 결하게 된 것이고, 그리하여 체제의 입장에서 보아 현실적으로 무해한 비판으로 남게 된다. 그렇지만 그 비판적 해석이라는 사회 기능은 대단히 중요한 것이다. 특히 물질적 풍요의 비인간적 사회에서는, 그리고 오늘날 소시민 계급의 열망의 대상인 아류 제국주의─형식적 민주주의 사회에서는, 그리고 그런 열망이 지배적 이데올로기로 작용하고 있는 사회에서는 사회의 모든 부문이 자본주의의 논리에 수렴되어버리는 까닭에 문학의 비판적 해석이 거의 유일한, 체제 비판적·체제 부정적 영역으로 남는다. 그런 의미에서 자율성의 덕택으로 문학이 해낼 수 있는 것은 최대한 추구되어야 한다.

　　자율성의 문학의 한계에 대한 인식으로부터 문학의 적극적
사회 기능, 세계 변혁을 위한 실천으로서의 문학에 대한 추구가
시도된다. 이 추구의 성공은 대단히 어렵다. 그것은 두 가지 조
건을 필요로 하기 때문이다. 하나의 세계 변혁의 집단적·실천
적 주체의 사회적 존재이다. 그 주체가 체제에 수렴되어버리면
그 주체를 기반으로 한 실천적 문학 또한 아주 쉽게 체제내로
수렴되어버린다. 서구에서의 앙가주망 문학의 운명을 보라. 또
하나의 조건은 자본주의 시장으로부터 문학이 자유로울 수 있
는 물적 토대의 획득이다. 그 획득 없이 그 추구는 탁상공론일
뿐이다. 그 획득의 좋은 예로는 1930년대 후반부터 약 10년간
의 중국 문학을 보라. 해방구에서 문학은 정치적 실천의 수단으
로, 아니 그 자체 정치적 실천으로 되었다. 중국 혁명의 주체였
고 확고한 긍정적 미래 전망을 지니고 있었던 해방구에서 문학
은 생산성으로부터 자유로울 수 있었던 것이다. 문학의 적극적
사회 기능에 대한 추구는 이 두 조건을 고려하지 않고는 성공하
기 어렵다.

　　오늘날을 전환기라고 한다면 그것은 변화의 내용이 이미 결
정되어 있는 전환기가 아니라 현실을 구성하는 온갖 요소들의
복잡한 상호 작용에 의해 변화의 내용이 생성되어갈 그런 불확
정적 전환기이다. 그러므로 문학의 자율성이 해낼 수 있는 것을
최대한으로 추구하는 일과 문학의 적극적 사회 기능을 추구하
는 일은 함께 이루어져야 한다. 다만, 전자는 그것이 결코 불변
의 것이 아님을 항상 반성적으로 돌아보아야 하고, 후자는 그
조건에 대해 숙고해야 한다. 어려움은 물론 후자에게 훨씬 더
많다. 어쩌면 후자의 추구가 성공하기 위해서는 그 조건들을
'사회가 스스로 먼저 창조'해야 할는지도 모르지만, 그렇다고
해서 그 추구가 무의미해지는 것은 아니다. 왜냐하면 그 추구가
관념론의 미망에 빠져버리지만 않는다면 그 추구는 작게는 오
늘날의 지배적 문학 개념을 상대화하여 그것을 끊임없이 반성

적으로 돌아보게 하는 역할을 할 것이고, 크게는 해석과 변혁의
통일의 가능성을 비추어주는 거울이 될 것이기 때문이다. 이 전
환기의 내일에 대해서, 그리고 문학에 있어서의 해석과 변혁의
통일의 이루어짐에 대해서 낙관할 수만 있다면 얼마나 좋겠는
가. 그러나 낙관하기 위해 맹목이 될 수는 없는 일이다.

설 자리, 갈 길

채　　광　　석

1. 들어가는 말

　주지하다시피 우리 문학은 80년대초의 역사적 격변의 충격파에 의해 기존의 틀이 상당 부분 해체되는 경험을 했다. 결코 바람직한 것은 아니었으나 우리 사회 전체를 기습한 그 압도적 충격을 문학이라고 해서 어쩔 수는 없었던 것이다. 어쩌면 가능성의 확대일 것도 같던 마당이 단박에 폐허화되는 고비에서 우리가 보고 겪은 것은 우리의 꿈과 희망이 무너져내리는 절망 바로 그것이었다. 그 절망은 참으로 견디기 힘든 동시에 적막한 것, 숨죽여 오열하다가도 돌연 들끓어오르는 그런 것이었다. 그러나 이 간단없는 고통·적막·오열·융기의 단련 속에서 우리가 차가운 눈으로 확인한 것은 그 뿌리 치렁치렁한 절망의 갑자기 불어난 무게와 크기에 대한 절망이 아니라 어쩌면 대단히 상식적이게도 그것의 머리채라도 움켜쥐고 일어서야 한다는 채근질이었다고 생각된다. 아는 바와 같이 문학에 있어 그 선두 주자는 기동성이 뛰어난 시와 젊은이들이었다. 그로부터 활기를 더하면서 전개되어온 시는 오늘에 이르러 가히 80년대 문학의 꽃이라 할 만한 위치를 점하게 되었다.

　그러나 이러한 번성에도 불구하고 우리 시의 방향이 튼튼히 자리잡았다고 말하기는 아직 어려운 것 같다. 거슬러 올라가 우리는 갑작스런 문학의 적막을 깨뜨리며 여러 시 동인들이 꿈틀거리던 무렵까지 이 문제를 살펴볼 필요가 있다. 연대의 바뀜을 시대적 본질의 불변과 조건의 급변으로 이해한다면 시대의 본원적 요구에 대한 앞 연대의 문학적 대응의 적합성을 검토하고 새로운 조건하에서의 보다 바람직한 대응을 모색하는 것은 당연한 일이었을 것이다. 그리고 이러한 모색에는 불변과 급변으로 얽힌 시대적 상황에 대한 바르고 치열한 인식이 전제되는 것이었다. 그런데 실제는 조건의 급변에만 주목, 앞 연대의 문학적 기준의 풀어짐을 기화로 '개꿈'의 미학 등이 불거져나오는가 하면, 그 기반의 본질적 차이를 외면한 채 70년대의 주도적 흐름인 민중문학·리얼리즘 문학과 그와 대척적인 위치에 있던 지류간의 무원칙한 교배를 들먹이는 등의 기묘한 발상이 끼여들고 다른 한편으로는 민중문학·리얼리즘 문학의 부정적 측면의 발전적 극복을 내세우나 오히려 그것을 고스란히 물려받는 등 몹시 어지러운 양상이 빚어졌다.

　이런 양상을 분화나 다양성의 개화로 보기도 하지만 역사적·사회적 현실에 대한 바른 인식의 결여 또는 불철저를 토대로 하는 분화나 다양성은 잠재적 기회주의의 표면화 이상이기 어려운 것이다. 사실 그것은 '변화된' 조건 속에서 '변화하지 않은' 시대적 본질에 우리 시, 또는 문학이 어떻게 대응해나갈 것인지 그 방향의 모색이었다기보다는 변화된 조건을 빙자, 본질 자체에의 접근은 외면하고 자기 현시에 몰두한 것이었던 감이 없지 않다. 물론 동인 운동과 무크지 운동 등이 변화된 조건에 대한 적극적 대응 방법의 하나인 것은 누구나 인정하는 터이지만 참다운 민주주의와 민족 통일의 실현이라는 가장 절실하고 근본적인 민족적 요구가 여전히 존재하고 새로운 조건에 처한 마당에서 그 요구에 대한 적극적 대응이었던 70년대 민중시·리얼리즘시의 흐름을 발전적으로 계승해나가는 노력이 미흡했다는 점은 크게 반성하지 않으면 안 될 것이다. 이것은 그렇게도 엄청난 역사적 격변을 겪고 그 연장선상에서 살아가면서도 문학의 신격화 또는 예술 지상주의의 미망으로부터 벗어나지 못한 자기 반성 부재의 결과에 다름아니다.

필자는 여기서 70년대 민중시·리얼리즘시의 흐름이 80년대에 와서도 주도적 흐름으로 이어지고 있다는 사실을 외면할 생각은 갖고 있지 않다. 다만 사회적 제세력의 정당한 자기 전개가 제대로 이뤄지지 않고 있는 상태에서 고립된 문화 운동의 하나로서의 시, 또한 문학이 갖는 한계가 불철저한 현실 인식에서 비롯된 잡다한 틈입물들로 인하여 그 방향성의 혼미로 드러나는 측면에 주목하는 것이다. 이런 점을 토대로 하여 일단 가이사의 것은 가이사에게 넘기고 민중시·리얼리즘시의 흐름에 깃들인, 아직도 극복되지 못하고 있는 몇 가지 문제를 비판적으로 고찰함으로써 그 흐름을 발전적으로 계승하는 길의 일단을 가늠해보려 한다. 그 동안 자기 반성의 노력을 역이용하여 민중문학·리얼리즘 문학 자체를 통째로 부정하는 식의 폭력을 경계하는 뜻에서 민중문학·리얼리즘 문학의 철저한 자기 반성이 미흡했던 감이 있는데 이것은 결국 그러한 문제들의 온존을 주장할 뿐이라는 판단에서 필자 나름대로의 소견을 말하려는 것이다. 그러나 이 글은 어떤 전반적이고 통합적인 방향의 제시가 아니라 기왕의 논의를 바탕으로 몇 가지 점을 주로 의식, 문제를 중심으로 간략하게 검토하는 데 머무르는 것이다.

2. 서야 할 자리, 버려야 할 자리

민중시·리얼리즘시라 할 때 이 용어는 사실 어떤 명확한 개념 규정에 의해 쓰여져온 것은 아니다. 백낙청이 "리얼리즘이

산문 문학에만 국한된 용어가 되지 않으려면——그것도 특수한
종류의 산문 문학에만 국한된 용어가 되지 않으려면——시 분야
에서의 두드러진 성과를 포용할 수 있는 리얼리즘론이 필요해
진다. 〔……〕 결국 당대 현실의 사실적 묘사 그 자체보다도 현
실에 대한 정당한 인식과 실천적 관심이라는 다소 애매한 기준
이 적용되게 마련"(「리얼리즘에 관하여」, 『한국 문학의 현단계
Ⅰ』)이라고 피력하고 김정환이 "리얼리즘에 대한 논의는 특히
시를 포함할 수 있는 논의라면 소재나 형식의 차원이 아닌 의식
의 차원에서 이뤄져야 할 것"(「리얼리즘시에 대한 몇 가지 생각」,
『반시의 시인들』)이라고 주장하듯 민중시·리얼리즘시란 정당한
역사 의식·민중 의식을 바탕으로 하는 시라고 개관할 수 있을
것이며 대개들 통상적으로 그렇게 이해해왔다. 이런 식의 개념
규정은 언뜻 너무 포괄적인 감이 없지 않으나 자세히 음미해보
면 상당히 엄격한 것으로 나타난다. 즉 마구잡이로 떠드는 역사
의식·민중 의식이 아니라 '정당한' 그것이라고 말하고 있기 때
문이다. 어떤 것이 과연 '정당한' 역사 의식·민중 의식인가를
놓고도 이론의 여지가 많겠지만 나는 이것을 일단 당대의 가장
절실하고 근본적인 민족적 요구에 적극 부응해나가는 실천적
의식으로 규정하고 이와 관련하여 몇 가지 점을 살펴보려 한다.
  60년대에서 70년대에 이르는 동안 우리의 문학적·사회과학
적·민중 운동적 노력은 우리 시대에 있어서 민족의 가장 절실
하고 근본적인 요구는 진정한 민주주의와 민족 통일의 실현임
을 분명히해왔다. 이 과정에서 우리는 우리 역사의 현단계에서
마땅히 주체여야 할 민중이 주체가 되지 못하고 있으나 이것은
식민지 잔재의 온존 내지 확대 재생산과 민족 분단이라는 역사
적·사회적 현실의 모순 때문임을 깨닫고 이의 척결이 위의 근
본적인 민족적 요구를 충족시키는 길이라는 인식 아래 실천적
운동을 전개하게 되었다. 이 운동은 이를 잠재우려는 압도적인
힘과의 거듭되는 갈등을 겪으면서 운동의 에네르기를 축적해

382

가고 파급 효과를 어느 정도 증대해나갈 수 있었으나, 그 압도적인 힘에 의해 대다수 민중의 의식이 주체로서의 자각에 이르는 길을 봉쇄당하고 있었던 까닭에 자연 그 파급 효과에 한계가 주어졌고, 그 압도적 힘에 밀려 민중 의식 또한 굴절 내지 왜곡되는 현상이 파생되기도 하였다.

이런 일련의 과정 속에서 우리 시가 이룩한 성과는 여러 평자들, 특히 김정환이 앞글에서 종합한 바와 같다. 김정환은 그 글을 통해 대략 감수성과 의식의 방향성, 감명 효과와 충격 효과 등을 얼개로 풍자 정신과 비극적 서정성, 민요 가락의 도입 문제, 지사적 감수성과 유격적 감수성이란 세 개의 작은 표제하에 70년대의 중요한 시적 성과들을 아우르고 있는데 70년대의 문학적 성과에 대한 보다 활발한 조명을 통해 그 개념들의 적합성 여부가 면밀히 검토돼야 하겠지만 전체적 흐름에 있어 필자는 그의 견해에 동의한다. 예컨대, 시의 충격 효과와 감명 효과가 그렇게 분명히 구분될 수 있는 것인지는 그 글의 필자 역시 장담할 수 없는 대목이겠으나 김수영과 신동엽, 김지하와 신경림, 김지하의 시에서 담시와 서정시 등의 효과를 개괄적으로 따지는 데 유효한 도구 중의 하나일 수 있다고 보는 것이다. 이렇든 70년대 민중시·리얼리즘시의 중요한 성과들은 시가 지배 체제의 문화 지배 메커니즘에 포위된 민중의 허위 의식을 감명 효과와 충격 효과에 의해 깨뜨리고 민중과 민중간의 정서적·의식적 연대를 가능하게 하는 힘을 갖고 있다는 사실을 보여줬다고 생각된다. 그러면 그 힘은 어디서 나온 것인가? 나의 판단으로는 이것은 바로 정당하고 치열한 실천적 역사 의식·민중 의식의 소산이라고 본다.

그러면 그러한 역사 의식·민중 의식이란 무엇인가? 역사 의식이라면 그대로 넘어가는 사람들이 민중·민중 의식·민중성이라면 거부감을 보이는 현상을 우리는 종종 보아왔다. 그러나 민중 의식은 역사적·사회적 현실의 제모순에 대한 바른 인식을 토대로 역사와 사회의 정당한 전개를 지향하는 의식으로서 정당한 실천적 역사 의식 이상도 이하도 아니며 따라서 거부감을 가져야 할 하등의 이유도 내포하고 있지 않다. 김지하가 「풍자냐 자살이냐」(『시인』, 1970년 7월호)에서 김수영의 시를 비판하는 대목을 보면 민중이란 소시민을 포함하는 넓은 개념으로 사용되고 있음을 알 수 있다. 그의 견해가 절대적인 것이거나 당시의 의식 그대로 고정되어왔다고 볼 수는 없고, 또 그가 소시민에 대한 김수영의 공격적 풍자와 관련, 소시민적 삶과 의식을 파행적인 것으로 만드는 특수 집단에 돌려야 할 공격 방향을 잘못 잡은 것이라고 한 것에는 부분적으로 동의할 수 없는 일면이 있다고 여기지만, 그것은 전반적으로 민중 개념의 핵심을 담고 있는 것으로 보여진다. 즉, 그의 당시 민중 개념은 소시민을 아우르는 폭넓은 것이되 그 바탕에 기층적 민중을 지향하는 어떤 지향성이 강렬하게 깔려 있는 것이다.

여기서 나는 민중 의식이란 대체로 소시민으로서의 시인의 삶과 의식에 뒤엉켜 있는 역사적·사회적 현실의 모순에서 비롯된 비애와 한에 대한 치열한 자각, 자신의 그것을 밑바닥 민중 생활에 전형적으로 집적되어 있는 비애와 한과 통합시켜나가려는 지향성, 그 비애와 한을 창출하고 온존시키며 확대 재생산하는 동시에 그 통합 지향성을 저지하는 주체에 대한 공격성——바로 이것들이 서로 어우러지며 민중의 역사적 주체로서 일어섬이라는 정점을 향하여 운동해나가는 의식임을 확인한다. 이 운동의 출발점은 자각에 있으나 자각·지향성·공격성은 선후의 맥락이라기보다는 상호 작용하는 동시적·통합적 거듭으로 이어지면서 실체를 확충, 나와 민중의 통합(이분화가 아니라)을 이루고, 민중과 민중의 통합을 이뤄가는 것이며 그 극점에서 우리는 전체 민중이 역사의 주체로서 일어섬을 보게 되는 것이다. 이것을 도식적으로 표현하자면 민중 의식이란 자각·지향성·공격성을 세 꼭지점으로 하는 삼각형이 그 정점인 민중의 주체로

서의 일어섬을 향하여 삼각뿔을 이뤄나가는 운동의 의식이라고
말할 수 있다.

　부연하건대 자각은 이러한 형성 운동의 출발점이요 운동 과
정에서 다른 꼭지점들의 움직임과의 거듭되는 통합 작용을 통
해 보다 심화되고 보다 진전된 형태의 통합상에 이르는 것이며
운동의 방향을 그 정점 쪽으로 거듭 바르게 잡아나가도록 하는
버팀줄이라 할 수 있다. 이 자각이 패배주의·감상주의·신비주
의·초월주의 등으로 이어질 때 자각의 운동은 무방향에서 역
방향에 이르기까지 갖가지 현실 도피적 방향으로 방사되어나
가는바 이것의 시적 표현이 곧 이른바 순수시의 흐름인 것이
다. 이 점에 대해서는 다른 기회에 상론하기로 하고 여기서는
다만 그런 방향으로의 움직임은 결국 자각의 지리멸렬, 또는
무화에 이르는 자기 파괴 과정에 불과하다는 점만을 지적하고
자 한다.

　50년대 이후의 우리 시의 흐름에 있어서 참다운 의미의 자각
운동은 김수영과 신동엽을 그 출발점으로 한다. 민저 김수영의
경우 그의 자각에 지향성이나 공격성이 온전하게 통합되어 있
었다고 보기는 힘들지만 통합으로의 운동 과정에 있었다는 것
은 틀림없다. 앞서 김지하의 지적에 부분적으로 동의할 수 없는
일면이 있다고 말한 것은 대략 자각의 측면, 즉 통합에의 움직
임에 진입한 자각의 측면을 경시한 일면을 가리킨 것이다. 그러
나 그 자각이 아직 온전한 통합에 이르지 못한 것임을 날카롭게
지적한 것과 김수영 문학의 발전적 계승은 온전한 통합에의 노
력을 통하여 이뤄질 것이라는 그의 방향 설정은 전적으로 타당
한 것이었다. 이것은 일군의 김수영주의자들이 계속 자각의 일
면에만 매달림으로써 결과적으로 김수영 문학의 발전적 계승이
아니라 정체 또는 오손에 기여하는 것과 비교할 때 분명히 드러
난다. 한편 70년대의 뜻있는 젊은 층 일반에게 김수영보다 신
동엽의 시가 심정적으로 더 많은 공감을 준 것은 시적 성취의

문제와는 상관없이 신동엽 쪽이 민중 의식의 얼크러진 세 눈인 자각·지향성·공격성에 있어 지향성을 두드러지게 내보인 데 기인하는 것으로 보인다. 이를테면 거칠게 보아 4월 혁명에 의해 결정적으로 촉발된 이들의 자각의 운동 방향은 4월 혁명이 곧 그 혁명의 왜곡화 과정으로 이어짐에 따라 김수영의 경우 그것을 가능하게 하는 자신이 소속된 도시의 소시민 계층의 무기력한 삶과 정신에 대한 가열된 도덕적 자책, 또는 자기 부정으로 나간 반면, 신동엽은 농민적 삶과 동학 혁명, 기미 민족 해방 운동, 4월 혁명의 맥에 기초하여 민중의 역사적 주체로서의 힘에 대한 뜨거운 믿음으로 이어졌던 것이다.

그러나 소시민 의식에 대한 김수영의 치열한 자기 부정으로서의 공격성과 신동엽의 뜨거운 민중 지향성은 그들을 기다리고 있는 4월 혁명 왜곡화 과정의 보다 심화된 전개를 맞아 전자는 김지하의 지적대로 그 공격 방향을 특수 집단 쪽으로 맞춰 나가면서 민중 지향성을 확보하고, 후자는 민중 생활의 구체성 또는 사실성에 천착하여 민중 지향성의 보다 튼튼한 내실을 다져나가면서 공격성을 확보하는 온전한 통합적 전진의 기회를 갖지 못한 채 그들이 돌연 요절함으로써 그 과제를 고스란히 다음 세대에 넘기고 말았다. 김정환이 풍자 정신 또는 유격적 감수성과 비극적 서정성의 통합으로 설명한 김지하의 시세계는 아마도 민중 의식의 세 눈이 치열하고 뜨거운 움직임 속에서 온전한 통합을 이룬 가장 빼어난 모범 중의 하나일 것이다. 70년대 벽두를 뒤흔든 담시에서부터 엿보이지만 그에게 있어 자각·지향성·공격성은 가령 어느 하나가 표면적으로 불거져나오는 경우라 할지라도 이미 따로따로 분리해낼 수 없을 정도의 통합성을 견지하고 있음을 우리는 볼 수 있다. 혼효되어 한몸으로 그 정점을 향하여 밀고 나가는 것이다. 사실성에 의해 밑받침되는 민중 지향성이 두드러진 신경림의 경우도 공격성의 직접적 표출은 드물지만 세 눈이 온전히 통합된 양상을 보인다는 점에서는 마찬가지다. 어디 이들뿐이겠는가. 이들과 함께 70년대의 리얼리즘시·민중시의 흐름을 풍요롭게 해온 여러 시인들의 민중 의식은 각기 그 개성은 다르지만 대개 그러한 통합적 전진의 모습을 보여주는 것이다.

이것은 참된 민주주의와 민족 통일의 실현이라는 불가분의 민족적 요구를 포괄하는 민중의 역사적 주체로서의 일어섬을 향한 그들 개개인의 실천적 노력의 결실인 동시에 70년대 전기간에 걸쳐 역사적·사회적 현실의 제모순의 점증하는 집적과 발현에 맞서, 치열하고 처절한 고투를 거듭하며 그 일어섬을 향해 치달려나간 민중 운동 전체의 성과이다. 따지고 보면 역사의 정당한 전개를 향한 운동의 의식으로서의 민중 의식은 각 시대와 그 시대의 사회 발전 단계에 있어서 여러 사회적 세력들간의 서로 갈등하고 일치하는 역학 관계에 따라 그 단초 및 조건이 달리 주어지는 까닭에 개개인의 능력적 측면보다는 전체적 사회 관계에 의해 그 내용과 수준이 규정되는 것이다. 같은 맥락에서, 어느 시대에든 개인이란 그러한 사회 관계에 얽힌 존재이므로 자각이란 것도 고립된 개별적 존재로서의 개인 차원에 국한되는 것이 아니라 민중 의식의 전체적 흐름, 즉 집단적·총체적 자각의 자기 몫으로 이해되어야 한다. 바로 여기, 즉 민중 운동 전체와 얼크러진 통합적 민중 의식이 오늘의 우리 시가 자리해야 할 곳이라고 나는 믿는다.

서야 할 이 자리를 보다 분명히하기 위하여 민중 의식의 운동 과정에서 파생되었고 오늘에 와서도 그렇게 시원히 청산되었다고는 볼 수 없는 민중 의식의 왜곡 또는 굴절 현상에 대해서 우리는 보다 냉철히 자성해볼 필요가 있다. 우리가 살아온 시대가 민중 의식의 자발적·자율적 생장을 보장하는 방향으로 전개되었다기보다는 그것을 점차 더 혹심하게 저지하는 압력의 확대 심화 과정으로 전개되었다는 것은, 민중 의식에의 보다 치열한 투신을 요구하는 근거라는 주체적 측면도 갖지만 이와 아울러 민중 의식의 파급 효과를 한계짓고 민중 의식을 부분적으로 왜곡 내지 굴절시키는 객관적 조건이기도 하다는 점을 우리는 결코 잊어서는 안 된다. 그러므로 나는 주체적 입장에서 왜곡 내지 굴절 현상을 살핌에 있어 앞글에서의 김지하의 표현을 원용하자면, 전면적·적대적 매도가 아니라 부분적·비적대적 비판으로 받아들여지기를 전제해둔다. 여기에 덧붙여 한 가지 더 전제할 것은 그러한 현상이 정도의 차이는 있으나 동일한 객관적 조건 아래서 민중 의식을 지향하는 사람들 누구에게서나 발현하며, 한번 나타났다가 영원히 사라지는 것이 아니라 삶의 전부면·전과정에서 끊임없이 출몰하는 것이라는 점이다.

아마도 모든 굴절·왜곡은 기본적으로 '총체적 자각의 자기 몫'에 대한 불철저한 인식이나 습관적 인식에 기인하는 것이리라. 그 몫에 대한 치열하고 뜨거운 실천적 인식이 제대로 밑받침되지 못할 때 민중 의식의 세 눈 또는 세 꼭지점은 유기적인 통합을 기하지 못하고 뿔뿔이 흩어짐으로써 공통의 정점을 향하여 삼각뿔을 형성해나가는 온전한 운동 과정이 아니라 방향 감각을 상실한 파행적·기형적 운동 과정에 함몰하기 쉽기 때문이다. 다시 말해서 자각은 일차적으로 자신의 삶과 의식에 가해진 역사적·사회적 현실의 제모순의 각인에 대한 치열한 거부에서 출발하여 한편으로는 그 각인이 가장 집약적·전형적으로 드러나는 기층 민중의 고통과의 일치를 지향하고 다른 한편으로는 전체 민중의 삶과 의식을 왜곡하는 그 모순의 주체에 대한 맞섬을 지향하는 가운데 세 눈 또는 꼭지점의 통합성 속에서 자각 자체의 총체성을 획득하여 나가는바, 그 운동의 출발점이요, 축인 자각이 허구화될 때 민중 의식 또한 허구화를 모면하기 힘든 것이다.

허구화의 양상은 실로 다양하나 그 뿌리는 한결같이 자각의 부실화·불구성에 닿는다. 아예 사회 관계를 외면하고 개별적 존재로서의 개인과 그 개인 정신의 정수(精粹) 운운하는 부류를 논외로 칠 때 먼저 거론할 수 있는 것은 절충주의적 허구화이다. 이것은 사회 관계의 모순에 주의를 기울이되 그것에 대한 문학의 근원적 부정력은 문학의 초월적 기능에 의해 가능해진다는 논리를 그 바탕으로 한다. 여기서 강조되는 것은 자유로운 상상력·감수성·다양성 등이다. 이런 것들의 가치를 부정하는 문학인들은 오늘의 현실에 존재하지 않는다. 그러나 이러한 논리가 가진 자유주의·지성주의로서의 한계는 자각·지향성·공격성 등이 어우러진 민중 의식의 통합성으로부터 자각을 개인의 차원으로 끌어내림으로써 그 총체성과 운동성을 허물고 개인적 자각의 단순 재생산을 결과한다. 정과리가 「소집단 운동의 양상과 의미」(『우리가 있어야 할 자리를 찾아』)에서 70년대 '창비' '문지'의 대립 관계를 현실에의 몸담음과 현실에의 반성적 질문의 대립으로 이해한 데서도 드러나듯, 그런 유의 논리는 '현실에의 몸담음'은 성찰과 실천의 동시적 거듭이라는 점, 그리고 '현실에의 반성적 질문'이란 그 동시적 거듭의 불구화, 즉 실천을 결여한 성찰의 단순 재생산임을 깨닫지 못하고 있다. 다양성·자유 등의 표방에도 불구하고 결국 이런 식의 허구화는 프레이리에 의하자면 버벌리즘 *verbalism*으로 불리는 분파주의의 일종이며 모든 종류의 절충주의가 그렇듯 실천적 의지의 결여를 은폐하는 자기 변명에 불과할 수 있다. 이 점은 문학과 정치·경제를 이분하고 문학성과 도덕성(이 용어에 대해서도 나는 동의하지 않는다.)을 이분하는 등 그 특유의 이분법에서도 분명히 드러난다. 그렇게 해서 문학의 발판을 좁히고 트리비얼리즘에 매여 방향성의 모호화를 초래하는 그런 수준의 자각은 자각을 김수영 문학 이전으로 되돌려놓는 성질의 것이다.

위와 대척적인 위치에 서 있는 것이 소위 구호적 감상주의 또는 감상적 구호주의이다. 이것은 민중시·리얼리즘시에게 가해진 안팎의 비판 중 가장 많이 언급된 문제이기도 하다. 여기에는 여러 가지 현상이 내포되어 있는바 그 하나는 민주주의나 통일 등의 주제를 말 그대로 생경하게 외치는 것에서 끝나는 단순한 구호주의를 들 수 있을 것이다. 시란 절제된 부르짖음인 면이 강하여 외침 아닌 시가 어디 있을까만, '생경하게' '절제된'이란 표현이 지시하듯, 절절한 내적 필연성에서 비롯되거나 현실의 모순의 본질에 대한 깊은 통찰에서 우러나온 육성이 아니라 일정한 관념적 틀에 맞춰 공허하게 외치는 것이 여기에 속한다고 볼 수 있다. 이것은 창작 행위 이전의 것이므로 논의할 필요를 느끼지 않는다. 다음으로는 자신의 삶과 의식에 대한 철저한 의식의 밑받침 없이 어둡고 참담한 모습만 소재로 하면 모두 민중시·리얼리즘시가 되는 양 그러한 모습을 적당히 골라 온정주의적·감상주의적으로 읊는 일종의 소재주의가 있다. 이것은 언론의 눈이 사시로 변하고 상업주의적 소비 문화가 판치는 풍토에서 고발로서의 일정한 가치를 인정받을 수는 있으나 자각·지향성·공격성의 통합적 운동으로서의 민중 의식에서 이탈, 감상적 지향성에 매몰된 의식이라는 점에서 비판을 모면할 수도 없고 그런 모습에 담긴 현실적 모순의 전형성을 포착할 수도 없는 수준의 것이다.

　감상적 구호주의, 구호적 감상주의의 또 하나의 양상은 소시민으로서의 삶과 의식을 있는 그대로 솔직히 표출하는 데 머무는 것이다. 이것은 정직성의 차원에서 일단 긍정적인 일면이 없는 것은 아니나 참된 자각, 진정한 정직성은 자기 삶에 대한 반성이 지향성·공격성으로 이어지고 그것들과의 통합을 이루는 과정에서 주어지는 것임을 감안할 때 지극히 안이한 의식이라 아니할 수 없다. 기층적 민중에 속하거나 침잠한 사람인 시인의 경우 자각과 지향성은 애초부터 하나의 것이므로 그 하나된 자각이 점차 심화되면서 공격성을 아우르는 방향으로 나아가는 것이 바른 방향일 텐데도 오히려 그 주된 방향을 소시민의 의식화 쪽으로 돌려잡는 것 또한 분명히 구호적 감상주의, 감상적 구호주의에 편입되는 의식이다. 민중 전체의 역사적 주체로서의

일어섬이라는 근본적 방향에서 볼 때 타당한 길인 것처럼 보이
지만 그 경우 극복 의지보다는 상승 욕구가 우선하고 자기 삶의
어려움을 감상적으로 호소하는 감상성을 동반하는 것이 상례이
기 때문이다. 단순한 구호주의가 구호적 감상주의, 감상적 구호
주의의 한 극이라면 냉소적 구호주의는 그 반대쪽 극일 것이다.
이것은 현실의 모순이 빚어내는 상황에 대하여 비판적인 입장
을 견지하니 자각·지향성·공격성 모두를 냉소주의에 수렴시킴
으로써 비판 자체마저 무화시키는 분열증적 의식을 말한다. 역
사·민중·자신에 대한 신뢰와 사랑의 결여에서 빚어지는 이 같
은 의식은 결국 모든 것을 비판하나 모든 것을 비판하지 않는
방사형 더하기 수렴형 의식으로서 가장 경계해야 할 왜곡 현상
의 하나이다.

　이상에서 간략하게 언급한 왜곡 내지 굴절 현상, 이것은 우리
시가 반드시 버려야 할 자리, 극복해야 할 자리일 것이다.

3. 갈 길

　백낙청의 「민족문학의 새로운 고비를 맞아」(『한국 문학의 현
단계 Ⅱ』)를 보면 "80년대의 문단에서 벌어지고 있는 가장 뜻
깊은 화해의 작업 가운데 하나는 시집 『벼는 벼끼리 피는 피끼
리』 이후로 하종오가 줄기차게 발표하고 있는 5월의 노래들이
라 본다. 그 일환으로 볼 수 있는 「호남평야와 김해평야의 덕담」
(『반시의 시인들』)이라는 작품을 읽노라면 언제부터 우리는 남
북의 산하가 합칠 일뿐 아니라 호남평야와 김해평야가 덕담을
나눌 일까지 격정하지 않으면 안 되게 되었는지 추연한 생각도
들지만"이라는 말이 나온다. 그 자신의 일관된 논리에서 보아
도 그것은 결코 추연한 일이라고 볼 수만은 없지만 추연한 것도
사실이다. 산하만 찢긴 것이 아니라 우리 현실 속의 삶과 의식

또한 겹겹이 갈라지고 찢겨왔기 때문이다. (이 대목에서 필자는 텔레비전을 통한 '이산 가족 찾기'를 보았다.) 사방을 둘러보아도 헤어진 것투성이이지 온전하게 화해로운 만남을 이룬 것은 참으로 보기 힘들다. 해방 이후의 우리 현대사의 전개는 이렇게 만남보다는 헤어짐을 확대 재생산하고 은폐해온 과정이었던 것이다. 이것의 극점에서 우리는 호남평야와 김해평야가 화해롭게 만나야 할 추연한 사실을 본다. 겉으로 명료히 드러나지는 않는다 할지라도 모든 헤어진 것들, 모든 찢겨진 것들은 몸부림치고, 혼절하고, 울음 터뜨리며 끌어안을 수 있기를 통절히 열망한다. 이 열망을 자기화하고 그것의 실현에 온몸을 밀고 나가는 것, 이것이 곧 우리 시가 갈 길이 아니겠는가.

지금껏 되풀이해왔듯이 진정한 만남을 위한 첫걸음은 찢겨진 나의 삶과 의식에 대한 철저한 자각이다. 그 찢겨짐이 역사적·사회적 현실의 제모순에 의한 것임을 깨닫고 그 모순의 본질을 극복하려는 치열한 몸부림을 거듭하는 것 말이다. 상업주의적 소비 문화 등 온갖 문화 지배의 메커니즘은 우리들의 의식을 잠재우는 데 더욱 기승을 부리고, 언론도 완벽하게 그 대열로 편입되었고, 사회적 제세력의 자기 실현 노력들은 이산되었고, 그 근원은 보다 강화된 것이다. 이것이 바로 변화된 새로운 조건일진대 이 조건 속에서 우리는 과연 얼마나 치열하게 자각하였고 자각하고 있는지, 이 점에 대한 전면적 성찰이 없는 한 만남의 길은 트이지 않을 것이다. 실로 헤어짐은 부둥켜안고 몸부림치는 이산 가족들의 저 처절한 만남이 진행되는 가운데서도 우리의 삶의 전부면·전과정에 걸쳐 줄기차게 이뤄지고 있으며, 이의 극복을 위해서는 그것에 대한 치열하고 뜨거운 자각이 요청됨을 다그친다. 이런 문맥에서 나는 버릴 것은 버리고 설 곳에 선다는 우리의 명제 또한 단계적이 아니라 함께 이뤄져가는 것으로서 철저한 자각이 전제되지 않을 경우 그 어느 쪽도 이뤄질 수 없음을 강조하고 싶다.

　　서두에서 나는 동인 운동과 무크지 운동은 변화된 조건에 대한 문학의 적극적 대응이라고 말한 바 있다. 최근에는 또 항일 민족 시집들, 『4월 혁명 기념시 전집』, 신동엽과 김수영에 관한 편·저서들이 나와 우리 시의 역사적 맥을 더듬게 함으로써 오늘의 시의 방향 모색에 간접적 언질을 주고 있고, 여러 동인지의 선집, 신인 및 중견 시인들의 시집들이 잇달아 나오는 한편 중진 시인들의 작품 '발표'가 재개되어 단순한 침묵이 아니었음을 보이는 등 바람직한 양상이 보태지고 있다. 그러나 우리는 이러한 풍요로움에도 불구하고 진정 우리의 자각이 그 풍요로움의 내실을 밑받침하고 통합적 민중 의식의 방향으로 전진하는 힘이 되기에 충분한 것인지 거듭 물어야 할 것이다. 전반적으로 문학이 다른 어느 부분에 비하더라도 가장 활발하게 변화된 상황에 대처하고 있는 것은 70년대에 이룩한 주체적 역량이 상대적으로 그만큼 더 컸다는 사실의 반증이지만 그 역량의 축적이 문학의 독자적 노력의 소산인 것만은 아닌 만큼 민중 의식을 문화주의에 신탁(信託)하는 등의 유혹은 마땅히 경계해야 할 것이기도 하다. 이것은 문학 운동 또는 문화 운동이 특정 조건하에서 선구적 역할을 할 수 있고 또 그러도록 노력하는 것이 정상임을 경시하는 것이 아니라 여러 부문간의 통합적 움직임을 지향하는 운동일 때만이 문학주의·문화주의의 한계가 보다 효과적으로 극복될 수 있다는 얘기다.

　　마지막으로 필자는 의식과 형식의 관계 등에 대하여 약간 언급할까 한다. 70년대초 이래 우리 시는 조선 시대의 평민 예술의 원리를 창조적으로 수용하려는 노력을 기울여왔다. 이러한 노력들이 상당한 성과를 이뤘음은 주지하는 바와 같다. 그리고 그 노력을 촉발시켰고 지속적인 것으로 이끈 것은 시인의 민중 의식이었다. 시인의 의식이 민중 의식으로 되었을 때 그 의식에 따라 시 개념이 새로이 형성되었고 이 개념은 종래의 것과 다른 만큼 그것에 맞는 새 형식을 추구하게 된 것이다. 여기서 새로

설 자리, 갈 길　393

이 눈뜬 것이 다름아닌 전통적 민요·민예의 민중적 원리였는
바, 이것은 우리 시의 전통적 맥락을 창조적·현대적으로 계승
한다는 측면뿐 아니라 일제 시대 이래 부당하게 왜곡된 민요·
민예에 대한 인식, 다시 말해서 일제 잔재적 인식을 청산한다는
측면에서도 결코 의식의 변화와 무관한 것일 수 없었다. 이 같
은 노력과 연관된 한 성과인 '쉬운 시'의 성립에 대하여 김종철
은 「역사 속의 인간과 시」(『우리들의 그리움은』)에서 "난해시
의 극복이라는 문제는 〔……〕 본래 여하한 기술주의적 접근으
로써 해결될 수 없는 것이다. 그것은 보다 근본적으로 시를 포
함한 예술 일반이 일부 선택된 사람들에게 봉사하고 있어야 하
는가, 아니면 민중 전체의 삶의 향상에 기여해야 하는가 하는
본질적인 예술관의 문제이며 세계관의 문제이다"라고 지적하고
있다. 요컨대 시의 형식이나 기법의 문제는 의식의 변화에 따라
그 변화된 의식을 감당할 새 형식과 기법을 추구하는 데서 근본
적 변화가 가능해지며 그 적합성을 확보할 수 있는 것이다. 따라
서 민중시·리얼리즘시에서 자주 발견되는 기계적 모방이나 문
학적 형상력의 결핍도 대개 의식의 미성숙 또는 왜곡과 연관된
것으로 볼 수 있을 것이다. 언어의 조탁 문제 또한 마찬가지다.
김정환의 시집 『황색 예수전』에 대한 해설에서 필자는 민족사
의 정당한 전개, 보다 인간다운 삶의 실현을 위한 당대 몇 역사
상의 모든 구체적인 노력을 사랑의 운동 양식으로 파악한 그의
사랑 인식을 가리켜 사랑이란 말의 재창조라고 말한 바 있지만
오늘의 우리 언어는 전면적·전과정적인 '헤어짐' 또는 '찢김'에
의해 오염되고 왜곡된 것이기 때문에 그 헤어짐의 관계를 진정
한 만남의 관계로 환치시키려는 노력에 의해서만이 근본적으로
정화될 수 있을 것이다.
　참다운 만남의 관계를 지향하는 전체 운동의 총체적 자각의
자기 몫을 끈덕지게 움켜쥐고 "민족의 동질성의 회복"(신경림,
「6월·통일·문학」, 중앙일보, 1983년 6월 24일자)으로의 길을 가

는 것, 이것은 필자 자신을 포함한 모든 시인, 문학인들이 오늘
의 시점에서 한없이 자기 자신에게 되물어야 할 절절한 문제일
것이다. 이 모든 것은 멀리서가 아니라 우리 자신의 삶과 의식
의 전부면·전과정에 걸쳐 지금도 일어나는 일이므로.

에피모더니즘으로서의 포스트모더니즘

김   진   석

1. 에피모더니즘으로서의 포스트모더니즘

지루하다, 아니 거의 지겹다.

그렇게 포스트모더니즘이 논의되고 있다. 이미 외국에서도 광고처럼 말해지고 씌어진 것이 비슷하게 또는 더욱 심하게 다시 곳곳에서 재생산되고 양산되고 있다. 찬성의 에피고네들과 반대의 에피고네들, 그리고 그 주변에서('옆'도 '에피'이다) 생긴 절충파의 에피고네들이 줄줄이 앞으로 나란히를 한다. 정말, 모두 다시 유치원에 가버린 것일까?

역사는, 늙어버린 역사는 이제 한껏 유치해지려는가? 젊었는데도 일찍 늙어버려서, 아니 태어나자마자 늙어버려서(왜냐하면 19세기 초반에 헤겔은 이미 역사의 종말로서의 현대의 완성을 선포하였으므로, 이제 그 이후로 태어나고 성장하는 인간과 존재는 모두 이미 늙어서 태어난다), 역사는 유치함의 존재를 영위하는 듯이 보인다. 역사는 지루하고 지겨워지는 듯하다.

그러나, 포스트모더니즘 앞에서의 지루함 또는 지겨움은 누구의 몫인가? 그리고 저 에피고네들은 누구인가? 실제로 지루함 및 지겨움의 느낌이 몸을 들쑤신다 하더라도, 문제는 그들에 대해 생기는 지루함 또는 지겨움이란 감정의 수위가 일정하지도 않고, 그 방향도 단순하지 않다는 것이다. 이 지겨움을 느끼는 쪽이 저 에피고네들과 또렷이 변별된다면 문제가 없겠지만, 아마도 그렇지 않을 것이다. 아마 기껏해야 겨우 뿌옇게만 구별될 것이다. 그래서 더욱 지루하고 지겨운 것이 아닐까?

이 변별의 흐릿함과 불투명성의 근본적인 이유는 에피고네의 존재가, 위에서 말했듯이, 단순히 어느 집단이 경험적으로 늦게 태어났다는 사태에서 기인하는 것이 아니라는 데 있다. 또 다른 이유가 그것과 겹친다: 근대/현대라는 역사적인 거인 괴물의 탄생과 생성 자체가 에피고네를 산출하기 때문이다. 이성 또는 자본주의적 효율성이란 커다란 외눈을 가진 이 괴물은 자기 이후에 태어나는, 그리고 태어날 모든 존재자를 아류가 되게 하였다. 현대는 역사의 일반적 아류성을 낳는다. 따라서 포스트(뒤 또는 후기)-모더니즘은 저 위대한 현대의 입장에서 보면 영락없는 아류일 것이다. 즉 모더니즘의 아류일 수밖에 없는 포스트모더니즘은 동시에 에피-모더니즘이다. 나아가 근본적으로 이미 아류로서의 역사일 수밖에 없으므로 에피-히스토리이다.

그러나 현대 안에서의 역사의 완성과 포스트모더니즘의 아류성 사이에서 펼쳐지는 이 드라마는 현대라는 괴물이 만든 드라마에 지나지 않는다. 모더니즘과 포스트모더니즘이 위와 같이 서로 배타적인 관계로 이해되는 한, 사실 그것들은, 그것들의 이분법적 구별에도 불구하고 아니 바로 그 때문에, 같은 운명을 가진다. 포스트모더니즘은 모더니즘의 공범일 뿐 아니라(모더니즘에 대한 '포스트'를 언표함으로써 모더니즘을 원형으로 삼기 때문에), 모더니즘은 그것의 지지자이기도 하다. 즉 그것들은 서로 공범적이다. 이러한 포스트모더니즘은 현대 중심적인 목적론적인 역사관에 의해 존재지어진 것이다. 그리고 그것은 단순히 모더니즘에 시, 공간적 '뒤'인 '포스트'를 붙인 형태로는 제대로 파악되지 않는 어떤 것이다. 그것은 차라리 에피모더니즘이다.

이것은 다음의 여러 복합적인 층위의 얽힘이다: 아류를 낳는 모더니즘의 아류로서의, 아류들의 모더니즘. 너무나 애매한 채로 떠돌고 있었던 '포스트'는 '에피'('뒤' '나중' '옆'이면서 동시에 아류성의 조건인)인 탈인 것이다. 아니 얼굴이다(벌써 탈은 얼굴이 되었으므로). '포스트'는 이 '에피'가 지시하는 복합성을 은폐하고 단순히 시간적 선후 관계로 축소시킨다.

소위 포스트모더니즘을 반대한다는 입장들은 그것들의 근본적인 근거를 대부분 바로 이 '에피'의 단순화된 변형인 '포스트'에서 찾는다. 그것이 한 겹 더 복합적으로 꼬여 나타난 유명한 예는, 국내에서도 반-포스트모더니즘론의 대부로 잘 알려진 하버마스의 「현대——미완성의 기획」론이다. 그의 이론은 몇 가지 문제적인 전제를 내포한다: 1) '현대'라는 것이 소위 역사 발전의 가장 발전적인 단계라는(즉 다른 단계는 단순히 그것의 미성숙된 형태를 보여줄 뿐이라는) 전제; 2) 그 현대의 특성인 '계몽'이 순수한 이성 또는 의사 소통의 작용으로 완성될 수 있으리라는 것; 3) 이 '현대'는 그러므로 나아가 폐쇄적으로, 다르게 말하면 종말론적으로 완성되리라는 전제; 4) 이 완성 다음에야 '포스트'가 올 수 있으리라는 생각. 이것들은 모두 편협한 전제에 지나지 않으며, 그 편협성은 그것이 합리성을 내세우는 듯하지만 사실은 몰래 아직도 목적론적-종말론적 역사관을 유지하기 때문에 생기는 것이다. 그리고 '발전'에 대한 이런 맹목성은 무해한 것이 아니라 매우 위험한 권력형 역사관의 산물이다. 그것은 소위 '현대'가 여러 차원에서 이루어진 권력 행사의 효과임을 간과하고 있기 때문이다: 육체에 대해, 비이성(예로 광기)에 대해, 생명에 대해, 그리고 비-서양에 대한 서양 중심주의가 행사한 권력의.

이 땅의 우리는 탈현대의 논의 한가운데서 저 지루함과 지겨움을 운명적으로 맛본다. 역사의 쓴맛, 독한 맛.

우리는 저, 현대를 낳은 주체도 아니고, 그 현대가 낳은 본질적인 아류의 시대 속에서 다시 그 아류성의 필연성을 창조적으로 해석하는 주체도 아니기 때문이다(하이데거가 서양의 존재론의 역사를 동반적인 관계에서 '반복'한 것이나, 푸코가 서양의 부활 중심적 역사를 고고학의 거의 죽은 대상으로 박제를 뜨는 것이나, 데리다가 본질로서의 이성 중심주의의 반복을 통해 텍스트의 주체를 해체하는 것들은 사실 모두 이러한 아류성의 창조적 재발견에 근거하고 있다). 다르게 말하면, 현대를 낳은 서양은 역사의 죽음을 종말론-유권적으로 선고할 뿐 아니라, 소크라테스 이래로 전통이 되어버린 저 산파술 덕택에 다시 그 죽음 속에서 제일 먼저 살아날 권리도 차지하고 있다는 소리다. 이 점에서 포스트모더니즘은 모더니즘 강시다.

그러므로 제3 세계의 우리에게는 제3의 아류라는 빛이 지워진다: 현대적인 조건을 스스로 만들지 않은 우리는 포스트모던한 조건도 스스로 만들지 못했는데, 그럼에도 불구하고 우리는 그 안에서 그것을 이미 어느 정도 재생산하고 있기 때문에, 우리에게 저 지루함과 지겨움은 더욱 깊어간다.

그러나 이 지루함과 지겨움은 단순한 나태의 현상이 아니다. 오히려 우리가 스스로 감당해야 할 몫으로서 인식되어야 한다. 삼중으로 쌓인 에피고네의 빛을 인식하며 동시에 그것들을 한 겹 한겹 얇게 저며내기 위해 우리가 치러야 할 감정의 모험과 고행의 끈질긴 형태인 듯하다.

거꾸로 말하면 지루함과 지겨움은 가장 탈-현대적인 감정 중의 하나이다. 이성 중심주의적 현대에 나는 존재의 탈. 특히 소위 전근대와 현대와 탈현대가 병존하는 곳, 즉 생이 독해질 수밖에 없는 곳에서는 더욱 독해지는 감정이다. 자, 그 독배를 마시자. 그리고도 한동안 쓰러지지 말고 견디자. 우리 몸뚱이는 이미 독함의 텍스트가 아닌가.

2. 거인 부수기

자신이 서 있는 입장을 명확히하자, 그것이 울퉁불퉁하고 단층적일수록 더 명확히하자. 오늘날 서 있는다는 것은, 비틀거리지 않고 또는 비틀거리면서도 두 발로 서 있는다는 것은 거의 놀라운 일이다. 서 있는 '입장,' 이것은 대단한 모험이다.

포스트모더니즘의 논의가 지루해지고 지겨워지는 중요한 이유는 그것의 찬반 논의가 너무 환원주의의 방식으로 이루어지기 때문이다. 찬성하는 입장뿐 아니라 반대하는 입장도, 그리고 절충주의자들도 논의를 너무도 일방적으로 환원시키고 있다. 거인형의 표적으로 거인이 될 필요가 없는데도 다시 그것이 되어버린 '포스트'(그리고 이런 일이 여기서 우스꽝스럽게 벌어지고 있는 것도 우연이 아니다. 오히려 우리의 존재가 위의 삼중의 아류성이 낳은 기형성에 근거하고 있기 때문이다).

총체화되고 전체주의적인 모더니즘을 반대한다면서 등장한 포스트모더니즘이 다시 그런 비슷한 양상을 띠고 목소리를 높인다면, 그것은 거부되어야 한다. 대부분의 포스트모더니즘의 옹호자 또는 절충주의자까지도 유감스럽게도 그런 재-전체화의 오류에 빠져 있다. 동질적이고 유일한 텍스트로서의 포스트모더니즘이란 '없다.' 다르게 말하면: 포스트모더니즘의 변호자나 절충주의자들이나 반대자들이 그것을 이미 모더니즘과 이분법적으로 또는 변증법적으로 구별된 형태로 정의한다면, 아무리 그 다음에 다시 그것이 이것의 계승 및/또는 동시에 반작용이거나 단절이라고 말한다 하더라도, 그러한 설명은 충분하지 않다. 왜냐하면 그런 이원적인 구분 또는 그것의 더 은폐된 형식인 변증법적인 구분(대부분 스스로는 아니라고 언표하는데)은 실제로는 그것들을 공존하게 만드는 논리인 것이다. 변증법은 신학적 형이상학의 가장 근본적인 논리라는 것에 주목하자. 그리고 중요한 것은, 애매한 변증법주의자의 방식으로 쉽게 '연장이며 단절'이라고 말하는 것이 아니라, 오히려 더 나아가 어떻게 연장도 되고 단절도 되는 그런 담화와 역사의 형태가 존재할 수 있는가를 밝히는 것이다. 도대체 거기서 일어나는 '겹침'의 경제가 어떤 성격을 가지는지 자세히 분석되어야 한다. 탈-변증법은 어떤 파격적인 움직임 속에서 움직이는지도 자세히 논의되어야 한다. 그리고 부수려는 것으로부터 그 파괴의 도구와 재산을 빌려 쓰는 사색의 경제도 치밀하게 분석되어야 한다.

그러나 옹호하는 쪽이나 절충주의자들은 그들의 직접적인 존재의 이익이 걸렸으니 그렇게 할 것이 예측되어질 수 있더라도, 반대하는 쪽의 입장도 그런 거대 당파적 싸움을 벌이려고 하는 이유와 근거는 더 자세히 논의되어야 할 것이다. 심지어 지금까지 논의가 혼란스럽게 되어가고 있음을 질책하면서 논의를 자세히 해야 한다는 입장도 다시 거대하고 유일한 포스트모더니즘이란 표적을 만들게 되는 까닭은 무엇인가? 논의를 위해 이 글은 방법적으로 논쟁적 성격을 띠고자 한다. 기왕에 드러낼 그 성격을 확실히하기 위해(물론 지면의 제한과도 관계가 있지만) 절충주의적인 텍스트보다는 그래도 논리가 더 분명한 비판적 텍스트를 방법적 논쟁의 길잡이로 삼는 것이 좋을 것이다. 그럼으로써 일반적인 서평의 관행, 즉 씌어진 글들의 전반적인 유형과 흐름을 조망하는 것에서 벗어난다면? 이 글의 흐름의 대가로 잃는 것인가.

도정일의 텍스트는 포스트모더니즘에 관해 이루어지고 있는 시중의 논의에서 "분별없는 진영 확대와 무리짓기의 오류"[1]를 옳게 지적한다는 점에서 좋은 논평의 대상이 될 것이다. 그의 지적대로 많은 경우에 포스트모더니즘의 옹호자들은 그가 비판하는 오류를 실제로 저지르고 있다. 료타르, 데리다, 푸코, 보드리야르, 들뢰즈 같은 저자들의 텍스트가 서로 나름대로의 서술

---

1)「포스트모더니즘——무엇이 문제인가」,『창작과비평』, 1991년 봄, p. 303.

의 차원에서 짜여지고 있고, 또 이런 철학적 또는 사회학적 텍
스트가 예술적 차원의 텍스트와 상당히 다르다는 점에서 출발
할 때, 필자는 신중한 출발을 하고 있다고 할 수 있다. 필자가
포스트모더니즘을 '철학 논의, 사회 이론, 문학 예술론'으로 구
분하고 그 구분을 유지시켜야 한다고 말할 때까지도 그 변별성
은 어느 정도 유지되고 있다(물론 이 변별성도 문제가 있다. 철학
논의라고 하더라도 각각의 텍스트 안에서 커다란 편차를 나타낼 수
있기 때문이다. 한국에서의 '포스트' 논쟁에서 수치스러운 것은, 저
들 텍스트가 치밀하고 섬세한 방식으로는 거의 분석되지 않고 다만
거칠게만 요점 정리되고 있다는 점이다). 그러나 필자가 논의를
곧바로 료타르에게만 제한시키고, 그럼에도 불구하고 상이한 모
형들이 어떻게 "포스트모더니즘이라는 전칭적 범주로 묶여지게
되는가를 보게 된다"[2]고 주장하게 되면, 꼼꼼한 독자는 안타까
움을 느낀다. 전칭적이고 전체적인 범주로 묶여지지 않게 구분
을 유지하면서 치밀하게 논의가 전개되지 않고, 다시 커다란 희
생양이 찾아지게 되는 것을 보게 되기 때문이다.

　이러한 일이 벌어지게 되는 이유는 무엇인가? 텍스트를 읽고
쓰는 것에 대한 근본적인 이해 방식이 이미 스스로 전체주의적
이기 때문이다. 그 근거 위에서 필자는 텍스트의 씌어짐과 읽혀
짐을 하나의 '총체화 행위'로 전체화시키고 있다.[3] 여기에 이르
면 필자가 앞에서 저자들의 이질적인 차이를 유지시켜야 한다
고 말한 것이 무색하게 된다(그것은 하나의 전술이었던가?). 바
르트, 푸코, 데리다에서 가장 중요한 문제는 바로 어떻게 그들
나름대로 편차를 무릅쓰면서 텍스트에 대한 저 전체성을 찢고

---

2) 같은 곳, p. 306.
3) 필자가 소위 반(反)플롯 기법에 대해 어떻게 생각하는지 다음 문장을 읽어보
　자: "모더니즘의 경우 이 기법은 독자가 독서 행위라는 전체화 과정(독서란
　이미 총체화 행위이다)을 통해 이야기 속의 사건 질서 *diegesis*를 복원할 수
　있게 했으나 포스트모더니즘은 그 복원 가능성까지도 거부한다"(같은 곳, p.
　318).

분산시키는가라는 문제이다(그럼에도 불구하고 필자는 의도적으로 또는 반의도적으로 이들을 제외하고 논의를 료타르에만 제한시켰으며, 그럼에도 불구하고, 필자가 주장하고자 하는 부정적인 결론을 그들에게도 무리하게 확장시키고 싶어하는 듯하다). 물론 글쓰기와 독서 과정에서 어떠한 조정 및 배치 작업도 전혀 없을 수는 없다. 그러나 그것을 일의적으로 총체화 행위와 동일시하는 것은 위험할 정도로 단순하다. 담화와 언표의 배치는 사실 어떠한 텍스트에서도 일률적으로 총체화 또는 전체화의 수준에서 이루어질 수 없다. 가장 전체주의적인 텍스트도 그것 자체만이 전체주의적이라기보다는 오히려, 그것의 근거가 허약할수록 더, 그것과 결합된 권력 행사의 기술과 메커니즘의 도움 속에서 그렇다. 바르트, 푸코, 데리다가 강조하고자 하는 것은 바로 엄밀하게 파악된 텍스트는 모두, 일정한 정도의 폐쇄성을 가로질러, 열려 있고 구멍 뚫려 있고 잡음을 만들고 있다는 사태이다. 그런데 언어를 인간의 이익에 봉사하는 도구로 이해하고 또 인간의 헐벗음을 미화하기 위한 부유한 재산으로 이해하는 언어관은 바로 그 열려짐과 잡음을 억압하고 통제하려 한다. 그러한 입장은 오히려, 그 자신은 부정하지만, 전통적인 또는 자본주의적인 재산 축적이 언어학적으로 변형된 형태이다.

　전체적이고 총체적인 서사에 대한 도정일의 주장을 좀더 자세히 읽어보자. 그러면 거기서 루카치적 도그마가 드러날 것이다. 모더니즘은 그래도 서사의 복원 및 재구성을 허용하는데, "교란된 서사의 '자연화'를 의미하는 이 이야기의 복원 능력이야말로 사실주의 서사 전통이 중시하는 총체화의 능력이다. 그것은 사건의 처음과 중간과 끝을 재구성함으로써 아무리 난해한 서사라 할지라도 거기에 '총체적 구조'를 부여하여 그것을 이해 가능한 서사로 되돌려놓는 '전체화'의 능력이며 인간의 독서 행위는 전적으로 이 능력의 전제 위에서 이루어진다."4) 이

4)「서사의 회복과 현실 세계로의 회귀」,『문학사상』, 1991년 여름, p.133.

러한 주장은 어떤 전략과 전제에 따라 움직이는가? 첫째, '포스트모더니즘'을 '모더니즘'의 '극단적 연장'으로 환원시킨다.[5] 물론 "동일한 것이 아니라"고 말하고 있지만 그것은 별로 중요한 문제가 아니다. 중요한 것은 바로 그 환원을 통해 '그것'은 이미 위에서 분석된 '에피모더니즘'의 형태를 띠게 된다는 것이다. '모더니즘'의 아류로서의 '그것'은 기껏해야 그 아류성을 창조적으로 착취한다는 것이다. 여기까지는 현대 중심주의가 그것의 잉여가치를 낳는다 : 그러나 다음으로는 사실주의가 더 큰 이상주의적-본질주의적 잉여가치를 낳는다. 왜냐하면 '모더니즘'이 허용하는 서사의 전체성 또는 "이야기의 복원 능력이야말로 사실주의 서사 전통이 중시하는 총체화의 능력이라"고 함으로써, '모더니즘'은 다시 사실주의에 종속된다. 사실주의적 서사 전통만이 모든 이야기 방식의 이데아로 높이 솟아오른다. 그 원형만이 이야기의 유일한 '이해의 모델'이 되고 '본질적 서사'가 되고 '궁극적 의미의 지평'이 되며, 그것에 맞지 않는 문학은 "다른 어떤 장르이지 문학이 아니라고" 이단 심판관의 근엄한 제스처로 판결되어진다.

그런데 이 본질주의적 문학관은 다시 문자 매체에 대한 이상주의적 우상화와 결합되어 있다. 영상이나 다른 매체는 단순히 부정적 표피화만 초래하는 반면에 문자 매체는 본질적 심층에 머무르고 있다는 논리는 문자 및 언어에 대한 너무 일면적으로 낭만주의적이거나 도구주의적인 신화이다. 이것도 이미 '소리 없는' 침묵의 언어는 아니며, 일정한 정도의 표피화와 결합되지 않고서는 전혀 사용되거나 교환될 수 없기 때문이다. 한 예를 들면 지속적인 의미를 담보해주는 듯한 분자는 동시에 (원)기억력을 쇠퇴하게 하며, 그것의 존재에 필수적인 기계적 반복성은 동시에 소위 주체의 마모와 분열을 생산한다.

이 입장의 또 다른 거대한 잉여가치는 인간 중심주의에 의해

---

5) 같은 곳, p. 130.

생산되어진다. 그것은 오직 스스로를 인간주의적이라 하고 그 정의로써 모든 문제를 한칼에 해결하려는 듯하다. 위의 인용문에 모더니즘의 잉여가치를 흡수한 사실주의의 총체적 서사 복권 능력은 다시 한번 겹겹이 총체화되어, "인간의 독서 행위는 전적으로 이 능력의 전제 위에서 이루어진다"고 말해진다. 나아가 예술의 의미를 거의 전적으로 '인간적 의미'의 부여라 한다: "우리가 예술에 부여하는 것은 무엇보다도 '인간적 의미'인데(예술은 기계 아닌 인간의 실천 양식이므로)"[6] "예술이 기계 아닌 인간의 한 실천 양식이므로" 그것이 전적으로 인간적 의미를 구현한다는 논리는 너무 소박한 인간 중심주의가 아닌가? 기계성이 테크노크라시의 관점에서 단순히 낙관적으로 수용되어서는 안 될 것이다. 그러나 예술을 포함한 소위 '인간'의 행위가 기계 아닌, 기계에 의존하지 않는 어떤 독립된 순수한 '인간적'인 영역에서만 이루어진다고 믿는다면 그것은 편협하고 고루한 신화적 인간주의일 것이다. 기계성에 전혀 맞물리지 않은 어떠한 인간도 예술도 불가능하다. 현대 예술의 중요한 의의 중의 하나는 바로 이 기계성에 대한 반성일 것이다. 그것은 글자를 가능하게 한 기계적 기억에서부터 표현과 서술의 기교 및 오브제의 문제를 거쳐 텍스트나 작품의 경계 가능성 자체의 문제에까지 이른다, 전체화된다. 그러므로 그러한 "기계 아닌, 전적으로 인간주의적인 의미"의 미학은 너무 단순하고 비역사적이다. 말로만 '인간'을 외친다고 정말 '그'를 위하는 것이 되는 것은 아니다. 그것은 그렇게 단순하게 주어진 실체가 아니기 때문이다. 소위 단순한 '인간주의'의 맹점은 무엇인가? 그것은 이제

---

6) 도정일, 「표피 문화 이론의 극복을 위하여」, 『현대예술비평』, 1991년 여름, p. 152. 나아가, 위의 문장은 보드리야르에 관계된 것인데, 필자의 논의는 이 점에서 또다시 전체화된다. '보드리야르'라는 이름은 이미 매우 복합적이고 분열적인 텍스트를 위한 하나의 이름에 지나지 않을 정도로 이 텍스트는 이미 스스로 사회를 찢으며 사회에 찢기고 있는데, 이 '찢기며-찢음'의 다양한 효과는 외면하고 부정적인 면만 확대 해석하는 것은 올바른 논의가 아닐 것이다.

거의 공허한 개념이거나 또는 일상적인 수준에서도 이미 전통적인 지평에서 너무 이탈되어 있다는 점이다. 지금 이 시대에는 더욱더 그래서, 오히려 '인간'을 위한다는 시도들은 암암리에 그 적대적인 것과 결합되어 있거나 심지어 그것을 조장한다. 그러므로 사태를 단순화시키지 않기 위해 도대체 그 개념의 생성 근거와 배경은 무엇인가를 다각적으로 분석하여야 할 것이다. 실제로 우리가 이미 기본적으로 서양 중심적인 인간관에 빠져 있듯이, 그것은 서양사적인 배경을 가진다. 인간주의적 이론들은 사실은 정말 '그'를 위한 것이 아니라 '그'의 미명 아래 항상 '그' 아닌 다른 것에 봉사하고 있었다 : 신에, 특정한 계급(부르주아 또는 거꾸로 프롤레타리아)에, 기계에, 권력형 지식에, 권력형 생명에…… 제대로 된 탈현대적 작업은 '그'가 이 질기고 질긴 끈들에 의해 자기도 모르게 흔들리고 있음을 분석하면서, 바로 그 끈들을 뒤흔든다. 그럼으로써 그것을 유지시키며 거기에 매달린 것('인간'이라고 하면서도 사실은 '그'가 아닌 다른 것에 봉사하는 '인간'까지 포함하여)이 떨어져나간다면? 견뎌야 할 것이다. 존재의 흔들림을, 흔들음 속에서, 견뎌야 할 것이다. 흔들음과 흔들림의 균형을, 아니, 불균형까지도.

3. 탈현대의 정치경제

그러면 리얼리즘의 주장들이 포스트모더니즘을 공격할 때 사용하는 중요한 논리 중의 하나, 즉 "그것이 자본주의 또는 후기 자본주의의 문화적 논리"라는 것은 어떻게 파악될 수 있는가? 이러한 논리는 우선 다음 세 가지 전제를 가지고 있다 : 첫째 모든 다양하고 이질적인 이탈의 과정들이——하이데거, 바르트, 라캉, 푸코, 데리다, 들뢰즈, 료타르, 보드리야르——유일한 이름인 '포스트모더니즘'으로 모두 환원돼야 된다는 것이고, 둘째

이 '포스트모더니즘'은 다시 그 근원에 있어서 미국식 문화로 소급되고, 셋째 이 상부 구조적 문화는 '경제적 결정론'에 근거해 설명될 수 있다는 것이다. 그러나 이 세 전제는 이론적으로 모두 의심스럽다. 여러 이질적인 상황에서 다양한 배경에서 생겨난 탈의 과정들(탈형이상학, 탈존재론 및 신학, 탈인간주의, 탈이성주의들)이 단순히 문화의 일종인 포스트모더니즘으로 환원될 수 있는 것도 아니고 더구나 미국식 그것만으로 환원될 수 있는 것도 아니다. 그러한 환원은 그것이 질타하려고 하는 바로 그 전체주의적 논리의 위험을 다시 재현하는 것이 아니겠는가? 또 이 다양한 사상적·예술적·문화적 흐름들도 일방적인 결정론의 방식에 따라 소위 그것들의 '인과론적 원인'이라는 경제적 요인으로 환원될 수 없다. 그러한 논리는 이론적으로 너무 단순하다. 그 논리가 기대고 있는 상부 구조와 하부 구조의 구분 자체가 액면 그대로 결정론을 주장한다고 믿어진다면 이 믿음 또한 너무 단순하고 낙관적이다. 그러므로 '포스트모더니즘'을 비판한다고 할 때도 그 이유가 "포스트모더니즘은 후기 자본주의의 문화 논리"이기 때문이라고 지나치게 단순화되어서는 치밀한 논의가 전개되지 못할 것이다. 그리고 리얼리즘 주장자들이 포스트모더니즘을 비판하기 위해 인용하고 있는 제임슨의 텍스트 『포스트모더니즘——후기 자본주의 문화 논리』가 실제로 그러한 비판을 위한 대부의 역할을 할 수 있는지도 의심스럽다. 그것은 오히려 상황을 서술하는 쪽으로 기울고 있기 때문이다.

이 이론과 관련하여 포스트모더니즘을 찬성하는 쪽이나 또는 반대하는 입장들(소위 '포스트모더니즘'이 후기 자본주의의 문화 논리이므로 아직 그 단계에 진입하지 않은 한국에서는 그것이 전혀 쓸모없거나 시기 상조라는 논리나 '포스트모더니즘'은 '모더니티'의 파선 선고에 지나지 않는다는 반대적 논리뿐 아니라, '포스트모더니즘'은 '모더니즘'을 계승하고 발전시킨다는 찬성적 논리)에 모두 내포된 시대 구분이 자세히 검토되어야 하겠다. 그것은 전근대적·

현대적·포스트모던 단계들의 구분이다. 서로 반대되는 입장들에게도 공통되는 이 구분의 근거는 무엇인가? 그것은 사실 총체적 역사관의 지배의 유산이다. 그리고 그것은 근본적으로 긍정적이든 부정적이든 현대 중심주의에서 출발한다. 바로 그런 이유 때문에, '포스트모더니즘'을 반대하는 쪽이나 찬성하는 쪽이 모두 저 시대 구분에 맹목으로 집착하는 한 그 논의는 일방적이고 일면적일 수밖에 없다. 왜냐하면 하이데거, 푸코, 데리다가 가장 집요하게 제기하는 물음 중의 하나는 역사의 생성의 문제인데, 거기에서는 결코 저 시대 구분이 그대로 전제되거나 당연시되지 않는다. 하이데거와 데리다는 니체와 같이 서양 역사를 그것을 관통하는 거의 동질적인 총체성(신학적 존재론 또는 이성 및 음성 중심주의) 안에서 비판한다. 아도르노도 현대성의 기원을 희랍 신화 시대까지 거슬러올라가며 찾고 있다. 푸코는 또 그와 다른 새로운 역사 구분을 연구하고 제창한다. 그에 따르면 구체적인 대상에 따라 역사적 구분은 상이하고 이질적이며 다수적인 형태로 가능할 뿐 아니라, 그렇게 어느 정도 근본적으로 구분된 경계들도 굵은 선을 나타내기는 하지만 그냥 연속적이거나 전체적이지는 않다. 오히려 그것들은 구간에 따라 단절되고 지연되고 겹친다(그리고 오히려 이 단절과 찌꺼기 때문에 저 커다란 경계가 보여진다고 할 수 있다). 따라서 '포스트모더니즘'은 '모더니즘'이라는 특수한 시대 구분의 한 기점에 대한 상관적이고 더구나 통상적인 지점이지, 그 자체로 일반적이고 총체적인 역사를 위한 절대적 기점을 나타내지는 않는다. 그러므로 '그것'에 대한 논의는 이러한 상관성 아래에서만 정확히 전개될 수 있다. 다르게 말하면, '포스트모더니즘'이라는 전체적 주체 또는 총체적 시대 구분에 근거한 공허하게 반복된 논의는 반대이든 찬성이든 이미 그 출발에서부터 너무 부풀려진 것이다. 그 구분에 의거한 '포스트모더니즘'은 이미 위에서 말해졌듯이 정확히 말하면 '에피-모더니즘'이었다. 두꺼운 역사 속

408

의 '억압'과 '해방'에 대해서만 이야기하는 것으로 충분하지 않고, 얇고 부서질 듯한 이름없는 역사의 층들이 씌어져야 한다. 다르게 말하면: 전현대·현대·후기 현대라는 두꺼운 층 또는 굵은 선이 중요한 것이 아니다. 그 구분에 균열을 주면서 스며드는 다른 자잘한 시대 구분들(푸코)이나 또는 끝없이 숨으면서/숨겨지면서 반복되는 어떤 같은 것(니체, 하이데거, 데리다)이 분석되고 서술되어야 한다. '포스트모더니즘'은 다시 해체되어야 할 어떤 것이다. 그러한 단일한 텍스트는 존재하지 않기 때문이다. 따라서 문학 및 예술 분야에서 "한국에서는 아직도 포스트모던적 작품이 없다"라고 말하면서 '포스트'를 절대화하는 일조차도, 존재하지도 않는 거대한 '포스트'의 유일 텍스트가 이미 전제되는 한, 불충분한 지적이다. 작더라도 치밀한 분석을 하자.

이러한 고찰은 다음의 중요한 결과를 낳는다: '포스트모더니즘'에 대한 논쟁에서 서로 반대적인 입장들——리얼리즘과 (포스트)모더니즘——은 그들이 '그' 거대 텍스트를 재생산하려고 한다는 점에서(물론 서로 다른 방향에서이지만) 공범이다. '에피모더니즘'에서 현대와 후기 현대가 서로 공범이었듯이. 변호사를 사지 않았다고 화를 내는 검사와 변호사가 공범이듯이.

그럼에도 불구하고 한국어로 '탈현대'에 대해 이야기해야 한다면? 그것이 '포스트모더니즘'보다 더 다각적인 분석의 틀을 제공하기 때문이다(물론 많은 논의에서도 '포스트모더니즘'이 '탈현대'로 번역되면서도 그것에 대한 치밀한 분석은 빠진다). 그것은 '현대'라는 탈을 어쩔 수 없이 쓰고(또는, 특히 우리에게는, 강제로 그것이 씌어지고) 거기서 이탈해야 하는(역시 또 강제로 이탈되는) 과정이 어느 정도 복합적으로 서술될 수 있기 때문이다. '현대'의 등록 상표였던 합리성에는 탈이 난다. 아주 크게. 그가 주체할 수 없을 정도로.

여기서 우리는 다시 거의 모든 '후기 자본주의 문화 논리' 이

론이 '포스트모더니즘'을 공격할 때 즐겨 쓰는 무기를 검토해야
겠다. 그것은 '상품의 논리'이다.[7] 물론 미국식 '포스트모더니
즘'이 특히 상품의 효과에 민감한 것은 사실이다. 그러나 그렇
다고 해서 그러한 성격이 모든 탈역사적이거나 탈현대적인 작
업들에 공통적인 흠이 된다고 할 수는 없다. 그리고 모더니즘은
안 그런데 포스트모더니즘만 그런 것도 아니다(가장 '추한' 듯한
모더니즘의 작품도 이미 아도르노가 지적하였듯이 상품 가치를 획득
하였었다). 그렇다면 이것은 단순히 모더니즘과 또는 그것의
'포스트'의 문제인가? 이미 과거의 리얼리즘의 작품들도 상품
가치에서 완전히 자유로웠던 것은 아니다. 더 정확히 말하면:
그것은 지금의 자본주의적 상품 가치에서는 상대적으로 자유로
웠을 것이나, 그 대신에, 다른 권력형 경제의 연관 속에 들어가
있었다. 그리고 그러한 상품화를 비판한다고 하는 논자는 지금
의 자본주의의 실제적 현상황을 도대체 어떻게 평가하는가? 그
스스로도 지금이 "모든 종류의 지식이 상품화되고 모든 종류의
정보가 권력과 자본에 종속되는 시대"[8]라고 말하면서, 단지 어
떤 작업이 상품화된다거나 또는 어떤 작업의 일부분이 상품화
의 복합적인 과정 안에 들어가 있다고 해서 그것을 비판하는 것
은 철저한 논의가 아닐 것이다. 심지어 가장 노동 문학적인 작
품조차도 이 상품화를 선비적인 제스처만으로는 피할 수 없다.
그러므로 중요한 것은 어떤 것이 상품화되었느냐 아니냐의 물
음이 아니다. 오히려 이런 총체적인 상품화의 과정 안에서 어떻
게 그것을 가로질러가며 부수는 일을 할 수 있느냐라는 것이다.
다르게 말하면: 상품화되었다는 것 자체를 너무 신비화하지 말
자. 마찬가지로 '교환가치'가 단순한 순수주의적 '사용가치'의

---

7) 다시 도정일의 입장을 살펴보자: "그러나 이 전위주의는 포스트모더니즘에 와
　서 상품성에 대한 부정과 저항 아닌 상품성의 모방으로 연결된다. 왜냐면 상품
　시대의 엔트로피는 정확히 상품 가치의 새로운 창출 방법이기도 하기 때문이
　다"(『창작과비평』, p. 319).

8) 같은 곳, p. 311(평자에 의해 강조됨).

입장에서 비판되어질 수도 없다. 그러한 일은 아무런 실질적인 대안도 없으면서 그냥 과거의 목가적 또는 낭만적 가치에 매달리는 것에 지나지 않을 것이다. 상품 또는 보다 넓은 의미로 교환가치의 확대는 부정적인 효과뿐 아니라 긍정적이고 수평적인 효과도 동시에 동반한다. 이 틈 사이에서 아슬아슬하게 싸움을 전개하는 것이 중요하지 단순히 낙관적으로 초월적인 입장을 요청할 수는 없다. 어느 누구도 그 상품화 또는 교환가치화의 과정의 초월적인 바깥에서만 존재할 수는 없기 때문에 이제는 오히려 스스로 탈이 나며 그것을 가로질러가는 반성의 길이 중요하다. 그러므로 스스로가 상품화되었음을 통렬하게 드러내는 일이 마치 세상이 아직도 그렇지 않다는 듯이 유유자적하는 일보다 더 아프고 힘든 일이다. 이제 스스로 망가지지 않고 세상의 망가짐에 부딪히며 그것을 부술 수는 없다.

　순수주의에 갇힌 무력한 상품 논리는 다른 논리의 형태로도 나타난다. 우리가 스스로 만들지 않았다는 이유만으로 어떤 것을 거부하는 것이 그것이다. 그러나 그것은 권력형 민족주의 또는 권력형 메이커/주체의 신화에 빠져 있는 꼴이 될 것이다. 이것은 자본주의적 생산 방식의 근저에 놓여 있는 신화이다. 다르게 말하면: 지금 여기서도 벌어지고 있는 어떤 것을, 단지 그것이 기원적으로 우리의 경제 구조가 아닌 다른 자본주의적(또는 후기 자본주의적) 구조에서 생겨났다고 부정하려는 의도는 그것이 비판한다고 하는 자본주의적 생산 방식과 이미 암암리에 상통한다. 중요한 문제는 누가 생산과 권력의 메이커/주체가 되느냐가 아니다. 그것의 일정한 형태에 의해 상처를 받았다고 자신이 다시 그것의 자리에 서는 일도 아니다. 오히려 가능한 만큼 그러한 권력형 생산의 메이커 및 주체 자체를 분산하고 파괴하는 일일 것이다.

　나아가 어떤 것의 생성의 근원에 우리가 서 있지 않다고 우리가 지금 기능적으로 그 안에 서 있는 것을 부정하려는 의도는 심각한 방법론적 혼동과 오류를 유포하는 것이다. 왜냐하면 어떤 것의 생성 과정과 현재의 기능 과정은 서로 매우 다른 것이며, 따라서 그들에 대한 연구도 일정한 차이 속에서 다른 차원에서 수행되어야 한다(엄격하게 말하면 우리는 탈현대만 스스로 만들지 않은 게 아니라 현대도 전현대도 스스로 만들지 않았다. 불교도 도교도 유교도 기독교도 스스로 만들지 않았다. 그럼에도 불구하고, 아 그럼에도 불구하고!). 가치론적으로 보면 생성과 기능은 서로 비슷할 수도 있지만 오히려 많은 경우에 그들은 이질적이고 적대적이기까지 하다. 예를 들면, 지금 소위 인간에게 없어서는 안 될 많은 '좋은' 성질들은 어둡고 '나쁜' 과거를 가지고, 지금 '나쁜' 것으로 여겨지는 것들은 '좋은' 생성 과정을 가질 수도 있다. 우리가 다루고 있는 주제에 이것을 적용하면: 그것이 철학적으로나 예술적으로나 사회학적으로 우리의 상황과는 다른 서양의 여러 이질적이고 권력 지향적인 상황에서 생겨난 것은 사실이다. 그러나 그러한 생성 과정이 가지는 어두운 면 때문에 우리가 이미 그 속에서 존재하는 그것을 부정할 수는 없는 것이다. 오히려 저 생성 과정이 가지는 '좋은' 면들의 효과는 적극적으로 활용되어야 할 것이다: 서양 중심의 민속주의의 파괴, 이성 및 지식의 권력과의 상호 조건성의 분석, 이상주의적 형이상학이 조직하는 사기극의 해체.

4. 즐거운 아류

　그러므로 에피모더니즘으로서의 포스트모더니즘을 거부한다는 것은 그것을 통째로 거부하는 데로 귀착하지는 않는다. 다만 목적론적 역사관에 사로잡힌 현대 중심주의와 제국주의적 서양 중심주의에 의해 생산된 그것의 아류적 형태를 거부한다는 것이다. 즉 일정한 형태의 아류성(근원적 원형에 의해 생산되었으면서도 다시 거꾸로 그것에 봉사하는)이 여기서 거부되는 것이지 모든 종류의 아류성이 거부되는 것은 아니다.

오히려 일정한 종류의 다른 아류성은 이론적으로나 실천적으로나 전략적으로도 적극적으로 사용되어야 한다. 즉 근원과 메이커에 예속된 아류성과 더 이상 그것에 집착하지 않는 아류성은 구분되어야 한다. 이 탈근원적이고 탈중심적이고 탈주체적인 아류는 그러므로 '아류'가 아닌 아류일 것이다. 그것은 권력형 의미와 중심에 예속되지 않은 잡음과 가장자리에 관심을 기울이게 할 것이다. 또 가면이 겹겹이 쌓인 우리의 존재가 단순히 병적인 결백주의자의 관점에서 갉아먹히게 하거나 또는 병리학 및 정신분석학의 가엾은 대상이 되게 하지 않고 오히려 파괴적으로 사용될 수 있게 해줄 것이다. 파괴적이면서도 긍정적으로 그것은 즐거운 아류이다. 악마의 이름을 가진 아류. 물론 이 악마는 일정한 정도로는 그가 살고 있는 자본주의 사회의 악마와 혼동될 만큼 비슷하다. 그러나 전자는 자본주의 악마의 몸뚱어리 안에서, 이것의 권력형 의미에 잡음을 일으키며, 그걸 가로질러가고 부순다. 조금씩, 조금씩이라도.

다르게 말하면 여기서 즐거움과 재미의 새로운 모습이 나타난다. 그것은 권력과 전체주의에 탐닉하는 형태와 달리, 작고 소리가 나지 않고 잡음 같다. 과감히 분산을 감당하며 탈권력적이다. 반면에 총체적 세계의 총체적 서사에만 매달린 즐거움은 어떤가?[9] 그것은 역설적이게도 과거의 신화적 권력 및 전제적

---

9) 다시 도정일의 입장을 살펴보자: "플롯의 총체적 구조를 파괴한 서사는 우선 서사로서의 통합적 인식을 불가능하게 하고(전체가 없으므로 부분이 이해되지 않고 이해되지 않으므로 즐거움을 주지 않는다) 이 파괴된 서사는 또 세계라는 전체에 통합되지 않으므로 세계와 서사의 관계에 대한 총체적 인식의 즐거움을 허락하지 않는다"(「서사의 회복과 현실 세계로의 회귀」, p.136). 이것은 권력형 즐거움에 도취된 즐거움이 아닌가? 얼마나 서사가 관습적 제도와 통합적 권력을 합리화하는 기능을 했었고 지금도 하는가? 또 그런 세계의 총체적 인식이 지금 가능하다고 하자. 그러면서 아무 탈 없이 서사를 실행할 수 있는 존재란? 기계적 신의 변형이거나 악마 중의 악마일 것이다.

권력 그리고 전방위적 통제 권력의 생산물이거나 효과이다. 그리고 그 즐거움은 사실 억압적인 법의 체계에 이미 길들여진 그리고 그것에 길을 터주는 즐거움이다.

그래서 변두리에서도 에피모더니즘이 가능하다. 즉 동질적인 합리성의 구조에 의해 통제되지 않은 가장자리, 우세한 체계에 흡수되지 않은 나머지, 역사 안의 지배적인 선행성에 종속되지 않은 절룩거림, 이러한 '에피'들을 위한 어떤 것이 가능하다.[10] 이것은 우선 스스로 현대도 전현대도 후기 현대도 만들지 않은 우리에게도 잘 사용될 수 있는 에피모더니즘이 있다는 것을 말한다. 나아가, 지금 '탈현대'로 불리는 것에서 구체제를 부수는 파괴적인 것이 있다면, 그것은 바로 이 다양한 '에피'들이라는 점도 말한다. 또 그 '에피'는 단순히 '현대'와 '현대성'이라는 중심적인 의미와 동질적인 구조에 대한 상대적인 파격으로서의 잡음과 가장자리만이 아니라, 일반적인 잡음의 잡음(의……), 가장자리의 가장자리(의……), 갈랫길의 갈랫길(의……)까지 포함한다. 다르게 말하면: 새로움으로서의 현대성에 대한 어떠한 주어진 기준 없이도 당당하게 현대적일 수 있는 것까지도, 이러한 '에피모더니즘'을 에피모더니즘이라 할 수 있을 것이다(같은 이름의, 잘못 사용될 수 있는 것을 에피모더니즘이라 할 수 있다면: 왜냐하면 여기서는 완성태로서의 현대가 중심이고 그것이 이미 근본적으로 '후기적' 아류를 낳고 조건지으므로). 그것은 태어나면서 이미 늦깎이인 우리뿐 아니라, 스스로 현대와 후기 현대를 만들 수 없었던 모두가 오히려 그 '아류성'을 파괴적으로 사용할 수 있는 빈틈이다.

'바로 지금'이란 '현재'에 대한 물음으로서의 에피모더니즘: 그것은 그러므로 결격으로서의 역사적 미성숙을 기술적으로 가장 빨리 지나간 역사적 성숙함의 현대성만을 하버마스처럼 옹

---

10) '에피 *epi*'는 어원적으로 '뒤'뿐 아니라 '옆' '반대하여' '위' '앞서서' 같은 사태도 지칭한다.

호하지 않는다. 그런 목적론적(왜냐하면 이미 완성된-완성될 것이므로) 현재와 현대주의는 너무 지배적이고 실제적이며 정상적인 보편 역사에 치우쳐 있다(그러나, 이제, 자기는 아류가 아니고 자기 이후의 것만을 모두 아류로 만들려는 그런 모더니즘도 거꾸로 이미 스스로 아류가 되어버렸다). 그런 기계론적 역사주의는 너무 일방 통행적이다(역사라는 것은 무수히 다양한 흐름·방향·층이다. 통상적인 역사가 결국 지배의 그것이라면 그것과 다른, 그것에 단순히 흡수 통합되지 않는, 머무르며 가로질러가는 흐릿한 자국이 표시될 수 있다). 그런 종말론적 계몽주의는 지금까지의 권력형 역사의 연장에 지나지 않는다(과정으로서의 계몽이 있다). 거기서는 이미 결정된 성숙함의 자리에서 미성숙이 매도된다. 그건 아니다. 합리적 이성만이 성숙함을 결정하지는 않는다. 우리도 성숙함을 원하지만, 그것은 못 자랐음에도 불구하고, 그래 불구임에도 불구하고 성숙한 상태이다. 너무 성숙하고 곧은 몸으로 불구의 무용을 할 수 있듯이.

　에피모더니즘은, 합리성의 철저한 성숙함 속에서, 그것에도 불구하고, 성숙하지 못함에 대해 기우는 애정이다. 클레가 기능적 추상성의 극단에서 '어린애들, 미친 사람들, 죽은 이들의 영역'에 머물렀듯이.

　계몽의 욕망: 그것은 이미 결정된 역사적 사건으로서의 계몽성의 욕망이 아니라 오히려 이제 올, 그러나 온다고 하면서도 잘 안 오는, 아마 절룩거리며 올 것 같은 계몽성의 욕망일 것이다. 에피모던한 것: 계몽으로서의 현재성 및 현대성은 나중에, 나중에(에피) 올 것이다.

　그것은 그럼에도 불구하고, 모더니즘의 '부정적'인 아류를 가로질러가는, 즐거운 아류(에피)의 새로움(modern한)이다. 어떤 새로움도 시큰둥한 아류가 될 수밖에 없도록 이미 프로그램 되어버린 곳에서, 풍경에 지친 바람 속에서……

그토록 불길한 욕망

——소비 사회의 구조와 욕망의 풍경

우   찬   제

나는 쇼핑한다 고로 나는 존재한다
——김승희

1. 욕망의 확대 재생산과 한계 충족 체감의 경향

불길하다. 소비 사회라니! 소비 사회의 욕망이라니!

생산의 신화를 향해 "고지가 바로 저긴데" 운운하며, 비지땀으로 오르고 또 오르자던 때가 있었다. 불과 얼마 전이었던가? 그런데 소비 사회라니? 생산의 신화라는 기획은 완료되었는가? 그리하여 이제 소비의 신화를 향한 새로운 패러다임을 구축할 때가 되었단 말인가? 만약 그렇다면 소비 사회의 욕망은 어떠한 흐름의 풍경을 보여주고 있는가? 그 욕망의 흐름 위에서 인간의 감성과 상상력과 언어는 여하히 생산되고 있으며 또 소비되고 있는가? 바로 이런 어설픈 질문에 답하기 위한 어쭙잖은 욕망으로부터 이 글은 시작된다.

소비는 언제나 생산과 짝패를 이루는 말이다. 물론 자본주의 사회에서 그것은 시장에서 자본(돈)의 매개에 의해서 서로 교환된다. 둘은 항상 상호 침투의 관계 위에서 상호 환류된다. 그

416

러니까 생산은 소비의 거울이고, 소비는 생산의 거울인 셈이다. 그러나 이 거울은 결코 단순하지 않다. 왜냐하면 욕망의 역동성과 권력의 메커니즘이 그 거울의 굴절각과 반영률을 결정하는데 깊숙하게 관여되고 있기 때문이다.

역사적으로 볼 때, 그것은 일정한 체계를 가지고 전개되어온 것이다. 인간은 필요나 욕망에 의해서 노동하고 생산한다. 그리고 그 결과를 소비하며 생활한다. 이 소비에서 인간은 일정한 충족을 경험하게 되는데, 곧이어 새로운 것을 필요로 하게 되고 욕망하게 된다. 그러면 다시 그 새로운 욕망을 충족시키기 위해 노동하고 생산하고 소비한다. 이렇듯 욕망과 그 충족의 변화 체계를 통해서 인간은 자아를 실현하려고 했고 또 인간의 행복과 자유를 추구하고자 했던 터이다. 물론 이 변화 체계는 정치-경제적 맥락 위에서 전개된다. 가령 세계사에서 19세기를 공업화의 세기라고 부를 수 있다면, 이 공업화가 당시 인간의 확대된 욕망을 충족시켜줄 수 있었던 합리적 대책이었기 때문일 터이다. 이는 18세기 계몽주의와 프랑스 혁명을 거쳐서 중세기 교권주의적 봉건 체제와 그 잔재로서의 절대 왕권이라는 새로운 비민주적인 억압의 정치 이념에서 해방된 인간의 확대된 욕망 구조를 충족시키기 위한 가장 합리적인 대책이었다. 이 시절에 새롭게 확대된 인간의 욕망은 변화된 사회적 의식 구조나 가치 체계와 더불어 인간을 가난과 욕구 불만에 젖어들게 했다. 이를 해소하고 욕망을 충족시키기 위해서는 그 수요에 걸맞게 양적으로 많이 그것도 보다 빨리 공급해야 했으니, 그 필연적인 산물이 과학의 발전을 토대로 한 공업화였던 것이다. 그러니까 공업화도, 과학의 발전도 인간 욕망을 충족시키기 위한 도구적 발견이요, 표현이었던 셈이다.[1] 이 공업화에 의한 대량 생산은 시장 체계를 포함한 인간 삶의 환경 전반을 바꾸어놓는 결과를 가져왔다. 마르크스의 『철학의 빈곤』을 고쳐 읽자면, 그전 봉건

---

1) 장일조, 『욕망과 충족의 변화 체계』(홍인문화사, 1978), pp. 183~84 참조.

사회에서는 수공업 생산품이나 농산품은 대개 필요에 의해 생
산된 것이므로 소수의 잉여분만이 시장에서 교환되었다. 이런
사정으로 말미암아 이 시절까지는 교환가치보다는 사용가치가
확실히 우세종이었다. 두번째 단계인 산업 생산 단계에서는 모
든 것이 새로운 산업 생산 형식을 통해 상품으로 생산되어 시장
에서 교환되기에 이르렀다. 아니 시장에서의 교환을 위해 생산
하게 된 것이다. 이 때문에 당연하게도 가치의 위계가 역전되어
교환가치가 우세종이 된다. 세번째 단계에 이르면 이제 사랑이
나 진·선·미 등 절대적인 질을 생각하기에 앞서 거대한 매매
그 자체에만 골몰하게 된다. 이쯤 되면 완전히 교환가치의 시대
라 할 수 있는 것이다. 이런 흐름은 나아가 만델이나 제임슨이
'후기' 혹은 '소비' 자본주의라 부르는 형태로 이어진다.[2]

　이런 맥락에서 서구에서는 현재의 사회를 후기 자본주의의
소비 사회로 진단하는 사회 이론과 문화 논리가 백가쟁명식으
로 논의되고 있음은 우리가 잘 알고 있는 사실이거니와, 이와
관련하여 국내의 논의도 뜨겁게 타오르고 있는 실정이다. 요컨
대 "생산/효용성/가능성보다는 교환/기호/상징성 등이 인간적
삶의 본질을 규정한다는 접근 방식"[3]이 바로 그것인데, 그 한
예로 보드리야르의 논의를 떠올려볼 수 있겠다. 제임슨과 마찬
가지로 기 드보르 등의 1960년대 프랑스의 급진적 사회 비평
집단인 상황주의자들의 논리를 따르고 있는 보드리야르는 『소
비 사회론』에서 이제 오늘의 사회에서는 소비가 생활의 중심이
되었다고 갈파한다. 소비가 전생활을 통어하게 되었다는 것이
다. 소비의 조합된 양식에 의해 인간의 활동이 연쇄됨은 물론
욕망의 충족에 이르는 확실한 통로를 발견하게 된다고 주장한
다. 그러니까 그가 보기에 현대의 삶은 대체로 소비의 현상학에
다름아닌 것이다. 생활이나 재화, 대상이나 서비스, 사회적 행

---

2) Connor, S., *Postmodernist Culture*(N.Y.: Basil Blackwell), 1989, p. 50.
3) 김성기, 『포스트모더니즘과 비판사회과학』(문학과지성사, 1991), pp. 42~43.

동과 사회 관계는 전면적으로 명료한 조직망을 갖춘 소비의 현
상학 속에서 구성된다. 그것은 이미 단순하고 순수한 풍요의 단
계를 넘어선 것이다. 인간의 행위나 시간도 마찬가지이다. 현대
적인 쇼핑 센터나 공항 등 도시의 제반 요소도 체계적인 분위기
의 조직화에로 발전하여 소비의 보다 성취된 단계를 이루게 한
다는 것이다.[4]

이렇게 생산의 패러다임에서 소비의 패러다임으로의 전환을
강조하는 보드리야르이기에, 이제 그는 가치론과 정치경제학 전
반에 걸쳐서 마르크스와 대립한다. 즉 노동가치설에 입각했던
마르크스의 '사용가치―교환가치' 이론에 소비 사회론의 칼을
들이대어 '기호가치'를 표나게 내세운다. 소비 자본주의의 문화
논리를 일상 생활의 기호학이라 부르는 그는 오늘의 소비 자본
주의 상황에서 가장 중요한 것은 인간이 예전처럼 생산물을 소
비하는 것이 아니라 아이러니컬하게도 '기호' 그 자체를 소비하
게 되었다고 진단한다. 시니피앙과 시니피에의 자의적 연관성이
라는 소쉬르적 전통에서 비켜서서 지시 대상의 우위성을 부정
한다. 기호가 다만 그 자체로서 가치를 지니는 것이기에, 이제
소비의 대상물 또한 기호로서 가치를 가지고 기호로서 소비된
다는 논법을 전개한다. 그 결과 지시 대상이나 생산물과 분리되
어 떠도는 기호가 지배 혹은 사회 관계를 구성하기에 이르렀으
며, 나아가 "사회적 정체성도 기호가치의 교환을 통해서 구성
되기에" 이르렀고, 그리하여 "보드리야르식의 소비 자본주의는
'기호의 정치경제학'이 활짝 핀 상태"라는 것이다.[5]

이와 아울러 보드리야르는 욕구와 욕망의 조작 현상에 주목
한다. 필요에 의한 사용가치가 폐기됐고 기호가 그 지시 대상과
절연되어 있으므로 이제 후기 자본주의 사회에서는 소비나 유

---

4) Baudrillard, J., *La société de consommation*, 今村仁司 塚原史 역, 『消費社
會の 神話と 構造』(東京: 紀伊國屋書店, 1979), p. 17.
5) 김성기, 앞의 책, p. 45.

통 과정에서 욕망의 문화적 조작이 편만화되고 권력화된다는 이야기이다. 때문에 그는 현대 사회에서 미디어의 핵심적 역할에 관심을 표명하면서 이른바 '상징적 교환'에 관한 논의를 전개한다. 이 상징적 교환은 노동의 정치경제학이라는 기본적 코드에 의한 경제적 교환과 대립하는 것이다. 이 상징적 교환은 교환 당사자들의 양가상과 상보성에 의지해 기존의 사회적 등가 형식을 전복시킨다고 쓰고 있다. 충족될 수 없는 욕망이라는 의미에서의 결핍을 통해서 지배적 등가 형식을 깨뜨리는 것이다. 그러면서 상징적 교환은 그 계기를 통해 끊임없이 욕망을 촉발시키기도 한다. 급진적인 성격의 욕구와 승화된 가치 사이에서, 보드리야르는 욕구 충족의 확대 재생산의 순환에 비례하는 그 충족의 가치율이 하락하는 경향을 발견한다.[6] 욕망이나 욕구가 끊임없이 확대 재생산되는 경향에 비해 그 만족도나 충족률이 하락한다는 경향에 대한 지적은 이미 신고전학파 경제학자들에 의해 제기된 것이라서 반드시 새로울 것도 없다. 이른바 '한계 효용' 개념이 바로 그것이다. 한계 효용이 체감하고 욕망의 한계 충족이 체감함에 따라 욕망은 더욱 새롭게 생산된다. 사실 보드리야르가 애써 생산축을 외면하고 소비의 현상에 주목하는 것은 그 각별한 의의에도 불구하고 많은 혐의점을 가지고 있는 것이 사실이다. 기호의 정치경제학만 하더라도 그렇다. 그가 제기하고 있는 기호의 자율성은 기호를 생산하고 관리하거나 독점하는 사람이 있고 또 그것을 선택하여 소비하는 사람이 있다는 것, 그래서 그 일련의 관계와 소통의 사회적 실상을 면밀히 탐사하기 위해서는 '맥락의 맥락'까지 고려하지 않으면 곤란하다는 점 등은 이제 보드리야르 이후로 넘겨지고 있다는 사실을 알아차려야 한다. 이를 위해서는 상품의 기호 혹은

---

6) Baudrillard, *Pour une critique de l'économie politique du signe*, tr., Charles Leven, *For a Critique of the Political Economy of the Sign*(St. Louis: Telos, 1981), pp. 207~10 참조.

상표의 명명(命名) 전략이나 상품의 패션 디자인이나 기호 디자인, 그리고 그 광고 전략 등은 물론 소비자의 심리나 반응, 선택 행위 등에 대한 전면적이고도 분석적인 천착이 필요할 것이다.

그런 의미에서 우리네 명동 거리나 압구정동 거리는 소비 사회의 풍경과 기호 및 욕망의 정치경제학을 살필 수 있는 유효한 학습장이 될 터이다. 백화점 안에 전시되어 있는 갖가지 브랜드의 상품들, 그 상품의 이름들도 분석거리이거니와, 그 현란한 소비의 거리를 몰려다니고 있는 젊은이들의 옷차림도 문젯거리이다. 욕망의 거푸집인 그들의 육체 위에 걸친 티셔츠를 보라. 물론 여러 디자인이 있지만 언어에 대한 관심을 저작하고 있는 사람이라면 누구나 한번쯤 그 디자인 중 언어로 구성된 것들에 대해 생각해봤을 것이다. 그들이 가슴에 담고 다니는 언어들, 때때로 섬뜩하기조차 한 그 숱한 언어들과 그들의 가슴과 영혼과 어떤 관계가 있는가. 그야말로 떠도는 언어, 출렁이는 기호가 아닐 것인가. 과연 무엇이 그들로 하여금 그것을 소비하게 하고, 그의 욕망의 거푸집을 덮씌우게 하는가. 또 더 있을 것이다. 어디 그뿐이겠는가. 이런저런 문제들을 보드리야르와 아울러, 포스트모더니즘 논의와 아울러 보다 심층적으로 검토해보아야 할 것이다.

하지만 구체적인 문학 텍스트에 나타나는 욕망의 풍경을 발견적이면서도 해석학적으로 읽어내면서 그것을 사회경제적인 징후와 연관짓고자 하는 것이 이 글의 주된 관심사이기 때문에, 그런저런 논의들을 충분히 할 여유는 없는 편이다. 다만 앞서의 논의를 바탕으로 우리 현상황에 소비 사회론과 그 욕망의 논의 가능성을 몇 가지 생각해보고 본론으로 넘어가기로 한다. 우선 우리 사회의 현단계가 후기 혹은 소비 자본주의로 진입한 상태인가라는 물음을 제기해볼 필요가 있겠다. 그러나 이는 그 질문의 진지성이나 필요성에 비해 그 응답은 대단히 불만족스러울 수밖에 없는 것이지 싶다. 현재 사회과학 쪽에서 그 답을 위해 진력하고 있으나 아직 명쾌한 진단을 내리지 못하고 있다는 사정이 이를 입증해주는 바이다. 그 이유는 무엇보다 우리 사회의 파행적이고 복합적인 전개 과정에 있을 것이다. 세계사에서 이렇다 할 유례를 찾아보기 힘들 정도로 독특한 삶을 살아온 것이 우리 사회의 내력이 아니던가? 대내적인 토대, 대외적인 자극, 그에 따른 욕망의 추동 및 모방·이끌림 등이 두루 얽히고설키면서 우리는 불과 반세기 만에 세계사의 몇 세기를 살아내야 했던 것이다. 제 3 세계 특유의 전략인 이른바 '따라잡기 작전 *catch-up policy*'을 정치·경제·사회·문화 등 다방면에서 구사했던 것을 떠올려볼 수도 있겠다. 어쨌거나 우리 사회가 복합 중층형이라는 사실은 누구나 동의할 수 있을 터인데, 이런 사정은 경제 발전 단계에서도 마찬가지이다. 그러니 아쉬운 대로 산업 자본주의와 (신식민지) 국가 독점자본주의 및 후기 혹은 소비 자본주의 등등이 복합 중층적으로 동시 공존하고 있는 상황이라고 말할 수밖에 별도리가 없을 것이다. 이런 가정 아래서 보면 우리의 소비 사회적 특성을 논의할 수 있는 입지를 확보할 수 있다.

어느덧 우리 사회에서도 노동과 생산에 관한 기획보다 소비에 관한 기획이 폭넓게 관철되고 있다(이와 관련하여 한겨레신문, 1991년 8월 4일자에 실린 김을호 화백의 시사 만화 「미주알씨」는 대단히 흥미롭다. 〔재벌〕기업 투자 소홀로 수출이 계속 줄어드는데——업종 전문화로 정면 돌파키로 했소——무슨 업종인데요?——외제품 수입 전문이라고……)는 느낌은 무엇보다 일상 생활의 중요한 일부가 되어버린 상업 광고 폭주 현상에서 여실하게 확인할 수 있다. 상품 고유의 가치 창조보다는 소비를 조작하고 수요를 창출하는 광고 전략은 인간의 의식과 무의식은 물론 소통체계까지도 소비 사회적 형식으로 바꾸어놓는 것이다. 가령 '따봉!'이란 광고만 해도 그렇다. 그 엄청났던 영향력이라니! 그것이야말로 가히 소비 조작과 창출의 핵발전기가 아니었던가?
그 발전기가 뿜어내는 전류에 감전이라도 된 듯 우리는 따봉의
맛보다는 따봉 그 자체를 욕망하고 소비했던 것이다. 그 밖에도
우리는 밀키스를, 나이키를, 쏘니를, 챨스 쥬르당을, 아놀드 파
마를, 캠브리지 멤버스를, 그리고 또 무엇무엇을 그렇게 소비했
고 또 하고 있다. 주윤발과 왕조현을 떠올리면서 혹은 최진실을
연상하면서 시나브로 해당 상품의 가치를 따지기 앞서 그 상표
(기호)를 상징적으로 소비했던 것이다. 게다가 소비 창출 혹은
소비 조작 메커니즘은 일상 생활의 그물망과 더불어 아주 잘 조
직되어 있는 형편이다. 매스 미디어의 몫은 두말할 나위도 없는
것이거니와, 교통망이나 백화점의 판촉 전략 등등 이루 헤아릴
수도 없이 많은 메커니즘들이 우리 일상 생활을 휘감고 있다.
예컨대 2호선 지하철을 타면 우리는 아주 쉽게 "여러분은 지금
쁘렝땅 백화점으로 가는 전철을 타고 계십니다"라는 광고를 접
하게 된다. 전철이 쁘렝땅 백화점이 있는 을지로 입구역을 지나
가는 것은 사실이므로 이 광고 담론은 무엇보다 사실성에 기초
하고 있는 셈이다. 그런데 사실성을 바탕으로 한 이 광고는 기
실 자기가 타고 있는 전철이 지나가듯 자기도 그 백화점을 (들
렀다가) 지나가야 할 것 같은 환상을 창출해내기에 충분하다.
만약 이 광고를 쁘렝땅 백화점 대신 롯데월드나 롯데 백화점으
로 고쳐 읽는다면 환상적인 소비 욕망은 더더욱 분출될 것이다.
최근 롯데월드에 대한 분석을 시도한 강내희의 다음과 같은 지
적은, 우리의 논의에서도 여전히 시사적이다.

　　자본주의 소비 문화가 사회 구조로 발달되어 있는 지금 롯데월
　드로 가게 하는 아주 큰길 하나는 '욕망의 길'이라 부름직하다. 텔
　레비전 등 대중 매체를 통하여 롯데월드로 가야 한다는 욕망 부추
　김이 크게 벌어지고 있다. 판촉이라고 하는 이 욕망의 길 확대 행
　위는 자본주의 사회에서 상품 판매를 위해 반드시 필요한 유통 구

조의 확대를 심리 조작의 방식으로 방조하는 행위이다. 롯데월드를 판촉하는 행위는 롯데월드에 대한 욕망을 강조하는 행위이다.[7]

현단계에서 소비 사회적 징후는 이 밖에도 얼마든지 더 있을 것이다. 이런 현상은 문화적인 측면에서도 상업 문화의 폭력적 증폭 현상으로 나타나고 있으며, 문학도 거기서 예외일 수는 없다. 새로운 연대를 맞이하면서 여기저기서 문학의 위기론을 운위하고 있는 것은 실상 이렇듯 딱한 사정과 깊게 연루돼 있는 것이다. 실제로 텍스트 속의 인물들이 필요 이상으로, 아니 필요와는 상관없이 성(性)이나 술을 과소비하고 있는 모습이야말로 소비 사회에서의 대표적 증후군이 되기에 족할 터이다. 요컨대 우리는 지금 우리도 모르는 사이에 소비 사회로 가는 급행 열차를 타고 있는 듯한 느낌이다. 더 정확히 말하자면 소비 사회에서 더한 소비 사회로 이끌리고 있는 듯한 기분이다. 생산 현장에서의 노동의 땀과 피와는 전혀 이질적으로 말이다. 이런 수상한 그리고 불길한 시절을 문학은 어떻게 살아내고 있는가. 그 분위기에 얼마만큼 말려들고 있으며, 어느 정도 비판적으로 버텨내고 있는가. 거기에 미혹되거나 그것을 비판하는 데 있어 욕망은 무엇이며 그 풍경은 어떠한가.

2. 매혹의 현상학, 그 조작된 욕망의 노래

소비 사회에 있어서 욕망의 풍경은 여러 시편들에서 다양하게 부챗살처럼 펼쳐지고 있다. 먼저 김승희 시인이 제기한 소비 사회의 정언 명제적 화두로부터 이야기를 시작하기로 하자. 뭐 "나는 쇼핑한다 고로 존재한다"라고?!

---

7) 강내희,「독점자본주의와 '문화 공간': 롯데월드론」,『한길문학』(한길사, 1991년 봄호), p.140.

그리고 쇼핑을 하려고 세계 각국의
백화점마다 슈퍼마켓마다 벼룩시장마다
현찰을 든 손들이
달려가고 있었다.
비싸게 팔리고자 하는 욕망과
값싸게 사들이고자 하는 욕망 사이에서
헐리우드 쇼보다 더 재미있는 쇼는
시시각각 진행되고
비닐 위에 사진 실크스크린 된 것 같은
인간의 형체 비슷한 뭉그러진 모습들이
이리저리
나는 쇼핑한다 고로 나는 존재한다고
욕망의 질주로 부융하게 떠오르고 있는
몽중 보행이여.   ——「나는 쇼핑한다 고로 존재한다」 부분[8]

　걸프 전쟁의 와중에서 시인은 인간의 생명이 현실의 타락한
소비 논리와 상징적으로 교환되고 있음을 발견한다. 전쟁터에
서 많은 인명이 죽어가는데도 그것을 생중계하여 무슨 축제처
럼 즐기고 그로 인해 시청률과 광고비가 다투듯 상승하는 기현
상은 시인을 아연케 만든다. 전쟁을 "찬란한 쇼"로 소비하고
있는 현장에서 시인은 인간의 두 가지 극단적인 모습을 발견한
다. 방독 마스크를 쓴 엄마가 병원의 비닐 보호막 속에 누워 있
는 환자 아기를 바라보는 모습이 그 하나라면, 인용된 시구에서
보는 것처럼 쇼핑하러 몰려드는 욕망의 인파가 그 나머지 하나
다. 결국 무엇인가. 죽음을 쇼로 소비하고, 세계를 소비하는
"욕망의 질주" 그 "몽중 보행"은 다름아닌 욕망의 투쟁 상태가
아닐 것인가. 이 욕망의 투쟁 상태에서 소비야말로 그 승리를
보증해준다고 믿는 인간들, 바로 그들이 외치는 것이다. "나는

---

8) 김승희, 『어떻게 밖으로 나갈까』(세계사, 1991), p. 85.

쇼핑한다 고로 나는 존재한다" 그러므로 쇼핑하지 못하면 존재하지 못하는 소비적 인간의 "뭉그러진 모습"이야말로 현실 소비 사회의 극단적인 초상이 될 수 있을 것이라는 시인의 진단은 희비극적 절규에 가깝다. 이제 인간 '세계의 중심 명제'가 아니며 소비가 그 자리를 차지하고 있다는 비극적 세계 인식은 비단 김승희 시인만의 것이 아닐 터이기에 더욱 불길하다.

소비 사회의 징후를 보다 직접적이고도 밀도 있게 일찍부터 형상화해온 시인으로 우리는 오규원을 떠올릴 수 있다. 『가끔은 주목받는 생이고 싶다』『사랑의 감옥』을 관통하는 주된 시적 발상법의 하나는 분명 상품과의 싸움이다. 물신(物神)과의 치열한 대결이다. 물신은 시장 메커니즘과 광고 전략 등을 통하여 일상 생활의 지배적인 주재자가 되었고, 그 신전 안에서 인간들은 의식·무의식적으로 그 광신도로 돌변하고 있는 몰주체적 소비 상황을 야유·풍자하면서 한판 싸움을 시인은 벌이고 있다. 시인이 보기에 세계의 그 어떤 고상한 가치도 예의 물신의 무릎 아래로 강림해 가짜 욕망, 광기의 욕망에 휩쓸리고 있다. 일상적 욕망의 늪은 가혹하고, 인간은 그 늪의 마수에 빠져들고 만다. 그래서 시인은, "골드만 같은 여의도/귄터 그라스 같은/카프카 같은/쇼핑 센터에서," "나는 사랑하는 애인에게 사주고 싶네 하이네 같은 쌍방울표 메리야스, 워즈워스 같은 일곱색 간지러운 삼각팬티"9)(「詩人 久甫氏의 一日(3)——쇼핑 센터에서」)라고 쓴다. 골드만이나 귄터 그라스, 카프카, 하이네, 워즈워스 등이 쇼핑 센터로 강림해 메리야스나 삼각팬티와 등가로 소비된다. 아니 등가도 아니다. 전경화되는 것은 오직 메리야스나 삼각팬티 등의 상품이므로 그 배경화의 구실로 전락하고 마는 것이다. 이런 과정의 반복과 심화를 통해서 인간의 물화 현상은 더욱 가속화된다. 특히 광고는 그것을 보다 효과적으로 부추긴다. 광고 언어는 자본주의 사회에서 기능적으로 가장

---

9) 오규원, 『가끔은 주목받는 生이고 싶다』(문학과지성사, 1987), pp. 65~66.

첨예한 언어 양식이다. 이광호의 적절한 지적처럼, 그것은 "그 현란하고 감각적인 언어적 기교들, 그 매끄럽고 그윽한 상상력과 감수성들, 그 넘치는 쾌적과 안락과 풍요의 환상들"[10]로 인해 불확정 소비자들로 하여금 광고의 이미지와 상품 자체를 동일시하는 매몰된 의식을 갖게 함은 물론 광고 이미지 그 자체를 소비하고 싶은 욕망을 부추김으로써 보다 많은 확정 소비자를 창출해내는 조작적 양식인 것이다. 이를테면 광고는 소비자를 억압하지 않는 형식으로 억압한다. 곧 은폐된 억압의 가장 고도화된 형태가 바로 광고이다. 이를 통해 상품은 소비자에게 떠넘겨진다. 가령 시인의 「NO MERCY」는 광고인의 하루를 다룬 시인데, 그들의 광고 전략 결과가 「가끔은 주목받는 생이고 싶다」로 나타난다. 슈발리에 구두 광고에서 착안한 듯 보이는 이 시는 "가끔은 주목받는 생이고 싶다"는 광고 언어와 슈발리에 구두가 전경화된 광고 영상을 그리면서 어떻게 슈발리에가 판촉되고 있는가를 보여주고 있다. "주목받는 생"은 "생의 노래"나 "생의 언어"의 결과가 아니다. "살아 있는 몸" 때문도 아니다. 그것은 오직 "코끝 영롱한" 슈발리에 구두 덕분이다. 달리 말하면 슈발리에 구두를 신으면 "주목받는 생"이 될 수 있다는 이데올로기를 광고는 유포시킨다. 이런 광고의 마력에 빨려들어가 슈발리에를 사고 신으며 구두 발자국 소리를 낸다. 즉 슈발리에로 살아간다. 그러면 무엇인가. 명확히 전도된 삶이 아닌가. 그래서 시인은 빛보다는 물질이, 개인보다는 광고 초상화가, 인생의 의미보다는 광고 선언이, 신체보다는 구두가 우위를 점하고 있음을 고통스럽게 보여준다. 의미의 점강법과 더불어 머리 위에서 발끝으로 내리 진행되는 이미지의 하강적 기호들을 구사하면서 마침내 슈발리에 구두에 초점을 맞추고 있는 이 시는 오늘날 소비 사회의 풍경을 여실히 드러내고 있다 하겠다.

---

10) 이광호, 「'길'과 '언어' 밖에서의 시쓰기」, 오규원, 『사랑의 감옥』(문학과지성사, 1991) 해설, p.104.

시인은 또한 소비 사회의 구체적인 풍경으로서 거리 간판에
주목한다.

서울은 어디를 가도 간판이
많다 4월의 개나리나 전경보다
더 많다 더러는 건물의 마빡이나 심장
한가운데 못으로 꽝꽝 박아놓고
더러는 문이란 문 모두가 간판이다
밥 한 그릇 먹기 위해서도 우리는
간판 밑으로 머리를 숙이고 들어가야
한다 소주 한잔을 마시기 위해서도 우리는
간판 밑으로 또 간판의 두 다리 사이로
허리를 구부리고
〔………〕
무수한 간판이 그대를 기다리며 버젓이
가로로 누워서 세로로 서서 지켜보고 있다
간판이 많은 길은 수상하다 자세히
보라 간판이 많은 집은 수상하다
　　　　　——「간판이 많은 길은 수상하다」 부분[11]

　　도시의 삶에서 간판은 아주 일상적인 풍경이다. 일차적으로
정보 지시적 기능을 가지고 있는 간판은 소비 사회에서 그 일
차적인 기능에서 머물지 않는다. 휘황찬란한 네온 사인 등을 동
원해 사람들을 매혹시키고 소비 욕구를 부풀린다. 이럴 때 간판
은 이미 단순한 정보의 전달자가 아니다. 상업적 책략의 전초병
이 된다. 이 때문에 객관적인 정보를 사이에 놓고 공급자와 소
비자가 일 대 일로 만나면서 합리적인 선택을 하기란 곤란하다.
소비자들로 하여금 간판 안으로 빨려들게 한다. 마치 롯데월드
의 휘황찬란한 출입구가 지하철 2호선 잠실역에서 내린 사람들

---

11) 오규원, 『사랑의 감옥』(문학과지성사, 1991), p. 27.

을 유인하듯 그렇게 유혹하고 흡인하고 있는 것이다. 사정이 이렇게 되자 이제 사람들은 간판에, 그 소비적 책략에 "머리를 숙이고" "허리를 구부리고" 들어가야 하며, 그것을 "우러러보아야 한다." 이렇듯 철저하게 조작되고 왜곡된 욕망의 보이지 않는 억압에 인간들은 복종하여 몰주체적 소비자로 변질되고 만다. 이런 풍경은 시인이 보기에 더할 수 없이 수상한 것이다. 하여 "수상하다"라는 말을 연발한다.

이와 같이 '수상한' '세속 도시'에서 시인 최승호는 욕망의 환(幻)을 발견하고, 그 속에서 허우적거리고 있는 게거품 같은 욕망의 풍경을 보여준다. 유혹하고 유혹당하는 과정이 거의 자동화되어 있는 최승호의 '세속 도시'에서 몰주체적 인간은 자동인형처럼 흐느적거린다. 「자동판매기」라는 시에서 그는 이렇게 쓴다.

돈만 넣으면 눈에 불을 켜고 작동하는
자동판매기를
賣春婦라 불러도 되겠다
黃金교회라 불러도 되겠다
이 자동판매기의 돈을 긁는 포주는 누구일까 만약
그대는 돈의 權能을 이미 알고 있다면
그대는 돈만 넣으면 된다
그러면 賣淫의 자동판매기가
한 컵의 사카린 같은 쾌락을 주고
十字架를 세운 자동판매기는
神의 오렌지 주스를 줄 것인가   ──「자동판매기」 부분[12]

시인은 현대 문명과 소비 사회의 비극적 한 징후를 자동판매기를 통해서 성찰한다. 자동판매기와 인간 행위의 관계는 오직 돈을 통해서만 성립된다. 인간은 없고 돈으로 매개되는 자동화

---

12) 최승호, 『고슴도치의 마을』(문학과지성사, 1985), pp. 24~25.

의 과정만 있을 따름이다. 인간의 결이 느껴지지 않는 자동화된 비정한 삶의 실체를 시인은 두 가지 모티프를 빌려 얘기한다. 매춘부와 황금 교회가 그것이다. 인간의 타락과 신의 타락을 동시에 꼬집는다. 돈을 받아먹고 자동판매기가 한 컵의 커피를 내주듯, 매춘부도 돈을 받아먹고 한 순간의 쾌락을 내준다. 이렇듯 자동화된 돈의 회로에서 시인은 비인간성의 극치인 '포주'의 이미지를 떠올린다. 포주는 돈을 긁는 자다. 그는 인간 착취와 성적 착취의 대표적인 상징인 매춘 조직을 통해 자동적으로 돈을 긁어모은다. 교회도 마찬가지의 형상으로 시인에게 비춰진다. 타락한 황금 교회는 이제 더 이상 "가난한 자에게 복"을 주려 하지 않는다. 십자가 달린 자동판매기도 오직 돈 있는 자에게만 "신의 오렌지 주스"를 주려 할 뿐이다. 따라서 "매음의 자동판매기"이긴 마찬가지이다.

이것이 최승호가 본 비극적인 현실이다. 자동판매기는 분명 문명의 이기요 편리한 소비의 도구이지만, 타락하고 소외된 인간 관계의 온상이자 상징이기도 하다. 인간이 자기 정체성을 상실하고 자동인간화되어갈 때, 혹은 흐르는 것은 오직 돈뿐이고 인간은 고여 있는 채 썩어갈 때의 비극적 정황을 응축적으로 보여주고 있는 메타포인 것이다. 그러나 시인은 마지막 시구인 "십자가를 세운 자동판매기는/신의 오렌지 주스를 줄 것인가"에서 의문형의 여운을 남기는 것으로서, 이런 타락한 상황에 대한 역설적인 부정과 비판의 어조를 보여주고 있다. '아니다. 그렇지 않다!'고 외치고 싶기도 하겠지만, 돈의 권능으로 구축된 소비적 세계상은 이미 서정의 공간에서조차 그 같은 희망 사항을 앗아갔기 때문에, 결국 머뭇거릴 수밖에 없었던 것이다.

시인은 이런 사정을 '환(幻)'의 현실로 인식한다. 결국은 '멸(滅)'해야 할 부정적 세계로 보고 있는 것이다. 그래서 '순(純)'의 세계로 나아가야 한다고 생각한다. 따라서 시인은 '환(幻)'의 세계에 매몰되어 있는 인간의 모습을 역설적 시제(詩題) 안에 몰아넣고 있다.

> 幻으로 배불러오는 욕정과
> 幻이 불러일으키는 흥분이 있다
> 〔………〕
> 幻인 줄 알면서도 나는 幻에 취해
> 실감나게 펼쳐지는 幻을 끝까지 본다
> ──「세속 도시의 즐거움 1」 부분[13]

환(幻)에 함몰되어 있는 인간의 욕망엔 끝이 없다. 그것을 조장하는 소비적 세속 도시의 책략과 충동질도 마찬가지이다. 하여 "화장한 문둥이 얼굴을 들고/미소짓는 자본주의의 밤" 같은 세상에서 인간은 "붉은 등 싱싱한 정육점에 걸려 있는 늙은 창녀의 고깃덩어리"(「赤身」)처럼 그로테스크하게 묘사되기도 한다. 아울러 환(幻)은 끊임없이 삶과 생명을 소비시키면서, 삶과 죽음의 본원적 문법 또한 일탈시킨다. 이에 "상복 허리춤에 전대를 차고/곡하던 여인은 늦은 밤 손익을/계산해본다"(「세속 도시의 즐거움 2」)로 시작되는 시적 진술은 "서늘한/허(虛)"로 마무리된다. 그러니까 세속 도시가 즐겁다고 했을 때, 거기에는 게거품 같은 욕망으로 뒤엉킨 채 허구적으로 즐거워하는 인간, 그것이 허구적인 것인지조차 모르는 채 환(幻)에 빠져 허우적대는 인간과 세상의 거짓 즐거움과 광기 서린 욕망을 빗댄 문명 비평적 역설이 숨어 있는 것이다. 아울러 "서늘한 허(虛)"가 지배하는 '허망한 새벽'의 미래를 맞지 않기 위해서라도, 환(幻)의 욕망에 취한 즐거움으로 휘청거리고 있는 현재 세속 도시의 밤풍경은 수정되어야 한다는 비판적 메시지의 함축된 의미를 우리는 생산적으로 읽어낼 수 있다.

이에 비해 새로운 세대의 기린아 유하의 초세속 도시 '압구정

---

13) 최승호, 『세속 도시의 즐거움』(세계사, 1990), p.18.

동'의 풍경은 어떠한가? 그의 '압구정동' 시리즈는 한마디로 "욕망의 언체인드 멜로디"(「시인 유보氏의 하루 2」)이다. 유하는 압구정동을 "체제가 만들어낸 욕망의 통조림 공장"(「바람부는 날이면 압구정동에 가야 한다 2」)이라고 부른다. 그 공장에서 찍어낸 소비 행각으로 인해 그곳은 "욕망의 평등 사회"를 구가한다. 적어도 외형적으로 보기에 막힘 없이 소비가 이루어지는 욕망의 파천황적 공간이다. 그래서 "세속 도시의 즐거움에 동참하고 싶은 자들 압구정동의 좁은 문으로 들어가길 애쓰는구나"라고 쓰는 시인은 압구정동 거리를 걸으면서 오관으로 "욕망과 유혹의 삼투압"을 감지하고, "왕성하게 숨막히게 숨가쁘게/그러나 갈수록 쎅시하게" 욕망을 소비하는 풍경과 마주선다. 그 마주선 자리에 바람이 분다. 일찍이 배밭 사이를 살랑이며 불던 압구정동 바람은 이제 "욕망의 통조림 공장" 주위를 돌며 "숨가쁘고 쎅시하게" 분다. 바람이 불어 풍경은 흔들리는데, 시인은 그 바람 속에서 "대량 학살당한 배나무를 위한 진혼곡"(「바람부는 날이면 압구정동에 가야 한다 3」)을 듣는다.

> 영하의 보도블록 밑 우우우 무수한 배나무 뿌리들은 신음 소리를
> 쩝쩝대는 파리크라상, 흥청대는 현대백화점, 느끼한 면발 만다린
> 영계들의 애마 스쿠프, 꼬망딸레브 앙드레 곤드레 만드레 부띠끄
> 무지개표 콘돔 평화이발소, 이랏샤이마세 구정 가라, 오케
> 온갖 젖과 꿀과 분비물 넘쳐 질펀대는 그 약속의 땅 밑에서
> 고문받는 몸으로, 고문받는 목숨으로, 허리 잘린
> 한강철교 자세로 이게 아닌데 이게 아닌데 이게 아닌데
> 틀어막힌 입으로 외마디 비명 지르는 겨울나무의 혼들, 혼의 뿌
> 리들   ──「바람부는 날이면 압구정동에 가야 한다 3」 부분[14]

"욕망과 유혹의 삼투압"으로 흥청대는 소비 거리 압구정동에

---

14) 유하, 『바람부는 날이면 압구정동에 가야 한다』(문학과지성사, 1991), p. 62.

432

서 혼의 뿌리의 신음 소리를 듣는 시인의 태도에서 우리는 아연 긴장한다. 줄곧 그의 시를 아주 편하게 그리고 아주 재미있게 읽던 터라 그 긴장은 일종의 충돌과 같다. 시인이 예사롭지 않게 뿌리의 신음 소리를 듣는 것은 원향(原鄕) 지향 의식에 힘입을 때 가능한 것이다. 압구정동 거리에서 "이게 아닌데 이게 아닌데"라는 혼의 뿌리들의 소리는 강한 현실 부정과 반성적 사유를 동반하지 않으면 들을 수 없는 허리 잘린 비명이다. 그런데 그는 그 소리를 듣는다. 아파하기 때문이다. 고향 '하나대'의 정서를 지니고 있는 시인이기에 욕망의 무릉도원인 압구정동에서 아주 고독하게 스스로를 소외자로 인식하고 있기에 그 소리를 들을 수 있는 것이다. 그러므로 그가 포착한 '배앓이' 증후군은 무엇보다 소중하게 보인다.

　　배맛처럼 떠오르는 그애 생각에 배나무숲 있던 자리 서성이면……
　　그 많던 배들은 누가 다 먹었을까 그 수많은 배들이…… 지금
　　이곳에 눌러앉은 사람들의 배로 한꺼번에 쏟아져들어가 배나무보다
　　단단한 배포가 되었을까…… 배의 색깔처럼…… 달콤한 불빛, 불빛
　　이 더부룩한…… 싸늘한 배앓이…… 바람부는 날이면……
　　　　──「바람부는 날이면 압구정동에 가야 한다 1」 부분15)

　"더부룩한…… 싸늘한 배앓이"라고 했다. 이전에 있던 많은 배들을 순식간에 먹어치우고 또 욕망으로 부풀린 "단단한 배포"로 많은 소비적 유혹들을 먹어치운 압구정동은, 그리하여, '배앓이'에 시달리고 있다는 것이 시인의 사회 임상학적 진단인 것이다. 온갖 식욕과 성욕의 성찬으로 부릅떴던 압구정동의 불

------

15) 앞의 책, p.59.

빛이 이제 그 '배앓이'로 하여 "풍전등화"의 위기에 봉착했으니, 온통 "바람 바람 바람"(「바람의 계보학, 이지연론」)인 것이다. 이러한 유하의 '배앓이' 증후군은 사상누각처럼 급조된 우리 사회의 불건강한 그리고 뿌리 잃은 소비 사회적 증후나 소비 문화 행태에 대한 비판의 소산이요, 그 안에서의 위기 의식의 소산이라 하겠다. 그의 세속적인 소비 도시 체험은 기실 이 불길한 '배앓이' 증후군의 원인과 현상 규명을 위해서였다고 해도 크게 잘못이 없을 것이다. 그가 체험한 카페·백화점·술집·무협지·영화·비디오·포르노·만화·프로 레슬링·스포츠 신문 따위는 그의 일상의 일부였으나, '배앓이' 증후군이 잠복돼 있는 친숙하면서도 음험한 일상이었던 것이다. 나아가 그 체험은 그 자체로서 욕망의 발현 방식이자 생산 양식이었으며, 불길한, 그토록 불길한 욕망의 노래를 부르게 하는 발생론적 기제였던 것이다.

3. 리비도의 순환과 배설의 소설 시학

소비 사회의 징후와 욕망의 풍경에 대한 시단의 다양한 대응에 비해 작단의 경우는 좀 더디게 진행되고 있는 편이다. 이런 가운데 중견 작가 김원우의 집요한 작업은 이쪽에서 비교적 두드러진 성과일 것이다. 김원우의 주된 관심사는 먹고 배설하기에 급급해 있는 소비 사회의 증후적 인물들에 대한 사회 임상학적 진단과 비판에 있다. 그의 진단에 의하면 소비 사회에서 '배앓이' 문제가 가장 핵심적인 질병이다. 그래서 그는 이 '배앓이' 증후군을 구체적이고 치밀하게 분석하여 보여준다. 대체로 가치를 넘어선 혹은 가치와는 무관한 소비 행위가 조작되고 조장되는 소비 사회에서는 여러 면에서 탈도 많고 병도 많게 마련이다. 가령 먹거리만 해도 그렇다. 식(食)의 기호가 이미 가치를 넘어서 있을 때 탈이 나고 배앓이에 시달리게 되는 것이다. 탈이 나니 정상적인 배설을 할 수 없게 된다. 말하자면 설사와 변비의 악순환으로 점철될 위기에 봉착하는 것이다. 부황하게 많이 먹기에 그만큼 많이 배설해야 되고 또 배설할 자리를 찾기에 바쁜 처지에 놓이게 되는데, 정상적인 배설을 할 수가 없으니 설사와 배설의 악순환은 당연한 결과인지도 모르겠다. 바로 이 지점을 김원우가 파고든 것이다.

일찍부터 자본주의의 병리상과 소비 문화의 병폐, 그리고 그와 관련한 중산층의 허위 의식을 비판적으로 성찰해왔던 그가 보기에 현대의 중산층은 대개 이제 먹고 사는 기본적인 문제가 해결되고 나자 지나치게 과식하거나 폭식하여 배설할 자리를 찾기에 바쁜 배앓이를 가지고 있는 환자들이다. 그러므로 갈팡질팡하는 무리들로 비판된다. 이런 삶은 진정한 인간의 삶일 수 없다며, 작가는 그것을 다름아닌 짐승의 삶이라고 단언한다. 이 짐승의 삶은 『짐승의 시간』의 작가인 김원우 소설의 기본 화두이다. 짐승 같은 욕망에 사로잡혀 돈이나 섹스, 권력 따위를 마구 먹어치우는 그들은 이미 인간의 말을 사용하지도 않거니와 인간의 머리로 생각하지도 않는다면서 작가는 서늘한 냉소를 보내고 있다. 사회적으로도 생산보다는 소비에 급급해 있다고 본다. 그가 광고 등의 문제에 관심을 보이고 있는 것도 이 때문이다. 가치보다는 기호가치에 매료되어 군침을 흘리고 소비하고 마는 시장의 우상들을 보며 그는 허상이나 '환상의 바닥'을 확인한다. 시뮬레이션 현상에 대한 통찰이라 하겠다. 자기 것이 아닌 것, 본래의 것이 아닌 것, 베낀 것, 가짜에 미혹되어 흔들리고 있는 풍속, 현실보다 오히려 더 리얼한 바로 그 초현실을 짚어내면서 소비 사회에서 중산층의 속물 근성과 타락상을 비판하고 있는 것이다.

가령 「방황하는 내국인(內國人)」의 다음과 같은 부분을 보자.

찐득찐득한 마분(磨粉), 어릴 때의 영양실조는 어김없이 후일의 건강 정도를 담보한다. 그러므로 성장기의 모든 경험은 유전인자가 된다. 하학길의 허기를 달래기 위해 소년은 남새밭의 가지를 숱하게 따먹었다. 손톱에 배어 있던 쿰쿰한 똥냄새. 〔……〕 생생한 돈의 위력에 대한 원망과 막연한 풍요에의 갈증이 진부해빠진 성욕을 저만큼 밀어내버리는 것이다. 〔……〕 공복인데도 먹을 생각이 없다니! 거식증(拒食症)인가? 거식증은 비만증에 따르는, 그것도 특이한 악례(惡例)다. 우울증에는 의외로 폭식 증세가 흔하다니 이 식욕 없음은 조그만 위안거리다. 잣을 한 움큼씩 입에 털어넣던 급성 간염 환자의 의무적인 영양 보충 식벽. 치즈 다섯 장을 포개어 한입 덥석 베어물던 그 환자의 정색을 보고 회진하던 의사의 우스꽝스러운 권면, "좋아요, 그렇게 자꾸 먹어요, 그리고 눈도 깜빡거리지 말고 누워 있어요. 부기가 많이 내렸어요"16)

'가을——떠밀리는 세대 혹은 자기 점검'이란 장제가 붙어 있는 1장의 한 부분이거니와, 장(腸) 이상으로 검진을 받고 있는 40대 언론사 중견 사원의 시선으로 포착한 현실 진단이다. 배고픈 어린 시절을 지냈기에 먹는 것에 급급해야 했고, 그래서 열심히 일했고, 그 결과 먹거리가 일정하게 충족된 연배. 그러나 먹거리가 충족되자마자 찾아온 무기력증과 정신의 편향성, 그리고 배고픔의 기억으로 인한 비정상적인 폭식과 거식증의 나날. 따라서 적당히 배설할 출구를 찾지 않으면 안 되는 세대를 자기 점검한 이야기이다. 이때 그 배설의 무분별함을 꼬집으면서 시나브로 병들어가는 세태를 꼬집고 있는 것이 그 특징이다. 그러다 보니 환상을 좇는 것도 어쩌면 당연한 일이다. 리얼리티 없는 환상 속에서 허우적대고 있는 모습이 바로 오늘의 타락한 소비 사회의 풍경이며, 허위 의식에 사로잡혀 있는 중산층들의 초상이라는 것이다. 그래서 작가는 이렇게 쓴다: "허식은

16) 김원우, 『아늑한 나날』(현대소설사, 1991), p. 241.

기교를 낳고, 기교는 허식을 세련시켜간다. 무익한 기교의 과분비 시대가 바로 현대다."[17]

　'배앓이' 증후군과 아울러 그가 소비 사회의 대표적인 증후군으로 포착하고 있는 것은 '광고'의 문제이다. 정보와 욕망을 조작하는 광고는 끊임없는 환상을 공급하면서 세상의 다변화를 빠른 속도로 추구해간다. 반복이 되겠지만, 광고야말로 소비 사회에서 대표적인 욕망의 전략이다. 노쇠하고 낡은 욕망을 폐기하고 젊고 새로운 욕망을 조작적으로 창출하여 소비를 부추긴다. 「방황하는 내국인」의 4장 '여름——환상의 바다'에서 집중적으로 조명하고 있는 것이 바로 이 문제이다. 소비 사회에서 광고로 인해 "말의 진의는 없어지고, 의사 전달은 무의미해져버리고, 사람의 실물은 포장지나 마찬가지"로 전락되고 말았다는 작가의 관찰은 상당한 설득력을 지닌다. 광고뿐만 아니라 인테리어·팬시 미술·패션 디자인 등의 분야에 대한 상품 미학적 접근을 다각적으로 시도하면서 작가는 결국 '환상의 바다'을 보게 되는데, 다음이 그 풍경을 잘 보여주고 있는 부분이다.

　그 위에는 그야말로 환상적인 조명등이 쉴새없이 휘둘려지고 있다. 샴페인이 경쾌한 소리를 터트리고, 흰 거품이 부글부글 끓어오른다.
　외지인은 넘실거리는 풍요, 출렁이는 도발, 흐느적거리는 성(性) 속에서 자신이 점점 까무룩하니 잦아들고 있다고 느낀다. 아랫배가 꿍얼거리는 데다 방귀가 나올 듯 말 듯해서 꽤나 긴장하고 있다. 거의 발악 같은 세태의 한 단면이 매번 부닥칠 때마다 어떤 벽 같은 압도감으로 밀려오지만, 그 느낌은 차츰 허탈감을 여전히 부추긴다. 〔……〕 외지인은 도리머리를 한참이나 흔들어대다가 가라앉는 배처럼 모로 쓰러진다. 바닥은 물론이고 천장까지 출렁거린다. 외지인은 "여기가 어디야?"라고 속으로 되물으면서 배를

---

17) 앞의 책, p. 298.

끌어안고 뒤치락거리기 시작한다.[18]

별다른 설명을 필요로 하지 않는 대목이다. 더할 수 없이 적나라한 소비 사회의 풍경이 아닐 수 없다. "부글부글 끓어오"르는 '거품'의 이미지는 가짜 욕망의 이미지, 바로 그것일 터이다. 그런데 거품은 결국 와해되게 마련이므로, 부황한 욕망의 행로는 불길하기 짝이 없다고 보는 것이다. 그래서 작가는 "가라앉는 배"의 비유를 들이댄다. 출렁거리고 부글부글 끓다가는 결국 가라앉고 마는 신기루 같은 이상(異狀) 욕망의 바닥에서 다시금 "배앓이"라는 질병을 확인하고, 그 이상성(異狀性)을 포개어놓는다. 부황한 소비 사회, 욕망의 가속도적 조작, 부질없는 욕망의 반복적이고 순환적인 쾌락, 진정한 욕망이 유예되고 타락한 욕망이 신장되는 사회 병리적 상황 등에 대한 전면적인 문제 제기요, 야유이며, 호된 비판에 값하는 것이다. 이런 문제들에 대한 반성적 사유 없이는 끝끝내 변비와 설사의 악순환에서 벗어날 수 없을 것이라는 게 작가 김원우의 전언이다.

다음으로 구효서의 「자동차는 날지 못한다」를 보기로 하자. 소비 사회에 있어서 욕망과 권력의 메커니즘 링에 붙박인 채 살아가는 인간들이 느끼는 폐소 공포증과 현기증을 다루고 있는 단편이다. 지하철 안의 잡지 광고에서 '우정'에 관한 문구를 보고 우정을 확인하려고 만난 친구들이 휘황한 네온 사인 사이에서 술을 마시면서 나누는 이야기를 주로 하면서, 몇 가지 시사적인 메시지를 남기고 있다. 무엇보다 "과잉 생산과 강제 소비의 거대하고 완벽한 메커니즘에 잘 기능하도록"[19] 인간들의 사고와 욕망이 관리되고 있다는 사실이다. 바로 제도 관리 사회나 소비 사회에의 존재 방식의 문제를 건드린 것이라 할 수 있는 것이다. 아파트 때문에, 자동차 때문에 또 인간들이 욕망하고

---

18) 앞의 책, pp. 302~03.
19) 구효서, 「자동차는 날지 못한다」, 『오늘의 소설』 6호(현암사, 1990), p. 388.

소비하는 그 무엇 때문에 자신의 정체성마저 저당잡혀야만 하는 역설적이지만 절박한 상황을 작가는 문제시하고 있다. 풀어 말하자면 자동차나 아파트가 인간을 위해 있는 것이 아니라, 거꾸로 인간이 자동차나 아파트를 위해 존재하는 이 전도되고 물화된 현실을 해부해 보여주고 있다는 것이다. 욕망이나 소비의 주체와 대상이 뒤바뀐 현실에서 주인공은 "매일매일 거대한 광고 박스에 처넣어지는 눈과 귀만 달린 벌레라면 벌레" 같다고 느끼며, 그 광고의 충동질에 의해 욕망을 충동시켜 소비한 상품들 때문에 "시간과 의식과 꿈의 저당 기간을 더 연장해야 한다"고 울분을 토로한다. 그러면서 "타락되고 조작된 정보에 우리의 의식을 온전히 맡겨버리고, 상품들에 의해 우리들의 꿈이 관리되도록 더 내버려둘 수밖에 없다"는 것, 그래서 "메커니즘 링을 결코 벗어나지 못하리라는 것"을 작가는 핵심적인 주제문격으로 제시하고 있다. 막스 베버의 '철의 새장'에 대한 비유를 떠올리게 하는 구효서의 주제는 새삼스러울 것은 없겠으나, 이제 우리가 일상적으로 겪어야 하는 문제라는 점에서 주목에 값한다 하겠다. 개인의 욕망이 아무리 순정하고 창조적이라고 하더라도 소비 사회의 메커니즘이 구사하는 관리 욕망과 권력 욕망에 맞닥뜨릴 때, 개인의 그것이 일방적으로 훼손당할 수밖에 없다는 우울하고 회의적인 인식은 그냥 지나칠 수만은 없는 문제 의식이 될 터이다.

이 밖에 박상우의 「먹고 사는 일에 관한 명상」에서는 돈의 권능이 횡행하는 물신적 소비 사회에서 '상대적 빈곤감'에 시달려야 하는 작가의 예술 창조에의 욕망이 다루어지고 있으며, 장정일의 『아담이 눈뜰 때』에서는 유혹과 미혹의 현상학이 문제되고 있다. 열아홉의 재수생이 하위 문화적 유혹의 미끼에 미혹되고, 음악과 성(性)에 매혹되어서 자신의 육체를 철저하게 소비 내지 소진시키는 이야기인 『아담이 눈뜰 때』는 우리 시대에서 가장 민감하면서도 불길한 욕망의 사육제를 다루고 있다고 할 수 있다.

　　나는 비로소 마음을 놓고 큰 소리로 엉엉 울기 시작했다. 가짜
낙원에서 잘못 눈을 뜬 아담처럼. 내 이브는 창녀였으며, 내 방은
항상 어둡고 습기가 차 있다. 어쩌다 책이 썩는 냄새를 없애려고
창문을 열면, 네온의 십자가 아래서 세상은 내 방보다 더 큰 어둠
과 부패로 썩어지고 있다. 나는 내가 눈뜬 가짜 낙원이 너무 무서
워서 소리내어 울었다.[20]

'가짜 낙원'에 눈뜬 아담의 방종에 가까운 성적 소비와 음악
적 소비는 모두 '가짜 욕망'에 연루된 것들이다. 여기서 '가짜
욕망'은 '가짜 낙원'의 유혹에 의해 미혹되고 추동되면서 소비
되는 것이다. 이런 아담의 욕망과 소비는, 거듭 말하지만, 불건
강성의 극치를 나타낸다. 불길하기 짝이 없다. 예의 불길한 욕
망의 재현이 불길한 욕망에 대한 비판적 기능과 그것에 대한 저
항의 의미와 어떻게 만날 수 있을지는 더 생각해볼 일이다.

4. 소비 조작 시대의 불길한 욕망

이상에서 개략적으로 소비 사회의 구조와 욕망의 풍경에 대
해서 살펴보았다. 현실적으로 소비 사회적 징후가 증폭되고 있
는 만큼 문학에서도 이에 대해 다각적으로 반응하고 있는 모습
이 역력하다는 사실을 알 수 있었다. 특히 시에 있어서 대응 전
략이나 방식은 소설의 그것에 비해 상대적으로 빠르고 광범위
하다는 점에 주목했다. 이런 양상은 그 어느 경우나 소비와 욕
망을 다채롭게 조작하고 있는 소비 사회의 메커니즘에 대한 성
찰과 비판의 결과물에 다름아니다.

---

20) 장정일, 『아담이 눈뜰 때』(미학사, 1990), p. 109.

대부분의 텍스트에서 소비 사회에 대한 인식은 타락한 가짜 욕망과 관련되어 있다. 가치의 영역에서 높게 이룩한 가상의 소비를 부추기기 위한 소비 조작 책략에 의해 왜곡된 가짜 욕망이 생산된다. 그 가짜 욕망에 의해서 과시-소비·과소비·모방-소비 등이 나타난다. 여기에는 직접적인 상품의 소비뿐만 아니라 육체 혹은 성(性)이나 영혼도 소비되고 있어 문제적이다. 그러므로 이는 주체의 정체성 위기의 문제까지 환기하는데, 최승호가 파악한 환(幻)의 상태나 김원우·유하가 진단한 신체적·사회 병리적 '배앓이' 상태는 그 명확한 증후군이라 하겠다. 그 과정에서 광고·영화·비디오·매스 미디어·상품 미학·포르노·섹스 등이 크게 문제되고 있는데, 이는 현대의 일상 생활에 대한 면밀한 관찰의 소산이다. 거대 담론이나 거대 권력에 구속되지 않고 미시 담론이나 미시 권력으로 욕망의 미시적 책략을 구사하고 있기 때문이기도 하다. 일상성에 대한 미시적 관찰이나 그 반성적 인식, 그리고 비판 기능은 소비 사회에서 문학이 담당해야 할 중요한 몫으로 보인다. 소비 사회의 증후와 대결한 문학 텍스트의 일차적인 가치도 바로 여기서 찾을 수 있을 것이다. 그런데 또한 여기에 불길한 함정이 도사리고 있음도 알아차려야 하리라. 일상적으로 널려 있는 소비 사회의 욕망의 풍경을 미시적으로 탐사하다가 소비 사회의 신화에 휘말릴 우려도 있다는 소리다. 요컨대 호랑이굴에 들어가서 호랑이에게 잡혀먹힌다면 아니 들어간 것보다 못하다는 것이다. 이카로스의 추락은 막아야 한다. 최승호에 비해 유하의, 김원우에 비해 장정일의 욕망이 상대적으로 불길하게 느껴지는 것도 이런 사정에서 비롯되는 것이다. 이들간의 세대적 차이는 기실 엄청나다. 감수성이나 상상력의 발현 방식을 면밀히 비교해보지 않는다 해도 금방 눈치챌 수 있는 일이다. 김원우나 최승호에 비해 장정일이나 유하는 그들의 성장 과정이나 생활에 있어서 보다 소비 사회적 증후에 침윤될 가능성이 많았던 세대이다. 신선하고 발랄하며 경쾌한 발상법이 이를 실감케 한다. 이것은 그들에게 좋은 문학적 무기가 될 수 있는 반면 자칫 잘못하면 반문학적으로 될 수도 있다. 반성 없는 상상력과 무분별한 재현은 질적 저하를 가져오고, 근거 없는 감수성의 경박함은 신뢰를 덜하게 하여 전체적으로 문학적 진정성의 위기에 빠질 수 있음을 경계해야 할 것이다. 만약 영화나 만화 혹은 광고의 담론과 별다를 바 없는 담론으로 문학적 전략을 구사한다면, 이 소비 사회의 대중들은 이제 더 이상 문학 쪽에 돈을 지불하지 않음은 물론 눈도 주지 않을 것이다. 영화나 만화를 보지 왜 구태여 시나 소설을 읽으려 하겠는가? 이에 무엇보다 반성적 인식과 비판적 거리의 확보와 긴장이 요청된다 하겠다. 그럴 때 예의 신세대들은 새로운 시대의 사상과 세계관을 형성해나가면서 진정하고도 당당하게 새 세대의 문학을 활짝 꽃피울 수 있을 것이다.

요컨대 불길한 징조는 청산되어야 한다. 불길한 욕망, 불건강한 욕망, 가짜 욕망은 극복되어야 한다. 그리하여 이 불길한 소비 조작 시대가 조장하는 주체와 진정성의 위기에 효과적이고 능동적으로 대처할 수 있어야 한다. 소비 사회의 풍경을 그리되, 정치하게 분석적이고, 엄밀하게 비판적이어야 한다. 욕망을 노래하되, 건강하고 생산적이며 창조적인 욕망을 창출하고 그런 욕망이 흐를 수 있는 통로를 문학의 이름으로 계발해야 한다. 문학의 자리에서 우리 시대에 가장 합리적인 소비의 사상과 욕망의 사상을 창조할 수 있는 지혜가 나와주길 기대한다. 더 이상 불길한 욕망을 그대로 방치해둘 수는 없는 일 아닌가?

사인화(私人化)된 세계 속에서
여성의 자기 정체성 찾기

박   혜   경

1

"여성 작가들이 몰려오고 있다"라는 말은, 다분히 저널리즘의 표제로 낯익음직한 통속적인 울림을 지니고 있기는 하지만, 최근 우리 문학계의 한 두드러진 현상을 단적으로 지적하는 데는 꽤 적절한 표현이라고 할 수 있을 것 같다. 최근 들어 젊은 여성 작가들의 눈부신 활약은 신문의 문화면이나 각종 여성 잡지들의 특집 기사로 심심치 않게 다루어질 만큼 눈에 띄게 드러나는 문학계의 한 현상으로 자리잡아가고 있는 것이다. 물론 기존의 '여류'의 통념을 뛰어넘으면서, 남성 작가들과 변별되는 자기만의 독특한 문학적 입지를 개척해온 여성 작가들의 활약은 우리의 문단내에서 그리 새삼스러운 일이라고 할 수는 없다. 그들의 활약이 남성 작가들에 의해 주도되어온 우리의 길지 않은 문학사에서도 그 나름대로의 독자적인 문학적 영역을 구축해온 만큼, 이들 젊은 여성 작가들의 문학 활동 또한 선배 여성 작가들이 쌓아올린 문학적 성과의 연속성 위에서 이루어진, 문단의 자연스러운 세대적 흐름의 한 현상으로 받아들일 수도 있을 것이다. 그러나 그 선배 여성 작가들의 작품 활동이 대부분 남성 작가들로 구성된 문단내에서 다분히 개별적이면서 분산된 형태로 이루어진 것이라고 할 수 있다면, 최근 젊은 여성 작가들의 활동에서 두드러지게 나타나는 것은 이들이, 남성 작가들에 비해, 혹은 남성 작가들 못지않게 하나의 '군(群)'으로 응집될 수 있을 정도의 수적 우세를 보이고 있다는 점이다. 그러나 물론 젊은 여성 작가들의 단순한 수적 우세나, 그녀들이 생산해내는 작품의 양적인 수치 그 자체가, 90년대 들어 두드러진 활동을 보여주고 있는 젊은 여성 작가들을 하나로 묶어 최근에 일어나고 있는 문학적 현상의 한 단면을 진단해보려는 시도의 설득력 있는 명분을 제공해주는 것은 아니다. 중요한 것은 최근 활발한 활동을 보이고 있는 젊은 여성 작가들의 수적인 우세 그 자체가 아니라, 그녀들의 활동 영역이나, 그녀들이 일구어내는 문학적 성과의 질적 수준이 지금까지 남성 작가들에 의해 주도되어온 문단의 흐름을 상당 부분 위협할 정도의 수위에 도달해 있다는 판단을 가능케 한다는 점에 있다. 뿐만 아니라 최근 베스트 셀러 집계에 오르고 있는 작가들 가운데 많은 부분을 이들 젊은 여성 작가들이 차지하고 있다는 사실은 이들이 독자들 사이에서 폭넓은 지명도를 확보하면서 그 문학적 영향력의 폭을 확대해나가고 있음을 잘 보여준다. 물론 지금까지 잘 팔리는 대중소설 작가로서 베스트 셀러 순위에 오르는 여타 여성 작가들의 수는 적지 않았지만, 최근 들어 베스트 셀러의 순위에 자주 오르내리는 이들 젊은 여성 작가들의 작품이 그러한 통속적 차원의 작품들과는 뚜렷하게 구분되는 문학적 자질을 확보하고 있다는 사실은, 그들의 작품에 곧바로 베스트 셀러 소설에 대한 우리의 고정된 선입견의 잣대를 들이대는 일을 주저하게 만든다. 물론 최근 문단에서 활발한 활동을 보이는 젊은 여성 작가들의 숫자가 늘어남과 동시에 그녀들의 작품이 광범위한 독자층으로 파고들어가고 있는 현상의 이면에는 90년대 들어 나타나기 시작한 문학 출판 시장의 변화나 문학의 사회적 위상의 변화도 매우 중요한 외적 요인으로 작용하고 있을 것이다. 이를테면 문학 시장에서 여성 독자층의 비율이 상대적으로 높아지고 있다거나, 그와는 달리 문학 창작을 지원하는 남성들의 수가 점차 감소 추세에 있다는 점을 그 한 예로 들 수 있을 것이다. 그러나 이들 여성 작가들의 작품들이 베스트 셀러 소설에 대한 기존의 통념을 깨뜨리면서 광범위한 독자층을 형성해가고 있는 현상에 대한 보다 근본적인 이해는 그보다는 더 심층화된 문맥에서의 진단을 요구하는 것이다.

그러한 현상을 진단해나가는 과정에서 우리가 부딪칠 수밖에 없는 것은 아마도 90년대라는 시기의 사회 문화적 상황의 문제일 것이다. 확실히 최근 몇 년 간 젊은 여성 작가들의 작품 활동은 비슷한 또래의 젊은 남성 작가들의 그것을 압도할 정도의 왕성한 문학적 성과를 일구어내고 있는 것이 사실이다. 그녀들은 남성 주도의 우리 문단에서 개별적으로 돌출해나온 존재로서가 아니라, 바야흐로 문단의 전면에서 한국 소설의 흐름을 주도해나갈 새로운 세력으로, 젊은 남성 작가들을 제치고, 혹은 최소한 그들과 어깨를 나란히한 채로, 그녀들의 작가로서의 입지를 점차 강화해나가고 있는 것처럼 보인다. 최근 젊은 여성 작가들의 활동이 이처럼 문단의 전면으로 부상하게 된 현상의 이면을 밝히는 작업에서 가장 손쉽게 떠올릴 수 있는 것은 역시 방금 말했던 90년대의 변화된 상황의 문제이다. 더군다나 최근 활발한 활동을 벌이고 있는 대부분의 30대 여성 작가들의 작품에서 여전히 80년대의 삶이 떨쳐버릴 수 없는 기억의 한 잔영으로 출몰하고 있다는 것은, 그 상투성에도 불구하고 80년대/90년대라는 이분법적 시기 가름의 논리가 이들의 작품을 분석하는 데 유효한 준거틀이 되어줄 것임을 말해준다. 그러나 이 자리에서 80년대/90년대라는 시기 가름의 논리가 의미있게 다루어져야 할 진정한 이유가 단순히 그 양 시기 사이에 걸친 변화의 골이 이 여성 작가들의 작품에서 되풀이 저작(咀嚼)되고 있는 80년대에 대한 고통스러운 기억의 주요한 정신적 배경으로 작용하고 있다는 점에 그치는 것은 아니다. 이 글에서 내가 80년대와 90년대를 가르는, 이미 상투화되어버린 이분법적 담론을 다시 논의의 틀 속으로 끌어들일 수밖에 없는 보다 중요한 이유는, 그 양 시기 사이에 놓인 변화의 내부를 들여다보는 작업이 최근 젊은 여성 작가들이 문단의 전면으로 부상하는 현상과, 그들의 작품 세계가 지닌 특성을 해명하는 데 보다 근본적인 이해의 단서를 제공해줄 것이라는 판단 때문이다.

2

누구나 알다시피, 80년대의 문학은 두 개의 상반된 힘이 치열하게 맞부딪치는 현장의 한가운데에 놓여 있었다. 그리고 그 두 상반된 힘이 소용돌이치는 태풍의 한가운데에는 '권력'이라는 거대한 화두가 자리잡고 있었다. 격렬하게 서로를 밀어내면서 서로 다른 세계를 향해 달려가고 있는 것처럼 보였지만, 그러나 그들의 싸움이 권력 지향의 모습을 지니고 있었다는 점에서 그 둘의 욕망은 궁극적으로 닮은꼴을 하고 있었다. 그것이 기득권 쪽의 것이건, 저항 세력 쪽의 것이건, 80년대를 지배했던 것은 결국 서로 다른 세계의 모델을 지향하는, 그러나 본질적으로는 동일한 속성을 지닌 두 권력 지향의 욕망들이 충돌하는 남성 중심적인 힘의 논리였던 것이다. 그리고 그 힘의 논리는 근본적으로 집단화된 욕망의 이름으로 무장된 것이었다. 이러한 80년대적 상황의 한복판에서 문학은 역사나 정치·경제·사회와 같은 거시적인 문제의 틀에 매달려 있었고, 그 속에서 개인의 내밀한 존재성은 그 집단화된 논리의 틈새에 자신의 비좁은 삶의 거처를 마련할 수밖에 없었다. 개인의 삶을 결정하는 부당하고 모순된 권력의 토대를 무너뜨리기 위한 그 싸움은, 그 권력에 대항하는 또 다른 권력에의 욕망을 통해서, 개인에게는 집단화된 명분의 정당성이라는 이름으로 개인의 삶을 재단하는 일방적인 힘의 논리로 작용할 수밖에 없었던 것이다. 개인의 삶에 대한 그 환원주의적인 집단화의 논리는 그러나 그 환원주의적인 논리의 틀 쪽에서 볼 때는 한갓 잉여적인 욕망들——명쾌하고 체계화된 이념으로 재단될 수 없는, 그럼에도 불구하고 삶의 순간순간 훨씬 더 절박한 실존의 문제로 개인들의 삶 속에 육박해 들어오는 내밀한 욕망들에게는 여전히 하나의 억압으로 작용할 수밖에 없는 것이었다. 90년대는 그런 의미에서 집단화된 힘의 논리라는 딱딱한 지각을 뚫고, 개인의 내밀한 실존적 욕망들이, 비온 뒤의 죽순처럼 솟아올라오기 시작하는 일종의 소리없는 지각 변동의 시기였다고 말할 수 있을 것이다. 마치 소련의 사회주의 정권이 무너진 뒤, 사회주의 이념 밑에 억눌려 있던 각 민족의 다양한 욕구들이 한꺼번에 분출되어 나오듯이, 이제 개인은 집단화된 이념의 비좁은 틈새에 끼여 있는 존재이기를 거부하고, 문학의 표면 위로 조심스럽게 자신의 감추어진 삶의 이야기들을 띄워보내기 시작한다. 물론 그러한 변화가 작가들에게 어떤 해방의 즐거움이나 자유로움으로 다가온 것이라고는 결코 말할 수 없을 것이다. 작가들은 이제 개인의 삶에 대한 거시적인 이념적 문제 의식의 준거틀, 다시 말해서 개인의 삶을 이야기하면서도 끊임없이 어떤 역사적이거나 정치적인 맥락을 의식해야 한다는 심리적 압박으로부터 벗어났을 뿐, 그들 앞에 놓여져 있는 것은 개인들에게 삶의 진정성을 담보해줄 어떠한 가치관도 부재한, 가치관의 진공 상태 속을 방향 없이 떠도는 고독한 단자로서의 개인의 삶이었던 것이다. 횔덜린의 말처럼 낡은 가치는 무너지고 새로운 가치는 도래하지 않은 가치관의 폐허, 혹은 모든 것이 다 있으면서 동시에 아무것도 없는 90년대식의 물질적 풍요로움의 폐허 속에서 작가들은 이제 개인의 텅 빈 내면의 세계를 탐사하는 고독한 여행을 시작하는 것이다.

90년대의 문학에서 역사적, 혹은 정치적 삶의 층위로부터 벗어나 고독한 사인성(私人性)의 세계 속에 남겨진 개인들의 삶은 이제 점차 실존적이거나 존재론적인 문제 인식의 층위로 이동해가고 있는 듯이 보인다. 가족이라는 소집단내에 속한 개인의 문제를 다룰 경우에도 작가들은, 그 이전과는 달리 시대적 삶이라는 외부적 상황의 제약을 그다지 의식하고 있지 않는 것 같다. 이를테면 박완서나 김원일·윤흥길 등을 비롯한 80년대의 많은 작가들에게서 가족적인 삶의 해체가 그 가족을 둘러싸고 있는 역사적 상황의 압력과 긴밀한 관련을 맺고 있는 것으로 그려지고 있다면, 90년대의 작가들에게 가족과 그 가족의 일원으로서의 개인이 겪는 심리적 갈등과 마찰은 대부분 보다 내밀하고 사사로운 가족 구성원들 내부의 문제로 다루어지고 있는 것이다. 특히 가족 내적인 삶의 공간 속에서 이루어지는 개인의 삶, 혹은 개인이 일상화된 삶 주변의 타자들과의 관계 속에서 겪는 정신의 내밀한 상흔을, 삶에 대한 존재론적인 성찰의 차원으로 심화시켜나가는 태도는 이들 몇몇 여성 작가들에게서 발견되는 또 하나의 특징적 현상이라고 할 수 있을 것이다. 여기에서 우리는 이 글이 씌어지게 된 애초의 기획 의도, 다시 말해 90년대에 들어와서 30대를 중심으로 한 여성 작가들의 작품이 폭넓은 독자층을 형성하면서 문단의 전면으로 부상하게 된 이유를 좀더 본격적으로 파고들어가야 할 필요와 만나게 된다.

실상 최근 들어 이들 30대 여성 작가들이, 여성들에게 주어진 문단의 주변부적 위상을 벗어나 바야흐로 문단의 중심권으로 이동하고 있는 현상을 진단하는 일은 결코 용이한 일이 아니다. 먼저 제기되는 문제는 이들이 기본적으로 여성이라는 공통된 성의 토대를 공유하고 있음에도 불구하고, 이들이 보여주는 소설적 관심사나 삶을 바라보는 시각이 각기 상이한 양상으로 나타나고 있기 때문에, 이들을 하나로 묶을 일관된 논의의 틀을 이끌어내는 데 많은 어려움을 감수할 수밖에 없다는 점이다. 물론 그렇다고 해서 이들 작품에서 유사한 논의의 틀로 끌어안을 수 있는 문학적 특성의 공분모를 추출해내는 것이 전혀 불가능한 것은 아니다. 아니, 오히려 이 글은 앞으로 이들 개별 작가들의 작품들 속에서 추출해낸 그 작은 공분모들을 징검다리 삼아 논의를 진행시켜나가는 방식을 취하게 될 것이다. 문제는 이들 개별 작가들의 작품에서 서로 겹쳐지고 어긋나는 특성들 둘 다를 함께 포괄하면서, 이들 30대 여성 작가들의 작품 세계를 떠받치고 있는 기본적인 인식틀을 밝혀내고, 그것을 통해 그들의 작품 활동이 90년대적 상황 속에서 지니는 특별한 의미를 생각해보는 일일 것이다. 그러한 논의의 과정에서 우리가 궁극적으로 규명하고자 하는 것은 여성이라는 성적 특성이 이들의 작품에서 어떠한 모습으로 표출되고 있으며, 그것이 90년대적 상황과 어떠한 의미로 연결될 수 있는가라는 점이다. 각기 다른 작품 세계를 보여주고 있음에도 불구하고, 이들 작가들에게서 여성이라는 성적 특수성, 다시 말해서 이 땅에서 여성으로 살아간다는 일에 대한 자의식은, 명시적으로든 암묵적으로든 그들 작품의 밑바닥을 관류하고 있는 기본적인 인식틀을 형성하고 있다고 할 수 있다. 그러한 자의식의 심층에는 자신들을 여성으로 규정짓는, 그리고 그러한 규정 속에서 보이지 않는 방식으로 '여성다움'의 성적 이데올로기를 내면화할 것을 강요해온 사회적 관습에 대한 억압과 저항의 심리가 복잡하고도 미묘한 형태로 뒤얽혀 있다. 그녀들의 작품에서 여성으로서의 삶에 대한 그러한 자의식은 보다 명료하고도 의식적인 차원으로 작품의 표면에 돌출되어 나오기도 하고, 혹은 작품의 이면에서 삶과 세계를 바라보는 인식의 숨은 원리로 작용하고 있기도 하다. 그러나 그녀들이 여성이라는 사회적 관습의 제약에 수동적으로 안주하는 대신에, 그 제약에 대한 인식을 반성적으로 대타화하고, 그 대타화된 인식을 통해서 그녀들을 둘러싸고 있는 세계에 대한

사인화(私人化)된 세계 속에서 여성의 자기 정체성 찾기　449

그녀들 나름대로의 독자적인 소설적 형상화의 논리를 찾아나가고 있다는 점에서, 그녀들은 남성 문인들에 의해 만들어진 소위 '여류'라는 호칭으로부터 멀찌감치 벗어나 있을 뿐만 아니라, 남성 문인들이 포착할 수 없는 삶의 또 다른 중요한 국면을 우리 앞에 당당히 열어보여준다. 뿐만 아니라 그녀들의 작품이 열어보여주는 그 삶의 또 다른 국면은 90년대의 변화된 상황의 의미를 보다 효과적으로 읽어낼 수 있는 매우 적절한 지표로서의 의미를 갖는 것이라고도 할 수 있다.

최근 30대 여성 작가들에게서 가족적 삶을 배경으로 한 개인의 성장 과정을 자전적 형식으로 풀어나가는 작품들이 많아지는 것 또한 근본적으로는 이 땅에서 여성으로 살아가는 일에 대한 자각과 깊은 함수 관계를 맺고 있다고 볼 수 있다. 그러나 이들 여성 작가들의 작품에서 다루어지는 개인의 삶 역시 90년대의 문학에서 발견되는 일반적인 현상 가운데 하나인 사인성의 범주를 크게 벗어나 있지 않다. 이러한 점과 관련해서, 이들 여성 작가들에게서 작가 자신의 자전적 체험이 소설의 주요한 소재로 다루어지고 있는 현상은 특별한 주목을 요하는 부분이라고 할 수 있다. 특히 신경숙이나 김형경·공선옥·이혜경 등의 경우, 그녀들의 작품 밑바닥에는 작가 자신의 자전적 성장 체험이 그들의 문학을 이끌어가는 중요한 동인(動因)으로 자리 잡고 있는 것으로 보인다. 『깊은 슬픔』에 이어 두번째 시도되고 있는 신경숙의 장편소설 『외딴방』이나, 김형경의 『세월』, 공선옥의 「떠도는 나무」, 이혜경의 『길 위의 집』 등의 작품들이 그러한 현상의 대표적인 예라고 할 수 있지만, 이들 작품 이외에도 우리는 작가 자신의 자전적 삶의 편린들이, 직접적으로든 변형된 형태로든, 이들의 작품 곳곳에서 작품의 중요한 소재로 활용되고 있는 예들을 발견할 수 있다. 그러나 비단 자전적 체험의 소설적 형상화가 아니더라도, 그녀들의 작품에서 작중인물들이 겪는 사회적 체험의 폭이 매우 제한적인 양상으로 나타나고 있다는 것은, 그녀들이 거시적인 대 사회적 관계망을 통해서 조망되는 세계보다는, 사인화된 체험 공간 속에서 이루어지는 개인적인 소사(小史)에 더 깊은 관심을 기울이고 있음을 잘 보여준다. 그녀들의 작품에서 작중인물들의 삶은 대개 가족이나 일상적인 삶 속에서 그들을 둘러싸고 있는 사사로운 인간 관계의 범주를 넘어서지 않으며, 사회적 상황 속에서 파생된 문제들이 작중인물들의 체험 공간 속으로 침투해 들어올 경우에도, 그러한 문제들은 그것이 그들의 삶과 의식에 미친 내밀한 정신적 균열의 체험으로 되풀이 반추되고 있을 뿐, 사적인 삶의 경계를 뛰어넘는 공적이고 대 사회적인 문제 의식의 차원으로 확산되지는 않는다. 그녀들의 작품에서 그러한 사회적 상황의 문제들은 더 이상 그 자체로서 개인들의 일상화된 현실이나 실존적 욕망의 세계를 압도하는 당위적 힘을 행사하지 못한다. 결국 그녀들의 작품이 지닌 그러한 특성은 역사적이거나 사회적인 사건들이 나날이 되풀이되는 일상적인 삶의 틀 속으로 해체되어 일상과 일상의 틈새 사이에서 가끔씩 의식의 표면으로 떠올랐다 사라지는 하나의 희미한 잔상으로 기억될 뿐인 90년대적 상황을 반영하는 것이다. 90년대의 삶 속에서 관념이나 추상의 형식으로 당위화된 명분은 그 모든 것을 휩쓸고 흘러가는 일상의 반복적인 시간의 흐름을 이기지 못한 채, 그 일상화된 삶의 밑바닥에 자잘하게 부서진 망각의 퇴적물로 남아 있을 뿐이다. 집단화된 이념이 무너진 자리에서 개인에게 남아 있는 것은, 어쨌든 살아갈 수밖에 없는 일상 속에서, 공선옥의 작품 속의 한 구절대로 "목숨 붙이고 산다는 일의 끔찍함"을 견디어내는 일일 뿐이라는 것, 그리고 그 무의미하고 혼란스러운 일상의 삶 속에서 보이지 않는 내면의 균열을 겪고 있는 개인의 자기 정체성을 향한 고통스럽고 전망 없는 자기 탐구의 노력을 계속하는 일일 뿐이라는 것이, 아마도 이들 여성 작가들이 90년대의 현실 속에서 발견한 주요한 문학적 주제 가운데 하나라고 할 수 있을 것이다.

공선옥의 「목마른 계절」에서 광주 사건의 후유증으로 고통받는 남편과 이혼한 채 아이 둘을 데리고 영구 임대 아파트의 한 칸을 빌려 근근이 살아가는 여주인공에게 남겨진 일상은, 끊임없이 그들 가족의 생존을 위협하는 경제적 위기 의식과, 한때 그들을 사로잡았던 정치 사회적 상황의 문제들에 대한 열정 어린 관심이 어쨌든 살아내야 한다는 현실 앞에 속절없이 마모되어가는 삶의 풍경들이다. "이젠 아줌마도 광주에서 벗어나야 해요. 2, 30년대의 신파가 그보다 낫거든. 한마디로, 아직도 광주? 웬 광주? 거든"이라는, 전교조 일로 해직당한 한 작중인물의 대사는 여주인공에게 약간의 쓸쓸함을 불러일으키지만, 그 쓸쓸함보다 더욱 절박하게 그녀의 의식을 사로잡고 있는 것은 직장을 구해야 한다는 생활의 당면한 요구와 그녀가 사는 아파트 주변에서 끊임없이 일어나는 사사로운 일상적 사건들이다. "그만 얘기하고 그만 덮어두고 그만 울고 그만 그만 하고 싶어도 할 수 없어. 역사란 그런 거야. 갑오년이 따로 없고 기미년이 따로 없다구. 드러드키 오일팔이 따로 있는 게 아냐. 기미년의 삼일 운동은 임신년에도 삼일 운동으로 이어지듯이 경신년의 오일팔은 계유년의 오일팔로 새로 시작되는 거라구. 〔……〕 역사 앞에서 자유로운 사람은 없는 거거든. 그런 거거든"이라고 말하면서도 술집 여주인 현순씨는 더 장사가 잘된다는 단란 주점을 차릴 궁리를 하다가 결국 미성년자를 고용한 악덕 업주라는 누명을 쓴 채 억울하게 감옥에 갇히고, 절름거리는 다리로 가족의 생계를 부양하던 미스 조는 아파트 난간에서 떨어져 자살을 하고, 그런 가운데에도, 복도는 여전히 아이들의 고함 소리로 가득 차 있고, 아파트의 광장에서는 연일 시끌벅적한 화전 놀이가 벌어지는 현장, 그것이 바로 뿌연 안개처럼 우리의 삶을 둘러싸고 있는 세속적인 일상의 현실인 것이다. 사사로운 일상적 관심사가 개인의 삶을 장악해버린 90년대의 현실 속에서 이들 작품 속의 인물들에게 남겨진 것은 그와 같은 사사로운 일상사의 뿌연 안개 속을 헤쳐나가며 끊임없이 자신의 내부에서 솟아오르는 상실감과 허망함의 밑바닥을 들여다보는 일이다. 어린 시절부터 성인에 이르기까지의 한 여자의 성장기를 소재로 하고 있는 『세월』의 경우, 대학 시절 여주인공이 참여했던 학생 시위에 관한 체험담이 작품의 전체적인 흐름 속에서 특별한 의미를 지니지 못한 채 일과성적인 사건으로서 작중화자의 사사로운 성장기적 체험의 영역 속으로 흡수되어버리고 마는 것 역시 이 작품에서 작가적 관심의 범주가 근본적으로 개인의 내밀한 삶이나 의식의 테두리를 벗어나 있지 않음을 보여주는 것이다. 그것이 일상적 현실의 풍화를 견디는 것이든, 자신의 성장기를 고통스럽게 반추하는 것이든, 모든 외부적 가치관이 무너져버린 가치 상실의 폐허 속에 놓여진 90년대의 현실 속을 살아가는 그녀들에게 그녀들이 기댈 수 있는 유일한 부표(浮漂), 그것은 바로 개인에게 주어진 그 작은 실존적 삶의 공간이다. 그 좁은 공간 속에서 그녀들은 삶의 진정성의 회복을 꿈꾸면서, 그러나 끊임없이 그 꿈의 배반으로 상처받으면서 상처받은 개인의 내밀한 의식의 세계 속으로 깊숙이 침잠해 들어가는 것이다.

아마도 이러한 그녀들의 의식적 성향은 그녀들이 작품 속에서 개인의 삶을 바라보는 기본적인 시각이 매우 내향적이면서 자기 응축적인 경향을 강하게 드러내보인다는 점과 밀접한 관련이 있을 것이다. 밖으로 넓게 퍼져나가기보다는 안으로 깊이 파고들어가는 그녀들의 내면 응시의 시선은, 그녀들의 작품에서 한 개인의 삶을 둘러싸고 있는 사회적 상황의 외적인 문맥보다는, 자신을 둘러싸고 있는 상황 속에서 개인이 겪는 내부의 균열이나 상처를 섬세하면서도 서정적인 문체로 부조해나가는 극히 내면화된 서술 방식으로 나타난다. 그녀들의 작품 속에 등장하는 인물들은 대개, 보다 넓은 의미의 사회적 조건들과 긴밀하게 연결되어 있거나, 그러한 사회적 조건들에 대한 적극적인 탐색을 향해 열려 있기보다는, 고립되고 단자화된 삶의 내면 공간 속에 갇힌 채, 끊임없이 자신의 내부에서 들끓는 욕망과 고통의 심연을 어둡게 응시하는 내성적인 존재들로 그려지는 것이다. 그녀들이 대체로 현재형의 공간 속에서 이루어지는 삶의 리얼리티보다는 추억의 이름으로 개인의 내면 속에 가라앉아 있는 과거에 대한 기억들에 몰입하는 것도 그와 무관하지 않을 것이다. 그녀들은 80년대의 집단화된 이념의 논리가 잉여적이고 불요불급한 것으로 억눌려버렸던 개인의 욕망들——명쾌한 논리나 체계로 뭉뚱그려질 수 없는, 그렇지만 그러한 논리적 체계 이전에 존재의 심연에서 솟아올라와 삶의 어느 순간 인간의 실존을 소리없이 뒤흔드는 불가해하고 불확정적인 내면성의 세계, 신경숙의 표현을 빌린다면, 바로 그 '말해질 수 없는 것들'의 세계를 소설의 언어로 표현해내려고 애쓰는 것이다. 아마도 이들 30대 여성 작가들 가운데 이러한 소설적 노력을 보여주는 가장 대표적인 작가 가운데 한 사람이 바로 신경숙일 것이다. 80년대 중반에서부터 지금까지 일관된 작품 세계를 보여주고 있는 신경숙의 작품들이 90년대에 와서야 각광을 받게 된 것은, 비슷한 시기에 활동을 시작한 같은 연배의 작가로서, 주로 80년대를 지배했던 민중문학의 논리를 적극적으로 받아들이는 것으로 자신의 문학적 입지를 세워나갔던 공지영이나 김인숙 등과 구별되는, 90년대적 상황 속에서의 신경숙의 독특한 문학적 위상을 시사해주는 현상이라고 할 수 있을 것이다. 여기에서 아마도 90년대의 문단이 신경숙이라는 작가의 문학적 특성에 새롭게 주목하게 된 데에는, 그녀가 그 양 시기에 생산해낸 작품들 사이의 질적 수준의 차이 이전에, 90년대적인 문학 상황의 변화가 무시할 수 없는 변수로 작용했으리라는 점은 쉽게 추측해볼 수 있는 일이다. 다시 말해서 신경숙의 소설이 새롭게 주목받기 시작한 시점은 90년대의 문학이, 개인의 삶을 시대적 상황의 문제와 긴밀히 결부지으면서 외향적인 서사 지향의 강한 내용 중심주의적 경향을 보여주던 80년대의 리얼리즘 문학의 영역으로부터 벗어나기 시작하는 시기와 겹쳐 있는 것이다. 신경숙의 소설은 내용 중심주의적 리얼리즘 문학의 잣대로는 포착할 수 없었던 인간의 미세하고도 내밀한 삶의 결과 무늬들을 특유의 아름답고도 서정 어린 문체로 그려보여줌으로써, 문학에 있어서 문체의 중요성을 새삼스럽게 일깨우면서, 90년대의 문단에 문체의 문제에 대한 깊이 있는 관심을 불러일으키는 의미있는 계기를 제공해주었던 것이다.

누군가가 80년대의 문학이 광장의 문학이었다면, 90년대의 문학은 밀실의 문학이라는 말을 한 바가 있지만, 신경숙은 90년대 문학이 보여주는 사인성의 세계의 한 극단에 서 있는 작가라고 할 수 있다. 그녀의 작품에서 그 사인성의 공간은 바로 타자들의 세계로부터 단절된, 혹은 그 타자들과의 관계로부터 상처받은 개인에게 그의 삶이 거처할 최소한의 실존적 공간으로 남겨진 밀폐된 방의 이미지로 나타난다. 그녀의 소설 속에 등장하는 여성들은 대부분 타자들과의 관계에서 깊은 절망과 상처를 체험하고, 타자로부터 밀폐된 공간 속에 스스로를 가둔 채, 그 속에서 자신의 상처받은 삶의 의미를 반추하고, 그 삶의 존재론적 심연을 들여다보는 고독한 응시자의 모습으로 등장한다. 신경숙 소설의 인물들에게 있어 타자들과의 관계 맺음이란 삶의 막막함과 허망함을 일깨우는 끊임없는 상처와 상실의 체험만을 의미할 뿐이다. 그녀의 소설에서 밀폐된 방은 이 세계에서 타자들과의 완전한 관계 맺음의 삶이란 가능할 것인가에 대한 작가의 근본적인 회의와 절망을 내포하고 있는 공간이다. 그녀의 작품에서 그 밀폐된 방 속의 여성들에게 근본적인 정서적 친화감을 제공하는 사회적 관계 맺음의 소통 공간이 대개 가족이라는 매우 사적인 영역에 한정되어 있는 것으로 나타난다는 것은 이런 점에서 하나의 시사적인 의미를 갖는 것이라고 할 수 있을 것이다. 그녀의 작품의 여주인공들이 보여주는 가족에 대한 끈끈한 유대감, 그리고 그 가족이라는 사적인 소집단 밖의 낯선 타자들의 세계에서 겪는 고통스러운 결핍의 체험은, 그녀들에게 해소될 수 없는 깊은 상실감을 부여한다. 그러나 신경숙의 소설에 등장하는 여성 인물들이 타자들과의 세계에서 겪는 그 상실감은 계속해서 사회적 상실감의 영역으로부터 보다 심층적인 존재론적인 차원의 상실감으로 이동해나가는 경향을 보여준다. 그녀의 작품에서 사회적 타자성의 영역 속에서 이루어지는 그 상실 의식의 밑바탕에는, 인간이라는 존재가 지닌 본질적인 불완전함, 혹은 이 낯선 타인들의 세계에서 인간이 떠안을 수밖에 없는 근본적인 실존적 불안과 결핍에 대한 작가의 깊은 내면적 성찰의 시선이 내재되어 있기 때문이다.

　신경숙을 포함해서 이들 30대 여성 작가들의 작품이 주로 사적인 인간 관계를 중심으로 한 개인의 미시적인 체험의 영역을 문학의 중심 소재로 채택하거나, 일관된 외향적 서사의 논리보다는 인간의 불가시적인 내면성의 세계를 파고드는 미정형의 소설 기술 방식을 선호하고 있다는 것은 90년대적 삶의 현실 속에서 집단화된 공적인 체험의 영역이 점차 사라지고, 결정화된 서사의 논리가 해체되면서 개인이 겪는 사회적 존재 방식의 변화와 무관하지 않을 것이다. 정치에 대한 환멸과 무관심이 확산되고, 개인의 삶을 시대적 상황의 문제와 연결지어주는 사회적 명분들이 그 설득력을 잃어가면서, 개인에게 남겨진 것은, 앞에서 말한 것처럼, 자기 주변의 사사로운 인간 관계의 틀을 크게 벗어나지 않는 일상적 관심사나, 모순되고 불합리한 욕망들로 가득 찬 혼란스러운 내면의 세계이다. 개인에게 있어 그 일상화된 인간 관계를 구성하는 가장 기본적인 집단은 물론 가족이겠지만, 이들 대부분의 30대 여성 작가들에게서 보다 더 중요하게 다루어져야 할 것은, 그녀들의 작품에서 작중인물들을 둘러싸고 있는 인간 관계의 기본축이 주로 남성과 여성 사이에서 발생하는 다양한 관계의 양상으로 이루어져 있다는 점이다. 확실히 이들 많은 30대 여성 작가들에게 있어 90년대의 문학이 보여주는 개인적 삶을 향한 소설적 관심의 선회가, 여성으로서의 삶에 대한 자각과 밀접한 함수 관계를 맺고 있다는 것은 눈여겨볼 만한 현상이다. 뚜렷하게 페미니즘 소설임을 표방하는 작품들뿐만 아니라, 여성 화자나 주인공을 내세운 대부분의 작품들에서 우리는 여성으로서의 삶에 대한 작가의 보이지 않는 자의식이 작품의 이면에서 끊임없이 작용하고 있음을 느낄 수 있다. 실상 극히 소수의 예외를 제외하면, 그 작품이 1인칭 서술 시점을 취하든 3인칭 시점을 취하든, 이들의 작품을 실질적으로 이끌어가는 것은 대부분 작품에 등장하는 여성의 내면적 시점이다. 이들의 작품에서 이들이 지닌 여성이라는 성적 토대는 이제 한계가 아니라, 하나의 적극적인 전략으로서의 의미를 갖는다. 그 전략이 성공적인 것이든 아니든, 이제 이들 30대 여성 작가들에게 여성으로서의 자기 정체성에 대한 인식은 이들이 90년대의 문단에서 남성 작가들에 못지않은 작가로서의 위상을 정립하는 데 매우 중요한 바탕이 되어주고 있다고 할 수 있다.

3

　30대 여성 작가들의 작품에서 여성의 자기 정체성에 대한 탐색이 소설 창작의 주요한 전략으로 나타나고 있는 것에는, 페미니즘에 대한 관심이 보다 첨예한 문화적 이슈로서 90년대의 문화계 전반에 폭넓게 확산되어가고 있는 현상과 긴밀한 관련을 맺고 있을 것이다. 체제 그 자체에 대한 전면적이고도 근본적인 변혁을 주장하던 민중 이념의 논리가 쇠퇴하면서 페미니즘은 최근 들어 그 이념을 대체할 국지적인 사회 비판의 논리로서 많은 여성 작가들의 관심을 불러모으고 있는 듯이 보인다. 그러나 지금까지 페미니즘의 관점을 표방한 작품들이 대부분 여성 문제를 여성＝피해자, 남성＝가해자라는 극히 대립적이고 피상적인 도덕적 대결 구도의 차원에서 접근하거나, 남성 지배적인 사회 속에서 여성이 겪는 피해 의식이나 사회적 불이익의 부당성을 극히 감정적이고 일방적인 방식으로 표출하는 경향을 강하게 보여왔다는 점은 여성 문제를 다룬 소설들이 지닌 주요한 결함으로 지적될 만한 것이었다. 여성 문제에 대한 작가의 적극적인 소설적 관심을 바탕으로 씌어진 공지영의 『무소의 뿔처럼 혼자서 가라』나 「사랑하는 당신」, 김인숙의 『그래서 너를 안는다』나 「칼날과 사랑」 등의 작품들은 기존의 여성 소설들이 지닌 여성과 남성에 대한 첨예하고도 일방적인 대립적 관점을 어느 정도 극복해보려는 시도를 표방하고 있고, 또 작품에 따라서는 그 시도가 어느 정도 성공의 차원에 도달해 있는 모습을 보여주기도 한다. 중산층에 속하는 세 명의 여성들이 일상적인 삶 속에 녹아들어 있는 남성 위주의 사회적 관습 속에서 겪는 남성들과의 불화와, 그에 따른 여성으로서의 자기 정체성의 위기를 작품의 주내용으로 하고 있는 『무소의 뿔처럼……』은 일단 남성 일반에 대한 공격적인 태도가 작품의 표면에서 직설적인 형태로 표출되어 나오지는 않는다는 점에서 이전 소설들에 비해 보다 절제된 균형 감각을 유지하고 있다는 평가를 가능케 한다. 그러나 이 작품 역시도 작품의 이면에는, 절제된 형태로이기는 하지만, 여성들이 겪는 일방적인 억압이나 피해에 대한 감정적 억울함의 논리가 기본적으로 깔려 있다. 다만 이 작품에서 그 억울함의 논리는 현실적인 삶의 공간에서 작중 여주인공들이 부딪치는 남성 당사자들에 대한 직접적인 공격으로 나타나기보다, 누대를 거쳐서 이어져온 여성 억압의 역사에 대한 인식으로 전화되는 양상을 취함으로써 여성 문제에 대한 보다 진전된 접근 방식을 보여주고 있다고 할 수 있다. 『그래서 너를 안는다』

의 경우는 여성 문제에 접근하는 시각이 좀더 특이한 양상을 취하고 있다. 완기라는 소심하고 여성적인 성격을 지닌 남자 주인공과 거침없고 활달한 남성적 성격의 소유자인 인호라는 여주인공 사이의 전도된 남녀 관계를 통해서 이 작품은 남성 지배적인 사회적 관습이 여성 못지않게 남성들에게도 보이지 않는 심각한 억압으로 작용하고 있음을 보여주려 하는 것 같다. 완기라는 인물에게, 그의 개인적인 성격이나 욕망과는 무관하게 가해지는 남성으로서의 의무와 행동 양식에 대한 관습적 요구가 그의 삶을 지속적으로 억압하고, 마침내는 그의 삶을 파탄으로까지 이끌어가는 궁극적인 요인으로 작용하고 있음을 보여주는 작품 내용의 이면에는 여성 문제를 단순히 여성들만의 문제로만 한정짓는 시각의 한계를 벗어나보려는 작가의 의도가 내재되어 있는 듯하다. 특히 이 작품에서 여성들에게 요구되는 여성다움의 관습적 틀에 구속되지 않으려는 인호라는 여주인공이, 그럼에도 불구하고 강한 모성적 포용력의 소유자로 묘사되고 있다는 점은 매우 시사적인 의미를 담고 있다고 할 수 있다. 완기의 인호에 대한 집요한 집착은 인호의 활달한 성격 속에 감추어진 그 모성적 포용성에 대한 갈망에 다름아니며, 마침내 자신의 피폐해진 삶을 이끌고 재개발의 여파에 밀려 허물어져가는 유년기의 삶의 공간을 찾아간 완기를 감싸안는 마지막 힘 역시도 인호가 지닌 그 모성적 포용성이라는 점은, 이 작품이 여성 문제에 대해, 중산층적인 일상사 속에서 여성들이 겪는 피해 사례들을 그 소재로 하는 작품들과는 다소 다른 차원의 접근 방식을 취하고 있음을 보여주는 것이다.

이처럼 페미니즘의 시각을 적극적으로 표방하는 작품들 이외에도, 30대 여성 작가들의 작품에서 여성의 삶을 둘러싸고 있는 남성적 타자들과의 관계를 통해 여성으로서의 삶의 정체성을 모색하려는 태도는 그녀들의 작품에서 삶을 바라보는 하나의 기본적인 인식틀을 형성하고 있는 것으로 보인다. 이들의 작품에서 다루어지는 자전적 성장 체험의 경우에도, 그 성장 체험은 "그 여자는 한 가지 궁금증을 품는다. 왜 여성의 성장소설은 없는가. 우리 문학에도, 번역되어 있는 세계 문학에도, 여성의 성장소설은 없다. 여자는 성장도 하지 않는가"(김형경, 『세월』)라는 구절에서도 나타나는 바와 같이, 궁극적으로 여성으로서 삶에 대한 자의식적 탐색의 시선과 맞물려 있다. 이들 여성 작가들에게 있어 남성이라는 타자들과의 관계 속에서 삶을 바라보는 태도는 이른바 후일담 소설이라고 불려질 수 있는 작품들에서도 쉽게 발견되는 특성이다. 『고등어』나 「무엇을 할 것인가」 등을 비롯한 공지영의 일련의 소설들, 혹은 김형경의 『새들은 제 이름을 부르며 운다』와 같은 작품들의 경우, 작품의 전면에 내세워진 80년대적 상황에 대한 착잡하고도 회한 어린 회고적 정서의 이면에서 작품의 내용을 실질적으로 이끌어가고 있는 것은 기실 작품의 남녀 등장인물들 사이에서 벌어지는 사랑과 배반, 만남과 헤어짐의 미묘한 뒤얽힘의 관계이다. 이를테면 『고등어』에서 80년대에 학생 운동에 뛰어들었다가 90년대의 변화된 현실에 적응하지 못한 채 피폐한 삶을 이끌어가는 노은림의 고통스러운 방황의 행적은, 표면적으로는 90년대적 현실과 타협할 수 없었던 한 순결한 학생 운동가의 실패한 삶을 표상하는 것으로 표현되고 있지만, 그러나 그러한 이 작품에서 억울함을 기본 정서로 하고 있는 노은림의 자기 항변의 논리를 떠받치고 있는 것은 실패한 80년대적 이념의 순결성이라기보다는, 오히려 자신의 보상받지 못한 젊음에 대한 회한에 더 가까운 것으로 보인다. 뿐만 아니라 그 보상받지 못한 젊음에 대한 회한은, 운동권에 속했던 한때의 이념적 열정으로 노동자였던 연숙과 결혼했지만 결국 이혼하고 현재는 90년대적 현실에 적당히 타협하면서 살아가는 명우를 향한 노은림의 고통스러운 사랑의 감정과, 사랑하지 않는 남편인 건섭에 대한 환멸 사이에서 그녀가 느끼는 갈등과 착잡하게 뒤얽혀 있다. 조금 극단적으로 말한다면, 이 작품에서 패배한 80년대적 이념의 정당성을 옹호하려는 작가의 작중 의도에 바탕을 둔 노은림의 자기 항변의 논리는, 작가의 그러한 작중 의도와는 달리, 결국 명우와 노은림이라는, 80년대의 치열했던 이념적 현실을 대변하기에는 왠지 어정쩡해 보이는 인물들 사이의 어설픈 사랑과 연민의 드라마를 그럴듯하게 포장하는 하나의 감상적 외피에 불과하다는 느낌을 지우기 어렵다. 『고등어』에서 발견되는, 80년대의 보상받지 못한 이념적 열정과 젊음에 대한, 다소간 자기 도취의 냄새를 풍기는 그와 같은 과장된 도덕적 자기 정당성의 논리는, 90년대의 혼돈스러운 상황 속에서 80년대의 실패한 이념적 현실을 고통스럽게 되씹는 공지영의 다른 작품들에서도, 정도의 차이는 있지만, 공통적으로 발견되는 것이라고 할 수 있다. 이들 작품에서 운동권에 몸담은 적이 있던 여주인공들이 90년대적 상황 속에서 겪는 상실감은, 실상 실패한 이념적 현실 그 자체보다는, 대부분 그 이념적 현실 속에서 그녀들이 만난 운동권 선배에 대한 내밀한 선망과 사랑의 감정, 혹은 그에 대한 배반의 체험과 더 깊이 관련되어 있는 것으로 보인다.

김형경의 『새들은……』의 경우에도 끝까지 80년대적 이념을 고수하다가 자살하는 최민화의 죽음은 작중인물들을 한자리에 모으고 흩어지게 하는 작품 구성의 기본적인 연결고리로서, 작중인물들의 의식 속에서 끊임없이 반추되는 지나간 삶에 대한 고통스러운 회한의 계기로 작용하고 있지만, 표면에 내세워진 최민화의 죽음이라는 사건 이면에서 이 작품의 중심적인 내용을 구성하고 있는 것은 기실 복잡하게 어긋나고 뒤얽히는 작중인물들 사이의 좌절된 사랑의 관계이다. 이 작품에서 최민화의 죽음이 작중인물들에게 불러일으키는 80년대적 삶에 대한 추억은 적극적인 사회적 상황 인식의 문맥 위에 놓여 있기보다는, 그들의 지나간 젊은 시절에 대한 회한과 그리움이라는 개인사적인 문맥에 더 가깝게 다가서 있는 것이다. 이러한 지적은 공선옥의 『오지리에 두고 온 서른 살』의 경우에도 마찬가지로 적용될 수 있는데, 운동권 학생이었던 상훈이라는 인물이 이 작품에서 담당하는 역할은 작품의 두 여주인공인 은이와 채옥의 고통스럽고 피폐한 개인사의 범주를 벗어나지 않는다. 작품 속에서 스스로의 독자적인 서술 시점을 부여받지 못한 채 끝까지 두 여주인공의 회상적 서술 시점 속에서만 등장하는 상훈이라는 인물은, 80년대와 관련된 적극적인 상황 인식의 문맥 속에서가 아니라, 작품의 서술 시점을 이끌어가는 두 여주인공의 불행한 삶의 이력에 중요한 영향을 미친 한 남성적 타자로서 그 역할과 의미가 제한되어 있는 것이다. 이처럼 80년대의 시대적 상황을 작품의 문맥 속으로 끌어들이더라도, 그러한 문제가 대부분 작품 속의 여성들과 남성들 사이에서 일어나는 사사로운 정서적 체험의 영역을 크게 벗어나 있지 않은 것은 이들 여성 작가들의 작품에서 공통적으로 나타나는 특징이라고 할 수 있다. 그녀들의 작품에서 80년대는, 좌초한 이념적 대결의 현장이라는 시대적 의미보다는, 그 시대를 지나온 인물들의 훼손된 젊음에 대한 회한 어린 추억의 대상으로 다루어지는 것이 일반적인 현상이다. 그녀들의 작품 속에 등장하는 인물들에게서 80년대적 현실과 90년대적 현실을 가르는 공적인 분기점이 대부분 '서른 살'의 이쪽과 저쪽이라는 개인사적인 분기점으로 치환되어 인식되는 경향이 두드러지게 나타나는 것 또한 그러한 현상과 무관하지 않을 것이다.

그러나 시대적 상황의 문제를 끊임없이 남성적 타자들과 관계를 맺고 그들로부터 상처를 받으면서 이루어지는 개인사적인 삶의 문제로 받아들이는 이들 30대 여성 작가들의 의식의 밑바닥에 여성적 삶의 정체성에 대한 지속적인 탐색의 시선이 도사리고 있다는 것은, 그와 같은 개인사적인 삶의 문제들이 90년대적 현실 속에서 또 다른 대 사회적 문제 의식의 범주로 확산될 수 있는 가능성을 부여한다. 그녀들의 작품에서 여성 인물들이 자신들의 개인사적인 삶의 범주에서 체험하는 남성들과의 대타적 관계는 우리에게 이 시대의 남성성과 여성성의 의미에 대한 보다 근본적인 자각을 불러오는 계기를 제공한다. 이미 말한 것처럼, 그녀들의 작품에 등장하는 대부분의 여성 인물들이 사회적 현실을 체험하는 것은 남성적 타자들과의 관계를 통해서인데, 그 남성적 타자들과의 관계가 불러일으키는 갈등과 고통의 체험을 통해 그녀들이 도달한 여성성, 혹은 여성적 정체성에 대한 보다 적극적인 인식은, 궁극적으로 남성 중심적인 욕망이 지배하는 삶의 현실에 대한 주요한 반성의 기제로서 의미화될 수 있다. 앞에서 언급한 바대로, 80년대를 지배했던 집단화된 권력 지향의 욕망은 근본적으로 남성 중심적인 세계의 욕망이라고 할 수 있다. 그 시대의 많은 남성 작가들은 그들의 문학을 끊임없이 거시적인 사회적 상황의 문제들과 관련지으려는 욕망을 통해서 그 남성 중심적인 권력 지향의 세계 한가운데 남아 있었다. 이들 남성 작가들의 거시적인 문학적 관심의 이면에는, 바로 그들의 의식 속에 내면화된 남성적 세계의 욕망(그들의 문학이 종종 권력의 문제 그 자체에 대한 진지한 반성적 성찰의 자세를 보여주고 있는 경우에도)이 완강하게 자리잡고 있었다. 그들이 보여준 체제나 권력의 문제에 대한 반성적 인식은, ‘아버지의 이름 *le nom-dupère*’으로 그들의 의식 속에 내면화된 남성 중심적인 사회적 제도와 관습의 제약 밖으로 뻗어나가기에는 근본적인 한계를 지니고 있는 것이었다. 이런 점에서 30대 여성 작가들의 작품에서 발견되는 여성적 사인성의 공간은, 제도화된 남성적 힘의 논리가 지배하는 세계 속으로 비집고 들어가는 미세한, 그러나 보다 본질적인 의미에서의 반성적 균열의 공간이라고 할 수 있을 것이다. 다시 말해 그 여성적 사인성의 공간은 이 세계를 지배하는 남성적 힘의 논리에 의해 끊임없이 훼손당하면서, 동시에 우리로 하여금 그 견고해 보이는 남성적 힘의 논리가 지닌 근본적인 허구성을 들여다보게 하는 하나의 가냘픈 틈새와도 같은 공간이라고 할 수 있다.

  이와 관련하여 이들 여성 작가들의 작품에서 여주인공들을 둘러싸고 있는 사인화된 세계내의 가족 관계가 대부분 훼손되거나 파탄된 형태로 그려지고 있다는 점, 그리고 그러한 불행한 가족 관계가 대부분 아버지의 불성실한 바람기에서 야기된 것이라는 점은 유의해볼 만하다. "희미한 기억이었다. 아버지가 천장에서 늘어진 전등줄을 잡아당겨 엄마 뺨을 후려갈기던 기억. 〔……〕 엄마는 그렇게 퉁퉁 부은 얼굴을 하고 큰집에 갔었다. 명절이었던가. 설. 설운 설. 설날 아침, 큰집 큰방에 아버지의 여자가 엄마 먼저 할아버지한테 세배를 올렸다"(공선옥, 「목숨」)라는 구절이나, "어린 채옥은 울고 있는 엄마 속을 참으로 알 수 없었다. 어린 제가 생각하기에도 아버지가 들인 여자들은 미웠다. 여자들을 들인 아버지가 미운 것이 아니고 들어온 여자들이 미웠던 것이다. 아, 그런 모순이라니, 죄없고 가여운 여자들이었는데"(『오지리에 두고 온 서른 살』)라는 구절, 혹은 "그녀, 아버지의 여자, 그녀도 어쩌면 그렇게 사는 자신에 대해 진저리를 치고 있었을지도 모른다. 〔……〕 그 여자는 이따금 아버지의 여자를 생각해보는 때가 있다. 왜 인생을 그런 식으로 풀어나갔을까. 그러면 가슴이 답답해진다. 그 여자 역시 인생을 잘 풀어나갔다고 말할 수 없으므로. 그 가슴 답답함 속에는, 그들 두 여자의 유전자에 똑같이 녹아흐르는 억압, 남성 지배 이데올로기에 대한 복종의 벽이 있을 것이다"(『세월』)와 같은 구절들에서 여주인공들이, 자신을 포함해서 어머니와 아버지의 여자들 모두를 아버지에 의해 야기된, 아니 보다 근본적으로는 '남성 지배 이데올로기에 대한 복종의 벽'이 만들어낸 불행의 동일한 희생자들로 받아들이는 심리의 밑바닥에는 훼손된 여성적 삶의 자기 정체성에 대한 보다 적극적인 인식이 내포되어 있다고 할 수 있다.

  이들 여성 작가들의 작품에서 여성들에게 주어진 그와 같은 불행한 삶의 질곡에 대한 반발은 어머니가 살아온 삶의 방식에 대한 깊은 애증의 정서로 나타나기도 하고, "그 집이 아버지의 집이란 것을 아는 순간부터 인호에게 그 집은 집이 아니라 무덤이었다. 끔찍했다"(『그래서 너를 안는다』)에서와 같이, 아버지에 대한 격렬한 반감으로 표출되기도 한다. 여기에서 무덤으로 표현되는 아버지의 집, 우리는 그것을 아버지의 이름으로 표상되는 남성성의 세계에 대한 하나의 상징적 이미지로 받아들일 수 있을 것이다. 실상 본질적인 의미에서 페미니즘이란 단순히 일상적인 삶 속에서 발생하는 남성과 여성의 대립적 이해 관계의 수준이 아니라, 남성'성'과 여성'성'이라는 개념, 즉 남성으로 표상되는 세계관적 범주와 여성으로 표상되는 세계관적 범주의 근본적인 성격을 밝히는 단계로까지 심화될 때, 피상적인 성 대결이나 성 이기주의의 차원을 넘어서는 보다 생산적인 문제 의식에 도달할 수 있을 것으로 생각된다. 남성성의 세계를 힘의 논리를 바탕으로 제도화된 관습과 규율 등에 의해 지배되는 상징계적인 타자성의 세계라고 할 수 있다면, 여성성의 공간은 그와 같은 남성적 규율과 질서가 지배하는 억압적인 타자성의 세계 밖의 상상계적 공간, 다시 말해 인간의 삶을, 제도화된 억압적인 관계가 아닌, 충일하고 조화로운 원초성의 관계로 감싸안는 제도권 너머의 둥그런 모성적 원의 공간이라고 할 수 있을 것이다. 이를테면 신경숙의 여주인공들이 타자들과의 만남에서 겪는 근본적인 결핍의 체험은 바로 그녀들이 남성적 타자성의 세계에서 겪는 억압의 한 양상으로 이해될 수 있다. 이런 관점에서 본다면, 『깊은 슬픔』에서 끊임없이 그 관계가 어긋나기만 하는 은서와 세와 완이라는 세 인물들을 둘러싸고 있는 일상적 현실과, 세 사람 사이의 완전히 충족된 정서적 합일의 관계가 가능했던 '이슬어지'라는 유년기적 공간은 각각 남성성과 여성성의 공간이라는 의미로 해석될 수 있을 것이다. 이 작품에서 은서가 보여주는 '이슬어지'에 대한 지속적인 회귀적 정서는,

은서를 죽음으로까지 몰고 가는, 유년기의 공간 밖에 놓여 있는 모든 타자성의 세계에 대한 은서의 치유될 수 없는 절망과 대립적인 관계에 놓여 있다. 결국 은서의 죽음은 그녀가 타자성의 세계(여기에서의 타자가 반드시 남성적 타자만을 의미하는 것은 아니다. 타자성이라는 말은 궁극적으로 타자성의 세계를 구성하는 근본적인 원리를 의미하는 것이며, 그 원리를 표상하는 것이 바로 남성성이라는 개념이다)를 구성하는 근본적인 억압과 단절의 관계를 극복하지 못한 채 그 세계의 심연 속으로 추락해버린 것에 다름아닌 것이다.

　공선옥의 「떠도는 나무」에서 아버지의 세계와 어머니의 세계는 서로를 배척하는 관계가 아니라, 여성성이라는 둥근 원의 세계 속에서 하나로 감싸여진 관계로 나타난다. 그 여성성이라는 둥근 원은 이 땅의 여성들이 겪는 불행한 운명에 대한 깊은 이해의 시선과, 그것에 바탕을 둔 따뜻한 정서적 유대감을 통하여 작품에서 서술되는 모든 여성들의 삶을 감싸안고 있다. 작품에 등장하는 어머니와 그 어머니의 딸인 작중화자, 그리고 아버지의 여자들이 겪은 불행한 삶을 하나의 동질적인 체험의 영역으로 둥글게 끌어안고 있는 그러한 정서적 유대감 속에는 아버지를 바라보는 작중화자의 따뜻한 긍정의 시선이 내포되어 있다. 노동자이면서 폭동의 배후 조종자로 감옥에 갇힌 아버지, 이 작품에서 그 아버지와 아버지의 여인들을 이어주고 있는 것은 남성 중심적인 성의 논리가 아니라 그 여인들의 불행에 대해서 느끼는 아버지가 인간적인 연민의 정서로 표현되어 있다. 작품 속에서 작중화자가 "제 인생을 스스로 한 남자의 틀 속에 가둬놓고 소모시켜버린 여자들. 순종이 미덕이라고?"라는 인식으로부터, 불행한 운명을 짊어지고 살아가는 이 땅의 여자들, 그 불행한 여인들을 인간적 연민의 정서로 거두어들이는 아버지, 그리고 아버지가 거두어들인 여인들과 더불어 마음 기대고 살아가는 어머니의 고난에 찬 삶 모두에 대한 깊은 이해의 시선에 도달하는 것은, 제도화된 성의 구분을 뛰어넘어, 이 땅에서 함께 고통과 불행을 견디며 살아가는 사람들에 대한 깊은 인간적 친화의 정서를 통해서이다. 작품 속에 흐르고 있는, 제도화된 성의 구분을 넘어서는 그러한 따뜻한 인간적 친화감은, 근본적으로 둥근 여성성, 다시 말해 모성성의 세계로 이어져 있다. 그 모성성의 세계는 남성성의 세계와 끊임없이 부딪치고 갈등하면서, 그리고 그 세계의 모순과 한계를 첨예하게 인식하면서, 궁극적으로는 그 세계의 온갖 상처와 균열을 깊은 포용의 힘으로 감싸안는 둥근 원의 세계이다.

4

최근 활발한 활동을 벌이고 있는 30대 여성 작가들의 문학 세계는 아직도 여전히 형성기에 놓여 있다. 따라서 이 글에서 지금까지 거론된 논의들, 특히 이들 여성 작가들의 작품들에서 발견되는 여성성의 문제에 대한 논의는, 앞으로 더 보완되어야 할 불완전하고 유보적인 수준에 놓여 있다고 할 수밖에 없다. 뿐만 아니라, 페미니즘적인 관점과 관련해서 이 글 속에서 다루어지고 있는 30대 여성 작가들이 다분히 제한된 숫자에 머무르고 있다는 점, 그리고 이들 여성 작가들의 작품 세계를 분석함에 있어 페미니즘과 관련된 논의들이, 여성 억압에 대한 단선적인 논의의 시야를 벗어나 앞으로 좀더 다각적이고 깊이 있는 논의의 영역으로 나아갈 필요가 있다는 내 나름대로의 판단 또한 이 글에서 논의된 내용을 잠정적이고 유보적인 수준으로 미루어둘 수밖에 없는 이유이다.

이 글을 맺으면서 남는 또 한 가지의 아쉬움은 배수아나 송경아 등, 지금까지 다루어온 30대 여성 작가들의 일반적인 작품 경향과는 다른 차원의 보다 새롭고 첨단적인 작품 경향을 보여주는 여성 작가들에 대한 언급이 이 글의 논의 속에 포함될 수 없었다는 점이다. 똑같은 30대이지만, 김미진이나 배수아 등의 경우는 이 글의 논의 속에 포함된 작가들과는 다른 문맥에서의 논의가 요구되는 작가들이라고 판단되는데, 내가 보기에 김미진이나 배수아·송경아 등은 지금까지 다루어온 여성 작가들과는 구분되는 차세대적인 문학적 경향의 틀 속에서 다루어지는 것이 보다 효과적일 듯하다. 어쨌든 실제의 나이 분포와 상관없이 이들의 작품들에서 드러나는 이른바 신세대적인 감각이라고 부를 만한 소설적 경향은, 여성 작가들이 개척할 수 있는 또 다른 문학의 영역을 예고하는 매우 긍정적인 현상으로 받아들일 수 있을 것이다. 특히 배수아나 송경아의 소설들이 보여주는 신세대적인 감각의 독특함과 대담함, 문학적 형식의 거침없는 파격성에는, 이를테면 구효서나 윤대녕·장정일 등, 비슷한 경향으로 묶을 수 있을 남성 작가들을 압도할 만한 발랄함과 자유로움이 있다. 이 글에서 다루어진 30대 여성 작가들과 더불어, 그녀들은 그녀들이 지닌 여성적 감수성을, 여성 작가들에 대한 기존의 사회적 통념을 과감하게 수정하는 적극적인 전략으로 활용하면서, 우리 문학의 지평을 다양하게 넓혀나갈 풍부한 가능성으로, 지금 우리 앞에 놓여 있다.

북한 문학의 이해를 위하여

홍   정   선

1. 북한 문학의 성격

북한 문학과 한국 문학은 다르다. 북한 문학과 한국 문학의 차이는 한국 현대 문학에서 대립적인 것으로 이해되고 있는 어떤 속성이나 경향, 이를테면 내용과 형식, 공리성과 오락성, 예술성과 대중성, 리얼리즘과 모더니즘 등에 대한 강조나 이해의 차이로부터 비롯된 것이 아니다. 그러한 측면은, 북한 문학에 관한 한 현상적인 요인이거나 부분적인 요인이지 본질적인 요인은 아니다. 본질적인 요인은 문학의 속성이나 기능, 경향 등에 대한 선택적 강조에 있는 것이 아니라 북한의 정치·경제 체제가 만들어낸 문학 이전의 조건, 즉 '북한식 사회주의'에 있다.

북한의 문학은 '북한식 사회주의' 체제하에서 생산된 것이기 때문에 다른 사회주의 국가의 문학, 이를테면 중국과 같은 사회주의 국가의 문학과도 상당히 다를 뿐만 아니라 우리와 같은 자본주의 국가의 문학과는 더욱 크게 다르다. 그것은 북한 사회에서 작가와 작품의 존재 방식이 경제적으로는 사회주의에 의해, 정치적으로는 주체 사상에 의해 규정되고 있는 까닭이다. 북한에서는 작가의 생존 방식, 작품의 출판과 판매 구조, 작가와 독자의 관계 등 문학의 생산과 유통에 관계된 많은 부분들이 시장 경제 체제를 거부하는, 과거 동구권을 비롯한 사회주의 국가들의 경제 구조를 여전히 답습하고 있다. 그러나 무엇을 어떻게 쓸 것인가 하는 문학적 형상화의 문제, 즉 문학의 정치적·이념적 문제는 주체 사상이라는 독자적인 북한의 사상 노선에 의해 통제되고 있다. 그렇기 때문에 북한의 문학은 작가와 작품에 대한 정치적 통제가 거의 없어진 중국과 같은 사회주의 국가의 문학과는 같으면서도 다르고, 철저히 시장 경제 체제의 논리에 의해 규정받는 한국과 같은 자본주의 국가의 문학과는 본질적으로 다르다고 할 수 있다.

　다시 말하지만 북한의 문학은 '북한식의 사회주의'가 만들어낸 문학이다. 따라서 북한 문학은 '북한식'이라는 정치적 규정과 '사회주의'라는 경제적 규정을 받는다. 먼저 '사회주의'라는 경제적 규정의 경우부터 생각해보자. 북한의 작가는 한국의 작가와 생존 방식이 전혀 다르다. 시장 경제 체제하의 한국 사회에서 문학 작품은 작가 개인이 생산한 상품이다. 한국에서는 작가 자신이 어떻게 생각하건 간에 작품은 시장에서 상품으로 교환가치를 부여받지 않고서는 독자와 관계가 맺어질 수 없으며 작가 역시 생존할 수 없다. 작가는 자신이 생산한 작품을 독서 시장에 내다 팔아야 먹고 살 수 있다. 그러나 북한 사회에서 작가는 작품을 시장에 내다 팔아서 먹고 사는 사람이 아니라 자신이 쓴 작품으로 인해 체제로부터 봉급을 받아서 사는 사람이다. 쉽게 말하면 북한 사회에서 작가란 체제로부터 인정을 받아 작가의 지위에 오른, 일종의 공무원이다. 따라서 북한에서 문학 작품의 생산은, 비록 가격표는 책에 붙어 있지만, 사고 파는 상품의 생산이 아니라 사회와 체제에 봉사하는 방법일 따름이다.

　그러므로 북한의 작가들은 우리처럼 독자의 취향이나 평가, 혹은 작품의 판매량에 크게 신경을 쓰지 않는다. 그 대신 그들은 체제와 권력이라는 파트론에 대해 더 신경을 쓴다. 그것은 그들의 삶과 생존을 결정하는 것이 바로 체제와 권력인 까닭이다. 전업 작가가 되느냐 못 되느냐, 등급이 올라가느냐 못 올라가느냐, 작업실을 가질 수 있느냐 없느냐 등과 관련된 문제를 파트론이 결정하기 때문에 그들은 작품의 상업적 성공보다는 파트론의 관심사가 무엇인가에 더 신경을 쓴다. 70년대 이후의 북한 문학이 주체 사상에 의해 작품의 주제 선택과 형상화 방법 등, 우리로서는 작가 개인이 결정하는 문제를 권력과 체제로부터 규제받게 되는 것은 이 같은 맥락에서 볼 때 지극히 당연한 일이다. 그 구체적 예를 우리는 70년대의 '천리마 운동'과 당시 문학과의 관계에서 찾을 수 있다.

> 이와 함께 천리마의 기세로 질풍같이 내달리며 혁명적 정열로 들끓는 오늘의 위대한 현실과 우리 인민의 보람찬 생활을 생동하게 그리며 남조선 혁명과 조국 통일을 위하여 영용하게 싸우고 있는 남조선 혁명가들과 애국적 인민들의 혁명 투쟁을 잘 형상화하여야 할 것입니다. (『김일성 저작 선집』, 제5권, p.462)

북한은 이 시기에 『천리마』라는 잡지를 간행하고 이 잡지에 수록된 작품과 비평을 위의 교시문에서 지시한 내용으로 채웠을 뿐만 아니라 이 잡지가 아닌 순문학지인 『조선문학』을 비롯한 다른 여러 문학 잡지들에 실린 작품과 비평들도 마찬가지 내용으로 채웠다. 북한에서의 문학 활동은, 교시문을 따르는 작품 창작이 줄을 이은 이 같은 사실에서 짐작할 수 있듯이, 그때그때의 정치·경제적 운동에 민감하게 반응할 수밖에 없는, 아니 민감하게 반응해야만 살아남을 수 있는 위치에 있다. 이런 점에서 북한의 문학은 개인이 자유롭게 다스릴 수 있는 자치 영역이 아니다. 북한에서 문학은 한국처럼 개인의 자치 영역이 아니라 체제와 권력의 직할 영역, 당으로부터 상당한 지도와 간섭을 받는 영역이다.

북한 문학은 체제와 권력의 직할 영역이기 때문에 '북한식' 사회주의, 달리 말해 당의 유일 사상인 주체 사상으로부터 자유로울 수가 없다. 이 점에 대해 북한의 문학 이론서들은 대체로 다음과 같은 식으로 말하고 있다. "문학 예술 사업에 대한 수령의 유일적 령도를 철저히 실현하고 작가, 예술인들을 당의 유일 사상으로 튼튼히 무장시키며 그들을 당의 문예 정책 관철에로 적극 동원하여 당의 유일 사상이 정확히 구현된 문학 예술 작품을 만들어내도록 하는 것"은 문학 이론에서 가장 중요한 부분이다. 왜냐하면 그것이 바로 "주체 사상에 기초한 문예 이론의 가장 중요한 구성 부분을 이루"기 때문이다라고. 북한의 문학 이론서들이 이렇게 분명히 밝혀놓고 있는, 문학에 대한 체제와 권력의 구속을 좀더 선명하게 이해하기 위해서는 김일성의 교시문에 나오는 다음과 같은 구절을 볼 필요가 있다.

나는 사회주의 건설에 관한 문예 작품과 혁명 투쟁에 관한 문예 작품의 창작 비률을 5 : 5로 할 것을 제기합니다. (『김일성 저작 선집』, 제 4 권, p. 157)

위의 교시문은 김일성이 작가들에게 무엇을 얼마나 써야 할지를 지도한 말이다. 북한이 주체 사상을 내세우면서 작가들에게 되풀이해 강조한 것은 김일성 일가의 항일 혁명 투쟁 역사를 반복해서 학습하라는 것과 북한에서 사회주의 사회 건설이 빛나는 성공을 거두고 있다는 사실을 낙관적 전망으로 고취시키라는 것이다. 위의 교시문 역시 이 두 주제를 5 : 5로 절반씩 쓰라고 작가들에게 요청하고 있다. 그런데 앞에서 이미 보았듯이 북한에서의 작가들의 생존 방식을 고려한다면 이 권유는 사실상 권유가 아니라 명령이며, 지침이다. 70년대와 80년대의 북한 문학이 대체로 두 가지 주제를 중심으로 절반씩 생산된 사실이 그 사실을 잘 입증해주고 있다. 작가들이 독립된 개인이 아니라 일종의 공무원인 북한 사회에서 이 교시를 어기고 작품을 쓸 수 있는 사람은 없을 것이기 때문이다.

그러므로 북한에서 '문학이란 무엇인가?' '내가 하고 있는 문학은 과연 바람직한 문학인가?' 등의 질문은 개인이 자유롭게 할 수 있는 영역이 아니다. 그런 질문과 대답은 주체 사상이란 테두리 안에서만 가능한 질문이다. 문학의 본질과 기능, 바람직한 문학의 형태 등은 개인의 차원을 넘어서는 정책적인 문제여서 개인이 결정할 수 있는 것이 아닌 것이다. 그것은 『북한 문학의 이해』라는 책을 쓴 김재용에 의하면 북한 사회는 "항상 당의 문예 정책이 개별 비평가의 판단을 일방적으로 누를 수"(p. 13) 있는 사회인 까닭이다. 이런 점에서 볼 때 문학의 본질과 기능을 공식화된 정책적 표준에 따라야 하는 북한 문학은, 독자나 상업적 성공을 노리는 출판사 등으로부터 암암리에 문학의 본질과 기능에 대한 질문을 사적인 차원에서 구속당하는 한국 문학과 뚜렷한 대비를 이룬다. 우리가 종종 한국 문학과 북한 문학의 차이를 개인이 자유롭게 하고 싶은 문학과 할 수 없는 문학의 차이라고 생각하는 것은 바로 여기에서 비롯된 것이다.

2. 주체 사상과 주체 문예 이론

70년대 이후, 정확히 말해 1967년 이후 북한은 모든 예술 이론을 주체 사상에 근거하는 방식으로 점차 재편하기 시작했으며 시간이 갈수록 그 강도는 더해가고 있는데 문학 역시 여기에서 예외가 아니다. 북한의 사회과학원 문학연구소가 사회과학출판사에서 1975년에 펴낸 『주체 사상에 기초한 문예 이론』이란 책의 '서장'은 「위대한 수령 김일성 동지께서 창시하신 독창적인 문예 이론은 영생불멸의 주체 사상을 구현하고 있는 가장 혁명적이며 과학적인 문예 이론」이라는 긴 제목을 달고 있다.

책의 목차와 '서장' 첫머리에 고딕체로 강조되어 있는 이 말이 북한에서 차지하는 현실적인 중요성은 우리들의 상상 이상이다. 이런 점에서 북한에서 "영생불멸의 주체 사상"을 구현하고 있다고 예찬되고, "가장 과학적이고 혁명적인 문예 이론"이라고 찬양받는 "주체적 문예 이론"의 실상을 이해하는 것은 현재의 북한 문학을 올바르게 이해하는 관건이라 할 수 있다.

주체 문예 이론을 이해하기 위해서는 잠시 이야기가 빗나가는 것이 될지 모르지만 주체 사상에 대한 이해가 먼저 필요할 것 같다. 주체 사상은 김일성 어록에 의하면 "한마디로 말하여 혁명과 건설의 주인은 인민 대중이며 혁명과 건설을 추동하는 힘도 인민 대중에게 있다는 사상"이다. 그리고 여기에서 '주체'란 "혁명과 건설의 모든 문제를 독자적으로, 자기 나라의 실정에 맞게 그리고 주로 자체의 힘으로 풀어나가는 원칙"이라고 이야기하고 있다. 주체란 다시 말해 "남을 맹목적으로 따라가거나 남의 힘에 의존하여 살아가려고 하는 것이 아니라 제정신을 가지고 자기 힘으로 살아나가며 무슨 일이든지 자기 실정에 맞게 그리고 자기 나라 혁명에 리롭게 처리해나가는 립장"이라고 김일성 어록은 설명하고 있는 것이다.

그런데 북한이 이렇게 정의되는 주체 사상을 내세워서 정치·경제·문화 등 각 분야에서 '자기 실정,' 즉 독자 노선을 강조하기 시작한 것은 크게는 두 가지 요인 때문이라고 할 수 있다. 그것은 바로 김일성에서 김정일로 이어지는 권력 체계를 공고히하겠다는 발상과 그러기 위해서는 국제 사회의 변화, 특히 냉전 체제 붕괴 이후 일어나기 시작한 사회주의 사회의 변화로부터 북한을 고립적으로 방어해야 한다는 생각이 바로 그것이다. 이와 같은 발상에서 북한은 60년대말부터 주체 사상을 내세우기 시작해서 김일성과 김정일의 지도하에 사회 각 부문에 이 사상을 관철시키기 시작했다. 다시 말해 북한의 독자적 정치 노선, 경제 노선, 문화 노선을 강조하기 시작한 것이다. 이른바

‘북한식 사회주의’라고 이름붙일 수 있는 독특한 이데올로기, 주체 사상은 이렇게 해서 나타났다.

그렇다면 주체 사상에 의해 재정립된 주체 문예 이론은 종래의 사회주의 문예 이론과 어떤 차이가 있는 것일까? 같은 것일까, 다른 것일까? 이 점을 이해하기 위해서는 북한에서 문학이 권력(수령)과 체제(당)와 맺고 있는 관계를 살펴볼 필요가 있다. 주체 문예 이론이 주체 사상과 맺는 관계는 당의 유일 사상 체계를 문학 예술 속에서 철저히 관철시키는 것으로 나타난다. 이 사실은 『주체 사상에 기초한 문예 이론』 속에 나오는 다음과 같은 구절에 구체적으로 분명하게 강조되어 있다.

문학 예술에 대한 수령의 유일적 영도, 당의 유일적 지도를 확고히 보장하고 인민의 자유와 해방을 위한 영광스러운 혁명 투쟁의 불길 속에서 수령에 의하여 이루어진 혁명적 문예 전통을 이어받아 문학 예술에서 당의 유일 사상 체계를 철저히 세우는 것은 사회주의적 문학 예술의 당성, 로동 계급성, 인민성의 원칙을 철저히 관철하여 당사상 사업의 무기로서의 그 기능과 역할을 높이게 하는 근본 담보로 된다.

그런데 여기에서 우리의 주목을 끄는 것은 문학 예술에 있어서 “당의 유일적 지도”와, “당의 유일 사상 체계를 철저히 세우는 것”과, 일찍이 사회주의 종주국이었던 소련에서부터 사회주의 리얼리즘의 기본 요건으로 내세웠던 “당성, 로동 계급성, 인민성의 원칙을 철저히 관철하는 것”이 맺는 관계이다. 위의 인용문은 분명히 전자를 “철저히 세우는 것”이 후자의 성패를 좌우하는 “근본 담보”가 되고 있다고 말하고 있다. 그렇다면 후자보다 전자가 더 본질적인 것이라는 이야기임에 틀림없다. 이처럼 북한의 주체 문예 이론은 과거 사회주의 국가들이 내세웠던 문학 예술론의 일반적인 원칙들보다 “수령에 의해 이루어진 혁명적 문예 전통을 이어받아 문학 예술에서 당의 유일 사상 체계를 철저히 세우는 것”을 훨씬 우위에 놓고 있다. 이것은 현재 북한의 문예 이론이 실제 창작을 지도해나가는 데 있어서 마르크스주의 미학의 원칙이나 과거에 커다란 영향을 미쳤던 소련의 사회주의 예술론보다 주체 사상의 관철에 더 큰 관심을 쏟고 있다는 사실을 말해주고 있다.

그렇기 때문에 이와 같은 방식으로 주체 사상에 입각해서 전개되는 주체 문예 이론은 우리가 일반적으로 생각하고 있는 사회주의 문예 이론과는 상당히 다르다. 북한의 주체 문예 이론은 마르크스-레닌주의 미학을 이어받아 그것을 김일성이 창조적으로 계승·발전시켰다고 주장하지만, 실제로는 마르크스-레닌주의 미학의 정통성으로부터 크게 벗어나 있을 뿐만 아니라 스탈린 이후 소련의 예술 이론과도 커다란 차이가 있다. 주체 문예 이론이 북한에서 마르크스-레닌주의 미학과 어떻게 다른 모습으로 나타나는지 아래에 간략히 요약해보면 다음과 같다.

첫째, 주체 문예 이론에서는 인간의 육체적 생명보다 사회 정치적 생명을 강조한다. 그리고 그것은 인간이 자주적 존재이기 때문이라고 이야기한다. 그 이유는 김일성이 내놓은 새로운 공산주의 인간학이 “사람이 모든 것의 주인이며 모든 것을 결정한다”는 것을 가르쳐주었고, 여기에서 “자주성을 옹호하는 문제에” 대한 “예술적 해답”을 찾을 수 있기 때문이란 것이다. 그렇지만 북한의 주체 문예 이론은 인간의 자주성이 물질적 토대와의 어떤 관계 속에서 성립되는 것인지에 대한 설명은 하지 않고 있는데, 이것은 아마도 김일성의 주체 사상이 마르크스 사상을 뛰어넘어 한 단계 더 발전한 것이라고 주장하는 그들의 논리와 무관한 것이 아닐 것이다.

둘째, 주체 문예 이론에서는 문학 예술 작품에서의 성과를 보장하는 결정적 조건은 사상 의식이라는 것을 강조한다. 사회 정치적 생명을 강조하는 입장이 낳은 자연스러운 귀결이라고도

할 수 있는 사상 의식의 강조는 자연스럽게 "수령의 혁명 사상을 확고한 지도 지침"으로 받아들일 것을 요구하게 된다. 그리고 예술인들로 하여금 "당의 로선과 정책, 혁명적 세계관으로 튼튼히 무장"할 것을 요구하게 된다.

셋째, 주체 문예 이론에는 종자론과 속도전 이론이 큰 영향을 미치고 있다. 이 이론은 다른 어떤 것들보다도 북한 사회 특유의 문예 이론이라고 할 수 있는 것인데, 그것은 이 이론이 북한 사회가 움직여나가는 특수한 정치적 현실과 관련된 이론이기 때문이다. 종자론은 김정일이 만들어낸 것으로 북한에서는 "인류 역사에서 불의 발견에 맞먹는" 위대한 사건으로 이야기되고 있다. 김정일은 지금까지의 어떤 문예 이론에서도 일찍이 언급하지 못했던 '종자,' "문학 예술 작품의 본질적 특성과 창작 과정의 합법칙성에 대한 심오한 통찰에 기초하여 문학 예술 작품의 핵을 이루며 그 사상 예술적 가치를 규정하는 데서 근본적 의의를 가지는 종자"를 찾아내서 언급했다는 것이다. 물론 이 같은 이야기는 말 그대로라기보다는 김정일 자신의 정치적 위상 구축과 어떤 관련성이 있는 이야기임에 틀림없다. 그렇지만 어쨌건 종자론은 예술은 물론이고 정치·철학 등의 다른 여러 분야에도 김정일의 부상과 표리 관계를 이루면서 폭넓게 적용되고 있다. "종자를 바로잡아야" 모든 것이 성공할 수 있고, 그러기 위해서는 주체 사상에 의한 무장이 필요하다고 하는 말 속에는 문학 이전의 정치적 맥락이 개입되어 있는 것이다.

다음으로 속도전 이론은 문예 이론이라기보다는 북한의 경제 건설과 관계된 현실적 요구가 만들어낸 창작 방법론으로 짐작된다. 그것은 이 이론이 "인민 대중과 혁명 위업을 위하여 적극 복무하는 훌륭한 문학 예술 작품을 더 빨리, 더 많이 창작해 낼" 것을 요구하는 이론이기 때문이다. 북한의 문예 이론에서는 작가들이 "높은 정치적 자각과 창조적 열의"로 주체 사상에서 요구하는 "주인다운 태도"를 가질 때 이 문제를 해결할 수 있다고 주장하고 있다.

넷째, 주체 문예 이론에서는 수령 일가가 지닌 혁명적 전통, 특히 항일 무장 투쟁기에 수령 일가가 겪은 고난에 대한 학습과 창작을 적극 권장하고 있다. 그리하여 김일성의 부모인 김형직과 강반석을 비롯해서 김일성과 김정숙 부부, 그리고 아들 김정일 등은 창작의 주요 대상이 되며, 가까운 친척들과 외척들도 가끔씩 관심의 대상으로 떠오르고 있다. 특히 항일 무장 투쟁기의 김일성의 삶은 주체 사상의 근간을 이루는 고전적 전범으로 설정되어 학습과 창작의 각별한 대상이 되고 있다. 아마도 그것은 자라나는 새로운 세대들에게 김일성이 어려운 환경 속에서 어떤 애국적 정열로 고난을 헤쳐나왔는가를 강조함으로써 북한이 처해 있는 어려운 국내외적 상황을 견디고 수령 일가에 대한 존경심을 유지하겠다는 목적과 관계가 있을 것이다. "온 사회를 위대한 김일성 동지 혁명 사상으로 일색화하기 위하여서는 모든 사회 성원들을 수령님께 끝없이 충직한 참다운 혁명 전사로 만들어야 한다"라는 주장은 그러한 맥락에서 이해할 수 있는 이야기이다.

주체 사상이 보여주는, 그 이전의 마르크스-레닌주의 문예 이론과 뚜렷한 대비를 이루는 이와 같은 차이는 그런데 필자가 보기에 대단히 중요한 것이다. 왜냐하면 이 점이야말로 주체 사상 이전의 이론과 이후의 이론, 주체 사상 이전의 작품과 이후의 작품들을 구별짓는 기준이 되는 동시에 70년대 이후에 숱하게 창작된, 김일성과 김정일 부자를 중심으로 한 혁명 가족을 예찬하는 작품들에 대한 이해의 열쇠가 된다고 생각하기 때문이다.

3. 주체 사상 이전의 문학과 이후 문학의 차이

주체 사상 이후의 문학이 지닌 정치적 특징을 분명하게 이해하기 위해서는 그 이전의 문학에 대한 간략한 이해가 필요할 것 같다. 북한의 문학은 주체 사상 이전까지는, 다시 말해 60년대 중반까지는 사회주의 사회 건설에 대한 이상적인 꿈과 낙관적 전망으로 충만해 있었으며 그 의도 역시 비교적 순수했다. 작가들은, 비록 체제와 권력의 노선을 따르는 작품을 쓰긴 했지만, 그것을 일방적인 지도나 명령이라고만 생각하지 않았으며 스스로 자발적으로 북한 사회의 미래를 꿈꾸며 나아가고 있었던 것이다. 그래서 주체 사상 이전의 작품들은 정치적 의도보다는 천진난만하다고 할 정도로 이상적인 꿈에 지배당하고 있었다. 따라서 이 시기의 작품들은 현재 북한에서 생산되고 있는 주체 사상 이후의 작품들과 상당한 거리가 있지만, 그렇기 때문에 오히려 우리에게는 비교적 이질감이 덜한 작품들이다.

예컨대 구체적으로 60년대 초반에 씌어진 강복례의 「수연이」와 하정희의 「생활」, 그리고 김병훈의 「길동무들」이란 단편소설을 예로 들어 이야기한다면 이렇다. 이 세 작품은 모두가 적극적인 자기 희생을 통해 이상적인 사회주의 사회 건설에 참여하는 인물들을 그리고 있는 소설들이다. 벽지에서 헌신적으로 의료 활동을 펼치는 두 인물을 그려놓고 있는 「수연이」, 어떤 난관 속에서도 어렵게 살고 있는 인민들에게 물고기를 공급하겠다는 사명감으로 양어 사업에 몰두하는 인물들을 보여주는 「길동무들」, 자신의 사사로운 안락보다는 동료들과 힘들게 더불어 사는 데에서 행복과 즐거움을 찾는 여주인공을 설정하고 있는 「생활」, 이 작품들에는 하나같이 어떤 의심이나 갈등도 스며들어 있지 않다. 이들 작품 속의 주인공들은 아무리 어려운 상황이 닥쳐도 타인을 미워하거나 자신의 능력에 대해 좌절하지 않는다. 이들의 앞에는 항상 언젠가는 이들의 고난을 이해하고 도와주게 되는 공산당의 중간급 간부들이 있으며, 그들 역시 주인공들과 마찬가지로 선량한 의지로 충만해 있다. 따라서 문제는 해결되기 위해, 난관은 극복되기 위해 거기에 있다.

따라서 우리는 작품을 읽을 때 이 같은 인물들이 현실적으로 있을 수 있을까 하는 의심을 당연히 가지게 된다. 그러나 그런 의심에도 불구하고 이들 소설에는 근래에 쏟아져나온 주체 사상 시기의 소설들에서는 느낄 수 없는 찡한 감동이 있다. 그것은 앞에서 예로 든 소설 작품에는 인간의 순수한 영혼, 맑고 깨끗한 이타심을 자연스럽게 느낄 수 있는 매력이 있기 때문이다. 소설 기법상으로 볼 때 별로 세련되지 못한 이들 소설이 주는 이 같은 자연스런 감동의 교화적 의미는 정치적 의도가 선명하게 느껴지는 주체 사상 이후의 작품들과는 다른 것이다. 그리고 이 시기의 소설들이 지닌 이러한 미덕은 온갖 수법으로 흥미를 창조하기에 급급한 우리 남쪽 소설들을 반성적으로 고찰하는 데에도 유익한 실마리가 될 수 있다.

주체 사상 이전의 작품이 이렇다면 주체 사상 이후의 작품은 어떤 특징을 보여주고 있는 것일까? 주체 사상 이후에 씌어지는 북한의 문학 작품들은 앞에서 잠시 언급했던 것처럼 대부분의 작품들이 어떤 방식으로건 김일성·김정일·김정숙 등 수령 일가의 생애와 관련되어 있다. 그들과 그들을 따르는 혁명 전사들의 변함없는 충성심이 직접적이건 간접적이건 작품 속에 삽입되어야만 작품 창작이 가능하게 되어버린 것이다. 그리하여 북한에서는 김일성의 생애를 기록한 『불멸의 역사』를 몇 번 읽느냐가 훌륭한 작가가 되느냐 못 되느냐의 기준이라는 이야기까지 나올 정도가 되었다.

이 점에 대해 북한의 『조선 문학 개관』은 이렇게 설명하고 있다. 67년 이후의 북한 문학에서 소설 문학의 특징으로는 "특히 총서 『불멸의 력사』를 비롯하여 위대한 수령님과 친애하는 지도자 동지를 형상한 작품들, 수령님의 혁명적 가정을 형상한 작품들이 전례없이 새롭게, 왕성하게 창작된 것"을 들 수 있는데, 이는 "이 시기 소설 문학 발전과 그 성과를 특징짓는 특기할 사변"이라는 식이다. 또한 시문학의 특징으로는 "1970년대와 1980년대에" 나타난 "송가의 전면적인 발전"을 들 수 있으며 송가 양식이란 "우리 인민이 수천 년 력사에서 처음으로 맞이하고 높이 모신" "어버이 수령님과 친애하는 지도자 동지의 위대성과 불멸의 혁명 업적, 고매한 덕성과 우리 인민의 다함 없는 흠모와 끝없는 찬양의 감정, 불타는 충성의 마음"을 열렬히 예찬하는 것을 그 장르적 성격으로 삼고 있는 장르라고 이야기하고 있다. 우리는 이와 같은 이야기를 통해 북한의 문학 작품들이 주체 사상 이후에 어떤 방식으로 창작되고 있는지 그 한 단면을 엿볼 수 있을 것이다. 이를테면 88년 12월호 『조선 문학』에 실린 「자세」라는 소설에는 그 끝부분에 다음과 같은 내용이 들어 있다.

> 녀성의 몸으로 장군님을 따라 조국 광복의 성전에 나서 세운 그 불멸할 공적으로 보면 녀사〔김정숙: 필자 주〕에게는 진정 금실로 짠 외투를 해드린대도 아까울 것 없다. 또 자신이 바라면 좋은 외투를 해 입을 수도 있었다. 그러나 녀사께서는 고쳐 지은 군인 외투를 입고 불편한 몸으로 걸어서 병원으로 가시였다. 오늘도 발목이 부어 있는 것을 사람들에게 보이지 않고 공사장으로 나가 사람들을 새 조국 건설로 불러일으키며 누구보다도 더 많은 땀을 흘리시였다. 이것은 옥심이로 하여금 언제나 자신은 소박하고 평범하게 살며 오직 인민을 위해 헌신하는 데서 생의 락을 찾는 녀사의 자세를, 삶의 자세를 똑똑히 보게 하였다.

해방 직후의 북한을 작품의 시간적 배경으로 설정하고 있는 이 작품은 잘못된 오만한 자세를 가지고 있던 옥심이라는 처녀가 약혼자의 충고에도 불구하고 자세를 바꾸지 않다가 김정숙의 행동에 감동해서 그 자세를 바꾼다는 이야기가 그 내용이다. 그러므로 이 이야기는 인민을 지도하고 이끄는 김일성 일가가 얼마나 헌신적으로 인민을 위해 아낌없이 그들의 모든 것을 바치고 있는가를 은연중에 암시하고 있는 소설이라 할 수 있다.

반면에 89년 12월호 『조선문학』에 수록된 「렬사의 후손」은 인민들이 김일성 일가를 위해 얼마나 헌신적으로 자신들의 삶을 바치고 있는가를 보여준다. 이 작품에는 다음과 같은 대목이 나온다.

내가 사적 발굴 사업을 하면서 강하게 느낀 것은 해방 전 우리의 혁명가들은 한결같이 어버이 수령님에 대한 충성심이 대단했고 일신의 명예에 대해선 티끌만치도 생각지 않는 사람들이였다는 것입니다. 그 전날 만주에서 옥중 생활을 하다가 해방이 되여 조선으로 나온 어떤 혁명가는 세상을 떠나는 림종의 시각에까지도 혁명 투쟁을 한 자신의 자랑스러운 경력을 자식들에게 숨기고 어버이 수령님께 충성을 다하라는 오직 하나의 유언만을 남겼습니다. 그들은 모두 그런 사람들이였지요.

이 소설에서 혁명 열사의 후손인 공철규는 철도 다리 건설에 종사하는 젊은이다. 그는 자신이 열사의 후손이란 것을 숨기고 있는데, 윤세훈이란 작가가 할아버지의 이야기를 쓴 것을 보고 그를 찾게 된다. 그리고 윤세훈이 혁명 열사들의 삶을 학습하는 모습을 통해, 그리고 할아버지가 걸어간 자신이 미처 몰랐던 생애를 알게 됨으로써 많은 것을 깨닫는다. 위의 인용문에서 분명하게 드러나듯이 김일성과 같은 항일 혁명 투쟁기의 세대들과 지금 세대들을 비교하면서 자신들 세대가 어떻게 살아야 할지를 새롭게 각성하는 것이다.

주체 사상 이후 모든 문학 작품들이 이렇게 씌어지는 것은 아니겠지만 대다수의 작품들이 위에서 예시해보인 방식들을 어떤 식으로건 따르고 있다. 따라서 우리가 보기에 북한 문학 작품들은 사람들의 가슴속에 김일성 일가와 인민들의 관계를 어버이와 자식들의 관계로 느끼게 만들어서 사랑과 희생이라는 정서적 최면을 걸고 있는 것처럼 생각된다. 이 정서적 최면은 필자가 보기에는——북한의 문예 이론이 비록 사회 정치적 생명을 강조하고 있긴 하지만——사회 정치적 생명이 아니라 봉건적 유교 이데올로기이다. 그것은 필자에게는 북한은 20세기의 가부장제 국가이며, 그 속에서 사람들이 가져야 할 일종의 유교적 혈연 의식과 충효 사상의 강조처럼 생각되는 까닭이다.

4. 한국 문학에 대한 북한 쪽의 시각

우리는 지금까지 북한에서 한국 문학을 대상으로 한 연구가 어느 정도의 관심으로 얼마만한 업적을 내면서 이루어져왔는지 잘 모르고 있다. 현재 우리가 알고 있는 것은 북한에서 가장 역사가 있고 권위 있는 문학 잡지인 『조선문학』과, 89년부터 나오기 시작한 『통일문학』에 한국의 반체제 문학, 민중문학, 노동 문학 등이 가끔씩, 후자의 경우는 매호마다, 소개되었다는 사실과 한국 문학을 다룬, 『남조선에 유포되고 있는 반동적 문예 사상의 본질』(1961 : 이하 a로 지칭함)과 『남조선 민중문학의 발전과 특징』(1992 : 이하 b로 지칭함) 등의 단행본이 출간되었다는 정도이다(실제로 이것들 외에 더 많은 소개와 관심이 있었다는 증거도 별로 없다). 그러나 이것들만으로도 우리는 북한에서 한국 문학을 바라보는 관점과 연구하는 태도 정도는 충분히 짐작할 수 있다고 생각한다. 정책적인 측면과 긴밀한 연관을 맺고 있는 북한 문학에서 한국 문학을 바라보는 북한의 공식적인 입장을 확인하는 데에는 그렇게 많은 자료가 필요하지 않을 것이다.

한국 문학에 대한 북한 연구자들의 정책적 시각에서 가장 두드러진 문제점으로 지적할 수 있는 것은 첫째, 없는 사실을 마치 있는 일처럼 만들어놓은 것이며, 둘째, 작가와 작품 자체에 대한 불충분한 이해에서 비롯된, 혹은 고의에 의한 작품 해석이고, 셋째, 작가나 작품에 관련된 사항을 일부분만 자의적으로 편리하게 자신들의 문맥 속에 재배치하는 왜곡이다. 이것들을 다음에서 구체적인 예를 들어 이야기하면 이렇다.

먼저 없는 사실을 있는 사실처럼 만들어놓는 경우를 보자. 대체로 이 경우는 북한의 정치적 현실과는 아무 상관 없이 진행된 한국 문학의 어떤 현상이나 창작을 마치 상당한 관련이 있는 것처럼 이야기하는 경우이다. 그렇게 함으로써 북한 쪽의 연구자들은 그것을 한국 사람들이 김일성과 김정일, 혹은 두 사람으로 상징되는 북한 체제, 아니면 북한 문학에 대해 상당한 선망을 가지고 있는 증거로 삼고 있다.

특히 민중문학 작품들에는 남조선 인민들이 백두산에 가보고 싶어하는 심정이 열렬하게 반영되어 있다.
물론 그것은 자연의 백두산을 보고 싶어하는 그런 심정만이 아닐 것이다. 백두산은 예로부터 이름난 조종의 산이다.
하지만 북에는 유명한 금강산도 있고 경치 수려한 묘향산도 있다. 그런데 하필 백두산을 열렬히 보고 싶어하는 그 마음의 근저에는 보다 의미 깊은 것이 있을 것이다.
백두산은 혁명의 성산이다. 이 산에는 위대한 수령님께서 이룩하신 항일의 혁명 전통이 깃들여 있고 친애하는 지도자 동지께서 탄생하시어 혁명의 슬기를 키우신 뜻 깊은 역사가 아로새겨져 있다. 때문에 조선 인민은 물론 세계 수억만 인민들도 백두산을 우러러 거기에 깃든 불멸의 사적을 가슴 뜨겁게 받아 안는 것이다. (b, pp. 203~04)

위의 설명은 황지우의 「꽃 피는, 삼천리 금수강산」이란 작품을 「삼천리 금수강산」이란 제목으로 약간 변개시킨 후에 이어지는 설명이다. "지금 남조선 인민들의 마음은 자주적이며 창조적인 생활이 꽃피는 북녘 땅으로 줄달음쳐오고 있다"고 하면서 "그와 같은 심정을 노래한 작품이 바로 시 「삼천리 금수강산」"이라고 한 후 위와 같은 설명을 붙여놓고 있다. 그러나 실제 황지우의 시는 위 예문의 설명과는 아무 관련이 없으며, 특히 백두산의 김일성 혁명 사적에 대한 그리움이나 북한 체제에 대한 선망과는 더욱 관련이 없다. 황지우의 시는 '영변 약산'과 '은율 광산'과 '마천령 산맥'과 '금강산'을 열거한 사실에서 알 수 있듯 단지 갈 수 없게 된 북녘 땅 전체에 대한 그리움과 갈 수 없는 정치적 상황에 대한(남북의 체제에 대한) 은근한 불만이 숨어 있을 따름이다. 이 같은 점은 다음과 같은 북한 연구자의 진술에서도 마찬가지이다.

민중문학이 사실주의 창작 방법에 의거하고 있고 진보적 성격을 가지고 있다고 하여 사회주의적 사실주의의 기치를 들고 있는 것은 물론 아니다.
그것은 이 문학이 당과 수령의 영도 문제, 공산주의자의 전형 창조 문제 등 사회주의적 사실주의의 요구를 이러저러한 사정으로 하여 실현하지 못하고 있기 때문이다.
그러나 민중문학은 지난 시기 남조선 진보적 문학에서는 찾아볼 수 없는 혁명적인 요소들이 적지 않다.
그것은 남조선 민중문학이 영생불멸의 주체 사상의 구현인 자주적 리념(삼민주의)을 기초로 하고 작품 창작에서 자주적 지향과 요구를 반영하고 있기 때문이다. (b, pp. 27~28)

이상에서 보는 바와 같이 민중문학은 위대한 수령님과 친애하는 지도자 동지에 대한 남조선 인민들의 뜨거운 흠모의 감정과 공화국 북반부에 대한 그들의 열렬한 동경심을 밑바닥에 깔고 조국을 자주적으로 통일하는 데 대한 사상 주제를 올바르게 선택하고 그것을 실현하고 있다. (b, p. 116)

위의 설명은 한국의 민중문학 일반에 대한 설명인데, 한국 민중문학 전체가 마치 주체 사상의 영향을 크게 받고 있는 것처럼

이야기하고 있다. 그러면서 정치적인 여건 때문에 그 영향을 겉
으로 드러내놓고 있지는 못하다고 함으로써 실제 사실과의 괴
리를 적당히 넘어가려 하고 있는 경우이다.

　다음으로 작가와 작품 자체에 대한 불충분한 이해에서 비롯
된, 혹은 고의에 의한 작품 해석의 경우를 보자. 이 경우는 대
체로 부분적인 사실을 전체인 것처럼 이해하거나 아무 상관이
없거나 별 상관이 없는 작가, 혹은 작품을 마치 논의하는 주제
와 깊이 관계된 것처럼 이야기하는 경우이다.

　　그의 작품의 주인공들은 모두가 현실 세계와 떨어져서 자의식의
　동굴 속에서 헤매며 관능적인 세계를 향락하는 성격 파산자들이며
　무위의 타락자들이다. 리상의 작품들이야말로 모든 인간 심리와
　행동을 지배하는 원동력을 '리비도' 즉 성욕이라고 한 프로이트의
　사상의 가장 로골적인 예술적 구현이다. (a, p.101)

한국 문학이 이상을 중요한 작가로 평가하는 사실을 비난하
면서 이상을 자기 나름으로 재규정하는 위의 글은 이상의 일면
을 지나치게 확대 해석한 감이 있다. 이상의 작품을 전적으로
성욕의 표현인 것으로 규정하기 위해서는, 그리고 현실 세계와
완전히 단절된 것으로 규정하기 위해서는 좀더 치밀한 이론의
체계와 작품에 대한 독서가 필요했다고 판단된다.

　　오늘 남조선에서 문학 예술 분야에 침투한 아메리카니즘은 실존
　주의 미학이다. 〔……〕
　　그러나 실존주의 미학은 이것만을 설교하지 않았다. 한걸음 더
　나가서 이제는 현실은 불합리할 뿐만 아니라 '아무것도 없는 것'
　이라고 역설하고 '나' 이외에는 과거도 미래도 없는 것이라고 역
　설하면서 '니힐리즘'을 고창하였다. 그리고 더 나아가서 오늘 전
　세계 인류의 심장을 파악하고 민족 해방의 참다운 길을 밝히고 있
　는 과학적 종산주의의 억센 파도를 가로막고저 '객관적 진리'는

없으며 진리는 오직 '주체적 진리'뿐이라고 죽음에 직면한 목소리를 늘어놓았다. (a, p. 23)

이 인용문이 보여주는 것은 한국의 실존주의에 대한 불충분한 이해이다. 50년대와 60년대 한국의 실존주의는 미국보다 프랑스와 깊이 관계된 것이며, 반드시 니힐리즘으로 귀결된 것은 아니었다. 오히려 그 반대로 위 글의 필자가 상당한 의미를 부여한 바 있는 '참여 문학'이 실존주의의 앙가주망에서 상당 부분 왔다는 사실을 우리는 기억할 필요가 있다. 우리는 여기에 덧보태서 사르트르의 저작들이 한때 한국에서 금서로 되었다는 사실도 기억할 필요가 있을 것이다.

소설은 여기에서 끝나지만 조영구가 공해상에서 그들과 그들이 타고 온 현대적인 어선들을 부러운 눈길로 바라보거나 북녘에 있는 안해와 아들의 행복상을 꿈결에나마 그려보는 데서 공화국 북반부에 대한 열렬한 동경심을 표현하고 있다.
작가는 비록 괴뢰들의 검열과 탄압 때문에 공화국 북반부에 대한 남조선 인민들의 동경심을 전면에 놓고 그릴 수는 없었지만 가슴속에서 끓어오르는 그 심정을 도저히 감출 수 없었던 것이다.
헤어진 혈육에 대한 그리움을 그리면서 공화국 북반부에 대한 동경심을 밑바닥에 진하게 깐 것은 단편소설 「겨울 할미새」(『현대문학』, 1984. 5), 「사라진 사흘」(『현대문학』, 1985. 1), 「난세일기」(『현대문학』, 1985. 1) 등 적지 않은 작품들에서도 찾아볼 수 있다. (b, p. 97)

위의 예문은 연구자가 고의로 작품을 확대 해석한 예라고 할 수 있다. 북한에 대한 동경과는 상관없는 것을 억지로 마치 상관 있는 것처럼 해석해놓고 있는 것이다. 양선규의 「난세일기」를 생각하면 이 사실은 분명해질 것이다.
마지막으로 작가나 작품에 관련된 사항을 일부분만 자의적으로 편리하게 자신들의 문맥 속에 배치하는 왜곡의 경우를 보자. 이 경우는 민중문학과 아무 관련이 없는 한국 작가들, 예컨대 이문열·이하석·장정일·임철우·박석수 등을 상당히 관련이 있는 것처럼 임의로 자신의 문맥 속에 배치하거나 이 같은 사람들이 쓴 글의 일부를 임의로 자기 문맥 속에 배치해서 왜곡하는 경우이다. 전자의 예는 "이 시에는〔이하석의 시를 가리킴: 필자 주〕'잘난 미군'이란 표현에서 보듯이 놈들에 대한 야유와 조선 여성을 노리개감으로 삼고 있는 미제 침략군 놈들에 대한 은근한 비난이 깔려 있다. 장정일의 「햄버거에 대한 명상」 역시 이러한 부류에 속하는 시다"(b, p.88)와 같은 것이며, 후자의 예는 다음과 같은 것이다.

> 남조선의 한 문학평론가(박덕규)는 이에 대하여 다음과 같이 쓰고 있다. "미 제국주의 침략이 조국 분단을 초래했으며 그 주둔군이 남은 이상 조국 분단은 극복되지 않는다는 이들(진보적 시인들)의 인식은 미국이 처음 이 땅에 주둔할 당시를 거듭 반추하게 되고 그 침략, 주둔이 오늘날까지 존속되어 있다는 시적 설명으로 발현된다." (b, p.89)

위의 경우는 평론가의 이름을 밝힌 드문 예인데 민중문학과는 전혀 상관이 없는 박덕규라는 평론가를 은근히 대단히 전투적인 민중문학자인 것처럼 느끼게 만들어놓고 있다. 박덕규의 논리와는 상관없이 거두절미해서 자의적으로 인용한 결과이다. 고전 문학에 대한 다음과 같은 예도, 강도는 조금 덜하지만, 자의적으로 인용해서 배치한 경우라고 할 수 있다.

> 모 반동 평론가는 우리의 고전 작가들 가운데는 "자기 자신의 기질과 성격 그리고 활력을 동원하여 '자유'를 수호하는 리념에 혼신을 다해서 노래할 수 있는 적극적인 의지는 거의 없었"으며,

"한국 지식인의 생활 철학이 고대로부터 무신념의 경지만을 지속해왔다"고 떠벌리기를 서슴지 않으며 심지어 조선의 지식인은 "고급한 미개인의 위치"를 넘어서지 못했다고 폭언하기에 이르렀다. 주지하는 바와 같이 〔……〕 우리의 고전 문학가들은 우선 작가이며 시인이기 전에 인민과 조국의 리익의 대변자였으며 시대정신의 체현자였다. (a, p. 75)

이 밖에도 북한에서의 한국 문학을 바라보는 시각이 지닌 문제점은 여러 가지가 더 있다. 필요할 경우 누가 쓴 글인지도 모를 문장을 '김모라는 평론가는' '한 작가는' '어떤 사람은' 등의 애매한 지칭을 사용해서 인용함으로써 자기 주장의 근거로 삼으려는 태도라든가, 원문을 그대로 인용하지 않고 임의로 변개시키는 태도, 그리고 문학적 성취도가 낮은 반미 작품과 반체제적 작품을 대단한 작품인 것처럼 추켜올림으로써 스스로 신뢰성을 떨어뜨리는 태도 등이 그런 것이다. 그러나 여기에서는 일일이 다 거론하지는 않겠다.

북한에서 한국 문학을 연구하는 의도는 분명하다. 그것은 북한이 자기 체제의 상대적 우월성을 대내외적으로 과시하기 위해서인 것이다. 다시 말해 한국의 문예사조, 소설과 시 작품, 순수 문학론, 민족 허무주의, 염세주의, 형식주의, 내면화 경향, 숭미 사대주의, 분열주의 등이 지닌 '반동성'과 '퇴폐성' 등을 격렬하게 공격하는 한편 체제 비판적인 민중문학, 통일 지향의 문학 등을 적극 옹호하고 부추김으로써 자기 체제의 정당성을 대내외적으로 확신시키기 위해 연구를 수행한 것이다. 그 같은 목적하에서 체계적·조직적 독서가 전제되지 않은, 정치적 목적이 일방적으로 선행된 결과를 우리 앞에 내놓고 있는 것이 북한의 한국 문학 연구 현황이다.

5. 북한 문학에 대한 새로운 접근 방향

이와 같은 사실 때문에 북한 문학에 대한 우리의 접근은 성급한 사람들에게는 사실상 무의미한 것으로 간주되기 쉽다. 그런 사람들에게 북한 문학에 대한 관심이란 북한의 문예 정책에 대한 가벼운 관심으로 충분히 대치될 수 있는 까닭이다. 그런 사람들에게 북한 문학은 표면을 지배하는 주체 사상, 계획된 창작 프로그램, 노동당의 검열이 전부이며, '그럼에도 불구하고'란 단서는 무의미한 것이다. 그러나 필자의 생각은 그렇지 않다. 필자의 생각으로는 북한 문학에 대한 우리의 연구는 '그럼에도 불구하고'로부터 시작해야 한다는 것이다. 그럼에도 불구하고 북한 문학은 대부분——제약된 개인이긴 하지만——개인이 쓴 것이며, 따라서 그 속에는 미미하나마 교시문의 언설을 넘어서는 문학적 전통과 작가들의 심리가 배어들어 있다. 따라서 앞으로의 북한 '문학'에 대한 연구 방향은 표면을 지배하며 창작의 방향을 규정해나가는 주체 사상의 뒷면에 어떤 문학적 전통과 미묘한 내면의 정서가 잠재되어 있는가를 탐색하는 것이 되어야 한다. 필자는 이 방법의 가능성에 대해서는 다음과 같은 예문을 들고자 한다.

> 서정시란 인간의 내면 세계를 직접 밝히는 것을 특성으로 하고 있다. 인간의 **내면 세계**를 파고들어 혁명과 시대에 대한 그들의 견해와 정열, 숭고한 감정과 통감을 그려냄으로써 시대에 대하여 이야기하는 데 서정시의 과제가 있다. 그런데 일부 현실 주제의 서정시들은 인간의 내면 세계에 파고들어 시대의 **특징**과 시대의 **본질을 보여주지 않고** 나타난 긍정적 현상, 생산을 많이 했다든가, 사회주의가 얼마나 좋은가 하는 것만 피상적으로 보여주며 투쟁의 결과인 성과에 경탄을 표시하는 데 그치고 있다. (엄호석, 「혁명적 시문학의……」, 『조선문학』, 1972. 3, p. 98)

　　서정시는 언제나 하나의 발견이어야 하며 독창적이어야 한다. 그러므로 그것은 하나의 혁신으로 되며 다른 시들과 비슷하지 않는 유일적인 자기의 시 구조를 가져야 한다. 류사성을 없애고 두드러진 개성과 자기 특성을 강화하기 위하여 서정시에서 일반적인 설명과 해설을 없애야 한다. (엄호석, 같은 글, p.102)

　　위의 글 속에는 북한에서 대량으로 생산되고 있는, 비슷비슷한 정책적인 작품들에 대한 불만이 고딕체에서 느낄 수 있듯 은밀한 방식으로 표출되어 있다. 물론 위의 인용문도 앞뒤에 교시문을 배치함으로써 자신을 확실하게 보호하면서 은밀하게 불만을 표출하고 있긴 하지만, 거기에는 엄호석의 말을 빌리면 "예술성을 무시하고 혁명적 구호를 생경하게 외치거나 와와 고아대는 경향"(p.99)에 대한 명백한 반대가 숨어 있는 것이다. 또한 서정시의 장르적 특성에 대한 인식에 있어서 우리의 인식과 커다란 차이가 없다는 사실도 위의 인용문은 보여주고 있다.

　　이처럼 형상적 반영인 문학 속에 담긴 북한 사회와 그곳 사람들의 생각은 직접적 반영 수단인 신문 기사, 교과서, 각종 홍보물 등에 담긴 모습과 일치하면서도 미묘한 차이가 있다. 또한 북한 문학이 어쨌건 '문학'으로 시·소설·희곡·수필 등의 장르를 이용하는 한 거기에는 정치적인 이념에 의해서 쉽사리 변개시킬 수 없는 문학적 전통의 흐름이 있게 마련이다. 그러므로 북한 문학에 대한 연구는 수많은 관용어의 수사 아래에 숨어 있는 이 미묘한 차이와 연속성을 읽어낼 수 있는 것이 되어야 한다. 특히 북한처럼 폐쇄된 사회인 경우 '문학'을 통해서만 읽어내는 것이 가능한 이 차이는 각별한 중요성을 지닐 수도 있다.

　　그렇지만 필자는 이 글에서는 이러한 접근 방향보다는 현재 북한 문학의 실상을 보여주는 데 주력했다. 그것은 북한 문학에 대한 우리 쪽의 연구가 제대로 이루어지지 못한 상태에서 먼저 사실 자체를 정확히 이해시키는 것이 더 중요하다고 생각했기 때문이다. 그럼에도 굳이 필자가 이 글의 마지막에서 북한 문학에 대한 연구 방향을 제시해보인 이유는 지금까지 북한 문학에 대한 우리 쪽의 관심이 대부분 천편일률적인 비판으로 귀결될 수밖에 없는 이유를 적시하고, 그러한 한계를 벗어날 수 있는 대안을 간략하게나마 제시해보일 필요성을 절실히 느끼고 있기 때문이다.

필자 및 역자 소개

〔*게재순〕

김　현(1942~1990) : 문학평론가, 전남 목포 출생, 서울대 문리대
　　불문과 졸업, 서울대 불문과 교수를 지냄, 1962년『자유문
　　학』을 통해 등단,『문학과지성』편집 동인을 지냄. 그의 저
　　술은『김현 문학전집』전16권(문학과지성사, 1991~1993)
　　으로 모임.

김병익(1938~　　) : 문학평론가, 경북 상주 출생, 서울대 문리대 정
　　치학과 졸업, 동아일보사 기자 역임, 주식회사 문학과지성사
　　대표이사, 1968년『68문학』동인으로 비평 활동 시작,『문
　　학과지성』편집 동인. 저서:『한국 문학의 의식』『전망을
　　위한 성찰』『숨은 진실과 문학』『지성과 반지성』등 다수.

현택수(1958~　　) : 사회학자, 서울 출생, 고려대 사회학과 졸업,
　　파리 소르본 대학 사회학 박사, '한국 방송 개발원' 프로그램
　　연구실 선임연구원. 주요 논문:「뤼시엥 골드만의 문학사회
　　학의 이론 및 방법론의 문제」「19세기말 프랑스 문인과 음악
　　인과의 관계 연구」등 다수.

움베르토 에코(1932~　　) : 기호학자, 이탈리아 알렉산드리아 출생,
　　토리노 대학 문학·철학과 졸업, 볼로냐 대학 교수. 저서:
　　『열린 작품』『기호학 이론』등 다수, 소설:『장미의 이름』
　　『푸코의 진자』등 다수.

김성도(1963~　　): 기호학자, 서울 출생, 고려대 문과대 불문과 졸
　　　업, 파리 10대학 언어학 박사, 고려대 언어학과 교수. 역서:
　　　『현대 기호학의 흐름』(파레트), 『그라마톨로지』(데리다) 등
　　　다수.

장경렬(1953~　　): 문학평론가, 인천 출생, 서울대 인문대 영문과
　　　졸업, 미국 텍사스대 영문학 박사, 서울대 영문과 교수, 『상
　　　상』『현대 비평과 이론』편집위원. 저서: 『본질론적 비평
　　　이론의 한계』.

김우창(1936~　　): 문학평론가, 전남 함평 출생, 서울대 영문과 졸
　　　업, 미국 하버드 대학 영문학 박사, 고려대 영문과 교수. 지
　　　금까지의 저술들이 『김우창 전집』전 5 권(민음사, 1993)으
　　　로 모임.

김치수(1940~　　): 문학평론가, 전북 고창 출생, 서울대 문리대 불
　　　문과 졸업, 프랑스 프로방스 대학 불문학 박사, 이화여대 불
　　　문과 교수. 저서: 『한국 소설의 공간』『문학사회학을 위하
　　　여』『공감의 비평을 위하여』등 다수.

미하일 바흐친(1895~1975): 오랫동안 묻혀져 있다가 1960년대 소
　　　련에서의 복권 및 그에 뒤이은 번역·소개와 더불어 세계적인
　　　주목을 받은 러시아 문학평론가. 저서: 『도스토예프스키 시
　　　학의 제문제』『프로이트주의』『프랑수아 라블레의 작품과
　　　중세 및 르네상스 시대의 민중 문화』등.

전승희(1957~　　): 영문학자, 광주 출생, 서울대 사대 영어과 졸
　　　업. 영문과 대학원 박사과정 수료, 현재 미국 수학중.

서경희(1959~　　): 영문학자, 전북 전주 출생, 서울대 영문과 졸

업. 동대학원 박사과정 수료, 광주대 영어과 조교수.

박유미(1960~　): 영문학자, 서울 출생, 서울대 사대 영어과 졸업, 영문과 대학원 박사과정 수료, 현재 미국 수학중.

클레망 모아장(Clément Moisan): 문학이론가, 캐나다 퀘벡의 라발 대학 교수. 저서:『캐나다 문학의 시대』『경계의 시, 캐나다와 퀘벡시의 비교 연구』등.

최윤정(1958~　): 문학평론가, 서울 출생, 연세대 불문과 졸업, 파리 3대학 불문학 박사과정 수료, 연세대·중앙대 강사. 역서:『여자들』(솔레르스),『미래의 책』(블랑쇼),『문학과 악』(바타이유) 등 다수.

김인환(1946~　): 문학평론가, 서울 출생, 고려대 문과대 국문과 졸업, 동대학원 박사, 고려대 국문과 교수, 1971년『현대문학』추천으로 등단,『사회 비평』『현대 비평과 이론』편집위원. 저서:『문학과 문학 사상』『한국 문학 이론의 연구』『상상력과 원근법』등.

진형준(1952~　): 문학평론가, 경기도 광주 출생, 서울대 불문과 졸업, 동대학원 박사, 홍익대 불문과 교수,『상상』편집위원. 저서:『깊이의 시학』, 역서:『상징적 상상력』(질베르 뒤랑).

레이몬드 윌리엄스(Raymond Williams, 1921~1988): 영국의 대표적인 마르크스주의 문화이론가, 영국 웨일스 지역 철도 신호수 아들로 출생, 케임브리지 대학 트리니티 칼리지 졸업, 옥스퍼드 대학 및 케임브리지 대학에서 강의. 저서:『문화와 사회 1780~1950』『긴 혁명』등 다수.

여홍상(1953~   ): 영문학자, 경북 성주 출생, 서울대 인문대 영문
과 졸업, 미국 위스콘신 대학 영문학 박사, 고려대 영문과 교
수. 편저: 『바흐친과 문화 이론』.

화이트헤드(A. N. Whitehead, 1861~1947): 과학철학자, 영국 케
임브리지 대학 트리니티 칼리지에서 수학 전공, 런던 대학 임
페리얼 칼리지(이공대학) 응용수학 및 이론물리학 교수, 하
버드 대학 철학 교수를 지냄. 저서: 『프린키피아 마테마티
카』(공저), 『과학과 근대 세계』 『과정과 실재』 등 다수.

오영환(1931~   ): 철학자, 충북 출생, 연세대 철학과 졸업, 네덜
란드 라이덴 국립대학 철학 박사, 연세대 철학과 교수. 저서:
『A. N. 화이트헤드 철학에 있어서의 시간의 개념』(Leyden
Univ.) 및 논문, 역서 다수.

정과리(1958~   ): 문학평론가, 대전 출생, 서울대 인문대 불문과
졸업, 동대학원 박사, 충남대 불문과 교수, 1979년 동아일보
신춘문예로 등단, 『문학과사회』 편집 동인. 저서: 『문학, 존
재의 변증법』 『존재의 변증법 2』 『스밈과 짜임』.

김주연(1941~   ): 문학평론가, 서울 출생, 서울대 문리대 독문과,
독일 프라이부르크 대학 독문학 박사, 숙명여대 독문과 교수,
1965년 『문학』지 추천으로 등단, 『문학과지성』 편집 동인.
저서: 『상황과 인간』 『문학비평론』 『사랑과 권력』 등 다수.

성민엽(1956~   ): 문학평론가, 경남 거창 출생, 서울대 인문대 중
문과 졸업, 동대학원 박사, 충북대 중문과 교수, 1982년 경향
신문 신춘문예로 등단, 『문학과사회』 편집 동인. 저서: 『지
성과 실천』 『문학의 빈곤』 『현대 중국 문학의 이해』 등.

채광석(1948～1987): 문학평론가, 충남 서산 출생, 서울 사대 영어
　　　교육과 수학, 1975년 긴급조치 9호 위반으로 투옥되면서부터
　　　1987년 불의의 교통사고로 작고할 때까지 민주화 운동에 투
　　　신. 그의 저술은『채광석 전집』전 5권(풀빛, 1988～1989)
　　　으로 모임.

김진석(1958～　): 철학자, 강원도 홍천 출생, 서울대 철학과 졸
　　　업, 독일 프라이부르크 대학, 하이델베르크 대학 철학 박사,
　　　인하대 철학과 교수. 저서:『탈형이상학과 탈변증법』『초월
　　　에서 포월로』『니체에서 세르까지』.

우찬제(1962～　); 문학평론가, 충북 충주 출생, 서강대 경제학과
　　　졸업, 동대학원 국문과 박사, 건양대 국문과 교수, 1987년 중
　　　앙일보 신춘문예로 등단,『세계의 문학』『오늘의 소설』편
　　　집위원. 저서:『욕망의 시학』『상처와 상징』.

박혜경(1960～　): 문학평론가, 경북 경주 출생, 동국대 국문과 졸
　　　업, 동대학원 박사, 1987년 동아일보 신춘문예로 등단,『문
　　　학과사회』편집 동인 및『오늘의 시』편집위원. 저서:『비
　　　평 속에서의 꿈꾸기』.

홍정선(1953～　): 문학평론가, 경북 예천 출생, 서울대 국문과,
　　　동대학원 박사, 인하대학교 국문과 교수,『문학의 시대』편
　　　집 동인으로 참여하면서 비평 활동 시작,『문학과사회』편집
　　　동인. 저서:『역사적 삶과 비평』.

본서에 수록된 글의 출전*

제 1 부 문학의 존재론

문학은 무엇을 할 수 있는가
  〔김현, 『한국 문학의 위상』(서울: 문학과지성사, 1977)〕
작가란 무엇인가
  〔김병익, 『전망을 위한 성찰』(서울: 문학과지성사, 1987)〕
문학 생산의 장
  〔『사회비평』 제11호, 1994〕
글쓰기와 글읽기
  〔Umberto Eco, *Lector in Fabula*(불 역본)(Paris: Grasset, 1985/1979)〕
작가의 죽음과 독자의 탄생
  〔『문학과사회』 23호, 1993년 가을〕

제 2 부 문학의 안쪽

시의 언어와 사물의 의미
  〔김우창, 『시인의 보석』, 김우창 전집 제3권(서울: 민음사, 1993)〕
문학의 내적 구조
  〔김치수, 『문학사회학을 위하여』(서울: 문학과지성사, 1979) (*원제는 「분석비평 서론」)〕
시적 담론과 소설적 담론
  〔미하일 바흐친, 『장편소설과 민중 언어』(국역본)(서울: 창작과 비평사, 1988/1934~1935)〕
문학사의 다성 체계
  〔Clément Moisan, *Qu'est-ce que l'histoire littéraire?*(Paris: PUF, 1987)〕

---

* 재수록을 허락해준 필자/역자 및 출판사에 감사를 드립니다.